John Boyne
Das Vermächtnis der Montignacs

PIPER

Zu diesem Buch

Unzählige Gerüchte bringen London im Jahr 1936 gerade zum Schwirren: König Edward VIII. soll eine Affäre mit Mrs Wallis Simpson haben – einer verheirateten Amerikanerin. Der Skandal ist perfekt, und die Stimmen mehren sich, die Edward zur Abdankung drängen wollen. Doch der König ist nicht der Einzige, der eine schwere Entscheidung zu treffen hat: Owen Montignac, der charismatische Spross einer angesehenen Londoner Familie, erwartet bang die Testamentsverlesung seines unlängst verstorbenen Onkels. Owen plagen Spielschulden, die im Laufe der vergangenen Monate in ungeheuerliche Höhe angestiegen sind, und der Betreiber der Spielbank Nicolas Delfy verliert allmählich die Geduld. Entweder Owen beschafft bis Weihnachten die ausstehenden 50 000 Pfund oder er kann das Gras schon bald von unten wachsen hören. Doch dann geschieht das Unmögliche: Owen wird im Vermächtnis der Montignacs nicht berücksichtigt. Die Alleinerbin ist seine schöne Cousine Stella. Nun muss Owen unter Beweis stellen, wie einfallsreich er tatsächlich ist und dass er so schnell vor nichts zurückschreckt, wenn es um einen ordentlichen Profit geht. Vielleicht nicht einmal vor Mord …

John Boyne, geboren 1971 in Dublin, wo er auch heute lebt, studierte Englische Literatur und Kreatives Schreiben. Seine Bücher wurden in mehr als 40 Sprachen übersetzt und mit zahlreichen Preisen ausgezeichnet. Der internationale Durchbruch gelang ihm mit seinem Roman »Der Junge im gestreiften Pyjama«, der in vielen Ländern auf den Bestsellerlisten stand und von der Kritik als »ein kleines Wunder« (The Guardian) gefeiert wurde.

John Boyne

DAS VERMÄCHTNIS DER MONTIGNACS

Roman

Aus dem Englischen
von Gabriele Weber-Jarić

Piper München Zürich

Mehr über unsere Autoren und Bücher:
www.piper.de

Von John Boyne liegen bei Piper vor:
Haus der Geister
Das späte Geständnis des Tristan Sadler
Das Vermächtnis der Montignacs
Das Haus zur besonderen Verwendung

MIX
Papier aus verantwortungsvollen Quellen
FSC® C083411

Ungekürzte Taschenbuchausgabe
Februar 2015

Titel der englischen Originalausgabe:
»Next of Kin«, Penguin, London 2006

Umschlaggestaltung: Cornelia Niere, München
Umschlagmotiv: Special Photographers Archive/The Bridgeman Art Library
Satz: Fotosatz Amann, Memmingen
Gesetzt aus der Minion
Papier: Pamo Super von Arctic Paper Mochenwangen GmbH, Deutschland
Druck und Bindung: CPI books GmbH, Leck
Printed in Germany ISBN 978-3-492-30596-9

Für Con

Kapitel 1

1

Vor vielen Jahren, als Leutnant in der Armee und direkt außerhalb von Paris stationiert, traf Charles Richards auf einen Rekruten, einen Jungen von etwa achtzehn Jahren, der allein auf seiner Pritsche im Schlafsaal saß, den Kopf gesenkt, und lautlos weinte. Nach kurzer Befragung stellte sich heraus, dass er seine Familie und sein Zuhause vermisste, der Armee ohnehin nie hatte beitreten wollen, sondern von seinem Vater, einem Veteranen, dazu gezwungen worden war. Die Vorstellung eines weiteren Appells am frühen Morgen, gefolgt von einem Zwanzig-Meilen-Marsch über unwegsames Gelände und dabei immerzu feindlichen Angriffen ausweichen zu müssen, hatte ihn zu einem emotionalen Wrack gemacht.

»Steh auf«, sagte Richards, winkte den Jungen mit einem Fingerzeig hoch und streifte seine schweren Lederhandschuhe ab. Der Junge stand auf. »Wie heißt du?«, fragte Richards.

»William Lacey, Sir.« Der Junge wischte sich über die Augen und war außerstande, dem Offizier ins Gesicht zu sehen. »Bill.«

Richards umschloss die Finger eines Handschuhs mit festem Griff und schlug dem Jungen mit dem Leder zweimal ins Gesicht, ein Mal auf die linke und ein Mal auf die rechte Wange, und ließ, wie nach einer jähen Explosion, auf der sonst blassen Haut rot erblühte Flecke zurück. »Soldaten«, erklärte er dem konsternierten Rekruten, »weinen nicht. Nie.«

Folglich überkam ihn ein Gefühl leichter Verwunderung, als er 1936 an einem schönen Junimorgen in der achten Reihe einer Privatkapelle der Westminster Abbey saß und feststellte, dass hinter seinen Augen Tränen darauf drängten, hervorzuschießen, während Owen Montignac zum Schluss seiner Lobrede über seinen jüngst verstorbenen Onkel Peter kam, einen Mann, den Richards nie sonderlich gemocht, den er, genau genommen, für kaum mehr als einen Halunken und Scharlatan gehalten hatte. Richards hatte in seinem Leben an etlichen Beerdigungen teilgenommen, doch jetzt im fortgeschrittenen Alter bedrückte ihn die Erkenntnis, dass die Abstände zwischen ihnen kürzer und kürzer wurden. Aber nie hatte er einen Sohn erlebt, der seinen Gefühlen für den verblichenen Vater Ausdruck verlieh, geschweige denn einen Neffen, der seinen Schmerz über einen verstorbenen Onkel so redegewandt und bewegend vortrug, wie Owen Montignac es gerade getan hatte.

»Verdammt nobel«, murmelte er kaum hörbar, als Montignac in die erste Bankreihe zurückkehrte und Richards aus der Distanz noch dessen außergewöhnlich weißen Haarschopf sah. Um seinen Tränen Einhalt zu gebieten, drückte er verstohlen mit den Zeigefingern auf seine Augenwinkel. »Verdammt noble Rede.«

Später stand er nur wenige Fuß von dem offenen Grab entfernt, diesem hungrigen Maul, dem die Sargträger sich gemessenen Schritts näherten, roch die frisch umgegrabene Erde und hielt in der Menge der versammelten Trauergäste nach Montignac Ausschau, denn mit einem Mal drängte es ihn, die Aufmerksamkeit des jüngeren Mannes zu erregen und ihm stumm Beistand zu leisten.

Erst als der Sarg hinuntergelassen wurde, erkannte er, dass der Gesuchte einer der Sargträger war. Der Anblick dieses gut aussehenden jungen Mannes, der den Leichnam seines Onkels in die feuchte Erde sinken ließ, überwältigte Richards nahezu, und er musste krampfhaft schlucken und husten, um Haltung zu bewahren. Er tastete nach rechts und umschloss die Hand seiner Frau. Überrascht spürte Katherine Richards diese seltene Berührung, die darüber hinaus mit einem sanften, betont liebevollen Händedruck einherging, was noch erstaunlicher war, sodass sie ihrerseits um Fassung rang, ehe sie sich umwandte, um ihren Mann anzulächeln.

Fünfzehn Fuß von ihnen entfernt stand Margaret Richmond, die ihre Gefühle gern zur Schau stellte. Sie bebte am ganzen Leib und drückte ein Taschentuch auf ihre Augen, um die Tränenflut aufzuhalten, denn gerade wurde der Mann, der achtundzwanzig Jahre lang ihr Arbeitgeber gewesen war, zur ewigen Ruhe gebettet. Peter Montignacs Tochter Stella stand an ihrer Seite, hoch aufgerichtet und gefasst, das blasse Gesicht frei von Tränenspuren. Dennoch wirkte sie mitgenommen, so sehr, dass man fürchten musste, die Kraft, die es sie kostete, nicht zu weinen, könnte sie an den Rand einer Ohnmacht führen.

Zu diesen beiden Frauen, seiner alten Kinderfrau und seiner Cousine, trat Owen Montignac, während der Geistliche den letzten Segen sprach; und es war Stellas Arm, den er nahm, als alles vorüber war und der Moment kam, wo die Trauernden sich verlegen und mit zögernden Schritten zu entfernen begannen, ohne recht zu wissen, ob sie zu ihren Wagen zurückkehren oder auf dem Friedhof warten sollten, bis die Familienangehörigen gegangen waren. Dabei lasen sie auf den Grabsteinen Namen und Daten und suchten nach denen, die auf tragische Weise in jungen Jahren oder auf rücksichtslose Weise im hohen Alter gestorben waren.

Der Regen, der sich, seit sie die Abtei betreten hatten, zurückgehalten hatte, machte sich wieder bemerkbar, plötzlich und so stürmisch, dass der Friedhof sich in wenigen Minuten leerte, mit Ausnahme zweier Totengräber, die, wie von Zauberhand gerufen, zwischen den Bäumen hervortraten, das Grab zuschaufelten, über die Fußballergebnisse des letzten Wochenendes sprachen und Selbstgedrehte rauchten.

Im Salon war die Luft von Zigarrenrauch geschwängert.

Etwa sechzig Personen waren nach dem Begräbnis nach Leyville geladen worden, dem Hauptwohnsitz der Familie Montignac, wo Owen, Stella und Andrew zusammen aufgewachsen waren. Inzwischen hatte jeder damit begonnen, sich zwischen den Versammelten im Erdgeschoss des formellen Ostflügels hindurchzuarbeiten, dem Bereich, der zur Gedenkfeier freigegeben worden war. Zwar war die Familie nicht so vulgär gewesen, über die Treppe eine Samtkordel zu spannen oder die Tür abzusperren, die zum geselligeren Westflügel führte, wo sich das Esszimmer und das Porzellan befanden und Peter Montignac Abend für Abend in seinem uralten Lehnsessel angestrengt versucht hatte, Radio zu hören, doch alle Besucher wussten, dass es nur wenige Räume gab, deren Betreten angemessen war.

Zudem besaßen die meisten von ihnen ein Zuhause wie dieses, hatten Eltern oder Ehepartner begraben und waren ohnehin in der Lage, den derzeit geltenden Anstandsregeln zu folgen.

Eine Gruppe von fünf Männern in dunklen Anzügen, drei von ihnen mit Schnurrbärten, die sich an Extravaganz überboten, stand unter dem Porträt eines toten Montignac, der vor zweihundertfünfzig Jahren gelebt hatte, derselbe, der begonnen hatte, rund um London Land aufzukaufen, was schließlich zu dem fast einzigartigen Reichtum seiner Familie geführt hatte. Die fünf Ehefrauen dieser Männer saßen wie durch Zufall auf der anderen Seite des Raums auf einem kleinen Sofa und zwei Sesseln nahe dem Porträt der Ehefrau jenes toten Montignac. Es war eine Ehefrau, über die man nur wenig wusste und für die man sich noch weniger interessierte. Immerhin definierte die Familie ihre Abstammung ausschließlich über ihre Männer, die Williams, Henrys und Edmunds, und befasste sich kaum mit der hilfreichen Schar von Müttern, die zu ihrer Fortpflanzung beigetragen hatten.

Dienstboten glitten durch den Raum. Man spürte, dass sie anwesend waren, aber als Menschen wurden sie ignoriert. Es waren junge Frauen, die den Damen Tee reichten, während ihre männlichen Kollegen den Herren Whisky einschenkten. Wein wurde ebenfalls angeboten.

»Ich sage nicht, dass es nicht bewegend war«, raunte ein Gast einem anderen zu, die beiden standen am Kamin. »Ich mache mir nur nichts aus diesem neumodischen Kram, das ist alles.«

»Ich würde es nicht für neumodischen Kram halten«, entgegnete der andere. »Dergleichen findet immerhin seit Tausenden von Jahren statt. Denk an Marcus Antonius, der auf den Stufen des Kapitol die Tugenden Cäsars gepriesen hat.«

»Ja, aber hatte er ihn da nicht kurz zuvor ermordet?«

»Nein, Marcus Antonius war keiner der Verschwörer. Als die Tat vollbracht war, kam er, um die Leiche von den Stufen des Senats zu holen. Du erinnerst dich, von *Marcus Antonius betrauert, der zwar seine Hand bei Caesars Tod nicht im Spiel hatte, aber den Nutzen aus seinem Sterben empfangen wird.* Angesichts der Umstände irgendwie passend, findest du nicht?«

Ein dritter Gast trat zu ihnen, eine Mrs Peters, die es genoss, Kontroversen auszulösen, indem sie sich zu Männergruppen gesellte und darauf bestand, an deren Unterhaltung teilzunehmen. (Ihr Ehemann war vor einigen Jahren gestorben, und ihr Bruder lebte in Indien, sodass es niemanden gab, der sie zügeln konnte, außerdem hatte sie Geld.) »Worüber tratscht Ihr Männer gerade?«, erkundigte sie sich und schnappte sich ein Glas Whisky von dem Tablett des jungen Dieners, der an ihr vorüberglitt.

»Alfie sagt, es ist eine Modeerscheinung«, antwortete der zweite Mann. »Ich bin anderer Meinung.«

»*Was* ist eine Modeerscheinung?«

»Dieses neue Gebaren. Bei Beerdigungen.«

»Was soll das heißen?«, fragte Mrs Peters. »Da komme ich nicht ganz mit.«

»Na, Elogen und so weiter«, erklärte der Mann. »Hübsche Reden. Kinder, die den Tod ihrer Eltern und was weiß ich noch alles beklagen.«

»Oder den ihrer Onkel«, sagte Mrs Peters. »Falls Sie sich auf Owens Rede beziehen.«

»Oder den ihrer Onkel«, bestätigte Alfie. »Dieses ganze emotionale Trara. Ich bin dagegen, weiter nichts.«

»Herrgott«, sagte Mrs Peters entnervt angesichts der Dummheit von Männern, die keine Probleme damit hatten, Kriege zu führen, aber zurückscheuten, wenn es darum ging, gegen ein paar Tränen anzukämpfen. »Es war eine Beerdigung. Wenn ein Junge nicht einmal bei dem Begräbnis seines Vaters ein paar Gefühle zeigen kann, wann dann?«

»Na schön, aber Peter war ja nicht Owens Vater, oder?«, betonte Alfie.

»Nein, aber so gut wie.«

»Absolut verständlich, wenn man mich fragt«, sagte der andere Mann.

»Ich kritisiere ihn ja auch nicht«, lenkte Alfie eilig ein, denn er wollte nicht als jemand gelten, der der Trauer eines wohlhabenden jungen Mannes gefühllos gegenüberstand, immerhin hatte dieser gerade eines der größten Besitztümer Englands geerbt und war somit nicht einer, von dem man sich distanzieren sollte. »Der Bursche hat mein ganzes Mitgefühl, gar keine Frage. Ich verstehe nur nicht, warum er sich vor aller Welt so zur Schau stellen musste, weiter nichts. So etwas behält man für sich, das ist immer am besten. Niemand möchte mit ansehen, wie jemand eine Parade nackter Gefühle aufführt.«

»Was für eine schreckliche Kindheit Sie gehabt haben müssen«, sagte Mrs Peters lächelnd.

»Da sehe ich keinen Zusammenhang«, erwiderte Alfie, überlegte, ob er beleidigt worden war, und richtete sich zu voller Höhe auf.

»Ist es nicht eine Schande, dass die Dienerschaft den Damen wie selbstverständlich Tee reicht und den Männern Whisky?«, fragte Mrs Peters, die von dem Gespräch jetzt schon gelangweilt war und nach einem etwas gewagteren Thema suchte. »In meinem Testament werde ich die strikte Anweisung hinterlassen, dass sich bei meinem Begräbnis jedermann amüsieren und peinliche Dinge tun muss, Männer wie Frauen. Wenn nicht, kehre ich zurück, um alle heimzusuchen. Bin gespannt, wie Ihnen das dann gefällt.«

2

Unter normalen Umständen dauerte der Weg vom Tavistock Square zum Old Bailey zu Fuß nie länger als eine Stunde, sodass Roderick Bentley, Anwalt und Richter Seiner Majestät des Königs, im Lauf seiner Karriere an den schönen Morgen den Rolls Royce lieber zu Hause gelassen hatte. Der Spaziergang bot ihm die Möglichkeit, über den Fall, mit dem er gerade beschäftigt war, nachzudenken und die Dinge in Ruhe zu erwägen, ohne von Staatsanwälten, Verteidigern, Gerichtsdienern oder Angeklagten gestört zu werden. Zudem sagte er sich, dass ihm die Bewegung guttue, denn ein Mann von zweiundfünfzig Jahren durfte seine Gesundheit nicht mehr aufs Spiel setzen. In genau diesem Alter war sein Vater einem Herzinfarkt erlegen, und deshalb hatte Roderick dem letzten Geburtstag mit fatalistischer Furcht entgegengesehen.

An diesem Tag war die Luft frisch, und ein wenig früher am Morgen hatte es geregnet, doch selbst wenn die Sonne die Bäume hätte glänzen lassen und der Himmel makellos blau gewesen wäre, hätte er Leonard gebeten, mit dem Wagen vorzufahren. Seit Donnerstagabend, als er die Verhandlung abgeschlossen hatte, campierten diese verfluchten Zeitungsleute vor der Tür, und Freitag, Samstag und Sonntag hatte er sich in seinem eigenen Haus wie ein Gefangener gefühlt.

An diesem Morgen war er früh aufgewacht, gegen halb fünf. Eine halbe Stunde oder so hatte er noch im Bett gelegen, versucht, den Schlaf wieder herbeizuzwingen und sich noch eine kleine Ruhepause zu gönnen, ehe die Mühen des Tages begannen. Doch als das Tageslicht durch die Vorhänge sickerte, wusste er, dass es zwecklos war. Jane, seine Ehefrau, schlief noch. Um sie nicht zu stören, schlüpfte er leise aus dem Bett und tappte in die Küche hinunter, um sich eine Kanne Tee zu machen. Die Post war noch nicht gebracht worden, dazu war es zu früh, aber die *Sunday Times* vom Vortag lag noch auf dem Tisch. Er griff danach, doch dann stellte er fest, dass Jane die Kreuzworträtsel schon gelöst hatte – die einfachen wie die verzwickten –, woraufhin er die Zeitung mit einem Seufzer zur Seite schob.

Wie immer hatte er die Zeitungen während des Wochenendes gemieden. Seit seinen Anfängen als Referendar in der Kanzlei des Anwalts und Richters Seiner Majestät, Sir Max Rice, ebenso wie in seiner Zeit als junger Anwalt, der in den Gerichten Londons und den umliegenden Bezirken Fällen nachjagte und im Gerichtssaal nur in der zweiten Reihe sitzen durfte, von wo aus er seinem gelehrten Vorgesetzten Ratschläge ins Ohr flüsterte, und auch danach als Anwalt, der durch seine Arbeit berühmt geworden war, hatte Roderick nie Zeitungsberichte über seine Fälle gelesen. Später, als er zum Richter des Hohen Gerichtshofs berufen worden war und einigen der berüchtigten Prozesse vorsaß, war diese Einstellung für ihn Ehrensache geworden.

Angesichts der außergewöhnlich großen Aufmerksamkeit, die sein gegenwärtiger Fall hervorgerufen hatte, wagte er es nicht, sich den Kreuzworträtseln der Titelseite zuzuwenden, denn die Schlagzeile konnte er sich vorstellen. Auch die Kolumnen überflog er nicht, seine Entscheidung durfte weder von der öffentlichen Meinung noch von den Ansichten eines Redakteurs beeinflusst werden, oder gar von den Leserbriefen, was noch schlimmer gewesen wäre. Deshalb warf er die Zeitung in den Abfalleimer und ging hinauf, um ein Bad zu nehmen.

Ungefähr eine Stunde später, kurz vor halb sieben, saß er in seinem Arbeitszimmer und las noch einmal die Urteilsbegründung, die er am Wochenende verfasst hatte und die die Ursache seiner Schlaflosigkeit am frühen Morgen gewesen war. Punkt elf Uhr würde er sie vor dem versammelten Gericht und den Vertretern der Presse verlesen. Er studierte den Text. Aus Angst, ihm könnte irgendwo ein Fehler unterlaufen sein, überprüfte er einige der zitierten Gesetze doppelt und dreifach, schließlich war er im Besitz einer eindrucksvollen Rechtsbibliothek. Dann lehnte er sich mit einem Seufzer zurück und sann über die Umstände nach, die ihn dazu zwangen, Entscheidungen dieser Art zu treffen.

Er kam zu dem Schluss, dass das Amt des Richters ein eigentümlicher Beruf war; denn zu ermessen, ob man jemandem die Freiheit gewähren oder verwehren sollte, beinhaltete eine merkwürdige Autorität, und einem Menschen zu gestatten, weiterzuleben, oder zu verkünden, dieses Leben solle beendet werden, bedeutete eine Macht, die demütig stimmte.

Er hörte, dass es sich im Haus zu regen begann, und nahm an, dass Sophie, das Hausmädchen, und Nell, die Köchin, kurz davor waren, ihre Arbeit aufzunehmen. Jane stand nie vor neun Uhr morgens auf, und da sie es vorzog, im Bett zu frühstücken, kam ihm der Gedanke, ihr das Frühstück heute einmal selbst zu bringen. An diesem schwierigen Wochenende war sie ganz besonders aufmerksam gewesen und hatte, um ihn von seinen Sorgen abzulenken, für Samstag und Sonntag eine kleine Auszeit in einem Hotel im Lake District angeregt. Da habe er eine friedliche Umgebung, um sein Urteil niederzuschreiben, hatte sie angeführt, doch er hatte das Angebot ausgeschlagen. Wie hätte das für die Presseleute ausgesehen, wenn er in der Gegend von Wordsworth Urlaub machte, während das Leben eines Menschen auf dem Spiel stand?

»Wen interessiert schon, was sie sagen?«, hatte Jane gefragt und festgestellt, wie viel grauer das Haar ihres Mannes in den letzten Monaten geworden war, seit Beginn dieser entsetzlichen Verhandlung. »Wen interessiert überhaupt, was sie über dich schreiben?«

»Mich interessiert es«, erwiderte Roderick mit bekümmertem Lächeln und einem Schulterzucken. »Wenn sie mich kritisieren, kritisieren sie die Rechtsprechung als Ganzes, und dafür möchte ich nicht verantwortlich sein. Wir könnten am nächsten Wochenende verreisen, wenn diese grässliche Sache hinter uns liegt. Abgesehen davon würden sie uns jetzt bis dorthin verfolgen, und wir hätten ohnehin keine schöne Zeit.«

Auf der Treppe wurden Schritte laut. Er hörte die Stimmen von Sophie und Nell, die von ihrer kleinen gemeinsamen Wohnung im Dachgeschoss zusammen nach unten gingen. Sie sprachen leise, in der Annahme, dass der Herr und die Herrin des

Hauses noch schliefen, und, so absurd es auch war, wünschte er mit einem Mal, ihnen in die Küche folgen zu können, um an irgendeiner trivialen Unterhaltung der beiden teilzunehmen, was selbstverständlich nicht infrage kam. Sie würden denken, jetzt hätte er gänzlich den Verstand verloren, und wenn die Reporter das dann erführen, wäre der Rest der Geschichte gar nicht mehr auszudenken. Überall gab es Spione, und außer seiner Frau war niemandem mehr zu trauen, das hatte er in den letzten Monaten gelernt.

Auf jeder Seite seines Schreibtischs stand ein gerahmtes Foto. Mit liebevollem Blick schaute er von einem zum anderen. Auf dem einen war Jane abgebildet, es war vor zwei Jahren auf der Feier ihres vierzigsten Geburtstages aufgenommen worden. In den langen Jahren, seit er sie kannte, hatte sie sich kaum verändert; selbst auf diesem Foto hätte sie als zehn oder zwölf Jahre jüngere Frau durchgehen können. Jane war auffallend schön – und schwierig. So war sie schon, als sie sich kennenlernten, damals, als er noch Anwalt und Ende zwanzig gewesen war und sie eine Debütantin, zehn Jahre jünger als er, die Tochter eines alternden Kollegen, die auf der Suche nach einem potenziellen Ehemann und einem angenehmen Lebensstil war.

Auf dem anderen Foto war ihr Sohn Gareth zu sehen. Es stammte aus dem vergangenen Sommer, als er mit einem Freund aus Cambridge auf Segeltour gewesen war. Wenn Roderick sich nicht täuschte, war der Freund in der Ruderregatta Steuermann gewesen und seine Mannschaft hatte mit vier Längen gesiegt. Auf dem Foto grinste Gareth breit und hatte den Arm um die Schultern seines Freundes gelegt. Gareths Haar war zu lang für einen Jungen und seine Haltung zu sorglos für jemanden, der sich allmählich niederlassen und eine angemessene Stelle finden sollte. In den letzten Monaten war der Junge jedoch rücksichtsvoll gewesen, hatte gewusst, unter welchem Druck sein Vater stand. Wenn er da war, hatte er dann und wann eine aufmunternde Bemerkung gemacht, aber dieser Tage hielt er sich kaum noch bei ihnen auf. Wenn Roderick es recht bedachte, konnte inzwischen eine ganze Woche vergehen, ohne dass er seinen Sohn sah, der mit seinen Freunden die Nacht zum Tag machte, eine Gruppe, die offenbar vorhatte, in ihren Zwanzigern nichts anderes zu erreichen, als sich ihrem Hedonismus und dem fröhlichen Leben hinzugeben. Roderick wusste, dass der Junge ihm aus dem Weg ging, um das überfällige Gespräch zu vermeiden, das darauf hinauslaufen würde, Gareth solle sich eine Arbeit suchen. In dem Punkt war er als Vater in jüngster Zeit nachlässig gewesen. Aber auch das würde sich nach dem heutigen Tag ändern.

Es war alles so anders als zu der Zeit, als er in Gareths Alter gewesen war. Jura zu studieren, das war von jeher sein Wunsch, doch da er nicht aus einer wohlhabenden Familie stammte, war die Beendigung des Studiums ein Kampf gewesen. Sicher, nach den ersten Fällen hatte er sich rasch einen Namen als einer der hellsten Köpfe in der Kanzlei von Sir Max gemacht, aber in seinen Zwanzigern hatte er jeden Tag zum Aufbau seiner Reputation genutzt, war bei mehreren Verfahren erfolgreich gewesen und hatte Sir Max beeindruckt, der andeutete, eines fernen Tages könne Roderick die Kanzlei möglicherweise leiten, natürlich erst nach dem Tod von Sir Max und vorausgesetzt, er bliebe bei seinem Arbeitspensum und ließe in seinem Leben keine Ablenkungen zu. Und fraglos müsse er veröffentlichen. Das – oder untergehen.

Allerdings hatte es in Rodericks Leben ohnehin kaum Ablenkungen gegeben, bis er Jane kennenlernte, die ihm bewusst machte, dass das Leben nicht nur aus Arbeit bestand und dass all der Erfolg ohne Liebe bedeutungslos war.

Jetzt, viele Jahre später, leitete er die Kanzlei tatsächlich und war ein gefeierter, wohlhabender Mann, anscheinend so wohlhabend, dass sein Sohn annahm, er sei nicht verpflichtet, sich ein Leben oder eine Karriere aufzubauen, da das Konto seines Vaters ausreiche, ihn sein Leben lang zu unterhalten. Doch Roderick glaubte fest daran, dass ein dreiundzwanzigjähriger Mann eine Karriere brauchte und dass es keine Alternative war, wöchentlich in den Klatschspalten zu erscheinen.

Aber welches Recht hatte er, einem jungen Mann vorzuschreiben, wie er sein Leben führen sollte? Da saß er hier in seinem eleganten Haus, umgeben von Luxus und den Insignien seines Erfolgs, und grübelte darüber nach, wie sein Sohn die Zeit vergeudete, während ein anderer Dreiundzwanzigjähriger sicherlich wach in seiner Gefängniszelle lag und nervös, oder vielmehr ängstlich, an den kommenden Tag dachte; denn in wenigen Stunden würde Richter Roderick Bentley seinen Platz im Gerichtssaal einnehmen und ihm mitteilen, ob er den Rest seines natürlichen Lebens auf Kosten seiner Majestät im Zuchthaus verbringen oder in einen speziellen Trakt verlegt würde, bis zu dem Tag seiner Exekution, sprich, Tod durch Erhängen.

Hätte Roderick an dem Morgen gegen seine Grundregel verstoßen und *The Times* gelesen, wüsste er, dass dort beide Dreiundzwanzigjährige erwähnt worden waren, der eine auf der Titelseite, der andere auf indirekte Weise auf Seite sieben, wo es um Partys, Verlobungen und andere gesellschaftliche Ereignisse ging, die mit gequältem Humor und bemühten Wortspielen durchgehechelt wurden. Für seinen Blutdruck war es ein Glück, dass er weder das eine noch das andere sah.

Als Roderick den Teekessel in der Küche pfeifen hörte, ging er nach unten. Er brauchte eine Tasse Tee, eine sehr starke Tasse Tee.

3

»Das Problem ist, dass man irgendwann nicht mehr weiß, was man noch sagen soll. Es wirkt so unaufrichtig, immerzu die gleichen abgedroschenen Beileidsbekundungen von sich zu geben.« Das kam von Mrs Sharon Rice, einer Witwe, die drei Meilen östlich von Leyville mit ihrem Sohn lebte, einem erfolgreichen Bankier, dessen Ehefrau ihn unter skandalösen Umständen verlassen hatte.

»Tja, meine Liebe, die Alternative wäre, ihn einfach zu ignorieren und so zu tun, als feierten wir hier nur eine ihrer Partys«, entgegnete Mrs Marjorie Redmond, ließ ihren Blick über die versammelten Gäste in ihrer strengen, dunklen Kleidung wandern und fragte sich, welchen Sinn es hatte, bei einer Beerdigung Schwarz zu tragen. Letzten Endes wurden die Menschen dadurch nur noch deprimierter, als sie es ohnehin schon waren.

»Ich bezweifle stark, dass Owen Montignac hier in absehbarer Zeit Partys gibt. Vor Weihnachten rechne ich nicht damit, Leyville noch mal von innen zu sehen.«

»Junge Leute halten sich nie an alte Sitten«, sagte Mrs Rice mit dem empörten Schnauben einer Frau, die weiß, dass die wildesten Tage hinter ihr liegen. »Er wird sich ja nicht einmal an die Partys erinnern, die hier stattgefunden haben. Damals, meine ich.«

»Wissen wir denn überhaupt, ob Leyville jetzt tatsächlich ihm gehört?«, erkundigte sich Mrs Redmond, sah sich verstohlen um und senkte ihre Stimme. »Immerhin war er nur der Neffe. Von Rechts wegen wäre alles an Andrew gegangen, aber es ist ja auch denkbar, dass Stella jetzt die Nutznießerin ist.«

»Die Montignacs haben ihr Geld immer nur männlichen Erben vermacht«, erwiderte Mrs Rice. »Und Peter Montignac war äußerst traditionsbewusst. Stella wird ihren Anteil bekommen, da bin ich mir sicher, trotzdem dürfte Owen nach der Verlesung des Testaments ein sehr wohlhabender Mann sein.«

»Glauben Sie, dass er deshalb diese Lobrede gehalten hat?«

»Da hätte ich am liebsten Beifall geklatscht, meine Liebe. Wenn man mich fragt, gibt es viel zu viele Menschen, die ihre Gefühle unterdrücken. Und nach allem, was Peter für diesen Jungen getan hat, dass er ihn trotz der Dinge, die sein Vater sich geleistet hat, aufgenommen hat, ist es doch ganz natürlich, dass er seinen Gefühlen Ausdruck verleihen wollte. Offen gestanden bewundere ich ihn dafür.«

Die Männer am Billardtisch debattierten über ein ganz anderes Problem, während sie gegeneinander antraten und davon ausgingen, dass niemand sie stören würde. Einer von ihnen, ein junger Mann namens Alexander Keys, der mit Owen Montignac in Eton gewesen war, hatte den Gastgeber vor dem Spiel um Erlaubnis bitten wollen, denn ein Gefühl sagte ihm, andere könnten Billard an einem Trauertag verwerflich finden. Doch da Owen nirgends zu entdecken war, hatten sie einfach begonnen und sich auf kleine Einsätze geeinigt, nur so viel, um die Sache interessant zu halten.

»Die Tür da sollte geschlossen bleiben«, riet einer.

»Also sind wir einer Meinung?«, fragte Thomas Handel und zielte mit dem Queue auf eine Kugel. »Der Mann darf tun, was ihm beliebt?«

Alexander schnaubte. »Ich glaube nicht, dass wir einer Meinung sind. Sie finden, es geht nur ihn etwas an, aber ich tue das nicht. Schließlich gibt es noch so etwas wie Pflicht.«

»Freut mich zu hören«, sagte ein älterer Mann und stützte sich auf sein Queue. »Der Großteil von euch jungen Leuten glaubt doch gar nicht mehr daran. Ihr denkt, ihr könnt tun und lassen, was ihr wollt, und auf die Folgen wird gepfiffen. Aber die Pflicht ist genau das, worum sich alles dreht. In dem Punkt bin ich Ihrer Meinung, Sir.«

»Es wird ohnehin nichts dabei herauskommen«, sagte Thomas. »Sie werden sehen, dass ich recht behalte. Vor ein, zwei Jahren gab es schon mal eine Frau. Wie hieß sie noch gleich?«

»Früher haben wir an die Pflicht geglaubt«, sagte der Ältere und verlor sich in Gedanken und verschwommenen Erinnerungen.

»Diese Frau war eine Eintagsfliege. Doch wenn man seinerzeit nach den Klatschspalten ging, konnte man jeden Augenblick mit einer Verlobung rechnen.«

»Wenn man mich fragt«, warf der älteste Mann im Raum dröhnend ein, ein ehemaliger Innenminister, dessen Stimme mehr Gewicht als die der anderen Anwesenden hatte, sodass diese jetzt verstummten. Selbst der Spieler, der sich zum Anstoß bereit gemacht hatte, verharrte und wartete auf die kommende Perle der Weisheit. »Der ganze Kram ist doch nur ein

Haufen Unfug, den sich Burschen wie Beaverbrook zum allgemeinen Ergötzen ausgedacht haben. Er soll einfach das tun, was seine Vorfahren schon seit ewigen Zeiten getan haben, nämlich heiraten und sich eine Geliebte nehmen, wie jeder andere ordentliche Mann auch. Eine ehrbare, handfeste Hure.«

»Als Schönheit kann man sie ja nicht gerade bezeichnen, oder, Sir?«, fragte Alexander, dessen Mundwinkel der Hauch eines Lächelns umspielte.

»Wie ich gehört habe«, entgegnete der Alte ernst, »soll Liebe blind machen.« Doch dann hob er eine Braue, zum Zeichen, dass er seinen Ausspruch für humorvoll hielt, einer, der ihn überleben und eines Tages bei seiner eigenen Beerdigung wiederholt werden könnte. »Falls das zutrifft, muss man wohl annehmen, dass der König eine Brille braucht.«

»Eine Eintagsfliege«, wiederholte einer der Jüngeren, schüttelte den Kopf und lachte. »Das gefällt mir.«

»Das wird auch jetzt wieder passieren, verlassen Sie sich darauf. Nächste Woche wird es das nächste Flittchen geben. Die Frau eines anderen, die Tochter eines anderen oder wieder eine Geschiedene.«

»Wo bleibt das verfluchte Mädchen mit dem verdammten Brandy?«, wollte der frühere Innenminister wissen, dessen Alkoholpegel gefährlich zu sinken begann.

»Hier bin ich«, sagte das verfluchte Mädchen, eine gerade mal Neunzehnjährige, die mit dem verdammten Tablett die ganze Zeit neben ihm gestanden hatte.

Sir Denis Tandy war allein in der Bibliothek und fuhr mit den Fingern anerkennend an den Rücken der in Leder gebundenen Bände des Gesamtwerks von Dickens entlang. Im Raum herrschte eine bemerkenswerte Ordnung. Die Regale an den Wänden waren aus Mahagoni, jedes mit einem Dutzend Reihen und einer Leiter versehen, die oben an einer Schiene hing, sodass der eifrige Leser auf der Suche nach Wissen und Unterhaltung über sich hinauswachsen konnte. Die Bücher waren sämtlich in Kategorien unterteilt, die Geschichte Londons an der Wand zur Linken beanspruchte für sich allein nahezu sechs Reihen. Inmitten des Raumes stand ein schwerer Lesetisch aus Eiche mit Lampen an den Seiten. In dem Fach darunter befanden sich gebundene Folianten, die Karten enthielten, einige mit Hinweisen auf die zahlreichen Grundstücke, mitunter ganze Straßenzüge, die sich im Besitz der Familie Montignac befanden. Ein so ungeheurer Wert, dass man das jährliche Einkommen daraus nur mit Mühe genauer beziffern konnte.

Sir Denis hatte Peter fast vierzig Jahre lang gekannt. Aus seiner Rolle als Anwalt war allmählich die eines engen Freundes geworden, in Peters mittleren Jahren dann die eines Vertrauten. In den letzten Jahren, als der alte Mann mutlos und verdrießlich geworden war, hatte Tandy wieder die Position eines Sachwalters und Angestellten eingenommen. Schuld daran war der Tod von Andrew, Peters einzigem Sohn. Selbst diejenigen, die den älteren Montignac nur flüchtig kannten, wussten, dass er diese Tragödie nie verwunden hatte. Es war ein Unfall mit der Schusswaffe gewesen, bei dem der Junge im Alter von achtzehn Jahren umgekommen war, doch keine der späteren Erklärungen hatten den Vater jemals zufriedenstellen können. Andrew sei ein erfahrener Schütze gewesen, betonte Peter jedes Mal, wenn das Thema aufkam. Er habe gewusst, wie man ein Gewehr reinigte. Ein verhängnisvoller Fehler seinerseits sei eine geradezu lächerliche Hypothese.

Es hatte Zeiten gegeben, in denen die Beziehung zwischen Anwalt und Mandant von Streitigkeiten geprägt worden war, trotzdem wusste Sir Denis, dass Peter ihm fehlen würde, dessen Unberechenbarkeit und Charme, die Wutanfälle und das Gift, das er bei seinen Feinden versprühen konnte. Peter Montignac war ein Mann der Extreme gewesen. Seinen Freunden gegenüber konnte er unverbrüchliche Treue zeigen, doch wenn jemand diese Freundschaft verriet, war er bereit, bittere Rache zu üben. Sir Denis hatte Peter gut genug gekannt, um jetzt zufrieden festzustellen, dass er es größtenteils geschafft hatte, dem Mann nicht in die Quere zu kommen.

Als er nach dem Begräbnis in Leyville ankam, hatte er die

erste halbe Stunde mit der Suche nach Owen Montignac verbracht, um mit ihm die passende Zeit zur Verlesung des Testaments abzusprechen, doch Peters junger Neffe war nirgends zu entdecken. Trotzdem musste er mit den anderen zurückgekehrt sein, denn das unverkennbar weiße Haar war Sir Denis aufgefallen, als Owen vor dem Haus aus dem ersten Wagen stieg. Doch seitdem war er nicht mehr in Erscheinung getreten, was Sir Denis als taktlos empfand. Trauer war natürlich Trauer, doch die sollte privat bleiben und nicht zutage treten, wenn man das Haus voller Gäste hatte. Und was diese Lobrede betraf, diesen Ausbruch der Gefühle – Peter dürfte sich dabei im Grab umgedreht haben.

Die Verlesung des Testaments wollte Sir Denis so bald wie möglich hinter sich bringen. Zuvor würde er sich mit einigen steifen Brandys stärken, denn dass dieser Akt einen schönen Ausgang nehmen würde, konnte er sich nicht vorstellen. Er warf einen Blick auf seine Uhr. Falls Owen Montignac in der nächsten halben Stunde nicht auftauchte, würde er sich an Stella wenden. Auch sie hatte sich tagsüber im Hintergrund gehalten, doch mit ihrer Trauer ging sie weitaus würdevoller um als ihr Cousin, obwohl sie das leibliche Kind des Toten war.

Hier in Leyville hatten er und Peter vor vielen Jahren das ursprüngliche Testament entworfen. Damals gingen sämtliche Gelder und Zinseinnahmen an Peters inzwischen verstorbene Ehefrau Ann. Hier in diesem Haus war das Testament dann zugunsten seines Sohnes geändert worden, nur wenige Stunden nach Andrews Geburt. Hier war der Nachtrag entstanden, der die Zuwendungen für Stella und Owen festlegte, und schließlich war hier auch das Testament nach Andrews Tod erneut geändert worden.

Sir Denis sah der Testamentseröffnung mit gemischten Gefühlen entgegen. Er fragte sich, wie die Angehörigen angesichts der Nachricht reagieren würden. Aber womöglich wären sie nicht einmal überrascht, trotz des Traditionsbewusstseins der Familie, vielleicht rechneten sie sogar mit einem letzten spontanen Entschluss seitens des verstorbenen Patriarchen.

Absehen ließen sich die Reaktionen nicht. Sir Denis konnte sie nicht einmal erahnen, denn die Montignacs waren eine eigenartige Familie, mit einer Neigung zu unvorhersehbarem und launenhaftem Verhalten.

4

Vorsichtig hielt Roderick Bentley das Tablett in den Händen, öffnete die Tür zum Schlafzimmer, trat hinein und achtete darauf, die sorgsam ausbalancierten Gegenstände nicht auf den Teppich fallen zu lassen. Jane war bereits wach, döste jedoch noch ein wenig. Als sie ihren Mann sah, setzte sie sich auf und lächelte ihn verschlafen an.

»Liebling«, sagte sie, »was für ein perfekter Diener du bist.«

Roderick lächelte und stand wie ein wohlerzogener Butler vor ihr. Sie richtete die Kissen in ihrem Rücken und setzte das Tablett behutsam auf ihrem Schoß ab.

»Frühstück, Madam«, verkündete er in dem affektierten Tonfall eines Butlers. Jane schmunzelte, hob die Glocke über dem Teller hoch und enthüllte eine Portion Rührei, Schinkenspeck und Würstchen.

»Rührei«, stellte sie stirnrunzelnd fest. »Darüber muss ich mit Nell reden. Rühreier haben etwas von den Zwanzigerjahren, findest du nicht? Aber aus irgendeinem unerklärlichen Grund weigert sie sich, die Eier zu pochieren.«

»Ich fürchte, was die Eiermode betrifft, bin ich nicht auf dem Laufenden.« Roderick ließ sich in dem Sessel am Fenster nieder. Seine Frau butterte eine Scheibe Toast.

»Du hättest eine zweite Tasse mitbringen sollen«, sagte sie und schenkte sich Tee ein. »Der Tee in der Kanne reicht für zwei.«

»Ich möchte nichts mehr«, entgegnete er mit einer abwehrenden Kopfbewegung. »Um fünf Uhr bin ich aufgestanden, und seitdem habe ich fortwährend dieses Zeug getrunken. Jetzt ist Schluss. Ich will mich im Gerichtssaal nicht ständig entschuldigen müssen.«

»Um fünf?« Jane wandte sich zu ihm um und sah ihn verwundert an. »Warum, um alles in der Welt –?«

»Ich konnte nicht schlafen. Wenn der Tag heute vorbei ist, geht es mir wieder besser.«

»Du siehst müde aus«, bemerkte Jane nach einer Pause. Über ihr Gesicht flog ein angemessener Ausdruck des Mitgefühls. »Armer Roderick. Es hat dich tatsächlich angegriffen, nicht wahr?«

Die gedämpften Laute eines Tumults waren von der Straße her zu hören. Roderick stand auf, schob die Vorhänge einen Spalt weit auseinander und spähte nach unten.

»Herrgott noch mal«, stieß er entnervt hervor.

»Was ist?«, fragte Jane. »Was ist da unten los?«

»Sieht aus wie zwei Reporter, die um den besten Platz auf dem Bürgersteig rangeln. Die anderen feuern sie an.« Roderick zog die Vorhänge wieder zu. »Wahrscheinlich schließen sie sogar Wetten ab, diese verdammten Parasiten. Vielleicht schlagen sie einander ja k. o.«

»Wenn das alles vorbei ist, werden unsere Nachbarn nicht gerade traurig sein«, sagte Jane. »Catherine Jones hat mich gestern angerufen und wollte wissen, wann du dein Urteil verkündest.«

»Und was hast du ihr gesagt?«

»Dass du zu Hause nie über deine Prozesse sprichst. Dass es so etwas wie richterliche Integrität gibt. Na ja, ganz so geschwollen habe ich es nicht ausgedrückt, aber ich glaube, sie hat es begriffen.«

»Braves Mädchen«, sagte Bentley mit beifälligem Nicken. »Du hast das Richtige getan.«

»Roderick?«

»Ja?«

»Du sprichst doch heute das Urteil, oder?«

Roderick ließ sich die Frage durch den Kopf gehen, nagte

an seiner Oberlippe und atmete schwer. In einem Punkt hatte Jane recht, er sprach zu Hause nicht über seine Prozesse. Andererseits hatte er in seinen fünfzehn Jahren als Richter noch nie einer Verhandlung vorgesessen, die zu einem derartigen Aufsehen und öffentlichen Interesse geführt hatte, oder einen Fall gehabt, der dieses Maß an Schwierigkeiten und – für seine Familie – an Belästigungen seitens der Presse verursacht hatte. Und für seine Nachbarn. Er kam zu dem Schluss, dass er diesmal, aber nur dieses eine Mal, einen kleinen Regelverstoß wagen konnte, ohne seiner Integrität dadurch allzu sehr zu schaden.

»Ja«, gab er schließlich zu, »ja, heute Abend wird alles vorüber sein. Da kannst du dir ganz sicher sein.«

»Und wie wird es lauten?«, fragte Jane so beiläufig wie möglich. Dabei schaute sie nicht in seine Richtung und, um ihr mangelndes Interesse zu unterstreichen, gab sie ein wenig von dem anstößigen Rührei auf ihre Scheibe Toast. »Leben oder Tod?«

»Jane«, sagte Roderick mit leisem Lächeln angesichts der Methoden, die seine Frau anwandte, um ihn zu einer Antwort zu verleiten. Mit den Jahren hatte er sich an ihre Tricks gewöhnt und tappte ihr nur selten in die Falle. »Du weißt, dass ich dir das nicht verraten kann.«

»Liebe Güte«, sagte sie, als ginge es um eine triviale Angelegenheit, die ihr die Zeit kaum wert war, »in wenigen Stunden wirst du es ohnehin der ganzen Welt verkünden. Also kannst du es mir auch jetzt sagen, oder? Ich werde es niemandem vorzeitig weitererzählen, das verspreche ich dir.«

An der Tür wurde höflich geklopft. Jane runzelte die Stirn und rief, man solle eintreten. Sophie, das Mädchen für alles, kam herein und brachte die Morgenausgabe der *Times*, die gerade geliefert worden war.

»Danke, Sophie«, sagte Jane, »leg sie einfach da aufs Bett, ja? Und würdest du mir bitte das Bad einlassen. Ich stehe gleich auf.«

»Schon, Ma'am?«, fragte Sophie verblüfft, denn für gewöhnlich blieb ihre Herrin noch etwas länger im Bett, ehe sie sich erhob und der profanen Welt gegenübertrat.

»Ja. Heute Morgen werde ich den Richter zum Old Bailey begleiten, deshalb beeilen wir uns ein bisschen.«

»Jawohl, Ma'am.« Sophie stürzte aus dem Raum und lief hinauf zum Badezimmer.

»Du kommst mit zum Gericht?«, fragte Roderick, als sie wieder allein waren. »Du willst bei dem Urteilsspruch dabei sein?«

»Das habe ich gestern Abend beschlossen«, erwiderte Jane. »Du glaubst doch nicht, das ließe ich mir entgehen, oder? Ich werde dir ein wenig Beistand leisten. Damit du weißt, dass du in diesem kalten Gerichtssaal nicht allein bist. Außerdem wird jeder da sein.«

»Es wird aber nicht *jeder* eingelassen«, entgegnete Roderick gereizt. »Es gibt gar nicht genügend Platz für *jeden.*«

»Für die Ehefrau des Richters dürfte es ja wohl einen Platz geben.« Jane stellte ihr Tablett mit dem Rest des Frühstücks zur Seite. »Wie spät ist es überhaupt?«

»Zehn nach neun«, antwortete Roderick und wusste nicht, ob der Gedanke an seine Frau im Gerichtssaal ihm schmeicheln oder ihn nervös machen sollte. Sie zog die Aufmerksamkeit der Reporter auf sich und schien es zu genießen, wenn sie deren Fragen wie ein geübter Kricketspieler parierte.

»O je«, sagte sie, »ich muss mich beeilen. Wann brichst du auf? Gegen zehn?«

»Ja.«

»Aber *nicht* ohne mich«, betonte sie.

Roderick nickte und sah zu, wie seine Frau das Bett verließ, an den Kleiderschrank trat und ihren Morgenmantel hervorholte. Selbst jetzt, nach all den Jahren, konnte er den Blick nur schwer von ihr abwenden. Nicht nur deshalb, weil er damals, als sie sich kennenlernten, in puncto Frauen unerfahren gewesen war, oder weil sie ihm für mehr als zweieinhalb Jahrzehnte das sinnliche Leben geboten hatte, das er sich zuvor nie als Teil seines Daseins hätte erträumen können; sondern auch, weil sie die Art von Frau war, die mit den Jahren immer attraktiver wurde und ihm jedem Tag neues Glück bescherte. Bei dem Gedanken, an ihrer Seite zu sein, mit ihr zusammen das Gerichtsgebäude Old Bailey zu betreten, fühlte er sich wie ein junger Mann, der seine erste Liebe erlebt. Alles an ihr beflügelte ihn. Er liebte sie.

In jungen Jahren war Janes Haar ein hübsches Blond gewesen. Jetzt in ihren Vierzigern war der Glanz ein wenig verblasst, doch dadurch schien sie nur noch erfahrener, vielschichtiger, attraktiver. Vor Kurzem hatte sie ihr langes Haar auf Schulterlänge schneiden lassen, ein mutiger Entschluss, der Wunder gewirkt hatte. Dennoch gehörte Jane Bentley nicht zu den Frauen, die vorhatten, ihr Alter zu kaschieren. Er wusste, dass sie jetzt ebenso sinnlich wie in den Zwanzigern oder Dreißigern sein konnte, sogar noch mehr, wenn sie es wollte. Ihre aristokratische Haltung hatte sie über die Jahre perfektioniert, und dumme Menschen waren ihr zuwider.

»Was ist?«, fragte sie, drehte sich um und erkannte, dass ihr Mann sie anstarrte. »Was hast du?«

»Nichts«, erwiderte Roderick kopfschüttelnd. »Du bist eine schöne Frau, Jane. Ist dir das bewusst?«

Sie öffnete den Mund, wollte eine witzige Bemerkung machen, doch dann sah sie, dass es ihm ernst war.

Ein Gefühl der Zuneigung durchflutete sie, eine aufschießende Welle der Wertschätzung. Damals, vor all den Jahren, hatte sie gut gewählt, gar keine Frage. Was wäre, wenn sie einen netten, anständigen Mann, den sie nicht liebte, geheiratet hätte, oder – zunehmend elend – die ledige Tochter einer Familie geblieben wäre, deren Tage des Wohlstands längst vergangen waren? Nein, sie hatte keine großen Schwierigkeiten gehabt, ihre Entscheidung zu treffen. Und auf seine Bemerkung musste sie tatsächlich keine Antwort geben. Es war ein aufrichtiges Kompliment gewesen, und sie entschied, es als solches entgegenzunehmen.

Als sie am Bett vorbeikam, nahm sie die *Times* auf, warf einen Blick auf die Schlagzeile und hielt sie ihrem Mann hin, der die Augen schloss.

»Morgen wird der Fisch damit verpackt«, sagte er.

»*Heute königliches Urteil*«, las sie vor. »*Von Bentley wird Nachsicht erwartet.*«

Roderick schüttelte den Kopf. »Bitte nicht.«

»Ein königliches Urteil – in der Tat«, bemerkte sie. »Der Junge und der König sind Cousins dritten Grades. Trotzdem ist er keiner der direkten Nachfolger. Unter solchen Voraussetzungen könnten wir uns wahrscheinlich alle königlich nennen.«

»So sind die Zeitungen.« Roderick war bei seinem Lieblingsthema angelangt. »Sie bauschen alles auf. Auf die Weise hat der Fall ihre Auflage in die Höhe getrieben. Ich sollte so was wie Prozente bekommen.«

»Trotzdem«, sagte Jane. »Oh, sieh mal, hier ist sogar ein ganz gutes Bild von ihm. Das ist ungewöhnlich. Eigentlich gar kein so übel aussehender Bursche, sofern man ihn im rechten Licht betrachtet. Obwohl mir die Kieferpartie der Hannoveraner noch nie gefallen hat. Mir scheint, keiner von ihnen hat ein Kinn.«

»Jane«, sagte Roderick, »der Mann wurde wegen des Mordes an einem Polizisten angeklagt, nicht aufgrund der ästhetischen Mängel seines Aussehens.«

»Es ist trotzdem traurig, oder?«, fragte sie. »Er ist erst so alt wie Gareth. Wenn dann der Rest des Lebens …« Sie taxierte ihren Mann, dessen Miene nichts verriet. »Es ist bedauerlich, ganz gleich, was mit ihm geschieht oder wie das Urteil ausfällt. Ich kann mir gar nicht vorstellen, wie seine Mutter sich fühlen muss, wie *ich* mich fühlen würde, wäre unser Sohn in so einer Lage. Ich weiß, dass es ein furchtbares Klischee ist, aber in so einem Fall kann man gar nicht anders, als den Eltern die Schuld zu geben. Sie müssen ihm ein schlechtes Vorbild gewesen sein.«

»Unser Sohn würde nie in derartige Schwierigkeiten geraten«, betonte Roderick. »Trotzdem spielt es keine Rolle, wer der Angeklagte ist. Gesetz ist Gesetz. Ob man des Königs Cousin dritten Grades ist oder der jüngste und unehelichste Sohn eines Fischhändlers aus Cockfosters. Gesetz ist Gesetz«, wiederholte er.

Jane nickte und warf die Zeitung wieder aufs Bett. »Die lese ich im Auto«, erklärte sie. »Jetzt wird es Zeit für mein Bad. Man kann übrigens nicht der Unehelichste sein«, fügte sie hinzu, denn in puncto Grammatik nahm sie es gern genau. »Da gibt es keine Superlative. Man ist entweder ein Bastard oder nicht.«

Roderick quittierte den Einwand mit einem Schulterzucken, sah ihr nach, als sie den Raum verließ, blieb jedoch sitzen, bis er ihre Schritte auf der Treppe hinauf zum Bad im dritten Stock hörte. Erst da stand er auf, trat ans Bett und nahm – wider besseres Wissen – die Zeitung auf. Zwar wollte er den Artikel nicht lesen, denn über den Fall konnte kein Reporter ihm etwas berichten, das er nicht schon wusste, aber er wollte sich das Bild ansehen.

Seit fast sechs Monaten hatte dieser junge Mann ihm auf der Anklagebank gegenübergesessen, anfangs mit hochmütig abweisender Miene, gegen Ende mit einem Ausdruck des Entsetzens, doch dazwischen hatte sich auf seinem Gesicht die ganze Bandbreite der Gefühle abgespielt. Der Zeitungsfotograf hatte ihn erwischt, als er in den Polizeiwagen verfrachtet wurde. Da war er mit Handschellen an einen Polizisten mittleren Alters gekettet und wirkte bestürzt, als könne er nicht glauben, dass sich das ganze Drama tatsächlich dem Ende zuneigte und sich der Vorhang über etwas senken würde, das er bisher schlimmstenfalls für ein unangenehmes Zwischenspiel gehalten hatte. Und dass er zu guter Letzt des Mordes für schuldig befunden worden war und den Rest seines Lebens entweder im Zuchthaus verbringen oder getötet werden würde. Er wirkte jünger als dreiundzwanzig Jahre, beinah wie ein kleiner Junge, der bei etwas Verbotenem ertappt worden war. Im Grunde wirkte er panisch.

Roderick warf die Zeitung aufs Bett und ärgerte sich über seinen Unverstand, der ihn dazu gebracht hatte, sie überhaupt anzusehen.

»Für alle gilt dasselbe Gesetz«, murmelte er verbissen. »Bettler oder Könige. Gleiches Recht für alle.«

5

Margaret Richmond betrat die Küche, um nach den Dienstboten zu sehen. Seit den fast dreißig Jahren, die sie für die Montignacs arbeitete, hatte sich einiges geändert, doch heute gab es noch einmal einen jener seltenen Anlässe, bei denen das Personal vollständig war, auch wenn die meisten von ihnen nur für diesen Tag engagiert worden waren. Als Andrew, Stella und Owen noch Kinder waren, waren solche Leute in Leyville fest angestellt gewesen: ein Butler, zwei Lakaien, ein Gärtner, eine Köchin, ein Mädchen für oben, ein zweites für unten und ein drittes für den Rest. Und natürlich Margaret selbst, die sich um die Kinder kümmerte und die Dienstmädchen überwachte. Mit dem Butler hatte sie sich verstanden. Er hatte den Gärtner und die Lakaien beaufsichtigt, die wie die Jahreszeiten gekommen und gegangen waren.

Aber diese Zeiten waren vorüber. Nach dem Tod von Ann Montignac vor sechs Jahren hatte Peter die Hälfte von ihnen entlassen.

»Diese herumlungernden Leute brauchen wir nicht«, hatte er erklärt. »Ich komme allein zurecht, und Stella und Owen sind auch keine Kinder mehr. Sie können zur Abwechslung ruhig mal für sich selbst sorgen. Sie müssen für die beiden nicht mehr die Kinderfrau spielen.«

Inzwischen gab es nur noch eine Halbtagsköchin und ein Dienstmädchen, aber keinen Butler und keine Lakaien mehr. Zum Putzen und Staubwischen kamen täglich ein paar junge Mädchen aus der Umgebung. Margarets Rolle war unklar geworden. Sie lebte in der Hoffnung, dass Stella oder Owen heiraten und in Leyville bleiben würden. Und wenn sie dann Kinder hätten und eine Kinderfrau brauchten, würde die natürliche Wahl auf sie, Margaret, fallen. Schließlich war sie gerade erst sechzig Jahre alt geworden und hatte noch immer eine Menge zu bieten. Nur gab es nicht das geringste Anzeichen, dass es dazu kommen würde. Stella war seit über einem Jahr mit Raymond Davis liiert, und vor einigen Monaten hatten die beiden ihre Verlobung bekannt gegeben, aber Hinweise, dass daraus eine Ehe wurde, waren nicht zu erkennen. Margaret hatte den Verdacht, dass es sich um eine jener sich hinziehenden Verbindungen handelte, die junge Leute heutzutage schätzten, und es statt des Brautkranzes eines Tages eine Trennung geben würde. Und Owens Privatleben war ihr ein absolutes Rätsel. In der Zwischenzeit führte sie den Haushalt so gut sie konnte. Für die Trauerfeier hatte sie eine Gruppe junger Frauen und Männer aus dem Ort angeheuert. Owen und Stella schienen damit zufrieden gewesen zu sein.

In der Küche standen drei der Aushilfen in einer Ecke, schwatzten miteinander und rauchten. »Vielleicht schauen Sie noch einmal nach den Gästen«, sagte Margaret mit fester Stimme, »statt hier herumzustehen.« Die drei starrten sie verständnislos an, drückten ihre Zigaretten aus und kehrten zu den Trauergästen zurück. Margaret atmete auf. Ein Streit war das Letzte, was sie wollte. Nicht an einem Tag wie diesem. Aber Dienstmädchen musste man im Auge behalten, da gab es kein Vertun. Ein einziges Mal hatte sie es versäumt, und was waren daraus für Probleme entstanden.

Sie trat wieder hinaus auf den Gang und überlegte, ob sie sich zu der Gruppe im Salon gesellen sollte, wusste jedoch, dass sie sich unter den noblen Herrschaften fehl am Platz fühlen würde. Vollkommen reglos stand sie da und rang nervös die Hände.

An Peter Montignac wollte sie nicht denken, denn wenn sie das tat, müsste sie an Ann denken, die nicht nur ihre Arbeitgeberin, sondern auch ihre beste Freundin gewesen war. Und wenn sie an Ann dächte, würde sie an Andrew denken, den sie wie einen eigenen Sohn geliebt hatte. Hier gab es ein Übermaß an Tod, erkannte sie und wünschte, sie könnte die Bilder der Verstorbenen aus ihrem Kopf vertreiben. Sie herbeizurufen, würde zu Tränen führen, und vor dem Aufbruch der Gäste wollte sie nicht mehr weinen. Sie ging die Treppe hinauf, verharrte vor Owens Tür und beugte sich vor, um zu hören, ob er in seinem Zimmer war oder nicht. Vor einer kleinen Weile hatte sie ihn durch die Eingangstür kommen sehen, doch er war auf geradem Weg nach oben gelaufen, hatte zwei Stufen auf einmal genommen, und seitdem hatte ihn niemand mehr zu Gesicht bekommen. Sie klopfte sacht an die Tür.

»Owen«, sagte sie leise, »Owen, bist du da?«

Keine Antwort.

»Owen? Wie fühlst du dich?«

Von innen kam ein gedämpfter Laut, ein Hüsteln, gefolgt von einem verhaltenen »gut«, ein Wort, das wie ein Rauchfaden durchs Schlüsselloch schwebte.

»Magst du nicht herunterkommen?«, fragte Margaret. »Die Gäste …« Ihre Stimme verebbte. Sie wusste nicht, was mit den Gästen war. Sie tranken und aßen, auch die Männer, die sich vergessen hatten und während einer Trauerfeier Billard spielten. Jeder schien zufrieden. Aber wie auch nicht, die Leute liebten Beerdigungen.

»Danke, Margaret«, erklang es aus dem Zimmer.

Ein Dank, der gleichzeitig bedeutete, dass sie gehen konnte. Margaret nickte und machte kehrt. Auf der halben Treppe blieb sie stehen, ordnete ein Blumengesteck auf der Fensterbank und nutzte die Zeit, um zu entscheiden, was sie tun oder wohin sie gehen sollte. An diesem Tag war sie auf ihren Owen stolz gewesen, stolzer als in den letzten zehn Jahren, als ihre Liebe für ihn abrupt ins Gegenteil umgeschlagen war. Seine Worte in der Kirche hatten sie überrascht und bewegt. Hatte es jemals einen Jungen gegeben, der seinen Onkel dermaßen geliebt hatte? *Diesen Jungen, den ich aufgezogen habe*, ging es ihr durch den Sinn. *Der mir ebenso wie ihnen gehört. Diesen Jungen, den ich gerettet habe.* Wieder verharrte sie reglos, den Blick in die ferne Vergangenheit gerichtet, auf die Kinder, die Bilder, die mit Fingerfarben gemalt worden waren, die Umarmungen, ihre Kleinen.

Eine Dame, bei deren Ehemann es sich um den früheren Innenminister im Billardzimmer handelte, kam aus dem Salon, streckte eine Hand im Samthandschuh aus und tippte Margaret mit der Fingerspitze auf den Arm, als dächte sie, Dienstboten könnten verseucht sein, sodass man sich ihnen besser mit Vorsicht näherte.

»Miss Richmond, oder?«, fragte sie.

»Ja, Ma'am.«

»Könnte es sein, dass eine frische Kanne Tee zu viel Mühe macht? Ich habe eines dieser jungen Mädchen darum gebeten. Sie hat durch mich hindurchgesehen, als wäre ich das Lästige in Person.«

»Kommt sofort, Ma'am«, entgegnete Margaret, die froh war, wieder eine Aufgabe zu haben, froh, gebraucht zu werden. »Für das Mädchen bitte ich um Entschuldigung. Ich erledige das sofort.«

In dem kleinen Zimmer rechts von der Küche saß Annie, die Köchin, und ruhte sich aus. Der Großteil der Speisen war am Vorabend vorbereitet und die frischen Sandwiches am Morgen hergerichtet worden, deshalb hatte sie im Moment kaum etwas zu tun, außer darauf zu warten, dass die Gäste aufbrachen und sie den Aushilfen erklären konnte, wo sauber gemacht werden musste. Obwohl Margaret Richmond sich wahrscheinlich auch darum kümmern würde. Annies Nichte Millie, ein Mädchen aus dem Ort, kam und brachte ihr eine Tasse Tee. Millie gehörte zu den Aushilfen, die nur für diesen Tag engagiert worden waren, hoffte jedoch, daraus würde etwas Festeres werden.

»Tut mir leid, mein Mädchen«, sagte Annie kopfschüttelnd. »Aber die Aussichten stehen schlecht. Offen gestanden glaube ich nicht, dass ich mich hier selbst noch für längere Zeit halte.«

»Aber du bist doch schon seit Jahren hier«, erwiderte Millie.

»Erst seit acht Jahren. Für eine alte Familie wie die Montignacs ist das nicht mehr als ein Tag. Ab sofort wohnen hier nur noch zwei von ihnen, und wozu sollten die eine Köchin brauchen? Dieser Owen hält sich kaum noch hier auf, sondern treibt sich ständig in London herum, weiß der Himmel, was er dort macht. Und Stella –« Annie verdrehte die Augen. Seit ihre Arme schwammig geworden waren und ihre Taille verschwunden war, missbilligte sie junge Frauen. »Stella benimmt sich nicht besser als unbedingt nötig. Wenn ich demnächst meine Papiere bekäme, würde es mich nicht wundern.«

Millie runzelte die Stirn. Demnach würde sie woanders nach einer Stelle suchen müssen, zu einer Zeit, in der es kaum nennenswerte Alternativen gab. »Wie war er überhaupt?«, erkundigte sie sich und ließ sich auf einem Stuhl neben ihrer Tante nieder.

»Wer?«

»Mr Montignac. Der heute begraben wurde.«

Annie zuckte mit den Schultern. »Eigentlich ganz in Ordnung. Ich habe jedenfalls schon Schlimmere erlebt. Weder sehr freundlich noch bewusst unhöflich. Es hieß immer, früher sei er ganz anders gewesen, ehe sein Sohn starb. Sein einziger Sohn, muss man dazu sagen, denn dieser Owen ist ja nicht von ihm. Im Grunde kannte ich ihn nicht gut genug, um ihn richtig beschreiben zu können. Nur die Art, wie er gestorben ist, die war ein Schock.«

»Wieso?«

»Weil man nie den Eindruck hatte, dass er auf der Schwelle des Todes stand. Natürlich hatte er Probleme. Das Herz, der Magen – überhaupt jede erdenkliche Krankheit, wie es manchmal schien. Diesem Arzt da hat er jedenfalls reichlich zu tun gegeben. Allerdings hat er gegessen, als gäbe es demnächst nichts mehr, und das Fleisch musste immer so roh sein, dass man dachte, jeder halbwegs fähige Tierarzt könnte es wieder zum Leben erwecken. Und dann war wie aus heiterem Himmel Schluss.« Zur Betonung schnipste Annie mit den Fingern. »Tot.«

»So ein großes Haus für zwei Personen. Kommt mir wie eine Schande vor.« Für einen Moment fragte sich Millie, wie es wohl wäre, die Herrin eines solchen Hauses zu sein. Sie dachte an Owen Montignac, der ihr aufgefallen war, als er von dem Begräbnis zurückkehrte. Sie hatte ihn angestarrt, ihm wie gebannt nachgeschaut, als er die Treppe zu seinem Zimmer hinauflief. Ihr Herz hatte schneller geschlagen, denn er war außergewöhnlich schön, doch sein Gesicht hatte schmerzerfüllt gewirkt. Noch nie hatte sie einen jungen Mann mit derart weißem Haar oder solch bestechend blauen Augen gesehen.

»Sein Vater war wie er«, sagte Annie. »Hat eine Französin geheiratet. Ausgerechnet.«

»Er sieht sehr gut aus«, sagte Millie versonnen.

»Darauf würde ich nicht viel geben.«

»Nicht wie die meisten anderen hier in der Gegend.«

»Alles wird anders«, klagte Annie. »Heute wohnt kaum noch jemand in solchen Häusern. Die meisten können sich das nicht mehr leisten. Die Kosten sind zu hoch. Jetzt leben alle in London, in Stadthäusern und schicken Wohnungen. Die Landsitze bleiben das ganze Jahr geschlossen. Die meisten davon dienen nur noch Repräsentationszwecken.«

»Und Mr Montignac? Hat er das auch vor?«

»Woher soll ich das wissen.« Annie lachte und sog an ihrer Zigarette. »Denkst du, er weiht Leute wie mich in seine Pläne ein? In dem Punkt ist er wie sein Vater. Ich meine, wie sein Onkel. Das Personal interessiert ihn nicht, vielleicht mit Ausnahme von Margaret Richmond. Aber sie hat ihn ja praktisch aufgezogen, schon ab dem Tag, als er hier erschienen ist.«

In dem Augenblick kam die Besagte durch die Tür. Milly sprang auf. Annie, die sich weigerte, Mrs Richmonds Autorität anzuerkennen, rührte sich nicht vom Fleck.

»Annie, ich werde nach dem Tee gefragt«, sagte Margaret müde.

»Nach welchem Tee?«

»Nach dem fehlenden Tee.«

Annie blieb noch einen Moment sitzen. Dann stemmte sie sich hoch, mühsam, als hätte sie ein Gewicht zu tragen, für das sie kaum genügend Kraft besaß. Ohne Margaret anzusehen, ging sie an ihr vorbei in die Küche, wo sie den anderen kurze, scharfe Befehle erteilte.

»Und du? Mildred, oder?«, fragte Margaret.

»Millie, Ma'am.«

»Auch gut. Vielleicht siehst du einmal nach den Herren im

Billardzimmer. Sie werden etwas brauchen, obwohl ich nicht finde, dass man an einem Tag wie diesem Spiele machen sollte.«

»Jawohl, Ma'am.« Millie war feuerrot angelaufen und rannte hinaus.

Verstimmt sah Margaret sich in dem leeren Raum um und ärgerte sich, weil alles ihr überlassen blieb. Es wäre um einiges leichter, wenn Stella und Owen sich ein wenig um die Gäste bemühen und sich für deren Erscheinen bedanken würden.

6

Leonard fuhr den Wagen zum Eingang des Hauses am Tavistock Square und drosselte das Tempo, um keinen der herumlungernden Reporter umzufahren, obwohl er genau das gern getan hätte. Einige von ihnen klopften ans Seitenfenster, riefen ihm durch die Glasscheibe Fragen zu, aber dabei handelte es sich um diejenigen mit der geringsten Erfahrung. Der Rest wusste, dass der Chauffeur ihnen nichts mitteilen würde, nicht einmal etwas Interessantes mitzuteilen hätte.

»Bist du so weit?«, fragte Roderick seine Frau. Jane begutachtete sich ein letztes Mal im Flurspiegel. Es war bereits Viertel nach zehn, und Roderick wollte unbedingt losfahren.

Jane nickte. »Ich bin soweit.«

»Und denk daran – kein Wort zu einem von denen da draußen«, mahnte Roderick und öffnete die Tür. An der Straße wurden sie von einem guten Dutzend Reporter empfangen, die Block und Bleistift zückten und sie mit Fragen bombardierten.

»Euer Ehren, werden Sie heute das Urteil verkünden?«

»Haben Sie mit dem Königshaus gesprochen?«

»Richter, wird es Leben oder Tod? Leben oder Tod? Wird er genau wie jeder andere behandelt?«

Zielstrebig und mit gesenktem Kopf steuerte Roderick den

Wagen an. Leonard hatte die Tür des Fonds schon geöffnet und stand dort wie ein Wachsoldat. Jane tat, wie ihr geheißen, und sagte kein Wort, doch sie hielt den Kopf hoch und lächelte der Pressemeute zu. Fotografen waren nicht zugegen, was sie enttäuschte. Allerdings wusste sie, dass einige von ihnen am Old Bailey stehen würden. Und deshalb trug sie einen neuen Hut.

»Fahren Sie los, Leonard«, befahl Roderick, als sie sicher im Wagen saßen und die Türen geschlossen waren. »Wenn Sie wollen, können Sie auch losrasen.«

»Jawohl, Sir«, kam die Antwort vom Fahrersitz. Leonard legte den ersten Gang ein. Sie verließen den Platz und schlugen den Weg zum Justizpalast ein.

»Lange kann ich diese verdammten Zeitungsfritzen nicht mehr ertragen«, erklärte Roderick, doch während der Fahrt entspannte er sich ein wenig. »Was ist das nur für ein Beruf?«

»So etwas interessiert die Leute eben.« Jane zuckte mit den Schultern, als ginge es um die natürlichste Sache der Welt. »Daraus kannst du ihnen keinen Vorwurf machen. So sind die Menschen. Und es ist nun mal ihr Beruf.«

Bentley brummte irgendetwas und schaute aus dem Seitenfenster. Allmählich merkte man, dass der Sommer nahte. Die Bäume entlang der Southampton Row waren zum Leben erwacht. Hier und da sah man ein paar tapfere Seelen, die ihre Winterjacken gegen etwas Leichteres getauscht hatten. Für Juni war es ein ungewöhnlich warmer Morgen geworden.

»Roderick«, begann Jane wenig später, »hast du überhaupt einmal etwas von ihnen gehört?«

Diese eine Reporterfrage war ihr im Gedächtnis geblieben. Daran hatte sie in den vergangenen Monaten kein einziges Mal gedacht. Jetzt sann sie darüber nach.

»Von wem gehört?« Roderick wandte sich zu seiner Frau um.

»Dem Königshaus. Oder dem König. Hat er Kontakt zu dir aufgenommen?«

Roderick lachte auf. »Natürlich nicht. Du glaubst doch nicht im Ernst, der König würde aus persönlichem Interesse versuchen, ein Verfahren zu beeinflussen, oder?«

»Wenn, würde es mir nicht gefallen«, bekannte Jane. »Aber wundern würde es mich auch nicht. Er ist nicht ganz der Mann, der sein Vater war.«

»Darum geht es nicht«, entgegnete Roderick.

»Seit er den Thron bestiegen hat, sind wir nicht ein einziges Mal in den Buckingham-Palast eingeladen worden. Ist dir das auch aufgefallen?«

»In der Vergangenheit waren wir dort auch nicht gerade regelmäßige Gäste.«

»Das nicht«, räumte Jane ein, »aber wir wurden zum Gartenfest eingeladen. Das war 1932, weißt du noch? Als Königin Mary sich so reizend über meinen Hut geäußert hat.«

»Richtig«, sagte Roderick, der sich an das Fest erinnerte, jedoch nicht an das Kompliment und gewiss nicht an besagten Hut.

»Und als du zum Ritter geschlagen wurdest, fand eine Dinnerparty statt. Ramsay MacDonald war auch da.«

»Das sind zwei Mal«, sagte Roderick. »Zwei Einladungen in all den Jahren machen uns noch nicht zu Vertrauten der königlichen Familie.«

»Nein«, natürlich nicht«, erwiderte Jane, »aber ich fände es schön, auch zu anderen Anlässen eingeladen zu werden, du nicht? Der König gehört immerhin zu unserer Generation. Vielleicht würde ihm unsere Gesellschaft ja gefallen.«

»Vielleicht zu deiner Generation«, antwortete Roderick lachend. »Ich bin gut zehn Jahre älter als er.«

»Ach, die paar Jahre machen doch keinen Unterschied. Vielleicht sollten wir versuchen, zum nächsten Staatsdinner eingeladen zu werden. Aber wie stellt man so etwas an?«

»Keine Ahnung«, erwiderte Roderick, dem es zudem ziemlich einerlei war. Solche gesellschaftlichen Ereignisse interessierten ihn nicht.

»Wenigstens zu den Gartenpartys sollten wir regelmäßig eingeladen werden«, fuhr Jane fort. »Wenn wir uns mit ihm anfreunden, hätten wir die Möglichkeit, im nächsten Sommer zur Krönung eingeladen zu werden. Vielleicht sollte ich diese

Simpson mal zum Nachmittagstee bitten. Hältst du das für machbar, oder sollen wir ihr die kalte Schulter zeigen, bis man uns eines Besseren belehrt?«

Der Wagen bremste abrupt. Die Bentleys rutschten nach vorn.

»Tut mir leid, Euer Ehren«, sagte Leonard und drehte sich kopfschüttelnd zu ihnen um. »Ein Zeitungsjunge«, ergänzte er. Ehe er aus dem Wagen springen und ihm nachsetzen konnte, war der Junge verschwunden, ein Kind noch, mit einem Arm voller Zeitungen und Pappschildern auf Brust und Rücken. Auf den Schildern hatte eine Schlagzeile gestanden. *Bald Urteilspruch für königlichen Vetter.*

»Man wird sie einfach nicht los«, stellte Roderick missmutig fest.

Jane lehnte sich wieder zurück und zog ihre Puderdose aus der Handtasche hervor, um in dem kleinen Spiegel nachzusehen, ob ihr Hut nach dem Ruck noch richtig saß. »Denkbar ist natürlich auch, dass wir zurzeit wegen des Prozesses von der Gästeliste gestrichen worden sind. Womöglich möchte der König nicht, dass man glaubt, er würde dich auf irgendeine Weise beeinflussen.«

»Das wäre einleuchtend«, sagte Roderick.

»Aber er kennt dich ja nicht und weiß nicht, wie unbestechlich du bist. Und wie furchtbar ehrlich«, fügte sie mit einem winzigen Hauch Sarkasmus hinzu. »Diese berühmte Integrität und Ethik. Das Unparteiische des richterlichen Systems – all das weiß er ja nicht, oder?«

»Ich möchte eigentlich annehmen, dass mein Ruf mir vorauseilt«, erwiderte Roderick und versuchte, bescheiden zu bleiben. »Schließlich bin ich seit fünfzehn Jahren Richter am Hohen Gerichtshof und glaube, ein gewisses Maß an Achtung errungen zu haben.«

»Was meinst du, was er von all dem hält?«

»Der König?«

»Ja.«

»Wovon soll er etwas halten?«

»Von dem Fall, Roderick«, sagte Jane ungeduldig. »Stell dich nicht dumm. Von Henry Domson. Seinem Cousin.«

»Seinem Cousin dritten Grades«, verbesserte Roderick. »Henry Domson wurde von Geschworenen seines Ranges schuldig gesprochen, einen Polizisten kaltblütig ermordet zu haben. Einen Polizisten, der letztlich dem König verantwortlich ist. Ich nehme an, der König vertritt die Ansicht, dass das Urteil gemäß dem Verbrechen ausfallen muss.«

»Aber es geht doch um seinen Cousin«, sagte Jane.

»Seinen Cousin dritten Grades«, beharrte Roderick.

Daraufhin schwiegen sie für eine Weile, doch es war klar, dass Jane etwas loswerden wollte, jedoch noch nicht wusste, wie sie es in Worte kleiden sollte. Nur ein einziges Mal in ihrer Ehe hatte sie versucht, ihren Mann bei seiner Entscheidung über einen Fall zu beeinflussen. Das hatte er ihr damals äußerst übel genommen, und es war zum Streit gekommen, was sonst nur selten geschehen war. Zu guter Letzt hatte sie versprochen, sich nie mehr in eines seiner Verfahren einzumischen. Doch diesmal stand zu viel auf dem Spiel: ihre gesellschaftliche Stellung, Einladungen zu Gartenfesten im Buckingham-Palast, ein Platz anlässlich der Krönung ... Aussichten, die zum Greifen nah waren. Auf dem Weg an Holborn vorüber war die Spannung zwischen ihnen spürbar geworden.

»Roderick«, brach es schließlich aus Jane hervor.

»Nein, Jane«, entgegnete er scharf.

»Roderick, bitte lass mich nur das eine sagen –«

»Du sollst überhaupt nichts sagen. Ich habe meine Entscheidung getroffen, und sie steht fest.«

»Bitte, lass mich ausreden«, sagte sie. »Ich will nur dieses eine sagen, und danach werde ich über das Thema nichts mehr verlauten lassen.« Sie zögerte kurz. »Bitte, Roderick«, wiederholte sie, »darauf gebe ich dir mein Wort.«

»Dann sag es«, entgegnete Roderick, der die Debatte beenden wollte. »Aber ich warne dich. Du verschwendest deine Zeit, ganz gleich, um was du bitten willst. Ich habe mich entschieden.«

»Gut. Es ist nur diese eine Sache. Nein, eigentlich sind es zwei.«

»Ha!«, sagte Roderick.

»Erstens, ganz gleich, was dieser junge Mann angeblich getan hat –«

»Nicht angeblich.« Roderick wurde ärgerlich. »Er ist schuldig gesprochen worden. Wir haben ein Geschworenensystem, und wenn jemand schuldig –«

»Na gut, ganz gleich, was dieser junge Mann *getan* hat«, fiel sie ihm ins Wort, um eine semantische Diskussion zu vermeiden, »ich finde, es wäre eine große Schande für die Nation, wenn ein Cousin des Monarchen, ein Cousin *dritten* Grades«, fügte sie hastig hinzu, »zum Tode verurteilt würde. Ich meine, was sagt denn das über unsere Gesellschaft aus? Herrschaftszeiten noch mal, der Junge hat schließlich Eton besucht. Ich könnte mir denken, dass der König dem Richter, der das erkannt hat und den Jungen laufen lässt, ausgesprochen dankbar wäre.«

»Ich sage dazu nichts«, entgegnete Roderick. »Bist du jetzt fertig?«

»Nein, da ist noch etwas.« Sie senkte ihre Stimme. »Dieser Junge, dieser Henry Domson, wie alt ist er noch gleich?«

»Dreiundzwanzig.« Nach all den Monaten, die er sich mit dem Angeklagten befasst hatte, hätte Roderick jede Frage über dessen Leben wie aus der Pistole geschossen beantworten können.

»Dreiundzwanzig Jahre alt.« Bekümmert schüttelte Jane den Kopf. »Noch ein Kind. Genau so alt wie Gareth. Stell dir vor, er wäre in dieser Lage. Würdest du deinem Sohn ein solches Schicksal wünschen?«

»Dazu wird es nie kommen«, erwiderte er. »Ich habe es schon einmal gesagt: Gareth mag sein, wie er will, aber das, was Domson getan hat, würde unser Sohn nie tun.«

»Du hast dich schon einmal für ihn eingesetzt«, sagte Jane. »Weißt du das nicht mehr?«

Roderick warf ihr einen Blick zu. Es ging um einen Vorfall, den er am liebsten vergessen hätte.

»Erinnerst du dich noch? Damals hast du deine ethischen

Grundsätze zur Seite geschoben, um ihm einen Schulverweis zu ersparen.«

»Natürlich erinnere ich mich noch daran. Damals handelte es sich um einen Schulbubenstreich. Es war etwas vollkommen anderes.«

»Es war ein gewalttätiger Akt.«

»Es war ein Streich, der aus dem Ruder gelaufen ist.«

»Du bist ein Vater, Roderick, vergiss das nicht. Und dieser Junge ist nur ein Junge.«

»Er ist dreiundzwanzig Jahre alt«, rief Roderick aufgebracht. »So jemand ist wohl kaum noch ein Junge.«

»Ich habe zu dem Thema jetzt alles gesagt«, erwiderte Jane. Vor ihnen tauchte Old Bailey auf. »Den Rest überlasse ich deinem Gewissen. Du wirst wissen, was das Richtige ist.«

»Das möchte ich doch meinen.« Roderick schnaubte. Der Wagen hielt an. Die nächste Schar Reporter stürzte auf sie zu. »Verflucht noch mal. Überall Presse. Halte den Kopf gesenkt und nimm meine Hand. Und sprich mit niemandem, bevor wir im Gerichtssaal sind. Hast du mich verstanden?«

Roderick dachte, in einer Stunde wird alles vorbei sein, und das Leben kann wieder normal werden. Er stieg aus dem Wagen, bahnte sich einen Weg durch die Menge, erreichte die Eingangsstufen und schließlich die vergleichsweise Ruhe und Sicherheit seines geliebten Gerichtssaals.

7

»Die Lobrede, die du gehalten hast«, begann Stella Montignac. Sie saß im Zimmer ihres Cousins auf einem Sessel in der Ecke und warf einen Tennisball von einer Hand in die andere. »Ich hätte nie gedacht, dass etwas so Poetisches in dir steckt.«

»Das überrascht mich«, sagte Montignac, der an seinem Schreibtisch saß. »Ich bin doch nicht aus Stein.«

»Das weiß ich«, lenkte Stella hastig ein. »Ich wollte nicht …« Ihre Stimme verklang. Sie schüttelte den Kopf und seufzte leise. »Lass uns nicht streiten«, bat sie. »Nicht an diesem Tag.«

»Ich streite nicht«, entgegnete Montignac gelassen. Er schaute zu Stella hinüber und erkannte verwundert, wie viel Mühe sie sich anlässlich der Beerdigung mit ihrem Aussehen gegeben hatte. Sonst trug sie weder aufwändige Kleidung noch ein Übermaß an Make-up, doch für das Begräbnis ihres Vaters hatte sie mehr als üblich investiert. Ihr Kleid war ebenso schwarz wie ihr Haar, und unter ihren Augen hatte sie einen Hauch Lidstrich verteilt, der sich gehalten hatte, denn während der Bestattung hatte sie nicht geweint.

»In Anbetracht der Umstände war es ein sehr schöner Gottesdienst«, fuhr sie fort. »Alles war so, wie er es sich gewünscht hätte. Wundervolle Hymnen, schöne Blumen …«

»Hymnen«, sagte Montignac verdrossen. »Wozu sollen die gut sein? Und seit wann hat dein Vater sich für Blumen interessiert?«

Er warf einen Blick auf das Blatt Papier auf seinem Schreibtisch, überflog die Zeilen noch einmal, unterschrieb und steckte die Seite gefaltet in einen Briefumschlag. Als Stella vor wenigen Minuten sein Zimmer betreten hatte, war er dabei gewesen, einen Brief an Nicholas Delfy zu schreiben. Delfy war der Besitzer eines kleines Spielkasinos im East End von London, dem Owen eine beträchtliche Summe Geld schuldete. Der Betrag war überfällig, und seit einer Weile waren die Zinsen hinzugekommen. Direkte Drohungen hatte er nicht erhalten, aber er hatte die Hinweise vernommen. Beim Verfassen des Briefs hatte er sich um den richtigen Tonfall bemüht, eine Mischung aus lockerem Humor, der das Triviale dieser Angelegenheit für einen Montignac implizierte, und ehrlichem Ansinnen, das Delfy klarmachen sollte, die Schulden würden in Kürze beglichen. Genau genommen schon in den nächsten Tagen.

»Als ich klein war, mochte er Hymnen und interessierte sich auch für den Garten«, betonte Stella. »Aber wahrscheinlich hast du recht. Zu seinen Leidenschaften gehörte weder das eine noch das andere.«

»Vielleicht kannte ich ihn damals noch nicht«, sagte Montignac.

»Vielleicht«, räumte Stella ein. »Owen, es geht dir doch gut, oder? Es hat dich doch nicht zu sehr mitgenommen?«

Mit einem Seufzer legte er seinen Füllfederhalter ab, steckte den Brief in die oberste Schreibtischschublade und schloss sie ab. Den Schlüssel verstaute er in seiner Westentasche. Dann wandte er sich zu seiner Cousine um, erfasste die Trauer unter der Strenge ihres Aussehens und verspürte ein Gefühl, das der Zuneigung verdächtig nahe kam. Er verjagte es umgehend, ganz gleich, was es gewesen war.

»Wahrscheinlich sind alle noch unten«, sagte er.

»Noch einige. Wir sollten hinuntergehen. Dass wir zu zweit hier oben sitzen, gehört sich nicht.«

»Geh du.«

»Sie werden auch dich erwarten. Aber wenn es dich zu sehr angreift, dann –«

»Stella, könntest du bitte aufhören, die Märtyrerin zu spielen«, fiel Montignac gereizt ein und fuhr mit der Hand über seine Augen. »Er war dein Vater, nicht meiner. Wenn jemand das Recht hat, erschüttert zu sein, bist du es ja wohl, nicht ich. Und ich habe ganz sicher genügend innere Kraft, um mich mit ein paar neugierigen Hausgästen abzugeben, ohne gleich in Tränen auszubrechen.«

»Er war ebenso dein Vater wie meiner, und das weißt du auch.«

»Er war mein Onkel.«

»Aber er hat dich als Sohn betrachtet. Leugne es nicht. Nicht heute.«

Montignac nickte und schwieg für einen Moment. »Ich weiß«, murmelte er. »Ich weiß, als was er mich betrachtet hat.«

»Deshalb ist es unser beider Angelegenheit, und wir gehen jetzt beide nach unten«, beharrte Stella. »In einer Zeit wie dieser sollten wir uns ohnehin beistehen. Dazu sind Familien schließlich da. Weißt du, dass einige der Männer unten Billard spielen?«, fügte sie noch hinzu.

»Billard?«

»Ja. Oder zumindest hat Margaret das behauptet. Sie findet es nicht richtig.«

»Ist es auch nicht.« Montignac überlegte, welche Anstandsregeln in solch einem Fall galten. »Ich gehe nach unten und sage ihnen Bescheid.«

»Aber du machst keine Szene.«

»Nein. Wohl eher nicht.«

»Und noch etwas«, sagte sie. »Vorhin hat Denis Tandy mich angesprochen. Es geht um das Testament. Er möchte es so bald wie möglich eröffnen.«

»Das ist nicht dein Ernst«, entgegnete Montignac und konnte nicht fassen, dass Tandy so wenig Feingefühl an den Tag legte. »Damit ist er heute zu dir gekommen? Warum hat er denn mit mir nicht darüber gesprochen?«

»Er hat dich gesucht, aber –«

»Dann hat er aber nicht sehr lange gesucht. Abgesehen davon hätte er warten können, ehe er dich damit behelligt. Es ist ja auch nicht so, als stünden uns in dem Punkt große Überraschungen bevor. Du machst dir deshalb doch keine Gedanken, oder?«

»Nein.« Stella schüttelte den Kopf. »Ich musste mir tausend Mal sagen lassen, dass ich als Frau für das Erbe nicht infrage komme. Ich weiß, wie abwegig es ist, weiblich zu sein. Die Montignacs hinterlassen ihr Erbe nur den Männern der Familie«, intonierte sie verächtlich und wandte den Blick von ihrem Cousin ab. »Sehr modern finde ich das nicht.«

»Du hast keinen Grund, dir Sorgen zu machen.« Montignac trat auf sie zu und nahm ihre Hand. »Bitte, glaub nicht eine Sekunde lang, ich ließe etwas zu, das dir Unannehmlichkeiten bereitet. Was mir gehört –« Er verstummte, denn zu sagen, das, was ihm gehöre, gehöre auch ihr, würde doch etwas zu weit gehen. Stella hatte verstanden und ließ den Halbsatz unvollendet zwischen ihnen stehen.

Sie schaute auf ihrer beider Hände, nahm wahr, dass er seine Finger perfekt mit ihren verflochten hatte, und genoss die Berührung. Es war das erste Mal seit vielen Jahren, dass er ihre Hand auf die Weise hielt. Sie hob den Kopf. Ihre Blicke trafen sich. Einen Moment lang hielt er ihren Blick fest, dann gab er ihre Hand frei und wandte sich ab.

»Ich habe Tandy gesagt, morgen früh wäre es uns recht«, erklärte sie seinem Rücken. »So gegen elf Uhr wird er hier erscheinen. Das Ganze wird vermutlich nicht sehr lange dauern.«

»Fein«, sagte Montignac, der mit den Gedanken woanders war und sich in bitteren Erinnerungen verloren hatte. »Ich gehe jetzt besser nach unten.«

Stella stand auf. Sie gingen zur Tür. »Ich habe sowieso nie verstanden, warum es Trauerfeiern geben muss«, sagte Stella. »Bei einer Beerdigung sind doch schon alle bedrückt. Warum muss man solche Gefühle ausdehnen und Leute einladen und dann so etwas Ähnliches wie eine Party veranstalten?«

»Wenn es nach mir gegangen wäre, hätten wir uns die Mühe nicht gemacht«, entgegnete Montignac. »Aber es gehört sich wohl so. Und die Leute sind von allein gekommen. Wir haben niemandem eine offizielle Einladung geschickt.«

»Nein.«

»Wir könnten morgen Mittag zusammen essen«, schlug er vor. »Nur wir beide. Ich meine, nach der Eröffnung des Testaments. Da können wir alles Weitere besprechen. Was das Haus betrifft und so.«

»Gut.« Stella nickte. »Ich glaube, einige der Angestellten machen sich Sorgen. Margaret hat gehört, dass Annie befürchtet, sie könnte ihre Stelle verlieren.«

»Wenn ich das Sagen gehabt hätte, hätte sie die schon vor Jahren verloren. Sie trinkt mehr als sonst jemand im Haus und raucht wie ein Schlot. Aber darüber können wir morgen sprechen, im Moment ist es nicht wichtig. Lass uns nach unten gehen und zusehen, dass wir die Schweinebande loswerden. Die verschwinden sonst nie.«

Stella sah ihn verdutzt an. Solche Ausdrücke benutzte er so

gut wie nie, sondern legte vielmehr Wert auf sprachliche Eleganz und das Benehmen eines Gentlemans. In diesem Moment kam ihr der Lapsus erst recht unpassend vor, jetzt, da sie einander wieder näher gekommen waren und miteinander sprachen wie zu der Zeit, als sie Teenager waren. Das Wort, das er benutzt hatte, besaß einen gewalttätigen Beigeschmack, einen Zorn, der sie an Dinge erinnerte, die sie lieber vergessen wollte.

Sie beobachtete, wie er sein Aussehen in dem hohen Standspiegel überprüfte und sein Jackett glatt zog. Ihr fiel wieder ein, wie er im Alter von fünf Jahren zu ihnen gebracht worden war. Für sein Alter war er klein gewesen, ein wenig schmuddelig hatte er gewirkt, Sommersprossen und vorstehende Zähne gehabt und mit französischem Akzent gesprochen. Und dann war da natürlich noch das Haar gewesen, dieser auffällige schneeweiße Schopf, sodass ihr der Mund beim ersten Anblick offen geblieben war. Und dann die blauen Augen, der Blick, der sie damals zu durchdringen schien. Und jetzt stand er hier, zwanzig Jahre später, designiert, den Besitz der Montignacs zu übernehmen. Inzwischen maß er einen Meter achtzig, und das vormals blasse Gesicht hatte dank Sport und gesunder Ernährung einen Hauch Farbe bekommen. Mittlerweile sah er gut aus, so unansehnlich er früher auch gewesen war. In den letzten beiden Jahrzehnten hatte er sich auf derart vielfältige Weise verändert, dass sie es im Einzelnen gar nicht mehr nachvollziehen konnte. Doch seinerzeit hatte sie ihn willkommen geheißen, sie und Andrew hatten es getan. Nie hatten sie ihm das Gefühl gegeben, ein Außenseiter zu sein, obwohl Owen alles daran gesetzt hatte, sich immer wieder in diese Position zu begeben.

»Was ich dir noch sagen wollte«, begann sie oben auf dem Treppenabsatz. Er blieb stehen und sah sie abwartend an. »Ich war heute sehr stolz auf dich. Ich glaube, ohne dich hätte ich es nicht durchgestanden. Denn mit einem Mal hat Andrew mir ganz furchtbar gefehlt – das Ganze hat schreckliche Erinnerungen wachgerufen. Aber dich an meiner Seite zu haben, das war so etwas wie ein Trost.«

Montignac sann über diese Worte nach. Seine Zungenspitze drückte einen Mundwinkel nach außen. Zu guter Letzt quittierte er das Kompliment mit einem knappen Nicken, lief die Treppe hinunter und ließ sie allein oben stehen.

8

Jane Bentley steuerte die Galerie des Gerichtssaals Nummer 1 an, wo sie ihre Freundin Eleanor Tandy in der ersten Reihe entdeckte und sich auf dem freien Platz an deren Seite niederließ. Unter ihnen nahm die Schar der Gerichtsreporter, Staatsanwälte, Verteidiger und Polizisten ihre Plätze ein, als wären sie Schauspieler in einem Stück, bei dem sich gleich der Vorhang heben würde und das Publikum bereits gespannt auf die Vorstellung wartete. Diejenigen, die frühzeitig erschienen waren, hatten sich Sitzplätze in den vordersten Reihen sichern können. Es fehlte lediglich die Platzanweiserin, die sich mit einem Tablett voller Eiscremepackungen durch die Reihen schlängelte, und die Töne der Geigen, die in einem Orchestergraben gestimmt wurden.

»Ich hatte schon angefangen, mir Sorgen zu machen.« Eleanor hatte ihre Handtasche von dem frei gehaltenen Platz genommen und vor sich auf den Boden gestellt. »Ich wusste nicht, wie lange ich dir den Platz noch reservieren könnte, aber dann dachte ich, dass du dir das hier niemals entgehen lässt.«

»Wie könnte ich«, entgegnete Jane. »Jeder wird heute hier sein, das habe ich vorhin noch zu Roderick gesagt.«

»Nicht jeder«, bemerkte Eleanor mit vielsagendem Lächeln. »Bei manchen fällt die Abwesenheit sogar auf.«

»Meinst du den König? Und den Herzog von York?«

»Unter anderem. Sie halten sich heraus.«

»Ist das als Vorwurf gemeint?«, erkundigte sich Jane. »Der Ärmste sitzt doch erst seit wenigen Monaten auf dem Thron.

Und ständig wird über diese Amerikanerin gelästert, mit der er sich trifft. Und jetzt auch noch das. Ein Mörder in der Familie. Ein sehr verheißungsvoller Auftakt ist das für ihn nicht. Man fragt sich, was dann die kommenden vierzig Jahre bringen werden.«

»Ein merkwürdiges Geschlecht, das ist jedenfalls meine Meinung.«

»Die Windsors?«

»Wer denn sonst? Wie es heißt, könnte Prinz Albert, der Mann von Königin Victoria, sogar Jack the Ripper gewesen sein. Mit anderen Worten, der Urgroßvater des jetzigen Königs.«

»Das sind doch nur Spekulationen.« Jane lachte. Sie las nicht so viele Detektivgeschichten wie ihre Freundin. »Mir kommt das eher unwahrscheinlich vor.«

»Es gibt ja auch einen Unterschied«, sagte Eleanor. »Der Ripper hat Huren umgebracht. Der neue König dagegen hat eine von ihnen zu seiner Geliebten gemacht.«

Jane musste ein Kichern unterdrücken. »Eleanor, bitte. Man könnte dich hören.«

»Sei's drum«, erwiderte Eleanor. »Ich finde, man weiß kaum noch, wem man trauen kann. Aber dieser Junge, dieser Domson, der sieht dem verstorbenen König ähnlich, meinst du nicht? Da ist so etwas um die Augen.«

Jane zuckte mit den Schultern. »Von Nahem habe ich ihn noch nie gesehen. Nur auf Fotos.«

»Ich war jeden Tag hier«, sagte Eleanor. »Nicht ein Wort ist mir entgangen. Außer der Verhandlung hat es für mich in den letzten Monaten gar nichts anderes mehr gegeben. Und Roderick war fabelhaft.« Jane lächelte und quittierte das Kompliment, indem sie den Kopf leicht zur Seite neigte. »Wahrscheinlich darfst du mir vorher nicht sagen, wie sein Urteil ausfallen wird, oder?«

»Leider nicht.«

»Aber er wird es doch in wenigen Minuten verkünden. Und es ist ja auch niemand da, dem ich es weitererzählen könnte.«

»Tut mir leid, aber die Antwort ist: Nein. Gewisse Geheimnisse zwischen Eheleuten müssen geheim bleiben.« Zu ihrem Bedauern wusste ja auch Jane nicht, ob ihr Mann den Jungen zu lebenslänglicher Haft in Brixton oder dem Gang zum Galgen verurteilen würde. »Was wäre ich denn für eine Ehefrau, wenn ich so etwas preisgeben würde.«

Der Fall Rex gegen Domson hatte vor sechs Monaten begonnen. Dabei ging es um einen Einbruch in das Lager einer Schmuckfabrik an der London Bridge, den die Polizei vereitelt hatte. Domson war der Kopf der Bande. Wären er und seine Leute erfolgreich gewesen, hätten sie Diamanten und andere Juwelen im Wert von fast zweihunderttausend Pfund Sterling gestohlen. Aber einer der Diebe hatte zuvor seine Zunge spazieren geführt, sodass die Polizei noch am Abend des Verbrechens einen Hinweis erhalten hatte. Drei von Domsons Komplizen wurden vor Ort festgenommen, doch er selbst konnte fliehen. Die Polizisten verfolgten ihn durch das Hafengelände, ehe er von zweien hinter einem Lastwagen in die Enge getrieben wurde. Als die beiden ihn festnehmen wollten, zog er eine Waffe aus der Jackentasche und erschoss den Polizeibeamten Peter Milburn, 52, kaltblütig. Er hätte auch den anderen erschossen, doch es stellte sich heraus, dass seine Waffe Ladehemmung hatte. In dem nachfolgenden Kampf wurde Domson überwältigt.

Die Presse hatte den Vorfall anfangs nur am Rande erwähnt – Verbrechen dieser Art kamen schließlich alle Tage vor –, doch dann war bekannt geworden, dass Domson ein Cousin zweiten Grades von König George V. war und ein Cousin dritten Grades des Prinzen von Wales, der kurz nach dem Beginn des Prozesses den Thron bestieg. Auffallend war jedoch, dass aus dem Buckinghampalast keine Verlautbarungen zu dem Thema kamen. Von dort gab es nur einen einzigen Kommentar, der besagte, dass die Mitglieder der königlichen Familie mit Mr Domson weder bekannt waren, noch ihm jemals begegnet seien. Dennoch reichte die Verbindung aus, um aus dem Fall einen Skandal zu machen.

Im Lauf der Verhandlung waren etliche der Beteiligten ins

Rampenlicht gerückt, darunter der Hauptankläger, Kronanwalt Harkman, sein geschätzter Kollege der Verteidigung, Kronanwalt McAlpine, und natürlich der Vorsitzende der Verhandlung, der ehrenwerte Richter Seiner Majestät, Sir Roderick Bentley, in dessen Händen der Fall lag.

Im Grunde war es ein klarer Fall, doch dann hatte Domson auf nicht schuldig plädiert. Daraufhin hatte die Verhandlung sich bis Anfang Juni hingezogen, bis zum Donnerstag der vergangenen Woche, als die Geschworenen den Angeklagten für schuldig befanden. Der Schuldspruch wurde verkündet. Domson auf der Anklagebank wirkte entsetzt. Einige, die nicht weit von ihm entfernt saßen, fragten sich, ob er seine feudale Familie noch mehr entwürdigen und hier vor aller Augen in Tränen ausbrechen würde. Doch Domson gelang es, seine Gefühle zu bezwingen, er griff lediglich haltsuchend nach dem Geländer vor der Anklagebank.

Seither hatte die Presse die Sache von allen Seiten beleuchtet. Bei Mord handelte es sich um ein Kapitalverbrechen, dem in der Regel die Todesstrafe folgte. Einen Polizisten in der Ausübung seiner Pflicht umzubringen, galt als besonders abscheulich. In solchen Fällen war bisher ausnahmslos die Todesstrafe verhängt worden. Andererseits hatte es noch nie einen solchen Angeklagten gegeben, sodass in den Zeitungen mehrheitlich davon ausgegangen wurde, Richter Bentley werde von der Todesstrafe absehen und ihn aufgrund seiner königlichen Beziehungen zur lebenslanger Zwangsarbeit verurteilen. Es war sogar schon so weit, dass in den Kolumnen von der Ungerechtigkeit dieses Urteils gesprochen und die Rolle, die die Klassenzugehörigkeit bei einem Verbrechen spielte, angeprangert wurde. Im Gerichtssaal wusste noch keiner, dass die *Times* für den nächsten Tag bereits den Leitartikel vorbereitet hatte, einen Angriff auf Roderick, der auf seine Abberufung hinauslief und in der Frage mündete, ob er ebenso nachsichtig geurteilt hätte, wäre der Mörder ein armer, arbeitsloser Junge aus Walthamstow gewesen statt eines ehemaligen Eton-Schülers mit zweifelhaften Beziehungen zu höheren Kreisen.

»Wo ist Denis?«, fragte Jane und schaute sich nach dem Ehemann ihrer Freundin um. »Ich habe ihn eigentlich hier erwartet, er ist doch auch Anwalt.«

»Er ist bei einer Beerdigung«, erklärte Eleanor. »Peter Montignac ist gestorben. Hast du ihn gekannt?«

Jane kniff die Augen zusammen und überlegte, wo sie dem Mann zuletzt begegnet war. »Flüchtig, jedenfalls nicht gut. Auf gesellschaftlicher Ebene kannte ich Ann, seine Frau, aber Freundinnen waren wir nicht. Hier und da haben wir an denselben Anlässen teilgenommen, weiter nichts.«

»Ann war ein lieber Mensch«, sagte Eleanor. »Sehr geistreich. Konnte jeden nachmachen.«

»Ach.«

»Ja. Für Partys war sie genau die Richtige, als sie jünger war, meine ich. Später, als ihr Sohn umgekommen war, ist sie nicht mehr so amüsant gewesen.«

Um ein Haar hätte Jane gelacht. »Kein Wunder«, sagte sie.

»Sicher, aber für meinen Geschmack hat sie ihre Trauer ein bisschen übertrieben. Leid ist Leid, aber darin suhlt man sich nicht. Das führt nur dazu, dass andere sich unwohl fühlen. Wie dem auch sei, Peter ist letzte Woche gestorben. Und da Denis sein Anwalt war, nimmt er jetzt an der Beerdigung teil.«

»Aha«, sagte Jane.

»Er bleibt über Nacht da unten, denn morgen früh wird er das Testament eröffnen. Erinnere mich daran, ihn später anzurufen. Ich muss ihm sagen, wie das Urteil ausgefallen ist. Er hat die Verhandlung auch verfolgt, und jetzt den Höhepunkt zu verpassen, gefällt ihm nicht. Es ist, als hätte man einen Kriminalfall auf der Bühne erlebt und müsse, weil die Kinder krank geworden sind, vor dem letzten Akt gehen, obwohl dann alle im Wohnzimmer versammelt werden und der Mörder überführt wird.«

Jane lächelte und dachte, wie blumig Eleanor erzählen konnte.

»Du bist sicher froh, wenn das hier vorbei ist«, fuhr Eleanor nach einer längeren Pause fort.

»Roderick wird es jedenfalls sein, so viel steht fest. Was glaubst du, wie leid wir die Reporter vor unserer Tür sind. Catherine Jones, unsere Nachbarin, ist wahrscheinlich schon dabei, eine offizielle Beschwerde abzufassen.«

»Und was ist mit dir?«

»Hm«, sagte Jane bedächtig. »Der Prozess hat Roderick erschöpft. Am liebsten wäre mir, wir würden irgendwo Urlaub machen. Es wäre schön, wenn wir nach diesem Tag wieder mehr Zeit für uns hätten.«

»Roderick hätte das Urteil gleich nach dem Schuldspruch verkünden sollen. Ich finde, es war falsch von ihm, so lange zu warten. Ich habe das ganze Wochenende an nichts anderes denken können.«

Nach dem Schuldspruch der Geschworenen am vergangenen Donnerstag hatte Roderick erklärt, er werde seinen Urteilsspruch auf Montagmorgen vertagen, denn er wolle seine Entscheidung in Ruhe überdenken. In den meisten Kommentaren war man sich daraufhin einig gewesen, dass er vorhatte, das Standardurteil abzumildern, und wegen der Gesetzmäßigkeit eines solchen Schritts vorher einschlägigen Rat einholen wollte. In den Redaktionen wurden bereits die Federn gespitzt, um am Montag über ihn herfallen zu können. Roderick mochte die Zeit zum Nachdenken brauchen, aber seine Kritiker nutzten die Zeit, um ihre Angriffe vorzubereiten.

»Er hat das getan, was er für richtig hielt«, sagte Jane. Privat war sie zwar gewillt, ihren Mann hier und da zu kritisieren, aber das hieß noch lange nicht, dass andere dasselbe Recht besaßen. »Immerhin steht das Leben eines Jungen auf dem Spiel.«

»Das bezweifle ich«, entgegnete Eleanor. »Man braucht schon enormen Mut, um so jemanden zu hängen.«

Jane holte Luft, um sich gegen die unausgesprochene Kritik zu wehren, doch in dem Moment rief der Gerichtsdiener den Saal zur Ruhe. Das Stimmengemurmel verstummte. Dann wurde Henry Domson zum letzten Mal zur Anklagebank geführt.

9

»Es ist ganz gut, dass der alte Knabe tot ist«, bemerkte Charles Malroy, rieb die Spitze seines Queues mit Kreide ein und kniff sein schlechtes Auge zu, um die schwarze Kugel besser ins Visier zu bekommen. »Wenn er wüsste, was bei uns gerade geschieht, würde er sich im Grab umdrehen.«

»Was ist nur mit diesen Amerikanern los?«, fragte Samuel Levison. »Zuerst wollen sie mit uns nichts mehr zu tun haben und bestehen darauf, ihr verdammtes Land selber zu regieren, und dann kommen sie, um uns den verdammten Thron zu rauben. Wenn wir nicht aufpassen, werden die noch imperialistischer, als wir es jemals waren.«

Charles öffnete den Mund zu einer Antwort und schloss ihn wieder. Owen Montignac hatte das Billardzimmer betreten und sah sie ungehalten an. Samuel zuckte zusammen und stieß gegen die weiße Kugel. Sie sprang vom Tisch, rollte über den Boden und blieb vor den Füßen ihres Gastgebers liegen. Montignac betrachtete sie verwundert, als frage er sich, woher auf einmal diese Billardkugel gekommen sei. Dann bückte er sich, hob sie auf, umschloss sie und hatte offenbar nicht vor, sie wieder freizugeben.

»Meine Herren«, sagte er leise.

Die Angesprochenen, junge wie alte, wichen seinem Blick aus, hatten jedoch genügend Anstand, ein wenig beschämt zu wirken.

»Schlimme Sache«, bemerkte einer.

»Schrecklicher Verlust«, murmelte ein anderer.

»Ich danke Ihnen für Ihr Kommen«, sagte Montignac mit einer Stimme, die das Gegenteil besagte. »Sehr anständig. Mein Onkel wäre gerührt gewesen.«

»Er war ein guter Mann«, erklärte der frühere Innenminister, trat auf Montignac zu und schlug ihm auf die Schulter. »Einer der Besten. Ich schätze mich glücklich, ihn gekannt zu haben. Und ich habe sie alle gekannt.«

»Sicher«, sagte Montignac ausdruckslos. »Möchten Sie noch etwas trinken?« Die Umstehenden murmelten zustimmend. »Im Salon wird Tee und Whisky angeboten. Falls Sie sich zu den anderen gesellen möchten.«

Einen Moment herrschte Stille. Die Männer warfen einen Blick auf die weiße Kugel in Montignacs Faust, verstanden den Hinweis und steckten ihre Queues in die Wandhalterung zurück. Als sie an Owen vorübergingen, konnten sie ihm noch immer nicht in die Augen sehen. Nur Alexander Keys, Montignacs ältester Freund, blieb. Montignac sah ihn ungeduldig an. Ihm war nicht nach Reden zumute.

»Alles klar?«, fragte Alexander.

»Alles klar«, erwiderte Montignac.

»Soll ich später noch hierbleiben? Wir könnten in Ruhe etwas trinken.«

»Vielleicht«, sagte Montignac. »Ich bin müde. Warten wir's ab.«

Eine Zeit lang schwiegen sie. Montignac legte die weiße Kugel wieder auf den Billardtisch, platzierte sie so, dass sie sich mit der schwarzen und der Auffangtasche zur Linken in einer Linie befand.

»Entschuldige das da.« Mit einer Kopfbewegung deutete Alexander auf den Billardtisch. »Wir wussten nicht, was wir tun sollten, und sind irgendwie hier gelandet. Erst als wir angefangen hatten, wurde uns klar, dass es vielleicht nicht ganz das Richtige ist.«

»Vergiss es«, antwortete Montignac unwillig. Die Sache schien ihn nicht mehr zu interessieren. »Wann meinst du, werden diese Leute verschwinden?«

»Ziemlich bald, denke ich.«

»Mein Gott, wie ich sie hasse.«

»Du hasst sie?«, fragte Alexander und lachte unsicher. »Ist das nicht ein bisschen übertrieben?«

Wortlos griff Montignac nach der weißen Kugel und ließ sie gegen die schwarze krachen, die daraufhin mit einem Klacken in die Auffangtasche fiel. Die weiße Kugel rollte zurück, schlug gegen die Bande, rollte über den Tisch, wurde langsamer, verharrte vor dem Loch und kullerte hinein. Montignac runzelte die Stirn.

»Soll ich da draußen mal ein paar Bemerkungen fallen lassen?«, fragte Alexander. »Zusehen, dass sie in die Gänge kommen?«

»Dafür wäre ich dir dankbar.«

»Ist schon so gut wie erledigt.« Auf dem Weg aus dem Zimmer klopfte er Montignac beruhigend auf den Arm. »Wenn du möchtest, dass ich noch bleibe, musst du es nur sagen. Aber das weißt du ja. Ach, übrigens, wie hält sich Stella denn so?«

»Stella kommt zurecht. Dafür sorge ich schon.«

»Gut«, sagte Alexander. »Ich habe gesehen, dass dieser Raymond sich draußen im Park herumdrückt. Er sollte sich lieber um sie kümmern, als an den Blumen herumzuzupfen.«

»Ich kümmere mich um sie«, erwiderte Montignac in einem Ton, der seinem Freund klarmachte, er könne sich jetzt entfernen. Gleich darauf fiel die Tür ins Schloss. Montignac seufzte und entspannte sich. Endlich war er allein. Sein Blick fiel auf eine vergessene Anzugsjacke, die in der Ecke auf einem Stuhl lag. Er kniff die Augen zusammen und entdeckte die Wölbung über der Innentasche. Ruhigen Schrittes trat er darauf zu, griff hinein und zog eine Brieftasche hervor, in der sich ein Bündel Zwanzigpfundscheine befand. Er zählte fünf von ihnen ab und schob sie im Schuh unter seine Ferse. Dann steckte er die Brieftasche zurück, verließ den Raum und schloss ihn ab.

Raymond Davis stand im Park von Leyville und studierte die Rosensorten, die unter dem Erkerfenster des Wohnzimmers wuchsen. Seine Eltern waren leidenschaftliche Gärtner gewesen und hatten ihm ihre Liebe für die Gartenbaukunst vererbt. Seit einigen Jahren züchtete er selbst neue Rosensorten, im Garten seines Hauses, einige Meilen östlich von Leyville. Um eine von ihnen zu perfektionieren, eine Cabana Hybrid Tea, tiefrosa, mit gelben Streifen und eiförmigen Blüten, hatte er beinah vier Sommer gebraucht. Mittlerweile gedieh sie prächtig. Einen ihrer Ableger hatte er hier in ein Blumenbeet gesetzt. Er hatte Wurzeln geschlagen und angefangen zu blühen. Raymond berührte die Blüten und streichelte sie sanft, als wären es schlafende Katzen. Stella hatte entschieden, den Ableger dicht am Haus anzupflanzen, sodass der Duft der erblühten Rosen aufsteigen und ins Schlafzimmer ihres Vaters ziehen konnte. Davis nahm die Stufen hinunter in den Garten. Er wollte gewiss nicht makaber sein, aber sein Blick wanderte doch in die Höhe und richtete sich auf das große Erkerfenster von Peter Montignacs Zimmer. Es war geschlossen, und die Vorhänge waren seit dessen Tod zugezogen.

Er wandte sich ab, schaute auf seine Uhr und fragte sich, aus welchem Grund Stella ihn an diesem Tag fortwährend gemieden hatte. Er hatte gehofft, ihr ein Trost zu sein, ihr zur Seite zu stehen, doch sie hatte die meiste Zeit mit Owen verbracht, den Raymond nur flüchtig kannte. Stella und er waren jetzt seit über einem Jahr zusammen, und er war bereit, den nächsten Schritt zu tun und sie zu heiraten. Doch wenn das Thema aufkam, wehrte sie ab und sagte, sie würden ein andermal darüber reden. Zwar hatten sie ihre Verlobung bekannt gegeben, doch für Stella schien sie kaum Bedeutung zu haben. Auch ein gewisses Maß an Intimität war vorhanden, aber in einem Augenblick der Schwäche hatte sie gestanden, dass sie einmal verletzt worden war, und er ihr verzeihen müsse, wenn es so aussah, als ließe sie keine Nähe zu.

Vor einer Weile hatte Raymond sich vorgenommen, Stella zum Dinner auszuführen, ihr einen offiziellen Antrag zu machen und mit ihr den Tag ihrer Hochzeit festzulegen. In diesem Sinne war er vor einer Woche zu Peter Montignac gegangen und hatte um dessen Einwilligung gebeten, die er widerstrebend erhalten hatte. Doch angesichts der Ereignisse kam ein solcher Antrag zurzeit nicht infrage. Raymond sann über die Anstandsregeln in einem derartigen Fall nach. Wie lange musste man nach dem Tod eines Elternteils der Auserwählten warten, ehe man um ihre Hand anhalten konnte?

Er war schon im Begriff, ins Haus zu gehen, als er noch einmal zu dem Schlafzimmer hochschaute und feststellte, dass sich die Vorhänge bewegten. Und dann wurden sie plötzlich aufgezogen, und das Fenster wurde von einer schattenhaften Gestalt geöffnet. Raymond schauderte, denn er hatte das sichere Gefühl, beobachtet worden zu sein.

Die Gäste waren gegangen. Montignac hatte Alexanders Angebot, die Nacht über zu bleiben, ausgeschlagen. »Es ist besser, wenn wir nur zu zweit sind«, erklärte er. »Vielleicht möchte Stella noch mit mir reden. Trotzdem vielen Dank.«

»Wann fährst du nach London?«, fragte Alexander. »Wir könnten zusammen fahren. Wäre doch lustiger.«

»Wahrscheinlich gegen Ende der Woche. Es gibt eine Menge zu tun. Anwälte und so weiter. Ich bin das alles jetzt schon leid, dabei hat es gerade erst angefangen.«

»Ich könnte mit dir fahren.«

»Ja, gut. Wir sprechen uns morgen und machen etwas aus.«

Mit einem Mal wirkte das Haus leer und verlassen. Montignac stieg die Treppe hinauf. Nur die Dienstboten waren noch zu hören. Sie liefen zwischen der Küche und dem Salon hin und her, räumten auf und plauderten. Als er sich im Spiegel an der Wand des Treppenhauses sah, stellte er fest, dass auf seinen Lippen ein Lächeln lag. Er ließ es sofort verschwinden. Stella war in ihr Zimmer gegangen. Aus der Entfernung konnte er von dort das leise spielende Grammofon wahrnehmen. Es war eine Melodie, die er nicht kannte und die ihm nicht gefiel.

An seiner Tür angekommen, führten seine Schritte ihn wie von selbst weiter über den Flur und dann die wenigen Stufen hinauf zu dem Zimmer seines verstorbenen Onkels. Die Tür war zu, aber nicht abgesperrt. Er drehte den Knauf und trat einen kleinen Schritt zurück, als fürchte er sich vor dem, was er drinnen vorfinden könnte. Dann zog er die Tür auf und spähte in den Raum. Alles war genau so, wie er es in Erinnerung hatte. Er schaute nach allen Seiten, trat ein und durchquerte den Raum zu dem Fenster, das seit dem Tod seines Onkels vor wenigen Tagen geschlossen war. Die Luft war stickig geworden. Er legte eine Hand auf den Griff und ließ sie dort einen Moment, ehe er das Fenster aufstieß. Ein Schwall frischer Luft wehte herein, gefolgt von Rosenduft.

Montignac schaute nach unten, sah, dass dieser Narr Raymond Davis ins Haus trat, und runzelte die Stirn. Er war davon ausgegangen, dass alle Gäste verschwunden waren, erst recht der ihm verhasste Raymond. Ein gemeinsamer Freund von Stella und ihm hatte ihm erzählt, dass sie und Raymond vor zwei Wochen eine Suite im Savoy gemietet und die Nacht dort verbracht hatten, was Stella für sich behalten hatte. Der Gedanke an diese Nacht versetzte Montignac einen Stich, in dem sich Schmerz und Eifersucht mischten. Hätte man Raymond als Mann bezeichnen können, wäre es nicht so schlimm gewesen, doch dazu war er zu einfältig – dieser Blumenfreund, der an Montignac nicht heranreichte und Stellas nicht würdig war. Der ihre Intimitäten nicht verdiente, sondern genau die Art von verweichlichtem Trottel war, den Montignac kaum ansehen konnte, ohne ein Gefühl tiefster Verachtung zu empfinden. Und warum war er überhaupt noch da? Konnte er nicht ebenso wie alle anderen verschwinden?

Er trat vom Fenster zurück. Sein Blick wanderte zu dem Bett, in dem Peter Montignac bei ihrer letzten Begegnung gelegen hatte.

Er betrachtete die Kissen, die seinen geschwächten Onkel gestützt hatten, und sein Magen zog sich zusammen. Er verdrängte die Erinnerung an jenen Nachmittag und sagte sich, dass er irgendwann etwas gegessen haben musste, das in seinem Magen rumorte. Mit einem Ruck zog er die Tür zu und beschloss, dieses Zimmer erst wieder zu betreten, wenn alles geregelt war und ihm gehörte.

Sein Onkel war tot, und in Kürze würde er, Owen Montignac, ein sehr reicher Mann sein. Das Einzige, was er sich nicht leisten konnte, war ein Gewissen.

10

Als Henry Domson sich auf der Anklagebank niederließ, wirkte seine Miene demütig und reuig. Hätte sie sein Inneres widergespiegelt, hätte auf seinem jungen Gesicht ein breites Grinsen gelegen.

An einem Abend vor knapp sechs Monaten waren er und drei Freunde in das Schmuckwarenlager von Schulberg an der London Bridge eingebrochen. Vor knapp neun Monaten hatte er die Sache geplant. Es hätte ein Kleinigkeit sein müssen. Dank seiner Verbindungen zur Unterwelt hatte er den Grundriss des Lagers ergattert, zusammen mit dem Zeitplan der Wachen, die nachts ihren Dienst versahen. Sie hatten das Schloss aufgebrochen, zwei der Wachen überwältigt, ihre Taschen mit Juwelen im Wert von zwei Millionen Pfund Sterling gefüllt und den Rückzug angetreten.

Alles verlief nach Plan, bis sie das Lager verlassen wollten und zu ihrer Überraschung vor dem Tor eine Gruppe Polizisten entdeckten, die sie aufforderten, die Taschen fallen zu lassen. Es kam zu einer Verfolgungsjagd. Zwei der Polizisten drängten ihn in eine Ecke, woraufhin er den Ersten, ohne zu zaudern, erschoss. Doch dann hatte seine Waffe dummerweise Ladehemmung, denn andernfalls wäre er ohne Weiteres entkommen.

Als er seinen Prozessanwalt McAlpine und dessen Rechtsberater erstmals traf, sahen die beiden ihn missmutig an und erklärten, der Fall sei klar und das Beste, was er tun könne, sei, sich schuldig zu bekennen, auf die Gnade des Richters zu hoffen und um eine Haftstrafe zu beten. Mörder, die um Nachsicht bitten, so ihre Worte, hätten zunehmend die Chance, statt zum Tode zu einer lebenslänglichen Zuchthausstrafe verurteilt zu werden, wenngleich der Mord an einem Polizisten doch immer noch etwas anderes sei und es eigentlich wenig Hoffnung gebe.

»Wie ermutigend, dass sie so rasch das Handtuch werfen«, sagte Domson zu McAlpine und lachte spöttisch. »Haben Sie denn auch mal Fälle gewonnen, oder sind Sie generell zu ängstlich, um für eine Sache zu kämpfen?«

»Ich kämpfe, wenn ich eine Sache für aussichtsreich halte«, erwiderte McAlpine gefasst. Er war zu alt und zu erfahren, um sich von einem jungen Burschen provozieren zu lassen, der sich nichts dabei gedacht hatte, als er einen anderen Menschen kaltblütig erschoss. »Bei einem Fall wie dem Ihren ist es jedoch äußerst schwierig, um Nachsicht zu bitten.«

Domson lächelte. »Dann sollte ich Ihnen wohl mal etwas über meine Herkunft erzählen. Könnte vielleicht hilfreich sein.«

Und so kam die Geschichte von Domsons Abstammung zutage. Zu Anfang glaubten weder McAlpine noch sein Berater dem, was Domson ihnen berichtete, dass nämlich seine Ururgroßmutter das jüngste Kind der mittleren Tochter von König George IV. gewesen sei. Allerdings machten sie sich Notizen und versuchten, die Verbindung zur derzeitigen königlichen Familie herauszufinden.

»Und was soll das bedeuten?«, fragte McAlpine. »Dass Sie so etwas wie der Cousin des Königs sind?«

»Genau genommen ein Cousin zweiten Grades«, antwortete Domson und bezog sich auf König George V., der zu der Zeit die letzten Tage seiner Regentschaft erlebte. »Königin Victoria war meine Urgroßmutter.«

»Das hieße ja, sie hätten Anspruch auf einen Platz in der Thronfolge«, bemerkte McAlpine mit skeptischer Miene.

»Nur sehr entfernt«, räumte Domson ein. »Ich glaube, zurzeit bin ich auf Rang siebenundzwanzig. Aber vor einigen Jahren hatte ich es auf Platz achtzehn geschafft. Ehe sie angefangen haben, sich zu vermehren«, fügte er abfällig hinzu.

McAlpine lächelte. Er war es gewohnt, dass Gefangene sich mit den haarsträubendsten Geschichten vor dem Untergang retten wollten. In der Regel betrachtete er dergleichen als Hirngespinste, doch etwas so Ausgefallenes wie eben hatte er schon seit Langem nicht mehr vernommen.

»Ich werde dem nachgehen«, sagte er. »Morgen früh sehen wir uns wieder und können uns weiter unterhalten.«

Später an jenem Tag hatte McAlpine einen seiner Referendare mit den Nachforschungen über die Abstammung des jungen Domson beauftragt und daraufhin zu seiner Verwunderung erfahren, dass dessen Geschichte tatsächlich zutraf.

»Das wirft ein gänzlich neues Licht auf den Fall«, erklärte er seinem Mandanten am folgenden Morgen. »Jetzt scheint mir, dass wir die Todesstrafe doch noch umgehen könnten.«

»Das dachte ich mir«, antwortete Domson kühl.

»Trotzdem müssen Sie Reue zeigen und um Gnade bitten«, fuhr der Anwalt fort. »Das ist Ihnen doch klar, oder?«

»Ich werde mich nicht schuldig bekennen«, entgegnete Domson.

»Wie bitte?«

»Ich sagte, dass ich mich nicht schuldig bekenne«, erwiderte Domson so unbekümmert, als ginge es darum, Suppe oder Melone als Vorspeise zu wählen. »Sollte ich das tun, würde ich zwangsläufig verurteilt. Mein Fall würde nicht einmal mehr angehört.«

»Hm«, meinte McAlpine, »richtig.«

»Deshalb werde ich auf nicht schuldig plädieren«, erklärte Domson.

»Wenn Sie das tun, junger Mann, wird die Chance, dass der Richter bei Ihrem Urteil gnädig verfährt, sich um ein Zehnfaches verringern.«

»Falls ich verurteilt werde. Was aber nicht geschehen wird. Ich bin ein ehemaliger Eton-Zögling, Mr McAlpine. In der englischen Thronfolge stehe ich an siebenundzwanzigster Stelle, und der König und ich sind Cousins zweiten Grades. Glauben Sie wirklich, eine Handvoll Fischhändler, Lehrer und Schuster könnte sich dazu durchringen, mich an den Galgen zu bringen? Für den Plebs und das andere Kroppzeug reicht doch das Mythische meiner Verwandten schon aus, um mich laufen zu lassen. Geben Sie ihnen einfach genügend Gründe, um sie hinsichtlich einer Verurteilung zu verunsichern, und ich garantiere Ihnen, dass sie sich an jeden Strohhalm klammern werden.«

»Da wäre ich mir nicht so sicher«, entgegnete McAlpine, der in seinen fast dreißig Jahren als Anwalt noch keinen Mandanten erlebt hatte, der so offenkundig schuldig war und dennoch davon ausging, die Geschworenen vom Gegenteil überzeugen zu können.

»Verlassen Sie sich auf mich«, sagte Domson. »Abgesehen davon ist es meine Anweisung.«

Und so kam es, dass Henry Domson, dem ein Kapitalverbrechen zur Last gelegt wurde, auf nicht schuldig plädierte. Doch in den vergangenen sechs Monaten hatten sich die Beweise gegen ihn gehäuft. Dann war König George V. gestorben. Ihm folgte Edward VIII., woraufhin Domson in der Thronfolge zwar auf den sechsundzwanzigsten Platz gelangte, gleichzeitig aber von einem königlichen Cousin zweiten Grades auf den eines dritten Grades zurückfiel. Immer wieder versuchte McAlpine, seinen Mandanten zu überreden, sich schuldig zu bekennen, doch Domson weigerte sich und vertrat weiterhin die Ansicht, dass er seinen Hals, dank seiner gesellschaftlichen Stellung, letzten Endes retten würde.

Doch dann hatte sich am vergangenen Donnerstag der Sprecher der Geschworenen von der Bank erhoben und verkündet, nach einer Beratung von nur dreiundzwanzig Minuten seien sie zu dem einstimmigen Ergebnis gekommen, dass Henry Domson im Sinne der Anklage schuldig war.

Als McAlpine an dem Abend nach Hause kam, sagte er zu seiner Frau: »Da ist dem Mistkerl das Grinsen vergangen.«

In den Tagen zwischen dem Schuldspruch und der anstehenden Urteilsverkündung an diesem Morgen hatte McAlpine mit seinem Mandanten nur noch ein einziges Mal gesprochen. Dabei hatte er festgestellt, dass Domson zwar einiges an Selbstsicherheit eingebüßt hatte, aber immer noch so überheblich war, zu glauben, der Richter würde das denkbar mildeste Urteil fällen.

»Scheint mir ein anständiger alter Knabe zu sein«, sagte Domson, der den Richter während der Verhandlung beobachtet und dessen Miene studiert hatte, wenn die unappetitlicheren Aspekte des fraglichen Abends zur Sprache kamen. »Welche Schule hat er besucht?«

»Wo er zur Schule gegangen ist, ist für diesen Fall ebenso belanglos wie die Frage, wie er seine Eier morgens am liebsten isst«, antwortete McAlpine unwirsch. »Also wirklich, Henry, vielleicht sollten Sie langsam mal beginnen, diesen Prozess ernst zu nehmen. Immerhin steht Ihr Leben auf dem Spiel.«

Aber Domson blieb ungerührt und beharrte darauf, dass kein englischer Richter einen Mann seines Ranges zu etwas derart Extremem wie die Todesstrafe verurteilen würde. Stattdessen ging er davon aus, ein paar Jahre in einem der harmloseren Gefängnisse absitzen zu müssen und sechs Monate nach der Berufung unauffällig entlassen zu werden. Nach diesem kleinen Klaps auf die Finger würde er schwören, hinfort nicht mehr zu sündigen und zu seinem früheren Leben zurückkehren.

»Ich glaube ohne jeden Zweifel, dass der britische Snobismus über die britische Rechtsprechung siegt«, erklärte er und richtete seine Krawatte im Spiegel.

Aber restlos dumm war er doch nicht, denn als der Richter, Sir Roderick Bentley, den Gerichtssaal betrat und Domson sich von der Anklagebank erhob, versuchte er, reuig zu wirken. Roderick ließ sich auf dem Richterstuhl nieder, ordnete die Bücher und Unterlagen auf dem Tisch neu, schenkte sich ein großes Glas Wasser ein und wartete darauf, dass sich alle wieder setzten und Ruhe einkehrte. Dann warf er einen Blick in den Saal und registrierte verstimmt, wie viele Neugierige sich eingefunden hatten, als wäre ein Urteil über das Leben oder den Tod eines Menschen ein sportliches Ereignis. Er richtete seinen Blick auf die Galerie und entdeckte Jane neben ihrer Freundin Eleanor Tandy. Als sich ihre Blicke trafen, deutete Jane ein Nicken an. Erleichtert dachte er daran, dass die Diskussionen darüber, was er in diesem Fall am besten tun solle, was er zu *ihrem* Besten tun solle, nach diesem Tag beendet wären. Denn wenige Minuten nach dem Schuldspruch am vergangenen Donnerstag hatte er entschieden, dass Justizia blind bleiben musste, auch dann, wenn es um Fragen der Klassenzugehörigkeit und gesellschaftlichen Position eines Menschen ging.

Der Gerichtsdiener befahl Henry Domson aufzustehen. Im Gerichtssaal wurde es still, als hielten alle den Atem an. Roderick räusperte sich und ergriff das Wort.

»Henry Domson«, begann er. »Sie wurden des Mordes an Constable Peter Milburn für schuldig befunden, eines Mannes, der sich zurzeit der Straftat gemäß seinen Vorschriften verhielt. Allein bei Mord handelt es sich um ein Kapitalverbrechen, doch die Ermordung eines Polizisten gilt darüber hinaus als besonders schändlich.«

In diesem Sinne äußerte Roderick sich noch eine Weile und führte die Präzedenzfälle und Nebenumstände an, die in seine Überlegungen geflossen waren. Domson unterdrückte ein gelangweiltes Gähnen. Die Zuschauer sahen so aus, als wollten sie »mach schneller« rufen.

»Dem Gericht ist bekannt, dass Mr Domson früher einmal charakterfest war«, fuhr Roderick fort. »Ebenso kennen wir seine schulischen Leistungen in Eton.« Der Name der Schule wurde von einem abfälligen Schnauben begleitet, denn Roderick selbst hatte Harrow besucht. »Sogar seine, wenn auch entfernte, Verwandtschaft mit namhaften Mitgliedern der obersten Hierarchie unseres Landes ist uns bekannt. Doch die Waage der Gerechtigkeit wird von einer Instanz gehalten, die derlei Dingen keine Beachtung schenkt, die blind bleibt, selbst wenn es um Umstände und Titel geht. Denn diese sind lediglich Randnotizen, nur dazu da, uns Gefühle des Schocks und der Enttäuschung zu vermitteln, weil jemand, der der Welt so viel zu bieten hatte, beschlossen hat, seine Gaben zu missachten.«

Roderick holte Luft, um das Urteil zu verkünden, doch in dem Moment tauchte das Bild seines Sohnes vor seinem inneren Auge auf. Gareth, der wie Henry Domson dreiundzwanzig Jahre alt war. Was wäre, wenn die Dinge anders lägen, fuhr es ihm durch den Sinn. Was wäre, wenn Gareth sich von der Anklagebank erhoben hätte und ein anderer Richter in Seidenrobe dabei wäre, ein solches Urteil zu fällen. Was würde Gareth dann empfinden? Die Antwort war einfach, entschied Roderick. Gareth würde seine Strafe wie ein Mann akzeptieren. Gesetz war Gesetz und musste aufrechterhalten werden. Das waren die Grundsteine, auf denen er, Roderick, sein Leben errichtet hatte, und nichts konnte ihn dazu bringen, seinen Überzeugungen den Rücken zu kehren. Er blinzelte und verjagte diese Gedanken. Er hatte eine Aufgabe, und die musste er beenden.

»Deshalb erkläre ich, dass Sie, Henry Domson, von hier in ein Zuchthaus verlegt werden, bis zu dem Tag, an dem Ihre Hinrichtung wegen des Mordes an Peter Milburn stattfinden wird. Ich verurteile Sie zum Tod durch den Strang. Gott möge Ihrer Seele gnädig sein.«

Es war, als würde im Gerichtssaal ein kollektiver Atem ausgestoßen. Zum ersten Mal seit jenem Abend, als die Polizei die Tore des Lagerhauses gestürmt hatte, wirkte Domson sprachlos. Lady Jane Bentley, die im Geist bei Einladungen zu Gartenpartys im Buckingham-Palast gewesen war und die Garderobe überdachte, die sie anlässlich der Krönungsfeierlichkeiten tragen würde, schloss langsam die Augen, schüttelte den Kopf und seufzte. *Oh, Roderick*, dachte sie ebenso betrübt wie zornig, *was hast du nur getan?*

Kapitel 2

1

Weniger selbstsichere und erfolgreiche Männer als Nicholas Delfy hätten vielleicht an einem Minderwertigkeitskomplex gelitten, wären sie ebenso kleinwüchsig wie er gewesen, doch Delfy, dem ein Club namens Unicorn Ballrooms gehörte, stand über derart trivialen und oberflächlichen Dingen. Er war ein zart gebauter Mann, nicht größer als ein Meter sechzig, bewegte sich in seinem Nachtclub jedoch elegant und anmutig wie ein Balletttänzer. Überdies legte er Wert auf ein gepflegtes Äußeres und ließ sich jeden Montagmorgen als Erstes von seinem persönlichen Barbier das dichte dunkle Haar trimmen, während eine Maniküre sich seinen Fingernägeln widmete. Er trug dunkle Anzüge aus der Savile Row, schwarze Hemden und Krawatten, sodass er mit dem glatten jugendlichen Gesicht eher einem Teenager ähnelte, der sich für eine Beerdigung gekleidet hat, als einem achtunddreißigjährigen Mann, der in London und Umgebung ein Reich der Unterwelt regierte und die Bedürfnisse derjenigen stillte, die selbige sonst nirgendwo stillen konnten.

An diesem Abend saß er in seinem Büro am Schreibtisch. Jimmy Henderson klopfte zweimal kurz an und trat ein, ebenfalls in dunklem Anzug und dunkler Krawatte, aber um einiges größer und massiger als sein Chef. Henderson war Anfang vierzig, hatte einen kahlen Schädel und eine breit gedrückte Nase; er glich einem ehemaligen Boxer, für den die meisten Runden unschön ausgegangen waren.

Henderson trat von einem Bein aufs andere, bis Delfy mit einer Kopfbewegung auf den Stuhl vor dem Schreibtisch wies. Er ließ sich vorsichtig darauf nieder, denn für Männer seiner Statur war der Stuhl nicht gebaut.

»Ist draußen viel zu tun?«, erkundigte sich Delfy.

»Geht langsam los.« Henderson schaute zur Wanduhr. »Ist ja erst neun. Da wird sich noch was tun.«

»Schon jemand da?«

»Niemand Besonderer.«

Delfy beließ es dabei. Seine Fragen waren ohnehin nur Routine gewesen. Die Unicorn Ballrooms – in denen es keinen einzigen Ballsaal gab, natürlich nicht, der phantasievolle Name diente lediglich dazu, den Spieltischen einen achtbaren Anstrich zu verleihen – war einer der meistbesuchten und profitabelsten Nachtclubs der Stadt und Delfy einer ihrer erfolgreichsten Betreiber. Der Club lag unter der Erde, mit Räumlichkeiten, die sich über vierhundert Quadratmeter erstreckten. Darüber, auf Straßenhöhe, befanden sich eine Wäscherei, ein Geschäft mit homöopathischen Mitteln und ein Tabakladen. Die Einnahmen des Clubs speisten sich aus Glücksspielen und Getränken, aber diejenigen, die dort verkehrten, fühlten sich von einer solch angenehmen Atmosphäre aus Luxus und Hedonismus umgeben, dass sie gar nicht mehr gehen wollten. Zwar gab es nirgends Tageslicht, doch die Ausstattung war gehoben und formelle Kleidung Pflicht. Als Arbeitgeber war Delfy dafür bekannt, dass er treue Angestellte schätzte; seine Löhne lagen nahezu fünfzehn Prozent über denen seiner nächsten Wettbewerber. Seine Leute dankten es ihm, indem sie sicherstellten, dass jeder Gast dermaßen verwöhnt und gehätschelt wurde, dass er wiederkam, denn das war das Wichtigste. Die höheren Löhne waren also klug investiertes Geld.

Nach kurzem Schweigen begann Delfy, nervös auf den Schreibtisch zu trommeln. Ihm brannte eine Frage auf der Seele, doch vor seinem Mann fürs Grobe wollte er keine Schwäche zeigen. Aber fragen musste er. Allerdings schaute er dabei auf seine Unterlagen und tat so, als wäre die Antwort unerheblich, denn schon der Gedanke, jemand könnte seine Verletzlichkeit erkennen, war ihm zuwider.

»Und?«, begann er schließlich. »Wie ist es gelaufen? Ist alles erledigt?«

»War kein Problem.« Henderson zuckte mit den Schultern. »Sie können sie vergessen.«

Delfy dachte an das Mädchen namens Alice, das für ihn gearbeitet hatte, ein Mädchen, das er um ein Haar gemocht hätte, doch sie war im Club beim Diebstahl erwischt worden – er hatte keine andere Wahl gehabt.

»Ich möchte nicht –« Delfy suchte nach den richtigen Worten, verfing sich gedanklich und begann noch einmal. »Ich möchte nicht, dass sie jemals wieder erwähnt wird, ist das klar?«

»Klar, Boss.«

»Sag auch den anderen Bescheid, ja?«

»Wird gemacht.«

»Und halte mir die Neuen vom Leib«, ergänzte Delfy gereizt. Bei den Neuen handelte es sich um ein halbes Dutzend frisch engagierte junge Frauen, deren erste Arbeitswoche zu Ende ging. »Ständig kommen sie her und fragen, ob ich einen Drink oder eine Zigarette will. Fängt an, mir auf die Nerven zu gehen. Schließlich bin ich ihr Chef und nicht ihr Freund.«

»Schon klar, Boss. Ich sag ihnen Bescheid.«

»Ich will ihnen ja den Flur nicht verbieten, aber wenn es sein muss, dann ...«

»Machen Sie sich keine Sorgen, Boss. Ich kümmere mich darum.«

»Es macht mich einfach – einfach rasend.« Delfy war laut geworden, trotz der Tatsache, dass Henderson ihm beigepflichtet hatte. »Man muss sie an der kurzen Leine halten, ist das klar?«

»Alles klar, Boss, wird geregelt«, antwortete Henderson leise und ruhig, denn so musste man den Chef behandeln, wenn er anfing, sich in Rage zu reden.

»Aber gefälligst heute noch.« Delfy war noch lauter geworden, brüllte fast. »Denn wenn noch mal eine hier im Türrahmen erscheint und behauptet, sie hätte sich im Flur geirrt, wird es ihr leidtun.«

»Ja, Boss.«

»Ich versuche hier nämlich, ein Geschäft zu führen.«

»Sicher, Boss.«

»Sollte ich dir eigentlich nicht mehr erklären müssen.«

Henderson schwieg. Sein Chef war erregt und dabei, die Fassung zu verlieren, wie immer, wenn er glaubte, eine Situation nicht mehr im Griff zu haben.

»Heute Abend lasse ich mich da draußen nicht blicken«, schloss Delfy erschöpft. Er wollte niemanden mehr sehen. »Sag mir Bescheid, wenn es Probleme gibt oder jemand kommt, mit dem ich reden sollte.«

Henderson nickte. An den meisten Abenden streifte Delfy für mehrere Stunden durch den Club. Aufgeplustert wie ein Pfau, unterhielt er sich mit den Gästen, verfolgte die Glücksspiele an den einzelnen Tischen, Roulette oder Blackjack, und behielt die Angestellten im Auge, um sicherzugehen, dass sie die Gäste zielführend behandelten. Mitunter spendierte er den Stammgästen ein, zwei Getränke oder auch denen, die unentwegt verloren, aber immer noch gefüllte Brieftaschen hatten.

Während er den Club durchwanderte, taxierte er die Gesichter. In der Regel kannte er die Namen, Berufe und jährlichen Einkommen seiner Gäste, doch dann und wann stieß er auf Fremde, Männer, die von dem Unicorn durch Flüsterpropaganda gehört hatten oder aufgrund einer persönlichen Empfehlung gekommen waren. Einige von ihnen mussten gehegt und gepflegt werden, andere wollten ihrem jeweiligen Laster in Ruhe frönen, wieder anderen musste die Tür gewiesen werden, ehe sie den Club in Verruf brachten.

»Na dann, wenn es sonst nichts mehr gibt«, bemerkte Delfy zu guter Letzt, schaute Henderson mit gequältem Lächeln an und deutete auf den Papierberg auf dem Schreibtisch.

Henderson stand auf. »Benson oder ich bringen ihn in Kürze rein«, sagte er, ehe er sich abwandte.

»Ihn?«, fragte Delfy stirnrunzelnd. »Welchen ihn?«

»Montignac. Sie haben gesagt, dass Sie ihn sprechen möchten.«

Delfy seufzte. »Muss das heute sein?«

»Sie haben gesagt, es sei dringend.«

»Das weiß ich. Na schön. Wann kommt er? Noch in dieser Stunde?«

»Mehr oder weniger.«

»Gut. Sobald er da ist, bringst du ihn zu mir. Und dann wartest du draußen. Vergewissere dich, dass er sauber ist. Dem Jungen habe ich noch nie getraut.«

»Machen Sie sich deswegen keine Gedanken«, sagte Henderson. »Aber was sollen wir mit ihm machen? Danach, meine ich.«

Delfy öffnete den Mund, um zu antworten, doch dann hielt er inne. »Ich bin mir noch nicht sicher«, bekannte er. »Zuerst höre ich mir an, was er zu sagen hat, denn unser junger Mr Montignac hat mich sehr enttäuscht. Wenn man bedenkt, was er mir alles versprochen hat, und wie wenig ich es mag, enttäuscht zu werden, würde ich sagen, es wird Zeit, dass wir ihm sein Fehlverhalten einmal deutlich vor Augen führen.«

Henderson fasste die Worte als Hinweis auf, sich zu entfernen. Er nickte noch einmal und zog die Tür leise hinter sich zu.

Delfy blieb an seinem Schreibtisch sitzen. Er sehnte sich nach einem Drink. Außerdem fehlte ihm Alice. Aber das eine würde seiner Gesundheit schaden, und das andere – das andere stand ihm nicht mehr zur Verfügung.

2

Kurz vor zehn Uhr abends traf Gareth Bentley mit seinen Freunden Jasper Conway und Alexander Keys im Unicorn ein. Zuvor hatten sie in einem neuen Restaurant in Covent Garden ein reichhaltiges Mahl und mehrere Flaschen Wein genossen, wonach sie zwar bester Laune waren, aber noch nicht so betrunken, dass der Türsteher des Clubs sie abweisen würde. Außerdem hatten zwei der drei das Etablissement schon früher besucht. Jasper zählte sogar zu den Stammgästen und gab sein

Treuhandvermögen langsam aber sicher an den Roulette-Tischen aus. Alexander hingegen spielte lieber Blackjack, hatte immer nur die Summe dabei, deren Verlust er sich leisten konnte, und zählte somit zu den Gästen, auf die Nicholas Delfy hätte verzichten können: Menschen, die ihre Gewinne einsteckten, wenn sie eine Glückssträhne hatten, und verschwanden, ehe ihre Pechsträhne begann.

Gareth wiederum war ein Erstbesucher, doch Einrichtungen wie die Ballrooms waren ihm bekannt. Als sie auf der schmutzigen Straße vor dem Eingang standen und von dem Türsteher begutachtet wurden, strich er seinen Mantelkragen glatt und schaute so harmlos wie nur möglich drein.

»Mr Conway«, sagte der Türsteher, dem man beigebracht hatte, sich die Namen der Gäste zu merken, und nickte ihnen höflich zu. »Und Mr Keys. Wie geht es den Herren heute Abend?«

»Bestens, Dempsey«, antwortete Alexander und entnahm seiner Geldbörse unauffällig zwei Shilling.

»Wie ich sehe, haben Sie einen Gast dabei«, fuhr Dempsey fort und musterte Gareth von Kopf bis Fuß, auf der Suche nach Hinweisen, die ihn als Problemfall markieren konnten.

»Das ist Mr Gareth Bentley«, verkündete Jasper großspurig und legte einen Arm um Gareths Schultern. »Einer meiner ganz besonderen Freunde. Der Junge braucht eine kleine Aufmunterung. Hat heute Geburtstag und ist vierundzwanzig geworden. Drückt ihm auf die Seele.«

»Alles in Ordnung«, sagte Dempsey, dem Gareths Geburtstag gleichgültig war. Er trat zur Seite. »Wünsche den Herren einen angenehmen Abend.« Alexanders Münzen glitten in seine Hand und verschwanden in seiner Jackentasche. Es war bekannt, dass die Türsteher derartiger Clubs von allen Angestellten am meisten verdienten; denn die Macht, jemandem das Betreten und Verlassen solcher Lokalitäten zu gestatten, zahlte sich aus.

Die drei jungen Männer gingen durch die Tür, hinunter in einen schmalen düsteren Gang und gaben ihre Mäntel an der

Garderobe ab. Bisher war die Geburtstagsfeier eine formelle Angelegenheit gewesen, und jeder von ihnen trug einen Smoking. Zuerst das Dinner, dann hatten sie in einem angesehenen Club, wo Abendkleidung vorgeschrieben war, Champagner getrunken. Danach hatten sie beschlossen, den Abend im Unicorn zu beenden und auf der Taxifahrt dorthin ihre Fliegen gelockert, mit der Absicht, sich den angesäuselten und leicht verlotterten Anstrich zu geben, auf den wohlhabende junge Herren ihres Rangs sich gern kaprizierten.

»Ich kann nicht fassen, dass du noch nie hier warst«, bemerkte Jasper auf dem Weg durch den Flur, an dessen Ende zwei schweigsame Wächter eine silbrige Flügeltür flankierten, die sie mit großartiger Geste aufzogen, um den Blick auf den Club freizugeben. »Der Unicorn gehört zu den Besten seiner Art.«

Sie traten ein. Gareth blinzelte, ehe seine Augen sich langsam an die schummrige Beleuchtung gewöhnten. Etwas besonders Überraschendes gab es jedoch nicht zu sehen: eine Reihe Nischen entlang den Wänden, in fast jeder von ihnen gut gekleidete Männer in seinem Alter oder älter, kleine Gruppen, die plauderten und lachten. Vor ihm ein langer Tresen, an dem attraktive junge Frauen in spärlicher Bekleidung Getränke bestellten und diese auf Tabletts zu den Tischen trugen. Am anderen Ende des Raums zwei Billardtische. Daneben öffnete sich ein Flur, der, den Geräuschen nach zu urteilen, zu den Spieltischen führte.

»Kommt, wir setzen uns.« Alexander steuerte eine freie Nische an und warf dabei einen verstohlenen Blick in die Runde, um festzustellen, ob irgendwo jemand saß, den er kannte. Zwar war es ihm nicht peinlich, hier gesehen zu werden – die meisten seiner Freunde und Bekannten verkehrten in solchen Clubs –, aber er hatte ein gewisses Selbstbild, und sich heimlich Lastern hinzugeben, die sein noch unsicheres Lebensfundament gefährden konnten, passte nicht dazu. Immerhin hatte er sein Studium der englischen und französischen Literatur in Cambridge mit sehr gut abgeschlossen und arbeitete als Literaturkritiker und Feuilletonist für die *Times*, was seiner Meinung nach eine gewisse gesellschaftliche Überlegenheit bedeutete. Auch schrieb er privat an einem Roman in der Tradition von Henry Fielding, obwohl er das Manuskript noch niemandem gezeigt hatte, denn wenn der Leser es vulgär und altmodisch fände, würde das sowohl seiner Position als auch seinem sorgfältig gemalten Selbstbild schaden.

»Ich denke, wir nehmen Champagner«, sagte Jasper, als eine Kellnerin zu ihnen kam. Wohlwollend ließ er seinen Blick über sie wandern. Sie lächelte und versuchte einnehmend, jedoch nicht ermutigend zu wirken. »Bringen Sie uns eine Flasche von Ihrem Besten und vier Gläser, Liebes.«

»Warum vier?« Sie sah die drei jungen Männer der Reihe nach an. »Erwarten Sie noch jemanden?«

»Ich dachte, Sie könnten sich für eine Weile zu uns setzen«, entgegnete Jasper jovial. »Mein Freund hier hat heute Geburtstag. Möchten Sie ihm nicht alles Gute wünschen?«

»Alles Gute zum Geburtstag.« Die Kellnerin lächelte zu Gareth hinüber. »Leider darf ich mich nicht zu Ihnen setzen. Bis geschlossen wird, habe ich Dienst.«

»Nicht einmal für ein Schlückchen?«, fragte Jasper enttäuscht. »Dagegen kann doch niemand etwas haben.«

Die Kellnerin schüttelte den Kopf, blieb jedoch freundlich. Großmütig gab Jasper sich geschlagen, schließlich kannte er die Regeln solcher Clubs. Die Mädchen, die hier arbeiteten, waren hübsch und entgegenkommend, aber anfassen durfte man sie nicht. Sie waren keine Huren. Die anderen, die hinten an den Spieltischen bedienten, wollte man nicht anfassen, denn sie waren weniger hübsch und zudem geschäftsmäßig, behielten die Hände der Kartenspieler im Auge und ließen sich von niemandem ablenken.

Natürlich durfte man versuchen, eine Kellnerin an einen Tisch einzuladen, aber sie zu bedrängen, nachdem sie die Einladung abgelehnt hatte, galt als schlechtes Benehmen.

»Dann eben drei Gläser«, sagte Jasper noch immer ein wenig enttäuscht, aber keineswegs beleidigt. »Wir können auch allein trinken.«

Die Kellnerin verschwand.

»Eigentlich sollte ich nichts mehr trinken«, sagte Gareth. »Und wenn, dann höchstens Wasser.«

»Nichts mehr trinken?«, rief Jasper schockiert, als hätte man seine Mutter auf obszöne Weise beleidigt. »Wie, um alles in der Welt, kommst du denn darauf?«

»Ich habe schon Wein und Champagner getrunken. Du weißt, dass mir das nicht bekommt.«

»Sei nicht albern«, erwiderte Jasper. »Immerhin hast du heute Geburtstag.«

Gareth warf Alexander einen hilfesuchenden Blick zu. Wenn er enthaltsam sein wollte, brauchte er Beistand.

»Zwing ihn doch nicht, wenn er nicht will, Jasper«, sagte Alexander und wandte sich an Gareth. »Offenbar machst du dir deswegen immer noch Gedanken. Es hat mich gewundert, dass du zum Dinner überhaupt etwas getrunken hast.

»Ein Glas Champagner, mehr war es nicht. Nur weil ich Geburtstag habe, Jasper hat es auch gesagt. Sonst rühre ich nichts mehr an. Es ist mir zu riskant.«

»Ach was«, sagte Jasper, der wollte, dass Gareth weitertrank, »wir passen auf dich auf. Bist du denn nicht schon fröhlicher geworden?« Gareth lachte gezwungen und nickte.

»Ich fühle mich gut«, sagte er. »Es war wirklich albern.«

»Natürlich war es das. Vierundzwanzig Jahre alt, das ist doch noch gar nichts. Was soll ich denn da sagen? Ich bin neunundzwanzig, werde im September dreißig. Das nenne ich einen alten Mann.«

»Vierundzwanzig zu sein macht mir nichts aus«, entgegnete Gareth, obwohl er den ganzen Abend über das Elend dieses Geburtstags gejammert hatte. »Eher stört mich, dass ich für mein Alter nicht viel vorzuweisen habe.«

»Nicht viel vorzuweisen?«, wiederholte Jasper verwundert. »Du lieber Himmel. Du führst doch ein ganz wunderbares Leben.«

»Vielleicht in deinen Augen.«

»Nein, in den Augen jedes vernünftigen Menschen. Weißt

du, dass ich an fünf Tagen in der Woche um acht Uhr morgens aufstehen und um neun in der Bank erscheinen muss, neun Uhr morgens wohlgemerkt, ganz gleich, wo ich am Vorabend war und was ich dort getan habe. Anschließend arbeite ich bis zur Mittagszeit durch. Im Glücksfall habe ich dann eine Stunde für mich, aber danach schufte ich weiter bis vier Uhr. Das ist mein Leben, Gareth. Versuch einmal, in einer Bank angestellt zu werden, dann weißt du, was harte Arbeit ist.«

»Jasper, die Bank gehört deinem Vater«, schaltete Alexander sich amüsiert ein. »Du bist Mitglied des Vorstands. Dein Arbeitstag besteht aus ausgedehnten Mittagessen mit Kunden, und in der übrigen Zeit musst du darauf achten, dass deine Assistenten alles, was anfällt, für dich erledigen. Du sitzt nicht den ganzen Tag am Schalter und füllst Einzahlungs- und Auszahlungsbelege aus.«

»Was spielt das für eine Rolle?«, fragte Jasper pikiert. »Es ist trotzdem Arbeit. Vielleicht nicht so anstrengend, wie den ganzen Tag Romane zu lesen und ein Lob oder einen Verriss von ein paar hundert Wörtern zu tippen, aber dennoch.«

Alexander lachte. »Darüber diskutiere ich nicht mehr«, erklärte er, denn über die Arbeit in einer Bank – verglichen mit der im Kulturbetrieb – hatten sie schon ausgiebig gestritten. Die Kellnerin brachte die Gläser und eine Magnumflasche Champagner. Alexander schaute sich um. Sein Blick fiel auf einen schwergewichtigen Mann, der typisch für einen Club wie den Unicorn war, einer, der für die unfeinen Seiten des Geschäfts zuständig war. Dieser hier folgte einem anderen, als führe er einen Gefangenen zur Exekution – einem Mann mit auffallend weißem Haar. Alexander, dem dieses Haar nur zu bekannt war, reckte sich, um das Gesicht erkennen zu können, doch da waren die beiden schon über den Flur verschwunden. Er sagte sich, dass ihm das Licht einen Streich gespielt haben musste, und konzentrierte sich wieder auf seine Freunde.

»Ich glaube, ich brauche eine Arbeit«, verkündete Gareth, als sie miteinander anstießen.

»Immer mit der Ruhe«, sagte Jasper. »Aus dir spricht der Alkohol.«

»Deshalb ist das jetzt auch mein letztes Glas. Ich nehme alles, um aus dem Haus zu kommen. Wenn ich eine Beschäftigung hätte, würde mein Vater auch aufhören, mich mit seinen Vorschlägen zu quälen.«

»Möchtest du zu uns in die Bank kommen?«, fragte Jasper und hoffte insgeheim, sein Freund werde ja sagen.

»Nein«, erwidere Gareth fest, »das nicht.«

»Was stellt sich denn dein Vater für dich vor?«

»Er möchte, dass ich in seine Kanzlei eintrete, und findet es verrückt, wenn einer Jura studiert, sämtliche Examen ablegt und dann sagt, Anwalt wolle er nicht werden.«

»Hat ein bisschen was Sinnloses«, räumte Alexander ein.

»Mag sein, aber ich bin nicht wie er«, fuhr Gareth fort. In Cambridge Jura zu studieren hatte ihm gefallen, doch ihn reizte der Gedanke, gegen seinen Vater, den Kronanwalt und ehrenwerten Richter, zu rebellieren. Ärgerlich war nur, dass er kein Thema fand, über das er mit ihm hätte streiten können. »Mein Vater war ein leidenschaftlicher Anwalt. Für ihn gab es nichts Schöneres, als einen Fall mithilfe einer technischen Finesse zu gewinnen oder einen Schuldigen hinter Gitter zu bringen. Sein ganzes Leben hat er darauf hingearbeitet, eines Tages Richter zu werden. Selbst wenn er den schlimmsten Verbrecher vor sich hat, kennt er Nachsicht. Auch das macht mir zu schaffen. Ich weiß nicht, ob ich jemals so großmütig sein könnte.«

»Er ist nicht immer großmütig«, wandte Jasper ein. »Vor einer Weile hat er einen Burschen zum Tod durch den Strang verurteilt. Wie hieß er doch gleich – war ein Cousin des Königs oder so.«

»Ein Cousin dritten Grades«, belehrte Gareth ihn. »Gut, das hat er getan, das gebe ich zu. Da hat er davon gefaselt, dass die Justiz blind sei und er dasselbe Urteil gefällt hätte, wäre ein anderer eines solchen Verbrechens schuldig gesprochen worden.«

»Aber extrem war es schon«, sagte Jasper. »In Anbetracht der Umstände.«

»Unsinn«, erwiderte Alexander, der aufgrund seiner literarischen Anwandlungen eine Art Gegner der etablierten Ordnung geworden war, wenngleich er noch nicht wusste, ob er lieber Paläste sprengen oder ein gefeierter Schriftsteller werden wollte. »Dein Vater hat das Richtige getan. Er ist eisern geblieben und hat dem Einfluss geheimer Mächte widerstanden.«

»Wie dem auch sei«, sagte Gareth. »Ich weiß, was er sich wünscht. Ich soll bei ihm als Referendar anfangen und dann einen Platz an seiner Seite einnehmen.«

»Und? Wirst du es tun?«, fragte Jasper, der spürte, dass sein Freund hören wollte, dass es nicht das Ende der Welt bedeute, für seinen Lebensunterhalt arbeiten zu müssen.

»Mir scheint, dass ich nicht mehr groß wählen kann«, erwiderte Gareth. »Mein Vater sagt, wenn ich mich weigere, bekomme ich kein Geld mehr. Ich fürchte, die Tage des sorglosen Junggesellen Gareth Bentley sind vorüber. O Gott, als Nächstes wird er noch verlangen, dass ich heirate.« Gareth schauderte.

Für einen Moment schwiegen sie. Jeder malte sich aus, wie entsetzlich es wäre, verheiratet zu sein. »An deiner Stelle würde ich auf Zeit spielen«, riet Jasper schließlich, »und ihm jetzt noch keine Antwort geben. Solange dein Vater den Eindruck hat, dass du dich aktiv um Arbeit bemühst, statt zu Hause zu hocken, wird er dir auch weiterhin Geld geben.«

»Bist du sicher?«, fragte Gareth hoffnungsvoll. Er liebte seine Art zu leben und hätte sie gern weiterhin beibehalten. Zu größeren Herausforderungen fehlte ihm der Ehrgeiz.

»Ja. Du musst ihn nur so lange wie möglich hinhalten. Und früher oder später wird sich auch etwas für dich ergeben. Irgendetwas ergibt sich doch immer.«

Gareth sah ihn dankbar an. Jasper hob sein Glas, trank es in einem Zug leer, schenkte den anderen nach und bestellte die nächste Flasche Champagner.

3

Owen Montignac stand vor der Tür zu Delfys Büro und versuchte, seine Gedanken zu ordnen, denn die vergangenen Stunden waren alles andere als angenehm gewesen. Zuerst hatte er sich mit Stella getroffen, zu einem spannungsreichen Dinner im Claridge. Anfang der Woche hatte sie ihn angerufen und ihre Sorge bekundet, da sie seit Tagen nichts von ihm gehört und er sich auf ihre Anrufe nicht gemeldet habe. Bei diesem letzten Anruf hatte er den Hörer gedankenlos abgenommen und das Gespräch mit ihr nicht vermeiden können. Und jetzt stand ihm die nächste lästige Aufgabe bevor.

»Wie geht es dir?«, hatte Stella gefragt, als sie ihn endlich erwischt hatte. »Warum hast du nie zurückgerufen?«

»Mir geht es gut«, antwortete er. »Rundum gut. Tut mir leid, dass ich mich nicht gemeldet habe. Ich hatte sehr viel zu tun, alle Hände voll, weiter nichts.«

Stella zögerte, dann sagte sie: »Ich hoffe, das ist der einzige Grund.«

»Welcher sollte es sonst sein?«, fragte er und hörte selbst, wie mürrisch er klang.

»Welcher wohl«, sagte sie leise. »Hör zu, morgen Abend bin ich in London. Wir könnten uns zum Dinner treffen.«

»Morgen Abend«, wiederholte er und dachte nach. »Morgen Abend könnte schwierig werden.«

»Inwiefern?«

»Kann sein, dass ich da andere Pläne habe.«

»Was heißt das?«, fragte sie. »Hast du andere Pläne oder nicht?«

Montignac seufzte. Es war zwecklos, Stella ließ nie locker. Man konnte noch so oft versuchen, sie abzuwimmeln, aber schließlich gab man klein bei. Abgesehen davon fehlte sie ihm irgendwie. Auch seit dem Morgen, als Denis Tandy das Testament verlas, hatte er oft an sie gedacht.

»Vielleicht kann ich das Geplante absagen«, murmelte er.

»Dafür wäre ich dir dankbar«, entgegnete sie. »Was hältst du von sieben Uhr? Im Claridge.«

»Gut«, sage er und legte auf, ehe sie ihm weitere Fragen stellen konnte.

Das Dinner hatte nur eine Stunde gedauert. Es war eine schwierige Begegnung gewesen, die durch Stellas Entschluss, ihren trotteligen Freund Raymond dazu einzuladen, noch unerfreulicher geworden war. Als Montignac sich kurz vor halb acht entschuldigte und erklärte, er müsse aufbrechen, hatte Stella laut geseufzt und ausgesehen, als sei sie restlos bedient.

»Du kannst jetzt nicht gehen, Owen«, sagte sie. »Unsere Diskussion ist noch nicht beendet. Im Grunde hat sie gerade erst begonnen.«

»Tut mir leid«, erwiderte er. »Dann müssen wir sie wohl verschieben. Ich habe einen wichtigen Termin.«

»Wichtiger als das hier?«

»Stella«, sagte er leise und war von ihren ewigen Kämpfen ebenso zermürbt wie sie, »ich fürchte, dass die Welt sich nicht um deinen Zeitplan dreht.«

»Das erwarte ich auch nicht«, antwortete sie spitz. »Aber ich wünschte, ich könnte dich wenigstens noch für fünf Minuten festnageln und über das sprechen, was als Nächstes geschieht. Du wirkst verärgert und benimmst dich so, dass jeder denken könnte, ich hätte alles geplant.«

»Jeder?«, fragte er ruhig und sah ihr in die Augen. »Was für eine absurde Idee.«

»Hör zu, alter Junge«, begann Raymond mit dem lächerlichen Gehabe eines Engländers in einer afrikanischen Kolonie, das er offenbar dem jüngsten Buch von Evelyn Waugh entnommen hatte. »Unser Mädchen will doch nur sagen –«

Montignac ließ ihn nicht ausreden. »Komm morgen in der Galerie vorbei«, schlug er Stella vor. »Gegen Mittag. Dann können wir uns unterhalten. Nur wir beide.« Raymonds Worte und Anwesenheit ignorierte er, als handele es sich bei ihm um einen Kellner, der wissen wollte, ob sie zum Dessert Tee oder Kaffee wünschten.

»Dass du mir dann aber auch da bist«, sagte Stella, als Montignac sich erhob. »Wenn ich ankomme und feststelle, dass du für den Tag irgendwohin gegangen bist –«

»Ich werde da sein«, fiel er ihr ins Wort, versuchte zu lächeln und wollte nicht wahrhaben, wie großartig sie in ihrem neuen Kleid aussah; es war ein teures dunkelrotes Taftkleid, das Stella an diesem Tag gekauft hatte. »Und dann reden wir. Allein«, hob er noch einmal hervor.

Anschließend stürzte er davon, doch draußen auf der Straße blieb er kurz stehen, versuchte, sich zu sammeln, und zählte im Geist bis zehn, um nicht zurückzurennen und Raymond Davis hinaus auf die Straße zu zerren oder in eine dunkle Gasse, wo er ihm zeigen konnte, was einem Tölpel blühte, der glaubte, er könnte sich zwischen ihn und Stella drängen. Als es zu nieseln begann, setzte er sich in Gang, lief die Brook Street entlang und suchte zur Beschwichtigung seiner Nerven nach einer ruhigen Bar.

Wenige Minuten später saß er im Duck and Dog, entspannte sich bei einem großen Glas Whisky und sah in der halb leeren Bar schweigend zu, wie ihm gegenüber zwei Männer mittleren Alters Darts spielten. Ein groß gewachsener, massiger Mann im dunklen Anzug trat ein, schaute in die Runde, lächelte Montignac kurz zu und steuerte die Theke an. Dort sah er sich erneut um, warf einen Blick auf Montignacs Getränk, sagte etwas zu dem Barkeeper und kam gleich darauf mit einem Glas in jeder Hand auf Montignac zu.

»Wie ich gehört habe, trinken Sie Whisky. Hier, zum Nachfüllen.« Er reichte Montignac ein Glas und setzte sich.

Montignacs Augen wurden schmal. Er schaute zur Tür, fragte sich, ob er einfach aufstehen und gehen sollte, ob sein Gegenüber ihm das überhaupt gestatten würde. Den Whisky rührte er nicht an.

»Entschuldigen Sie«, sagte er. »Kennen wir uns?«

»Wir sind uns schon mal begegnet.«

»Tatsächlich?« Montignac versuchte, sich zu erinnern, und war sich eigentlich sicher, dass er einen solchen Koloss von

Mann nicht vergessen hätte. »Tut mir leid, aber ich kann mich nicht –«

»Ich arbeite für Nicholas Delfy«, unterbrach ihn der Mann. »Er hofft, Sie finden heute Abend die Zeit, ihn zu besuchen.«

Montignacs Magen zog sich zusammen. »Nicholas«, wiederholte er nachdenklich und tat so, als müsste er überlegen, wo ihm der Name schon einmal untergekommen sei, und dass dergleichen für ihn schwierig sei, da so viele gewichtige Personen nach ihm verlangten, dass der ein oder andere durchaus einmal durch die Maschen fallen konnte. »Ach, richtig – Nicholas. Ist schon eine Weile her, seit wir miteinander gesprochen haben.«

»Ich glaube, gerade das macht ihm Sorgen«, entgegnete der Koloss. »Vielleicht fehlen Sie ihm.«

Montignac lächelte höflich. Der Mann hatte Sinn für Humor, wenn auch keinen tröstlichen. »Gut, dann teilen Sie ihm mit, dass er schon auf meiner Liste steht«, sagte er und hoffte, das würde genügen. »In den nächsten Tagen bin ich beschäftigt, aber Freitag könnte ich es womöglich einrichten, falls es ihm recht ist.«

»Freitag«, wiederholte der Mann sachlich.

»Ja.«

»Vormittags oder nachmittags?«

»Sagen wir, am Nachmittag.« Montignac trank sein Glas aus und ignorierte den Whisky, der ihm gebracht worden war. »Gegen drei Uhr?«

Er stand auf. Der Mann ebenfalls. Auf seiner entspannten Miene zeigte sich ein spöttisches Lächeln.

»Mr Delfy möchte Sie heute Abend sehen«, erklärte er in einem Ton, der jeden Widerspruch auszuschließen schien.

Montignac hielt sich vor Augen, wie vergeblich ein Fluchtversuch wäre. »Na schön.« Er griff nach dem spendierten Glas und leerte es in einem Zug. »Sollen wir?«

Zwanzig Minuten später hielt der Wagen vor dem Eingang der Unicorn Ballrooms an. Die beiden Männer stiegen aus. Als sie den Türsteher passierten, nickte dieser Montignacs Begleiter zu. Auf dem Weg durch den Flur unten sah Montignac sich in einem Spiegel. In dem trüben Licht erstrahlte sein weißes Haar wie ein Leuchtfeuer.

In der Vergangenheit hatte er diesen Club zahllose Male besucht, doch in den letzten fünf oder sechs Wochen hatte er ihn bewusst gemieden. Selbst wenn er abends den Wunsch verspürte, etwas zu trinken oder ein Spiel zu machen, oder wenn ihn die Lust auf eine Frau überkam, hatte er sich ferngehalten. Im vergangenen Monat, an dem Tag, als sein Onkel begraben wurde, hatte er Delfy einen Brief geschrieben. Seitdem hatte es zwischen ihnen keinen Kontakt mehr gegeben, und obwohl Montignac es kaum zu hoffen wagte, hatte er versucht, sich einzureden, Delfy habe ihn vergessen und die Sache sei erledigt. Was töricht gewesen war, denn der Betrag, den er schuldete, war viel zu hoch, um von Delfy mir nichts, dir nichts abgeschrieben zu werden. Genau besehen, hatte Montignac schon damit gerechnet, dass irgendwann ein schwergewichtiger Mann bei ihm aufkreuzen würde. Dieser hier musste ihn seit dem frühen Abend beobachtet haben, dankenswerterweise war er wenigstens nicht im Claridge erschienen, aber jetzt ließ sich das Unvermeidbare wohl nicht mehr länger aufschieben.

Unten im Barbereich sah er stur geradeaus, doch dem Geräuschpegel aus Stimmen und Gelächter entnahm er, dass die meisten Nischen besetzt sein mussten. Aus der Ferne hörte er das Surren der Rouletteräder, ein verführerisches Geräusch und Musik in seinen Ohren. Er entsann sich des Abends vor etwa zwei Jahren, als er zum ersten Mal hierhergekommen war. Damals hatte er das Spielkasino mit nicht viel mehr als hundert Pfund in der Tasche betreten. Als er ging, hatte die Summe sich verfünffacht. Beseelt von seinem Erfolg, hatte er zu Hause begonnen, die Gewinnmöglichkeiten auszurechnen, falls er Abend für Abend einige Stunden an den Spieltischen verbrachte, ein Reichtum, der in fünf oder sechs Jahren sogar mit dem Bankvermögen seines Onkels konkurrieren konnte.

Nur dass er nach dem ersten Abend nie mehr gewonnen hatte.

Als sie das Ende des Flurs erreichten, fühlte er sich wie ein

Gefangener auf dem Weg zum Schafott. Sein Begleiter schob ihn ein Stückchen zur Seite, klopfte an die Tür zu Delfys Büro, öffnete sie, stieß Montignac hinein und baute sich draußen vor der geschlossenen Tür auf.

Nicholas Delfy schaute von seinen Unterlagen hoch. »Owen«, rief er, »ich dachte schon, wir müssten Sie von der Polizei suchen lassen.«

4

Mehr oder weniger schweigsam kehrten Stella Montignac und Raymond Davis zu Stellas Suite im obersten Stock des Claridge zurück. Auf dem Weg durch die Eingangshalle und dann die Treppen hinauf und die Flure entlang, hatte Raymond jeden Moment damit gerechnet, dass Stella sich zu ihm umdrehen und signalisieren würde, für ihn sei es jetzt Zeit, sich zu seiner Wohnung in Chelsea zu begeben. Doch das hatte sie nicht getan, und er fragte sich, ob es bedeutete, dass sie ihn begehrte, oder ob der Abend sie dermaßen strapaziert hatte, dass sie nicht mehr wusste, dass er da war und ihr wie ein treues Hündchen folgte.

»Bitte, schenk mir etwas zu trinken ein«, bat sie ihn in der Suite und drückte die Tür ins Schloss. Er trat an die Bar. Sie ließ sich auf das Sofa fallen, sprang wieder auf und begann, unruhig wie ein werdender Vater auf und ab zu laufen. Zu guter Letzt stieß sie einen frustrierten Seufzer aus und sagte: »Dieser verfluchte Junge.«

»Möchtest du ein Glas Wein, Liebling?«, fragte Raymond.

»Nein, einen Wodka Tonic. Mit viel Wodka und wenig Tonic.«

Raymond mixte ihr Getränk. Er hatte sich schon gedacht, dass es ein Fehler wäre, an dem Dinner der beiden teilzunehmen, aber Stella hatte darauf bestanden, und da er froh war, wenn er mit ihr zusammen sein konnte, hatte er schließlich eingewilligt. Dann war ihr Cousin erschienen, hatte ihn entdeckt und eine Miene aufgesetzt, die Raymond seine Überflüssigkeit deutlich gemacht hatte.

»Ich weiß nicht mehr weiter«, bekannte Stella, als er ihr das Glas reichte. »Ich weiß einfach nicht, was ich tun soll.«

»Er ist ein schwieriger Kunde«, räumte Raymond ein. Mehr wagte er nicht zu sagen, denn er hatte gelernt, dass nur Stella das Recht hatte, ihren Cousin in aller Schärfe zu kritisieren.

»Er ist mehr als schwierig«, erwiderte Stella gereizt. »Er ist durch und durch problematisch.«

»Schön, aber vergiss nicht, dass das Ganze ein gewaltiger Schock für ihn war. Ich will ja nicht sagen, dass er vom Tod deines Vaters profitieren wollte –«

»Raymond, bitte.«

»Ich meinte ja auch nicht ›profitieren‹«, verbesserte er sich hastig. »Aber möglicherweise hatte er gewisse Pläne. Dinge, auf die er gehofft hatte. Die Verlesung des Testaments muss ein unglaublicher Schlag für ihn gewesen sein.«

Stella lachte auf. »Oh, wenn du wüsstest. Du hättest dabei sein müssen. Sein Gesicht ist weißer als sein Haar geworden.«

Raymond schenkte sich einen Drink ein und setzte sich ihr gegenüber hin.

Inzwischen kannten sie sich seit fast anderthalb Jahren. Am Ladies' Day in Ascot hatten sie sich durch gemeinsame Freunde kennengelernt. Raymond hatte sich sofort in Stella verliebt. Natürlich sah sie immer blendend aus, doch an dem Tag war sie vollendet gekleidet gewesen und hatte einen Hut getragen, um den die anwesenden Frauen sie beneidet hatten. Er war nicht imstande gewesen, den Blick von ihr abzuwenden. Mittlerweile witzelten sie darüber, dass er an dem Nachmittag die meisten Rennen verpasst hatte, weil er sie unentwegt angestarrt hatte, obwohl er eine Viererwette laufen und auf einen Sieger gesetzt hatte, bei dem die Gewinnquote sechzehn zu eins gewesen war.

Stella wiederum tat gern so, als sei es ihr nicht viel anders ergangen, und erklärte, sie habe ihn ebenfalls umgehend gemocht, aber an den Moment, als sie einander vorgestellt wurden, konnte sie sich beim besten Willen nicht erinnern, ganz gleich, wie oft sie es versuchte. Natürlich wusste sie noch, dass sie an dem Tag beim Pferderennen gewesen war und ihre Freunde sie anderen Leuten vorgestellt hatten, doch da dergleichen immerzu geschah, sagte sie sich, es sei nun wirklich zu viel verlangt, die einzelnen auseinanderhalten zu können.

Aber dann hatte Raymond etwas ganz Erstaunliches gewagt. Es passte nicht zu ihm, und Stella hätte auch nicht damit gerechnet, doch wenige Tage nach dem Pferderennen rief er sie in Leyville an, behauptete, er sei zufällig in der Gegend, und lud sie zum Mittagessen ein.

Als er sie abholte, streckte er die Hand aus und nannte rasch seinen Namen, um ihr die Peinlichkeit, sich danach erkundigen zu müssen, zu ersparen. »Wir sind uns in Ascot begegnet, wissen Sie noch?«

»Natürlich weiß ich das noch«, log sie. »Es war ein wundervoller Tag, und Sie waren ganz reizend.«

»Wir hatten abgemacht, uns irgendwann einmal zum Lunch zu treffen. Wenn ich hier unten bin. Und jetzt bin ich hier. Hier unten«, fügte er verlegen hinzu.

»Na, dann sollten wir jetzt auch zum Lunch gehen«, sagte sie, denn er schien ihr ein netter Bursche zu sein, und sie musste ohnehin etwas essen. »Ich hole nur schnell meinen Mantel.«

Wenig später spazierten sie hinunter in den Ort und aßen in einem Restaurant. Währenddessen breitete Raymond seine Familiengeschichte aus, erzählte, sein Vater sei früher bei der Marine gewesen, zuletzt als Admiral, und zwei der älteren Brüder seines Vaters seien dort noch immer, bekleideten jedoch unterschiedliche Ränge. Einer sei zurzeit in der Karibik stationiert, auf einer Insel, an deren Namen er, Raymond, sich nie erinnern könne.

»Und Sie wollten der Marine nicht beitreten?«, erkundigte sich Stella.

»Ich mag kein Wasser«, entschuldigte er sich, was sie zum

Lachen brachte. »Ich kann nicht mal schwimmen. Es wäre absurd gewesen.«

»Das ist in Ihrer Familie bestimmt gut angekommen«, sagte sie lächelnd. In der Vergangenheit hatte Raymond festgestellt, dass Frauen das Interesse an ihm verloren, sobald er ihnen von seiner Untauglichkeit erzählte, aber Stella, die ohnehin anders als die meisten Frauen war, schien dies für einen Pluspunkt zu halten.

»Nein, nicht sehr gut«, gestand er. »Ich bin so etwas wie das schwarze Schaf in der Familie.«

Ihr Lächeln verblasste. Sie schaute aus dem Fenster zu den lärmenden Kindern, die draußen herumtobten. »So eines gibt es in jeder Familie«, sagte sie. »Oder sie ernennen jemanden dazu.«

»Mir macht das nicht viel aus«, antwortete er, doch es klang, als machte es ihm einiges aus.

»Was tun Sie denn stattdessen?«, fragte sie.

»Ich habe Botanik studiert. Zurzeit arbeite ich für die Königliche Gartenbaugesellschaft in London, züchte neue Rosensorten und mache sie bekannt. In erster Linie geht es um Varianten der Hybrid Tea. Allerdings befasse ich mich auch mit anderen Edelrosen und Kletterpflanzen. Es ist unglaublich interessant.«

»Mit Blumen also«, sagte sie vereinfachend.

»Wenn man so will«, gab er zu und nickte. »Natürlich gehört noch einiges mehr dazu, aber grundsätzlich – ja, es geht tatsächlich um Blumen.«

Stella beugte sich vor, nahm seine Hand und drückte sie. Raymonds Augen weiteten sich, denn diese Berührung überraschte und erregte ihn zugleich. »Das muss ein sehr mutiger Entschluss gewesen sein«, sagte sie, als hätte er ihr gerade eine perverse Neigung gestanden, die er eines Tages zu überwinden hoffte. Sie ließ seine Hand los und lehnte sich wieder zurück.

»Arbeiten Sie – tun Sie denn irgendetwas?«, fragte er, nachdem er sich gefasst hatte. »Für Ihren Lebensunterhalt, meine ich.«

»Lieber Himmel, nein.« Bei dem Gedanken daran musste sie kichern. »Überhaupt nichts. Vor ein, zwei Jahren hieß es mal, ich solle eine Karriere anstreben, aber daraus ist nie etwas geworden. Es gab nichts, das mich gereizt hätte. Natürlich versuche ich, mich für wohltätige Zwecke einzusetzen. Im vergangenen Sommer habe ich in Leyville eine Tombola initiiert, um die Kinder der Bergarbeiter im Nordosten mit Medikamenten zu versorgen. Es war ein Riesenerfolg. Und vor einigen Monaten habe ich ein Dorffest veranstaltet und beinahe dreitausend Pfund für das Krankenhaus hier im Ort gesammelt. Sie müssen wissen, dass mein Vater sehr vermögend ist.«

»Das weiß ich«, entgegnete Raymond und bereute es sofort. Es hörte sich an, als wäre er ein Mitgiftjäger. »Mein Vater steht sich auch recht gut«, ergänzte er, um die Scharte wieder auszuwetzen, und überlegte, ob sie jetzt dachte, er versuche, sie hinsichtlich ihres Familienreichtums zu übertreffen. »Haben Sie Brüder?«

Stella schüttelte den Kopf. »Ich hatte einen Bruder. Andrew. Er ist im Alter von achtzehn Jahren gestorben. Ein Unfall mit der Schusswaffe.«

»Das tut mir leid.«

Sie zuckte mit den Schultern und wandte kurz den Blick ab. Diesem Ausspruch gegenüber war sie inzwischen immun geworden.

»Demnach gibt es nur noch Sie?«, fragte er.

»Nicht ganz«, erwiderte sie. »Ich habe einen Cousin, Owen, der bei uns wohnt. Er ist einige Monate jünger als ich. Aber wahrscheinlich ist er eher wie ein Bruder für mich. Als er fünf Jahre alt war, ist er nach dem Tod seiner Eltern zu uns gekommen. Seitdem lebt er bei uns. Als Kinder standen wir uns sehr nah.«

»Und was macht er beruflich?«, erkundigte sich Raymond.

»Er hat in Cambridge Kunstgeschichte studiert. Das Grundstudium hat er mit sehr gut abgeschlossen und seinen Magister danach in Rekordzeit geschafft. Seitdem arbeitet er in London in einer Kunstgalerie. Die Werke dort sind sehr modern, und mein Vater hält sie natürlich für grässlich. Die Galerie zeigt nämlich nichts, was vor dem Jahr 1900 entstanden ist.«

»Ach«, sagte Raymond erstaunt, »sind in den letzten dreißig Jahren denn überhaupt nennenswerte Kunstwerke entstanden?«

»Nicht ein Einziges.« Stella brach in Gelächter aus. »Es ist alles Schund. Aber ich finde es lustig, mir die ausgestellten Stücke anzusehen. Jeder hat Angst, sie zu kritisieren, denn niemand möchte altmodisch wirken. Deshalb werden diese scheußlichen Gemälde zu den aberwitzigsten Preisen verkauft, und ich könnte mir denken, mein Cousin streicht recht ordentliche Kommissionen ein. Natürlich macht er es nicht wegen des Geldes, das wäre ihm zu vulgär. Ich glaube, er mag seinen Beruf. Jedenfalls wirkt er engagiert.«

»Trotzdem brauchen wir alle Geld«, sagte Raymond.

»Owen nicht. Eines Tages erbt er das gesamte Vermögen der Montignacs. Es geht immer nur an die männlichen Mitglieder unserer Familie, schon seit ewigen Zeiten. Eine Frau kommt dafür nicht infrage, so sexistisch das auch ist. Natürlich hätte alles Andrew gehört – aber er ist tot, und seitdem gilt Owen als der nächste Erbe. Sein Vater war der ältere Bruder meines Vaters, doch er wurde nach einem Skandal enterbt. Das war noch vor meiner Geburt. Er ist im Krieg gefallen, und meinem Vater blieb nichts anderes übrig, als seinen Sohn aufzunehmen. Inzwischen hat er ihn ins Herz geschlossen.«

Raymond nickte. Zwar interessierten ihn die Erbschaftsangelegenheiten der Montignacs nicht sonderlich, aber er fand es schön, Stella beim Reden zu beobachten und einen triftigen Grund zu haben, sie unverwandt anzusehen. Wie gewöhnlich hatte sie nur wenig Make-up aufgetragen, sodass ihr Teint wie Porzellan schimmerte und er die Hand ausstrecken und ihr Gesicht berühren wollte, so wie man in einem Stoffgeschäft den Wunsch hat, über eine Bahn aus Satin zu streichen. Stella warf noch einmal einen Blick aus dem Fenster, dann wandte sie sich wieder zu ihm um. Für einen Moment kniff sie die Augen zusammen, als sei sie dabei, eine Entscheidung zu treffen.

»Ich finde, wir sollten uns häufiger treffen«, verkündete sie entschlossen. Raymond nickte eifrig, und schon war die Sache abgemacht.

In den folgenden achtzehn Monaten waren sie offiziell zu einem Paar geworden. Die meiste Zeit verbrachten sie in London, wo Stella tagsüber das unbeschwerte Leben einer Frau mit viel Muße führte. Abends gingen sie mit Freunden ins Theater oder in Restaurants. Hier und da – wann, das konnte Raymond nie vorhersagen – lud Stella ihn anschließend in ihre Suite ein, wo sie sich derart leidenschaftlich liebten, dass er nie begriff, warum er am nächsten Morgen so eilig entlassen wurde. Zwar war sie nicht die erste Frau in seinem Leben, aber eine andere konnte er sich nicht mehr vorstellen, trotz der emotionalen Distanz, die zwischen ihnen stand wie eine Mauer, über die sie ihn nicht steigen ließ.

»Ich spreche nicht gern über Liebschaften«, hatte sie ihm einmal erklärt. »Das habe ich einmal getan, vor langer Zeit, und es hätte mich beinah umgebracht. Buchstäblich.«

Seinerzeit hatte er versucht, mehr über diese frühere Geschichte zu erfahren, war jedoch auf Schweigen gestoßen. Seitdem hatte er keinen Vorstoß mehr gewagt.

Am schlimmsten waren für ihn die seltenen Wochenenden, an denen er nach Leyville eingeladen wurde. Peter Montignac begegnete ihm zwar einigermaßen höflich, der Form halber, doch darüber hinaus schien ihn Raymonds Leben nicht im Geringsten zu interessieren. Mitunter bot Raymond ein Gesprächsthema an, aber es war jedes Mal zwecklos, Peter Montignac ging auf keines von ihnen ein. Owen Montignac wiederum, der anfangs die Kälte eines Eisbergs ausgestrahlt hatte, taute mit der Zeit ein wenig auf, doch Raymond wusste, dass er, Owens Meinung nach, für Stella nicht gut genug war. Bei jeder sich bietenden Gelegenheit spottete Owen über Raymonds Beruf und schien dabei zu vergessen, dass man ihn selbst auch nicht unbedingt als Mann des Militärs bezeichnen konnte. Alles in allem fühlte Raymond sich von Stellas Cousin eingeschüchtert. Dennoch hatte er sich gefügt, als Stella darauf bestand, er solle sie zu ihrem gemeinsamen Dinner begleiten.

»Du kannst bleiben«, erklärte sie, zog ihre Schuhe aus und leerte ihr Glas. Raymond strahlte. Endlich konnte er sich entspannen.

»Gut«, sagte er. »Wenn du das möchtest.«

»Ich möchte«, antwortete sie und beugte sich vor. »Aber beantworte mir bitte noch eine Frage. Aufrichtig. Du musst vollkommen ehrlich sein. Was meinst du? Glaubt Owen, ich hätte etwas mit der Testamentsänderung meines Vaters zu tun?«

5

»Ich hatte bereits vor, Sie aufzusuchen«, sagte Montignac, blieb an der Tür stehen und versuchte, einen Plauderton anzuschlagen, als müssten sie Banalitäten regeln, die eigentlich unter seiner Würde waren. »Aber seit Kurzem ist in der Galerie der Teufel los, und mein Plan ist in Vergessenheit geraten.«

»Absolut verständlich.« Mit großmütiger Geste winkte Delfy ab. »Schließlich sind wir beide viel beschäftigte Männer.«

»Richtig.«

»Nehmen Sie Platz, Owen.«

Das war keine Bitte, nicht einmal ansatzweise, sondern ein Befehl. Montignac gehorchte. Es gab nur wenige Menschen auf der Welt, vor denen er sich jemals gefürchtet hatte, doch Delfy machte ihm Angst. Es war keine Angst vor einem körperlichen Angriff, dazu war Delfy zu zierlich und auch sein engelhaftes Gesicht wirkte nicht im Mindesten bedrohlich. Es lag auch nicht an den Schlägern und Wachen, die Delfy umgaben und Menschen verletzten, ohne darüber nachzudenken. Trotzdem wünschte sich Montignac, woanders zu sein, denn das, was ihm zusetzte, war Delfys Ruf. Zwar wusste man, dass er nie so weit ging, seine Feinde zu töten, allerdings kannte er grausamere Methoden und fand Wege, seine Widersacher mittels der Menschen, die ihnen nahestanden, zu quälen. Und sollten seine Opfer niemanden von ausreichender Bedeutung kennen, dosierte er seine Rache so fein, dass sie bei den Empfängern zu endlosem Leiden führte. Man hatte von Menschen gehört, die gelähmt wurden und den Rest ihres Lebens im Rollstuhl oder in Kliniken verbrachten, oder die geblendet wurden, indem er ihnen die Augen ausstechen ließ. Dann und wann gab es welche, denen ein lebenswichtiges Organ entfernt wurde, was insgesamt gesehen so viel hieß, dass Delfy nicht einer war, der an die Gnade des schnellen Todes glaubte.

»Das mit Ihrem Onkel tut mir leid«, sagte er. »Haben Sie sich nahegestanden?«

»Ich habe bei ihm gewohnt. Seit ich fünf Jahre alt war.«

»Danach hatte ich nicht gefragt.«

»Wir haben uns nahegestanden«, antwortete Owen zögernd. »Bis zu einem gewissen Punkt.«

»Ich hatte auch mal einen Onkel«, erzählte Delfy. »Ich erinnere mich kaum noch an ihn, weiß nur noch, dass er, als ich Kind war, sehr freundlich zu mir war. Jedes Mal, wenn er zu Besuch kam, hatte er Geschenke für mich dabei. Ich weiß auch noch, dass wir zusammen Schach gespielt haben. Obwohl er darin nicht sehr gut war. Im Alter von sieben Jahren konnte ich ihn schon schlagen. Wie mir jetzt scheint, hat es ihm nie etwas ausgemacht. Wenn überhaupt, war er stolz auf mich. Er ist im letzten Krieg gefallen.«

»Wie mein Vater«, sagte Owen und biss sich auf die Lippe. Er sprach nicht gern über seine Eltern, und wenn, dann sicherlich nicht mit Nicholas Delfy. Auch waren seine Erinnerungen an sie verschwommen, denn als er in Leyville aufwuchs, war keiner im Haus dazu ermuntert worden, ihre Namen zu erwähnen.

»Tatsächlich?«, fragte Delfy interessiert. »Wie ist das passiert?«

»Er ist in der Schlacht an der Somme umgekommen. Er und sein Zug starben bei einem deutschen Panzerangriff. Damals war er erst vierunddreißig Jahre alt.«

»Ach«, sagte Delfy leise und nickte ehrfürchtig, »das wusste ich nicht.«

»Warum sollten Sie?«

»Wie wahr, wie wahr. War Ihr Vater auch ein Spieler, Owen?«

Auf diese Frage ging Montignac nicht ein. »Man kann mich wohl kaum als Spieler bezeichnen.«

»Nein?« Delfy tat so, als wäre er aufrichtig erstaunt. »Interessant.« Er griff nach dem Kontenbuch auf seinem Schreibtisch und begann, darin zu blättern, bis er nach zwei Dritteln der Seiten auf eine stieß, die er schweigend studierte. Dann richtete er seinen Blick auf Montignac. »Hier steht, dass Sie mir eine außerordentlich hohe Summe schulden.«

»Relativ hoch.«

»Fünfzigtausend Pfund«, betonte Delfy und pfiff durch die Zähne. »Plus Wechselgeld.«

»So viel kann es nicht sein.«

»Möchten Sie die Zahlen sehen?« Delfys Leutseligkeit war wie weggefegt. »Sie werden feststellen, dass sie vollkommen akkurat sind.«

Montignac schüttelte den Kopf. Tatsächlich hatte er die Summe auf über sechzigtausend geschätzt, sodass er in gewisser Weise erleichtert war.

»Dann wäre da noch der Brief, den Sie mir geschrieben haben.« Delfy griff nach dem Umschlag, der zwischen den Seiten steckte. Behutsam, als ginge es um ein wichtiges Dokument, entnahm er ihm ein gefaltetes Blatt Papier. »Ein ganz außergewöhnliches Stück Prosa, wenn ich das mal so sagen darf.«

»Der Grund für diesen Brief –«, begann Montignac.

»*Lieber Nicholas*«, fiel Delfy ihm ins Wort und überflog die Zeilen, »den Anfang können wir überspringen – ach ja, hier – *tut mir leid, dass ich mich nicht eher gemeldet habe* – tja, ich glaube, das hat uns beiden leidgetan.« Er sah auf und schmunzelte, als wäre das Ganze ein Riesenspaß. »Vor lauter Sorge habe ich nachts kaum noch ein Auge zugetan. Ich dachte, Sie hätten vielleicht das Weite gesucht.«

»Das würde ich niemals tun, Nicholas.«

»*Aber vermutlich werde ich demnächst in der Lage sein, Ihnen die geschuldete Summe zu erstatten. Vor wenigen Tagen ist mein*

Onkel gestorben. Sobald der Nachlass geregelt ist, werde ich Ihnen einen Scheck über – der Tod eines geliebten Angehörigen ist zweifellos immer sehr traurig. Sie müssen tief erschüttert gewesen sein.«

»Kann ich es vielleicht mal erklären?«, sagte Montignac und musste sich zur Ruhe zwingen.

»Ich höre.« Delfy lehnte sich zurück. Was ihn betraf, konnte Montignac erklären, was er wollte, und sich sein eigenes Grab schaufeln. »Aber machen Sie es bitte spannend. Ich würde gern eine Geschichte hören über anfängliche Hoffnung, gefolgt von jäher Enttäuschung.«

»Man hatte mir zu verstehen gegeben – und zwar immer –, dass das Vermögen der Montignacs nach dem Tod meines Onkels an mich gehen wird.«

»Darf ich raten?«, fragte Delfy fröhlich. »Die Geschichte ist anders ausgegangen.«

»Nein. Nein, ist sie nicht. Ich kann das noch richten. Sie werden Ihr Geld bekommen. Machen Sie sich deswegen keine Gedanken.«

Delfy nickte langsam, wirkte nachdenklich und schwieg so lange, dass Montignac sich fragte, ob er vielleicht etwas sagen sollte. Allerdings schien es ihm keine gute Idee.

»Ich mache mir aber Gedanken«, erklärte Delfy schließlich. »Denn vor zwei Monaten, kurz vor dem vorzeitigen Tod Ihres Onkels, hatte ich Sie zu mir gebeten, um über den ausstehenden Betrag zu sprechen, der damals etwa dreitausend Pfund niedriger als heute war. Inzwischen sind die Zinsen dazugekommen, hohe Zinsen, die ich fordern muss, um meine Betriebskosten zu decken. Sie erinnern sich doch noch an dieses Treffen, oder?«

»Ich erinnere mich«, sagte Montignac.

»An dem Tag erzählten Sie mir, Sie seien dazu vorgesehen, das Vermögen der Montignacs zu erben. Wenn mich nicht alles täuscht, war die Rede von einem Gesamtwert von weit über zwei Millionen Pfund.«

»Das ist der Schätzwert«, warf Montignac ein. »Das Vermögen besteht vor allem aus Liegenschaften, die nicht angetastet werden dürfen. Die Mieteinnahmen daraus bilden den Grundstock meines Einkommens. Hätten den Grundstock gebildet, meine ich.«

»Aha. Damals habe ich mich nach dem Gesundheitszustand Ihres Onkels erkundigt. Woraufhin Sie sagten, Ihr Onkel fühle sich einigermaßen, doch das könne sich jederzeit ändern, schließlich werde er nicht jünger.«

»Richtig.«

»Und deshalb blieb mir nichts anderes übrig, als Ihnen ein paar Dinge vor Augen zu halten – Dinge, zu denen Sie mich zwingen würden, falls Sie es versäumen, mir die geschuldete Summe zurückzuzahlen.«

»Ich weiß.«

»Und dann lese ich einige Wochen später die Zeitung und entdecke was? Einen Bericht auf der Titelseite, in dem steht, dass Peter Montignac im Schlaf gestorben ist. Auf seinem Landsitz. Plötzlich und unerwartet. Können Sie sich vorstellen, wie ich da gestaunt habe?«

»Ich könnte es versuchen«, entgegnete Montignac.

Delfy kniff die Augen zusammen. Sarkasmus war nur ihm gestattet, nicht demjenigen, der auf der anderen Seite des Schreibtisches saß. »Das hier ist kein Spiel, Owen.«

»Nein. Natürlich nicht.«

»Da lese ich also über den unerhörten Glücksfall Ihres toten Onkels, nur um wenig später zu erfahren, dass Sie letztlich doch nicht erben. So etwas nenne ich einen Schicksalsschlag. Sie müssen sehr enttäuscht gewesen sein.«

»Ich war – sehr überrascht«, gab Montignac zu.

»Ah, die Semantik«, sagte Delfy. »Dann frage ich mich, was ich sein soll? Enttäuscht oder überrascht?«

»Niemand hätte schockierter sein können als ich.«

»Schön, aber trotzdem bleibt die Frage, wie lange ich noch auf mein Geld warten muss.«

Nervös beugte Montignac sich vor. »Bitte, Nicholas, glauben Sie nicht, dass –«

»Nein«, sagte Delfy scharf und hielt eine Hand hoch, »wir kehren zur förmlichen Anrede zurück. Meine Freunde dürfen mich beim Vornamen nennen, aber nicht diejenigen, die mich bestehlen wollen.«

»Ich will Sie nicht bestehlen, Nich-, Mr Delfy. Ich brauche nur noch ein bisschen mehr Zeit.«

»Es geht um eine sehr hohe Summe. Was hatten Sie sich zeitlich denn so vorgestellt?«

»Sechs Monate«, antwortete Montignac, ohne zu wissen, wie er darauf gekommen war.

»Sechs Monate?« Delfy lachte. »Das ist nicht Ihr Ernst.«

»Der Betrag beläuft sich auf etwas über fünfzigtausend Pfund.« Delfy nickte. »Wenn ich Ihnen als Zeichen meines guten Willens in vier Wochen zehntausend zahle, lassen Sie mir dann noch fünf Monate für den Rest? Sagen wir, bis Weihnachten?«

Delfy atmete schwer und lehnte sich zurück. Dann huschte ein kleines Lächeln um seine Lippen. Der Junge hatte Mut.

»Also zehntausend in vier Wochen?«

»Das ist eine Möglichkeit. Die andere ist, dass Sie mir heute etwas antun, doch das würde bedeuten, dass Sie die Gesamtsumme nie mehr bekommen. Aber Sie können mir vertrauen. In einem Monat haben Sie die erste Rate. Falls nicht, können Sie über mein Schicksal verfügen. Doch wenn es klappt, lassen Sie mir bis Weihnachten Zeit für den Rest.«

Delfy ließ sich den Vorschlag durch den Kopf gehen. Montignac hatte recht. Wenn er dem Jungen jetzt Schaden zufügte, würde er fünfzigtausend Pfund verlieren. Ginge er auf den Handel ein, hätte er wenigstens eine Chance, sein Geld noch einmal wiederzusehen.

»Ich frage mich, wie ernst es Ihnen damit ist, die zehntausend aufzutreiben«, sagte er bedächtig.

»Ich weiß, was mich erwartet, wenn ich es nicht tue.«

»In der Tat. Und noch etwas: Wie weit würden Sie gehen, um sich dergleichen zu ersparen?«

Montignac runzelte die Stirn. »So weit, wie ich muss.«

»Freut mich, zu hören. Es gibt Menschen, die eine moralische Scheu daran hindert, die – unschöneren Dinge im Leben zu tun.«

»Gegen solche Impulse würde ich mich wehren«, erklärte Montignac, als wäre dergleichen Ehrensache. »Verlassen Sie sich auf mich.«

»Diebstahl, zum Beispiel, käme für manche nicht infrage.«

»Solche Menschen soll es geben.«

»Andere hätten Hemmungen, jemanden zu verletzen.«

»Auch denkbar.«

»Und dann gibt es noch diejenigen, die nie jemanden ermorden würden, ganz gleich, welche Vorteile ihnen daraus entstünden.«

Montignac öffnete den Mund, um zu antworten, zögerte und überlegte es sich wieder anders.

»Na, schön.« Delfy lächelte in sich hinein. Es war gut, zu wissen, dass es nichts gab, das Montignac nicht tun würde. »Wir schließen Ihr kleines Geschäft ab. Auf die Stunde in vier Wochen ist die erste Rate fällig. Keine Minute später.«

Montignac atmete auf und erhob sich. Aus Sorge, Delfy könnte seine Meinung ändern, wandte er sich eilig ab. »Vertrauen Sie mir«, sagte er auf dem Weg zur Tür.

»Nicht nötig«, antwortete Delfy schulterzuckend. »Ich hoffe, dass wir uns in vier Wochen wiedersehen, und wäre außerordentlich enttäuscht, wenn Sie dann nicht erscheinen.«

»Ich werde Sie nicht enttäuschen.« Montignac zog die Tür auf und hastete hinaus auf den Flur.

Allein gelassen, saß Delfy für einen Moment da, lachte in sich hinein, schüttelte den Kopf und fragte sich, ob Montignac es schaffen würde. In der Kürze der Zeit zehntausend Pfund aufzutreiben war kein Kinderspiel, aber irgendwie würde es dem Jungen wahrscheinlich gelingen. Im Übrigen hatte er etwas herausgefunden: Es gab eine Sache, die Montignac für ihn erledigen konnte, zu ihrer beider Nutzen. Er griff nach dem Telefon und wählte eine Nummer in Westminster.

6

Jasper hatte nicht viel Geld dabei. Trotzdem bestand er darauf, mit Gareth und Alexander das Spielkasino zu besuchen und den Abend, wie er sagte, mit einem »Paukenschlag« zu beenden.

»Natürlich kann man sich hier noch auf andere Weise amüsieren«, erklärte er seinen Freunden, »aber für heute Abend scheinen mir die Spieltische das Beste.«

Alexander willigte freudig ein. Gareth zögerte. Er hatte noch nie gespielt und wollte sich vor seinen erfahreneren Freunden nicht blamieren.

»Sei nicht langweilig, Gareth«, sagte Alexander. »Schließlich hast du Geburtstag. Wenn dir heute das Glück nicht hold ist, wann dann?«

Gareth zuckte mit den Schultern. »Aber werden die anderen Kartenspieler nicht ärgerlich, wenn ich immer wieder nach den Regeln frage?«

»Wir können ja Roulette spielen«, schlug Jasper vor. »Das ist kinderleicht, das begreift man sofort. Wie viel Geld hast du dabei?«

Gareth zog seine Geldbörse hervor und schaute nach. »Ungefähr dreißig Pfund.«

»Das reicht aus«, sagte Jasper. »Gib sie mir.«

»Ich soll dir das Geld geben?«

»Ja.«

»Und warum, wenn ich fragen darf?«

»Weil ich es gegen Jetons eintauschen muss.« Jasper warf Alexander einen Blick zu und schüttelte den Kopf angesichts der Naivität ihres Freundes. »Weißt du denn rein gar nichts? Na, komm schon, alter Junge, und guck nicht so verängstigt. Wenn du Glück hast, kannst du die Summe in einer Stunde verdrei- oder vervierfachen.«

Die Stirn gefurcht, nahm Gareth das Geld aus seiner Börse und reichte es Jasper. Jasper grinste breit, ließ sich von Alexander zehn Pfund geben, sagte, er sei gleich wieder zurück, und lief los.

Alexander wandte sich zu Gareth um. »War das vorhin dein Ernst?«

»Das mit der Arbeit? Das war mein voller Ernst. Leider.«

»Vielleicht gefällt es dir ja. So etwas weiß man vorher nie.«

Gareth schürzte die Lippen. Dann kam ihm ein Gedanke. »Vielleicht gibt es ja bei euch etwas für mich. Ich könnte Buchkritiken schreiben. Dazu gehört doch nicht viel, oder?«

»Eigentlich doch«, widersprach Alexander. Es gab nur eine bestimmte Anzahl Bücher, die in der *Times* besprochen wurden, und man wurde pro Wort bezahlt, sodass er ständig versuchte, so viele Aufträge wie möglich zu ergattern. »Ich glaube nicht, dass das etwas für dich ist. Aber dass du für deinen Vater arbeiten sollst, scheint mir auch ein bisschen viel verlangt. Wie hast du es denn bisher ohne Arbeit geschafft?«

»Offiziell habe ich bisher studiert«, erklärte Gareth. »Das Studium habe ich ja erst im letzten Sommer abgeschlossen. Seitdem konnte ich mich damit herausreden, dass ich eine kleine Verschnaufpause brauche, aber jetzt nimmt mein alter Herr das nicht mehr hin. Er hat die Grenze seiner Geduld erreicht.«

»Mich wundert, dass es so lange gedauert hat«, sagte Alexander. Seit er mit Gareth befreundet war, hatte er Roderick Bentley ein oder zwei Mal getroffen. Der Ernst des Mannes war ihm aufgefallen, und eine gewisse Unbeugsamkeit, wenn es um Fragen der Lebensführung ging. So jemand würde es nicht schätzen, wenn sein vierundzwanzigjähriger Sohn noch länger untätig zu Hause herumsaß.

»Eine Zeit lang hat er mich gar nicht wahrgenommen«, fuhr Gareth fort. »Das war, als Domson vor Gericht stand. Da hat er sich nur mit diesem Fall befasst. Aber jetzt ist der Prozess vorüber, die Zeitungen interessieren sich auch nicht mehr dafür, und mein Vater hat wieder Zeit, sich auf andere Dinge zu konzentrieren. Meine Mutter möchte, dass sie für längere Zeit Urlaub machen, damit er sich von den Strapazen dieser

Geschichte erholt. Aber mein Vater sagt, das sei im Moment unmöglich, das sähe aus, als wolle er dem Aufruhr entkommen, den Domsons Hinrichtung ausgelöst hat.«

»Aufruhr?«, fragte Alexander. »Ich dachte, jeder wollte, dass er hängt.«

»Sagen wir mal, die Mehrheit wollte es. Trotzdem möchte mein Vater erst verreisen, wenn die Gemüter sich wieder beruhigt haben. Vielleicht hat er Angst, der Lordkanzler würde seine Abwesenheit nutzen, um ihn hinter seinem Rücken abzuberufen.«

Alexander lachte. »Wie bei afrikanischen Diktatoren, die in Paris Urlaub machen. Kaum sind sie weg, findet zu Hause ein Staatsstreich statt, und wenn sie zurückkommen, stellen sie fest, dass sie arbeitslos geworden sind.«

»Genau. Ich glaube, ich bin das neue Projekt meines Vaters.«

»Tja dann, mein lieber Gareth« – Alexander hob sein Champagnerglas und stieß damit gegen das Glas seines Freundes –, »dann musst du die bittere Pille wohl schlucken und tun, was er verlangt. Oder such dir eine andere Beschäftigung, die er akzeptiert.«

»Die Frage ist nur, welche. Bitte, halte die Ohren für mich offen, ja? Ich tue alles, es darf nur nichts Juristisches sein.«

»Ich will sehen, was sich machen lässt«, versprach Alexander und zwinkerte Gareth zu. »Sobald ich etwas höre, sage ich dir Bescheid.«

In dem Moment kehrte Jasper zurück, die Hände voller Jetons, die er zu zwei ungleichen Stapeln türmte – fünf Siebtel für Gareth, zwei Siebtel für Alexander.

»Was ist mit dir?«, fragte Gareth. »Spielst du nicht?«

»Ich spiele die Rolle deines Mentors und zeige dir, wie es geht. Dafür gibst du mir nachher dreißig Prozent deines Gewinns. Was hältst du davon?«

Gareth wirkte unschlüssig, ließ sich jedoch zum Kasino führen. Sie stellten sich an den Roulettetisch und setzen ihre Jetonstapel auf dem Filzbelag ab.

»Der Trick ist, die Wahrscheinlichkeit zu nutzen«, raunte

Jasper und legte Gareth fürsorglich einen Arm um die Schultern. »Wenn du nur auf eine einzige Zahl setzt, liegt deine Gewinnchance unter drei Prozent. Deshalb setz lieber auf mehrere, sagen wir, auf vier oder fünf. Dann steigt deine Chance auf zehn bis dreizehn Prozent.«

Gareth legte die Stirn in Falten. »Woher weißt du das?«

»Ich bin hier nicht zum ersten Mal«, sagte Jasper beiläufig und verschwieg, dass er deshalb kein Geld mehr hatte. »Natürlich darfst du deine Jetons nicht alle auf einmal setzen, denn dann kann es sein, dass du alle verlierst. Vielleicht versuchst du zu Anfang etwas Einfaches und richtest dich nur nach den Farben.«

Gareth betrachtete den Stapel Jetons vor sich. Er nahm einen roten – im Wert von drei Pfund – und wartete, bis die anderen Spieler ihre Jetons gesetzt hatten. Dann legte er seinen auf Schwarz.

Der Croupier warf die Silberkugel und ließ sie entgegen dem Uhrzeigersinn am äußersten Rand des Rades kreisen, während er das Rad schwungvoll in die andere Richtung drehte. Wie gebannt sah Gareth dem Rad zu, das allmählich langsamer wurde. Die Kugel rutschte herunter, schlug gegen den silbrigen Zylinder, hüpfte von der roten Dreiundzwanzig auf die schwarze Zwei, dann auf die rote Fünfundzwanzig und von da auf die schwarze Siebzehn, ehe sie auf der roten Zweiunddreißig zur Ruhe kam.

»Pech gehabt«, sagte Jasper kopfschüttelnd. »Versuch es noch mal. Wenn du auf Farbe spielst, stehen die Chancen fünfzig zu fünfzig.«

»Logisch«, murmelte Gareth verstimmt, weil er bereits drei Pfund verloren hatte. Er fragte sich, ob Jasper ihm gegebenenfalls auch dreißig Prozent seiner Verluste erstatten würde.

»Probier's noch mal mit Schwarz«, schlug Alexander vor und setzte einen seiner Jetons solidarisch auf ein schwarzes Feld. Gareth platzierte einen roten Jeton auf Schwarz, doch als der Croupier das Rad in Schwung setzte, legte er rasch noch zwei weitere nach.

»Mach langsam«, sagte Alexander, »du willst doch nicht alles auf einmal loswerden.«

»Er macht es richtig«, betonte Jasper zuversichtlich. »So gleicht man seine Verluste in einer einzigen Runde aus.«

Sie konzentrierten sich auf das Rad. Als die Kugel diesmal langsamer wurde, verharrte sie neckend über der schwarzen Zwanzig, ehe sie rückwärts kullerte und auf der roten Vierzehn liegen blieb.

»Wieder Pech«, sagte Jasper mit gerunzelten Brauen. »Macht nichts. Aller guten Dinge sind drei.«

Gareth sah Jasper an und schüttelte dessen Arm ab. Jetzt hatte er schon zwölf Pfund verloren. Die dreißig Pfund hatte seine Mutter ihm am Morgen zum Geburtstag geschenkt, und er hatte gehofft, sie würden für die nächsten Wochen ausreichen. Zwar kam er aus einer wohlhabenden Familie, aber vor einer Weile hatte sein Vater sein Taschengeld auf ein Minimum reduziert und gesagt, er würde es erst wieder erhöhen, wenn Gareth eine passende Arbeit gefunden habe, vorzugsweise in seiner Kanzlei. An diesem Abend hatten seine Freunde für das Dinner und die Getränke gezahlt – Alexander vor allem – und gesagt, schließlich habe er Geburtstag. Doch jetzt zerrann ihm das Geld zwischen den Fingern, Summen, deren Verlust er sich nicht leisten konnte.

»Rot kommt nie drei Mal hintereinander«, sagte Jasper. »Versuch es noch mal. Ganz ohne Furcht.«

Am liebsten hätte Gareth seinen Verlust abgeschrieben und wäre mit den verbliebenen zwölf Pfund nach Hause gefahren. Auch die Art, wie Jasper ihm zuredete, fing an, ihm auf die Nerven zu gehen – dieser gönnerhafte Tonfall eines Mannes, der außer dem Geld seines Freundes nichts zu verlieren hatte. In einer Trotzreaktion raffte er seine restlichen Jetons zusammen und setzte sie auf Rot.

»Nein, auf Schwarz«, zischte Jasper.

»Nichts geht mehr«, rief der Croupier und warf die silberne Kugel.

Die drei Freunde starrten auf das kreisende Rad. »Diesmal

klappt's«, flüsterte Alexander. Gareths Hände ballten sich zu Fäusten, und mit beschwörenden Kopfbewegungen versuchte er die Kugel auf Rot zu zwingen.

Wenig später sagte Jasper: »So ein verdammtes Pech. Aber ich hatte dir gesagt, dass du auf Schwarz setzen sollst.«

Sie kehrten in die Bar zurück. Gareth fühlte sich benommen. Wie hatte er in nur wenigen Minuten so viel Geld verlieren können? Ihm war, als hätte man ihm das letzte Stückchen festen Boden unter den Füßen weggezogen. Schon spürte er das Gewicht der Rosshaarperücke, die ihm auf den Kopf gedrückt, und die Anwaltsrobe, die über seiner Brust verschnürt wurde.

Wieder in ihrer Nische, wandte er sich an Alexander. »Du hörst dich nach einer passenden Stelle für mich um, ja?«, bat er ihn in flehendem Ton. Alexander schien es kaum mitzubekommen. Er hatte den vertrauten Haarschopf erkannt und starrte auf Owen, der aus einem Flur am anderen Ende des Raumes trat und die Theke ansteuerte.

»Also hatte ich doch richtig vermutet«, murmelte er vor sich hin und beschloss, seinen besten Freund Owen Montignac zu begrüßen.

7

Als Stella in einem weißen Baumwollbademantel aus dem Badezimmer kam, lief sie geradewegs zu den Getränken und füllte ihr Glas wieder auf. Dann setzte sie sich an den Frisiertisch und fuhr mit der Bürste durch ihr dunkles Haar, das glatt und nass auf ihre Schultern fiel.

»Geht es dir jetzt besser?«, fragte Raymond. Er hatte sein Jackett und die Krawatte abgelegt, die Schuhe ausgezogen und die Ärmel seines Hemdes hochgekrempelt. Je entspannter er wirkte, so seine Überlegung, desto geringer wäre die Chance, dass Stella ihre Meinung ändern und ihn bitten würde zu gehen.

»Ein bisschen«, antwortete sie. »Ich brauche einfach Schlaf. Schon deshalb, weil ich mich morgen Mittag wieder mit ihm auseinandersetzen muss.«

»Dann lass uns zu Bett gehen.« Raymond stand auf und streckte sich. Von hinten trat er an seine Verlobte heran, nahm ihr das Glas aus der Hand, stellte es auf den Toilettentisch und küsste sie sanft auf den Nacken. Sie wandte sich um, küsste ihn und lächelte ihn kopfschüttelnd an.

»Zuerst trinke ich mein Glas aus und trockne meine Haare. Leg dich schon hin. In einer Minute komme ich nach.«

Raymond entfernte sich und begann, sich zu entkleiden. »Du weißt, was das eigentliche Problem war«, begann er, streifte seine Hose ab, legte sie ordentlich gefaltet über einen Stuhl und strich sie noch einmal glatt. »Meine Anwesenheit hat Owen dermaßen gestört, dass er alles darangesetzt hat, es jedem so unbehaglich wie nur möglich zu machen. Aber ich hatte dir gesagt, dass es ein Fehler ist. Ich hätte nicht mitkommen sollen.«

»O doch«, entgegnete Stella. »Du bist mein – du bist mit mir zusammen, oder etwa nicht?« Begriffe wie »Freund« oder »Verlobter« mochte sie nicht und tat sie als lächerlich ab. Dergleichen benutzte man in den von ihr verachteten Liebesromanen.

»Owen mag mich nicht«, beharrte Raymond.

»Wie kann man dich denn nicht mögen?«, fragte sie und beobachtete im Spiegel, wie er sich hinter ihr entkleidete. Für jemanden, der ein Gutteil seiner Zeit im Gewächshaus verbrachte und dort neue Varianten der Hybrid Tea züchtete, war er erstaunlich muskulös. Es war ein Vergnügen, seinen Körper zu betrachten, denn der gehörte zu den Dingen, die sie an ihm am schönsten fand. »Du bist doch ein Schatz.«

»Danke«, sagte Raymond und lachte verlegen. »Dein Cousin scheint anderer Meinung zu sein.«

»Ach, er ist nur ein wenig eifersüchtig.«

»Auf mich? Warum sollte er?«

Stella biss sich auf die Lippe, denn das Wort »eifersüchtig« war ihr so herausgerutscht. Sie versuchte, ihm eine andere Bedeutung zu geben. »Weil er sieht, wie glücklich wir zusammen sind. Wahrscheinlich wünscht er, er fände auch eine Frau, mit der er glücklich sein kann. An seiner Stelle wäre ich ebenfalls eifersüchtig.«

»Ah«, sagte Raymond, »wenn man es so sieht, ergibt es Sinn. Aber warum sucht er sich dann nicht jemanden? Ich bin sicher, dass es jede Menge Frauen gibt, die sich in ihn verlieben würden. Er ist doch ein gut aussehender Bursche. Die Kellnerinnen im Claridge haben ihn mit Blicken verschlungen.«

»Ja, so etwas kommt des Öfteren vor«, erwiderte Stella leise.

»Vielleicht wirkt er ein wenig verbissen«, fuhr Raymond fort. »Als Spaßvogel kann man ihn jedenfalls nicht bezeichnen, aber irgendwo gibt es doch mit Sicherheit eine Frau, die seine Mauern durchbrechen kann, wenn sie das möchte. Hat es denn so jemanden nie gegeben?«

Stella zuckte mit den Schultern. »Doch. Vor langer Zeit, als er noch um einiges jünger war. Ich glaube, die beiden haben sich sehr geliebt.«

»Und was ist aus ihr geworden?«

»Das kann ich dir nicht genau sagen. Es war so um die Zeit, als mein Bruder umgekommen ist. Ich glaube, damals hatte ihre Affäre – oder was es war – ihren Höhepunkt erreicht. Doch dann ist Andrew gestorben, und jeder in der Familie hat entsetzlich gelitten. Eines Tages, als ich wieder halbwegs klar denken konnte, habe ich mich gefragt, was inzwischen aus dieser Beziehung geworden sei. Offenbar war sie da schon vorüber.«

Raymond stieg ins Bett, schob sich die Kissen in den Rücken, lehnte sich dagegen und sah Stella an. »Als Andrew starb, war er erst achtzehn Jahre alt, oder?«

»Ja«, antwortete Stella nach kurzem Zögern. Sie wollte sich an den Jungen erinnern und nicht an so etwas Belangloses wie sein Alter am Tag seines Todes.

»Und Owen war da wie alt?«

»Fünfzehn. Es war ein Jagdunfall. Die beiden Jungen waren

erpicht darauf, am anderen Ende des Grundstücks Kaninchen zu schießen, nicht weit von der Hütte des Wildhüters entfernt.«

»Du hast mir nie erzählt, was damals im Einzelnen passiert ist«, sagte Raymond. »Aber vielleicht möchtest du darüber nicht sprechen. Wäre ja auch verständlich.«

»Schon gut«, entgegnete Stella. »Wahrscheinlich hätte ich es dir längst erzählen sollen. Es geschah kurz nach Andrews Geburtstag. Er hatte von meinen Eltern ein neues Gewehr geschenkt bekommen. Eines Morgens kam er zum Frühstück und fragte Owen, ob er Lust habe, später mit ihm Schießen zu gehen. Owen willigte ein, und sie verabredeten sich für den Nachmittag. Aber kurz vor Mittag stellte Owen fest, dass Andrew offenbar schon losgezogen war, ohne jemandem Bescheid zu sagen, was absolut ungewöhnlich war, denn wenn Andrew sonst irgendwohin wollte, brüllte er durchs ganze Haus, er gehe jetzt, um was auch immer zu tun.«

»Vielleicht ist er ungeduldig geworden«, schlug Raymond vor. »Als ich seinerzeit mein erstes Gewehr bekam, da –«

»Vielleicht«, fiel Stella ihm ins Wort. Sie wollte die Geschichte ihre Bruders erzählen, ohne Ergänzungen aus Raymonds Leben. »Ich weiß noch, dass ich mit Owen oben in meinem Zimmer war und er mich fragte, wie spät es sei. Als ich es ihm sagte, wurde er ganz hektisch, sprang auf und lief davon. Ich erinnere mich noch, wie eigenartig ich das fand. Der Witz war, dass er in einer solchen Hast losstürmte, dass er sein eigenes Gewehr in meinem Zimmer vergessen hatte. Als ich ihn über die Einfahrt laufen sah, rief ich ihm vom Fenster aus nach, aber er hörte mich nicht mehr. Fast wäre ich ihm gefolgt, aber ich glaube, ich war noch nicht angekleidet. Heute bin ich froh, dass ich ihm nicht nachgeeilt bin.«

Raymond rutschte ein wenig tiefer. Ihm war kalt, und er wünschte, Stella würde sich zu ihm legen, sodass er sie in den Armen halten konnte, während sie die Geschichte erzählte. Aber sie sah ihn nicht einmal an und schien kaum noch zu wissen, dass er da war.

»Hinterher habe ich nicht weiter darüber nachgedacht«, fuhr Stella fort. »Ich weiß noch, dass ich ein Bad genommen und mich angekleidet habe. Auf dem Weg nach unten traf ich auf Margaret, unsere alte Kinderfrau, die mir vorhielt, dass ich zu viel Zeit im Bett verbringe, und erklärte, in meinem Alter habe sie nie länger als bis acht Uhr morgens schlafen dürfen – was man halt so sagt. Nur wollte ich es mir an dem Tag nicht anhören, und es kam zu einem Streit, den wir aber nur halbherzig führten. Margaret dachte immer, sie müsse die Rolle meiner Mutter spielen, obwohl sie wusste, dass ich nie über die Stränge schlagen würde. Und ich hatte sie viel zu gern, um richtig wütend auf sie zu werden. Trotzdem ging es hin und her, bis plötzlich die Eingangstür aufflog, und Owen ins Haus stürzte. Sein Gesicht war leichenblass, und die Haare standen ihm zu Berg …« Stella hielt inne, dachte an diesen Moment des Grauens zurück und spürte, dass ihre Kehle eng wurde. Dann sprach sie weiter. »Auf seiner Jacke war Blut. Viel Blut. Es wirkte fast schon lächerlich, Raymond, als hätte er einen Eimer voll roter Farbe über sich gekippt. Margaret und ich waren verstummt und starrten ihn mit offenem Mund an.

›Was ist denn mit dir passiert‹? fragte Margaret, und ich weiß noch, dass ich spürte, wie mir das Blut aus den Adern wich. Zuerst dachte ich, *er* hätte einen Unfall gehabt und es wäre sein Blut, aber dann dachte ich, wenn er so viel Blut verloren hat, müsste er Schmerzen haben und zusammenbrechen und nicht vor uns stehen – denn das machte ja keinen Sinn.

›Es geht um Andrew‹, sagte er. ›Er ist verletzt.‹

Wahrscheinlich haben er und Margaret noch mehr Worte gewechselt, aber daran erinnere ich mich nicht mehr. Ich weiß nur noch, dass ich irgendwann auf der Treppe saß und mich am Geländer festhielt und Margaret ans Telefon stürzte, um einen Arzt zu rufen, und anschließend aus dem Haus rannte, um nach Andrew zu sehen.«

Stella brach in höhnisches Gelächter aus und schüttelte den Kopf. Raymond sah sie verblüfft an. Für ihn war es so eine Tragödie, dass ihm Tränen in den Augen brannten.

»Stell dir vor, was sie getan hat, bevor sie losrannte? Du wirst es nicht glauben.«

»Was?«

»Sie hat den Erste-Hilfe-Kasten aus der Küche geholt. Du weißt schon, ein Kistchen mit Heftpflaster und einem Fläschchen Jod. Damit ist sie in den Wald gelaufen, auf der Suche nach meinem Bruder, als hätte ihm irgendetwas davon noch helfen können. Da hatte er so viel Blut verloren, und sie dachte, ein paar Heftpflaster würden ihn retten.«

»Wenn so etwas passiert, werden die Menschen rasch kopflos«, warf Raymond ein. »Ich erinnere mich an meinen Cousin Charlie, dessen Blinddarm eines Nachmittags durchgebrochen ist und –«

»Es war das Gewehr«, sagte Stella leise und überging die Geschichte von Raymonds Cousin Charlie. »An dem Tag hatte er es zum ersten Mal benutzt und den Umgang mit ihm noch nicht gelernt. Das war typisch Andrew. Ungestüm bis ans Ende. Hielt nie inne, um nachzudenken. Platzte in Zimmer hinein, ohne anzuklopfen, sprach ohne Überlegung, und statt sich eine Stunde lang hinzusetzen, das Gewehr zu studieren und sich daran zu gewöhnen, lud er es einfach und zielte auf das erste Kaninchen, das ihm über den Weg gelaufen war. Und dann ist die Kugel im Lauf stecken geblieben und explodiert. Die Metallteile trafen ihn mitten ins Gesicht.«

Raymond zuckte zusammen.

»Man konnte sein Gesicht kaum noch erkennen«, erklärte Stella ruhig. »Obwohl ich ihn natürlich nicht gesehen habe. Owen hat es mir erzählt. Es war entsetzlich.« Wieder hielt sie inne und dachte nach, ehe sie sich für ihr Schlusswort entschied. »Es war der Beginn der schlimmsten Zeit meines Lebens. Hinterher dachte ich, wenn ich das ausgehalten habe, dann kann ich alles aushalten. Und so war es auch.«

Sie stellte ihr Glas ab und schaltete das Deckenlicht aus. Nur die Nachttischlampe an Raymonds Bettseite brannte noch. Ohne die kleinste Verlegenheit schüttelte sie ihren Bademantel ab, legte ihn über einen Stuhl, trat nackt ans Bett, schlüpfte unter die Decke und schmiegte sich trostsuchend an Raymond.

Raymond entschied, sich nicht mitfühlend über den Tod ihres Bruders zu äußern. Es würde ja doch nur unecht klingen. Sie hatte ihm die Geschichte erzählt, und mehr gab es dazu nicht zu sagen.

»Und Owens Liebesbeziehung ist zur selben Zeit zu Ende gegangen?«, fragte er.

»So gut wie. Nach Andrews Tod wurde sie für lange Zeit nicht mehr erwähnt. So viel weiß ich mit Sicherheit. Er war ja auch noch sehr jung, und sie war seine erste Liebe. Aber irgendwie scheint die Geschichte ihn innerlich verletzt zu haben.«

»Wenn er seitdem keine Gefühle mehr zulässt, muss er sie sehr geliebt haben«, sagte Raymond. »Obwohl er erst fünfzehn Jahre alt war.«

»Lass uns nicht mehr darüber sprechen.« Stella schloss die Augen. »Es ist alles schon so lange her. Ich erinnere mich nicht gern an diese Zeit.«

»Ich nehme an, seitdem hat Owen dich immer sehr behütet.«

»Ja.«

»Vielleicht sollte ich mir mehr Mühe mit ihm geben. Ihm zeigen, dass ich eigentlich gar kein so übler Kerl bin.«

»Ich weiß nicht. Owen kann man nicht so leicht umstimmen. Lass mich morgen mit ihm reden. Mal sehen, ob ich dann ein paar Dinge klarstellen kann.«

Sie wandte sich von ihm ab. Raymond rückte an sie heran und küsste ihren Nacken. Seine Hände wanderten tiefer und liebkosten ihren warmen weichen Körper. Sie ließ ihn gewähren und fing an zu reagieren, war jedoch froh, dass er die Nachttischlampe ausgeschaltet hatte, denn so konnte er den Kummer und die Reue in ihren Augen nicht erkennen, den Schmerz, der sie zu überwältigen drohte.

8

Eigentlich wollte Montignac die Ballrooms so rasch wie möglich verlassen, doch das ließ sein Stolz nicht zu. Delfys Wachen standen herum und beobachteten jede seiner Bewegungen. Sie sollten nicht denken, er habe Angst, zu bleiben. Die Freude wollte er ihnen nicht machen. Deshalb durchquerte er die Bar zur Theke, statt die Treppe zum Ausgang zu nehmen, und bestellte sich einen Whisky. Da er allein war, mochte er sich nicht in eine Nische setzen, denn jetzt war die Zeit, in der die Gedanken junger Männer begannen, um Alkohol, Frauen und Glücksspiele zu kreisen. Er überlegte, ob er ins Spielkasino durchgehen sollte, hatte jedoch so wenig Geld in der Tasche, dass es sich kaum lohnte. Außerdem wäre es wahrscheinlich besser, den kleinen Rest zu nutzen, um seine Sorgen zu ertränken.

Mit gesenktem Kopf setzte er sich ans Ende der Theke, fragte sich, wie er in diese Lage geraten war und wie er wieder herauskommen konnte. Er hatte gespielt, was ein Fehler gewesen war, wie er jetzt wusste. Er hatte einen Suchtcharakter, und wenn er mit etwas wie dem Spielen anfing, fiel es ihm schwer, wieder aufzuhören. Wenn er spielte, sagte er sich, dass ihm die nächste Runde beim Roulette oder die nächste Kartenhand Glück bringen und er, sobald dieser Moment käme, gewinnen würde. Nur, dass dieser Moment nie gekommen war und seine Schulden gestiegen waren, bis zu der schwindelerregenden Höhe, die sie inzwischen erreicht hatten.

Er dachte an die Fragen, die Delfy ihm gestellt hatte. Ob er stehlen würde, um das Geld zurückzahlen zu können, oder jemanden verletzen würde. Ob er jemanden töten würde. Um ein Haar hätte er laut gelacht. Der Besitzer der Ballrooms wusste nicht einmal annähernd, was er zur Selbsterhaltung bereit wäre zu tun.

Eine Zeit lang hatte das Spielen ihn glücklich gemacht und, soweit er sich erinnerte, war er in seinem Leben nicht oft glücklich gewesen. Vielleicht als kleines Kind, ehe er nach Leyville kam. Bevor seine Eltern gestorben waren. Womöglich auch in dem Jahr vor Andrews Tod, als er verliebt gewesen war. Falls das Glück gewesen war, dann machte das Spielen ihn *nicht* glücklich, es gab ihm nur so etwas wie Frieden. Während des Spiels vergaß er die Dinge, die er getan hatte, ebenso wie die Dinge, die man ihm angetan hatte.

Eine junge Frau trat an ihm vorbei zur Theke. Er roch ihr Parfum und sah zu, wie sie mit dem Barkeeper sprach. Sie war einige Jahre jünger als er, vielleicht achtzehn, neunzehn oder Anfang zwanzig. Ohne das starke Make-up und mit einem weniger geschmacklosen Kleid wäre sie vielleicht sogar hübsch gewesen. Sie spürte seinen Blick und drehte den Kopf langsam zu ihm. Für einen Moment hielt er ihren Blick fest, dann wandte er sich ab und fragte sich, warum er sie überhaupt beachtet hatte.

Montignac schaute auf seine Uhr. Es war kurz vor Mitternacht, und er war unglaublich müde. Der Abend war anstrengend gewesen: zuerst das Dinner mit Stella und Raymond, dann Delfys Schläger, der ihn sozusagen entführt hatte, und zuletzt die Unterredung mit dem Clubbesitzer selbst. Er unterdrückte ein Gähnen und überlegte, ob er austrinken und mit dem Taxi zurück zu seiner Wohnung am Bedford Place fahren sollte. Doch seine Beine waren wie Blei, schon der Gedanke daran, aufzustehen, war ihm zu viel. Ihm fiel ein, dass er sich für den nächsten Mittag mit Stella verabredet und darauf bestanden hatte, dass sie allein kam. Er fragte sich, ob er mit ihr über seine finanziellen Probleme sprechen sollte, doch dann verwarf er den Gedanken. Er konnte sie nicht um Geld bitten, auch das verbot ihm sein Stolz. Abgesehen davon kannte er die Bedingungen, die im Testament seines Onkels verankert waren. Demnach wäre sie kaum in der Lage, seine Schulden zu begleichen. Und wenn, wäre sie gezwungen, etwas zu verkaufen, die Frage war nur, was; der Großteil der Immobilien wurde ja treuhänderisch für ihre Erben verwaltet. Gänzlich hatte Peter Montignac nämlich nicht gegen die Familientradition verstoßen, denn statt seinen gesamten Reichtum seiner Tochter zu vermachen, hatte er dafür gesorgt, dass sie nur Zugang zu den Konten hatte, auf denen die Zinsen und Mieteinahmen eingingen. Wenn es später einmal so weit wäre, konnten ihre Kinder mit dem Besitz nach Gutdünken verfahren, aber die Generation nach Peter Montignac blieb noch an die Tradition gebunden. Anscheinend hatte der alte Mann seiner Tochter nicht getraut, nicht einmal seinem einzigen, noch lebenden Kind. Dennoch hatte er ihr mehr als seinem Neffen getraut.

»Suchen Sie Gesellschaft?«, fragte die junge Frau, trat näher und schwang sich auf einen Barhocker. Sie stützte einen Ellbogen auf, drehte sich halb zu ihm um und versuchte, einen Blick auf sein Gesicht zu werfen. Mit einem Mal erkannte Owen sie wieder. Sie gehörte zu den Frauen, die Delfy einsetzte, um wohlhabende junge Männer dazu zu bewegen, wiederzukommen.

»Eigentlich nicht«, antwortete er.

»Moment mal, ich kenne Sie doch, oder?«, sagte sie und erinnerte sich wieder an das auffallend weiße Haar, das Montignac von den anderen jüngeren Stammgästen unterschied.

»Ich war schon mal hier.«

»Möchten Sie mir keinen Drink spendieren?«

Montignac wandte sich zu ihr um und wunderte sich über ihre Anmaßung. »Nein«, sagte er, »möchte ich nicht. Aber wenn Sie bezahlen, würde ich noch einen Whisky nehmen.«

»Ich bezahle gar nichts«, erwiderte sie beleidigt. »Was ist denn das für ein Gentleman, der sich weigert, einer Dame einen Drink auszugeben?«

»Das habe ich nicht getan.«

»Doch, gerade eben.«

»Sind Sie eine Dame?«

Die Frau musterte ihn verärgert und war offenbar kurz davor, ihn auf übelste Weise zu beschimpfen. Doch möglicherweise war ihr Abend ebenso anstrengend wie seiner gewesen, denn gleich darauf schüttelte sie nur fassungslos den Kopf und ließ sich von dem Hocker herabgleiten.

»Wie Sie wollen«, sagte sie müde. »Dann bleiben Sie eben allein.«

Er wandte sich ab. Sie entfernte sich. Natürlich gab es Augenblicke, in denen es ihn nach einer Frau verlangte, ebenso wie es Nächte gab, in denen er eine fand und seine Begierde stillte. Doch der Gedanke, jemanden für eine dauerhafte Beziehung zu suchen, war ihm bisher nie gekommen. Allein die Vorstellung, noch einmal jemanden an sich heranzulassen und vielleicht ein zweites Mal verletzt zu werden, war ihm unerträglich. Er hob sein leeres Glas und nickte dem Barkeeper zu. Der Mann schenkte ihm einen zweiten Whisky ein. Montignac konnte nur noch mit Münzen bezahlen, was er ohne Verlegenheit tat.

Aus dem Augenwinkel nahm er wahr, dass der Koloss, der ihn vor einer Weile hierherbegleitet hatte, erneut Delfys Büro anstrebte. Er entsprach genau dem Typus, der in einem Nachtclub arbeitete, gewöhnlich für jemanden wie Nicholas Delfy. Solche Männer waren ruhig, höflich und sprachen leise, was im Widerspruch zu ihrem mächtigen Körper stand. Sie plauderten über Fußballergebnisse oder Zigarettenpreise, während sie einen zu einem verlassenen Stück Brachland außerhalb Londons schafften und die Arme auskugelten; sie schnitten einem ein Ohr ab und reichten einem dann ein Taschentuch, um den Blutstrom zu stillen. All das war für sie bedeutungslos, nur ein Weg zu ihrem Lohn, mit dem sie Frauen kaufen und Schulden bezahlen konnten. Wie enttäuscht musste der hier gewesen sein, als er erfuhr, der junge Mann mit dem weißen Haar würde eine zweite Chance bekommen. *Vier Wochen hat er, um die ersten zehntausend aufzutreiben*, hatte Delfy vermutlich gesagt. *Wenn nicht, gehört er dir.*

Aus dem Spielkasino zu seiner Rechten hörte Montignac die Geräusche der Beteiligten: die aufgeregten Stimmen der Spieler, die knappen Ansagen der Croupiers, die mit ihren Rechen die Jetons auf dem Filzbelag zusammenharkten und verteilten, während sie die Spieler taxierten, die Runde um Runde verloren und dennoch versuchten, vor ihren Freunden gleichmütig zu tun, als hätten sie endlos sprudelnde Geldquellen zur Verfügung. Wie Montignac wusste, wirkte niemand selbstzufriedener als der Mann, der gerade sein letztes Hemd verlor, obwohl sich demjenigen dabei der Magen umdrehte und er sich selbst hasste, weil er immer und immer wiederkam und doch die ganze Zeit wusste, dass die Hoffnung, zu gewinnen, aussichtslos war. Eigentlich könnten sie alle eine Menge Zeit sparen, dachte Montignac, wenn sie beim Betreten des Clubs eine Tasche voller Geld abgäben, kehrtmachten und wieder nach Hause führen. Dann könnte man auf die Croupiers als Mittelsmänner verzichten. Gewinner gab es nicht, das hatte er am eigenen Leib erfahren. Selbst diejenigen, die an einem Abend Glück hatten, kehrten am nächsten zurück, um das, was sie gestern eingenommen hatten – und noch mehr –, wieder zu verspielen. Nur das Haus gewann immer; deshalb machten Männer wie Nicholas Delfy ein gutes Geschäft.

Im Grunde, erkannte Montignac, hatte er nur zwei Alternativen: kämpfen oder untergehen.

Plötzlich hatte er einen Moment der Klarheit, seine Anspannung und die Furcht um sein Leben lösten sich auf, und er fragte sich, wie er sich Depressionen gestatten konnte? Wenn er so weitermachte, würde er das Geld nie auftreiben und nie in der Lage sein, seine Haut zu retten. Er war schließlich Owen Montignac und hatte in seinem Leben schon ganz andere Probleme in Angriff genommen. Er dachte an seine Vergangenheit, seine Eltern, an Andrew, Stella und seinen Onkel Peter und hielt sich vor Augen, was sie ihm angetan, was sie versucht hatten, ihm anzutun, und wie er darauf reagiert hatte. Dann sah er sich hier allein an der Bar sitzen, einen Mann, der in sein Glas Whisky starrte. Das war nicht der Mann, zu dem er geboren war. Er war besser als das.

Er stand auf, leerte sein Glas und war schon im Begriff zu gehen, als eine Hand seinen Arm packte. Er fuhr herum, voller Panik, Delfy könnte seine Meinung geändert haben und auf sofortige Begleichung der Schulden bestehen. Doch vor ihm stand weder Delfy noch einer seiner Schläger, sondern sein ältester Freund Alexander Keys, der ihn mit breitem Lächeln ansah.

»Owen«, sagte er, »ich dachte, du hättest diesem Ort für immer und ewig abgeschworen.«

9

Vor fünf Wochen, wenige Tage vor dem Tod seines Onkels, hatte Montignac seinem Freund beim Verlassen des Clubs geschworen, das Spielen ein für allemal aufzugeben. An Orten wie den Ballrooms habe er mittlerweile genügend Zeit vergeudet, sagte er lachend und gab vor, im Lauf des Abends dreißig oder vierzig Pfund verloren zu haben, obwohl es in Wahrheit um eine zwölfhundert mal so hohe Summe ging. Aber das hatte er Alexander nicht anvertrauen können, denn wenn man so gut wie bankrott war, musste man seine finanzielle Not vor anderen verbergen. Das war der Trick, wollte man weiterhin als liquide gelten. Darüber hinaus musste man gerade dann, wenn man es sich am wenigsten leisten konnte, seinen Freunden gegenüber großzügig bleiben. An jenem Abend bestand Montignac darauf, Alexander in ein teures Restaurant auszuführen und zum Dinner einzuladen.

»Alexander«, sagte Owen überrascht und nicht ganz glücklich über die Begegnung, »was tust du hier?«

»Ich bin mit ein paar Freunden gekommen. Einer ist Jasper Conway. Du kennst ihn doch, oder?«

»Flüchtig«, sagte Montignac. Er mochte Conway nicht und hatte nie begriffen, weshalb Alexander sich mit einem solchen Schmarotzer abgab.

»Der andere ist Gareth Bentley. Er hat heute Geburtstag, und wir sind ausgegangen, um zu feiern. Ich weiß nicht, ob ihr euch schon einmal begegnet seid.«

Montignac schüttelte den Kopf. »Nicht, dass ich wüsste.«

»Dann komm doch mit. Nur auf einen Schluck.«

»Ich wollte gerade gehen.« Montignac warf einen sehnsüchtigen Blick zum Ausgang hinüber. »Sonst wird es zu spät.«

»Ach, Unsinn«, erwiderte Alexander. »Wir trinken Champagner. Na los, nur auf ein Glas.«

Montignac wusste nicht, wie er sich herausreden sollte, und zuckte mit den Schultern. »Also gut. Aber ich kann nicht lange bleiben. Ich bin müde, und morgen habe ich einen anstrengenden Tag.«

»Bei Champagner sagt man nicht Nein«, erklärte Alexander fröhlich. »Es wäre extrem unhöflich.«

»Wenn ich morgen mit einem Kater aufwache, bist du schuld daran«, entgegnete Montignac.

»Übrigens, du hast meine Frage noch nicht beantwortet«, erinnerte Alexander ihn. »Als wir das letzte Mal hier waren, hast du geschworen, solche Clubs nur noch unter Zwang zu betreten.«

»So in etwa war es heute ja auch«, sagte Montignac bedauernd.

»Was soll das heißen?«

»Ach, nichts. Sagen wir, ich hatte einen schwachen Moment.«

»An der Bar oder im Kasino?«

»Gott sei Dank nur an der Bar.«

»Na, das ist doch wenigstens etwas. Du hast das kleinere Übel gewählt.«

»Wenn man so will.«

Der Barkeeper näherte sich ihnen. Alexander bat um die nächste Flasche Champagner und um vier Gläser.

Dann wandte er sich wieder an Montignac. »Tut mir leid, dass ich in letzter Zeit nicht in der Galerie vorbeigeschaut habe. Es stand auf meiner Liste, aber ich hatte zu viel zu tun.«

»Natürlich«, sagte Montignac. »Romane zu lesen hält einen auf Trab. Wenn ich an die Stunden denke, in denen man zwischen Handlung und Metaphern unterscheiden muss.«

»Sei nicht albern«, erwiderte Alexander. »Ich schreibe Buchkritiken. Was glaubst du, wie voreingenommen ich wäre, wenn ich die verdammten Dinger jedes Mal bis zum Schluss lesen würde.«

»Auch wieder wahr. Übrigens habe ich neulich ein Buch gelesen, das du vor ein paar Wochen in der *Times* empfohlen hast. Du hast es als Meisterwerk bezeichnet.«

»Und? War es halbwegs gut?«

»Es war grauenhaft.«

»Oh, tut mir leid«. Alexander lachte. »Aber mach dir nichts daraus. Nächste Woche werde ich zweifellos wieder etwas Grässliches empfehlen.«

»Zweifellos«, sagte Montignac.

»Das Problem ist, dass man die Bücher liest und feststellt, dass sie absolut keinen Sinn ergeben, man aber nie wissen kann, ob nicht ein anderer Kritiker kommt und sie zu einem Meisterwerk erklärt. Sich in der Hinsicht geirrt zu haben, ist das Letzte, was man sich wünscht.«

»Was für ein einfaches Leben du führst«, bemerkte Montignac.

»Aber das Gleiche gilt doch sicher auch für die Galerie. Denk an die Scheußlichkeiten, die du verkaufst.«

»Die Scheußlichkeiten, wie du sie nennst, werden für enorme Geldsummen erworben.«

»Ja, von Menschen, die ein Kunstwerk nicht mal im Traum erkennen würden. Sag mir, wann du zum letzten Mal etwas von wirklichem Wert verkauft hast.«

»Erst in der letzten Woche. Für achttausend Pfund. Eine kleine Skulptur von Tony Shefley.«

»Ich habe von künstlerischem Wert gesprochen.«

»Machst du Witze?« Montignac lachte. »Ich weiß nicht einmal mehr, wann wir so etwas auf Lager hatten, vom Verkauf gar nicht zu reden. Aber vor ein paar Tagen kam jemand hereinspaziert – einfach so von der Straße –, hatte eines seiner Gemälde dabei und wollte, dass wir es schätzen.«

»Und, wie war es?«

»Großartig. Eine Landschaft. Ungewöhnliche Farben, Sfumato-Technik und doch zeitgenössisch, Pinselstriche, auf die van Gogh stolz gewesen wäre. Wirklich ganz außergewöhnlich.«

»Hast du ihm Hoffnungen gemacht?«

»Ja, ich habe ihn nach nebenan in die Clarion geschickt, denn so etwas könnten wir ja doch nie verkaufen. Unsere Kunden würden die Nase rümpfen. Es hätte nicht viel gefehlt, und ich hätte ihm ein privates Angebot gemacht.«

Alexander wurde ernst und beugte sich vor, um sicherzugehen, dass sie nach dem Kunstpalaver niemand hörte. »Wie geht es dir?«, fragte er. »Hast du dich mit den Dingen abgefunden?«

»Mit welchen Dingen?«, fragte Montignac mit Unschuldsmiene.

»Du weißt schon. Mit dem Tod deines Onkels. Und den – Unannehmlichkeiten danach.«

Montignac nickte. »Falls du dich auf das Testament beziehst und darauf, dass ich leer ausgegangen bin, dann ja. Oder sagen wir mal, ich habe es begriffen und lerne gerade zu akzeptieren, dass ich ein Mann ohne Aussichten bin. So wie ich es sehe, wollte mein Onkel mir eine Lektion erteilen. Mir zeigen, dass ich trotz all der Mühe, die ich in den langen Jahren investiert habe, wieder in der gleichen Situation bin, in der ich war, als er mich aufgelesen hat.«

»Was meinst du damit?«, fragte Alexander.

»In der des armen Verwandten«, antwortete Montignac, doch seine Bitterkeit war deutlich zu hören. »Demnach war er doch nicht so traditionsbewusst, wie man immer dachte, und das Blut, das richtige Blut, ist dicker als Wasser gewesen.«

»Und wie geht es Stella?«, erkundigte sich Alexander nach einer Pause, in der er sich gefragt hatte, wie er auf diese Bitterkeit reagieren sollte.

»Sie sonnt sich in ihrem Glück.«

»Oh. Aha.«

»Ach komm, Alexander, was soll's?« Montignac versuchte, sich unbeschwert zu geben, und schlug seinem Freund auf die Schulter. »Es ist nicht das Ende der Welt. Heißt es nicht immer, Hauptsache, man ist gesund.« Zumindest bin ich es im Moment noch, dachte er.

Der Barkeeper reichte ihnen die Flasche und die Gläser. Sie trugen sie zu dem Tisch, an dem Jasper und Gareth saßen und hitzig darüber debattierten, wer für die Heimfahrt mit dem Taxi zahlen solle.

»Montignac«, rief Jasper erfreut, als dieser sich zu ihnen setzte, »wo, zum Teufel, sind Sie denn hergekommen?«

»Ich habe ihn blass und allein an der Bar hocken sehen«, antwortete Alexander. »Und ihm erklärt, dass er mitkommen und seine Sorgen mit uns ertränken soll. Das ist übrigens Gareth Bentley. Ein alter Freund von mir.« Er deutete auf Gareth, der in seiner Geldbörse kramte und das, was noch übrig war, zählte. »Gareth, das ist Owen Montignac, mein ältester Freund auf der Welt. Wir sind zusammen zur Schule gegangen.«

Gareth sah auf und wollte den Neuzugang begrüßen, doch dann verschlug es ihm den Atem, und die Worte blieben ihm im Hals stecken. Noch nie hatte er einen jungen Mann mit derart weißem Haar gesehen. Am liebsten hätte er die Hand ausgestreckt, um es zu berühren.

»Sie haben Geburtstag, nicht wahr?«, sagte Montignac.

»Ja«, antwortete Gareth scheu, »habe ich.«

Montignac nickte. Die anderen schwiegen und warteten darauf, dass er Gareth alles Gute wünschte. Als klar wurde, dass er es nicht tun würde, wurde das Schweigen unbehaglich.

Jasper unterbrach die Stille. »Wir haben Gareth im Kasino auf den Weg des Verderbens geführt. Hat mich dreißig Pfund gekostet. Es ist kaum zu fassen.«

»Es waren *meine* dreißig Pfund«, protestierte Gareth. »Die hatte meine Mutter mir heute Morgen geschenkt.«

»Gareth, bitte«, sagte Jasper mit der Miene eines Gepeinigten, »wenn man sich den Verlust nicht leisten kann, lässt man das Geld zu Hause.«

»Drei Runden Roulette«, sagte Gareth niedergeschlagen und sah Montignac an, als wolle er an dessen Sinn für Gerechtigkeit appellieren. »Mehr war nicht erforderlich. Dreimal gespielt, und alles war weg. Ist das nicht gemein?«

»An Ihrer Stelle hätte ich mich gar nicht erst verführen lassen«, entgegnete Montignac und wünschte sich die Zeit zurück, in der ein Verlust von dreißig Pfund ausgereicht hätte, um ihn unglücklich zu machen.

»Seien Sie unbesorgt«, antwortete Gareth. »Ich habe meine Lektion gelernt.

»Ach, komm«, sagte Jasper verächtlich, »du kannst doch

nicht aufgeben, nur weil du einmal Pech hattest. So benimmt sich kein guter Verlierer.«

»Ich möchte überhaupt kein Verlierer sein«, erwiderte Gareth, denn das schien ihm das Klügste. »Ab jetzt halte ich mich wieder an meine üblichen Laster.«

»Und welche wären das?«, fragte Montignac interessiert.

»Faulheit und Neid«, erwiderte Gareth.

Montignac lachte. »Das mit der Faulheit verstehe ich. Aber worauf sind Sie denn neidisch?«

»Auf müßige Reiche, die keine Arbeit brauchen.«

»Pass auf, was du sagst«, meinte Jasper. »Unser guter Montignac gehört zu ihnen. Er ist millionenschwer.«

»Leider nicht«, widersprach Montignac.

»Bitte, Jasper«, warf Alexander betreten ein, »ich finde, darüber spricht man nicht.«

»Ganz recht, natürlich nicht.« Jasper errötete, was allerdings auch an dem Alkohol lag, den er im Lauf des Abends konsumiert hatte. »Ich muss mich übrigens entschuldigen, Owen, bisher bin ich noch nicht dazu gekommen, Ihnen mein Beileid auszusprechen. Ich meine, wegen Ihres Onkels. Ich wollte Ihnen schreiben, aber es ist mir immer wieder entfallen. Wie dem auch sei, es hat mir leidgetan.«

»Danke«, sagte Montignac und schaute zu Boden.

»Owens Onkel ist vor Kurzem gestorben«, wandte Jasper sich erklärend an Gareth. Inzwischen sprach er so schleppend, dass Alexander daran dachte, ihm das Champagnerglas wegzunehmen. »War einer der reichsten Landbesitzer Englands. Hat den ganzen Batzen unserem Freund hier vermacht.«

»Jasper, das reicht«, zischte Alexander.

»Er hat mich enterbt, Jasper«, erklärte Montignac obenhin. »Sein Vermögen hat er meiner Cousine hinterlassen.«

»Stella?«

»Ja.«

»Große Güte.«

»In der Tat.«

»Heißt das, dass Sie –«

»Das heißt, dass ich ohne einen Penny dastehe und bis zum Hals in Schulden stecke«, antwortete Montignac lachend, hob sein Glas und trank es in einem Zug aus.

»Darauf wäre ich nie gekommen«, sagte Jasper mit verwundertem Kopfschütteln.

»Ist aber so«, erwiderte Montignac.

»Trifft sie sich immer noch mit diesem Blumenmann oder ist sie wieder auf dem Markt?«

Montignac wandte sich Jasper zu, presste die Lippen zusammen und unterdrückte die Wut, die in ihm aufflammte. Jasper begriff, dass er etwas Falsches gesagt hatte, und schluckte nervös.

»Das wollte ich so nicht sagen«, begann er, doch Montignac ließ ihn nicht ausreden, stand auf und verneigte sich höflich.

»Es ist spät, meine Herren, und ich bin todmüde«, erklärte er. »Deshalb muss ich mich jetzt verabschieden.«

»Sie wollen doch nicht schon gehen, oder?«, fragte Gareth, denn so eigenartig es auch war, er wünschte, dass Montignac blieb und die anderen stattdessen gingen. Es hatte ihm imponiert, wie dieser Mann mit Jasper umgegangen war, so hätte er ihn vorhin am Roulettetisch auch gern behandelt. In dem Punkt musste er noch dazulernen.

»Ich fürchte – doch«, erwiderte Montignac. »Hat mich gefreut, Sie kennenzulernen, Mr Bentley. Alexander.« Er nickte Alexander zu. »Besuch mich bald mal wieder.«

Dann machte er kehrt und ging davon, fest entschlossen, sich nicht noch einmal aufhalten zu lassen.

10

Draußen war der Nieselregen stärker geworden und drohte, zu heftigem Regen zu werden. Montignac knöpfte seinen Mantel zu und griff nach den Handschuhen in den Taschen. Sie waren nicht da. Er runzelte die Stirn und überlegte, ob sie ihm vielleicht im Claridge herausgefallen waren, in seiner Hast, von Stella und Raymond fortzukommen, oder im Dog and Duck, als er gegen seinen Willen hinauskomplimentiert wurde, oder in der Garderobe der Unicorn Ballrooms. Er bedauerte den Verlust, denn es waren teure Lederhandschuhe gewesen.

Als er auf der Straße nach einem Taxi Ausschau hielt, war weit und breit keines zu sehen. Er warf einen Blick auf seine Uhr und seufzte, denn inzwischen war es schon halb eins, und er fühlte sich zerschlagen. Zwar war er erst fünfundzwanzig Jahre alt, aber von langen Nächten hatte er noch nie viel gehalten, und der Gedanke, nach nur wenigen Stunden Schlaf um halb acht Uhr morgens aufstehen zu müssen, um wieder einen Tag in der Galerie zu verbringen und sich wegen seiner Finanzen zu grämen, drückte ihm aufs Gemüt.

»Mr Montignac.«

Die Stimme kam von hinten. Er drehte sich um und fragte sich, wer ihm aus dem Club gefolgt sein könnte und aus welchem Grund. Zu seinem Erstaunen entdeckte er seinen neuen Bekannten Gareth Bentley, der ihm nachhetzte wie ein Hund, der ein Kaninchen jagt, mit breitem Lächeln und eifrigem Gesicht.

»Mr Bentley«, sagte Montignac, »so sieht man sich wieder.«

»Bitte, nennen Sie mich Gareth. Alexander hat gesagt, dass Sie am Bedford Place wohnen.«

»Richtig.«

»Fahren Sie mit dem Taxi dorthin?«

»Ja. Sollen wir uns eines teilen?«

»Wenn es Ihnen nichts ausmacht.«

»Es macht mir nichts aus.« Montignac zuckte mit den Schultern. Es war ihm sogar recht, das Fahrgeld zu teilen, auch wenn es nur um eine lächerlich kleine Summe ging. Dann fiel ihm ein, dass es für ihn so etwas wie lächerlich kleine Summen nicht mehr gab und er künftig jeden Schilling zweimal umdrehen musste. »Ist Ihre Feier denn beendet?«

»Mir reicht es«, antwortete Gareth abschätzig, als sei der ganze Abend bedeutungslos gewesen, nicht mehr als ein kleines Intermezzo auf dem Weg nach Hause.

»Hat Ihr jäher Aufbruch den anderen nichts ausgemacht?« Montignac dachte an die kurze Zeit, in der Gareth ihm gefolgt war.

»Sie haben es kaum bemerkt.« Gareth wollte das Thema wechseln. »Ich war ohnehin müde und wollte nach Hause.«

»Aha. Und Sie müssen auch zum Bedford Place?«

»Zum Tavistock Square. Sie steigen am Bedford Place aus, und ich übernehme den Rest. Das heißt, falls es Ihnen recht ist.«

Montignac deutete die Straße hinunter. »Am besten, wir laufen in diese Richtung. An der Hauptstraße finden wir eher ein Taxi. Hierher verirrt sich kaum mal eines.«

Gareth nickte. Sie machten sich auf den Weg durch den Regen. Auf der Straße war kaum jemand zu sehen. Selbst der Autoverkehr war spärlich.

»Ich war froh, dass ich gehen konnte«, gestand Gareth. »Ich schlage mir nicht gern die Nacht um die Ohren.«

»Nicht einmal an Ihrem Geburtstag?«

»Erst recht nicht an meinem Geburtstag. Dann muss ich die ganze Zeit daran denken, wie alt ich geworden bin.«

»Und wie alt ist das?«, fragte Montignac. Angesichts des jugendlichen Gesichts, des reinen Teints und der blühenden Gesundheit, schätzte er Gareth auf höchstens zwanzig oder einundzwanzig Jahre. Auch sein Gebaren wirkte kindlich, als wäre er den Schwierigkeiten des Erwachsenenlebens bisher noch nicht begegnet. Sogar sein Schritt verriet einen leichtherzigen, sorglosen jungen Mann.

»Vierundzwanzig«, sagte Gareth trübsinnig. »Also uralt.«

Montignac lachte. »Ich bin fünfundzwanzig. In unserem Alter wird man noch nicht aufs Abstellgleis geschoben.«

»So kommt es mir aber vor.«

Montignac stöhnte innerlich. Für dieses eitle Gerede fehlte ihm die Kraft. Wenn der Junge in seinem Leben keine anderen Probleme hatte, konnte es ihm ja wohl nicht allzu schlecht gehen. Wohingegen er selbst nicht einmal wusste, ob er sein derzeitiges Lebensjahr überhaupt würde vollenden können.

»Mein Cousin ist mit achtzehn Jahren gestorben«, sagte er und überlegte, welches Maß an Scheinheiligkeit er mit dieser Bemerkung erreicht hatte. »Er hätte sicher viel darum gegeben, so alt wie Sie werden zu können.«

Gareth unterließ es, Montignac nachträglich zu kondolieren, denn der hatte ihm ja auch nicht zum Geburtstag gratuliert. Warum sollte er einem Mann, den er kaum kannte, sein Beileid bekunden, zudem wegen eines Cousins, den er nie mehr kennenlernen würde?

Als sich ihnen ein Taxi näherte, holte Montignac es mit einem Pfiff herbei. Der Wagen bremste, und sie stiegen ein. »Bedford Place«, sagte Montignac und war froh, dem Regen entkommen zu sein. »Danach geht's zum Tavistock Square.«

»Sehr wohl.« Der Fahrer fuhr los.

»Woher kennen Sie Alexander?«, fragte Montignac wenig später. »Soweit ich weiß, hat er Sie nie erwähnt.«

»Aus meinem Club«, erwiderte Gareth. »Also eigentlich ist es der Club meines Vaters. White's, in St. James. Kennen Sie ihn?«

»Ich bin dort Mitglied, obwohl ich selten Zeit habe, hinzugehen.«

»Dann wissen Sie sicher, dass es auch Alexanders Club ist. Manchmal lese ich dort am späten Nachmittag die Zeitung. Alexander findet man dort häufiger. Meistens sitzt er da und ist in ein Buch vertieft.«

»Ja, das nennt er offenbar Arbeit«, bemerkte Montignac.

»Das hat er mir auch gesagt. Ein feiner Beruf, wenn Sie mich fragen.«

Montignac zuckte mit den Schultern. »Und Jasper Conway? Sind Sie mit ihm enger befreundet?«

»Nein. Er ist eher Alexanders Freund als meiner. Offen gestanden mag ich ihn nicht sonderlich.«

»Ach«, sagte Montignac, dem es ebenso erging, »und warum nicht?«

»Weil er schrecklich eitel und arrogant ist und nie für etwas bezahlt. Seinetwegen habe ich heute Abend dreißig Pfund verloren, was ich mir kaum leisten konnte, aber ihm hat es offenbar großen Spaß gemacht. Das war auch der Grund, weshalb ich vorhin gegangen bin. Wenn ich gewartet hätte, hätte er darauf bestanden, dass ich das Taxi für unsere Heimfahrt bezahle. Außerdem hat er mich zum Trinken genötigt.«

Montignac schaute Gareth von der Seite an. »Wie darf ich das verstehen?«

»Eigentlich eine ganz dumme Sache«, sagte Gareth. »Ich darf nicht zu viel trinken, denn mitunter bekommt mir das nicht. Aber heute Abend habe ich mich gut gehalten. Es waren nur ein paar Gläser.«

»Hat er Sie auch genötigt, Roulette zu spielen?«, fragte Montignac.

»Das nicht, aber –«

»Ist es dann nicht ein wenig ungerecht, ihn für Ihre Schwächen verantwortlich zu machen? Obwohl ich mich Ihrem Urteil voll und ganz anschließe. Jasper ist ein Schmarotzer. Und ein elender Feigling. Über diesen Mann könnte ich Ihnen Geschichten erzählen, nach denen Sie ihn wie die Pest meiden würden.«

Gareth schwieg, ohne sich nach weiteren Einzelheiten zu erkundigen. Er schaute aus dem Fenster auf die vorbeiziehenden Straßen und wünschte, der Verkehr wäre dichter, damit sie nur langsam vorankämen und sich noch eine Weile unterhalten könnten. Er sah sein Gesicht in der dunklen Fensterscheibe und dahinter den weißen Schopf seines Begleiters, der in auffallendem Kontrast zu seiner eigenen dunklen Mähne stand. Montignacs abfällige Bemerkungen über Jasper hatten ihm gutgetan. Mit einem Mal spürte er, dass er müde war, und gähnte mit offenem Mund.

Inzwischen fuhren sie über die Oxford Street in Richtung Bloomsbury. Nur um Konversation zu machen, fragte Montignac: »Wann müssen Sie morgen früh aufstehen?«

»Wenn mir danach zumute ist«, entgegnete Gareth. »Ich habe keine Arbeit und muss nirgendwohin.«

»Ach was? Haben Sie vorhin nicht gesagt, dass Sie die müßigen Reichen um ihren Lebenswandel beneiden? Das klingt ja, als wären sie einer von ihnen.«

Gareth lachte. »Das wäre ich gern, doch das lässt mein Vater nicht zu. Ich fürchte, meine Zeit des süßen Nichtstuns geht langsam zu Ende. Das Familiengeschäft wartet auf mich.«

»Und das wäre?«

»Die Juristerei. Mein Vater ist Anwalt, das heißt, mittlerweile ist er Richter. Er leitet die Kanzlei Rice.«

Montignac kramte in seinem Gedächtnis. Irgendwo hatte er den Namen schon einmal gehört. Dann fiel es ihm ein. »Roderick Bentley. Der Richter, der Domson zum Tode verurteilt hat. Er ist Ihr Vater.«

»So ist es.«

»Hm«, sagte Montignac nachdenklich.

»Er will mich nicht mehr unterstützen, es sei denn, ich finde eine Arbeit. Und da ich keine finde, die mir gefällt, habe ich beschlossen, in den sauren Apfel zu beißen. Womöglich habe ich heute meinen letzten Abend als freier Mann verbracht. Ich glaube, ich hätte mich doch betrinken sollen.«

Das Taxi bog von der Russell Street in den Bedford Place ein. Montignac nannte dem Fahrer seine Hausnummer.

»Heißt das, dass Sie die Laufbahn eines Juristen gar nicht einschlagen möchten?«, fragte er.

»Natürlich nicht. Es ist, als werde mir mein Leben geraubt.«

»Gibt es denn etwas, das Sie lieber tun möchten?«

»Leider nicht. Darüber habe ich bisher nie nachgedacht, was für mein Alter wirklich peinlich ist. Ich glaube, ich habe meine Jugendzeit verschwendet.«

»Sie ist ja noch nicht vorbei«, sagte Montignac.

»Vielleicht nicht, aber ich weiß nicht, ob ich zum Arbeiten geschaffen bin. Es ist, wie ich es gesagt habe, am liebsten wäre ich einer der müßigen Reichen.«

Montignac schmunzelte. »Um dieser Gesellschaftsschicht beizutreten, muss man entweder erben oder skrupellos sein.«

»Ich glaube nicht, dass ich Skrupel habe.«

»Wirklich nicht?«

»Ich weiß es nicht«, antwortete Gareth etwas vorsichtiger. »In dem Punkt wurde ich bisher noch nie auf die Probe gestellt.«

»Darum geht es nicht«, sagte Montignac mit gesenkter Stimme und schaute nach vorn. »Jeder hat die Wahl, gewisse Dinge zu tun, um die Umstände seines Lebens zu verbessern. Nur die Frage, ob man es tut oder lässt, ist entscheidend.«

»Ich würde alles tun, was mir die Arbeit in der Kanzlei Rice erspart«, erwiderte Gareth leichtherzig.

»Ob man beispielsweise lügen würde.«

»Alle Menschen lügen.«

»Oder stehlen würde.«

»Hängt wohl davon ab, wen man bestiehlt.«

»Oder sogar töten würde.«

Gareth fuhr herum und starrte Montignac an, der sich sofort ein Lächeln abrang, Gareth den Arm tätschelte und eilig sagte: »Jetzt schauen Sie nicht so entsetzt. Ich habe doch nur hypothetisch gesprochen.«

Das Taxi hielt an. Montignac wartete. Der junge Mann hatte sich noch nicht zu dem letzten Beispiel geäußert.

»Hören Sie zu, Gareth«, sagte er schließlich und zog seine Visitenkarte aus der Jackentasche hervor, »ich glaube, ich weiß ungefähr, in welcher Lage Sie stecken, und kann Ihnen vielleicht helfen. Hier ist meine Visitenkarte. Warum rufen Sie mich in den nächsten Tagen nicht an? Und dann treffen wir uns und unterhalten uns weiter.«

Gareth nahm die Karte, betrachtete den Mann, der für ihn so gut wie ein Fremder war, und konnte sein Glück kaum fassen. »Heißt das, dass Sie vielleicht eine Arbeit für mich haben?«

»Nicht ganz.« Montignac schaute aus dem Fenster zu seiner Wohnung hinauf und stieß die Wagentür auf. Er wollte nicht mehr reden. »Rufen Sie mich einfach an«, verabschiedete er sich und trat hinaus auf die Straße. »Es könnte zu Ihrem Vorteil sein.«

Gareth steckte die Karte ein. Montignac schloss die Wagentür und bedeutete dem Fahrer mit einem Wink, weiterzufahren. Er dachte an junge Männer mit Beziehungen, junge Männer wie Gareth Bentley, und sagte sich, dass es sich immer lohne, sie näher kennenzulernen.

Der fragliche junge Mann fuhr unterdessen durch Woburn zum Tavistock Square. Mit einem Mal stutzte er und stellte fest, dass Montignac genau das getan hatte, was Jasper beabsichtigt hatte, nämlich ihn für die gesamte Taxifahrt zahlen zu lassen. Nur störte es ihn in diesem Fall nicht so sehr.

Während der Weiterfahrt griff er mehrmals in die Jackentasche, um sicherzugehen, dass die Visitenkarte noch da war, nur für den Fall, dass sie sich zwischenzeitlich auf geheimnisvolle Weise in Luft aufgelöst hatte. Zu guter Letzt beschloss er, sie zur Sicherheit in der Hand zu halten, denn um nichts in der Welt wollte er sie im Taxi verlieren.

KAPITEL 3

1

Die Galerie Threadbare hatte ihre Tore erstmalig im Jahr 1930 geöffnet und sich von Anfang an auf die Ausstellung und den Verkauf zeitgenössischer Kunst spezialisiert. Mrs Rachel Conliffe, die Galeristin, war eine vermögende Dame mittleren Alters, die der Ansicht war, dass die jungen Maler und Bildhauer Londons von den Galerien der Stadt auf schändliche Weise vernachlässigt wurden und dass der Großteil der Galerien in grauer Vorzeit stecken geblieben war. Deshalb machte sie es zur Regel, dass in der Threadbare nichts ausgestellt wurde, das aus der Zeit vor Königin Victoria stammte. Objekte aus der Zeit König Edwards waren in Ordnung, diejenigen aus der Zeit von König Georg noch besser. Anfangs lachten die Kritiker über die Threadbare, die wie ein Anachronismus aus den anderen traditionellen Galerien auf der Cork Street hervorstach. Doch nach und nach erwarb sie sich den Ruf, exzentrisch zu sein, und die Kunstsammler wurden neugierig und kamen vorbei. Nach wenigen Jahren war ein Objekt aus der Threadbare zum Statussymbol geworden, das der Welt zuraunte, der Besitzer sei fortschrittlich gesinnt, statt den langweiligen Traditionen von gestern verhaftet zu sein.

Mrs Conliffe nahm weiterhin Anteil an ihrem Geschäft und tauchte in Abständen von einigen Wochen in der Galerie auf, um einen Blick auf die neuen Ausstellungsstücke zu werfen, doch im Übrigen gab sie sich mit den Einnahmen zufrieden und hielt sich aus dem Tagesgeschäft heraus. Für dieses Tagesgeschäft hatte sie Owen Montignac eingestellt, einen begabten und umgänglichen jungen Cambridge-Absolventen, dessen Vorgänger inzwischen in der Tate Gallery tätig war. Montignac war ihr von dessen Onkel empfohlen worden, der für lange Jahre ein Geschäftsfreund ihres Ehemanns gewesen war.

Am Morgen nach dem Treffen mit Nicholas Delfy wachte Montignac früher als sonst auf, gegen halb sieben, und konnte nicht mehr einschlafen. Seine Sorgen, so hatte er festgestellt, waren wie Eulen oder Vampire und erwachten im Dunkeln, ganz gleich, ob es um seine finanzielle Lage, Stellas anstehende Eheschließung oder die Möglichkeit, von Delfys Schlägern verstümmelt zu werden, ging. Doch an diesem Morgen drückte ihm nur eine Sorge auf die Seele, und die drehte sich um sein fehlendes Geld.

Er stand auf, wusch sich und nahm ein leichtes Frühstück zu sich, ehe er seine Wohnung gegen halb acht verließ. Es war ein schöner Sommermorgen. Den Weg zur Galerie legte er wie gewöhnlich zu Fuß zurück und hoffte, die frische Luft würde ihm einen klaren Kopf verschaffen. Trotzdem, seine Möglichkeiten waren begrenzt, und der Gedanke, in vier Wochen an zehntausend Pfund zu kommen, war ein Witz. Abgesehen davon bliebe danach immer noch die Frage, woher er bis Ende des Jahres die nächsten vierzigtausend nehmen sollte, doch die schob er für den Moment als nachrangig zur Seite. Zunächst musste er sich um die erste Rate kümmern.

Im Geist überschlug er, wie viel er zurzeit auf dem Konto hatte – knapp neunhundert Pfund –, und überlegte, ob es Sinn machte, diese Summe abends in einem anderen Spielkasino als dem Unicorn zu riskieren und zu versuchen, so viel zu gewinnen, dass er Delfy die zehntausend zahlen konnte. Doch ehe die Idee sich festsetzen konnte, schüttelte er sie wieder ab. Auf die Weise hatte er sich die ganze Misere schließlich eingebrockt.

Doch der größte Schock war das Testament seines Onkels gewesen. Wenn er nur daran dachte, wurde ihm übel. Dass das Vermögen an Stella gegangen war, konnte er ja noch akzeptieren, sie war schließlich das einzige überlebende Kind. Aber ihm, seinem Neffen, rein gar nichts zu hinterlassen, war mehr als grausam.

Montignac dachte an den Morgen der Testamentseröffnung.

Als er und Stella die Bibliothek betraten, war Denis Tandy schon da und erwartete sie. Stella war blass und wirkte elend, als würden die Ereignisse der vergangenen Tage sie allmählich einholen. Er dagegen hatte sich voller Elan gefühlt und dem Kommenden begierig entgegengesehen. Endlich würde das gestohlene Vermögen der Montignacs wieder in die rechtmäßigen Hände gelangen. Ein Unrecht würde wieder gutgemacht.

»Stella, Owen«, begrüßte Sir Denis sie und erhob sich von seinem Stuhl am Lesetisch. »Wie geht es Ihnen?«

Stella zuckte wortlos mit den Schultern und ließ sich schwer in einen Ohrensessel sinken. Für einen Moment ruhte ihr Blick auf dem Dokument, das Sir Denis auf dem Tisch zurechtgelegt hatte.

»Wir sind beide ziemlich müde«, sagte Montignac. »Ich glaube, in den letzten Tagen hat keiner von uns viel geschlafen. Es wird uns guttun, wenn wir wieder ein normales Leben führen können.«

»Wie kann es denn wieder normal werden?«, warf Stella schroff ein. »Mein Vater kommt nicht zurück. Wie soll denn da Normalität möglich sein?«

Sir Denis öffnete den Mund und schloss ihn wieder. Er hatte sämtliche Worte des Beileids aufgebraucht, und mehr fielen ihm nicht ein. Außerdem missbilligte er Stellas Benehmen. Bei einer Beerdigung konnte man seiner Meinung nach trauern und erschüttert sein, das war durchaus verständlich, aber nicht mehr, wenn sie vorüber war. Danach gehorchte man dem Anstand, kehrte zur Normalität zurück und tat so, als wäre nichts gewesen. Gefühle zu zeigen hatte noch nie jemandem etwas genützt. Deshalb ging er auf Stella nicht weiter ein und setzte sich wieder. Montignac ließ sich ihm gegenüber nieder.

Als an der Tür geklopft wurde, schauten sie alle dorthin und fragten sich, wer sie jetzt zu stören wagte, doch es war nur Margaret Richmond. Sie betrat die Bibliothek und brachte ein Tablett mit einer Kanne Kaffee und drei Tassen.

»Ich bitte um Verzeihung«, flüsterte sie und stellte das Tablett auf einem Beistelltisch ab. »Aber vielleicht wünscht jemand eine Tasse Kaffee.«

»Margaret, du bist ein Engel«, sagte Stella dankbar, stand auf, schenkte den Kaffee aus und reichte jedem der beiden Männer eine Tasse.

Margaret stand da und rang die Hände, wie immer, wenn sie nervös war. Ihr Blick wanderte zwischen ihren früheren Schützlingen hin und her.

Montignac wandte sich zu ihr um. »Gibt es irgendetwas?«

»Nein, es ist alles in Ordnung«, sagte sie. »Wenn jemand noch etwas braucht, muss er mich nur rufen.«

»Danke, Mrs Richmond.« Sir Denis winkte sie hinaus. »Wenn es Ihnen nichts ausmacht, wären wir jetzt lieber allein.«

Margaret eilte aus der Bibliothek und schloss die schweren Flügeltüren hinter sich. Als Montignac sich wieder umkehrte, lag der Anflug eines Lächelns auf seinem Gesicht.

»Sie scheint ein wenig konfus zu sein«, sagte er.

»Sie hat das Testament bezeugt«, erklärte Sir Denis. »Dass es gleich verlesen wird, könnte ihr zu schaffen machen.«

Montignac zuckte mit den Schultern, fragte sich, warum das der Fall sein sollte, und gab einen kleinen Schuss Milch in seinen Kaffee.

Nur in einer Galerie auf der Cork Street waren zur dieser Morgenstunde schon die Lichter an. Es war die noble Clarion, die neben der Threadbare lag. Im Vorbeigehen warf Montignac einen Blick hinein und erkannte Arthur Hamilton, den Geschäftsführer, der zusammen mit einigen Assistenten die Deckel mehrerer großer Holzkisten aufstemmte. Arthur entdeckte Montignac und hob grüßend die Hand. Zwar war er um einiges älter als Montignac und hatte in der Cork Street schon gearbeitet, als ein Teil der Threadbare-Künstler noch nicht einmal geboren war, aber die beiden Männer verstanden sich. Montignac notierte sich im Geist, später in der Clarion vorbeizuschauen und nachzusehen, welche neuen Werke ausgestellt worden waren. Er und Arthur hatten so oft zusammengesessen und sich über ihre Lieblingskünstler unterhalten, dass Montignac bisweilen dachte, dass er von seinem Nachbarn mehr gelernt hatte als von den betagten Professoren, die in Cambridge unterrichteten.

Montignac hatte Kunstgeschichte studiert, doch ursprünglich einmal von einer Karriere als Maler geträumt, ehe er einsah, dass ihm das Talent dazu fehlte und die Bilder, die er malte, einfallslos waren und dass es vernünftiger wäre, seinen Traum zu begraben. Seine Liebe galt den französischen Malern des neunzehnten Jahrhunderts – den städtischen Eindrücken von Manet, den impressionistischen Landschaften von Pissarro und Gauguins Symbolismus. Vielleicht rührte es daher, dass seine Mutter Französin gewesen war und er die ersten fünf Jahre seines Lebens in der Nähe von Clermont-Ferrand verbracht hatte, ehe sein Onkel ihn holte und zu einem Engländer machte.

Anders als der Mehrheit seiner reichen Freunde, machte es Montignac keinen Spaß, tagsüber auf der faulen Haut zu liegen, sich mit anderen zum Lunch zu treffen, zu trinken, in den Clubs zu sitzen und zu tratschen. Deshalb war er froh, diese Stelle zu haben und die Galerie nach seinem Ermessen führen zu können. Es war eine angesehene Beschäftigung, deren einziger Nachteil darin lag, dass Mrs Conliffe ausschließlich auf jungen Künstlern bestand, von denen die meisten höchstens im Ansatz Talent besaßen. Deshalb legte er es seit Kurzem darauf an, die scheußlichsten Bilder, die er finden konnte, zu erwerben: abartige Skulpturen oder verworrene Malereien, ohne erkennbares Motiv oder Einheit im Ausdruck, voll von hingeschmierten Pinselstrichen und Farben, die nicht zusammenpassten. All das erstand er, um zu sehen, wie unwissend die reichen Kunstkäufer Londons waren. Inzwischen hatte er erkannt, dass sie nicht den Hauch einer Ahnung hatten.

Montignac betrat die Threadbare-Galerie und schaltete die Lampen ein. Zu dieser frühen Stunde mochte er die Galerie am liebsten, ehe sein Assistent Jason erschien, ehe die Kunden kamen, um aller Welt zu zeigen, dass sie keinen Geschmack hatten, und ehe die schmuddeligen Künstler verlegen vor seinem Schreibtisch standen, unter dem Arm ein vermeintliches Meisterwerk.

Die Innenarchitektur der Galerie empfand er besonders geglückt, denn sie bestand aus tausendvierhundert Quadratmetern, die sich über zwei Stockwerke verteilten. Auf halber Höhe befand sich ein umlaufender Balkon, von dem aus er sowohl ins Parterre hinunterschauen konnte als auch durch die Fenster über die Cork Street, von der Burlington Arcade bis zur Ecke Clifford Street.

»Früher war das alles einmal ein einziges Gebäude«, hatte Mrs Conliffe erklärt, als sie ihn am ersten Tag herumführte. »Diese Galerie, die Clarion zur Rechten und die Bellway zur Linken. Später wurde es unterteilt und einzeln verkauft. Inzwischen hat jeder seinen Teil anders gestaltet, aber unserer ist bei Weitem der modernste.« Das Letzte wurde mit Stolz hinzugefügt. »Nur das Lager im obersten Stock lässt zu wünschen übrig. Hamilton nebenan hat seines wunderschön umbauen lassen. Er benutzt den Raum zum Restaurieren, aber so etwas haben wir nie gemacht. Unsere Kunstwerke sind ja viel zu neu, als dass sie restauriert werden müssten.«

Montignac schloss die Eingangstür, legte seinen Mantel ab und lief nach hinten in die kleine Küche, um Teewasser aufzusetzen. Anschließend schaute er die Eingangspost durch und entdeckte unter anderem eine Nachricht von Margaret Richmond, in der sie ihn um einen Anruf bat, da sie ihn nicht habe erreichen können.

Als Kind hatte er an Margaret gehangen, doch dass sie das Testament seines Onkels vor ihm gekannt hatte, war ihm übel aufgestoßen. Sie war ihm gegenüber nicht loyal gewesen, denn sonst hätte sie ihn rechtzeitig gewarnt. Deshalb nahm er ihre Anrufe nicht an und ignorierte die Nachrichten, die sie ihm hinterließ. Trotzdem verspürte er jetzt leichte Gewissensbisse und legte ihren Brief zuoberst auf den Stapel. Vielleicht würde er sich im Lauf des Tages bei ihr melden.

Er fragte sich, was sie empfunden hatte, als sie in Leyville auf dem Flur stand, während Sir Denis in der Bibliothek die einleitenden Worte sprach?

»Das Testament Ihres Onkels ist ein wenig kompliziert«, begann er. »Wie es bei außerordentlich wohlhabenden Menschen oftmals der Fall ist. Am besten wird es sein, ich fasse es für Sie zusammen.«

»Ich rechne eigentlich nicht mit großen Überraschungen«, sagte Stella mit einem säuerlichen Unterton.

Sir Denis ging darüber hinweg. »Wie Sie wissen«, fuhr er fort, »wird das Vermögen der Montignacs traditionsgemäß den männlichen Mitgliedern der Familie vererbt. Normalerweise hätte Ihr Großvater seinen Besitz Ihrem Vater hinterlassen, Owen, doch das erwies sich als – unmöglich.«

Montignac hob eine Braue. Sein Vater war verstoßen worden, weil er ein französisches Dienstmädchen geheiratet hatte, ein sogenanntes Verbrechen, über das Sir Denis, nach Montignacs Geschmack, ein wenig zu beflissen hinweggegangen war.

»Aber nachdem Ihr Vater im Krieg gefallen war, ging der Besitz ja ohnehin an seinen Bruder.«

»Und jetzt kehrt er wahrscheinlich dahin zurück, wo er ursprünglich hätte sein sollen«, sagte Stella.

»Eher nicht«, antwortete Sir Denis. »Ihr Vater hat sich entschieden, dieses eine Mal mit der Tradition zu brechen. Die Liegenschaften, das Haus hier in Leyville und der Hauptteil des Kapitals sollen unangetastet bleiben, mit Ihnen, Stella, als nominelle Eigentümerin. Was bedeutet, dass Sie zu Ihren Lebzeiten kein Recht haben, irgendetwas von diesem Besitz zu veräußern oder einem anderen zu übertragen. Die Zinsen aus dem Bankvermögen und die Mieteinnahmen aus den Immobilien werden monatlich direkt an Sie überwiesen.«

Montignac und Stella starrten ihn sprachlos an.

Stella glaubte, sich verhört zu haben. »Wie war das?«, fragte sie.

»Um es einfach zuzudrücken, Sie haben den Besitz Ihres Vaters geerbt, doch dessen Bestandteile können erst nach Ihrem Tod von Ihren Erben verkauft oder anderen übertragen werden. Dennoch werden Ihre Einnahmen Ihnen für den Rest Ihres Daseins ein äußerst angenehmes Leben gestatten.«

Stella schaute fassungslos zu ihrem Cousin hinüber.

»Und was ist mit mir?«, wollte Montignac wissen. »Was bekomme ich?«

Sir Denis seufzte und konnte dem Jungen nicht in die Augen sehen. »Ich fürchte, für Sie hat Mr Montignac keine Vorkehrungen getroffen, Owen.«

Montignac lehnte sich zurück und durchforstete sein Gedächtnis nach einer Tat, mit der er den Unwillen seines Onkels hervorgerufen haben könnte. Ihm fiel nichts ein. Er war leer ausgegangen, war wie sein Vater enterbt worden. War wieder der arme Verwandte. Alles war umsonst gewesen.

Als Montignac das Klopfen unten an der Tür hörte, kehrte er in die Gegenwart zurück, trat ans Fenster und schaute auf die Straße hinunter. Sein junger Assistent stand vor der Tür. Er lief nach unten und ließ ihn ein. Nach einem Blick auf seine Uhr – es war fünf Minuten nach acht – sagte er nicht einmal guten Morgen, sondern teilte dem Jungen mit, wenn er das nächste Mal zu spät komme, könne er sogleich wieder kehrtmachen und sich eine neue Arbeit suchen.

2

Gareth Bentley wurde vom Klopfen an seiner Schlafzimmertür geweckt. Er stöhnte und kroch noch tiefer unter die Bettdecke, in der Hoffnung, derjenige an der Tür würde wieder verschwinden. Das Klopfen hörte auf. Gleich darauf ertönte in seinem Zimmer eine scharfe Stimme.

»Gareth«, sagte sie, »wach auf.«

Langsam schob er den Kopf unter der Bettdecke hervor und zwang sich, die Augen zu öffnen.

An seinem Bett stand seine Mutter und hielt einen Becher in

der Hand. Sie musterte ihn, die Lippen zusammengepresst, und wirkte nicht sehr erfreut.

»Ich habe dir Tee gebracht«, begann sie. »Den trinkst du, und dann stehst du auf, nimmst ein Bad und ziehst dich an. Du kannst nicht den ganzen Tag wie ein Invalide im Bett liegen.«

Gareth stöhnte erneut und sammelte im Mund Speichel, um seine trockene Zunge anzufeuchten. Hinter seinen Augäpfeln schien der Beginn eines Katers zu lauern und nur darauf zu warten, sich mit aller Kraft zu entfalten. Gareth versuchte, abrupte Bewegungen zu vermeiden.

»Wie spät ist es?«, fragte er.

»Es ist gerade zehn Uhr geworden.« Seine Mutter stellte den Becher auf den Nachttisch und betrachtete die Kleidungsstücke auf dem Fußboden, die er nachts ausgezogen und fallen lassen hatte. »Jetzt schau dir diese Unordnung an«, sagte sie. »Kannst du die Sachen vor dem Zubettgehen nicht wenigstens in den Wäschekorb werfen? Wann bist du überhaupt nach Hause gekommen?«

»Gegen eins, glaube ich. Angesichts der Umstände eigentlich gar nicht so schlimm.«

»Ein Uhr morgens und gar nicht so schlimm?«

»Ich hatte Geburtstag«, wehrte er sich verdrießlich, setzte sich auf, schob sich ein Kissen in den Rücken und griff nach dem Teebecher. »Danke für den Tee.« Mit einem vorsichtigen Schluck prüfte er dessen Temperatur.

»Ich weiß, dass du Geburtstag hattest.« Seine Mutter ließ sich auf der Bettkante nieder und schob seine Beine unter der Decke zur Seite. »Ich hoffe, du hast nichts getrunken.«

»Bitte, Mutter.«

»*Hast* du getrunken?«

Gareth zuckte mit den Schultern und kam sich wieder wie ein unartiger Junge vor. »Vielleicht ein paar Gläser Champagner«, gab er zu. »Zur Feier des Tages.«

»Oh, Gareth«, seufzte sie. »Und wie fühlst du dich jetzt?«

»Gar nicht mal so schlecht. Ein bisschen verkatert.«

»Du hast aber nichts angestellt, oder?«

»Soweit ich weiß, nicht.«

»Was soll das heißen?«

Er drückte ihre Hand. »Reg dich nicht auf. Ich kann mich noch an alles erinnern. Es waren nur ein paar Gläser, und es ist nichts passiert.«

»Du sollst überhaupt nicht trinken«, sagte sie, noch immer leicht beunruhigt. »Das weißt du.«

»Ja. Normalerweise trinke ich ja auch nichts.«

Seine Mutter strich ihm einige Haarsträhnen aus der Stirn. »Na schön«, sagte sie, »an einem Geburtstag kann es vielleicht nicht schaden. Darüber wollte ich übrigens mit dir sprechen.«

Gareth sah sie argwöhnisch an. Er hasste Vorträge, erst recht am frühen Morgen.

»Du bist jetzt vierundzwanzig Jahre alt«, fuhr seine Mutter fort. »Was geschieht als Nächstes? Hast du darüber einmal nachgedacht?«

»Als Nächstes werde ich fünfundzwanzig?«

»Lass die Witze«, fuhr sie ihn an. »Das steht dir nicht. Sei lieber froh, dass ich dieses Gespräch mit dir führe und nicht dein Vater. Er würde ganz andere Saiten aufziehen.«

»Können wir später darüber reden?«, fragte Gareth. »Wenn ich mich ein bisschen besser fühle? Und ein wenig präsentabler aussehe?«

»Wir reden jetzt darüber!«, beharrte Jane. »Denn sonst kommt dein Vater, steckt dich in einen Anzug und schleppt dich mit in die Kanzlei. Was glaubst du denn, wie lange ich ihn noch daran hindern kann? Gestern habe ich bei Harrods Eleanor getroffen. Sie hat von ihrem Damien geschwärmt. In der Bank of England ist er schon wieder befördert worden. Wie es heißt, könnte er dort bereits mit fünfunddreißig Jahren Direktor sein.«

»Damien Tandy und ich sind grundverschiedene Menschen«, betonte Gareth. Er war mit dem Sohn der Tandys zur Schule gegangen und hielt ihn für einen arroganten Schwätzer, obwohl sie früher einmal eng befreundet gewesen waren. »Und jeder von uns sieht seine Zukunft mit eigenen Augen.«

»Mag sein, aber er ist wenigstens dabei, sich eine Zukunft zu erschaffen. Und was machst du? Du liegst den ganzen Tag im Bett herum, und damit hat es sich.«

»Es ist zehn Uhr morgens!«, verteidigte sich Gareth. »Das ist noch lange kein ganzer Tag.«

»Zehn Uhr an einem Mittwochmorgen«, belehrte Jane ihn. »Wenn es ein Wochenende wäre, könnte ich es ja vielleicht noch verstehen. Aber an einem Mittwoch? Dein Vater ist schon seit Stunden auf den Beinen, und dabei hat er heute nicht einmal einen Gerichtstag.«

Gareth seufzte. Er hatte gewusst, dass dieses Gespräch irgendwann in der Woche auf ihn zukommen würde, aber nicht schon am Mittwoch.

»Warum ist er denn dann aufgestanden?«, erkundigte er sich. »Warum ruht er sich nicht aus?«

»Weil er sein Leben nicht verstreichen lässt, Gareth. Selbst wenn er einmal Zeit für sich hat, nutzt er sie, so gut er kann.«

»Wie schön«, antwortete Gareth mürrisch. »Aber er und ich sind auch grundverschiedene Menschen. Vielleicht wäre es ihm lieber, Damien Tandy wäre sein Sohn.«

»Bitte, benimm dich nicht wie ein schmollendes Kind«, erwiderte Jane gereizt, ehe sie in leichterem Plauderton ergänzte: »Apropos Damien. Eleanor hatte noch eine Neuigkeit. Damien wird heiraten.«

»Heiraten?« Gareth brach in Gelächter aus und stellte den Becher auf den Nachttisch, um den Tee nicht zu verschütten. »Das kann nicht dein Ernst sein.«

»Doch.« Jane runzelte die Stirn. »Weshalb sollte ich darüber Witze machen?«

»Stimmt. Es hat mich nur – sehr überrascht, weiter nichts.«

»Aber warum? Weil er begriffen hat, dass er kein Kind mehr ist und sesshaft werden möchte? Wenn man mich fragt, ist so etwas sehr bewundernswert.«

»Darum geht es nicht«, sagte Gareth. »Ich habe nur nie gedacht, dass er zum Ehemann taugt.«

»Damien Tandy? Aber er ist doch ein sehr gut aussehender junger Mann.«

Gareth schnaubte. »O ja, der Ansicht waren alle.«

»Ich weiß zwar nicht, was das heißen soll«, sagte Jane spitz, »aber wahrscheinlich will ich es auch nicht wissen. Ich sehe nur, dass er verlobt ist und heiraten wird und sich bereit macht, ein anständiges Leben zu führen. Wohingegen mein Sohn, mein eigener Sohn, rein gar nichts tut. Wenn sich eine meiner Freundinnen nach dir erkundigt, weiß ich nicht, was ich sagen soll. Ist dir nicht bewusst, wie peinlich das für mich ist, Gareth?«

»Sag ihnen, ich wäre gestorben. Das macht die Sache leichter. Sag ihnen, es hätte einen Unfall gegeben – mit einer Straßenbahn – und Mr Bentley Junior sei leider vorzeitig verschieden.«

»Wie kannst du so etwas sagen?«, rief Jane und konnte nicht fassen, wie leichtfertig junge Leute über ein solches Thema sprachen.

»Entschuldige.«

»Du sollst dich nicht entschuldigen, sondern zusehen, dass du dich in den Griff bekommst. Was glaubst du, wie lange ich dich noch herumlungern lasse? Es wird Zeit, dass du dir deinen Unterhalt verdienst. Ich habe schon einen Termin bei Ede & Ravenscort gemacht. Freitag findet deine erste Anprobe statt. Und ich will jetzt keine Klagen hören, verstanden?«

Gareth hob eine Braue. »Meine erste Anprobe? Wofür wird denn Maß genommen? Für meinen Sarg?«

»Für deine Perücke und die Robe. Nächsten Montag fängst du als Referendar in der Kanzlei deines Vaters an, und dann brauchst du diese Ausstattung fürs Gericht. Dein Vater wird Quentin Lawrence bitten, sich deiner anzunehmen. Du wirst die Vorbereitungen für seine Gerichtsauftritte übernehmen und ihn dorthin begleiten, um von ihm zu lernen. Später wirst du hoffentlich in der Lage sein, selbst Mandanten zu vertreten. Wenn du dich ordentlich ins Zeug legst, könntest du die Kanzlei sogar eines Tages leiten.«

Gareth war sprachlos. Zwar hatte er gewusst, dass seine Eltern sich wünschten, er würde in die Kanzlei eintreten, aber dass es bereits einen Termin für die Anprobe seiner Gefängnisuniform gab, ging ihm eindeutig zu weit. Als Nächstes käme womöglich der Bürovorsteher seines Vaters ins Zimmer gestürzt und würde eine Fall-Akte schwenken.

»Das scheint mir alles sehr unwahrscheinlich«, sagte er schließlich. »Und den Termin für die Anprobe schaffe ich mit Sicherheit nicht.«

»Warum nicht?«, fragte Jane streng. »Ich hoffe, du hast einen guten Grund.«

Gareth zermarterte sich sein Gehirn auf der Suche nach einem Grund. Dabei kehrten die ersten Erinnerungen an den vergangenen Abend zurück. Mit schwerem Herzen entsann er sich der verspielten dreißig Pfund, doch als Nächstes fiel ihm das Gespräch mit Alexanders Freund wieder ein, dem Mann mit dem verblüffend weißen Haar. Sie waren im Taxi nach Hause gefahren, und zum Abschied hatte er etwas zu ihm gesagt. Zuvor hatte er behauptet, etwa so alt wie Gareth zu sein, obwohl er um einiges älter wirkte, vielleicht nicht im Aussehen, aber was seine Selbstsicherheit betraf. Gareth zwang sich zur Konzentration. Er musste den eben erfolgten feindlichen Angriff abwehren und dazu die Gedächtnisbrocken zu einem Bild zusammensetzen. Als er es geschafft hatte, wirkte es vollkommen plausibel.

»Es könnte sein, dass ich Aussichten auf eine andere Arbeit habe«, erklärte er seiner Mutter zufrieden.

»Tatsächlich?«, fragte sie misstrauisch. »Und was sollst du da tun?«

Dass er das nicht wusste, konnte er nicht zugeben. »Im Moment ist es noch geheim. Jemand, mit dem ich gestern Abend gesprochen habe, hat offenbar ein eigenes Geschäft und glaubt, dort könnte es eine Stelle für mich geben.«

»Oh, Gareth«, sagte Jane bekümmert, »das kann doch nicht dein Ernst sein. Von einem x-Beliebigen, den man auf der Straße trifft, nimmt man doch keine Stelle an.«

»Der Mann war kein x-Beliebiger. Er ist ein enger Freund von Alexander Keys.«

»Alexander ist Buchkritiker und nicht einmal ein sehr guter«, wandte Jane ein. »Jedes Mal, wenn ich ein Buch kaufe, das er in der *Times* empfohlen hat, bereue ich es nachher zutiefst. Und außerdem, wann habe ich dich zuletzt mit einem Buch gesehen? Es liegt ja nicht einmal eines auf deinem Nachttisch.«

»Ich soll ja auch nicht mit Alexander zusammenarbeiten. Es geht um etwas ganz anderes.«

Jane war eigentlich nicht gewillt, sich vertrösten zu lassen, aber jetzt wurde sie langsam neugierig. »Und wer war dieser Mann? Wie heißt er?«

Wieder begann Gareth, in seinem Gedächtnis zu kramen, denn er wusste, wenn er nicht einmal dessen Namen sagen konnte, wäre er erledigt. Zu seinem Glück kam der nächste Erinnerungsfaden angeschwebt und formte sich zu einem Namen.

»Owen Montignac«, verkündete er stolz. »Sein Name ist Owen Montignac.«

»Owen Montignac?«, fragte Jane verdutzt. »Du meinst doch nicht den Neffen von Peter Montignac, oder?«

»Doch, ich glaube schon.«

»Das wirft natürlich ein ganz anderes Licht auf die Sache«, sagte Jane erleichtert und stand auf. »Sein Neffe ist jetzt einer der reichsten Landbesitzer in England.«

Gareth beschloss, sie in diesem Glauben zu lassen.

»Und wie genau sieht die Arbeit aus, die du für ihn tun sollst?«

»Da bin ich mir nicht sicher«, bekannte er. »Aber er hat mir seine Visitenkarte gegeben und mich gebeten, mich noch in dieser Woche bei ihm zu melden. Dann wollen wir alles besprechen.«

»Dann solltest du das auch tun«, sagte Jane. »Aber möchtest du nicht doch lieber in die Kanzlei eintreten? Schließlich hast du Jura studiert.«

»Ich glaube, zuerst höre ich mir einmal an, was dieser Mr Montignac zu sagen hat. Danach kann ich mich immer noch entscheiden. Ihn anzuhören, das kann doch nicht verkehrt sein, oder?«

»Eigentlich nicht«, entgegnete Jane. »Aber triff deine Entscheidung bald. Ewig kann ich deinen Vater nicht davon abhalten, dir dein Taschengeld zu streichen. Und du weißt auch, dass ich mir um dich Sorgen mache, nicht wahr?«

»Natürlich weiß ich das.« Gareth grinste seine Mutter an und dachte, wie einfach es doch war, sie um den kleinen Finger zu wickeln. Sie lachte und schüttelte den Kopf.

»Oh, Gareth«, sagte sie und spürte, wie die Liebe für ihr einziges Kind sie durchströmte, »du wirst noch mein Untergang sein.« Sie warf einen vorwurfsvollen Blick in die Runde. »Und räum dein Zimmer auf. Hier sieht es aus wie im Schweinestall.«

Mit nachsichtigem Lächeln verließ sie das Zimmer und schloss die Tür. Gareth griff nach seiner Hose, die vor dem Bett auf dem Boden lag, durchwühlte die Taschen und entdeckte die Visitenkarte. *Owen Montignac* stand darauf, und darunter *The Threadbare Art Gallery, Cork Street, W1.* Weiter nichts. Schlicht und souverän.

Dann runzelte er die Stirn. Eine Kunstgalerie. Er wusste nicht viel über Kunst, trotzdem wäre die Stelle besser als nichts. Er stellte den leeren Teebecher auf den Nachttisch, nahm seine frühere Position unter der Bettdecke wieder ein und war kurz darauf eingeschlafen.

3

Stella Montignac verbrachte den Morgen auf der Regent Street. Von dort aus war es nur ein Katzensprung zur Burlington Street, der Savile Row und der Kunstgalerie, in der ihr Cousin arbeitete. Um sich aufzuheitern, hatte sie beim Verlassen des Hotels beschlossen, einen Einkaufsbummel zu machen und dabei ordentlich Geld auszugeben; doch nach einer Weile hielt sie sich zurück, denn da war ihr eingefallen, dass es taktlos sein könnte, bei Owen mit Einkaufstüten beladen zu erscheinen. Ohnehin käme in wenigen Wochen die neue Herbstmode herein, und dann würde sie von Leyville aus nach London fahren und sich vollständig neu einkleiden.

Als sie in die Clifford Street einbog, sah sie eine vertraut wirkende Gestalt, die ihr auf dem Bürgersteig entgegenkam. Es war eine Frau in ihrem Alter, ein Gesicht aus der Vergangenheit. Kurz darauf wusste sie wieder, woher sie sie kannte und dass sie mit dieser Frau zusammen zur Schule gegangen war. Sie schaute noch einmal genauer hin, suchte nach dem Namen und fragte sich, ob die andere sie ihrerseits erkannte. Als sie voreinander standen, stellte sich heraus, dass das Erkennen beiderseitig gewesen war.

Die Frau war als Erste stehen geblieben. »Stella Montignac«, rief sie erfreut, während ihr Blick zu Stellas Händen huschte, auf der Suche nach einem Verlobungs- oder Ehering. »Vicky Hartford. Du erinnerst dich doch noch an mich, oder?«

»Selbstverständlich«, entgegnete Stella. »Es ist zwar schon lange her, aber du hast dich überhaupt nicht verändert.«

»Ich hoffe, das stimmt nicht«, sagte Vicky. »Aber wie schön, dass wir uns treffen.«

»Ja, wie schön«, antwortete Stella, obwohl sie nicht wusste, inwiefern sie sich getroffen hatten. Sie waren sich zufällig begegnet, mehr aber auch nicht.

Sie standen da, nickten einander zu und warteten darauf, dass die andere das Gespräch eröffnete, bis es schließlich peinlich wurde und Stella klein beigab.

»Ich habe den ganzen Morgen eingekauft«, sagte sie matt. »Und nichts gefunden, das mir gefallen hat.«

Vicky warf einen ungläubigen Blick auf die drei Tüten, die Stella trug. »Wir haben uns ewig nicht mehr gesehen«, begann sie und senkte die Stimme, »aber ich bin froh, dass wir uns begegnet sind.« Stella ahnte, was als Nächstes kommen würde. »Letzten Monat habe ich das mit deinem Vater in der Zeitung gelesen. Es hat mir sehr leidgetan. Ständig wollte ich dir schreiben, aber immer ist mir etwas dazwischengekommen.«

»Danke«, sagte Stella.

»Kam es sehr plötzlich?«

»Es kam unerwartet«, erklärte Stella. »Zwar war er seit Jahren immer mal wieder krank, aber mit seinem Tod hatte niemand gerechnet. Er ist im Schlaf gestorben. Wenn es irgendwelche Hinweise gegeben hätte, wären wir vielleicht besser vorbereitet gewesen, aber so ist es eben. Wahrscheinlich war es ein friedlicher Tod.«

»Es muss trotzdem sehr schwer für dich gewesen sein«, sagte Vicky. »Wie kommst du denn damit zurecht?«

»Oh, mir geht es gut«, antwortete Stella leichthin und wünschte sich plötzlich, einfach gehen zu können, denn gerade war ihr auch wieder eingefallen, wie wenig sie Vicky damals hatte leiden können. Vicky war eine unerträgliche Klatschbase gewesen, erst dann glücklich, wenn sie über die Angelegenheiten anderer reden konnte, und doch bei jedermann beliebt, was eigentlich eine erstaunliche Leistung gewesen war. Ganz gleich, welche Gruppe gerade das Sagen hatte, sie schaffte es, das Böse, was sie hinter deren Rücken geäußert hatte, zu vergessen und so zu tun, als wäre ihr niemand lieber als derjenige, der gerade vor ihr stand. Korrupt wie ein Politiker und doppelzüngig wie ein Schizophrener war sie gewesen und somit einer der Menschen, die Stella in ihrem Schweizer Exil am wenigsten vermisst hatte.

»Mein Vater ist auch gestorben. Vor einigen Jahren«, erzählte Vicky. »Wahrscheinlich hast du davon gehört.«

»Nein«, sagte Stella und dachte, wie typisch, dass es mit einem Mal nicht mehr um mich, sondern um sie geht. »Nein, tut mir leid. Das wusste ich nicht.«

»Ach.« Vicky wirkte pikiert. »So war es aber. Es war für uns alle sehr erschütternd, aber wir haben tapfer weitergemacht. Das musst du auch tun, Stella. Tapfer sein und weitermachen.«

Vicky hob die Arme. Für einen schrecklichen Moment dachte Stella, sie wollte ihr Gesicht umfassen und sie küssen, doch Vicky war offenbar nur aus dem Gleichgewicht geraten.

»Wir könnten zusammen zu Mittag essen«, schlug sie vor. »Das Neueste über mich hast du sicher noch gar nicht gehört.«

»Das geht leider nicht«, entschuldigte sich Stella. »Ich treffe mich mit meinem Cousin.«

»Mit deinem Cousin?«, fragte Vicky interessiert. »Etwa mit diesem unglaublich gut aussehenden Jungen, der dich vor Jahren immer in der Schule besucht hat? Wegen dem du beinah rausgeworfen worden wärst?«

Stella erbleichte. »Davon hast du gewusst?«

»Wie viele andere auch. Ich habe gesehen, wie du eines Abends aus dem Fenster geklettert und mit ihm die Einfahrt hinuntergelaufen bist. Das war in deinem letzten Jahr. Am besten erinnere ich mich an seine Haare. Wie hieß er doch gleich? – Oliver, oder?«

»Owen.«

»Ach ja, richtig. Wie ungewöhnlich. Damals waren wir alle ein bisschen in ihn verliebt. Und ihr steht immer noch in Kontakt? Wie reizend.«

»Er ist mein Cousin«, erklärte Stella belustigt. »Natürlich stehen wir noch in Kontakt. Er ist ja alles, was ich jetzt noch habe.«

»Na, jedenfalls kannst du sicher sein, dass ich nie jemandem von euren Streichen erzählt habe. Verglichen mit dem, was im letzten Jahr passiert ist, ich meine, nachdem du schon weggegangen warst, waren mitternächtliche Spaziergänge wohl kaum noch der Rede wert.«

»Schade, dass ich das verpasst habe«, erwiderte Stella und hoffte, ihr sarkastischer Unterton bliebe Vicky nicht verborgen.

»Sei lieber froh, dass du dich stattdessen auf deiner Pariser Schule amüsieren konntest.«

»Sie war in Genf.«

»Oh, Genf. Wie reizend. Ich war noch nie in Österreich.«

Stella wollte sie schon korrigieren, besann sich jedoch eines Besseren, denn mit einem Mal wusste sie auch wieder, wie strohdumm Vicky gewesen war. Abgesehen davon gehörte ihr vorletztes Schuljahr nicht zu den Zeiten, an die sie sich gern erinnerte. Damals hatte ihr Vater beschlossen, sie von der Schule in England zu nehmen und nach Genf ins Internat zu schicken. Arrangiert hatte es natürlich Margaret Richmond. Ihr verdankte sie, dass ihr Leben beinah zerstört worden wäre. Oder vielleicht, dass es gerettet worden war.

»Na, dann«, sagte Stella, »ich muss jetzt weiter. Owen wird sich schon wundern, wo ich bleibe.«

»Aber du hast meine Neuigkeit doch noch gar nicht gehört«, wandte Vicky ein, die nicht gewillt war, Stella ohne diese Nachricht ziehen zu lassen. »Ich bin verlobt.«

Stella lächelte höflich. »Tatsächlich? Wie schön. Herzlichen Glückwunsch.«

»Danke. Bitte, verzeih mir, dass ich deshalb so aufgeregt bin. Ich gewöhne mich gerade erst daran, anderen davon zu erzählen. Die Verlobung war erst vor wenigen Tagen.«

»Ich hoffe, dass du sehr glücklich wirst. Wann ist denn der große Tag?«

»Vermutlich erst im nächsten Sommer«, antwortete Vicky. »Damien ist für eine lange Verlobungszeit. Er möchte, dass wir uns die teuersten Flitterwochen leisten können. Wir denken an eine Safari in Afrika. Da war ich noch nie. Warst du schon einmal dort?«

»Nein.«

»So etwas ist jedenfalls im Gespräch, obwohl wir stattdessen vielleicht auch die Europatour machen. Außerdem ist Damien gerade in der Bank befördert worden und findet, ehe wir uns häuslich niederlassen, sollte er sich ein Jahr ganz seiner Arbeit widmen. Das halte ich auch für das Beste, was meinst du?«

Stella zuckte mit den Schultern. »Ich kann dazu nichts sagen. Tu das, was dich glücklich macht.«

»Und was ist mir dir?«, fragte Vicky und war verärgert, da ihre alte Schulfreundin gleichgültig reagierte, statt neidisch zu sein. »Bist du schon verheiratet?«

»Nein.«

»Verlobt?«

»Nein«, entgegnete Stella und fragte sich, warum sie nicht bereit war, die Wahrheit zuzugeben.

»Oh, das tut mir leid. Aber du bist doch sicherlich mit jemandem involviert.

»Nein«, wiederholte Stella, »weder verheiratet noch verlobt oder involviert. Ich bin allein und froh darüber.«

Vicky blieb der Mund offen stehen. Sie starrte Stella an, als hätte sie verkündet, gern an einer tödlichen Krankheit zu leiden.

»Also, das überrascht mich jetzt aber sehr«, sagte sie.

»Mir ist es auch ein Rätsel«, erklärte Stella, ohne zu wissen, weshalb sie Raymonds Existenz leugnete. Dennoch amüsierte sie die triumphierende Miene ihrer alten Bekannten, die dachte, sie sei ihr einen Schritt voraus.

»Weißt du, was?« Vicky beugte sich vor. »Damien kennt in der Bank eine ganze Reihe vielversprechender junger Männer, und für mich wäre es kein großes Problem, ihn zu bitten, nach einem passenden Galan für dich Ausschau zu halten. Wie wäre es, wenn du mir deine Telefonnummer gibst? Ich könnte versuchen, ein Dinner zu arrangieren.«

»Nein, danke«, wehrte Stella hastig ab, denn jetzt sah es aus, als würde sie vom Regen in die Traufe kommen. »So wie es jetzt ist, macht es mich vollkommen glücklich, aber nochmals vielen Dank.«

»Sei doch nicht albern«, sagte Vicky und blähte sich wie eine Spinne, die ihre Fliege bereits im Netz hat. »Wie, um alles in der Welt, kannst du denn ohne Ehemann glücklich sein? Das ist doch grotesk. Überlass es einfach mir, ich regele das. Bis Weihnachten haben wir dich verlobt.«

»Nein, wirklich nicht, Vicky.« Stella setzte eine betrübte Miene auf. »Nicht so kurz nach Vaters Tod.«

»Oh«, sagte Vicky sichtlich enttäuscht, »ich verstehe.«

»Es wäre nicht richtig.«

»Vermutlich nicht. Obwohl er sicher wollte, dass du mit deinem Leben weitermachst.«

»Aber vorher brauche ich noch Zeit.« Stella verspürte Gewissensbisse. Wie konnte sie den Tod ihres Vaters ausnutzen, um sich aus einer Klemme zu befreien?

»Das verstehe ich vollkommen«, sagte Vicky. »Aber mach dir keine Sorgen. Wenn ich einen Ehemann finden konnte, kann es jede.«

»Das ist wohl wahr«, antwortete Stella schmunzelnd.

Vickys Augen wurden schmal. War sie etwa beleidigt worden? »Wo wohnst du überhaupt, wenn du in London bist?«, erkundigte sie sich.

»Mein Vater hatte eine Wohnung in Kensington. Dort werde ich künftig absteigen. Allerdings muss dort zuerst einmal gründlich Hausputz gemacht werden, deshalb logiere ich in dieser Woche noch im Claridge. Doch die meiste Zeit verbringe ich unten in Leyville.«

»Gib mir die Adresse«, drängte Vicky, zog Notizbuch und Stift hervor und drückte sie Stella in die Hand. »Dann kann ich mich bei dir melden, und wir treffen uns zum Lunch.«

Stella blieb nichts anderes übrig, als die Adresse aufzuschreiben. Sie reichte Vicky Notizbuch und Stift zurück. Die beiden Frauen verabschiedeten sich voneinander. Stella setzte ihren Weg zur Cork Street fort und ärgerte sich darüber, dass sie die Straßenseite nicht gewechselt hatte, als sie Vicky hatte kommen sehen. Auch dass ihre frühere Mitschülerin darauf beharrte, das Leben drehe sich um das Vorhandensein eines passenden Ehemanns, ärgerte sie. Vielleicht schätzte sie Raymond deshalb. Er passte so gar nicht zu ihrer Gesellschaftsschicht, und sie würde also eindeutig jemanden heiraten, der unter ihr stand, sodass ihre Beziehung andere nur schockieren konnte. Aber warum hatte sie sich dann nicht zu ihm bekannt? War es, weil sie ihn nicht liebte? Wenn ja, wäre es etwas Gutes, denn sie hatte schon einmal geliebt und wäre daran beinah zerbrochen. Seitdem hatte sie sich geschworen, dergleichen nie mehr wieder zu tun.

Als sie in die Cork Street einbog, erkannte sie Jason Parsons, den Assistenten ihres Cousins, der die Galerie verließ und offenbar auf dem Weg zum Lunch war. Stella atmete auf. Sie hatte ihren Besuch absichtlich auf Jasons Mittagspause gelegt, um mit ihrem Cousin unter vier Augen sprechen zu können.

4

Der Brief kam, als Roderick und Jane Bentley sich zum Brunch zusammengesetzt hatten. Zuvor war Roderick im Gerichtssaal gewesen und hatte einem wenig aufregenden, langwierigen Prozess vorgesessen, der mittlerweile in die dritte Woche ging. An diesem Tag war jedoch einer der Hauptzeugen der Anklage krank gemeldet worden, und er hatte einen zweitägigen Aufschub der Verhandlung gewährt. Die freien Tage wollte er zu Hause genießen, jedoch nicht, wie er seinem schlummernden Sohn gern erklärt hätte, um die Zeit im Bett zu vergeuden. Stattdessen würde er Texte lesen, die er längst hatte lesen wollen, und später am Tag mit den Hunden einen langen Spaziergang machen.

»Heute Morgen habe ich mit Gareth gesprochen«, begann Jane nervös, denn ihr Sohn war ein heikles Thema. Sie hoffte jedoch, wenn sie ihrem Mann zuvorkam, würde er sich den Jungen nicht selbst vorknöpfen. »Er sieht ein, dass er die Dinge langsam ein wenig ernster nehmen muss.«

»Sehr viel ernster«, verbesserte Roderick.

»Sehr viel ernster. Das weiß er inzwischen. Er hat begriffen, dass er jetzt ein junger Mann ist und kein Junge –«

»Meine Liebe«, fiel Roderick ihr ungeduldig ins Wort, »Gareth ist schon seit drei oder vier Jahren ein junger Mann. Ich kann kaum fassen, dass er das jetzt erst begreift.«

»Bitte keinen Streit, Roderick. Ich will ja nur sagen, dass du dir seinetwegen keine Sorgen mehr machen musst.«

Roderick butterte eine zweite Scheibe Toast und bestrich sie dünn mit Marmelade. »Dann hast du den Termin also gemacht?«

»Welchen Termin?«

»Bei Ede & Ravenscroft.«

»Ja, habe ich. Gareth weiß, dass man ihn dort zur Anprobe erwartet.«

Roderick legte sein Messer ab und schaute seine Frau über

den Tisch hinweg an. Sie lächelte unsicher. Nach all den gemeinsamen Jahren wusste er sofort, wenn sie nicht vollkommen ehrlich zu ihm war. Er erkannte es an ihrer Wortwahl, der Art, wie sie den Kopf leicht nach links neigte und seinem Blick auswich.

»Irgendetwas verschweigst du«, sagte er.

»Was denn?«, fragte sie mit Unschuldsmiene.

»Woher soll ich das wissen, wenn du es auslässt? Warum sprichst du es nicht einfach aus? Er geht nicht zur Anprobe, richtig?«

Jane seufzte und wünschte, ihr Sohn würde seine Zukunft entschlossener anpacken. Ebenso wie Damien Tandy, der sogar den Anstand hatte, seine Mutter eine Hochzeit planen zu lassen, und der sie nie in eine peinliche Lage wie diese bringen würde. »Roderick, bitte, du sollst nicht ärgerlich werden –«

»Verdammt noch mal«, brach es aus Roderick hervor, obwohl er nur selten fluchte, »was hat der Junge denn jetzt schon wieder angestellt?«

»Nichts, er hat nichts gemacht«, beteuerte Jane und schaute nach allen Seiten. »Und sei bitte leise, ehe dich die Dienstboten hören.«

»Wer mich hört, ist mir einerlei. Hast du ihm gesagt, dass er ab Montag mit mir in die Kanzlei geht?«

»Ja.«

»Und dass er der Referendar von Quentin Lawrence wird?«

»Auch das.«

»Und dass er bei Ede & Ravenscroft seine Perücke und seine Robe bekommt?«

»Roderick, bitte, all das habe ich ihm erklärt. Ich habe ihm alles gesagt, was du mir aufgetragen hattest, und noch eine Menge mehr. Und er wird sich dem ohne Weiteres fügen, falls seine anderen Pläne nichts ergeben. Er freut sich darauf, Anwalt zu werden – eines Tages.«

Roderick kniff die Augen zusammen. »Eines Tages«, wiederholte er.

»Ja.«

»Aber nicht am kommenden Montag?«

»Ich glaube nicht.«

»Und wie sehen diese anderen Pläne aus?«, fragte er argwöhnisch. »Was hat er sich denn vorgestellt?«

»Also«, begann Jane und beugte sich vor, als käme gleich die aufregendste Nachricht der Welt, etwas, das sie beide unglaublich stolz machen würde, »möglicherweise hat er eine andere Stelle gefunden.«

»Wo?« Roderick kannte seinen Sohn gut genug, um dem Kommenden mit einer Portion Skepsis entgegenzusehen.

»Was für eine Stelle es ist, weiß ich nicht genau, Gareth wohl auch nicht, aber sein möglicher Arbeitgeber –«

»Wo?«, schnitt Roderick ihr das Wort ab.

Jane seufzte. Es hatte keinen Zweck, noch länger um den heißen Brei zu reden. »Es scheint, dass Owen Montignac ihm eine Stelle angeboten hat.«

»Owen Montignac?«, fragte Roderick, ohne sein Erstaunen verbergen zu können. »Der Junge von Peter Montignac?«

»Sein Cousin, ja. Nicht sein Sohn.«

»Da irrst du dich«, erwiderte Roderick bestimmt. »Ich kannte Peter früher. Das ist zwar schon Jahre her, aber er hatte definitiv einen Sohn.«

»Der aber, soweit ich weiß, umgekommen ist. Bei irgendeinem Unfall. Owen ist der Sohn von Peters Bruder. Das habe ich letzten Monat in der Todesanzeige gelesen.«

»Und wenn schon«, sagte Roderick, der es nicht schätzte, belehrt zu werden. Weder von einem Verteidiger noch einem Staatsanwalt oder seiner Ehefrau. »Und was macht dieser Montignac beruflich?«

»Das weiß ich nicht.«

»Das weißt du nicht?«

»Jedenfalls nicht genau. Ich vermute, es hat etwas mit den Ländereien zu tun, die ihm gehören. Den Liegenschaften, die er überall in London besitzt. Er ist außerordentlich reich.«

Roderick verzog das Gesicht und wusste nicht recht, wie er auf diese Neuigkeit reagieren sollte. Zum einen passte es ihm nicht, dass sein Sohn die Gelegenheit, in der Kanzlei arbeiten zu können, nicht beim Schopf ergriff. Zumal es fähigere Männer als Gareth gab, die sich für eine solche Stelle ein Bein ausreißen würden, von der Betreuung durch einen herausragenden Anwalt wie Sir Quentin Lawrence ganz zu schweigen. Er dachte an seine Liebe zur Justiz, die Laufbahn, die so erfolgreich gewesen war, und begriff nicht, warum ein Sohn von ihm nicht auf gleiche Weise empfand, sondern seine Zeit lieber vertrödelte. Im Alter von vierundzwanzig Jahren hatte er sich bereits einen Namen als Anwalt gemacht. Andererseits war Owen Montignac zweifellos ein Mann von hohem gesellschaftlichen Rang. Wenn er bereit war, Gareth eine Stelle anzubieten, wäre es vielleicht sogar das Beste. Sollte Gareth dabei versagen, würde es wenigstens nicht auf den Vater zurückfallen, so wie es in der Kanzlei der Fall wäre. Roderick stieß einen missmutigen Laut aus, fügte sich in das Unabwendbare und widmete sich wieder seinem Frühstück.

»Ich wusste nicht einmal, dass er mit Montignac befreundet ist«, bemerkte er nach einer Weile, in der Jane aufgeatmet und sich gesagt hatte, für den Moment zumindest würde ihr Mann keine Einwände mehr erheben.

»O doch«, log sie. »Die beiden kennen sich schon ewig. Sie sind ungefähr in einem Alter. Wahrscheinlich verkehren sie in denselben Kreisen.«

»Du weißt, was ich von diesen Kreisen halte.«

»Aber ja«, antwortete Jane geduldig, »das hast du mir mehrfach klargemacht.«

»Weil ich mir um Gareth Sorgen mache«, verteidigte er sich. »Er gehört zu den Menschen, die in Schwierigkeiten geraten. Doch er verlässt sich darauf, dass ich ihn jedesmal herauspauke, das weißt du selbst.«

»Er wird nicht in Schwierigkeiten geraten«, betonte Jane, die wie immer ihren Sohn verteidigte. »Es wird eine überaus angesehene Stelle sein und –«

»Damals hatte er ein Heidenglück, dass er Harrow nicht verlassen musste. Wenn ich mich nicht –«

»Roderick, bitte, das war vor acht Jahren«, warf Jane ein, die sich nur ungern an diesen schrecklichen Vorfall erinnerte und wünschte, jeder andere würde ihn vergessen. »Das kannst du ihm doch nicht für den Rest seines Lebens vorwerfen.«

Roderick zog die Brauen zusammen. Zu diesem Thema hatte er noch einiges zu sagen, doch in diesem Augenblick kam Sophie in das Esszimmer, in den Händen ein kleines Silbertablett mit einem Brief. Roderick sah den Brief und wunderte sich darüber, denn die Morgenpost war schon geliefert worden.

»Noch ein Brief?« Er nahm ihn vom Tablett und erkannte, dass es sich um etwas Dienstliches handelte.

»Er ist gerade erst gekommen«, erklärte Sophie. »Ein Bote hat ihn abgegeben.«

»Danke.« Roderick schickte das Hausmädchen hinaus und betrachtete den Umschlag. Schon aus Prinzip mochte er keine Briefe, die unerwartet kamen. Meistens brachten sie schlechte Nachrichten.

»Was ist es denn?«, fragte Jane. Roderick griff nach einem sauberen Messer, schlitzte den Umschlag auf und entnahm ihm einen Bogen aus Pergament mit einem säuberlich getippten Text. Als er ihn gelesen hatte, stieß er einen gequälten Seufzer aus. »Um was geht es?«, hakte Jane ungeduldig nach, denn sie hasste es, im Dunkeln zu tappen.

»Ein Brief aus dem Amt des Lordkanzlers«, antwortete Roderick. »Ich bin einer der drei Kronanwälte, die er in der nächsten Woche zu sich bittet, um eine überaus wichtige Angelegenheit zu diskutieren.«

Jane dachte, *wie hochtrabend*, und musste ein Lachen unterdrücken. Roderick starrte sie an.

»So steht es hier«, sagte er, ohne eine Miene zu verziehen. »*Eine überaus wichtige Angelegenheit.*«

»Wie seltsam«, entgegnete sie. »Um was soll es denn da gehen?«

»Ich kann es mir denken.« Roderick steckte den Brief wieder in den Umschlag.

»Ach. Was ist es denn?«

»Nicht wichtig«, antwortete er. »Vielleicht irre ich mich ja.«

»Herrgott noch mal, Roderick, jetzt sag es doch schon.« Jane hasste es auch, hingehalten zu werden, erst recht, wenn es sich um etwas Ungewöhnliches handelte. Als ihr Mann das letzte Mal in den Amtssitz des Lordkanzlers bestellt worden war, hatte man ihm mitgeteilt, dass er zum Ritter geschlagen würde, und sie hätte gern gewusst, welcher Ehre er sich seither verdient gemacht hatte. »Wir haben doch keine Geheimnisse voreinander, oder?«

Roderick hob die Schultern und dachte an die Vielzahl der Geheimnisse, die sie wahrscheinlich vor ihm verbarg und die er nicht einmal mit einer Lupe finden würde.

»Es geht um etwas, mit dem ich in gewisser Weise gerechnet habe«, sagte er leise und schaute sich um, um sicherzugehen, dass weder Sophie noch Nell unbemerkt in den Raum geschlüpft waren. »Oder vielmehr, das ich befürchtet habe.«

»Was hast du befürchtet?«

»Ich vermute, der Premierminister hat den Lordkanzler gebeten, von den obersten Richtern erste Meinungen einzuholen.«

Stirnrunzelnd versuchte Jane den Sinn seiner Worte zu ergründen. Ihr kam ein Gedanke. Sie neigte den Kopf zur Seite und überlegte, ob er zu ausgefallen war, um ihn zu erwähnen.

»Es geht doch nicht um –« Konnte sie es überhaupt aussprechen, ohne dass er über sie lachte? »Es geht doch nicht um den König, oder?«

Roderick deutete ein Nicken an. »Ich glaube, das könnte es sein.«

»Den König und diese Frau? Diese Amerikanerin?«

Roderick nickte nachdrücklich.

»Aber das ist doch albern.« Jane lachte. »Daraus wird doch nie etwas. Das ist doch nur Londoner Tratsch und sonst gar nichts.«

»Vielleicht«, sagte Roderick. »Aber aus Tratsch ist schon so manches Mal Wahrheit geworden.«

»Nein, das kann ich nicht glauben«, erwiderte Jane. »So dumm ist der Mann nicht. Und der Premierminister will herausfinden, was ihr darüber denkt?«

»Das nehme ich an. Es könnte sich um verfassungsmäßige Überlegungen und so weiter handeln.«

Jane schüttelte den Kopf, als hätte sie etwas ganz und gar Absurdes gehört. »Das scheint mir eine enorme Zeitverschwendung. Drei erfahrene Mitglieder der Justiz sollen über etwas reden, das nie im Leben Wirklichkeit wird? Denn früher oder später wird man eine passende Ehefrau für ihn finden und über diese Person, diese Mrs Simpson oder wie sie heißt, wird kein Wort mehr verloren. Oder aber sie beginnt, sich zu langweilen, und kehrt zu ihrem Ehemann zurück.«

»Ich glaube, sie hat vor, sich scheiden zu lassen.«

»Gut, dann kehrt sie eben nach Amerika zurück. Sie kennt einfach kein Benehmen«, fügte Jane mit abfälligem Schnauben hinzu, stand auf, legte die Serviette ab und zeigte deutlich den Widerwillen eines Menschen, der sich durch seine Heirat gesellschaftlich verbessert hat, das gleiche Vorhaben anderen jedoch übel nimmt. »Für derartigen Unsinn fehlt mir die Zeit«, ergänzte sie. »Ich muss los und in der Stadt ein paar Einkäufe machen. Und zur Strafe für meine Sünden mich danach mit Eleanor treffen, die mir den ganzen Nachmittag lang erzählen wird, was für einen wundervollen Sohn sie hat und wie reizend die Schwiegertochter ist, die demnächst in ihre Familie aufgenommen wird.«

Sie trat zu ihrem Mann und küsste ihn auf die Wange. Er legte einen Arm um ihre Taille, voller Dank für jede liebevolle Geste ihrerseits.

»Mach dir um Gareth keine Gedanken«, sagte Jane. »Er trifft sich mit Mr Montignac, und alles wird gut.«

»Hoffentlich«, erwiderte er. Sie küsste ihn erneut und verließ den Raum.

Roderick blieb noch einen Moment sitzen, las den Brief noch einmal durch und hoffte inständig, seine Frau liege diesmal richtig und aus der Sache würde nichts werden. Das Letzte, was er sich wünschte, war, erneut öffentliches Interesse zu erregen und vor seiner Tür den nächsten Schwarm Presseleute vorzufinden. Das würden ihre Nachbarn ihnen nie verzeihen.

5

Noch ehe er sie sah oder ihre Stimme hörte, spürte er ihre Gegenwart. Es war eine Fähigkeit, die er in den letzten zwanzig Jahren erworben hatte und gern wieder abgelegt hätte.

Sonst waren nur noch zwei oder drei Personen unten, die sich umsahen, vor einem nichtssagenden Gemälde Laute der Bewunderung ausstießen und sich in tollkühnen Deutungen versuchten. Während der Öffnungszeiten hielten sich in der Regel sowohl Montignac als auch Jason in der Galerie auf, doch unten in den Ausstellungsräumen reichte es meistens aus, wenn dort nur einer von ihnen anwesend war. Fragen der Sicherheit spielten keine Rolle, denn die Bilder hingen fest an der Wand, und die meisten Skulpturen waren zu schwer, um unauffällig entfernt zu werden. Folglich konnte Montignac in aller Ruhe oben bleiben, ohne prüfen zu müssen, was sich währenddessen unten abspielte.

Als Stella die Galerie betrat, stand er im Zwischengeschoss und untersuchte eine flackernde Leuchte über einem abstrakten Gemälde. Stella schaute sich nach ihm um, woraufhin er sich instinktiv zu einer Stelle zurückzog, die von unten nicht einsehbar war. Von dort aus beobachtete er, wie sie an den Bildern entlangwanderte, vor den neueren Werken kurz verharrte und sich dann in Richtung seines Schreibtischs wandte. Dort saß er gewöhnlich, blätterte in Kunstkatalogen oder löste das Kreuzworträtsel der *Times*, während Jason sich um die trivialeren Angelegenheiten kümmerte, wie den Kunden weiterzuhelfen oder die Leuchten instandzuhalten, was er jedoch nicht getan hatte.

Von unten ertönte die kleine Glocke, auf die Stella getippt hatte. Er trat an die Balustrade und schaute zu ihr hinab. Als sie zu sprechen begannen, überschnitten sich ihre Worte.

»Kundschaft«, rief sie.

Er rief: »Stella, ich bin hier oben.«

Sie legte den Kopf in den Nacken, sah zu ihm hoch und grinste. »Versteckst du dich etwa?«

Er lächelte ihr zu und schüttelte den Kopf. Sein Blick fiel auf die drei Einkaufstüten in ihren Händen, und er fragte sich, wie viel des ihm gestohlenen Geldes sie an diesem Morgen bereits ausgegeben hatte und wie viel davon, ehe der Tag zu Ende war, noch in den Ladenkassen der Oxford Street, der Regent Street und Covent Garden landen würde.

»Ich bin gleich unten«, rief er. »Leg schon mal ab.«

»Na schön, danke«, sagte sie.

Er sah zu, wie sie die Tüten hinter seinen Schreibtisch stellte, ihren Mantel abstreifte und über seinen Stuhl legte. Als er erkannte, wie leicht es ihr fiel, sich in seinen Geschäftsräumen wie zu Hause zu benehmen, fühlte er sich geschmeichelt und war gleichzeitig verärgert. Zu glauben, dass die Welt ausschließlich ihrer Bequemlichkeit diente, gehörte zu ihren Eigenheiten.

In Gedanken kehrte er zu dem Tag zurück, als er ihr erstmals begegnet war. Damals war er fünf Jahre alt gewesen und gerade per Schiff von Calais nach Dover verfrachtet worden. In Dover hatte sein Onkel ihn in Empfang genommen und nach Leyville gefahren.

»Leyville wird ab jetzt dein Zuhause sein«, erklärte Peter Montignac auf der Fahrt. »Du wirst bei uns leben, bei meiner Frau, mir und unseren beiden Kindern. Freut dich das nicht?« Sein Onkel klang über die Maßen selbstgefällig, als wäre er Gottvater, der einem hoffnungslosen Sünder in einem Akt der Barmherzigkeit den Eintritt ins Paradies gewährt hatte.

Montignac starrte den fremden Mann an und wagte es nicht, zu antworten.

»Was ist?«, fragte Peter. »Hast du deine Zunge verschluckt?«

In stockendem Englisch entgegnete er, dass er sich freue, hier zu sein. Mit seinen Eltern hatte er immer nur Französisch gesprochen und fühlte sich im Englischen unsicher. Zwar hatte sein Vater Henry ihm die Sprache beigebracht, aber wenn sie sich zu Hause unterhalten hatten, wurde sie nur selten benutzt. Die Vorstellung, künftig nur noch Englisch zu sprechen, machte ihn beklommen, denn er fürchtete, seine neu entdeckten Verwandten würden ihn, wenn sie ihn hörten, für unwissend und tölpelhaft halten.

»Gegen deinen Akzent müssen wir noch etwas unternehmen«, sagte Peter grimmig. »So kannst du bei uns nicht reden. Da bekommen die Leute im Dorf ja Angst vor dir.«

Seinerzeit war Andrew acht Jahre alt gewesen und Stella gerade sechs geworden. Am Tag von Montignacs Ankunft erklärte ihre Mutter ihnen, dass ihr Cousin künftig bei ihnen wohnen würde, ein Junge, der Vater und Mutter verloren und deshalb außer ihnen niemanden mehr habe, der für ihn sorgen könne, und dass sie ihn wie einen Bruder behandeln müssten.

»Warum haben wir von ihm noch nie gehört?«, fragte Andrew misstrauisch. »Warum war er noch nie hier und hat mit uns gespielt oder ist zu einer meiner Geburtstagsfeiern gekommen?«

»Weil er in Frankreich gelebt hat«, erklärte Ann. »Das ist viel zu weit weg, um nur für eine Feier herzukommen.«

»Aber bis jetzt hast du noch nie von ihm gesprochen«, betonte Andrew, dem die Vorstellung nicht behagte, einen weiteren Jungen ins Haus zu bekommen, der ihm seine sorgfältig aufgebaute Machtposition streitig machen konnte.

»Natürlich habe ich schon von ihm gesprochen. Wir haben euch oft von eurem Cousin Owen erzählt.«

»Bisher hast du seinen Namen kein einziges Mal genannt«, beharrte Andrew und traf damit ins Schwarze, denn Owens Name war vorher nie erwähnt worden. »Und was ist überhaupt mit seinen Eltern passiert?«

Ann ließ ihre Kinder in der Bibliothek Platz nehmen und versuchte, es ihnen so schonend wie möglich beizubringen.

»Ihr wisst doch, dass zurzeit Krieg herrscht, nicht wahr?«

Die Kinder nickten. Darüber wussten alle Bescheid, es wurde ja über nichts anderes mehr gesprochen. Sie hatten sogar Freunde, deren Väter in diesem Krieg kämpften, nur ihr Vater nicht, denn er hatte in London wichtige Geschäfte, um die er sich kümmern musste.

»Und euer Onkel, Owens Vater, ist in einer Schlacht gefallen. Seine Frau –«

»Unsere Tante«, warf Andrew ein.

»Seine Frau«, wiederholte Ann, »sie ist in einer Fabrik bei einer Explosion umgekommen. Aber sie war ja auch Französin«, fügte sie hinzu, als habe sie sich ihren Tod deshalb selbst zuzuschreiben. »Vor einigen Jahren hat sie hier im Haus gewohnt, aber das war noch vor dem Ganzen.«

»Sie hat bei uns gewohnt?« Andrew riss die Augen auf.

»Das war lange vor deiner Geburt«, sagte Ann. »Ich selbst habe sie nie kennengelernt. Als euer Großvater noch lebte, war sie hier eines der Dienstmädchen.«

Andrew ließ sich das durch den Kopf gehen, konnte sich jedoch keinen Reim darauf machen. »Heißt das, unser Onkel hat eines unserer Dienstmädchen geheiratet?«, fragte er ungläubig.

»Das war vor langer Zeit«, antwortete Ann und bereute es schon, das Thema überhaupt angeschnitten zu haben. »Inzwischen spielt es keine Rolle mehr. Wichtig ist nur, dass wir ihren kleinen Jungen bei uns willkommen heißen, denn er hat sonst niemanden, zu dem er gehen kann. Und wenn man sich in solchen Zeiten nicht auf seine Familie verlassen kann, auf wen dann?«

Stella, die bisher geschwiegen hatte, sagte leise: »Ich werde ihn willkommen heißen.«

Eine Weile später standen die Kinder an der Tür und schauten angespannt auf den Wagen ihres Vaters, der ihnen über die Einfahrt entgegenkam.

»Na«, fragte Peter seinen kleinen Schutzbefohlenen, »was sagst du dazu? Hier ist dein Vater aufgewachsen, weißt du. Prachtvoll, oder? Vielleicht hat er das Haus ja dann und wann erwähnt?«

Montignac glaubte, seinen Augen nicht zu trauen. Ihr Haus in Clermont-Ferrand hatte ihm zwar gut gefallen, aber es war klein gewesen, wenn auch so gemütlich, dass sich drei Personen darin ohne Weiteres hatten wohlfühlen können. Dieses Haus hingegen war hochherrschaftlich und glich den Schlösschen, die er gesehen hatte, als seine Eltern mit ihm einen Ausflug nach Versailles gemacht hatten. Er war davon ausgegangen, dass solche Gebäude nur für Besucher waren oder Museen beherbergten, aber nicht, dass in ihnen tatsächlich Menschen wohnten. Vor Erstaunen blieb ihm der Mund offen stehen, und er konnte kaum fassen, dass er dort künftig leben sollte.

»Da in der Tür stehen deine Tante und dein Cousin und deine Cousine«, fuhr Peter fort und hielt den Wagen an. »Sie werden dafür sorgen, dass du dich hier wie zu Hause fühlst.«

Bisher hatte sein Onkel ihn eher geängstigt, doch als Owen den anderen vorgestellt wurde, blieb er dicht an seiner Seite. Den Umgang mit Kindern war er aus Frankreich gewöhnt, aber diese beiden, die sich Andrew und Stella nannten, schienen ihm von einem anderen Stern zu kommen. Sie waren sauber und fein gekleidet, wohingegen seine früheren Freunde nur ein- oder zweimal in der Woche gebadet und abgenutzte Kleidung getragen hatten. Jeder der beiden reichte ihm höflich die Hand und fragte: »Wie geht es dir?« Als er zur Antwort ebenso höflich nickte und »Bonjour«, sagte, wirkten sie verdutzt und sahen fragend zu ihrem Vater hoch.

»Nicht doch, Owen«, mahnte Peter. »Weißt du nicht mehr, was ich dir auf der Fahrt erklärt habe? In diesem Land wird Englisch gesprochen. Alles andere lassen wir ab sofort bleiben.«

»Oui, mais j'ai oublié le mot pour –«

»Da, du machst es schon wieder.«

»Entschuldigung«, sagte er.

Als er aufschaute, starrte Stella ihn an, nicht sein Gesicht, sondern seinen Kopf. Er wusste, dass sie nicht fassen konnte, wie weiß sein Haar war.

»Ganz außergewöhnlich, nicht wahr?«, sagte Peter, der sah, wohin seine Tochter schaute. »Jetzt wissen wir wenigstens, dass wir ihn im Dunkeln nie verlieren können. Er ist wie eine Fackel. Na komm, mein Junge«, ergänzte er aufgeräumt und legte Owen einen Arm um die Schultern, »lass uns hineingehen. Nach der langen Reise musst du doch müde sein.«

Sie betraten das Haus. Hinter ihm wurde die große Eichentür geschlossen, und er begann sein neues Leben als armer Verwandter.

Montignac schraubte eine neue Röhre in die Leuchte an der Decke und knipste sie an. Alles war perfekt. Das Licht fiel auf ein großes Gemälde, von etwa eins achtzig mal eins zwanzig Meter, das aus einer Reihe dunkler werdenden Streifen bestand, jeder mit einem roten Kreis in der Mitte. Die Bedeutung der Streifen und Kreise blieb ihm ein Rätsel, doch wenn man ihn gezwungen hätte, in der Galerie ein Bild auszuwählen, das nicht ganz so unerträglich war wie die anderen, hätte er sich für dieses entschieden. Allerdings hatte es schon seit drei Monaten an dieser Stelle gehangen, ohne einen Käufer zu finden. Montignac nahm an, dass es nicht scheußlich genug war.

»Owen.«

Die Stimme erklang in seinem Rücken. Montignac fuhr herum. Er hatte nicht gehört, dass Stella die Treppe heraufgekommen war.

»Stella«, sagte er und rang sich ein Lächeln ab, »du hast mich erschreckt.«

»Bist du so weit?«, fragte sie und sah ihn an. Doch selbst jetzt, nach all den Jahren, schaffte sie es nicht, ihm in die Augen zu sehen. Wie damals auch, haftete ihr Blick auf seinem Kopf, als könne sie noch immer nicht glauben, dass ein junger Mensch dermaßen weiße Haare hatte.

In solchen Momenten überlegte er, ob es seine Haarfarbe war, die sie nach wie vor faszinierte, oder ob sie seinem Blick ausweichen wollte. Doch nach allem, was sie hinter sich hatten, fiel es auch ihm schwer, ihr in die Augen zu sehen. Er fragte sich, was er tun würde, könnte er die Zeit um zwanzig Jahre zurückdrehen. Wäre er dann auf dem Weg durch den Ärmelkanal vom Schiff gesprungen oder mit seinem Onkel gefahren und hätte alles, was geschehen war, auf sich genommen?

»Ich glaube, wir müssen reden, Owen«, sagte Stella leise.

»Ja«, entgegnete er, »das müssen wir wohl.«

6

Es war schon weit über die Mittagszeit, als Gareth Bentley gewaschen und angekleidet war und sich bereit fühlte, der feindlichen Welt ins Auge zu sehen. Sein Kater hielt sich zum Glück in Grenzen und machte sich nur durch leises Pochen in den Schläfen bemerkbar. Dennoch schien sein Körper sich dem Leben zu verweigern, denn seine Glieder waren schwer, das Gesicht war bleich, und die Haare fielen strähnig herab. Doch das Haus war ihm zu dieser Tageszeit am liebsten. Dann, wenn sein Vater bei Gericht oder in der Kanzlei war, seine Mutter sich mit ihren Freundinnen zum Lunch verabredet hatte oder einen Einkaufsbummel machte, und Sophie und Nell, falls sie überhaupt da waren, sich in ihre Wohnung verkrochen und ein paar freie Stunden genossen.

Auf Socken tappte er hinunter in die Küche, kochte sich eine Kanne Tee, blätterte durch die Morgenzeitung, die wie immer auf dem Frühstückstisch lag, und stellte – auch wie immer – fest, dass sie nicht viel Interessantes enthielt. Er streckte sich, gähnte ausgiebig und überlegte, ob er auf dem Wohnzimmersofa noch ein wenig vor sich hindösen sollte. In dem Augenblick klingelte das Telefon im Flur, und er schleppte sich dorthin.

»Hallo?«, meldete er sich geistesabwesend. Als niemand antwortete, fragte er noch einmal »hallo?«

»Ja, hallo«, sagte eine mürrische Stimme. »Wer ist da?«

»Wer ist da?«, wiederholte Gareth amüsiert und indigniert zugleich. »Wer soll denn hier sein? Sie sind doch derjenige, der angerufen hat.«

»Und wer sind Sie?«, fragte die Stimme.

»Gareth Bentley«, erwiderte er und beschloss, keine weiteren Fragen mehr zu beantworten. »Mit wem wollten Sie denn sprechen?«

»Oh, Gareth, gut – Sie wollte ich sprechen. Hier ist Quentin Lawrence. Ihr Vater hat Ihnen sicherlich gesagt, dass ich mich bei Ihnen melde.«

»Quentin Lawrence«, sagte Gareth vor sich hin und versuchte, sich zu erinnern, woher er den Namen kannte. Irgendwo war er schon einmal darüber gestolpert.

»Ich wollte mit Ihnen über den kommenden Montag sprechen«, fuhr Lawrence fort. »Es geht um eine Anklage wegen Betrugs, oben in Newcastle, was bedeutet, dass wir schon am Sonntagabend den Zug nehmen müssen. Sie werden während der Verhandlung mitschreiben, aber ebenso müssten sie sich um das Gepäck und die Fahrkarten kümmern. Könnten Sie vielleicht am Sonntagnachmittag bei mir vorbeikommen, sagen wir, so gegen vier Uhr? Ich gebe zu, es ist ein bisschen ein Sprung ins kalte Wasser, aber der hat ja noch nie jemandem geschadet.«

Gareth hörte zu, hatte jedoch keine Ahnung, wovon dieser Mann sprach. »Tut mir leid«, sagte er. »Ich fürchte, Sie sind falsch verbunden.«

»Unsinn«, erwiderte Lawrence. »Sie sind doch Rodericks Sohn, oder nicht?«

»Doch, aber –«

»Oder haben Sie noch einen Bruder?«

»Nein.«

»Dann sind Sie auch der Richtige. Sie sind mein neuer Referendar und hören jetzt bitte auf, herumzufackeln. Ich möchte nur sicherstellen, dass ...«

Während Lawrence weiter über Fahrpläne und Vier-Sterne-Hotels redete, erinnerte Gareth sich wieder, wo ihm der Name schon einmal begegnet war. Seine Mutter hatte ihn am Morgen erwähnt, als sie versucht hatte, ihn aus dem Bett zu locken. Lawrence war der Mann, der in der Kanzlei sein Mentor werden sollte. Für ein, zwei Sekunden entwickelte er eine ganz neue Art Respekt vor seinem Vater, der es geschafft hatte, seinen Plan umzusetzen, ohne ihn, Gareth, nach seiner Meinung zu fragen. Was für ein Glück, dass er spätabends noch in den Unicorn Ballrooms gewesen war und Alexanders Freund getroffen hatte, denn sonst hätte er jetzt keine andere Wahl, als sich zu fügen.

»Es tut mir leid, Mr Lawrence«, begann er, wurde jedoch umgehend unterbrochen.

»Sir Quentin, bitte«, korrigierte der Mann ihn mit hörbarem Stolz.

»Es tut mir leid, Sir Quentin«, setzte Gareth noch einmal an, »aber ich glaube, da liegt ein Missverständnis vor.«

»Ein Missverständnis?«, fragte Sir Quentin unwirsch. »Das wäre mir aber neu. Ihr Vater hat mich um einen persönlichen Gefallen gebeten, um Sie –«

»Das ist mir durchaus bewusst, Sir Quentin. Nur wusste mein Vater da noch nicht, dass ich in der Zwischenzeit eine andere Stelle gefunden habe.«

Beleidigtes Schweigen am anderen Ende. »Wollen Sie etwa in eine andere Kanzlei eintreten?«, fragte Sir Quentin so entgeistert, als hätte Gareth gerade verkündet, bei der nächsten Wahl für die Labourpartei zu stimmen.

»Nein, keine andere Kanzlei. Es geht um eine völlig andere Laufbahn.«

»Eine Laufbahn außerhalb der Rechtsprechung?«, fragte Sir Quentin konsterniert.

»Richtig.«

»Jetzt seien Sie aber nicht albern, mein Junge. Sie haben doch in Cambridge Jura studiert, oder? Genau das habe ich auch getan, und schauen Sie mich an. Warum, in Gottes Namen, wollen Sie eine andere Laufbahn einschlagen? Was ist denn das für ein Unfug? Schuster bleib bei deinen Leisten, sage ich immer, dann geht auch nichts schief. Also, wir treffen uns Sonntag so gegen vier und –«

»Es tut mir leid, Sir Quentin«, wiederholte Gareth liebenswürdig, »die Chance, die Sie mir geben wollen, weiß ich zu würdigen, aber annehmen kann ich sie leider nicht. Ich habe meinem neuen Arbeitgeber schon mein Wort gegeben.«

»Ihrem neuen –?«

»Trotzdem vielen Dank, ich weiß das Angebot wirklich zu schätzen. Ich danke Ihnen auch für den Anruf, aber jetzt muss ich mich verabschieden.« Sachte legte Gareth den Hörer auf und schnitt dem Telefon eine Grimasse. Dann wartete er gespannt, ob etwas passieren würde, und prompt klingelte das Telefon wieder. Wäre so etwas möglich gewesen, hätte man sagen können, dass es aufgebracht klang. Gareth entschied, sich nicht mehr zu melden. Er fixierte den Apparat und versuchte, das Klingeln mit reiner Willenskraft abzustellen. Er wollte seine Ruhe haben. Zu guter Letzt hörte es auf und setzte auch nicht mehr ein. Gareth atmete auf und kehrte in die Küche zurück.

Wenig später hörte er den Schlüssel in der Eingangstür. Gleich darauf kam sein Vater über den Flur und schaute in die Küche. Die beiden Männer taxierten einander, beide in dem Bewusstsein, dass sie in der Mitte von Verhandlungen waren, deren Leiterin – Gareths Mutter, Rodericks Ehefrau – jedoch nicht da war, um den Frieden zu wahren. Roderick wünschte, die Küchentür wäre geschlossen gewesen, sodass er, ohne unfreundlich zu wirken, in die Bibliothek hätte verschwinden können. Stattdessen betrat er die Küche und schenkte sich aus der Kanne Tee eine Tasse ein. Ohne lange Vorrede kam er sogleich zur Sache.

»Deine Mutter sagt, dass du vielleicht eine Stelle gefunden hast.«

»Richtig«, antwortete Gareth, »genau genommen gestern Abend. Nur die Einzelheiten kenne ich noch nicht.«

»Freut mich, dass du langsam anfängst, dein Leben ernst zu nehmen«, sagte Roderick, dem nicht an einem Streit gelegen war. »Es ist ja auch höchste Zeit, dass du allmählich mal an deine Verpflichtungen denkst.«

»Ich habe keine Verpflichtungen«, entgegnete Gareth und überlegte, ob er irgendwo eine Frau oder ein Kind vergessen haben könnte, die begonnen hatten, Ansprüche anzumelden.

»Du hast sie deiner Mutter und mir gegenüber«, sagte Roderick scharf. »Die dich aufgezogen, ernährt und gekleidet und dir eine anständige Ausbildung ermöglicht haben, wenngleich dich Letzteres nicht mehr zu interessieren scheint.«

»Na ja«, murmelte Gareth und wandte den Blick ab, »wenn du es so nennen willst.«

»Ja, so will ich es nennen. Aber sprechen wir über diese neue Stelle. Die hat Owen Montignac dir angeboten?«

»Ja. Kennst du ihn?«

Roderick schüttelte den Kopf. »Seinen Onkel kannte ich flüchtig. Nur auf gesellschaftlicher Ebene. Aber wenn er ein Montignac ist, dürfte er ein anständiger Mensch sein. Sein Onkel war es jedenfalls. Aber was genau macht dieser Neffe?«

»Es geht wohl um Immobiliengeschäfte«, erwiderte Gareth, denn so viel hatte er den Worten seiner Mutter entnommen. Was Montignac darüber hinaus tagtäglich machte, war ihm vollkommen schleierhaft. Auf der Visitenkarte hatte etwas von einer Kunstgalerie gestanden, aber dass er dort arbeiten sollte, konnte er sich nicht denken, er verstand ja nichts von Kunst. Doch wenn dieser Montignac tatsächlich ein reicher Landbesitzer war, gäbe es auf diesem Gebiet womöglich etwas Interessantes zu tun. »Aber wie ich schon sagte, die Details sind noch nicht geklärt. Zu dem Zweck wollen wir uns demnächst treffen.«

»Und du bist sicher, dass es das Richtige für dich ist?«, fragte Roderick.

»Ich denke schon. Ich glaube, die Rechtsprechung ist nichts für mich. Es tut mir leid.« Das Letzte sprach er mit angemessener Demut.

Roderick sah ihn bekümmert an. »Ich muss zugeben, dass ich ein wenig enttäuscht bin. Dich in meiner Kanzlei zu haben, hätte mir Freude gemacht. Aber, wenn dein Entschluss feststeht ...«

»Das tut er, Vater. Ich glaube wirklich, dass es das Beste für mich ist.«

»Gut, dann ist es eben so. Hauptsache, du bist glücklich.« Roderick versuchte, ein halbes Lächeln zuwege zu bringen. Gareth nahm es anerkennend wahr, denn er wusste, wie hart es seinem Vater fiel, den Berufswechsel seines Sohnes akzeptieren. »Ich muss Quentin Lawrence anrufen«, fuhr Roderick fort, »sonst rechnet er am Montag mit dir. Es war ein persönlicher Gefallen, den er mir getan hat, und wie ich ihn kenne, wird er mich das nie vergessen lassen.«

Gareth beschloss, sich nicht noch einmal zu entschuldigen und den Telefonanruf für sich zu behalten.

»Hast du heute keinen Gerichtstermin?«, fragte er, nachdem sie längere Zeit geschwiegen hatten.

»Nein. Einer der Zeugen ist krank geworden, und ohne ihn können wir nicht weitermachen. Aber offen gestanden sind mir die freien Tage ganz recht.«

»Du hast es gut«, sagte Gareth, als bestünde sein Leben aus schierer Plackerei.

»Ich bitte dich nur noch um eines«, sagte Roderick, ehe er das Gespräch beenden würde. »Finde etwas mehr über diesen Montignac heraus, bevor du dich festlegst.«

»Aber du hast doch gesagt, dass du ihn kennst und er ein anständiger Mensch sei.«

»Da habe ich von seinem Onkel gesprochen. Und im Allgemeinen fällt der Apfel ja nicht weit vom Stamm, obwohl …« Mit skeptischer Miene betrachtete er seinen Sohn, als sei er der Beweis dafür, dass das Sprichwort vielleicht doch nicht immer zutraf. »Stell ein paar kleine Nachforschungen an, mehr verlange ich ja nicht. Es ist immer klug, zu wissen, mit wem man sich einlässt.«

»Na schön«, sagte Gareth, denn jetzt, da er seinem Vater die Zukunftsträume ausgeredet hatte, war er eifrig darauf bedacht, ihn zufriedenzustellen, »ich schaue mal, was ich herausfinden kann. Er ist ein Freund von Alexander Keys, deshalb wende ich mich am besten an ihn.«

»Gut«, sagte Roderick. »Wahrscheinlich bin ich übervorsichtig, aber sich bei so etwas zu vergewissern, kann nie schaden.«

Gareth erklärte, das sei auch seine Meinung. Sein Vater verließ die Küche in Richtung seines Arbeitszimmers. Gareth war erleichtert. Als er kurz darauf über den Flur lief, klingelte das Telefon wieder. Eilig schlüpfte er in seine Schuhe, die noch an der Eingangstür standen, öffnete die Tür und zog sie so leise wie möglich hinter sich ins Schloss. Gleich darauf entschuldigte sich Roderick am Telefon bei Quentin Lawrence dafür, dass er am Montag in Newcastle ohne Referendar dastehen würde.

7

»Es ist sehr ruhig«, bemerkte Stella und warf einen Blick auf die wenigen Besucher, die sich vor den albernsten Ausstellungsstücken zu den abenteuerlichsten Kommentaren verstiegen. »Ich wundere mich, dass du dir hier überhaupt deinen Lebensunterhalt verdienen kannst.«

»Nachmittags belebt es sich«, entgegnete Montignac. »Sicher, wir verkaufen nur ein, zwei Objekte am Tag, aber wenn, dann zu phantastischen Preisen.«

»Was kaum zu fassen ist.«

»Es ist ganz einfach. Würden wir sie zu dem Preis verkaufen, den sie tatsächlich wert sind, würden wir nicht eines von ihnen an den Mann bringen. Der einzige Weg, sie loszuwerden, besteht darin, den Leuten weiszumachen, die Preisschilder entsprächen dem künstlerischen Wert der Objekte.«

»Sie sind alle sehr –« Stella biss sich auf die Lippe und suchte nach den richtigen Worten, denn sie wollte ihren Cousin nicht unnötig beleidigen. »Sehr modern«, ergänzte sie schließlich. »Und recht provokativ.«

»Soll heißen, sie sind katastrophal.«

»Na ja, wenn du es so ausdrücken willst.«

»Ich weiß durchaus, wie schlecht sie sind.« Um von den Kunden nicht gehört zu werden, hatte Montignac die Stimme gesenkt. »Sie sind der größte Bluff der gesamten Londoner Kunstwelt. Aber wenn die Leute hier ihr Geld verschwenden wollen und auf die Weise mein Gehalt bezahlen, bin ich der Letzte, der ihnen im Weg steht.«

Stella schwieg und sah zu, wie er sich an seinem Schreibtisch niederließ und die Post durchschaute und die Kataloge betrachtete, die an dem Tag gebracht worden waren. Der Berg Unterlagen auf dem Schreibtisch drohte, jeden Moment zu kippen und sich über den Boden zu ergießen, woraufhin sie den seltenen Impuls verspürte, ihrem Cousin ordnend zur Hand zu gehen, was sie jedoch unterließ. Es wäre eine zu häusliche Geste gewesen. Da Owen es versäumt hatte, ihr einen Stuhl zu besorgen, nahm sie sich einen, der am Fenster stand, und setzte sich Owen gegenüber.

»Also dann«, begann sie und fragte sich, warum sie sich nicht die Zeit genommen hatte, sich ihre Worte sorgfältig zurechtzulegen. »Gestern Abend sind wir ja nicht sehr weit gediehen.«

»Nein«, antwortete er, »nicht sehr.«

»Dass du so einfach aufbrechen würdest, hatte ich nicht erwartet. Es war noch nichts geklärt, und du bist einfach davongelaufen. Dabei gibt es noch so vieles, über das wir sprechen müssen und –«

»Über das *wir* sprechen müssen«, betonte Montignac. »Du und ich, Stella. Nicht wir und Raymond.«

»Du weißt, dass Raymond mein Verlobter ist«, entgegnete sie und seufzte. »Ich kann ihn nicht ausschließen.«

Er stieß ein kurzes, abfälliges Lachen aus. Dann wandte er den Blick ab. »Erinnere mich daran, Margaret eine Nachricht zukommen zu lassen, ja? Sie hat versucht, mich telefonisch zu erreichen, aber bisher habe ich sie noch nicht zurückgerufen.«

»Wir haben beide versucht, dich zu erreichen«, sagte Stella. »Aber du gehst ja nie ans Telefon, antwortest nicht auf Briefe –«

»Weil ich sehr beschäftigt bin, Stella«, fiel er ihr ins Wort. »Es gibt Menschen, die für ihr Auskommen arbeiten müssen, denen man nicht alles auf dem Silbertablett serviert.«

Stella seufzte noch einmal und lehnte sich zurück. »Ist es das, worum sich alles dreht?«

Er zuckte mit den Schultern.

»Owen, von den Plänen meines Vaters wusste ich nichts«, erklärte sie bestimmt. »Rein gar nichts.«

»Nein?«

»Nein. Und selbst wenn ich es gewusst hätte, was aber nicht so war, aber selbst wenn, würde ich mich jetzt nicht dafür rechtfertigen, dass mein Vater in seinem Testament nur mich bedacht hat. Die Tradition der Montignacs war ungeheuerlich, wenn man es sich richtig überlegt. Was mich betrifft, bin ich sogar ziemlich stolz auf meinen Vater, denn er hat um einiges fortschrittlicher als seine Vorgänger gedacht. Liebe Güte, inzwischen dürfen Frauen ja sogar wählen. Im Vergleich dazu scheint mir das Erbe der Montignacs eher zweitrangig.«

In dem Moment ertönte die Glocke über der Eingangstür. Zwei weitere Kunden kamen herein und traten mit prüfendem Blick zu einer etwas obszönen Skulptur, die so dicht an Montignacs Schreibtisch stand, dass sie nicht weiterreden konnten. Montignac nickte zu dem leeren Zwischengeschoss hinauf. Er und Stella standen auf und gingen die Treppe hoch.

Als sie wieder allein waren, sagte Montignac: »Mich stört, wie mich jeder für mein Pech bedauert. Als wäre ich einzig und allein an Geld interessiert. Warum sollte es mir etwas ausmachen, dass dein Vater sich entschieden hat, mir nichts zu hinterlassen?«

»Aber es macht dir doch etwas aus.«

»Ich habe dem keinen weiteren Gedanken geschenkt«, entgegnete er obenhin.

Stella starrte ihn an. »Warum glaubst du, hat er es getan?«, fragte sie. »Könnte Margaret etwas damit zu tun gehabt haben?«

»Spielt das noch eine Rolle?«

»Vielleicht nicht. Ich möchte ja auch nur wissen, ob du mich wegen etwas, das mein Vater getan hat, für den Rest meines Lebens ignorieren wirst, oder ob ich meinen Cousin zurückbekommen werde? Was von beidem ist es?«

Diesmal war es Montignac, der seufzte, denn in ihren Augen erkannte er zum einen, dass sie unglücklich war, und zum anderen, wie viel sie für ihn empfand. Das Gleiche hatte er einmal für sie empfunden, doch es widerstrebte ihm, daran zu denken. Er überlegte, wie einfach es wäre, näher an sie heranzutreten, sie hochzuheben und über die Balustrade unten auf den Boden zu schmettern. Wie viele Probleme mit diesem einfachen Schritt gelöst wären. Als sie Kinder waren, gab es ein Spiel, das er sich ausgedacht hatte. Dabei standen sie sich gegenüber, und jeder musste so lange wie nur möglich schweigen. Doch jedes Mal stampfte er irgendwann mit dem Fuß auf und sprang auf sie zu, allerdings ohne sie zu berühren, woraufhin sie jedes Mal aufschrie und zurücktaumelte. Sie hatten es jahrelang gespielt, ein ums andere Mal, aber nicht ein einziges Mal hatte sie es geschafft, sich auf den Angriff vorzubereiten und stumm und eisern stehen zu bleiben. Und jetzt hatte er diese andere Idee, die sich ungebeten in seinen Kopf gestohlen hatte. Er warf einen Blick nach unten. Zwei der Kunden hatten die Galerie verlassen, die anderen waren nicht zu sehen. Niemand würde ihm jemals auf die Schliche kommen oder in der Lage sein, ihm etwas zu beweisen – und er war ihr einziger Erbe. Er riss sich zusammen, versuchte, seinen Kopf leer zu machen und nicht mehr daran zu denken.

Wieder ertönte die Türglocke. Montignac schaute nach unten. Jason Parsons war zurückgekehrt, hatte zum Lunch Sandwiches dabei, schaute hoch und wedelte mit einer Tüte. Auch Stella warf einen Blick nach unten, wirkte wenig erfreut und wandte sich zu ihm um.

»Ich dachte, wir beide würden irgendwo zusammen essen.«

»Ich kann nicht«, entgegnete er. Um der Versuchung zu widerstehen, trat er einen Schritt zurück. »Später am Nachmittag erwarten wir eine Lieferung, und bis dahin müssen wir Platz freiräumen. Ich fürchte, für mehr als ein Sandwich am Schreibtisch fehlt mir die Zeit.«

Enttäuscht wandte sie sich ab und trat zu dem Bild mit den Streifen und Kreisen unter der reparierten Leuchte.

»Das ist gar nicht mal so übel«, sagte sie.

»Ich mag es auch«, erwiderte er. »Ich frage mich nur, warum ich es erworben habe. Es ist viel zu gut für uns.«

»Wer hat es gemalt?«

»Ein junger Künstler aus Hackney. Hutton ist sein Name. Er hat noch einige andere gemalt, aber die waren eher grässlich und sind zu recht guten Preisen verkauft worden. Aber das hier werde ich einfach nicht los.«

»Ich würde es zwar nicht als wundervoll bezeichnen«, räumte sie ein, »aber es hat was.«

Montignac wandte sich ab und wünschte, sie würde einfach gehen. Sie vor sich zu sehen, brachte so viele Emotionen zurück, dass ihm der Kopf schwirrte und er vor Frustration hätte schreien können. Er erinnerte sich an ihre Kindheit, die Dinge, die er getan hatte, um ihr zu gefallen, wie sie ihn gnadenlos verraten hatte. Niemand außer ihr konnte ihn aus dem Gleichgewicht bringen. Er wusste nicht, ob er sich wünschte, alles wäre wieder so, wie es einmal gewesen war, oder dass er ihr nie begegnet wäre. Und doch sehnte er sich danach, sie in den Armen zu halten.

»Du weißt, dass du dir mit Raymond mehr Mühe geben musst«, sagte sie und wandte sich von dem Bild ab. »Wenn du ihn besser kennenlernst, wirst du feststellen, dass er ein sehr anständiger Kerl ist.«

»Anständig«, erwiderte er verächtlich. »Wer will denn so etwas? Mir scheint, dass Raymond sich ausschließlich für Blumen interessiert. Was für eine Art –«

»Herrgott noch mal, Owen, du arbeitest in einer Kunstgalerie. Keiner von euch beiden ist Bergsteiger oder Polarforscher. Deshalb kehre bitte nicht den Mann heraus, wenn es um Raymond geht, und hör auf, ihn von oben herab zu behandeln.«

»Ich behandele ihn nicht von oben herab. Ich mag nur nicht, dass er seine Nase in Dinge steckt, die ihn nichts angehen.«

»Wenn es mich angeht, geht es auch ihn etwas an«, entgegnete sie schneidend. »Wir werden heiraten, und ganz gleich, was künftig geschieht, er wird etwas damit zu tun haben.« Stella zögerte. Sie wusste nicht, ob sie das Nächste sagen sollte oder nicht, doch merkwürdigerweise verspürte sie plötzlich den Wunsch, ihrem Cousin wehzutun. »Außerdem liebt er mich.«

Montignacs Miene verhärtete sich. »In dem Fall tut er mir beinah leid.«

»Owen –«

»Wenn es dir nichts ausmacht, würde ich jetzt gern weiterarbeiten. Ich habe hier einiges zu tun.«

Stella rührte sich nicht vom Fleck. »Es gibt noch etwas, das ich dich fragen möchte. Es ist etwas, das mir Sorgen macht. Es hängt mit deinem hastigen Aufbruch gestern Abend zusammen.«

Montignac hob eine Braue, als Zeichen, dass sie zwar fragen konnte, er aber nicht unbedingt antworten würde.

»Du steckst doch nicht in Schwierigkeiten, oder?«

»Schwierigkeiten?«

»Ja. Ich meine, du hast doch keine finanziellen Probleme. Oder gibt es etwas, das ich wissen sollte?«

Montignac lachte. Dergleichen würde er ihr gegenüber niemals zugeben. »Nicht im Geringsten. Zumindest gibt es nichts, das ich nicht auch allein regeln könnte.«

»Denn wenn es so wäre, würde ich dir immer helfen. Natürlich kennst du die Bedingungen des Testaments und weißt, dass ich weder etwas verkaufen noch das Kapital anrühren kann. Aber ich habe ein gutes Einkommen. Du musst nur fragen.«

Montignac zwang sich zur Ruhe, denn die Versuchung, sie um Hilfe zu bitten, war groß. Er könnte sich ihrer Gnade ausliefern und zulassen, dass sie ihn rettete.

»Mir geht es gut«, sagte er. »Ich brauche dein Geld nicht.«

»Darum dreht es sich, nicht wahr?«, fragte sie erschöpft. »Dass es *mein* Geld ist. Wenn ich nur wüsste, was mein Vater sich gedacht hat, als er die Regeln geändert hat.«

»Aber bist du nicht froh, dass er es getan hat?«, fragte er. Zu einer Antwort kam Stella nicht mehr, denn in diesem Augenblick polterte Jason Parsons die Treppe herauf und erklärte, die Lieferanten kämen in einer Stunde und bis dahin müsse unten eine Wand freigeräumt sein.

8

Wie alle Söhne rechten Sinnes, fand auch Gareth Bentley nichts schöner, als die Möglichkeiten, die sein Vater ihm bot, größtenteils zu missachten. Dennoch war er klug genug, diejenigen wahrzunehmen, von denen er profitierte. Zu Letzteren gehörten die mietfreie Unterkunft, die freie Verpflegung und der kostenlose Wäschedienst zu Hause. Dazu kam die Mitgliedschaft im White's Club in St. James, einer exklusiven Einrichtung für Gentlemen und deren Söhne. Die Zeitungen, die dort morgens auf den Tischchen lagen, waren gratis; der Whisky war eher teuer, dafür aber mindestens zwölf Jahre alt, wohingegen man den absolut annehmbaren gegrillten Lachs mit neuen Kartöffelchen, grünen Bohnen und frischen Kräutern mittags zu einem recht vernünftigen Preis bekam. Seit seinem einundzwanzigsten Geburtstag vor drei Jahren, als sein Vater und ein zweiter ranghoher Richter sich für ihn verbürgt hatten, war Gareth im White's gelegentlich erschienen, um auf bequeme und geruhsame Weise die Zeit totzuschlagen, in der zu Hause seine Bettwäsche gewechselt wurde.

Bei den Gentlemen, die in diesem Club verkehrten, handelte es sich überwiegend um Vertreter höherer Berufsstände wie Anwälte, Ärzte und Politiker, hier und da durchsetzt von einem Autor oder Philosophen. In eichenvertäfelten Räumen, umgeben von Bücherwänden, saßen sie in ledernen Ohrensesseln, rauchten Pfeife oder Zigarre und debattierten über die verkommene Welt, die Regierung, die Franzosen und die Jugend, und zwar in dieser Reihenfolge. Im zweiten und dritten Stock standen fünfzehn hübsche Zimmer zur Verfügung, doch sie mussten weit im Voraus reserviert werden, denn die Nachfrage war groß. Dass Damenbesuch nicht gestattet war, verstand sich von selbst.

Als Gareth ankam, wurde er von Kenneth Milton begrüßt, dem Portier, der an diesem Nachmittag Dienst hatte. »Guten Tag, Mr Bentley. Wie schön, Sie wiederzusehen, Sir.«

»Tag, Milton.« Gareth reichte dem Mann seinen Mantel und seinen Hut. Seit fast einer Woche war er nicht mehr im White's gewesen. Er schaute in die Clubräume, die zu dieser Tageszeit etwa zu einem Drittel besetzt waren, spürte die Ruhe, die ihn befiel, und dachte an die vielen glücklichen Stunden, die er hier verbracht hatte, nachdem er sein Studium in Cambridge (mit der Note Drei) abgeschlossen hatte. Hier konnte er sich auf wohltuende Weise von seinem Elternhaus und den lästigen

Fragen über seine Zukunft erholen. »Haben Sie Mr Keys heute schon gesehen?«, fragte er Milton. »Alexander Keys.«

Milton konsultierte sein Gästebuch und fuhr mit dem Finger an der Liste der Namen entlang. »Sie haben Glück, Sir. Mr Keys ist vor etwa einer halben Stunde eingetroffen.«

»Großartig«, sagte Gareth.

»Wahrscheinlich sitzt er in der Lounge, Sir, oder vielleicht oben im großen Salon.«

Gareth trat durch die geöffnete Flügeltür in den Clubraum, ließ seinen Blick über die Gesichter schweifen, registrierte ein, zwei flüchtige Bekannte und einen berühmten Schauspieler, der vor Kurzem in einem Hollywoodfilm überraschend erfolgreich gewesen war und diesen Triumph feierte, indem er sich von seiner Frau scheiden ließ. Dann war da noch ein früherer Premierminister, ein Greis, der allein war und Schwierigkeiten hatte, seine Pfeife anzuzünden. Schließlich entdeckte er Alexander, der in einer Ecke saß und mit verwirrter Miene einen Wälzer las.

Gareth ging zu ihm. »Hallo.«

Alexander sah auf. »Oh, hallo, Gareth. Dich hatte ich hier heute nicht erwartet. Wie geht es deinem Kopf?«

»Wenn man bedenkt, gar nicht so schlecht. Gut, dass ich mich zurückgehalten habe.«

»Das habe ich gesehen«, sagte Alexander. »Deine Willensstärke hat mich enorm beeindruckt, obwohl Jasper dich ständig zum Trinken animiert hat. Was führt dich hierher?«

»Die Flucht aus dem Haus«, antwortete Gareth, während ein Kellner schon mit einer Kanne Tee kam. »Ich hatte gehofft, dich hier zu treffen. Was liest du da?« Gareth ließ sich auf dem Sessel gegenüber Alexander nieder.

»Einen neuen Roman, den ich durchackern muss. Der Autor kommt aus Sheffield – ausgerechnet. Der Vater hat in einer Kohlengrube gearbeitet. Solche Leute schreiben heute Bücher.«

»Oh Gott. Wovon handelt es denn?«

»Wer weiß.« Alexander zuckte mit den Schultern. »Fünfhundertfünfzig Seiten, alles in einem einzigen Absatz geschrieben, weder Zeichensetzung noch Dialoge, nur ein endloser innerer Monolog.«

»Grauenhaft«, sagte Gareth schaudernd.

»Du ahnst nicht, wie grauenhaft.« Alexander seufzte. »Seit einer halben Stunde bin ich auf Seite hundertdreiundvierzig und weiß noch immer nicht, um was es geht. Dabei habe ich jeden Satz sorgfältig gelesen und versucht, ihn in das Vorherige einzuordnen, aber ich verstehe nicht das Geringste und muss bis morgen Abend fünfhundert Wörter darüber geschrieben haben.«

»Was für eine Qual«, sagte Gareth. »Wirst du es verreißen?«

»Um Gottes willen«, erwiderte Alexander. »Niemals. Ich wette, in ein paar Jahren wird man es an den Universitäten behandeln, deshalb werde ich mich hüten, etwas Negatives zu schreiben, sonst heißt es später noch, ich sei der Bursche, der damals ein Genie verkannt hat. Aber was sagt man über etwas, das einem absolut schleierhaft ist? Vielleicht sollte ich schreiben, *dieser Roman entzieht sich jeder einfachen Erklärung. Ein einfältiges Konzept wie eine zusammengefasste Handlung wäre daher eine Beleidigung des Autors und seiner Kunst.* Und dann bringe ich noch ein bisschen was über die Metaphern und so weiter unter.«

»Das mit dem inneren Monolog war doch auch ganz gut«, schlug Gareth vor.

»Klar, das wird ebenso eingestreut. Ich werde dafür sorgen, dass alles unglaublich gescheit klingt, und schon ist jeder glücklich.«

»Mit Ausnahme der armen Wichte, die einen Shilling und Sixpence ausgeben, um dieses Meisterwerk zu erstehen.«

»Stimmt«, gab Alexander zu. »Aber dafür kann ich nichts, oder? Sie sollten es besser wissen, als auf mich zu hören.«

Gareth grinste und schaute noch einmal in die Runde. Ein Mann, der früher einmal Innenminister gewesen war, döste in einer Ecke, eine Zigarre im Mundwinkel. Ein Speichelfaden sickerte aus seinem Mundwinkel und kroch langsam hinunter zum Kinn. Angeekelt wandte Gareth den Blick ab. In einer anderen Ecke saßen zwei Männer beim Kartenspiel, und Gareths unschöne Erinnerungen an den Roulettetisch kehrten zurück. Alexander sah, wohin er blickte, und erriet seine Gedanken.

»Dass du gestern Abend dreißig Pfund verloren hast, war wirklich Pech«, sagte er. »Jasper ist ein Schwein, wenn er andere Leute dazu ermuntert, ihr Geld zu verschwenden. Sein eigenes verschwendet er nie.«

»Auf die Erfahrung hätte ich eindeutig verzichten können«, entgegnete Gareth.

»Aus Erfahrung wird man klug. Beim nächsten Mal wirst du nicht mehr mit so hohem Einsatz spielen. Ich muss zugeben, dass ich mir aus Roulette noch nie viel gemacht habe. Ist mir zu sehr vom Zufall abhängig. Lieber spiele ich eine schöne Runde Poker oder Whist. Dazu gehört wenigstens ein bisschen Geschick.«

»Ich glaube, ich eigne mich nicht zum Spieler«, sagte Gareth.

»Wahrscheinlich würde es auch keinen guten Eindruck machen, wenn das jüngste Mitglied der Kanzlei Rice an einem Spieltisch gesehen würde.« Alexander lachte. »Aber du hattest ja Geburtstag.«

»Darüber wollte ich mit dir reden. Erinnerst du dich noch, wie ich dir gesagt habe, was ich von meinem Eintritt in die Kanzlei halte?«

»Ja.«

»Gut, denn als ich gestern Abend aus dem Unicorn kam und auf ein Taxi gewartet habe, bin ich zufällig auf deinen Freund Montignac gestoßen, und wir sind ins Gespräch gekommen.«

»Zufällig auf ihn gestoßen?«, fragte Alexander. »Mir war, als wärst du aufgesprungen und ihm nachgeeilt.«

»Nein.« Gareth runzelte die Stirn. »Für mich war lediglich die Zeit zum Aufbruch gekommen.«

Alexander stutzte und überlegte. Dann nickte er. »Montignac ist ein guter Kerl.«

»Den Eindruck hatte ich auch«, erklärte Gareth. »Wir haben uns ein Taxi geteilt. Das bot sich so an, da er am Bedford Place wohnt und ich am Tavistock Square.«

»Ich weiß, wo er wohnt«, erwiderte Alexander. »Auch wenn ich noch nie in seiner Wohnung war, dafür aber schon häufig in Leyville. Das ist sein Familiensitz, musst du wissen.«

»Davon habe ich gehört. Wie gut kennst du ihn eigentlich?«

»Owen? Oh, den kenne ich schon seit ewigen Zeiten.« Alexander kramte in seinem Gedächtnis. »Ich glaube, seit wir – lass mich nachdenken – seit wir ungefähr sieben Jahre alt waren. Wir haben uns in Eton kennengelernt, uns während der gesamten Schulzeit ein Zimmer geteilt und sind dicke Freunde geworden.«

»Ich wusste nicht, dass ihr euch so gut kennt. Ich dachte, er wäre nur einer deiner Bekannten.«

»Nein, aber dazu muss man sagen, dass niemand ihn richtig gut kennt«, erklärte Alexander. »Er war schon früher so was wie ein Buch mit sieben Siegeln. Ich weiß noch, wie er in den ersten Jahren in der Schule gnadenlos gehänselt wurde. Es ging um seinen Akzent.«

»Was für ein Akzent?«, erkundigte sich Gareth. »Mir ist keiner aufgefallen.«

»Weil er gelernt hat, akzentfrei zu sprechen. Von Geburt ist er Franzose. Wenn ich mich nicht irre, hat er die ersten Jahre seines Lebens in Frankreich verbracht. Ich glaube, als er fünf oder sechs war, hat sein Onkel ihn nach England geholt, nach dem Tod von Owens Eltern. Als er an die Schule kam, hatte er noch immer einen kleinen französischen Zungenschlag. Darüber haben die anderen Schüler sich unentwegt lustig gemacht, ihm Spitznamen gegeben und so weiter. Soviel ich weiß, ist es ein oder zwei Mal auch zu Prügeleien gekommen.« Alexander dachte zurück und übersprang im Geist die Zwischenfälle, bei denen er sich selbst nicht ganz einwandfrei verhalten hatte. »Nach einer Weile sind diese Quälereien Owen gegen den Strich gegangen und es kam – zu einer Art Vorfall. Danach hat es aufgehört.«

»Was meinst du mit ›Vorfall‹?«

Alexander wollte schon antworten, überlegte es sich jedoch wieder anders. Er fand es unschön, hinter dem Rücken eines

Menschen über ihn zu reden, und wenn, dann sicherlich nicht über seinen besten Freund Owen Montignac, denn der war unberechenbar und neigte zu Wutanfällen, vor denen Alexander sich bereits in ihrer Schulzeit gefürchtet hatte.

»Ach, es ging nur um einen Jungen, der es mit den Spitznamen eine Spur zu weit getrieben hatte«, sagte er ausweichend. »Doch mit einem Mal hat Owen Rot gesehen. Natürlich ist das schon lange her, aber es kam zu einer – Auseinandersetzung. Hat einiges an Aufsehen erregt. Aber der gute Peter Montignac hat dafür gesorgt, dass sein Neffe in Eton bleiben konnte.«

Gareth legte die Stirn in Falten. Die Geschichte rief Erinnerungen an sein Missgeschick in Harrow wach, eine Episode, die sein Leben jahrelang getrübt hatte.

»Meine Güte, jetzt schau doch nicht so«, sagte Alexander und versuchte, das Ganze mit einem Lachen abzutun. »Das war vor fünfzehn Jahren. Damals waren wir noch Kinder. Owen ist ein großartiger Mensch. Es ist gut, ihn zum Freund zu haben.«

»Er hat mir seine Visitenkarte gegeben«, berichtete Gareth. »Darauf stand irgendetwas von einer Kunstgalerie. Obwohl meine Mutter sagt, die Montignacs hätten mit Land zu tun.«

»Das galt für Owens Onkel. Und für seinen Großvater. Wahrscheinlich auch für seinen Vater, ehe er weggeschickt wurde. Aber soweit ich weiß, hat Owen damit nichts zu tun. Sicher, mit so etwas hat er vermutlich gerechnet, aber du hast ihn ja gestern Abend gehört. Der alte Knabe hat alles Stella hinterlassen.«

»Seiner Cousine, richtig?«

»Richtig. Ein wunderbares Mädchen. Ich sollte dich ihr irgendwann einmal vorstellen.«

Gareth zuckte die Schultern und wirkte desinteressiert. »Der Punkt ist, dass wir uns auf der Fahrt nach Hause unterhalten haben, auch über meinen – Unwillen, in die Kanzlei meines Vaters einzusteigen. Montignac hat angedeutet, er könnte vielleicht eine Stelle für mich haben.«

»Ach was? Etwa in der Galerie?«

»Er ist nicht ins Detail gegangen. Er hat nur gesagt, ich solle irgendwann bei ihm vorbeikommen, er hätte vielleicht ein, zwei Ideen.«

Alexander sann darüber nach und entschied, dass es eigentlich recht harmlos klang. »Na, das ist doch fabelhaft«, sagte er. »Wenn du mich fragst, solltest du das Angebot annehmen. Ich sagte ja schon, dass er ein großartiger Mensch ist. Und mein bester Freund.« Als engsten Freund mochte er ihn nicht bezeichnen, bezweifelte jedoch, dass es überhaupt jemanden gab, der Owen Montignac emotional sehr nahestand.

»Gut«, sagte Gareth zufrieden, denn er hatte das gehört, was er hören wollte, »dann geht das also in Ordnung. Ich wollte mich ja auch nur nach ihm erkundigen, ehe ich mein Schicksal in seine Hände lege.«

»An deiner Stelle würde ich nicht zu viel in seine Hände legen«, warnte Alexander. »Jedenfalls nicht aufgrund meiner Empfehlung. Bleib lieber auf der Hut.«

Gareth zog die Brauen zusammen. »Auf der Hut? Was willst du damit sagen?«

»Nur, dass du jede neue Möglichkeit mit Bedacht in Angriff nehmen solltest«, erwiderte Alexander und redete sich ein, dass er deshalb vorhin auch gezaudert hatte. »Geh und sprich mit ihm. Hör dir an, was ihm vorschwebt, und dann überdenkst du die Sache. Schließlich hast du jahrelang Jura studiert, und da wäre es doch eine Torheit, einfach –«

»Das sagt jeder«, fiel Gareth ein und war vor Ärger lauter geworden. »Aber weißt du, was ich von allem am meisten fürchte und was mich nachts nicht schlafen lässt? Das ist die Vorstellung, in fünf Jahren etwas zu tun, das ich nie tun wollte, und mit jemandem zusammen zu sein, mit dem ich nie zusammen sein wollte, nur weil ich zu große Angst hatte, zu dem Menschen zu werden, der ich tatsächlich bin. Wenn das geschieht und ich zu einem anderen werde –« Bei dem Gedanken schüttelte er langsam den Kopf. »Lieber sterbe ich.«

Alexander nagte an seiner Unterlippe. Schließlich riet er: »Dann sei wenigstens vorsichtig, Gareth, und erwarte von Owen nicht zu viel.«

»Ich werde mit ihm reden«, erwiderte Gareth. »Mein Eindruck war, dass er ein äußerst interessanter Mensch ist.«

»Oh, das ist er ganz gewiss.«

»Danke, Alexander.« Gareth stand auf. »Ich überlasse dich jetzt wieder deiner Lektüre.«

Alexander stöhnte. »Muss das sein? Ich habe Angst, je weiter ich lese, desto größer wird die Gefahr, dass mir der Schädel platzt.«

Gareth lachte, klopfte ihm auf die Schulter und kehrte zum Empfang zurück, um sich Hut und Mantel geben zu lassen. Alexander sah ihm nach und fragte sich, warum Owen Montignac einem ihm vollkommen fremden Menschen eine Stelle angeboten hatte. Es wollte so gar nicht zu ihm passen. Ehe er sich erneut der Seite hundertdreiundvierzig widmete, grübelte er noch eine Weile darüber nach. Zu guter Letzt sagte er sich, dass, anders als in den Romanen, die er mit großem Zeitaufwand lesen und rezensieren musste, alles gut ausgehen würde und es für ihn nicht den geringsten Grund zur Sorge gab.

9

»Fang schon mal an«, sagte Montignac zu Jason Parsons, der zum Abhängen der Bilder offenbar nach einer helfenden Hand verlangte. »Dafür wirst du schließlich bezahlt.«

»Dazu braucht man zwei Leute«, wandte Jason ein. »Einige der Bilder sind für einen allein zu schwer.«

Montignac seufzte und rieb sich die Schläfen. »Dann beginn mit den kleineren. In ein paar Minuten bin ich bei dir.«

Jason sah ihn übellaunig an und wollte widersprechen, doch dazu fehlte ihm der Mut. Leise murrend stieg er die Treppe hinunter.

»Dann gehe ich wohl besser«, sagte Stella, die während des Wortwechsels der beiden Männer aus dem Fenster auf die

Straße geschaut und an die Spannung gedacht hatte, die zwischen ihr und ihrem Cousin entstanden war, obwohl sie gehofft hatte, dazu würde es nie kommen. »Ich sehe ja, wie beschäftigt du bist.«

»Das schon, aber es ist kein Problem«, entgegnete Montignac. Nach einem Moment fügte er in neutralem Tonfall hinzu: »Das mit gestern Abend tut mir leid.«

Stella studierte seine Miene, um zu sehen, ob er es aufrichtig meinte. »Wenn du Raymond wenigstens eine Chance geben würdest, dann wäre –«

Montignac ließ sie nicht ausreden. »Wenn es dich glücklich macht, werde ich es versuchen. Obwohl ich nicht glaube, dass ich ihn des Öfteren sehen werde.«

»Warum nicht?«

»Weil ich die meiste Zeit in London bin und arbeite. Wohingegen du unten in Leyville sein wirst. Und dass Raymond und ich uns demnächst in der Stadt treffen und zusammen ins Theater gehen, kann ich mir nicht denken.«

»Du willst doch deine Besuche in Leyville nicht plötzlich einstellen«, sagte Stella. »Es ist auch dein Zuhause.«

»Ach ja?«

»Du weißt, dass es so ist. Also wirklich, Owen, haben wir nicht immer dafür gesorgt, dass du dich dort willkommen fühlst?«

Montignac starrte sie an und konnte kaum fassen, wie taktlos sie war. Dabei schien sie mit großem Geschick zu vergessen, dass das Haus von Rechts wegen nicht an ihren, sondern an seinen Vater gegangen wäre und danach an ihn. Immerhin war sein Vater Henry der ältere der beiden Brüder gewesen.

Als die Brüder aufwuchsen, hatte ihr Vater William Montignac beide Söhne geliebt, doch wie ein Monarch, der sowohl einen Erben als auch einen Ersatz gezeugt hat, hatte er den Großteil seiner Zeit und Zuneigung auf Henry konzentriert, der zweieinhalb Jahre älter als sein Bruder war, und Peter der Obhut seiner Mutter überlassen.

Er zeigte Henry, wie man jagte und wie der Landbesitz verwaltet wurde. Henry wurde ermuntert, sämtliche Lieblingsbücher seines Vaters in der Bibliothek des Hauses zu lesen, und nahm schon in jungen Jahren an den Besprechungen seines Vaters mit den Anwälten und Verwaltern teil. Die Untergebenen der Montignacs wiederum wussten, dass sie sich dem mutmaßlichen Erben erbötig zeigen mussten, einem Jungen mit guter Auffassungsgabe, freundlichem Wesen und fröhlicher Natur. William wünschte sich zwar, dass Henry hart und unnachgiebig wurde, doch diese Eigenschaften waren dem Jungen nicht gegeben. Desgleichen hoffte er, sein Sohn würde sich im Sport auszeichnen, aber mehr als ein Mittelmaß brachte Henry dabei nicht zustande. Als er das Ende seiner Teenagerzeit erreichte, stellte William mit zunehmender Enttäuschung fest, dass dieser Sohn ihm weniger als erwartet nachgeschlagen war. Selbst sein Aussehen war enttäuschend, denn statt des dunklen Haars und der dunklen Augen der Montignacs hatte er den blassen Teint und das blonde Haar seiner Großeltern mütterlicherseits geerbt. Doch trotz all dieser Enttäuschungen glaubte William an Tradition, wusste, dass sein Sohn ehrenhaft war und sich, wenn die Zeit reif wäre, als würdiger Erbe erweisen würde.

Doch die Ereignisse in Leyville machten ihm einen Strich durch die Rechnung.

Im Frühjahr 1905 stellte die Vorgängerin von Margaret Richmond zwei französische Dienstmädchen ein. Eines von ihnen – Nathalie Reims – fiel Henry Montignac ins Auge. Wie er, so hatte auch sie dichtes blondes Haar und helle Augen, aber sie war scheu und schaffte es kaum, irgendeinen ihrer neuen englischen Herrschaft anzusehen, erst recht nicht den gut aussehenden jungen Sohn des Hauses, der sie unentwegt zu beobachten schien und jedes Mal wie aus dem Nichts auftauchte, wenn sie im Park spazieren ging.

Im Laufe des Jahres, in dem sie sich heimlich trafen und unterhielten, verliebten sie sich ineinander, und Henry teilte seinen Eltern mit, dass sie heiraten wollten. Für die nächsten Monate herrschte im Haus Chaos, denn die beiden französischen Dienstmädchen wurden wieder in ihre Heimat im Süden von Paris geschickt und Henry erhielt Hausarrest. William Montignac, der nicht gewillt war, eine solche Ehe zu dulden, ging sogar so weit, seinen Sohn für drei Wochen in sein Zimmer einzuschließen und zu versuchen, ihn wieder zur Vernunft zu bringen. Als die Auseinandersetzungen der beiden zu guter Letzt gewalttätig wurden, wurde Henry aus Leyville verbannt. Daraufhin reiste er nach Frankreich und heiratete seine Liebste innerhalb weniger Tage.

Als Nächstes wurde Henry enterbt, und Peter Montignac fand sich plötzlich in der Rolle des bevorzugten Sohns und Erben wieder.

Owen Montignac sah die Sache folgendermaßen: Wäre sein Großvater nicht so vehement gegen diese Ehe gewesen, würden seine Eltern zum einen noch leben und wären zum anderen Herr und Herrin von Leyville geworden. Und nach dem Tod seines Vaters wäre Leyville an ihn übergegangen.

Daher gehörten das Haus und das Vermögen von Rechts wegen ihm.

»Habt ihr nicht immer dafür gesorgt, dass ich mich dort willkommen fühle«, wiederholte er leise, als wolle er die Worte selbst einmal testen, nur um zu hören, wie falsch und eigensüchtig sie klangen.

»Sag nicht, dass es anders war«, verlangte Stella, die seine Gedanken nicht ahnen konnte. »Mein Vater hat uns immer klargemacht, dass du das gleiche Recht wie wir hast, dort zu sein.«

»Wahrscheinlich aus Schuldgefühlen«, sagte Montignac.

Stella zwang sich zur Ruhe. »Ganz gleich, was zwischen deinem Vater und unserem Großvater vorgefallen ist, es hat nichts mit uns zu tun. Wir sollten das nicht zwischen uns kommen lassen, nach – nach allem, war wir durchgemacht haben. Es ist auch gewiss nicht der Grund, weshalb mein Vater dir Leyville vorenthalten hat.«

»Nein?«

»Natürlich nicht«, sagte sie mit erhobener Stimme. »Wenn er etwas gegen dich gehabt hätte, warum hätte er dich dann aufnehmen sollen? Warum hätte er dich aufgezogen und dir eine gute Ausbildung ermöglicht? Er hätte dich in Frankreich deinem Schicksal überlassen können.«

»Ich hatte dort auch Familie«, betonte Montignac. »Ich wäre ganz gewiss nicht verhungert.«

»Er hat dir ein besseres Leben geboten.«

»Mag sein.« Anders als Stella hatte Montignac einen gewissen Verdacht, aus welchen Gründen sein Onkel ihn enterbt haben könnte.

»Ständig hat man uns gesagt, dass wir dich wie einen Bruder behandeln sollen. Und das haben wir getan.« Stella schien den Tränen nahe zu sein, doch nach dieser letzten Aussage konnte Montignac sich nicht mehr zurückhalten.

»Wirklich, Stella?«, fragte er und staunte über ihre Fähigkeit, die Vergangenheit umzuschreiben. »Nur wie einen Bruder? Ist das dein Ernst? Nach all der Zeit? Dass du mich nur wie einen Bruder behandelt hast?«

Stella schluckte und wandte den Blick ab. »Darauf lasse ich mich nicht ein, Owen.« Sie trat an ihm vorbei.

»Das dachte ich mir.«

»Offensichtlich bist du nicht in Stimmung, eine zivilisierte Unterhaltung zu führen, deshalb lasse ich dich jetzt lieber allein.«

Sie eilte die Treppe hinunter. Montignac folgte ihr. »Das ist wahrscheinlich besser«, sagte er und sah zu, wie sie ihren Mantel und die Einkaufstüten einsammelte.

»Nur eines möchte ich noch sagen.« Sie drehte sich zu ihm um. Er erkannte die Tränen in ihren Augen und wunderte sich darüber, dass ihm der Anblick immer noch zu Herzen ging. »Mein Zuhause ist auch dein Zuhause. Da gibt es für mich keinen Unterschied. Es hätte Andrew gehören sollen oder vielleicht auch dir, aber jetzt ist es zufällig meines. Und wenn du ihm den Rücken kehrst, ist es so, als würdest du mir den Rücken kehren«, fügte sie weicher hinzu. »Und das möchte ich nicht. Das möchte ich ganz und gar nicht.«

»Ich auch nicht«, murmelte er und wandte sich ab, um ihr nicht in die Augen sehen zu müssen.

Sie berührte seinen Arm. Es kam so plötzlich, dass er zurückzuckte, als hätte er einen Stromschlag erhalten.

»Nach allem, was wir durchgemacht und überlebt haben, Owen«, sagte sie mit Nachdruck, »da wäre es doch lächerlich, wenn wir uns jetzt zerstreiten.« Nach kurzem Zögern ergänzte sie: »Denk doch nur, um wie viel schlimmer es hätte ausgehen können. Wenn Margaret nicht gewesen wäre.«

Montignac atmete tief durch. Er wollte, dass sie auf der Stelle verschwand, denn dieses Gespräch mochte er nicht länger führen.

»Ich muss wieder an die Arbeit«, erklärte er. »Wir hören voneinander.«

»Versprochen?«

»Versprochen.«

»Und du wirst dir mit Raymond Mühe geben?«

»Auch das. Dir zuliebe, nicht seinetwegen.«

»Mehr verlange ich ja auch nicht. Wenn man ihn kennt, merkt man, dass er wirklich ein sehr netter Bursche ist.«

Montignac musste einen nahezu unwiderstehlichen Lachanfall unterdrücken. Da für den Moment alles gesagt war, beugte Stella sich vor, gab ihm einen leichten Kuss auf die Wange, ließ ihre Lippen dort noch einen Moment verharren und atmete seinen Geruch ein, ehe sie sich abwandte und die Galerie verließ, ohne sich noch einmal umzusehen.

»War das Ihre Schwester?«, fragte Jason Parsons, der an Montignacs Seite erschienen war und zusah, wie Stella über die Straße verschwand.

Montignac schaute ihr ebenfalls nach. »Meine Cousine.«

Jason stieß einen anerkennenden Pfiff aus. »Sie ist schon was Besonderes, oder?« Dann sah er den ungehaltenen Blick seines Chefs. »Sollte keine Beleidigung sein«, fügte er hastig hinzu.

»War da nicht eine Wand freizuräumen?«, fragte Montignac und trat an Jason vorbei, ehe sein Drang, ihn zu schlagen, übermächtig werden konnte.

10

An diesem Abend blieb Montignac länger als sonst in der Galerie, denn die Aussicht, in seine leere Wohnung zurückzukehren und dort zu versuchen, einen Plan auszuknobeln, um den Klauen von Nicholas Delfy zu entkommen, war wenig reizvoll. Die Neuzugänge in der Galerie waren inzwischen untergebracht worden, und es war ihm bereits gelungen, am Nachmittag zwei von ihnen zu verkaufen und einen Privatsammler am Telefon für ein weiteres Bild zu interessieren, was bedeutete, dass er die abscheulichen Machwerke nicht länger als unbedingt nötig anschauen musste.

Später am Nachmittag waren einige der Stammkunden vorbeigekommen und hatten versucht, ihn in ein Gespräch über die Ausstellung eines Künstlers zu verwickeln, die ein Konkurrent der Threadbare eben eröffnet hatte. Montignac war ungewöhnlich schweigsam gewesen.

»Haben Sie die Ausstellung schon gesehen?«, erkundigte sich eine Dame, die mehrere tausend Pfund in der Threadbare Gallery gelassen hatte und nicht einmal einen Hauch Urteilsvermögen besaß.

»Gestern Morgen habe ich dort vorbeigeschaut«, erwiderte Montignac zerstreut.

»Mir hat sie nicht gefallen«, fuhr die Kundin fort. »Ich weiß nicht, wie jemand dazu kommt, diesem Künstler so viel Platz einzuräumen. Dass sich so etwas verkaufen lässt, kann ich mir nicht denken. Was meinen Sie dazu? Das, was Sie hier haben, ist weitaus interessanter. Es stellt eine Herausforderung dar, finden Sie nicht?«

»Doch, absolut«, sagte Montignac, wenngleich die einzige Herausforderung für ihn darin bestand, nicht die Schere zu nehmen und jedes Bild zu zerfetzen, ehe es die ästhetischen Vorstellungen der Welt noch weiter herabsetzen konnte.

»Am meisten freue ich mich natürlich auf die Cézanne-Ausstellung.«

»Ja, von ihr habe ich gehört«, entgegnete Montignac. Arthur Hamilton von nebenan hatte ihm berichtet, dass etwa ein Dutzend dieser Gemälde zur Restaurierung in seine Galerie kommen würde, ehe die Sammlung ihre Reise durch die Museen antrat. Montignac hoffte auf die Möglichkeit, sie sich vorher allein ansehen zu können.

Als Jason Parsons sich um sechs Uhr abends verabschiedet hatte, schloss Montignac die Eingangstür ab, kehrte zu seinem Schreibtisch zurück und schenkte sich aus der Flasche, die er in der untersten Schublade aufbewahrte, ein Glas Whisky ein. Anschließend schlug er das Kontenbuch auf und begann, die Transaktionen des Monats einzutragen. Sein Magen knurrte, denn tagsüber hatte er kaum etwas gegessen; nicht einmal zum Lunch war er dank Stellas Besuch gekommen. Als sie verschwunden war, hatte er das von Jason mitgebrachte Sandwich angeschaut und festgestellt, dass ihm der Appetit vergangen war. Jetzt bedauerte er, das Sandwich weggeworfen zu haben, denn den Whisky auf leeren Magen trinken zu müssen, das stimmte ihn noch missmutiger, als er schon war.

Für die stumpfsinnige Verwaltungstätigkeit brauchte er gewöhnlich ein, zwei Stunden. Dabei verglich er die Belege der Ausgaben mit den Ausgängen und trug die Zahlen ein, denn Mrs Conliffe prüfte die Aufstellungen monatlich und vergewisserte sich, dass jedes ausgegebene Pfund, jeder Shilling und Halfpenny mit einem Nachweis versehen waren. An diesem Abend fand er die Monotonie der Arbeit jedoch wohltuend; sie lenkte ihn von den Problemen ab, die ihm derzeit zu schaffen machten.

Zum einen ging es um den Betrag von fünfzigtausend Pfund, den er Nicholas Delfy schuldete, und um die erste Rate von zehntausend Pfund, die in einem Monat fällig war.

Zum anderen war da der Verlust von Leyville, des Kapitals, der Ländereien, Zinsen und Mieteinahmen, die von Rechts wegen ihm gehörten.

Ein drittes war Stellas Verlobung mit dem Idioten Raymond Davis und ihre absurde Idee, ihn zu heiraten. Die Kinder aus dieser Ehe würden ihn noch weiter von seinem rechtmäßigen Erbe und dem Leben, das er zu führen wünschte, entfernen. Obwohl ihn all das nicht kümmern sollte, dachte er grollend, denn in ihrem Zuhause war er ja immer willkommen.

Er überlegte, ob er in eine Bar voll lärmender Gäste im Westend gehen solle, wo er sich unbemerkt an einen Ecktisch verziehen konnte, um seine Sorgen bei ein paar Gläsern zu vergessen, doch der Gedanke, noch mehr Geld auszugeben und am Morgen mit einem Kater aufzuwachen, hielt ihn davon ab. Eine andere Möglichkeit wäre, ein paar Spiele zu machen und seine Nöte mit der flüchtigen Hoffnung auf einen Gewinn zu betäuben, entweder beim Kartenspiel oder beim Roulette, aber auch das könnte die Sache letztendlich nur noch verschlimmern. Seine Gedanken wanderten zu den Frauen, doch sein Körper reagierte nicht, wenngleich er einen Trost dieser Art seit Wochen nicht mehr genossen hatte. Auch jetzt besaß die Vorstellung für ihn nur wenig Reiz. Er musste etwas tun, erkannte er. Etwas, das seine Probleme auf einen Schlag lösen würde.

Als an der Eingangstür geklopft wurde, wurde er aus seinen Überlegungen gerissen, schaute jedoch nicht auf. Er nahm an, dass es sich um einen Kunden handelte, der feststellen wollte, ob die Galerie noch geöffnet war, und verschwinden würde, wenn ihm klar wurde, dass sie geschlossen war. Vorn im Ausstellungsraum hatte Montignac das Licht ausgeschaltet, aber die beiden Leuchten über seinem Schreibtisch brannten noch und signalisierten demjenigen an der Tür vermutlich, dass in der Galerie noch jemand war.

Jetzt wurde an der Tür gerüttelt. Verärgert sah Montignac hoch und stand auf, um erkennen zu können, wer da war.

»Wir haben geschlossen«, rief er und konnte einen Mann mit Hut und Mantel ausmachen, der im Dämmerlicht auf der Straße stand. »Kommen Sie morgen wieder.«

»Mr Montignac?«, rief der Mann. »Owen, sind Sie das?«

Für einen Takt setzte Montignacs Herzschlag aus. Er überlegte, ob Delfy jemanden geschickt hatte, um ihm die Dringlichkeit der Rückzahlung zu vermitteln. Doch die Frage des Mannes hatte höflich geklungen, und das, was er von ihm erkennen konnte – normale Größe, normaler Körperbau, eleganter Mantel –, genügte, um ihn zu beruhigen. Dennoch sah er sich hastig um und fragte sich, ob es Sinn machte, durch die Hintertür zu entschlüpfen.

»Wer ist da?«, rief er und versuchte erneut, sich einen Grund für einen solch späten Besuch zusammenzureimen.

Der Mann rief einen Namen, der jedoch im Motorengeräusch eines vorbeifahrenden Wagens unterging. Montignac verließ seinen Schreibtisch und durchquerte die Galerie leise zum Eingang. Die Straßenlampe vor der Galerie war defekt, sodass er das Gesicht seines Besuchers nur verschwommen wahrnahm.

»Gareth Bentley«, rief der Mann, als er Montignac erblickte, nickte munter, nahm seinen Hut ab und grinste. »Wir haben uns gestern Abend kennengelernt, erinnern Sie sich?«

Montignac fiel der junge Mann ein, mit dem er sich am vergangenen Abend ein Taxi geteilt hatte, dessen Eifer und verzweifelter Wunsch einem Sklavendasein zu entgehen; die Augen, die allein angesichts der Möglichkeit, eine Stelle angeboten zu bekommen, aufgeleuchtet hatten. Dank Stellas Besuch und der Sorgen, die er sich tagsüber wegen seiner Schulden gemacht hatte, hatte er die Begegnung mit dem jungen Bentley vollkommen vergessen.

»Natürlich erinnere ich mich an Sie«, sagte er, schloss die Tür auf und öffnete sie wie eine Spinne, die eine Fliege in ihr Netz einlädt. »Kommen Sie, treten Sie ein.«

KAPITEL 4

1

Der Termin war um elf Uhr morgens. Montignac erschien zehn Minuten zu früh vor dem heruntergekommenen Bürogebäude und beschloss, noch nicht hineinzugehen. Stattdessen blieb er auf der Straße stehen und rauchte im hellen Sonnenlicht des Augusttages eine Zigarette. Doch dann beunruhigte ihn der Gedanke, jemand könne ihn von einem Fenster aus entdecken, und er verzog sich in eine Nebengasse, wo man ihn von dem Bürogebäude aus nicht sehen konnte. Allerdings machte ihn die gesamte Gegend nervös, eine laute Ecke Londons, in der er sonst nie verkehrte, wo ärmlich gekleidete Kinder auf der Straße um ihn herumrannten und die Essensgerüche aus den überfüllten Mietskasernen ihn überwältigten.

Der erste Kontakt war durch einen jungen Mann zustande gekommen, der am vergangenen Nachmittag mit einer Sammlung Aquarelle, die er verkaufen wollte, in der Threadbare erschienen war. Die Bilder hatten Montignac recht gut gefallen, weshalb er das Angebot, sie zu kaufen, ausgeschlagen hatte, denn zu den anderen Meisterwerken der Galerie hätten sie nicht gepasst. Zu seiner Verblüffung schien der Besucher darüber nicht sonderlich enttäuscht. Montignac stellte ihm einige Fragen bezüglich der Technik, die er in einem der Aquarelle angewandt hatte. Dabei stellte er fest, dass der Mann sie gar nicht gemalt hatte und auch etliche der Begriffe, die Montignac benutzte, nicht verstand.

»Hier in der Straße gibt es eine Menge Galerien, oder?«, wechselte er das Thema und fügte hinzu, sein Name sei Tom Sweeney.

»In der Tat«, antwortete Montignac und hätte um ein Haar gelacht. »Um nichts anderes geht es in der Cork Street. Sie ist das Geschäftszentrum der Londoner Kunstwelt.«

»Die werden sicher alle bestens bewacht«, mutmaßte Sweeney.

»Nicht unbedingt«, klärte Montignac ihn auf. »Wir haben nur selten Probleme. Polizisten, die hier nach dem Rechten sehen, sind rar.«

»Und diese Galerie nebenan«, fuhr Sweeney fort. »Ich habe gelesen, dass dort demnächst ein paar Gemälde von Cézanne untergebracht werden sollen.«

»Ja, für kurze Zeit. Die Clarion hat recht gute Restaurateure, die an den Gemälden arbeiten werden, ehe sie in unseren Museen gezeigt werden. Sind Sie ein Bewunderer von Cézanne?«

»Klar«, sagte Sweeney mit gleichgültigem Schulterzucken. »Ist das nicht jeder?«

Montignac betrachtete seinen Besucher genauer, denn sein Gefühl sagte ihm, dass dieser dabei war, ihn auszuhorchen. »Darf ich Ihnen eine Frage stellen, Mr Sweeney?« Sweeney nickte. »Wer hat die Bilder gemalt, die sie mitgebracht haben?«

Sweeney öffnete den Mund, als wolle er sich empören, doch dann schien ihn die Lust zu weiteren Täuschungsmanövern zu verlassen. »Keine Ahnung«, sagte er. »Mein Auftrag war nur, sie hierherzubringen und zu erfahren, ob Sie interessiert sind.«

»Ob ich an den Aquarellen interessiert bin?«

»Daran interessiert, einem Sammler zu helfen.«

Montignac ließ sich einen Moment Zeit, um darüber nachzudenken. Dann führte er Sweeney durch die Galerie zu seinem Schreibtisch, setzte sich und bedeutete ihm mit einer Geste, sich ihm gegenüber niederzulassen. »Es ist mir immer ein Vergnügen, einem ernsthaften Sammler in jeder mir möglichen Weise zu helfen«, sagte er leise.

»Mein Arbeitgeber ist ein überaus ernsthafter Sammler«, erwiderte Sweeney.

»Und wer ist dieser Mann?«

»Wenn es Ihnen nichts ausmacht, möchte ich das im Moment noch für mich behalten.«

»Schön, aber dann sagen Sie mir wenigstens, was ich für ihn tun kann. Sind das seine Bilder?« Montignac nickte in Richtung der Aquarelle, die Sweeney unten gegen seinen Schreibtisch gelehnt hatte. »Ist er sowohl Sammler als auch Maler?«

»Keine Ahnung, aber mit einem Pinsel in der Hand habe ich ihn noch nie gesehen, deshalb würde ich es eher bezweifeln.« Sweeney grinste, als hätte die Vorstellung, sein Arbeitgeber könne sich auf die Art beschäftigen, etwas Witziges.

»Vielleicht möchte er unsere Galerie irgendwann einmal selbst besuchen und einen Blick auf die Objekte werfen«, schlug Montignac vor.

»Er war schon hier«, erwiderte Sweeney. »In dieser Woche hat er eine Weile hier zugebracht. Ich glaube, er hat alle ausgestellten Werke ausführlich begutachtet.«

»Aha.« Montignac fahndete in seinem Gedächtnis nach verdächtigen oder auffallenden Personen, die in letzter Zeit die Galerie besucht hatten, aber an einen ungewöhnlichen Menschen konnte er sich nicht erinnern.

»Nach dem, was er mir erzählt hat, haben ihn die Werke hier eher verwundert.«

»Inwiefern?«

»Insofern als alles, was Sie hier anbieten – in seinen Worten wohlgemerkt –, nur ausgemachter Schund ist.«

Montignac schmunzelte und zuckte unbefangen mit den Schultern. »Das ist unsere Spezialität, Mr Sweeney. Abgesehen davon werden Sie feststellen, dass unsere Galerie zu den teuersten und einträglichsten in der Cork Street gehört. Vielleicht ist Ihr Arbeitgeber ja an einer Privatschau interessiert und möchte doch einige der Objekte erwerben. Die Chancen, dass sich ihr Wert in den nächsten Jahren vervielfacht, sind ausgezeichnet.«

»Das glaube ich nicht«, sagte Sweeney. »Ich kann mir nicht vorstellen, dass er seine Sammlung mit so etwas besudelt. Das soll aber keine Beleidigung sein.«

»Ich bin nicht beleidigt.«

»Nein, meiner Ansicht nach ist er eher an der Galerie nebenan interessiert. Der Clarion.«

»Eine hervorragende Galerie«, bestätigte Montignac mit anerkennendem Nicken. »Aber nur die Hälfte ihrer Räumlichkeiten enthält Werke, die tatsächlich zum Verkauf stehen. Der Rest ist Wanderausstellungen vorbehalten und dem Raum, in dem sie restaurieren.«

»Das ist uns bewusst.«

Montignac wusste nicht recht, wohin dieses Gespräch führen sollte. Als klar wurde, dass Sweeney nicht vorhatte, ihn in diesem Punkt aufzuklären, sagte er: »Tut mir leid, aber ich begreife nicht ganz, welche Rolle ich dabei spiele. Die Clarion hat mit der Threadbare nichts zu tun. Zwischen uns gibt es keinerlei Verbindung.«

»Sind Sie sich dessen sicher, Mr Montignac?«

»Absolut sicher. Andere Eigentümer, anderes Geschäft.«

»Die Verbindung zwischen den beiden scheint mir eher räumlicher Art, denn die Gebäude sind ja nicht voneinander getrennt.«

»Richtig. Genau genommen waren die Threadbare und die Galerien zu ihrer Linken und Rechten einmal Teil eines größeren Gebäudes, das vor Jahrzehnten in drei kleinere Einheiten unterteilt worden ist.«

»Meinem Arbeitgeber ist die Treppe im oberen Stockwerk aufgefallen.« Sweeney nickte zum Zwischengeschoss hinauf. »Ich glaube, ganz oben befindet sich eine Tür.«

»Ja, zu unserem Lager.«

»Und das ist nicht mit den Galerien auf beiden Seiten verbunden?«

»Nein. Die Zwischenwände sind zwar dünn, aber es gibt keine Türen. Man kann nicht von einer Galerie zur anderen laufen, falls Sie das meinen.«

»Die Gebäudepläne zeigen, dass sich über die obersten Stockwerke ein niedriges Dachgeschoss zieht.«

»Das ist wohl wahr«, sagte Montignac. »Da gibt es eine Luke, die in die –« Er verstummte, neigte den Kopf zur Seite und studierte sein Gegenüber mit neu erwachtem Interesse.

Sweeney griff in seine Jackentasche, zog ein Stück Papier und einen Stift hervor, schrieb eine Adresse auf und hielt sie Montignac hin. »Können Sie die behalten?«

»Selbstverständlich.«

»Wissen Sie, wo das ist?«

»Leider nicht.«

»Aber Sie würden es finden?«

»Wahrscheinlich.«

»Hervorragend.« Sweeney zerknüllte das Papier und steckte es wieder in seine Jackentasche. »Mein Arbeitgeber hat dort eines seiner Privatbüros und wäre sehr daran interessiert, sich dort mit Ihnen zu treffen. Ginge es vielleicht morgen Vormittag um elf Uhr?«

Montignac dachte nach. »Zurzeit ist hier einiges zu tun.«

»Es könnte zu Ihrem Vorteil sein«, bemerkte Sweeney. »Womöglich gewinnträchtiger als ein Abend an den Spieltischen der Unicorn Ballrooms.«

Montignac kniff die Augen zusammen und starrte Sweeney an. »Was wissen Sie darüber?«

Sweeney stand auf und sammelte seine Aquarelle ein. »Wie ich schon sagte, Mr Montignac, das Treffen mit meinem Chef könnte für Sie von beträchtlichem Vorteil sein. Darf er Sie zu der vereinbarten Zeit erwarten?«

Montignac enthielt sich der Antwort. Sweeney schien dies als Einverständnis aufzufassen, denn er lächelte, nickte Montignac zu und verließ die Galerie mit den Aquarellen unter dem Arm. Montignac blieb für längere Zeit am Schreibtisch sitzen und ließ sich die Sache durch den Kopf gehen. Er wünschte, er könnte sich an einen Mann erinnern, der sich an einem der letzten Wochentage in der Galerie umgesehen und die Treppe und die Lage der Stockwerke ausgekundschaftet hatte, doch trotz seines Unbehagens wusste er, dass er die Verabredung einhalten würde. Er hatte nichts zu verlieren.

Zur vereinbarten Zeit klopfte er an der Eingangstür. Sie wurde umgehend von Sweeney geöffnet, der denselben Anzug wie am Vortrag trug.

»Mr Montignac«, sagte er, zog die Tür weit auf, winkte ihn herein und schien nicht im Mindesten überrascht, ihn zu sehen. »Wie schön, dass Sie unsere Verabredung einhalten können.«

»Ist das nicht ein merkwürdiger Ort für ein Büro?«, fragte Montignac und dachte an die schäbige Gegend, in der man eigentlich keinen ernsthaften Kunstsammler erwartete.

»Mein Chef besitzt mehrere Büros«, erklärte Sweeney. »Für Zusammenkünfte wie diese zieht er eine der diskreteren Adressen vor. Folgen Sie mir bitte.«

Montignac folgte ihm durch einen muffig riechenden, verdreckten Flur und schauderte vor Ekel. Die nackte Glühbirne in Deckenmitte war von einem riesigen, leeren Spinngewebe umgeben; an den Wänden war die Farbe größtenteils abgeblättert, und durch den verschlissenen Läufer konnte man modernde Dielen erkennen. Schweigend durchquerten sie den Flur, stiegen drei Treppen hinauf und kamen an eine Tür, an die Sweeney klopfte.

»Herein«, rief eine Stimme von innen. Sweeney öffnete die Tür, trat zurück, winkte Montignac hinein, schloss die Tür hinter ihm und blieb draußen.

»Mr Montignac.« Ein Mann stand von seinem Schreibtisch auf und trat erfreut auf Montignac zu. »Ich bin froh, dass Sie kommen konnten. Bitte, nehmen Sie Platz.«

Zögernd schüttelte Montignac die dargebotene Hand und versuchte, sich zu erinnern, ob er diesen Mann in der Galerie schon einmal gesehen hatte, doch das Gesicht sagte ihm nicht das Geringste.

»Mir ist nicht ganz klar, weshalb ich hier bin, Mr –«

»Der Name ist Keaton. Nicht Mister«, sagte er schulterzuckend. »Aber belassen wir es für den Moment dabei. Heutzutage haltet ihr jungen Leute Titel vermutlich für einen Anachronismus.«

»Mir scheint, im Allgemeinen verachten nur diejenigen Titel, die selbst keinen haben«, entgegnete Montignac.

»Ich glaube, das ist eine sehr scharfsichtige Beobachtung«, lobte Keaton und ließ sich wieder hinter seinem Schreibtisch nieder. »Es tut mir leid, dass ich Ihnen nichts zu trinken anbieten kann. Ich fürchte, derartige Annehmlichkeiten haben wir hier nicht. Wären wir in meinem normalen Büro, könnte ich Ihnen einen recht ordentlichen Glenfiddich offerieren, aber ich wollte Sie ein wenig diskreter treffen. Ich habe sehr viel über Sie gehört, Mr Montignac.«

»Dann ist es mehr, als ich über Sie gehört habe«, entgegnete Montignac und ließ sich Zeit damit, den Mann zu studieren. Er war schätzungsweise Mitte fünfzig, hatte sich lichtendes dunkles Haar, eine kräftige Kinnpartie und war tadellos gekleidet. Montignac registrierte die Manschettenknöpfe und erkannte sofort, dass sie mit Diamanten besetzt waren. Er nahm an, dass dieser Mann abends noch genauso makellos war wie am Morgen.

»Ich versuche, mich über interessante Menschen auf dem Laufenden zu halten«, sagte Keaton. »Und genau so jemand scheinen Sie mir zu sein. Wenn ich sage, dass Sie Kunstgeschichte studiert haben, hätte ich recht, nicht wahr?«

»Ja.«

»War es nicht in Cambridge?«

»Ja.«

»Ich war selbst in Cambridge, vor vielen Jahren. Habe dort Jura studiert.«

»Ach.«

»Und jetzt führen Sie ein Galerie.«

»Ja, seit vier Jahren.«

»Und wie gefällt Ihnen das?«

»Ganz gut«, antwortete Montignac mit unverbindlichem Schulterzucken. »Die Dame, der die Galerie gehört, lässt mir mehr oder weniger freie Hand.«

»Haben Sie nicht vor Kurzem einen jungen Mann eingestellt? Einen Gareth Bentley?«

Montignac zögerte, ehe er die Frage bejahte.

»Gab es dazu einen besonderen Grund?«

»Ich habe ein Auge für talentierte Menschen«, erwiderte Montignac. »Und mein Gespür sagt mir, dass Mr Bentley nützlich sein könnte.«

»Und natürlich wissen Sie auch, wer sein Vater ist.«

»Ja.«

Keaton nickte bedächtig. »Der junge Bentley könnte sich als eine Ihrer weitsichtigeren Entdeckungen erweisen. Die Arbeit in der Galerie gefällt Ihnen also?«

»Es gibt Schlimmeres.«

»Das möchte ich meinen. Werden Sie für Ihre Dienste gut bezahlt?«

»Das eher nicht«, gab Montignac zu, obwohl er sich nicht sicher war, ob er solche indiskreten Fragen überhaupt beantworten wollte. Dann sagte er sich, dass es vermutlich einen Grund für sie gab und es klug wäre, bei diesem Spiel mitzumachen, ganz gleich, um was es dabei ging.

»Aber Sie arbeiten dort ja auch nicht, um Geld zu verdienen, oder?«

»Jeder arbeitet, um Geld zu verdienen«, entgegnete Montignac verdutzt.

»Einige tun es«, berichtigte Keaton. »Ich weiß nur nicht, ob Menschen wie Sie und ich zu ihnen gehören. Und dann gibt es natürlich noch solche, die mit einem großen Erbe rechnen. Sie arbeiten, um die Zeit totzuschlagen, während sie auf das Dahinscheiden des lieben Verwandten warten.«

»Mag sein.«

»Doch falls dieses Erbe ihnen auf unerwartete und grausame Weise entrissen wird, könnte der Gedanke, für den Rest ihres Lebens jeden Morgen aufzustehen und bis in die Abendstunden bei geringem Gehalt für einen anderen zu arbeiten, beginnen, an Anziehungskraft zu verlieren.«

Montignac versteifte sich. Er zog es vor, Herr der Lage zu sein, und fand, dass ihm das in der Regel auch gelang, doch Keaton wusste eindeutig mehr über ihn, als ihm angenehm war.

»Wer genau sind Sie, Mr Keaton?«, erkundigte er sich. »Woher wissen Sie so viel über mich?«

»Ich bin nur ein Kunstkenner«, erwiderte Keaton schmunzelnd. »Darüber hinaus ist es mir möglich, anderen gleichgesinnten Kunstkennern von Zeit zu Zeit einen Dienst erweisen zu können.«

»Und um welchen Dienst handelt es sich im Moment?«

Keaton lächelte in sich hinein, sagte jedoch nichts. Stattdessen betrachtete er einige Papiere auf seinem Schreibtisch. Als sein Blick sich wieder auf Montignac richtete, wirkte er besorgt. »Sie sind ein Spieler, nicht wahr? Leider kein sehr erfolgreicher.«

»Ich habe durchaus schon Glück gehabt«, erwiderte Montignac indigniert.

»Ich bin mir nicht sicher, ob Nicholas Delfy da derselben Ansicht ist.«

»Sie kennen ihn?«, fragte Montignac mit starrer Miene.

»Nicht sehr gut. Natürlich weiß ich, womit er sich beschäftigt, und glaube, dass er Sie in zwei Wochen erwartet. Da geht es um die kleine Summe von zehntausend Pfund, die Sie ihm schulden. Als erste Rate.«

Montignac biss die Zähne zusammen, sah Keaton an und wünschte, er würde zum Punkt kommen.

»Alles in allem doch eine Menge Geld«, räumte Keaton ein. »Falls das, was ich über Mr Delfy gehört habe, zutrifft, reagiert er nicht sehr freundlich, wenn man ihn enttäuscht. Jedenfalls kann man ihn nicht als zutiefst nachsichtigen Menschen bezeichnen. Hat eher eine unfaire Ader. Aber reden wir von etwas anderem«, fuhr er schwungvoll fort. »Ich glaube, einige der Cézanne-Gemälde kommen in die Cork Street, ehe die Sammlung ihre Runde durch die Museen antritt.«

Montignac wurde nachdenklich. »Ja«, sagte er, »das tun sie, aber sie werden nicht in meiner Galerie ausgestellt, falls Sie darauf hoffen. Wir übernehmen keine Restaurierungen.«

»Das nicht, aber sie kommen in die Galerie nebenan. Die Clarion, wenn mich nicht alles täuscht.«

»Möglicherweise, ja.«

»Ich könnte mir vorstellen, dass sich in dieser Sammlung einige sehr schöne Werke befinden.« Keaton beugte sich vor und lächelte. »Wie wäre es, wenn Sie einen Weg fänden, sie für mich zu stehlen?« Letzteres sagte er, als handele es um die natürlichste Sache der Welt, ein Thema, das man gesprächsweise ohne Weiteres einmal anschneiden konnte.

2

Margaret Richmond schaffte es kaum, ihrer Aufregung Herr zu werden, denn in dieser Woche hatte Stella zwei Mal angerufen, um sicherzugehen, dass sie sich am Wochenende in Leyville befand, da sie ihr etwas äußerst Wichtiges mitzuteilen habe. Es waren überflüssige Nachfragen gewesen, denn Margaret wusste nicht, wo sie sonst hätte sein sollen, schließlich hatte sie kein eigenes Zuhause und außer den Montignacs auch keine nennenswerte Familie. Allerdings hasste sie es, tagelang allein gelassen zu werden, in einem Haus, wo ihr nur die Erinnerungen und die Einsamkeit Gesellschaft leisteten, und war daher froh, dass Stellas Aufenthalt in London endlich zu Ende sein würde.

Doch als sie am Sonntagmorgen aufstand und im Flur Mäntel und Reisetaschen entdeckte, von denen einige eindeutig Stella gehörten und die anderen vermutlich Raymond Davis, schlug ihre Aufregung in Panik um. Sie hatte die beiden erst zur Mittagszeit erwartet und geplant, das Bett in Stellas Zimmer wie auch das im Gästezimmer am Vormittag herzurichten, doch offenbar hatte Stella all das nach ihrer Ankunft selbst übernommen. Für einen Moment fragte sie sich, wo Raymond in der Nacht geschlafen hatte, und verscheuchte den Gedanken umgehend. Mit solchen Dingen wollte sie sich nicht befassen.

Voller Unruhe wartete sie darauf, dass die beiden aufstanden. Nach oben mochte sie nicht gehen, aus Furcht, ihre schlimmsten Befürchtungen hinsichtlich der Bettenverteilung könnten bestätigt werden. Sie hantierte mit Getöse in der Küche herum und hoffte, das Klappern der Töpfe und Pfannen würde das Paar aus dem Schlummer reißen, doch als sie die Kanne Tee zubereitete, sah sie erstaunt, dass Stella und Raymond aus dem Park auf die Hintertür zukamen.

»Stella«, rief sie, als die beiden in die Küche traten, »ich dachte, du schläfst noch.«

»Ich und schlafen? Oh nein. Wir sind kaum zum Schlafen gekommen.« Stella lief zu Margaret und umarmte sie. »Wie geht es dir? Hast du mich vermisst?«

»Natürlich habe ich dich vermisst.« Margaret drückte Stella an sich. »Du weißt doch, wie ich es hasse, wenn du in London bist. Hier unten ist es für mich zu einsam, und für dich ist es da oben zu gefährlich. Guten Morgen, Mr Davis«, fügte sie hinzu. Steif und verlegen wandte sie sich zu Stellas Begleiter um.

»Guten Morgen, Margaret«, begrüßte Raymond sie gut gelaunt. »Aber hatte ich Sie nicht gebeten, mich Raymond zu nennen?«

»Also dann, Raymond«, sagte sie, obwohl diese Vertrautheit ihr nach wie vor unangenehm war. »Ich habe Frühstück gemacht. Ihr seid doch sicher hungrig.«

»Wir sterben vor Hunger.« Stella ging zum Herd und begutachtete die Pfannen, in denen Schinkenspeck, Eier und Würstchen brutzelten. »Perfekt«, sagte sie. »Ich decke den Tisch.«

Den förmlichen Speisesaal oder auch den kleineren Frühstückssalon benutzten sie nicht mehr; stattdessen wurden die meisten Mahlzeiten an einem kleinen runden Tisch in der Küche eingenommen, vor dem vergitterten Erkerfenster, mit Blick auf den Park. Es war ein lauschiges Plätzchen, und da die meisten Dienstboten entlassen worden waren, musste man auch nicht mehr befürchten, unentwegt gestört zu werden.

»Wie haben die Frauen sich benommen?«, fragte Stella. »Ich hoffe, du hattest mit keiner ein Problem.«

Sie ließen sich zum Frühstück nieder. »Eigentlich nicht«, entgegnete Margaret. »Sicher, nur noch halbtags zu arbeiten gefällt ihnen nicht, aber ich habe ihnen erklärt, wenn sie möchten, könnten sie sich woanders eine Ganztagsstelle suchen, da wir nur noch eine Teilzeitköchin brauchen und eine Putzfrau, die an ein paar Tagen in der Woche kommt. Es ist ja nicht mehr wie früher«, schloss sie bekümmert.

»Nein.« Stella erinnerte sich an die Jahre, als ihre Familie hier zu fünft gewesen war und mit den Dienstboten unter einem Dach gelebt hatte. Zu Zeiten ihres Großvaters hatten in Leyville sogar mehr als doppelt so viele Menschen gewohnt, damals als hier auch die notleidenden Mitglieder ihrer weit verzweigten Familie untergekommen waren. Jetzt war nur noch sie in Leyville, eine der letzten Montignacs.

»Und wie war London?«, erkundigte sich Margaret. »Seid ihr oft ins Theater gegangen?«

»Ein oder zweimal«, berichtete Raymond. »Die meiste Zeit sind wir abends zum Essen gegangen und haben alte Freunde von Stella wiedergesehen.«

Margaret wandte sich an Stella. »Aber jetzt bleibst du für eine Weile zu Hause, oder?«, fragte sie hoffnungsvoll. »Du kehrst doch nicht gleich wieder nach London zurück.«

»Raymond muss Montagmorgen wieder dort sein und arbeiten. Aber ich gehe nirgendwohin. Ich habe vor, den Rest des Sommers hier zu faulenzen und so weit wie möglich von London weg zu sein. Dort ist es zu heiß, und die Themse fängt an zu riechen.«

Margaret strahlte und hätte kaum glücklicher sein können. »Das ist eine wundervolle Nachricht. Wir werden einander Gesellschaft leisten.«

»Ja«, sagte Stella, die nichts dagegen gehabt hätte, wenn es in der Umgebung noch einige jüngere Leute gegeben hätte, so sehr sie Margaret auch mochte. »Aber wir werden auch beschäftigt sein. Ich meine, mit der Planung.«

»Welcher Planung?« Margaret schaute von ihrem Teller auf. »Was gibt es denn zu planen?«

Stella und Raymond tauschten aufgeregt einen Blick. Er griff über den Tisch hinweg nach Margarets Hand und drückte sie sanft. »Margaret, ich freue mich, Ihnen mitteilen zu können, dass Stella eingewilligt hat, mich zu heiraten.«

»Das weiß ich«, erwiderte Margaret verwirrt. »Hattet ihr das nicht schon am vergangenen Weihnachten beschlossen?«

»Doch, aber jetzt haben wir das Datum festgesetzt«, entgegnete Stella. »Jetzt führt kein Weg mehr daran vorbei.«

»Lass es doch nicht wie eine Qual klingen, Liebling.« Raymond lachte und wandte sich wieder an Margaret. »Wir hatten an den ersten Samstag im Oktober gedacht. Wie hört sich das für Sie an?«

Margaret öffnete den Mund, doch ihr fehlten die Worte. Sie sprang auf und lief zu Stella, die angesichts ihrer rituellen Küsse und Umarmung in Gelächter ausbrach.

»Das ist die wundervollste Nachricht, die ich seit Langem gehört habe«, verkündete Margaret und ging sogar so weit, Raymond zu küssen, ehe sie zu ihrem Platz zurückkehrte. »Und ich dachte schon, ihr gehört zu denen, die eine dieser endlosen Verlobungszeiten planen und warten, bis die Rose verblüht ist, ehe sie den Weg zum Altar finden.«

»Das hatten wir anfangs auch vor«, bekannte Stella.

»Aber ich konnte sie vom Gegenteil überzeugen«, warf Raymond ein. »Wir sind der Meinung, es sei sinnlos, noch mehr Zeit zu vergeuden. Abgesehen davon kann ich nicht riskieren, dass Stella wieder zu Verstand kommt und es sich anders überlegt. Deshalb steht der Oktobertermin fest, was auch bedeutet, dass Ihnen nur zwei Monate bleiben, um das Ganze auf die Beine zu stellen.«

»Damit werden wir uns ab sofort beschäftigen«, erklärte Stella. »Das heißt, falls du glaubst, dass du es schaffst, Margaret.«

»Ob ich es schaffe?«, fragte Margaret. »Es wird mir ein Vergnügen sein.« Sie war schon dabei, sich die Zukunft auszumalen. In Leyville würde erneut eine Familie leben. Mit der Zeit würden sich Kinder einstellen, viele Kinder, wie sie hoffte, und sie war immer noch jung genug, um sich um sie zu kümmern. Neue Dienstboten würden engagiert, und das Leben würde wieder so werden, wie es einst gewesen war; ihre Zukunft wäre gesichert.

»Oder glaubst du, es ist noch zu früh?«, erkundigte sich Stella, und ihr Lächeln verblasste.

»Zu früh?«, wiederholte Margaret. »Nein, das glaube ich nicht. Schließlich kennt ihr euch seit fast zwei Jahren.«

»Ich meinte, zu früh nach Vaters Tod«, sagte Stella. »Er ist ja erst vor wenigen Monaten – von uns gegangen. Glaubst du nicht, die Leute werden es für gefühllos halten, wenn im selben Jahr eine Hochzeit stattfindet?«

Margaret dachte darüber nach. Ganz ohne Zweifel würden etliche so denken, und hätte sie die Familie nicht so gut gekannt, hätte sie daran auch Anstoß genommen. Aber sie konnte es sich nicht leisten, Stella zu entmutigen, denn, wie Raymond schon gesagt hatte, bestand die Gefahr, dass sie ihre Meinung änderte.

»Nein«, erwiderte sie, »ganz und gar nicht. Bis Oktober werden vier Monate vergangen sein, seit – seitdem.« Sie stellte fest, dass es ihr nicht gelang, deutlicher zu werden. »Das ist eine vollkommen akzeptable Wartezeit.«

»Das dachte ich auch«, sagte Stella. »Und Vater würde doch auch wollen, dass ich glücklich bin, oder?«

»Ganz gewiss würde er das.« Selig griff Margaret nach Stellas Hand und drückte sie. »Und wenn er hier wäre, würde er das auch sagen.«

»Dann ist es also abgemacht«, erklärte Raymond. »Am ersten Samstag im Oktober. Wir feiern hier in Leyville und laden die ganze Welt dazu ein.«

»Oh nein, Raymond, nicht die ganze Welt«, widersprach Stella lachend. »Lass es uns in relativ kleinem Rahmen halten. Nicht mehr als sechzig oder siebzig Gäste. Nur Freunde und Familienangehörige.«

»Was immer du willst«, antwortete Raymond, der es ihr unter allen Umständen recht machen wollte und sein Glück darüber, dass sie sich festgelegt hatte, noch immer nicht fassen konnte.

»Hast du es Owen schon erzählt?«, fragte Margaret nach einer kleinen Pause. »Ich meine, als du in London warst. Hast du ihn da eingeweiht?«

»Noch nicht«, gestand Stella. »Vor einigen Wochen haben wir uns zum Dinner getroffen, und am nächsten Tag war ich bei ihm in der Galerie, aber seitdem konnte ich ihn nicht mehr erreichen. Weiß der Himmel, was er treibt. Abgesehen davon haben Raymond und ich uns erst vor wenigen Tagen auf das

Datum geeinigt, und jetzt am Wochenende wollte ich es dir erzählen – ich werde Owen am Montag schreiben.«

»Du willst ihm *schreiben*?«, fragte Margaret.

»Ja. Das ist doch in Ordnung, oder?«

Für einen Moment verhakten sich die Blicke der beiden Frauen. Dabei schien es, dass sie einen stummen Dialog miteinander führten, bis Margaret den Blick senkte.

»Tu, was du für richtig hältst«, sagte sie. »Ich bin sicher, dass Owen sich für euch freuen wird, ebenso wie ich.«

»Das möchte ich stark bezweifeln«, sagte Raymond.

»Oh, sag das nicht, Raymond«, bat Stella. »Bitte. Du musst nur ein bisschen Geduld mit ihm haben.«

»Ich glaube nicht, dass Owen mich mag«, sagte Raymond, an Margaret gewandt. »Vielleicht denkt er, für seine Schwester sei ich nicht gut genug.«

»Ich bin nicht seine Schwester«, betonte Stella.

»Nein, aber du weißt, was ich meine. Du bist es so gut wie.«

»Aber ich bin es nicht«, wiederholte sie.

»Machen Sie sich wegen Owen keine Gedanken«, sagte Margaret. »Mit der Zeit wird er seine Meinung ändern.«

»Hoffentlich«, entgegnete Raymond. »Ich habe keine Brüder und finde die Vorstellung, einen Schwager zu bekommen, recht reizvoll. Offen gestanden weiß ich nicht einmal, was er gegen mich hat. Vielleicht bin ich ihm zu forsch und raubeinig.«

Er strich über sein Kinn und spürte die Bartstoppeln, denn zum Rasieren war er noch nicht gekommen. Margaret biss sich auf die Lippe, um nicht zu lachen. Raymond Davis war einer der am wenigsten forschen und raubeinigen Menschen, denen sie jemals begegnet war.

»Ich sollte unser Gepäck hochbringen«, sagte er zu Stella. »Und mich waschen und rasieren. In einer Stunde oder so könnten wir einen Spaziergang ins Dorf machen. Was hältst du davon?«

»Gute Idee«, erwiderte Stella und nahm den Kuss entgegen, den er auf dem Weg hinaus auf ihre Wange drückte. Margaret sah ihm nach. Als er die Tür geschlossen hatte, schaute sie Stella liebevoll an.

»Ich tue doch das Richtige, oder?«, fragte Stella leise.

»Macht er dich glücklich?«

Stella dachte nach. »Ja. Doch, das tut er. Er ist überaus freundlich, bringt mich zum Lachen, und ich weiß, dass er mich nie verletzten wird.«

»Liebst du ihn?«

Stella zögerte. »Margaret«, antwortete sie und seufzte, als ginge es um eine unfaire und, angesichts ihrer Vergangenheit, nahezu grausame Frage.

»Du darfst Owen nicht schreiben«, erklärte Margaret abrupt. »Das wäre schlichtweg gehässig.«

»Glaubst du, er wird als Brautführer fungieren?«, fragte Stella und ging über Margarets Einwurf hinweg. »Vater ist ja nicht mehr da. Glaubst du, Owen führt mich zum Altar?«

Margaret stand auf, begann den Tisch abzuräumen, und schüttelte den Kopf.

»Denk nicht daran, was er tun wird, sondern an das, was du vorhast. Wir müssen eine Hochzeit planen, oder? Im Übrigen bist du jetzt das Haupt der Montignacs, sonst niemand, und das ist ja wohl ausschlaggebend.«

Stella sah zu, wie sie das Geschirr in das Spülbecken stellte, und wusste, dass Margaret recht hatte. Sie würde es Owen persönlich sagen müssen, und wenn es ihm nicht gefiele, wenn er deswegen Theater machen oder Raymond wieder beleidigen würde, dann sollte er der Hochzeit doch fernbleiben, das war schließlich sein gutes Recht.

Dennoch war es ein Gespräch, auf das sie sich nicht freute.

3

Kurz nach Mitternacht traf Gareth an der Hintertür der Galerie Threadbare ein. Wie befohlen, war er von Kopf bis Fuß in Schwarz gekleidet. Vor zwei Monaten war er Owen Montignac zum ersten Mal begegnet, am Abend seiner Geburtstagsfeier. Inzwischen waren sie sich näher gekommen, was bedeutete, dass Montignac versuchte, die Motive und den Mut seines neuen Angestellten auszuloten, und Gareth ihm unentwegt zu verstehen gab, dass er alles täte, um nicht zu lebenslänglicher Arbeit in der Kanzlei Rice verurteilt zu werden.

Gleich zu Anfang hatte Montignac erklärt, dass es – außer den strikt legalen – noch andere Möglichkeiten gebe, Geld zu verdienen. Dass er selbst von ihnen Gebrauch machen könnte, hatte er vorerst für sich behalten. Gareth Bentley hatte schließlich Jura studiert und stammte aus einer Familie, die das Gesetz bekanntlich aufrechterhielt, deshalb durfte man bei ihm nicht allzu viel riskieren. Würde er seinem Vater beispielsweise etwas von Montignacs Plänen verraten, könnte das zu Problemen führen.

»Eines sollten Sie über mich wissen«, begann Gareth eines Tages beim Lunch, da kannten sie sich seit einigen Wochen. »Ich bin extrem faul. Vielleicht sollte ich es in schönere Worte kleiden, aber was soll's. So bin ich nun einmal. Ein fauler Taugenichts.«

Montignac lachte. »Wenn man Sie hört, klingt es wie eine Tugend.«

»Ist es in gewisser Weise auch«, entgegnete Gareth ernst. »Aber ich bin wenigstens ehrlich und gebe nicht vor, anders zu sein. Ich gehöre nicht zu den Menschen, die für den Rest ihres Lebens tagein, tagaus ins Büro gehen möchten. Nein, mir schweben andere Dinge vor. Ferien, Reisen, Autos«, ergänzte er großartig und machte ausladende Handbewegungen.

»Dinge, die allesamt Geld kosten«, ergänzte Montignac.

»Genau. Aber leider habe ich davon nicht sehr viel.«

»Jeder, der ehrlich ist, erkennt, dass die Jagd nach Geld die einzige ist, die sich lohnt.« Montignac zuckte mit den Schultern und sah sich im Restaurant um, als müsse ihm dort jeder beipflichten. »All das andere, was man sich vom Leben wünscht – Glück, Freunde, Liebe, Geschlechtsverkehr –, ergibt sich, wenn man dafür bezahlen kann. Dass man mit Geld kein Glück kaufen kann, ist das lächerlichste Klischee von allen.«

»Glauben Sie das wirklich?«, fragte Gareth. »Ist das nicht ein bisschen zynisch?«

»Überhaupt nicht. Zeigen Sie mir einen unglücklichen reichen Mann, und ich zeigen Ihnen einen, der sich lediglich mehr ins Zeug legen muss.«

Gareth grinste. »Vielleicht haben Sie recht.«

»Mit Sicherheit«, entgegnete Montignac bestimmt. »Die Frage ist nur, wie weit man gehen will, um dieses Glück zu erreichen.« Er beugte sich vor. »Wie weit wären Sie bereit zu gehen, Gareth?«

»So weit, wie ich muss«, antwortete Gareth mit leisem Unbehagen. »In vernünftigem Rahmen, natürlich.«

Solche und ähnliche Gespräche hatten sie seit Wochen geführt, ehe die Schranken gefallen waren und Montignac erkannt hatte, dass Gareth ein netter, wenn auch ein wenig dummer Junge war, der alles tun würde, um dem Sklavenleben zu entgehen, das man für ihn geplant hatte, und der keinen großartigen moralischen Richtlinien folgte, um sein Ziel zu erreichen. Das Leben betrachtete er als Abenteuer, etwas, worüber man lachte und das man genoss, ohne jemals etwas wirklich Schlimmes zu tun, natürlich nicht, auch nichts, das einem anderen spürbar schaden konnte. Doch harmlosen Plänen stand er offen gegenüber.

Darüber hinaus trank er keinen Alkohol, das war Montignac schon an dem Abend aufgefallen, als Gareth ihn in der Threadbare besucht hatte. Später war er mit ihm in ein Pub unten an der Cork Street gegangen, und da hatte der junge Mann nur Wasser bestellt.

»Alkohol bekommt mir nicht«, bekannte er, schien jedoch nicht gewillt, diese Schwäche näher zu erläutern. »Es ist besser, wenn ich einen klaren Kopf behalte.«

Montignac fragte nach den Gründen für die Abstinenz, doch Gareth schüttelte nur den Kopf und sagte, darüber wolle er nicht sprechen. »Ein andermal«, versprach er und lachte, als sei es ohnehin nicht von Bedeutung. »Sie erzählen mir ja auch nichts über sich.«

»Nein«, gab Montignac zu, »das tue ich nicht.«

Das hinderte Gareth jedoch nicht daran, über Montignac nachzudenken, denn der hatte eine Ausstrahlung, eine Selbstsicherheit, die man schon als Arroganz bezeichnen konnte, Eigenschaften, die Gareth beeindruckten. Ein ums andere Mal versuchte er, diesen Eindruck genauer zu benennen, aber er ließ sich nicht richtig in Worte fassen. Es war etwas, das sich in seiner Kleidung ausdrückte und in der Selbstsicherheit, mit der er die Objekte in seiner Galerie verachtete, wohingegen er andere mit großer Überzeugung als Meisterwerke bezeichnete. Es lag daran, wie er an seinem Schreibtisch beim Lesen der Morgenzeitung lässig eine Zigarette rauchte. Es steckte in der Leichtigkeit, mit der er einer reichen alten Dame einflüsterte, das Gemälde, das sie verwirrt anstarrte, werde sie reicher, jünger und verführerischer machen, sie müsse ihm nur umgehend einen Scheck ausstellen und es mitnehmen, als könne dessen reine Gegenwart in ihrem Haus ihre Jahre mindern und junge Männer herbeilocken, die um ihre Aufmerksamkeit buhlten. Es hing damit zusammen, dass er für sich blieb und kaum Freunde zu haben schien und Gareth sich irgendwie in diesen erlesenen Kreis aufgenommen fühlte. In seinem Leben hatte er sich immer mal wieder gefragt, wie er sein wollte, und es nie definieren können, doch jetzt musste er nur durch die Galerie schauen, wo Montignac in Gedanken versunken umherwanderte, und er hatte die Antwort gefunden.

Montignac öffnete die Hintertür, an der Gareth stand, und schaute hinaus auf die Gasse.

»Sie sind spät dran«, zischte er. »Ich hatte Sie gebeten, punkt zwölf Uhr zu erscheinen.«

»Tut mir leid«, sagte Gareth, »ich wurde aufgehalten. Abgesehen davon ist es erst einige Minuten nach zwölf.«

»Wenn wir es schaffen wollen, müssen wir pünktlich sein.« Montignac ließ Gareth herein, musterte ihn und erkannte zufrieden, dass er wie geheißen gekleidet war. »Hat Sie auch niemand beim Weggehen gesehen?«

»Ich habe meinen Eltern eine gute Nacht gewünscht. Wahrscheinlich denken sie, dass ich krank werde oder so.« Gareth grinste. »Was sie betrifft, liege ich jetzt unter meiner Bettdecke.«

»Gut. Und es hat Sie auch niemand auf der Gasse gesehen?«

»Niemand. Sie lag verlassen da, genau wie Sie es gesagt haben.«

Montignac, der es mit seinen Vorbereitungen immer sehr genau nahm, war in den vergangenen beiden Wochen bis spätabends in der Galerie geblieben und hatte Abend für Abend die benachbarten Straßen und Gassen kontrolliert. Etwa ab neun Uhr waren sie so gut wie leer; nur wenn das Pub kurz nach halb elf Uhr schloss, tummelten sich noch ein paar Leute in der Gegend, doch bis Mitternacht hatten sich alle zerstreut, und man konnte unbemerkt durch die Hintertür schlüpfen.

Die beiden Männer betraten die Galerie, ließen die Lampen jedoch ausgeschaltet. Die kürzlich reparierte Straßenlampe spendete ihnen ein wenig Licht, aber Gareth hatte auch eine Taschenlampe dabei, die er einschaltete, als sie über die Treppe zum Zwischengeschoss und weiter nach oben stiegen.

Als Montignac die Tür zu dem alten Lager aufschloss, schlug ihnen ein starker Modergeruch entgegen, sodass sie unwillkürlich zurücktraten und mit der Hand Mund und Nase bedeckten.

»Allmächtiger«, murmelte Gareth, »was für ein ekelhafter Geruch. Wird hier nie gelüftet und geputzt?«

»Wir benutzen den Raum ja nicht«, antwortete Montignac. »Die Tür habe ich seit über einem Jahr nicht mehr geöffnet.«

Sie betraten den dunklen Raum. Montignac tastete nach

dem Lichtschalter. Gleich darauf verströmte eine Glühbirne an der Decke ein so schwaches Licht, dass Montignac, um nirgendwo anzustoßen, mit ausgestrecktem Arm weiterging. Schon nach wenigen Metern schien sich die Decke zu senken, sodass er nur noch geduckt vorankam. Für einen Moment befürchtete er, es gebe keinen Durchgang, doch mit einem Mal hob sich die Decke wieder, und er traf auf eine stabile Wand aus Holz.

»Da ist die Zwischenwand«, erklärte er, runzelte die Stirn und leuchtete sie mit der Taschenlampe ab. »Wenn man eine Tür eingebaut hätte, wäre alles wesentlich leichter.«

Gareth beugte sich vor und klopfte versuchsweise an die Wand.

»Was soll das?«, zischte Montignac.

»Warum? Ist doch niemand da, der uns hören kann.«

»Aber es gibt auch keinen Weg durch eine feste Holzwand, hinter der ein Bücherregal aus Eiche steht, und deshalb verschwenden wir hier bitte keine Zeit.«

Montignac ließ den Schein der Taschenlampe über die Decke wandern und entdeckte die Luke zum Speicher. »Reichen Sie mir mal den Stuhl da.« Er deutete auf einen Stuhl mit zerbrochener Rückenlehne an der Wand, umgeben von einem Stapel leerer Kisten, Resten von Bilderrahmen und uralten Möbelstücken. Gareth holte den Stuhl und hielt ihn fest, als Montignac daraufstieg und gegen die Luke drückte. Sie bewegte sich knarrend zur Seite. Staub rieselte herab, und Montignac zuckte zurück.

»Verflucht«, sagte Gareth, »was für ein Dreck. Wie wird es denn dann erst da drinnen aussehen? Werden die Dielen Sie überhaupt tragen?«

»Gibt nur eine Möglichkeit, es herauszufinden.« Mühsam zog Montignac sich hoch und hangelte sich durch die Öffnung, bis er in dem dunklen Raum flach auf dem Boden lag. Für einen Moment blieb er liegen und wartete, ob dieser unter ihm nachgab, doch die Dielen fühlten sich recht stabil an. »Es klappt«, sagte er, steckte den Kopf wieder durch die Lücke und schaute nach unten. »Ich mache mich als Erster auf den Weg. Wenn ich am anderen Ende bin, folgen sie mir. Zusammen könnten wir zu schwer sein, das will ich nicht riskieren.«

Gareth nickte. Wie eine Raupe kroch Montignac durch den dunklen Speicher. Ein Mal griff er probeweise nach oben, doch höher als ein Meter war der Speicher nicht, jedenfalls nicht hoch genug, dass sich ein ausgewachsener Mann aufrichten konnte. Auf dem Weg stieß er auf Holzstücke und alte Farbtöpfe, die hier vielleicht vor fünfzig Jahren zurückgelassen worden waren. Er robbte weiter vorwärts, bis er annahm, dass er sich über der Clarion befand, und tastete nach der nächsten Luke. Seine Finger trafen auf ein hölzernes Viereck, das er umfasste und hochzog. Mit einem Lächeln blickte er in den Raum, in dem in der Nachbargalerie restauriert wurde, und ließ sich Stück für Stück hinuntergleiten.

»Ich bin durch«, rief er verhalten zurück und hörte, wie Gareth sich ächzend durch die Luke der Threadbare quälte und kurz danach über den Boden rutschte. Wenige Minuten später ließ er sich durch die Luke gleiten. Dann standen sie da und sahen sich um.

Jeder von ihnen spürte, wie heftig ihm das Herz gegen die Rippen schlug, und für einen Moment sagte keiner ein Wort. Montignac nahm Gareths Taschenlampe und leuchtete die Wände ab. Er entdeckte das schwere Regal an der Trennwand zur Threadbare, vollgestopft mit Büchern, das sie niemals hätten verrücken können, selbst wenn dahinter eine Tür gewesen wäre. Sein Blick fiel auf einen Lichtschalter, zu dem er trat und das Licht einschaltete. Er stellte zufrieden fest, dass es im Raum keine Fenster gab und man das Licht von außen nicht sehen würde. Lächelnd wandte er sich zu seinem Komplizen um.

»Wir haben es geschafft.«

Voller Bewunderung betrachteten sie den Raum. In dem Lager der Threadbare im obersten Stockwerk herrschte ein solches Durcheinander, dass man es auch als bessere Müllhalde bezeichnen konnte. Die Geschäftsleitung der Clarion Gallery hatte sich offenbar für einen anderen Ansatz entschieden, denn der Raum, in dem sie standen, war makellos. An einer Wand befand sich ein Regal mit Schubfächern, in denen die Utensilien für den Rahmenbau verstaut waren – Metallklammern, Nägel, winzige Hämmer, Rasierklingen, Teppichmesser, Flügelschrauben –, an einer anderen Wand reihten sich in einem Regal Farbtöpfe und Flaschen mit Terpentin aneinander, und an einer dritten Wand stapelten sich zugeschnittene Leinwände. Doch die Krönung des Ganzen sah man ringsum auf Staffeleien.

»Die Gemälde von Cézanne«, sagte Montignac andächtig.

Es waren ihrer zwölf. Die alten Rahmen waren entfernt worden, sodass sich die Bilder nackt von den Staffeleien abhoben. Montignac ging von einem zum anderen und begutachtete jedes mit Kennerblick. Natürlich hatte er sich schon während seines Studiums mit Cézanne auseinandergesetzt und auf einer Studienreise nach Russland sogar etliche Werke des Meisters in der Eremitage in Leningrad betrachtet, anderen wiederum war er bei seinen mehrfachen Besuchen im Louvre begegnet, doch eine derart intime Besichtigung war ihm bisher noch nie vergönnt gewesen. Allein ihr Anblick löste in ihm den Wunsch aus, in die Threadbare zurückzukehren und die dort ausgestellten Scharlatanerien zu verbrennen.

»Herrlich, nicht wahr?«, fragte er nachdenklich. »Schauen Sie sich an, wie zurückhaltend er beim Porträtieren bleibt, wie oft er mit der Klinge arbeitet, aber es heißt ja auch, dass Cèzanne –«

»Sollten wir nicht mal anfangen«, fiel Gareth ein, den der Aufenthalt in diesem Raum dermaßen nervös machte, dass er auf eine Lektion über Maltechniken verzichten konnte. Besorgt schaute er auf seine Uhr. »Wir wollen doch nicht die ganze Nacht hier herumstehen.«

»Banause«, antwortete Montignac verstimmt. »Berühren die Bilder Sie denn gar nicht?«

Gareth trat vor, beäugte ein Gemälde und hoffte, ihm fiele ein kluger Kommentar ein, der seinen Chef beeindrucken würde. Doch wo Montignac Farben und Dichte erkannte, sah er nur bemalte Leinwände.

»Doch, sehr schön«, murmelte er. Montignac schüttelte den Kopf.

»Was für eine Verschwendung«, sagte er. »Sie ahnen ja nicht, wie viel Glück Sie haben, diese Bilder aus der Nähe betrachten zu dürfen. Aber offenbar interessiert Sie das nicht im Geringsten. Na gut« – er wechselte von der Kunstbetrachtung zum Geschäft – »haben Sie das Maßband dabei?«

Gareth zog es aus der Tasche, während Montignac seiner Tasche Block und Bleistift entnahm.

»Also dann.« Gareth begann, das erste Gemälde auszumessen. »Bild mit einem Jungen, der einen Schädel anschaut.«

»Der Titel lautet *Jeune Homme à la Tête de Mort*«, erklärte Montignac gereizt.

»Senkrecht ein Meter sechsundzwanzig.« Gareth zog das Band in die Breite. »Mal sechsundneunzig Zentimeter waagerecht.«

Montignac notierte sich die Maße. Gareth wandte sich der nächsten Staffelei zu.

»Ein Haufen nackter Frauen«, bemerkte er angewidert. Montignac beugte sich zu dem Bild vor.

»Ich glaube, dabei handelt es sich um *Les Grandes Baigneuses*, was meinen Sie?« Es war eine rhetorische Frage.

»Keine Ahnung.«

»Die Bilder der Badenden auseinanderzuhalten, ist mitunter schwierig.«

»Hm.«

»Trotzdem glaube ich, dass es *Les Grandes Baigneuses* ist. Sagen wir einfach, dass es so ist.«

»Ganz gleich, was es ist, es misst waagerecht zwei Meter fünfundvierzig und senkrecht zwei Meter fünf.«

Sie machten weiter, bis sie alle zwölf Gemälde ausgemessen und die Maße noch einmal überprüft hatten. Montignac steckte Block und Bleistift zurück und nickte zufrieden. »Wie sauber Arthur Hamilton diesen Raum hält«, murmelte er und betrachtete den blitzblanken Fußboden. »Vielleicht sollte ich unser Lager oben auch besser nutzen.«

»Können Sie vielleicht ein andermal darüber nachdenken?«, fragte Gareth. Sein anfänglicher Adrenalinschub war abgeflaut, und langsam wurde er panisch.

»Ja, schon gut.« Montignac half Gareth hoch zur Luke. »Sie müssen mich hinaufziehen«, trug er ihm auf. »Hoffen wir, dass die Dielen uns beide tragen.«

Die Dielen knarzten nur leise unter ihrem Gewicht. Sie setzten den Deckel der Luke wieder ein, krochen über den dunklen, verstaubten Dachboden zur Threadbare-Galerie zurück und schlossen, als sie unten waren, die Luke über sich. Sowohl aus der Distanz als auch von Nahem wirkte sie absolut unberührt.

»Perfekt«, sagte Montignac und lächelte seinen Komplizen an. »Der erste Teil wäre vollbracht. Allerdings bleiben uns nur noch drei Tage, deshalb dürfen wir keinen Fehler machen.« Er warf einen Blick auf seine Uhr. »Aber jetzt gehen wir besser nach Hause. Morgen früh beginnen wir mit den Rahmen. Bis dahin habe ich die Liste mit den Maßen für Sie kopiert.« Er hielt inne. »Sie sind sich Ihrer Sache doch sicher, Gareth, oder? Denn wenn wir einmal angefangen haben, gibt es keinen Weg zurück.«

»Klar«, sagte Gareth, der das Ganze für einen Riesenspaß hielt. »Sie können auf mich zählen.«

Montignac schmunzelte. *Armer Junge*, dachte er. *Wie ein Lamm, das zur Schlachtbank geführt wird.*

4

Jane Bentley humpelte die Stufen zur Kanzlei Rice hinauf, denn die neuen Schuhe schnitten in ihre Hacken. Sie waren nach einem Paar gestaltet worden, das die Herzogin von York vor einer Weile beim Cheltenham Gold Cup getragen hatte. Jane hatte sie bei Harrods in ihrer Größe bestellt und führte sie heute zum ersten Mal aus. Sicher, jedermann hasste die Herzogin, denn sie verkörperte die übelste Art eines Snobs und wusste nicht, wie man mit Menschen umging, doch ihre Schuhe konnten sich sehen lassen. Allerdings hatte Jane den Fehler gemacht, von Harrods in der Oxford Street zur Kanzlei zu laufen, statt sich ein Taxi zu nehmen, und die uralten Steinstufen machten die Sache auch nicht besser; bei jedem Schritt hatte sie das Gefühl, ein Messer schneide in ihre Fersen.

Im Empfangsbereich wurde sie von Alistair Shepherd begrüßt, dem ältesten Angestellten, der sich bei ihrem Eintritt respektvoll erhob.

»Guten Tag, Lady Bentley«, sagte er und widerstand dem Impuls, sich zu verneigen.

»Guten Tag, Alistair. Wie geht es Ihnen?«

»Sehr gut, Ma'am, ich kann nicht klagen.«

Niemand hatte der Kanzlei länger als Alistair gedient, der seit 1901 nacheinander für drei ihrer Häupter gearbeitet hatte. Inzwischen näherte er sich seinem siebzigsten Geburtstag, und da sein Gedächtnis nicht mehr so beweglich war wie zu zuvor, hatte er in die Verrentung eingewilligt, mit der die Partner ihn zu Beginn des Monats konfrontiert hatten. Jetzt war die letzte Woche seines Diensts angebrochen, und ihm graute vor dem Freitagnachmittag und der Einsamkeit, zu der er ab Samstag verdammt sein würde.

»Sicher freuen Sie sich schon auf Ihre Freiheit«, sagte Jane entgegenkommend.

»Sogar sehr«, erwiderte Alistair, dem man beigebracht hatte, niemals zu widersprechen.

»Ich wünschte, ich würde in Ihren Schuhen stecken«, sagte Jane, die im Moment jedes Paar Schuhe ihren eigenen vorgezogen hätte, denn in denen konnte sie kaum noch laufen.

»Wirklich?«, murmelte Alistair, in dessen Vorstellung Lady Bentleys Leben einer endlos langen Ferienzeit glich, nur von spontanen Einkäufen und Wochenenden auf dem Land unterbrochen.

»Ja, natürlich. Mir scheint, dass ich nie einen Moment für

mich habe. Sie dagegen haben das große Los gezogen.« Jane schaute zur Wanduhr hoch und runzelte die Stirn. »Oh je. Ist es wirklich schon Viertel nach? Wahrscheinlich wartet er bereits auf mich.«

»Davon hat Sir Roderick nichts gesagt. Aber er ist allein im Büro. Wenn Sie möchten, gehen Sie zu ihm durch.«

Jane nickte Shepherd zu, folgte einem schmalen Flur zu dem großzügig angelegten Büro ihres Mannes und dankte dem Schicksal für den dicken luxuriösen Teppichläufer unter ihren Füßen. (Je höher die Anwälte in der Hierarchie standen, desto luxuriöser wurde der Fußbodenbelag auf dem Weg zu ihren Büros.) Jane sah sich um, stellte fest, dass außer ihr niemand da war, schlüpfte aus den Schuhen und nahm sie in die Hand. Aufatmend lief sie weiter, klopfte höflich an die Tür und trat ein, ohne auf eine Antwort zu warten.

»Jane.« Roderick schaute von einer Akte auf, die er studiert hatte, und lächelte sie an. »Da bist du ja endlich.«

»Tut mir leid, dass du warten musstest.« Erschöpft ließ sie sich auf das Sofa fallen und massierte ihre gequälten Füße. »Bitte, sei mir nicht böse«, fügte sie im koketten Tonfall einer Debütantin hinzu, wenngleich diese Rolle schon seit Jahren nicht mehr zu ihr passte.

»Natürlich bin ich dir nicht böse. Ich hatte die Zeit auch aus den Augen verloren. Mein Gott, was hast du denn? Du sieht aus, als hättest du Schmerzen.«

»Das liegt an den neuen Schuhen. Sie passen nicht, und das macht mich rasend. Sophie muss sie gleich morgen früh zurückzubringen. Ich dachte schon, ich brauche Krücken, um es hier herzuschaffen.«

Jane betrachtete den malträtierten Fuß und sog empört die Luft ein, als sie die tiefrote Schwellung an ihrer Ferse entdeckte.

»Ich fürchte, wir haben hier kein Ersatzpaar Damenschuhe«, bemerkte Roderick schmunzelnd. »Du wirst sie tragen müssen, bis du nach Hause kommst.«

Er stand auf, holte die Flasche Sherry aus der Anrichte und

schenkte ihr ein kleines Glas ein. Jane nahm es entgegen, bedankte sich und trank, als bekäme sie nach einer monatelangen Reise durch die Wüste den ersten Schluck Wasser. »Du bist ein Schatz. Und jetzt erzähl mir alles.«

Roderick ließ sich ihr gegenüber nieder. »Alles erzählen? Was alles?«

»Bitte, spann mich nicht auf die Folter. Du weißt genau, was ich meine.«

Roderick seufzte. »Jane, du weißt doch, dass ich nicht darüber reden darf.«

»Ach, komm.« Jane beugte sich vor. »Ich bin deine Ehefrau. Mit wem kannst du denn darüber reden, wenn nicht mit mir?«

»Mit niemanden«, antwortete Roderick. »Darum geht es ja.«

»Das ist doch lächerlich. Die anderen werden wissen, dass man bei solchen Anlässen jemanden braucht, der einem zur Seite steht. Und sie müssen auch erkannt haben, wie diskret du bist, insbesondere nach der Sache mit Domson. Denk doch, wie gut du dich da verhalten hast. Nie hast du mit der Presse gesprochen, nie angedeutet, was du darüber denkst. Und mir ist auch kein Wort entschlüpft, oder?«

»Dir konnte nichts entschlüpfen, weil ich dir nie etwas gesagt habe.« Liebevoll tätschelte er ihr Knie.

»Richtig, das habe ich dir immer noch nicht ganz verziehen. Aber ich habe es verstanden, Roderick. Es ging um einen Mordprozess. Das Leben eines Menschen stand auf dem Spiel. Es war eine schrecklich ernste Angelegenheit. Aber jetzt geht es um etwas anderes.«

»Lieber Gott, Jane, das hier ist ebenso ernst, wenn nicht noch ernster.«

»Mag sein, aber niemand wird deswegen sterben, oder?«

»Das nicht, aber es ist auch keine schlüpfrige Skandalgeschichte.«

»Roderick Bentley«, sagte Jane und setzte eine strenge Miene auf, »wenn du mir nicht sofort erzählst, was bei dem Treffen vorgefallen ist, gehe ich ins Büro nebenan zu Quentin Lawrence und bitte ihn, mich bei meiner Scheidung zu vertreten.«

»Jane«, sagte Roderick flehend.

»Na, komm schon. Ich schwöre, dass ich es niemandem weitererzähle. Du weißt doch, geteiltes Leid und so weiter.«

Roderick lehnte sich zurück. Jane erkannte, dass er dabei war, nachzugeben. »Wenn ich es dir erzähle«, begann er ernst und drohte ihr mit dem Zeigefinger, als wäre sie ein ungehorsames Kind, »dann musst du mir versprechen, dass es nicht weitergetragen wird.«

»Wird es nicht.«

»Es bleibt strikt zwischen uns als Ehepaar.«

»Selbstverständlich.«

»Du darfst mit keiner deiner Freundinnen darüber reden.«

»Das werde ich nicht.«

»Auch nicht mit Gareth.«

»Nein, mit ihm auch nicht.«

»Genau genommen erst recht nicht mit Gareth.«

»Roderick, ich habe dir mein Wort gegeben«, sagte Jane entnervt. »Mein Wort als deine Ehefrau. Und jetzt erzähl mir bitte, was –«

»Na schön, meinetwegen«, unterbrach er sie, stand auf, schenkte sich selbst einen Sherry ein und füllte Janes Glas auf. »Ich bin zu ihm gegangen und –«

»Warte«, unterbrach Jane ihn. »Bitte, alles von Anfang an.«

Roderick sah sie verdutzt an. »Das ist der Anfang.«

»Nein. Wer war alles da?«

»Darf ich es auf meine Weise schildern oder nicht?«

Jane setzte sich zurück und legte einen Finger auf ihre Lippen, wie um zu sagen, dass sie ab sofort schweigend zuhören würde.

»Ich bin also wie vereinbart zu ihm gegangen. Lordkanzler Hailsham war natürlich da und Alan Altringham. Ich weiß nicht, ob du ihn kennst.«

»Ich kenne seine Frau. Eine grässliche, alte Ziege. Hat im letzten Jahr die Weihnachtsfeier des Old Bailey organisiert. Die langweiligste Person, die man sich denken kann.«

»Ihr Mann war jedenfalls da, ebenso Lord Keaton und Walter Monckton.«

»Monckton war auch da?«, fragte Jane verblüfft. »Hailsham also und vier Kronanwälte.«

»Richtig. Monckton ist sehr eng mit dem König befreundet. In gewisser Weise hat er dessen Interessen vertreten.«

»Hat er gesagt, ob die Gerüchte stimmen?«

»Der Lordkanzler hat die Diskussion natürlich geleitet. Er sagte, dem Wunsch von Mr Baldwin folgend, sei er angehalten, die Meinungen bezüglich der Verfassungsmäßigkeit eines Ereignisses einzuholen, das in naher oder ferner Zukunft eintreten könne oder auch nicht und möglicherweise eine Person betreffe, die im Empire Autorität und Prestige verkörpere.«

»Du meine Güte«, sagte Jane. »So hat er sich ausgedrückt?«

»Das waren in der Tat die einleitenden Worte.«

»Es klingt so verworren wie die Urteilsbegründungen, die er schreibt.«

Roderick lachte auf. »Das dachte ich auch. Doch dann hat Altringham sich vorgebeugt und gesagt: ›Himmelherrgott, Hailsham, kommen Sie zur Sache.‹«

»Das war gut.« Jane nickte beifällig.

»Aber Hailsham war davon nicht sehr erbaut. Er sagte, gewisse Formalitäten müssen bei der Zusammenkunft eingehalten werden, woraufhin wir alle erklärten, wir würden ohnehin Stillschweigen wahren und deshalb könne er das Kind ruhig beim Namen nennen.‹«

»Ganz recht«, sagte Jane.

»Danach sind wir zum Thema gekommen. Altringham wollte wissen, was eigentlich los sei. Er habe das merkwürdige Gerücht vernommen, dass Stanley Baldwin bei einem Dinner des Königs war und dabei Mrs Simpson vorgestellt worden sei. Aber nicht nur das. Der Ehemann dieser Frau, Ernest Simpson, soll ebenfalls dort gewesen sein.«

»Nein!«, rief Jane schockiert.

»Es ist das, was der alte Altringham gehört hat. Aber mir ist es auch zu Ohren gekommen.«

»Und das hast du mir nicht erzählt?«

»Das Thema ist – erstens – nie aufgekommen, und – zweitens – gebe ich keinen Tratsch wieder«, betonte Roderick. »Um aber noch einmal auf dieses Dinner zu kommen. Als Nächster hat Monckton sich zu Wort gemeldet und erklärt, die Geschichte sei wohl wahr, könne aber auch so ausgelegt werden, dass der Premierminister an einem Dinner des Königs teilgenommen habe, was nur recht und billig sei, und dass unter den Gästen auch ein amerikanisches Ehepaar war, nämlich Mr und Mrs Ernest Simpson. Dadurch erhält das Ganze natürlich eine andere Bedeutung. Es hängt eben alles von der Formulierung ab.«

»Roderick, ich bitte dich. Das ist doch nur eine Verharmlosung. Als hätten Sie eine Stuhlpolonaise gemacht, und mit einem Mal hätten irgendwo Mr und Mrs Simpson gesessen.«

»Sei's drum, daraufhin hat Hailsham wieder das Wort ergriffen und gesagt, man müsse betonen, dass der Premierminister nicht wusste, wer Mrs Simpson sei, und demzufolge Distanz gewahrt habe.«

»Unsinn«, sagte Jane, »natürlich weiß er, wer sie ist. Wie denn nicht? In der gehobenen Gesellschaft weiß doch inzwischen jeder, wer sie ist. Ich habe gehört, dass Baldwin sogar gesagt hat, sie sei ja nicht einmal eine anständige und ehrbare Hure, denn sonst könnte man es ja noch verzeihen.«

»Vielleicht kennt er sie persönlich, aber nicht offiziell.«

»Und wo ist da der Unterschied?«

Roderick zuckte mit den Schultern. »Hailsham behauptet, dass es einen gibt.«

»Das ist nur Wortklauberei. Aber wie ist sie denn so? Hat er darüber etwas gesagt?«

»Nein. Altringham hat Monckton danach gefragt, aber der hat nichts preisgegeben.«

»Ich dachte, sie wäre ihren Ehemann schon vor zwei Jahren losgeworden, als der König sie zu der Kreuzfahrt vor Spanien und Portugal eingeladen hatte.«

»Stimmt, da war er nicht mit von der Partie«, sagte Roderick. »Aber offenbar hat er immer noch eine Rolle gespielt. Er hat übrigens selbst eine Geliebte. Wie es heißt, gehen alle sehr freundschaftlich miteinander um. Aber die Simpsons warten nur auf ein Zeichen. Danach lassen sie sich scheiden.«

Jane schüttelte den Kopf. »Wie eigentümlich.«

»Sie sind eben Amerikaner.«

»Trotzdem. Man muss sie bewundern. *Sie* wissen wenigstens, wie man das Kind beim Namen nennt, wohingegen wir rund um das Thema einen Eiertanz aufführen.«

»Vielleicht«, entgegnete Roderick, »aber ich muss ja wohl nicht betonen, dass aus dem Ganzen nichts wird.«

»Sie wird sich nicht scheiden lassen?«

»Vielleicht doch, aber darum geht es nicht. Eine Heirat wäre unmöglich. Unvorstellbar. Eine Frau, die zwei Mal geschieden ist, als Königin? Das steht einfach nicht zur Debatte.«

»Hm«, meinte Jane, »ja, das sehe ich auch so. Aber sie irgendwann aufzugeben wird für ihn sehr hart werden. Man sagt, dass er sie unglaublich gern hat.«

»Er kann sie so gern haben, wie er will, aber ich kann mir nicht vorstellen, dass es zu etwas führt«, sagte Roderick, fragte sich kurz, ob er Jane zuliebe seine Karriere opfern würde, und wusste gleich darauf, dass er es tun würde. Für Gareth oder Jane würde er es tun. Aber der König dachte darüber sicherlich anders. Er war aus härterem Holz geschnitzt als ein einfacher Kronanwalt.

»Sie muss wieder nach Hause fahren«, erklärte Jane bestimmt.

»Ich muss dir noch etwas Seltsames erzählen«, sagte Roderick. »Keaton, der bislang geschwiegen hatte –«

»Warte«, fiel Jane ihm ins Wort, »das ist Lord Keaton. Den kenne ich nicht, oder?«

»Ich weiß nicht, ob du ihm schon einmal begegnet bist. Es gibt ihn schon seit Jahren, aber in den inneren Kreis hat er es nie richtig geschafft. Ich fand ihn immer tief verbittert. Stammt aus einer sehr alten Familie, mit einer Reihe Lordkanzler, die sich irgendwann zu Anfang der 1830er Jahre mit den Hannoveranern auf übelste Weise überworfen haben. Wenn mich nicht alles täuscht, hat sich einer seiner Vorfahren mit einem Höfling von William IV. angelegt, woraufhin Charles Grey ihn seines Amtes enthob. Seitdem möchten die Keatons ihre Ehre wieder herstellen und hoffen auf einen nächsten Lordkanzler in der Familie. Ich glaube, bisher gab es derer ein Dutzend. Dass einer von ihnen das Amt bekleidet, scheinen sie als gottgegeben zu betrachten, so absurd das auch klingt. Mir scheint, Keaton steht sich ganz gut mit den Yorks und ist wohl auch so etwas wie ein Vertrauter von Baldwin. Zudem ist er äußerst vermögend. Dass er immer noch an den längst vergangenen Geschichten krankt, ist mir unbegreiflich. Ehrlich gesagt habe ich mich beim Betreten von Hailshams Büro gefragt, was er dort zu suchen hat. Für seine Einladung schien es keinen Grund zu geben, aber Hailsham wird ja gewusst haben, was er tut. Ich vermute, Keatons juristischer Verstand ist ausgezeichnet, und er gehört zu den erfahrensten Kronanwälten, aber in dieser Angelegenheit hätte ich Mellows oder Hagan für geeigneter gehalten. Wahrscheinlich hat Baldwin auf ihm bestanden.«

»Ja aber, was hat er denn nun gesagt?«

»Er räusperte sich, und alle starrten ihn an, denn er hatte ja noch kein Wort verlauten lassen. Dann sagte er: ›Gesetzt den Fall, dass der König beschließt, diese Frau zu heiraten, was dann, meine Herren?«

»Eigentlich eine ganz vernünftige Frage.«

»Wohl eher nicht. Hailsham erklärte sogleich, es mache keinen Sinn, die Zeit mit unrealistischen Szenarien zu verschwenden, und dass es vielmehr um die Frage gehe, wie lange man es noch aufschieben könne, dem König mitzuteilen, dass er sich von dieser Frau trennen und eine andere heiraten muss.«

»Hat Keaton das akzeptiert?«

»Nein. Er hat auf einer Antwort bestanden und wiederholt: ›Nur gesetzt den Fall. Was würde dann geschehen?‹«

»Und was wäre das?«, fragte Jane aus reiner Neugier.

»Das wusste keiner von uns mit Sicherheit zu sagen. Es war, als säßen wir nach der Gerichtsverhandlung über Charles I. in

Cromwells Kabinett und wüssten nicht recht, was wir mit dem armen alten Wicht anfangen sollten. Niemand wollte als erster mit der Antwort herausrücken. Zu guter Letzt hat Monckton es übernommen.«

»*Monckton*?«

»Erstaunlich, oder? Er sagte klar und deutlich, dass unser Komitee dazu da sei, alle möglichen Szenarien und ihre verfassungsmäßigen Auswirkungen zu diskutieren. Und sollte der König auf seinem Vorhaben bestehen, würden wir unsere Ansicht dem Premierminister vortragen, der sich daraufhin mit seinen Ministern beraten, sich letztendlich jedoch unserer Meinung anschließen und sie dem König unterbreiten werde. Und dann sagte Hailsham, sollte es jemals dazu kommen, wäre von unserer Seite ein klares Nein zu hören. Daraufhin bemerkte Monckton, dass er zwar nicht vorhersagen könne, wie der König dann reagiere, er ihn jedoch von Geburt an kenne und wisse, dass er nicht so mit sich umspringen lässt.«

»Er würde doch nicht –«, begann Jane und wusste nicht, ob sie das Wort aussprechen sollte.

»Er könnte.«

»Wegen einer Frau? Wegen einer *Amerikanerin*?«

»Ich bin sicher, bis dahin ist es noch ein weiter Weg«, beruhigte Roderick sie. »Es lohnt sich kaum, jetzt schon darüber zu debattieren. Zum Schluss bedankte sich Hailsham für unser Kommen und sagte, er werde sich melden, falls weitere Gespräche erforderlich seien. Monckton rannte gleich davon, und von Altringham war auch nur noch eine Staubwolke zu sehen. Ich bin mit Keaton zusammen gegangen. Doch als wir uns zum Abschied die Hand gaben, machte er eine sehr sonderbare Bemerkung.«

»Welche?«

»Er sah mir direkt in die Augen und sagte: ›Wissen Sie, dass er ein sehr feiner Kerl ist. Ein verdammt feiner Kerl.‹ Und ich antwortete: ›Der König? Gewiss ist er das. Obwohl ich ihn kaum kenne. Wir haben uns nur ein Mal auf einem Gartenfest unterhalten.‹«

»Wir müssen zusehen, dass wir dafür im nächsten Jahr wieder Karten bekommen«, warf Jane ein.

»›Der König auch‹, sagte Keaton. ›Aber ich hatte vom Herzog von York gesprochen. Er ist ein verdammt feiner Kerl.‹ Darauf fiel mir keine Antwort ein, ich stand nur mit offenem Mund da. Und dann hat dieser Gauner mir zugezwinkert und ist gegangen. Was sagst du dazu?«

Jane legte die Stirn in Falten. Bisher hatte alles sehr anrüchig geklungen, war Stoff für die Gerüchteküche gewesen, aber den letzten Teil empfand sie doch als leicht beunruhigend.

»Ich weiß es nicht«, bekannte sie. »Aber du musst die Ohren offen halten.«

»Anfangs wollte ich mit der Sache nichts zu tun haben«, gestand Roderick. »Aber jetzt bin ich mir nicht mehr so sicher. Ich glaube, ich sollte mich doch darauf einlassen. Ich meine, wem sollte es schaden, wenn es tatsächlich dazu kommt und er diese Frau heiraten will?«

5

Einen Rahmen zu bauen ist nicht schwierig, aber um es richtig zu machen, braucht man Erfahrung, ein gewisses Maß an Geschick und außerdem Geduld. Als Erstes muss das betreffende Bild ausgemessen werden, ebenso wie das Holz, das dem Bildumfang entsprechend in vier Teile gesägt wird, plus einer Zugabe aus doppelter Holzbreite für die auf Gehrung zuzurichtenden Ecken. Wenn die Enden in einem Winkel von fünfundvierzig Grad zugeschnitten worden sind, werden sie mit Holzleim bestrichen und mittels Winkelschrauben verbunden. Dann dreht man den Rahmen um und schlägt mit dem Hammer zwei Nägel in die geklebten Ecken ein, sodass einer nach innen zeigt und der andere nach außen. Die Nägel müssen die Klebenaht stützen und der eine in den Rahmen hinein-, der andere aus dem Rahmen herauszeigen. Danach kann man die Schrauben entfernen und sollte den Rahmen über Nacht zum Trocknen liegen lassen. Die Lackierung kann am nächsten Tag vorgenommen werden.

Owen Montignac und Gareth Bentley waren Anfänger, was die Kunst des Rahmenbaus betraf, doch dank ihrer gemeinsamen Arbeit und der Hilfe einer guten Gebrauchsanleitung gelang es ihnen, am Abend drei Rahmen herzustellen. Sie hätten sogar mehr geschafft, wären ihnen die ersten beiden nicht sofort wieder auseinandergefallen und hätte Gareth bei dem dritten die Nägel nicht so schief in die Holzleiste getrieben, dass sie zerbarst. Für die Gemälde der Threadbare-Galerie hatte Montignac diese Arbeiten bisher immer an eine Firma vergeben, doch da es hier um eine spezielle Angelegenheit ging, konnten sie sich keinen Mitwisser leisten.

Gareth erschien am frühen Abend in der Galerie und gesellte sich zu Montignac nach oben, in eine der kleinen Kammern vor dem Lager, wo sie ihr Material schon bereitgelegt hatten. Zuvor hatte Montignac Jason erklärt, er wolle nicht gestört werden und Jason solle die Vordertür abschließen, wenn er sich zur gewohnten Zeit auf den Heimweg mache.

»Soll ich es Ihnen sagen, wenn ich gehe?«, fragte Jason wenig später und steckte den Kopf durch die Tür, um zu sehen, was in der Kammer ohne ihn vor sich ging. Es gefiel ihm nicht, dort auch seinen neuen Kollegen zu entdecken, denn dass Gareth dem Chef anscheinend nahestand, kränkte ihn ohnehin.

»Nein, Jason, das ist nicht nötig«, sagte Montignac. »Geh einfach um sechs. Wir sehen uns morgen früh wieder.«

»Aber was ist, wenn –?«

Montignac schlug ihm die Tür vor der Nase zu. Unglücklich kehrte Jason in die Galerie zurück.

»Glauben Sie wirklich, dass es klappt?«, fragte Gareth, als sie kurz davor waren, den dritten Rahmen für diesen Abend zu vollenden.

»Selbstverständlich«, entgegnete Montignac, der bei diesem Projekt keine Zweifler duldete.

»Meinen Sie nicht, dass die Kisten vor dem Versand kontrolliert werden?«

Montignac schüttelte den Kopf. »Sie ahnen ja nicht, wie aufwändig der Versand von Gemälden ist. Jedes muss sorgsam und fest in eine Schutzschicht eingeschlagen und mit Klebestreifen verschnürt werden. Dann kommt es in einen Holzkasten, der zugenagelt wird. Allein dazu braucht man eine ganze Weile. Vertrauen Sie mir, wenn ich Ihnen sage, vor ihrer Reise nach Schottland werden die Kästen von keinem Menschen mehr geöffnet.«

Das erste Ziel der Cézanne-Gemälde war das Royal Museum in Edinburgh. Von dort aus würde die Sammlung – jeweils nach zwei Wochen – nach Newcastle, Leeds, Liverpool, Birmingham und Cardiff wandern, ehe sie zu guter Letzt einen Monat lang in der Tate Gallery in London gezeigt werden würde. Mehr als achtzig der Gemälde waren bereits auf dem Weg nach Schottland. Das Dutzend, das in der Clarion restauriert worden war, sollte ihnen in Kürze folgen.

»Doch vorher«, schloss Montignac, »werden sie auf Nimmerwiedersehen verschwunden sein.«

Gareth fand, es klang überzeugend. Ihm gefiel der Nervenkitzel, den ihm die Teilnahme an einer verbotenen Tat verschaffte, und noch mehr die Aussicht auf die tausend Pfund, die Montignac ihm versprochen hatte, wenn alles glattlief. Er wusste nicht, dass sein Chef für sich fünfzehn Mal so viel ausgehandelt hatte. Ein Blick auf seine Uhr verriet ihm, dass es Viertel nach sechs war. Wenn alles gut ging, würden sie die erste Hälfte der Rahmen an diesem Abend fertigstellen und die zweite am folgenden Abend, was bedeutete, dass es für den nächsten großen Schritt nur noch den dritten und letzten Abend gab.

Gareth stand auf und streckte sich, vom langen Bücken tat ihm der Rücken weh. Er begutachtete den gerade fertiggestellten Rahmen, der für die *Grandes Baigneuses* vorgesehen war. Die Rahmen zu bauen hatte ihm Spaß gemacht, sodass er sich fragte, ob er seine Berufung als Schreiner verfehlt hatte, doch er besann sich sogleich eines Besseren; er wusste, was sein Vater zu so einer Idee sagen würde.

»Ich gehe nur mal kurz wohin«, entschuldigte er sich bei Montignac, der sich daran machte, das Holz für den vierten Rahmen abzumessen. »Und dann koche ich Tee. Möchten Sie auch eine Tasse?«

Montignac nickte und zückte sein Maßband. Gleich darauf war er dermaßen in seine Arbeit vertieft, dass er weder mitbekam, dass Parsons sich unten zum Aufbruch bereitmachte, noch, dass er mit einer jungen Frau sprach, die er vor dem Abschließen der Vordertür einließ. Ebenso wenig hörte er ihre Schritte auf der Treppe zum Zwischengeschoss und dann herauf zu der Kammer, in der er am Werk war. Einen Moment später, als sie hinter ihm stand, hätte er normalerweise den vertrauten Geruch ihres Parfums wahrgenommen, doch diesmal hörte er als Erstes ihre Stimme. Er fuhr zusammen und ließ das Maßband fallen.

»Sollten die Leinwände nicht bemalt sein, ehe man sie rahmt?«, fragte sie und betrachtete halb amüsiert, halb verwirrt die drei großen, verschnörkelten Rahmen an der Tür, von denen jeder eine vollkommen weiße Leinwand einfasste. »Hast du nicht das Pferd am Schwanz aufgezäumt?«

»Stella«, sagte Montignac und spürte die leichte Röte, die sein Gesicht überzog, wie es bei Menschen geschieht, die man bei etwas Verbotenem ertappt, »ich habe dich gar nicht kommen hören. Wie bist du hereingekommen?«

»Dein Assistent hat mich beim Hinausgehen eingelassen.« Sie schaute an ihm vorbei auf den Arbeitstisch. Er versuchte, ihr die Sicht zu verstellen. »Er wusste, dass ich deine Cousine bin und –«

»So – wusste er das?«, fiel Montignac ihr ins Wort und notierte sich im Geist, Jason am nächsten Tag klarzumachen, was er von seinem Vorgehen hielt.

»Ist das ein Problem?«, fragte sie. »Du bist doch noch da.«

»Bin ich, ja.« Montignac nahm ihren Arm und führte sie hinaus. »Komm, wir gehen nach unten.«

»Warum? Warum können wir denn nicht hier miteinander reden?«

»Der Raum ist nur für Personal«, antwortete er, wie er hoffte, mit charmantem Lächeln. Stella hob verwundert die Brauen.

»Mein Gott, Owen, ich bin es doch nur, und sonst ist niemand da.«

»Aber anders ist es mir lieber«, erwiderte er und zog sie am Arm zur Treppe. »Na, komm schon.«

»Gut, meinetwegen«, sagte sie pikiert. »Bitte, zieh mich nicht so.« Auf dem Weg die Treppe hinunter warf sie noch einmal einen Blick zurück und glaubte, kurz einen jungen Mann wahrzunehmen, der mit zwei Bechern in den Händen oben in die Kammer ging. »Ist da oben noch jemand?«, erkundigte sie sich.

»Nur ein Lehrling«, antwortete Montignac. Inzwischen hatten sie die Galerie erreicht. »Wir lernen gerade, wie man Rahmen baut. Die Arbeit an Handwerker zu vergeben kostet die Galerie ein Vermögen, und wir sind ja nie so beschäftigt, dass wir es nicht auch selbst machen könnten. Wir brauchen nur das nötige Geschick. Deshalb hast du da oben unsere Schreinerarbeiten gesehen. Und die leeren Leinwände. Später nehmen wir die Rahmen wieder ab und üben weiter.«

»Ach so«, sagte Stella, die bereits das Interesse an dem Thema verloren hatte, »aber ich bin ja auch nicht hier, um über Rahmen zu reden.«

»Eigentlich passt mir dein Besuch im Moment nicht so richtig«, sagte Montignac. »Können wir uns nicht morgen treffen?«

»Nein, Owen, das können wir nicht«, erwiderte Stella ungeduldig. »Morgen früh sitze ich im Zug nach Leyville. Falls du dich erinnerst, ich hatte dich gestern angerufen. Da hattest du versprochen, dich heute mit mir zum Lunch zu treffen, aber dann bist du nicht erschienen. Aus diesem Grund muss ich noch einmal in London übernachten, obwohl zu Hause dringende Angelegenheiten auf mich warten.«

»Oh, richtig«, sagte Montignac. Zur vereinbarten Zeit hatte er vor dem Restaurant gestanden und wieder kehrtgemacht, so sehr mit seinen Plänen beschäftigt, dass ihm der Sinn nicht nach einem weiteren Gespräch mit seiner Cousine stand.

»Mir scheint, zurzeit bekomme ich dich nur zu fassen, wenn ich unangemeldet hier auftauche. Was mir nichts ausmacht, da es die einzige Möglichkeit ist, mit dir reden zu können. Du weißt doch, dass ich dich nicht entkommen lasse.«

Montignac hob die Brauen und dachte an den Tag, als sie den letzten Satz schon einmal zu ihm gesagt hatte; eine Erinnerung, die ihr offenbar entfallen war, wie so vieles andere auch.

»Ach nein?«, fragte er leise.

»Nein. Wie ich schon gesagt habe, lasse ich nicht zu, dass uns jetzt, da mein Vater nicht mehr lebt, etwas trennt. Ich möchte dich sehen, Owen. Ich möchte, dass wir Freunde sind. Wieder eine – Familie sind. Wie wir es einmal waren.«

»Schön«, sagte Montignac. Er wollte, dass sie sich in Richtung Tür bewegte, »aber jetzt ist nicht die beste Zeit für dieses Gespräch. Wenn ich nicht weiterarbeite, wird es zu –«

»Owen«, unterbrach sie ihn, »ich muss dir etwas sagen.«

»Ist es etwas, das ich hören will?«

»Es geht um Raymond und mich.« Für einen Moment wandte Stella den Blick ab.

Montignac spürte, dass sich sein Herz verkrampfte. Sogar die Worte *Raymond und mich*, nur diese drei Wörter, die eine Verbindung auf so vielen Ebenen suggerierte – der legalen, geistigen, emotionalen und sexuellen –, reichten aus, um in seiner Brust ein schmerzhaftes Ziehen auszulösen.

»In dem Fall bin ich sicher, dass ich es nicht hören will«, sagte er frostig.

»Ich fürchte, du musst es dir trotzdem anhören, denn ich muss es dir sagen. Wir haben beschlossen zu heiraten.«

Montignac lachte. »Das hast du mir letztes Weihnachten schon erzählt. Damals habe ich dir gesagt, dass du eine Närrin bist, und dasselbe sage ich dir jetzt wieder. Wenn du die nächsten Jahre damit verbringen willst, die Verlobte dieses –«

»Nein, du verstehst mich falsch, Owen. Wir sind nicht mehr nur verlobt. Wir haben ein Datum für die Hochzeit festgesetzt.«

Montignac fehlten die Worte. Die Vorstellung, dass sie heiratete, war eine Sache, die Realität jedoch eine andere, denn die war inakzeptabel.

»Ein Datum?«, wiederholte er tonlos.

»Ja. Es ist der erste Samstag im Oktober.«

Montignac überlegte. »Aber doch sicherlich nicht in diesem Oktober.«

»Doch, in diesem.«

»Aber das wäre ja schon« – er rechnete kurz nach – »das wäre in zwei Monaten.«

»Man braucht ja auch keine Jahre für die Vorbereitung. Nicht für eine einfache Feier.«

»Dein Vater ist erst vor wenigen Monaten gestorben«, wandte er ein und spielte eine Karte aus, die er eigentlich nicht ausspielen wollte. »Findest du eine Hochzeitsfeier nicht ein wenig verfrüht.«

»Darüber habe ich mit Margaret gesprochen, und sie hat gesagt –«

»- das sei kein Problem«, vollendete Owen kopfschüttelnd den Satz. »Ich kann es mir genau vorstellen. Mich wundert nur, dass sie nicht vorgeschlagen hat, ihr solltet nach Gretna Green durchbrennen, oder dass sie den Vikar nicht nach Leyville befohlen hat, um euch gleich in der verdammten Küche zu vermählen, ehe du deine Meinung wieder ändern kannst.«

»Bitte, sei nicht gemein«, bat Stella. »Kannst du dich denn nicht ein bisschen für mich freuen?«

Montignac betrachtete sie ausdruckslos und schüttelte kaum merklich den Kopf. Stella wandte den Blick ab und zauderte, ehe sie weitersprach.

»Margaret und ich sind der Meinung, dass es keine gute Idee wäre, wenn du mein Brautführer sein würdest.«

Schon bei dem Gedanken wurde ihm übel.

»Aber Raymond erwartet es offenbar von dir. Als mein einziger noch lebender Verwandter. Deshalb überlege ich, ob ich ihn nicht bitten soll, dich zu fragen, ob du sein Trauzeuge sein möchtest.«

»Stella, sag, dass das nicht dein Ernst ist«, sagte Owen und konnte nicht fassen, dass sie dergleichen auch nur erwägen konnte.

»Das ist der einzige Weg, ihm begreiflich zu machen, warum du mich nicht zum Altar führen wirst.«

»Ich kann nicht glauben, dass du so etwas auch nur für möglich hältst.« Ihre Unverforenheit nahm ihm fast den Atem. »Das glaube ich einfach nicht.«

»Warum nicht?«

»Das weißt du selbst«, erwiderte er, die Augen zusammengekniffen. »Ich möchte nicht einmal dabei sein.«

»Aber das musst du«, beharrte sie. »Du bist mein Cousin. Wir sind zusammen aufgewachsen. Wir sind –«

»Stella, findest du es nicht ein wenig zu spät, auf deine Rolle als Cousine zu pochen?« Er lachte höhnisch auf. »Mir scheint, ich war immer nur dann dein Cousin, wenn es dir nützlich war. Danach –« Er schnippte mit den Fingern wie ein Zauberer, der etwas in Luft auflöst.

»Danach, was?«, fragte Stella.

»Sagen wir mal, dass Familientreue nicht gerade deine Stärke war. Was du getan hast, diente dazu, deinen eigenen Hals zu retten, ohne daran zu denken, was danach aus mir werden wird, *Cousine.*« Er wünschte, er hätte das letzte Wort auf den Boden spucken und zertreten können. »Glaubst du denn tatsächlich, Raymond würde mich zum Trauzeugen haben wollen, wenn er wüsste –«

»Kein Wort mehr«, fauchte sie, während sich auf ihren Wangen rosige Flecke bildeten.

Montignac biss sich auf die Lippe. »Ich möchte es nicht tun«, sagte er leise. »Dein Vorschlag ist herzlos.«

»Owen, bitte, wenn du darüber nachdenkst, wirst du erkennen, dass es im Grunde gar nicht so –«

Von oben waren laute Hammerschläge zu hören. Stella und Montignac zuckten zusammen und schauten gleichzeitig hoch.

»Ich muss wieder an die Arbeit.« Er schüttelte seinen Kummer ab und trat zur Tür. »Könntest du jetzt bitte gehen?«

»Wirst du dir meinen Vorschlag wenigstens durch den Kopf gehen lassen?«, fragte Stella. »Sag einfach, dass du darüber nachdenken wirst. Bitte. Mir zuliebe.«

Montignac atmete tief durch und nickte. »Einverstanden. Aber jetzt muss ich wirklich weitermachen. Ich melde mich.«

»Danke, Owen, das bedeutet mir sehr viel.« An der Tür hielt Stella inne und drehte sich noch einmal zu ihm um. »Aber Folgendes noch, nur für die Akten«, fügte sie mit unsteter Stimme hinzu. »Du erinnerst dich an alles nur so, wie es dir passt. Das ist dir doch klar, oder? Du kannst mich so untreu oder grausam nennen, wie du willst, aber vielleicht solltest du in Bezug auf die Vergangenheit auch einmal dein Gewissen prüfen.«

Montignac schnaubte. »Das habe ich getan. Mein Gewissen ist rein.«

»Fraglos.« Stella wandte sich zur Tür. »Du bist ja nie an etwas schuld, nicht wahr?«

»Nein.« Montignac winkte sie hinaus und schloss die Tür hinter ihr ab.

Er dachte, dass man mitunter einen Menschen ansah und nicht wusste, wie man ihn jemals hatte lieben können.

Dann fragte er sich, warum man, obwohl dieser Mensch einen immer wieder aufs Neue verletzte, dennoch versuchte, alles besser zu machen und ständig zu ihm zurückkehrte, um sich den nächsten Hieb versetzen zu lassen.

Es kommt daher, weil meine Liebe aufrichtig war, beantwortete er seine Frage. *Meine Liebe war aufrichtig und wahrhaftig, und nie hätte ich sie verraten, wie sie mich verraten hat. Ganz gleich, was sie getan hätte. Ich hätte es nie getan. Nicht in einer Million Jahre. Eher wäre ich gestorben.*

6

Anfangs wussten sie nicht, wie sie mit ihm umgehen sollten, doch es dauerte nicht lang, und die Montignacs konnten sich kaum noch daran erinnern, wie ihr Leben ohne ihren kleinen Neuzugang gewesen war. Schon nach zwei Wochen war Owen Montignac in Leyville der Liebling der Familie. Die Kinder zeigten sich entgegenkommend. Insbesondere Stella verhätschelte ihren Cousin mit den blauen Augen und dem weißen Haar, als wäre er eine lebende Puppe, die aus heiterem Himmel in ihrer Mitte gelandet war. Andrew gefiel es, erstmals in seinem Leben so etwas wie einen jüngeren Bruder zu haben, der zudem kein Säugling mehr war.

Einer der Gründe für Owens Beliebtheit war seine Fähigkeit, sich erfolgreich bei ihnen einzuschmeicheln. Er kannte Witze, hatte lustige Ideen und war überhaupt so guter Laune, dass die Familie und die Dienstboten ganz vernarrt in ihn waren, sogar Margaret Richmond, die für das Spontane, das Owen eigen war, eigentlich nicht so viel übrighatte. Sie schrieb es seiner französischen Erziehung zu, oder vielmehr seiner »wilden« französischen Erziehung, wie sie es nannte. Nach kürzester Zeit kam jedem ein Zimmer leer vor, in dem Owen nicht war.

Am ersten Abend, nur wenige Stunden, nachdem sein Onkel ihn nach der langen Fahrt von Dover nach Leyville gebracht hatte, kroch Owen in dem Zimmer, das er sich mit seinem Cousin teilen sollte, in das riesige Bett, versuchte, seine Angst im Zaum zu halten und zu entscheiden, wie er sich fortan verhalten würde.

Erst zwei Monate zuvor war seine Mutter umgekommen, als die Munitionsfabrik, in der sie arbeitete, detonierte. Sein Vater, ein Soldat im britischen Heer, war fünf Wochen später in der Schlacht an der Somme gefallen. Danach hatte die Familie seiner Mutter ihn aufgenommen und seinem englischen Onkel seine neue Adresse mitgeteilt, für den Fall, dass er den Jungen kontaktieren wollte. Niemand in dieser Familie hatte jemals vorgehabt, ihn nach England zu schicken; man hatte sich lediglich dem Wunsch von Peter Montignac gebeugt.

Als der Brief aus Frankreich in Leyville ankam, überlegten Peter und Ann, wie sie am besten vorgehen sollten.

»Im Grunde haben wir keine Wahl«, erklärte Peter. »Er muss herkommen und bei uns wohnen.«

»In Leyville?«

»Natürlich. Wo denn sonst?« Peter las den Brief noch einmal durch. »Er ist immer noch ein Montignac. Wir können ihn nicht in einer anderen Familie aufwachsen lassen, geschweige denn in einer ausländischen.«

»Aber er kennt uns doch gar nicht«, wandte Ann ein. »Die Familie Reims dagegen kennt er von Geburt an.« Auch sie vertiefte sich noch einmal in den Brief. »Offenbar handelt es sich um eine große Familie. Seine Großeltern kümmern sich bereits um drei Enkelsöhne und eine Enkeltochter. Ich bin sicher, dass sie auch für ihn sorgen werden.«

»Er ist erst fünf Jahre alt, Ann«, betonte Peter streng. »Das können wir ihm nicht antun. Die Montignacs sollten hier sein. In Leyville.«

Ann behagte die Aussicht zwar nicht, aber letztlich blieb ihr kaum etwas anderes übrig, als einzuwilligen. Peter schrieb nach Frankreich und bestand darauf, dass der Junge umgehend nach England verschifft werden solle. Zuerst weigerte sich Owens Großmutter, den Jungen ziehen zu lassen, doch Peter drohte mit gesetzlichen Schritten und hob hervor, er sei eher in der Lage, dem Kind das richtige Zuhause zu bieten. Zu guter Letzt gab Owens Großmutter nach. Peter überwies ihr das Geld für die Überfahrt. Wenige Wochen später holte er Owen in Dover ab.

»Ich bin nur froh, dass dein Vater das nicht mehr erlebt«, bemerkte Ann am Abend vor Owens Ankunft. »Wenn er es wüsste, würde er sich im Grab umdrehen.«

»Das, was zwischen Henry und Vater vorgefallen ist, hätte nie geschehen dürfen«, entgegnete Peter, wenngleich er der Nutznießer dieses Zerwürfnisses gewesen war. »Dabei haben sie beide verloren. Es ist ja auch nicht so, als hätte die Ehe meines Bruders und seiner Frau nicht funktioniert. Ich nehme an, sie waren glücklich miteinander. Der arme Junge hat kurz nacheinander beide Eltern verloren und wird traumatisiert sein. Es ist unsere Verantwortung, an ihm das wieder gutzumachen, was seinem Vater entgangen ist. Vergiss nicht, Henry war mein Bruder. Wir sind zusammen groß geworden.«

»Von Rechts wegen steht dem Jungen Leyville zu. Glaubst du nicht, dass er es eines Tages beanspruchen wird?«

»Es steht ihm nicht zu«, widersprach Peter entschlossen. »Vater hat es mir vermacht. Und ich werde es Andrew hinterlassen. Für den Jungen wird gesorgt werden. Dafür wird er dankbar sein.«

Der kleine Owen hatte ein Foto in Sepiatönen von seinen Eltern, das er in seinem Nachttisch aufbewahrte. Es war an ihrem Hochzeitstag aufgenommen worden, zeigte sie jedoch in einer solch gespenstischen Blässe, dass es kaum als Erinnerung taugte. Insbesondere das lange blonde Haar seiner Mutter und das gewellte blonde Haar seines Vaters hoben sich geisterhaft vor dem dunklen Hintergrund ab.

»Du weißt, dass dein Vater enterbt wurde«, sagte Andrew ein oder zwei Jahre später nach einem Streit zu Owen. »Er hat Großvater verärgert und wurde ohne einen Penny aus Leyville verstoßen.«

»Nein«, widersprach Owen mit der Logik eines Kindes, das seinen Glauben nur auf das stützt, was es erfahren hat, »wir haben immer in Frankreich gelebt. Hier waren wir vorher noch nie.«

»*Du* warst vorher nie hier«, belehrte Andrew ihn. »Aber dein Vater ist hier aufgewachsen. Zusammen mit meinem Vater. Dein Vater war der ältere Bruder, aber als er geheiratet hat, gab es Ärger, und er hat sich nach Frankreich verdrückt.«

Montignacs Augen verengten sich. Er wusste nicht genau, was »verdrückt« bedeutete, doch irgendetwas an dem Klang gefiel ihm nicht. Seit seiner Ankunft hatte er sich große Mühe gegeben, seinen französischen Akzent abzulegen, denn die Jungen in der Schule hatten ihn deswegen gehänselt, aber hier und da brach er doch wieder durch, und plötzlich entsann er sich auch einer Reihe französischer Flüche, die er seinem Cousin jetzt an den Kopf warf.

»Hey, du sollst hier nicht wie ein Franzmann sprechen«, sagte Andrew. »Hat mein Vater dir das nicht immer wieder gesagt?«

Das Verhältnis der beiden Jungen barg eine gewisse Spannung. Für den Großteil der Zeit vertrugen sie sich, aber dieses Einvernehmen konnte sich stündlich ändern, und dann wälzten sie sich auf dem Boden und droschen aufeinander ein. Dabei bekam Andrew jedes Mal das meiste ab, obwohl er drei Jahre älter und um einiges größer und kräftiger als Owen war.

»Du benimmst dich wie ein dummer Junge«, sagte Margaret Richmond nach einem besonders hitzigen Kampf zu Andrew. Die beiden Jungen standen vor ihr und warteten darauf, dass sie ihnen die blutenden Schrammen abtupfte und die blauen Flecken untersuchte. »Bist du nicht alt genug, um es besser zu wissen?«

»Es war seine Schuld«, protestierte Andrew. »Er ist immer schuld. Er fängt an, und wenn wir ausgeschimpft werden, spielt er das Unschuldslamm.«

»Du bist drei Jahre älter als er«, sagte Margaret. »Du solltest der Klügere sein.« Sie wandte sich zu Owen um und sah ihn finster an. »Und du solltest für all das, was dein Onkel und deine Tante für dich getan haben, dankbar sein, statt hier jeden Tag für Unheil zu sorgen. Schau dir das Gesicht deines Cousins an.« Sie zeigte auf Andrews Augen, unter denen die Blutergüsse sich dunkel verfärbten. »So benimmt man sich doch nicht.«

Owen blieb ungerührt. Die Einzige, die er mochte, war Stella, die ihre Meinung über ihn jedoch täglich zu ändern schien. Zu Anfang hatte ihr die Anwesenheit eines weiteren Kindes im Haus gefallen. Owen war ein knappes Jahr jünger als sie, und wenn sie zusammen spielten, konnten sie die Welt ringsum vergessen. Erst als sie älter wurde, beschloss sie, sich an seiner Gegenwart zu stören, und warf ihn aus ihrem Zimmer, wenn er kam, um mit ihr zu reden. Für ein Jahr oder auch zwei ignorierte sie ihn gänzlich.

Als Stella ungefähr zwölf Jahre alt war, kamen die beiden Kinder sich wieder näher, und in den Jahren danach waren sie einander innig verbunden. Dann starb Andrew. Die Familie zerfiel, wurde zu Einzelteilen, die sich aus Angst, es könne eine Explosion geben, nicht mehr vermischten. Ann blieb wochenlang im Bett, Peter zog sich in sein Arbeitszimmer zurück und dachte über seine zerstörte Familie nach. Stella verkroch sich in ihrem Zimmer. Nur Owen gelang es, in diesen schwierigen Monaten Haltung zu bewahren, obwohl er derjenige gewesen war, der das Ende seines Cousins miterlebt hatte.

»Was genau ist passiert?«, fragte Peter ihn Stunden nach der Tragödie unter Tränen. »Wie konnte es dazu kommen?«

»Das ist schwierig zu beschreiben«, antwortete Owen. »Er lud sein Gewehr und wartete auf ein Kaninchen. Ich habe dabei nicht einmal zugesehen, doch als er abdrückte, warf es ihn zurück, und er ging zu Boden. Es war schrecklich. Vielleicht war das Gewehr nicht richtig gereinigt worden, oder es hatte eine Fehlzündung.« Er brach in Tränen aus und weigerte sich, noch mehr darüber zu sagen. Auch der Arzt riet jedermann, den Jungen nicht zu weiteren Erklärungen zu zwingen, da dergleichen sein Trauma verstärken könne.

Wenige Monate später, kurz vor ihrem siebzehnten Geburtstag, wurde Stella von der Schule genommen und für ihren Abschluss in ein Internat in Genf geschickt. Das war Margaret Richmonds Idee gewesen. Mit großer List war es ihr geglückt, Peter Montignac von der Vernunft dieses Schrittes zu überzeugen. Zuerst hatten er und Ann gezaudert, doch dank Margarets Überredungskunst hatten zu guter Letzt beide nachgegeben.

Danach sah Owen seine Cousine nahezu zwei Jahre lang nicht mehr. Natürlich schrieb er ihr, doch Stella antwortete ihm nie. Wenn er genug Geld gespart hatte, um sie in Genf anzurufen, nahm sie seine Anrufe nicht entgegen und rief ihn auch nie zurück. Als sie schließlich nach Leyville zurückkehrte, war er bereits in Cambridge, und ihre Wege kreuzten sich nur noch selten. Wenn sie sich sahen, verhielt Stella sich distanziert und vermied es, sich allein mit ihm in einem Zimmer aufzuhalten. Owen war am Boden zerstört.

Jahrelang hatte sich an dieser Situation nichts geändert. Sie waren Cousin und Cousine, hatten sich einmal sehr nahegestanden und sprachen dann kaum noch miteinander. Die Gründe dafür waren keinem von ihnen ganz klar, doch jeder fühlte sich von dem anderen verraten, wenngleich vielleicht nur einer von ihnen unter dem Verlust des anderen litt. Wenn Owen jetzt an Stella dachte, war sie jemand, für den er einst bereit gewesen wäre, sein Leben zu opfern, die Einzige unter seinen englischen Verwandten, die ihm jemals etwas bedeutet und die ihn grausam verraten hatte. Die offenbar über Nacht entschieden hatte, dass sie nichts mehr mit ihm zu tun haben wollte, und ihn mit Verachtung strafte. Wenn er an das Boshafte und Rachsüchtige ihres Verhaltens dachte, raubte es ihm den Atem. Es war, als habe sie den Wunsch, ihn auf Dauer zu verletzen.

Stella wusste, dass es anders war. Sie kannte die Wahrheit, die es ihr erschwerte, mit ihm allein zu sein, doch die konnte sie ihm nicht verraten. Sie fand, sie hatte kein Recht, ihn noch mehr zu verletzen. Darüber hinaus wusste sie nicht, welche Folgen es hätte, würde sie ihm die Wahrheit sagen.

7

Nachdem das Lager oben in der Threadbare-Galerie vor einigen Tagen geöffnet worden war, roch es dort nicht mehr ganz so modrig, und nach einer notdürftigen Reinigung war es auch nicht mehr so schmutzig wie in der Nacht, als Montignac und Gareth den Speicher erstmals als Durchgang zur Clarion-Galerie benutzt hatten. Am letzten Abend vor dem Versand der Gemälde nach Edinburgh hatten die beiden Männer oben in der Threadbare zwölf stabile Rahmen liegen, die, falls sie richtig gemessen hatten, dem jeweiligen Umfang der Cézanne-Gemälde entsprachen.

»Ich hoffe, nebenan haben sie die Gemälde heute verpackt«, sagte Montignac auf dem Weg die Treppe hinauf. »Und dass sich alle noch im selben Raum befinden. Wenn sie umgelagert wurden, sind wir erledigt.«

Die Bodenluke ließ sich ohne Weiteres anheben. Die niedrige Passage zur Clarion zu durchqueren war zwar immer noch beschwerlich, doch diesmal wussten sie wenigstens, dass sie zum gewünschten Ziel führte. Ohne große Mühe schlüpfte Montignac als Erster in den Restaurationsraum seines Nachbarn.

Gareth hatte den Tag in gespannter Erwartung verbracht und den Abend herbeigesehnt. Bisher war ihm Montignacs Plan wie ein großes Abenteuer erschienen, wie einer der Streiche, die er in seiner Schulzeit in Harrow ausgeheckt hatte. Erst als der Abend nahte, kam ihm allmählich der Gedanke, dass er im Begriff war, ein Verbrechen zu begehen.

Er besann sich auf die Gesetzestexte, die er studiert hatte, und versuchte, sich an die Strafen zu erinnern, die auf Kunstraub standen. Sie fielen ihm nicht ein, denn dummerweise hatte er in etlichen Vorlesungen gefehlt, was zweifellos zu seinem mittelmäßigen Abschluss beigetragen hatte, der ohne seinen Vater nie dazu geführt hätte, dass die renommierte Kanzlei Rice ihm ein Referendariat angeboten hätte.

Dennoch war er sich sicher, dass ihm eine Haftstrafe blühte, falls man sie erwischte, was er jedoch für unwahrscheinlich hielt. Abgesehen davon mochte er nicht glauben, dass sie dabei waren, etwas allzu Schlimmes zu tun. Es war ja nicht so, als brächen sie in ein Haus ein, um die Bewohner auszurauben, oder in eine Bank, um die Ersparnisse anderer Menschen an sich zu nehmen. Es ging um Gemälde, die keineswegs Sammlern gehörten, sondern sich größtenteils im Besitz von Finanzinstituten befanden und zweifellos hoch versichert waren. Wenn man diese Gemälde stahl, würden die Banken, die in sie investiert hatten, die Versicherungssumme kassieren und den verlorenen Kunstwerken vermutlich keine Träne nachweinen. Der Empfänger dieser Gemälde dagegen wäre fraglos jemand, der sie zu schätzen wusste, ganz wie der Maler es sich gewünscht hatte. So jedenfalls rechtfertigte Gareth an diesem Abend sein Vorhaben.

Die zwölf fertigen Rahmen hatten er und Montignac in der Threadbare gelassen, denn zunächst wollten sie sich vergewissern, ob ihr Plan sich überhaupt verwirklichen ließe. Danach wollten sie die Rahmen über den Speicher transportieren, was vermutlich nicht ganz einfach sein würde. Einige von ihnen waren unhandlich und schwer, sodass sie mehrmals hin und her kriechen müssten, um sie allesamt in die Clarion zu schaffen.

Im Restaurationsraum der Clarion schaltete Montignac das Licht ein und sah sich nach den Staffeleien um. Als er feststellte, dass sie verschwunden waren, sank ihm der Mut. Er durchsuchte die Regale, schaute sogar hinter den Farbtöpfen und Terpentinflaschen nach, doch die Cézanne-Gemälde waren unauffindbar.

»Hier«, sagte Gareth, der zum anderen Ende des Raums gegangen war, wo eine große Zeltplane offenbar eine große Kiste verhüllte. Er hob die Plane hoch und entdeckte in einer Halterung zwölf flache hölzerne Kästen.

»Mir fällt ein Stein vom Herzen«, sagte Montignac, der in sekundenlanger Verzweiflung überschlagen hatte, ob er genügend Geld besaß, um England umgehend und für einen unbegrenzten Zeitraum zu verlassen. »Holen Sie mal einen heraus.«

Gareth wählte den kleinsten der zwölf Kästen, befreite ihn aus der Halterung und legte ihn inmitten des Raums auf den Boden. Montignac zog einen Schraubenzieher aus der Hosentasche hervor und entfernte die schweren Stahlklammern, die den Kasten zusammenhielten. Unter lautem Knacken löste sich der Deckel, und das Verpackungsmaterial quoll hervor. Sie hoben den Deckel ab, schlugen die Schichten des Verpackungsmaterials zur Seite und legten ein Gemälde frei.

»Perfekt«, sagte Montignac und schenkte seinem Komplizen ein seltenes Lächeln des Lobs. »Am besten nehmen wir uns eines nach dem anderen vor, sodass wir die Kästen anschließend wieder in derselben Reihenfolge unterbringen können. Das hier ist ein kleines Gemälde. Schauen Sie, dass Sie mit der richtigen Rahmengröße wiederkommen.«

Gareth trat unter die geöffnete Luke, zog sich hoch und kroch zur Threadbare zurück.

Montignac begutachtete das Gemälde aus der Nähe und fuhr mit dem Finger sacht über die Oberfläche, die vor einem halben Jahrhundert von Cézannes Pinsel berührt worden war. Sein alter Wunsch, selbst Maler zu werden, stieg wieder in ihm auf. *Wenn ich doch nur das Talent gehabt hätte*, dachte er und stellte sich das Leben vor, das er als international gefeierter Künstler geführte hätte, mit glamourösen Freunden, Liebesgeschichten mit europäischen Erbinnen, den Einladungen der Könige, Präsidenten und Premierminister dieser Welt. Stattdessen war sein Leben auf das hier reduziert worden, und er war gezwungen, Meisterwerke zu stehlen, um einen Teil seiner Spielschulden zu bezahlen. Wie hatte es dazu kommen können, fragte er sich, ehe ihm einfiel, dass die Antwort aus zwei Wörtern bestand, die lauteten: Peter Montignac.

Am vergangenen Abend hatte er den Wert der Gemälde insgesamt auf etwa hundertfünfzigtausend Pfund geschätzt. Den Namen des Kunden kannte er nicht, denn bisher hatte er nur mit Keaton, dem Vermittler, gesprochen. Mit ihm hatte er für seine Dienste die Summe von fünfzehntausend Pfund vereinbart. Eintausend Pfund davon hatte er Gareth versprochen, der glaubte, dass der Vermittler insgesamt nur fünftausend Pfund zahlte. Zehntausend Pfund waren für Nicholas Delfy vorgesehen, was bedeutete, dass ihm viertausend blieben und zur Tilgung seiner Gesamtschuld noch sechsunddreißigtausend Pfund fehlten.

»Bin wieder da«, sagte Gareth und kämpfte sich mit der gerahmten Leinwand und einem Kasten in passender Größe durch die Luke. »Ich glaube, ich habe die richtige Größe erwischt.«

Montignac nahm den Cézanne, legte ihn auf die gerahmte Leinwand und atmete auf. Es war dieselbe Größe. »Gut gemacht«, murmelte er, zog die Verpackungsschichten von dem Originalgemälde ab und schlug den Ersatz darin ein.

»Man kann nicht mal hindurchsehen«, sagte Gareth anerkennend. »Selbst wenn der Kasten geöffnet würde.«

»Niemand wird sie öffnen«, beruhigte Montignac ihn. »Verlassen Sie sich darauf.«

Es dauerte nahezu vier Stunden, bis sie die zwölf Cézanne-Gemälde in die Threadbare geschafft hatten. Es war eine schwierigere Prozedur als anfänglich gedacht, denn zwei der Leinwände wiesen einen anderen Umfang auf. Als sie zehn Gemälde verpackt und in den neuen Kästen untergebracht hatten, stellte sich heraus, dass die beiden übrigen die falsche Größe hatten.

»Wir stecken sie einfach in andere Kästen«, schlug Gareth vor, der der gesamten Aktion überdrüssig geworden war. »Wer sieht da schon den Unterschied?«

»Wir sehen ihn«, entgegnete Montignac ungehalten. »So etwas muss man richtig machen, was bedeutet, dass wir einige wieder auspacken müssen.«

Sie öffneten einige der Kästen und tauschten die Gemälde aus, bis das Puzzle gelöst war, die zwölf leeren Leinwände verpackt und unter der großen Zeltplane in der Halterung verstaut waren.

»Wie spät ist es?«, fragte Montignac. Nachdem ihre Arbeit so gut wie getan war, spürte er seine Erschöpfung.

»Gleich zehn nach fünf«, antwortete Gareth.

»Gut. Das ist genügend Zeit, um hier alles sauber und ordentlich zu hinterlassen. Passen Sie auf die Holzsplitter auf.« Sie sammelten die aufgebrochenen Kästen ein und brachten sie zurück in die Threadbare. »Jetzt die Gemälde«, befahl Montignac.

Behutsam schafften sie eines nach dem anderen über den Dachboden zur Threadbare-Galerie und lehnten sie in der kleinen Kammer oben nebeneinander an die Wand. Vor den Fenstern dämmerte das Tageslicht, doch sie lagen immer noch gut in der Zeit.

Gareth kehrte in die Clarion zurück und fegte den Boden, bis kein Stäubchen mehr zu sehen war. Auch Montignac kam noch einmal zurück, woraufhin sie zu zweit alles begutachteten, bis sie sicher waren, dass alles genau so war, wie sie es angetroffen hatten. Dann hievten sie sich ein letztes Mal durch die Luke, schlossen sie und krochen zurück.

»So«, sagte Montignac, als sie in dem alten Lager der Threadbare unter der Luke standen, »sehen Sie die Schreibtische da drüben?« Er zeigte in die Kammer, wo sich vier alte Schreibtische befanden, zwei nebeneinander, die anderen übereinander.

»Ja.«

»Die stellen wir alle ins Lager. Wir wollen, dass es da voll aussieht.«

Gareth seufzte erschöpft. »Warum?«, fragte er verdrießlich. »Das dauert doch ewig.«

»Trotzdem«, entgegnete Montignac geduldig. »Es ist zwar nicht wahrscheinlich, aber falls doch jemand auf den Gedanken kommt, dass der Dachstuhl zugängig ist, soll es aussehen, als wäre hier seit Jahren keiner mehr durchgekommen. Na, los, wenn wir uns anstrengen, dauert es nicht lang.«

Gareth sah ein, dass er keine Wahl hatte. Widerwillig folgte er Montignac und half ihm, die Tische zu transportieren. Den letzten stellten sie hinter die Lagertür, türmten alte Stühle darauf und stopften gefüllte Müllsäcke und Holzstücke in die Zwischenräume. Als sie die Tür absperrten, war die Luke oben nicht mehr zu erkennen.

»Das haben wir gut gemacht«, sagte Montignac zufrieden. Die Cézanne-Gemälde befanden sich inzwischen fest verpackt in dem offiziellen Lager unten in der Galerie und würden dort über Nacht bleiben. Auch diese Tür schloss Montignac ab und steckte den Schlüssel ein. Gut gelaunt wandte er sich zu Gareth um. »Und jetzt, junger Mann, gehen Sie nach Hause und holen Ihren Schlaf nach. Um den Rest kümmere ich mich morgen. Danach werden Sie um tausend Pfund reicher sein.«

Gareth rieb sich die Hände. »Ich kann es kaum erwarten«, sagte er beglückt. »Wann bekommen wir das Geld?«

»Vermutlich in ein paar Tagen.« Montignac zuckte mit den Schultern. »Morgen spreche ich mit dem Vermittler und sage ihm, dass unsere Arbeit erledigt ist.« Keatons Name hatte er Gareth nicht verraten. »Nehmen Sie bis dahin keinen Kontakt zu mir auf. Ich melde mich bei Ihnen.«

Gareth nickte und ging zur Vordertür. Er sehnte sich nach seinem Bett. Dort wollte er darüber nachdenken, wofür er das Geld ausgeben würde.

»Bis bald«, verabschiedete er sich.

»Aber bis dahin keinen Kontakt«, wiederholte Montignac. »Sie warten, bis Sie von mir hören. Und niemand darf erfahren, dass Sie hier waren.«

Gareth nickte und trat hinaus in den frühen Morgen. Montignac schloss die Eingangstür ab, gähnte und wäre selbst gern zu Bett gegangen, doch als er daran dachte, wie reibungslos ihre Aktion abgelaufen war, zeigte sich ein triumphierendes Lächeln auf seinem Gesicht. Er konnte nur hoffen, dass alles andere ebenso erfolgreich verlaufen würde.

8

Jane Bentley hatte sich noch nicht daran gewöhnt, ihren Sohn schon so früh am Morgen, und zudem angekleidet, zu sehen. Anfangs hatte sie nicht zu hoffen gewagt, dass er seine neuen Verpflichtungen auf Dauer ernst nehmen würde, doch nun stand er schon seit Wochen mit dem Rest der arbeitenden Bevölkerung auf.

»Guten Morgen«, begrüßte sie Gareth in der Küche, »wie schön, dass du immer noch durchhältst.«

»Womit?«

»Mit dem neu entdeckten Pflichtgefühl und frühen Aufstehen.«

Gareth zwinkerte seiner Mutter zu. »Ich habe doch gesagt, dass ich in meinem Leben eine neue Seite aufgeschlagen habe.« Jane steckte zwei Scheiben Brot in den Toaster. »Denk doch nicht immer nur das Schlechteste von mir.«

»Das tue ich nicht, es ist nur –«

»O doch, das tust du.« Gareth setzte eine verständnisvolle Miene auf. »Vielleicht hast du sogar allen Grund dazu.«

»Sei's drum, die Arbeit bekommt dir. Dein Mr Montignac scheint einen guten Einfluss auszuüben. Warum lädst du ihn nicht einmal zum Abendessen ein. Ich würde ihn gern kennenlernen.«

»Bitte, Mutter«, entgegnete Gareth verlegen, »ich bin doch nicht mit ihm verlobt. Er muss nicht kommen, um meine Eltern kennenzulernen.«

»Natürlich nicht. So war das auch nicht gemeint.« Jane seufzte. Wie empfindlich ihr Sohn sein konnte. Immer musste man ihn mit Glacéhandschuhen anfassen. »Ich wollte ja auch nur sagen, dass du, seitdem du bei ihm arbeitest, viel zufriedener wirkst.«

»Bin ich auch. Mit einem Mal scheint alles – anders. Die Zukunft kommt mir jetzt heller vor.«

»Das höre ich gern«, sagte sein Vater, der, die Morgenzeitung unter dem Arm, in die Küche kam. »Dürfte ich auch den Anlass erfahren?«

»Gareth hat mir gerade von seiner neuen Arbeit erzählt«, erklärte Jane.

»Für die es höchste Zeit war.«

»Roderick, bitte.«

»Lass nur«, sagte Gareth, nahm sich eine Scheibe Toast und schenkte sich Tee ein. »Er hat ja recht. Jetzt müsst ihr euch nicht mehr so viele Sorgen um mich machen.«

»Freut mich.« Roderick überflog die Schlagzeilen auf der Titelseite der *Times*.

»Ich denke sogar daran, mir eine eigene Wohnung zu suchen.«

»Was sagst du da?« Jane fuhr herum. »Eine eigene Wohnung?«

»Ja. Eine, die nicht weit von hier entfernt liegt. Vielleicht am Bedford Place.«

»Wie, um alles in der Welt, kommst du denn darauf?«, erkundigte sich Roderick. »Ich denke doch, dass du hier ein einwandfreies Zuhause hast.«

»Aber ich bin jetzt vierundzwanzig Jahre alt und finde, dass ich ein wenig unabhängiger werden sollte.«

»Sei nicht albern, Gareth«, erwiderte Jane, die den Gedanken, ohne ihn zu sein, nicht ertrug. »Du bist hier auch unabhängig. Oder mischen wir uns in deine Angelegenheiten ein?«

»Nicht sehr«, gab Gareth zu, »außer, dass du morgens mit der Heugabel kommst, um mich aus dem Bett zu holen.«

»Du kannst kommen und gehen, wann du willst, ohne dass jemand auch nur das Geringste dazu sagt. Und seit du eine Arbeit hast, bist du sogar noch unabhängiger geworden.«

»Darum geht es nicht, Mutter. Ich bin nur der Ansicht, ein Mann in meinem Alter sollte eine eigene Wohnung haben.«

»Unsinn«, erwiderte Jane. »Wer von deinen Freunden hat denn eine eigene Wohnung?«

Gareth dachte nach. »Alexander Keys, zum Beispiel. Und Owen Montignac.«

»Aber hast du eben nicht gesagt, du hättest eine neue Seite aufgeschlagen? Wozu brauchst du eine Wohnung, wenn wir hier jede Menge Platz haben?«

»Vielleicht hängt es mit einer Liebesgeschichte zusammen«, vermutete Roderick lächelnd. »Ist das so?«, fragte er seinen Sohn neckend. »Bist du verliebt und möchtest es uns noch nicht sagen?«

»Doch wohl nicht.« Jane warf Roderick einen bösen Blick zu und fragte sich, was sie in einem solchen Fall empfinden würde. »Hast du jemanden kennengelernt, Gareth?«

Gareth errötete und wandte sich dem Toaster zu, um sein

Gesicht vor seinen Eltern zu verbergen. »Ich habe ja nur daran gedacht. Bisher ist noch nichts entschieden.«

»Wohnungen sind mittlerweile teuer geworden«, erwiderte Roderick bedächtig. »In der Kanzlei haben wir einen neuen Angestellten, einen jungen Mann, der für eine Einzimmerwohnung in Clapham zwei Pfund die Woche bezahlt. Zwei Pfund pro Woche! Wisst ihr, was man dafür zu unserer Zeit bekommen hat?«

»Vielleicht zu deiner Zeit, Liebling«, bemerkte Jane sanft. »Das war zehn Jahre vor meiner Zeit.«

»Ich will ja auch nicht in Clapham wohnen«, murmelte Gareth.

»Der Bedford Place liegt gleich um die Ecke«, sagte Roderick. »Es scheint mir reichlich sinnlos, hier aus- und dort einzuziehen. Im Übrigen dürfte es dort um einiges teurer als in Clapham sein.«

»Es war ja auch nur ein Gedanke«, entgegnete Gareth leise. »Owen Montignac wohnt am Bedford Square. Ihm scheint es dort zu gefallen.«

»Das hätte ich mir denken können«, sagte Roderick. »Er hat dir diesen Floh ins Ohr gesetzt, nicht wahr?«

»Sag das nicht so abfällig, Roderick«, mahnte Jane. »Ich habe Gareth eben erklärt, dass Mr Montignac ihn positiv zu beeinflussen scheint.«

Roderick legte die Zeitung ab und wandte sich an seinen Sohn. »Was genau machst du eigentlich bei ihm? Das hast du uns immer noch nicht erzählt.«

»Alles Mögliche«, antwortete Gareth zögernd. »Er hat vielfältige Interessen, und ich helfe ihm – bei der Buchhaltung und so. Und in der Galerie. Es ist unglaublich spannend, und ich lerne sehr viel. Über Kunst und so weiter.«

»Ich war einmal in dieser Galerie«, sagte Jane. »Da gab es sehr aufregende Objekte. Irgendwann sollten wir zusammen dorthin gehen, Roderick. Wir könnten etwas für die freie Stelle in dem Flur im dritten Stock aussuchen. Es ist alles sehr zeitgenössisch, Gareth, oder?«

»So könnte man es nennen«, antwortete Gareth.

»Man wird es so leid, immer nur Landschaften, Meeresbilder und Porträts toter Aristokraten zu sehen.«

Roderick schnaubte und vertiefte sich wieder in die Zeitung. Er vergewisserte sich, dass es keinen neuen Klatsch über den König gab, denn ihm graute vor einer undichten Stelle und davor, dass man ihn deswegen beschuldigen würde. Immerhin hatte er seiner geschwätzigen Ehefrau mehr als geplant anvertraut. Sicher, der Premierminister hatte es den englischen Zeitungen untersagt, sich weiterhin über den König und Mrs Simpson zu äußern, aber die amerikanischen Zeitungen und ihre europäischen Ableger schienen kein anderes Thema zu kennen. Inzwischen wurde an jeder Straßenecke über die Geschichte getratscht. Seiner Meinung nach war es nur eine Frage der Zeit, ehe eine ihrer Zeitungen sich über das Schreibverbot hinwegsetzte und von der Regierung einschlägige Schritte verlangte.

»Steht da etwas?«, fragte Jane, die seine Gedanken erraten hatte.

»Kein Wort. Sie sind allesamt mit den gestohlenen Gemälden beschäftigt.«

Gareth schaute von seinem Teller auf und dankte dem Schicksal, dass sein Gesicht noch immer leicht gerötet war. »Was hast du gesagt?«

»Wusstest du das noch nicht?« Roderick deutete auf einen Artikel, der ein Drittel der Seite beanspruchte. »Es ist eigentlich recht lustig, obwohl man über so etwas nicht lachen sollte. Offenbar gibt es eine Wanderausstellung mit Gemälden irgendeines toten französischen Künstlers. Ein Teil der Sammlung war in London, sollte hier restauriert und neu gerahmt werden. Danach wurden diese Bilder nach Edinburgh transportiert, wo die anderen schon waren, doch als man die Kisten dort auspackte, waren nur leere Leinwände vorhanden.«

»Leer?«, fragte Jane verblüfft.

»Ja.«

»Aber wie können sie denn leer gewesen sein? Heißt das, die Restaurateure haben alles abgewischt?«

»Nein.« Roderick musste ein Lachen unterdrücken. »Davon geht wohl keiner aus. Die Gemälde waren in Kästen verpackt, und als sie verschickt wurden, war offenbar noch alles in Ordnung. Erst bei ihrer Ankunft waren die Originalgemälde verschwunden. Ich nehme an, sie wurden auf dem Weg nach Schottland ausgetauscht. Schließlich wurden sie mit dem Zug transportiert, und du weißt, welche Sorte Mensch auf diese Weise reist. Dennoch, die Sache ist ein einziges Rätsel. Sämtliche Angestellten der Bahngesellschaft werden zurzeit vernommen und die Bahnhöfe durchsucht. Das wird die Versicherung einen schönen Batzen kosten. Natürlich steckt auch die Galerie in der Bredouille, die an den Gemälden gearbeitet hat. Die Rede ist von einer Klage gegen den Geschäftsführer, der nicht ausreichend für Sicherheit gesorgt hat. Wie heißt er noch gleich?« Roderick fuhr mit dem Finger an den Zeilen entlang. »Ach ja. Arthur Hamilton. Der arme Kerl ist zum Sündenbock gestempelt worden.«

»Aber wie kann es denn seine Schuld sein, wenn es auf dem Transport geschehen ist?«, fragte Jane.

Roderick las weiter, denn ihn faszinierte die Dreistigkeit, die hinter diesem Verbrechen steckte. »Na, da schau an. Die Galerie liegt an der Cork Street. Ist da nicht auch die Galerie deines Mr Montignac?«

»Ja«, sagte Gareth leichthin. »Um welche handelt es sich denn?«

»Eine Galerie namens Clarion? Kennst du sie?«

Gareth spitzte die Lippen und zögerte. »Ja, ich glaube schon. Sie ist nicht weit von Mr Montignacs Galerie entfernt, liegt auf derselben Straßenseite.«

»Irgendjemand wird gehörig dafür büßen müssen«, erklärte Roderick. »Die Versicherungen hassen es, auch nur einen Penny zu zahlen. Das sind die reinsten Ganoven, schlimmer als die Kunsträuber. Die Polizei sei ratlos, steht hier.«

»Das ist sie immer«, sagte Jane und schenkte allen Tee nach. Mit einem Mal erkannte sie, dass sie sich genau dieses Leben gewünscht hatte, mit einer Familie, die zusammen beim Frühstück saß und sich angeregt über die Neuigkeiten des Tages unterhielt, durchsetzt von geistreichen Bemerkungen, die bewiesen, wie klug sie alle waren. Gefühle reinen Glücks durchströmten sie. »Sobald irgendwo etwas Rätselhaftes geschieht, wissen sie nicht weiter. Wenn man mich fragt, befindet sich die Londoner Polizei in einem Dauerzustand der Verwirrung. Der Himmel möge verhindern, dass wir jemals auf ihre Hilfe angewiesen sind.«

»So ist es«, murmelte Roderick und blätterte zu dem Kreuzworträtsel vor, das ihn für die nächste halbe Stunde beschäftigen würde.

»Und über – diese andere Sache steht nichts darin?«, fragte Jane nach kurzem Schweigen.

»Nichts. Wie es scheint, halten sie sich ausnahmsweise einmal an die Regeln.«

»Es wird nur eine Frage der Zeit sein.«

»Sprecht ihr über den König«, erkundigte sich Gareth.

»Du weißt es also schon?« Roderick warf seiner Frau einen drohenden Blick zu. Sie schüttelte den Kopf, um ihm klarzumachen, dass sie kein Wort hatte verlauten lassen und unschuldig war.

»Jeder weiß es«, erwiderte Gareth und musste über die Naivität seines Vaters lachen. »Es wird ja über nichts anderes mehr geredet. Alles dreht sich um Königin Wallis.«

»Dazu wird es nie kommen«, sagte Jane ärgerlich.

»Natürlich nicht«, bekräftigte Roderick.

»Es ist sinnlos, der Presse einen Maulkorb zu verpassen«, erklärte Gareth. »Die ausländischen Zeitungen dürfen schließlich schreiben, was sie wollen. Nach ein paar Tagen oder höchstens einer Woche hat jedes neue Gerücht die Öffentlichkeit erreicht.«

»Hast du noch einmal von Hailsham gehört?«, fragte Jane leise und ließ sich neben Roderick nieder. Er schüttelte den Kopf.

»Seit ungefähr einer Woche nicht mehr. Aber gestern ist Lord Keaton in der Kanzlei vorbeigekommen und hat gesagt, wir könnten jeden Tag mit einem nächsten Treffen rechnen. Offenbar hat sie tatsächlich vor, sich von ihrem Mann scheiden zu lassen.«

»Das wundert mich nicht«, sagte Gareth. »Zurzeit ist ihr Mann der berühmteste Hahnrei Englands. Wenn er mehr Stolz hätte, hätte er sich längst von ihr scheiden lassen. Ich an seiner Stelle hätte es getan.«

»Lasst uns über was anderes reden«, bat Roderick. »Ich habe das scheußliche Gefühl, dass mich dieses Thema in den nächsten Wochen mehr als genug beschäftigen wird. Ist in der Kanne noch Tee?«

Kurz darauf verließ Gareth die Küche und ging die Treppe hinauf zu seinem Zimmer. In den vergangenen Tagen war er frühzeitig aufgestanden, stets in der Erwartung, Owen Montignac werde anrufen und ihm mitteilen, wann er seine tausend Pfund abholen könne. Doch bisher hatte er sich nicht gemeldet. Allerdings lag ihre letzte Begegnung noch nicht lange zurück, und da hatte Montignac ihm eingeschärft, keinen Kontakt zu ihm aufzunehmen, sondern abzuwarten, bis er von ihm höre.

Doch nach weiteren drei Tagen begann Gareth, unruhig zu werden. Er beschloss, falls er bis Montagabend nichts von ihm gehört hatte, kurz vor Ladenschluss in der Threadbare vorbeizuschauen, um Montignac an seine Existenz und an die geschuldete Summe zu erinnern.

9

Inzwischen war beinah ein Monat vergangen, seit Montignac die Unicorn Ballrooms zuletzt betreten hatte. Als er dort am Sonntagabend erschien, erfassten ihn die widersprüchlichsten Gefühle.

Am Mittag hatte er Keaton in dem inoffiziellen Büro aufgesucht, in dem sie sich nach ihrer ersten Begegnung noch zwei

Mal getroffen hatten. Anschließend waren sie zu dem großen Schließfach nahe King's Cross gefahren, wo sich die zwölf Cézanne-Originale seit dem Tausch befanden. Keaton hatte einige Kästen geöffnet und Stichproben durchgeführt.

»Sehr gut, Mr Montignac«, lobte er. »Dabei war ich mir Ihrer nicht einmal sicher, als zu Beginn des Auftrags Ihr Name fiel.«

»Ach«, sagte Montignac, »darf ich fragen, warum?«

»Ich möchte Sie nicht beleidigen.« Keaton zuckte mit den Schultern. »Aber ich kannte Peter Montignac recht gut. Er ist mir eher geradlinig vorgekommen. Ich glaube, auf eine solche Aktion hätte er sich nicht eingelassen.«

»Mein Onkel war keineswegs so heilig, wie er immer dargestellt wird.«

»Söhne mögen es nie, wenn ihre Väter gepriesen werden. Ich wette, wenn ich ihn kritisiert hätte, würden Sie ihn jetzt vehement verteidigen.«

»Er war nicht mein Vater.«

»Wie dem auch sei, ich war mir nicht sicher, ob es klug wäre, Sie anzusprechen. Jetzt sehe ich, wie unangebracht meine Zweifel waren. Sie haben sehr effektive Arbeit geleistet.«

»Freut mich, dass ich Sie beeindrucken konnte«, erwiderte Montignac. »Darf ich fragen, wer mich empfohlen hat?«

»Sie dürfen«, antwortete Keaton freundlich, »aber die Antwort muss ich Ihnen leider verweigern. Sagen wir einfach, es war jemand, der Ihren Charakter kennt und davon ausging, dass Sie bereit wären, mir diesen Dienst zu erweisen.«

»Na schön.« Montignac hatte die Regeln des Geschäfts begriffen. »Können Sie mir denn sagen, wohin die Gemälde gebracht werden? Wessen Wände sie schmücken werden?«

»Ich fürchte, auch das ist mir nicht möglich.« Keaton lachte. »Tut mir leid, aber das ist nun mal der Stand der Dinge. Betrachten wir es einfach als diskrete Abmachung und belassen es dabei, ohne einander weitere Fragen zu stellen.«

»Hauptsache, Sie machen Ihrem Käufer klar, dass er die Bilder nicht zur allgemeinen Bewunderung aufhängen kann. Denn falls jemand sie sieht, dann –«

»Seien Sie gewiss, dass sie nur der privaten Betrachtung dienen. Sie werden heute versendet, und danach wird jede Verbindung zu Ihnen oder Ihrer Galerie vergessen sein. Obwohl man das ohnehin nie nachweisen könnte.«

»Gut. Dann gäbe es wohl nur noch eine einzige Angelegenheit zu regeln.«

»So ist es.« Keaton griff in die Innentasche seines Jacketts und zog einen Umschlag hervor. »Fünfzehntausend Pfund zu Ihrer freien Verfügung.«

Montignac nahm den Umschlag entgegen und schaute hinein.

»Wenn Sie möchten, zählen Sie nach«, sagte Keaton.

Montignac schüttelte den Kopf. »Ich vertraue Ihnen.« Sie schüttelten einander die Hand. »Falls Sie wieder ein geschäftliches Anliegen haben, wissen Sie, wo Sie mich finden können.«

»Ja, das weiß ich. Da Sie Ihren Wert und Ihre Diskretion bewiesen haben, könnte es durchaus sein, dass ich mich wieder melde. Nein, Sie können sogar darauf zählen. Es gibt da noch etwas, weitaus wichtiger und einträglicher als dieses Geschäft, bei dem ich vielleicht Ihre Hilfe brauche.«

»Oh«, sagte Montignac, »darf ich erfahren, um was es sich dabei handelt?«

»Sie schulden Mr Delfy immer noch eine beträchtliche Summe, nicht wahr?«

Montignac schwieg. Er hasste es, an seine Probleme erinnert zu werden. »Ja«, presste er hervor.

»Womöglich gibt es einen Weg, Ihre Gesamtschuld auf einen Schlag zu tilgen.«

»Und der wäre?«

»Nicht hier«, sagte Keaton. »Ich werde Sie demnächst kontaktieren. Allerdings ist die Sache um einiges riskanter als diese hier, aber dafür wird der Lohn auch sehr viel höher sein. Zudem hat sie weitaus größere Bedeutung.«

»Klingt geheimnisvoll«, entgegnete Montignac.

»Ich sage nur, dass sie ein gewisses Maß an Raffinesse erfordert.«

»Gut, dann warte ich darauf, dass Sie sich melden.«

Sie schüttelten einander noch einmal die Hand. Montignac verschwand. Auf dem Weg nach Hause dachte er, dass es nur wenige Menschen gab, die ihn nervös machten, Keaton jedoch mit Sicherheit zu ihnen gehörte. Trotz des rundlichen Körpers und der aristokratischen Art war ihm etwas Kaltes eigen, und das Lächeln wirkte eingefroren, sodass Montignac annahm, unter gewissen Umständen konnte der Mann äußerst unangenehm werden.

Am Nachmittag entspannte Montignac sich in seiner Wohnung und überließ sich dem Willenskampf zwischen seiner guten und seiner schlechten Seite, bei dem die schlechte das jüngst verdiente Geld behalten wollte, die gute jedoch nicht. Er breitete die Scheine auf dem Bett aus und zählte sie. Wie es aussah, hatte Keaton sich geirrt, denn es waren nicht fünfzehntausend Pfund, sondern fünfzehntausendeinhundert. Er zählte noch einmal nach und lächelte. Im Vergleich zur Gesamtsumme waren hundert Pfund zweifellos kaum der Rede wert, doch noch vor einem Tag hätten sie ihm sehr viel bedeutet.

Er teilte die Scheine in drei Stapel auf: zehntausend für Nicholas Delfy, eintausend für Gareth Bentley und viertausendeinhundert für ihn selbst. Die zehntausend Pfund steckte er in den Umschlag zurück und klebte ihn zu.

Der Gedanke, sich mit dem Gesamtbetrag in einem anderen Club als dem Unicorn an den Kartentisch zu setzen und die Summe bis zum Abendessen verdoppeln, verdreifachen oder sogar vervierfachen zu können, war verführerisch, doch Montignac schaffte es, der Verlockung zu widerstehen. In zwei Tagen war die erste Rate fällig, und wenn er das Geld jetzt verlöre, gäbe es keinen Ort, an dem er sich vor Delfys Häschern verstecken konnte. Eine andere Möglichkeit wäre, das Geld zu nehmen und irgendwo in Europa unterzutauchen, aber er war sich nicht sicher, ob man ihn nicht auch dort aufspüren würde. Zu guter Letzt entschied er, zu Hause zu bleiben, war stolz auf den Sieg seiner guten Seite und machte sich, um weiteren Versuchungen aus dem Weg zu gehen, gegen acht Uhr abends auf den Weg zum Unicorn.

»Mr Montignac«, begrüßte ihn Henderson an der Tür, derselbe, der ihn vor einigen Wochen aus dem Duck and Dog geleitet hatte. »Heute hatten wir Sie gar nicht erwartet.«

»Nanu«, sagte Montignac, »ich dachte, ich hätte hier noch etwas Geschäftliches zu regeln.«

»Sicher, nur dachte Mr Delfy, dass Sie damit bis zur letzten Minute warten würden. Nach meiner Berechnung wäre das erst in zwei Tagen.«

»Da habe ich schon andere Pläne«, entgegnete Montignac obenhin. »Deshalb habe ich mir gesagt, ich komme besser heute. Er ist doch da, oder?«

Henderson grinste und führte Montignac hinunter und weiter durch den Flur zu Delfys Büro. Vor der Tür blieb er stehen, bat Montignac, draußen zu warten, und betrat das Büro. Beim Durchqueren der Bar hatte Montignac sich gewundert, wie lebhaft es dort für einen frühen Sonntagabend schon zuging. Selbst hier am Ende des Flurs hörte er die Kassen klingeln und die Champagnerkorken knallen, und aus der Ferne drangen die Geräusche des Spielkasinos an sein Ohr. Im Geist sah er die Croupiers Jetons im Wert von mehreren tausend Pfund einsammeln und fragte sich, was man tun musste, um sich ein derartiges Geschäft aufzubauen. Die Einnahmen dürften exorbitant sein. Mit solchen Geldern wurde sogar ein Wurm wie Nicholas Delfy zu einem imposanten und mächtigen Mann.

Henderson kehrte zurück und deutete mit einer Kopfbewegung auf die Tür. »Sie können reingehen.«

Montignac betrat Delfys Büro, schloss die Tür und spürte, wie es ihm leicht ums Herz wurde, denn er hatte allen Anfechtungen getrotzt und das Geld nicht angetastet. Es würde keine Drohungen geben, wahrscheinlich stand ihm sogar ein recht nettes Gespräch bevor.

»Mr Montignac.« Delfy lehnte sich zurück und strahlte. »Oder sollte ich lieber ›Owen‹ sagen und davon ausgehen, dass wir uns vertragen?«

»Ich bitte darum, Nicholas. Schön, Sie wiederzusehen.«

»Finden Sie?«, fragte Delfy überrascht. »So etwas höre ich selten.«

»Nicht unbedingt.« Montignac zuckte mit den Schultern. »War nur eine Höflichkeitsfloskel.«

Delfy schien nicht recht zu wissen, wie er darauf reagieren sollte, dann gluckste er in sich hinein. Er konnte sich nicht helfen, aber Montignac hatte etwas, das ihm gefiel.

»Setzen Sie sich«, sagte er. »Machen Sie es sich bequem. Möchten Sie etwas trinken?«

Montignac war kurz davor, den Kopf zu schütteln, denn wie immer drängte es ihn, dieses Büro so rasch wie möglich zu verlassen, doch dann überlegte er es sich anders. »Warum nicht? Wenn Sie mittrinken, nehme ich einen Whisky.«

»Ich behalte lieber einen klaren Kopf.« Delfy stand auf, trat an die Bar und schenkte seinem Gast Whisky in ein Glas. »Das soll Sie aber nicht abhalten. Mit Eis?«

»Bitte.« Montignac nahm das Glas entgegen, trank einen Schluck und nickte anerkennend. »Ein feiner Tropfen.«

»Fünfundzwanzig Jahre alt.« Delfy setzte sich wieder. »Genau wie Sie.«

»Leider habe ich bald Geburtstag und werde sechsundzwanzig.«

»Sind Sie sicher, dass Sie ihn erleben?«

»Sicherer, als ich es vor einem Monat war.«

»Freut mich. Niemand mag unnötige Gewalt«, erklärte Delfy, »mehr als ich«, ergänzte er vergnügt. »Ich habe übrigens ganz wunderbare Dinge über sie gehört.« Er machte eine ausladende Handbewegung. »Meine Spitzel halten mich stets auf dem Laufenden, deshalb weiß ich, wie hart sie gearbeitet haben, um an die zehntausend Pfund zu kommen. Ich glaube sogar, dass die Möglichkeit – die klitzekleine Möglichkeit – besteht, dass Sie diese Summe in diesem Augenblick in der Tasche haben.«

»So, so«, sagte Montignac, der es liebte, mit anderen Katz und Maus zu spielen. »Und was haben Ihre Spitzel sonst noch erzählt?«

»Dass Sie eine unschuldige, kleine Fliege im Netz haben und nur auf die Gelegenheit warten, sie zu verspeisen.«

»Ich weiß nicht, wie sie darauf kommen«, erwiderte Montignac. »Im Übrigen habe ich das Geld dabei.«

»Die ganzen fünfzigtausend?«, fragte Delfy verdutzt.

»Nein, nein«, widersprach Montignac eilig und lachte nervös. »Nur die erste Rate. So war es doch abgemacht, oder?«

»Richtig. Und deshalb gibt es auch keinen Grund, nervös zu werden. Zumal Sie ja schon zwei Tage früher gekommen sind. Ich bin beeindruckt. Sogar tief beeindruckt. Jetzt erfüllt mich die Zuversicht, dass Sie auch weiterhin vertrauenswürdig bleiben.«

Für einen Moment sahen sie einander schweigend an. Dann winkte Delfy mit der linken Hand, als bitte er jemanden zu sich. Montignac wusste nicht recht, was die Geste bedeuten sollte, beugte sich aber vor.

»Nicht Sie, Owen.« Delfy seufzte. »Das Geld.«

»Oh, ach so.« Montignac griff in die Innentasche seine Jacketts, nahm den Umschlag heraus und überreichte ihn Delfy. »Es ist alles da«, erklärte er und war froh, dass er es übergeben hatte und nicht mehr aufs Spiel setzen konnte. »Die ganzen zehntausend. Sie können nachzählen.«

Delfy lachte auf. »Wozu? Sie sind doch kein Dummkopf, oder?«

»Nein.«

»Tja, wie ich schon sagte, ich bin sehr beeindruckt. Versprechen Sie mir, dass Sie bis Weihnachten einen großen Bogen um jedes Spielkasino machen? Die Spieltische und Owen Montignac vertragen sich nicht.«

»Offenbar nicht«, gab Montignac zu, obwohl es ihm widerstrebte, sich wie ein Kind bevormunden zu lassen.

Delfy öffnete die Schreibtischschublade, holte sein Kontenbuch hervor und blätterte sich zu einer Seite vor. »Zehntausend Pfund«, sagte er, während er die Summe eintrug. »In vollem Umfang entrichtet. Ausgezeichnet. Vielleicht sollten wir jetzt über den Restbetrag sprechen.«

»Den Restbetrag«, wiederholte Montignac. »Daran arbeite ich. Ich wäre Ihnen jedoch dankbar, wenn Sie mir noch ein wenig Zeit ließen.«

»Wir hatten uns auf Weihnachten geeinigt.« Delfy schaute hoch. »Da Sie mit der ersten Rate so erfolgreich waren, können wir doch wohl bei unserer ursprünglichen Vereinbarung bleiben, oder nicht?«

»Weihnachten ist kein Problem«, versprach Montigac, der kurz befürchtet hatte, Delfy wolle die Bedingungen ändern. Auch um das zu verhindern, hatte er die ersten zehntausend Pfund zwei Tage zu früh abgeliefert.

»Möchten Sie wissen, wie hoch dieser Restbetrag ist?«

»Wahrscheinlich etwas über vierzigtausend.«

»Vierzigtausend und hundertfünfzig. Aber wenn Sie in einem Monat zehntausend auftreiben konnten, dürfte der Rest ja auch kein Problem sein. Und dann können Sie in einem guten Jahr sogar Ihren siebenundzwanzigsten Geburtstag feiern.«

»Seien Sie beruhigt.« Owen leerte sein Glas. »Es wird alles geregelt. Zur Alternative muss es nicht kommen.«

»Dann danke ich Ihnen für Ihre Zeit, Owen, und wünsche Ihnen noch einen schönen Abend.« Delfy stemmte sich hoch und schüttelte Montignacs Hand, als sei er ein Geschäftsfreund, dem er nie ein Haar krümmen würde. Montignac stand auf, verabschiedete sich und verschwand.

Auf dem Weg durch den Club ging er seine Optionen durch. Er hatte viertausendeinhundert Pfund in bar. Auf seinem Konto befanden sich noch sechshundert Pfund. Und dann waren da natürlich die tausend für Gareth, aber die musste er ihm wohl oder übel geben. Insgesamt waren es daher knapp fünftausend Pfund, also immer noch viel zu wenig. Er hoffte, Keaton hatte es ernst gemeint, als er von einem möglichen nächsten Auftrag gesprochen hatte.

Wie sich herausstellte, musste Montignac nur bis zum folgenden Mittag warten, bis er von Keaton hörte.

10

Gareth traf punkt sieben Uhr abends in der Threadbare ein, genau wie Montignac es verlangt hatte.

»Pünktlich auf die Minute«, lobte Montignac, als er ihn einließ.

»Ich bin froh, dass Sie angerufen haben. Ich hatte schon angefangen, mir Sorgen zu machen.«

»Sorgen? Worüber?«

»Na, Sie hatten doch gesagt, ich dürfe mich nicht melden, sondern müsse warten, bis Sie es tun. Aber dann habe ich nichts von Ihnen gehört, und es war schon eine Woche her, dass –«

»Psst«, zischte Montignac. »Nicht hier. Warten Sie, ich hole nur schnell meinen Mantel, und dann lade ich Sie zum Essen ein. Vielleicht habe ich danach ein kleines Geschenk für Sie.«

Gareth atmete auf. Seine größte Sorge war gewesen, dass die Threadbare bei seiner Ankunft geschlossen und Montignac mit seinem Geld über alle Berge sei. Aber jetzt war er nicht nur da, sondern schien darüber hinaus in ungewöhnlich guter Laune und ebenso im Besitz des Geldes zu sein. Sogleich hatte er alle Sorgen vergessen, und das, wovon er in den letzten Tagen geträumt hatte, spukte ihm wieder durch den Kopf. Mit einem Mal fühlte er sich glücklicher als jemals zuvor in seinem Leben.

»Dann haben Sie es also«, sagte er.

»Was?«

»Das Geld natürlich.«

»Ja.« Montignac lachte. »Sie haben doch nicht an mir gezweifelt, oder?«

»Nein, keine Sekunde lang«, beeilte Gareth sich zu versichern. »Ich kann nur noch nicht glauben, dass es so einfach war, das ist alles. Ich hatte Angst, dass –« Sein Blick fiel auf Montignacs Hemdsärmel. »Oh je. Haben Sie sich verletzt?«

Montignac sah ihn verwundert an. »Nein. Wie kommen Sie darauf?«

»Sie bluten. Schauen Sie sich Ihren Arm an.«

Montignac warf einen Blick auf seinen Ärmel und entdeckte auf dem weißen Stoff eine dünne getrocknete Blutspur, nicht länger als fünf Zentimeter, und verfluchte sich. Warum hatte er das Jackett nicht übergestreift, ehe er zur Tür gegangen war? »Nur ein Kratzer«, sagte er. »Jason hatte einen kleinen Unfall mit dem Teppichmesser.«

»Du liebe Zeit. War es schlimm?«

»Er wird es überleben. Ich habe ihm den Arm verbunden und ihn nach Hause geschickt. Aber das Hemd kann ich jetzt wegwerfen, obwohl es nicht gerade billig war.«

Gareth gab sich mit der Erklärung zufrieden. Montignac lief nach oben, um sein Jackett zu holen, und trat noch einmal in die kleine Kammer, um sicherzugehen, dass er nichts übersehen hatte.

Raymond Davis lag noch immer bewusstlos auf dem Boden. Er hatte ihm die Beine zusammengebunden, die Arme auf dem Rücken gefesselt und den Mund mit einem Klebestreifen geschlossen. Montignac betrachtete den Mann, der so verwegen gewesen war, Stella heiraten zu wollen. Er bückte sich, legte eine Hand auf Davis' Brust und spürte, dass er regelmäßig atmete.

Zufrieden verließ er das Lager, schloss die Tür ab und lief nach unten, wo Gareth auf ihn wartete. »Dann mal los«, sagte Montignac.

Sie verließen die Galerie und schlenderten zu einem Pub, nicht weit vom Piccadilly Circus entfernt. Als sie ankamen, bestellte Montignac an der Theke zwei Steak-und-Nieren-Pasteten und zwei große Bier, die er zu dem Tisch trug, an dem Gareth saß.

»Ich nehme lieber Wasser«, sagte Gareth und warf unruhig einen Blick auf das Bierglas.

»Unfug. Wir haben doch etwas zu feiern, oder nicht?«

»Ich weiß, aber –«

»Das eine Glas bringt Sie nicht um. Na, kommen Sie. Ein Schluck auf Ihre Gesundheit.« Montignac hob sein Glas. Gareth fühlte sich hin und her gerissen, doch schließlich griff er nach seinem Glas und stieß mit Montignac an.

»Und auf Ihre«, sagte er und trank den ersten wohltuenden Schluck.

»Hier«, sagte Montignac, »ehe Ihre Sorgen überhandnehmen.« Er überreichte Gareth einen dicken Briefumschlag. »Das ist Ihr Anteil, aber machen Sie den Umschlag jetzt nicht auf. Man weiß nie, welches Gesindel sich hier herumtreibt.«

»Danke«, sagte Gareth erleichtert und steckte den Umschlag in die Innentasche seines Jacketts. »Haben Sie die Zeitung gelesen? Jeden Tag gibt es darüber Artikel.«

»Ja. Ich finde sie ziemlich lustig.«

»Ich auch. Meine Mutter sagt, dass sich die Londoner Polizei in einem Dauerzustand der Verwirrung befindet.«

»Da hat sie nicht ganz unrecht.«

»Angeblich will man von der Clarion den Wert der Gemälde einklagen.«

»Das ist lächerlich«, sagte Montignac geringschätzig. »Dafür kommt die Versicherung auf.«

»Aber in der Clarion wird man trotzdem nicht sehr glücklich sein.«

»Das denke ich auch. Wer wird schon gerne beraubt? Kommen Sie, wir trinken noch ein Glas.«

»Wozu die Eile? Ich habe das erste ja noch nicht ausgetrunken.«

»Dann aber fix, ich dachte, wir wollten feiern.«

Wenig später standen die nächsten Gläser Bier auf dem Tisch. Gareth leerte sein erstes Glas mit hastigen Zügen und setzte das zweite an. Er war so aufgeregt, dass es ihn schwindelte, und der Gedanke an das Geld in seiner Tasche überwältigte ihn geradezu. Seine Sorge wegen des Trinkens war nach dem ersten Glas verflogen.

»Und was kommt als Nächstes?«, erkundigte er sich.

»Als Nächstes?«

»Ja. Es muss doch noch mehr Möglichkeiten geben, schnelles Geld zu machen. Haben Sie denn keine weiteren Kontakte?«

Montignac lachte. »Mein lieber Gareth. Bitte, trennen Sie sich von der Illusion, dass ich ein Mitglied der Unterwelt sei. Eine Gelegenheit wie die mit den Cézanne-Gemälden bietet sich nicht alle Tage.«

»Oh«, sagte Gareth enttäuscht. Er hatte sich ausgemalt, jede Woche tausend Pfund zu verdienen, und für die Summen in Gedanken bereits gute Verwendung gefunden.

»Was nicht bedeutet, dass es nie mehr andere Aufträge geben wird«, fuhr Montignac fort. »Sie sind ein wertvoller Teil meiner Pläne. Tatsache ist, dass ich mir die nächsten Monate ohne Sie gar nicht vorstellen kann.«

»Wirklich?« Gareths Miene hellte sich auf. »Soll ich nur darauf warten, dass Sie sich melden?«

»Oh nein, das wäre zu verdächtig. Sie bekommen von mir eine feste Stelle in der Galerie, und danach sehen wir weiter. Ich hatte ohnehin vor, Jason zu entlassen. Der Junge ist eine Belastung und mir nicht halb so nützlich, wie Sie es sind.«

»Ich würde ihn aber nur ungern arbeitslos machen«, sagte Gareth.

»Darüber sollten Sie sich nicht den Kopf zerbrechen.«

»Gut, aber –« Gareth legte die Stirn in Falten und suchte nach den richtigen Worten. »Ich kann Ihnen nicht sagen, wie viel mir das alles bedeutet, Owen.«

»Was alles?«

»Das Ganze. Was Sie für mich getan haben.«

»Ich glaube nicht, dass es sehr viel war. Außer dass ich Sie zu einer kriminellen Handlung überredet habe.«

»Es wurde ja niemand verletzt«, verteidigte sich Gareth. »Sie haben mir einen Fokus gegeben, den hatte ich vorher nicht.«

Montignac trank einen Schluck Bier. Gareths vertraulicher Ton behagte ihm nicht.

»Ich weiß, dass wir uns noch nicht lange kennen«, fuhr Gareth verlegen fort, »aber ich bin froh, dass wir uns begegnet sind.«

»Das bin ich auch. Wie wäre es, wenn wir noch etwas trinken?«

Gareth ließ sich nicht aus dem Konzept bringen. »Das wusste ich schon, als ich Sie zum ersten Mal gesehen habe. An dem Abend meines Geburtstags. Als ich Sie ansah, wusste ich, dass Sie jemand sind, der mir helfen kann, etwas zu erreichen. Jemand, der mich aus der – Lethargie meines Lebens reißt, die dabei war, meine Seele zu zerstören. Ist Ihnen das überhaupt bewusst, Owen? Ist Ihnen bewusst, wie viel Sie für mich getan haben? Wie durch Sie alles anders geworden ist?«

Montignac wandte den Blick ab. Nichts davon wollte er hören. »Sie sind für sich selbst verantwortlich«, murmelte er, verlegen angesichts der unverdienten Bewunderung.

»Das weiß ich. Aber Sie haben mir den Weg gezeigt. Ich muss Ihnen einfach –« Gareth lachte, doch seine Hände auf dem Tisch verkrampften sich. »Ich möchte Ihnen sagen, wie sehr ich Sie bewundere. Wie sehr ich Sie respektiere. Sie – Sie sind der Mensch, den ich –«

»Kellner«, rief Montignac, um alle weiteren Peinlichkeiten zu unterbinden. Er deutete auf die beiden Gläser. »Bitte, dasselbe noch einmal.«

»Mein Gott«, sagte Gareth, »Sie geben aber ein Tempo vor.« Mit neuer Sorge betrachtete er die Gläser Bier und Whisky, die umgehend gebracht wurden, und beschloss, seine unglückselige Rede an dieser Stelle abzubrechen und sich nicht weiter zu blamieren. »Wenn wir so weitermachen, bin ich in einer Stunde betrunken.«

»Wann hat man denn schon mal tausend Pfund, die einem in den Fingern jucken«, sagte Montignac. »Der Abend soll uns doch in Erinnerung bleiben, oder finden Sie nicht?«

Gareth schwankte. Zu trinken war keine gute Idee, das wusste er, schon gar nicht in diesem Übermaß, doch dann schüttelte er die Sorge ab und verbannte sie in den hintersten Winkel seines Gehirns. Ab morgen würde er wieder abstinent sein, entschied er. Abstinent, reich, mit einer Arbeitsstelle und einer großartigen Zukunft entgegenblickend. Einer großartigen Zukunft und einem großartigen Freund. Er hob sein Glas.

»Auf die Zukunft.«

»Auf die Zukunft«, bekräftige Montignac. »Sie möge uns alles geben, was uns zusteht – und noch mehr.«

Zwei Tage später befand Montignac sich in dem Hotelzimmer, das er sich am Vorabend genommen hatte, stand in aller Früh auf und fühlte sich sowohl erleichtert als auch angespannt. Der mörderische Kater, unter dem er am Vortag gelitten hatte, hatte sich über Nacht gelegt; jetzt musste er nur doch darauf warten, dass die Zeitungen die Nachricht brachten, die er sich erhoffte. Die ihm sagen würde, ob alles nach Plan verlaufen war. Er rasierte sich eilig, jedoch sorgfältig, nahm rasch ein Bad, kleidete sich wie an jedem anderen Arbeitstag auch und verließ das Hotel. Draußen schlug er einen gemächlichen Schritt an und erreichte den Eckladen einige Straßen weiter. Dort besorgte er sich eine Ausgabe der *Times* und zwang sich mit aller Willenskraft, nicht auf die Titelseite zu schauen. Das würde er erst tun, wenn er wieder im Hotelzimmer war und die Tür fest geschlossen hatte.

Als er zurück in seinem Zimmer war, breitete er die Zeitung auf dem Schreibtisch aus. Sofort sprang ihm die Schlagzeile entgegen. Er rang nach Atem und spürte seine Erregung, vermischt mit Panik, denn da stand schwarz auf weiß, dass aus dem Erhofften Wirklichkeit geworden war. Er hatte seinen Plan tatsächlich ausgeführt, und die Folgen zeichneten sich bereits ab.

Richtersohn des Mordes verdächtig

So lautete die Schlagzeile, die sich wie ein Balken oben über die Seite zog. Montignac ließ sich auf den Stuhl nieder und überflog den ersten Absatz.

> Der Sohn eines prominenten Richters des Obersten Gerichtshofs wurde gestern im Zusammenhang mit der Ermordung des Gartenbaumeisters Raymond

Davis (28) festgenommen. Gareth Bentley (24), der kürzlich sein Jurastudium beendet hat, wurde in Haft genommen, nachdem man den Ermordeten in der Wohnung fand, in der sich der Beschuldigte aufhielt. Wie es heißt, wurde Davis' Kopf mit einem Kerzenständer eingeschlagen. Bentley ist der Sohn von Sir Roderick Bentley, der als Richter im Prozess gegen Henry Domson, einem Cousin dritten Grades Seiner Majestät, König Edward VIII., Berühmtheit erlangt hat. Für seine Entscheidung, Domson, der des Mordes an einem Polizisten schuldig gesprochen worden war, zum Tode zu verurteilen, war der Richter sowohl gepriesen als auch kritisiert worden. Seinem Sohn, dem ein ähnliches Kapitalverbrechen wie Domson vorgeworfen wird, steht nun dasselbe Urteil bevor, doch zu einem Kommentar stand Richter Bentley gestern Abend nicht zur Verfügung. Das Opfer, Mr Davis, ein Mitglied der Königlichen Gartenbaugesellschaft, wurde Minuten nach seiner Entdeckung auf schnellstem Weg ins Charing Cross Hospital gebracht, doch bei der Ankunft konnte nur noch sein Tod festgestellt werden. Die Familie wurde gestern Abend benachrichtigt.

Montignac legte die Zeitung auf den Tisch, schloss einen Moment lang die Augen und atmete tief durch. Dann hob er die ausgestreckten Hände und erkannte zufrieden, dass sie vollkommen ruhig waren, ohne die kleinste nervöse Zuckung.

KAPITEL 5

1

Zu guter Letzt erhielt er eine Einzelzelle. Sie war das Einzige, was seine Lage eine Spur erträglicher machte. In den ersten drei Tagen war er kaum fähig gewesen, sich an seinen Namen zu erinnern, geschweige denn an das, was in der fraglichen Nacht geschehen war. In diesen ersten Tagen hatte Gareth sich eine Zelle mit zwei anderen teilen müssen, die beide um einiges älter als er gewesen waren. Er hatte sich still auf eine der unteren Pritschen verkrochen, voller Angst und Entsetzen angesichts der Tat, derer er beschuldigt worden war. Wenn er die raue Steinwand berührte, fühlte sie sich feucht an, obwohl nirgendwo Wasser durchzusickern schien.

Seine beiden Zellengenossen blieben die meiste Zeit für sich, doch hier und da musterten sie ihn argwöhnisch, denn anders als sie sprach er mit dem Akzent der Oberschicht und war dennoch eines größeren Verbrechens als sie beschuldigt worden. Allein ihre Anwesenheit ekelte Gareth, ihr abgestandener ranziger Geruch, ihre Sprache, die Gewalthandlungen, die sie einander wie nebenbei androhten, ihr Schnarchen und Atmen, wenn er dalag und nicht schlafen konnte.

Am vergangenen Nachmittag war er mit dreißig anderen Gefangenen in den Hof gelassen worden. Wie ein Lauffeuer hatte sich die Nachricht verbreitet, dass er der Sohn von Richter Bentley war, der etliche von ihnen hinter Gitter gebracht hatte. Sobald die Aufseher ihnen den Rücken zukehrten, nahmen sie sich Gareth vor, traten ihm mit Stiefeln in die Rippen, bearbeiteten sein Gesicht mit Fäusten. Daraufhin wurde er am Nachmittag in den Krankenhausflügel verlegt. Abends wurde er wieder in den Gefängnistrakt gebracht, zum Ausgleich für den erlittenen Schaden jedoch in eine Einzelzelle. Schon dafür hätte Gareth die bezogenen Prügel um nichts in der Welt rückgängig machen wollen.

Die Zelle war nicht sehr groß, nicht mehr als ein Meter zwanzig mal zwei Meter fünfzig, enthielt eine Pritsche, einen Stuhl, einen kleinen Tisch und eine Toilette ohne Deckel. Doch als die Tür abgeschlossen wurde, war seine Freude, allein zu sein, größer als die Panik über seine Inhaftierung. Die Zelle roch nach Desinfektionsmitteln, die Laken nach billigem Waschpulver. Gareth selbst fügte die Gerüche von getrocknetem Schweiß und Angst hinzu.

Vor fast einer Woche war er in einer fremden Wohnung in einem fremden Bett aufgewacht, hatte das vertraute Hämmern in den Schläfen gespürt, die Stiche, die sich in seinen Schädel bohrten, und sich dafür verflucht, dass er sich wieder einmal betrunken hatte. Ihm fiel ein, wie oft er sich geschworen hatte, der Versuchung zu widerstehen, dass es ihm lange Zeit sogar gelungen war, bis es wieder zu einem Ausrutscher kam. Er brauchte lediglich ein Ereignis, das ihm das Gefühl gab, es könne nur mit Alkohol gefeiert werden, und schon wurde aus dem ersten das zweite und dritte Glas, und dann kam der Vollrausch. An die vergangene Nacht konnte er sich kaum noch erinnern, sodass er sich fragte, wie er überhaupt in diese Wohnung gelangt war. Mit Sicherheit wusste er nur, dass er zur Threadbare-Galerie gefahren war, um sich mit Owen Montignac zu treffen, und dass sie danach zum Abendessen gegangen waren, bei dem er begonnen hatte, im Übermaß zu trinken. Danach brach die Erinnerung ab.

Er hob die Bettdecke an, schaute darunter und stellte fest, dass er noch bekleidet war. Nur die Schuhe hatte er vor dem Einschlafen offenbar ausgezogen und den Gürtel seiner Hose gelockert. Seine Zunge klebte am Gaumen. Er brauchte dringend ein Glas eiskaltes Wasser.

»Hallo?«, krächzte er, drehte vorsichtig den Kopf, um sich in dem Raum umzusehen, und versuchte, sich aus dem Ganzen einen Reim zu machen. Es war ein sehr ordentlicher Raum, und, anders als in seinem Zimmer zu Hause, lagen nirgends Kleidungsstücke auf dem Boden. Die Schranktür war geschlossen, und der Toilettentisch in der Ecke aufgeräumt. Links neben dem Fenster hing ein Druck an der Wand und zeigte ein Gemälde von einem Maler namens Monet, wenn er sich nicht irrte. Ein Mädchen in weißem Kleid und mit einem Sonnenschirm war darauf, es stand im hellen Sonnenschein vor einem Baum. Sonst war ihm kein einziger Gegenstand bekannt, sodass er weder wusste, wo er war, noch, wie er hierhergekommen war. »Hallo?«, rief er noch einmal, doch niemand antwortete.

Und dann begann der Lärm.

Als er draußen zwei Wagen hörte, die mit quietschenden Reifen bremsten, dachte er sich zunächst nicht viel dabei. Dann erklangen Schritte, eilige Schritte von mehreren Personen, als Nächstes wurde an eine Haustür gehämmert.

»Polizei«, brüllte eine Stimme. »Aufmachen!«

Gareth furchte die Stirn, schloss die Augen und hoffte, dass er entweder wieder einschlief oder die Stimmen draußen verstummten. Er wusste nicht, in welcher Gegend er gelandet war, wünschte jedoch, er wäre zu Hause am Tavistock Square.

Wieder hörte er Schritte, diesmal unten im Haus. Eine Tür wurde geöffnet, und erregtes Stimmengewirr drang nach oben. Was im Einzelnen gesagt wurde, verstand er nicht. Die Stimmen näherten sich, jetzt so laut und deutlich zu vernehmen, dass er dachte, die Eingangstür der Wohnung müsse offen stehen. Mit einem Mal befiel ihn Panik. Er setzte sich auf, spürte die volle Wucht seines Katers und legte eine Hand an seine Stirn. Stöhnend beugte er sich über die Bettkante, dachte, er müsse sich übergeben. Doch irgendeine kleine Stimme in seinem Ohr riet ihm, aufzustehen, und erklärte, dass es besser sei, die Eingangstür so rasch wie möglich zu schließen. Mühsam hievte er sich aus dem Bett, kam unsicher auf die Beine und spürte, wie sein schmerzender Körper mit den hämmernden Schläfen wetteiferte, um festzustellen, wer ihm die größeren Qualen bescheren konnte. Das Licht fiel durch die einen Spalt weit geöffneten Vorhänge. Er schaute an sich hinab und riss die Augen auf.

Sein Anzug war voller Blut.

»Guter Gott«, sagte er, schwankte und fürchtete schon, er würde ohnmächtig werden. Voller Entsetzen riss er sein Hemd auf, wollte nachsehen, wo er verletzt worden war, doch seine Haut war glatt und unversehrt. In einer Ecke entdeckte er einen Spiegel, trat darauf zu und begutachtete sein Gesicht, erkannte einige getrocknete Blutschlieren, aber keinen Schnitt. Im nächsten Moment begriff er, dass es sich nicht um sein Blut handelte, dass es sich lediglich auf seiner Kleidung befand, was keinen Sinn ergab und ihn dennoch mit Angst erfüllte, ein Gefühl, das sich steigerte, als die Schritte draußen die Treppe heraufpolterten. Ohne zu wissen, weshalb, wusste er, dass er schleunigst in den nächsten Raum gelangen und die Wohnungstür schließen musste, ehe die Schritte noch näher kamen.

Mit einem Satz war er an der Tür zum Nebenraum, riss sie auf und stürzte hindurch. Auch dieses zweite Zimmer war ihm fremd. Er hatte den Eindruck, dass dort in der Regel Ordnung herrschte, die irgendjemand zerstört hatte. Bücherregale waren umgestoßen worden, eine Blumenvase lag vor dem Sekretär zerschmettert auf dem Boden, zwischen den Scherben sah man abgeknickte Blumen. All das war jedoch nichts im Vergleich zu dem, was sich zwischen ihm und der halb geöffneten Tür am anderen Ende auf dem Boden befand, denn da lag ein Mann mit eingeschlagenem Schädel, das geronnene Blut auf seiner Stirn hatte sich schwarz gefärbt; steif wirkte er, hatte nur ein Auge geöffnet, das voller Entsetzen zu ihm hochstarrte.

Gareth hielt sich am Türrahmen fest und war im ersten Moment unfähig, das, was er sah, zu verarbeiten. Vielmehr kam ihm das Ganze wie ein grässlicher, surrealer Albtraum vor. Er befand sich in einer unbekannten Wohnung, überall war Blut, auch auf seiner Kleidung, und zu seinen Füßen lag die Leiche eines ihm vollkommen fremden Menschen. Er kniff die Augen zusammen und war doch nicht imstande, den Blick abzuwenden. Er blinzelte und kehrte in die Gegenwart zurück. Plötzlich begriff er die Szene vor seinen Augen, warf einen Blick zu der halb geöffneten Tür hinüber, sprang vor, um sie zuzutreten, doch schon stürmte die Polizei draußen in den Flur und tauchte im Türrahmen auf. Für einen Moment standen alle reglos da und starrten einander an. Dann trat der erste Polizist die Tür ganz auf. Gareth taumelte zurück zur Wand, die Hände defensiv ausgestreckt. Die Polizisten entdeckten die Leiche auf dem Boden und sahen einen blutverschmierten Mann, der aufschrie, woraufhin sie verharrten und das Grauen der Szene auf sich wirken ließen, ehe zwei von ihnen sich auf Gareth stürzten. Gareth, der ausnahmsweise einmal daran dachte, sich selbst zu schützen, versuchte, die beiden Männer abzuschütteln, dachte, wenn er es nur zur Tür schaffte und dann hindurch und die Treppe hinunter auf die Straße – ganz gleich, welche es war –, könnte er losrennen, könnte den ganzen Weg bis zum Tavistock Square rennen und in dem warmen Haus in sein eigenes bequemes Bett kriechen und in einer Stunde wach werden und erschauernd an den Albtraum denken, der ihm zuvor so lebendig und wirklich erschienen war und dabei war, sich zu verflüchtigen.

Noch einmal versuchte er, sich zu befreien, wurde von den Polizisten umklammert und schrie auf, als sie ihn zu Boden stießen. Doch in dem Gerangel hatten sie ihr Gleichgewicht verloren, sodass Gareth auf dem Toten landete, sein Gesicht nur Zentimeter von der klaffenden Wunde in dessen Schädel entfernt. In dem Augenblick begann er zu schreien, so gellend, dass man ihn im ganzen Haus hörte. Die beiden Polizisten zogen ihn hoch, stießen ihn gegen die Wand; er hatte ein Gefühl, als würde die Welt untergehen, vor seinen Augen wurde es schwarz, und er sank auf die Knie.

Als er wenig später zu sich kam, dauerte es nicht lang, ehe er sich wieder an das Geschehen erinnerte. Er hatte noch immer einen Kater, doch zudem dröhnte sein Schädel von dem Schlag mit dem Gummiknüppel, den er auf den Hinterkopf erhalten hatte. Jetzt wusste er, dass es kein Albtraum gewesen war, er hatte nicht einmal geträumt.

Er befand sich hinten in einem Polizeitransporter, mit vergitterten Fenstern auf beiden Seiten. Er richtete sich auf und musste sich an den Haltegriffen festhalten, als der Wagen anfuhr. Ihm fielen zwei Dinge auf: Dass der Tote, inzwischen von einem Laken bedeckt, auf einer Trage zu einem wartenden Rettungswagen gebracht wurde, und dass sich auf dem Bürgersteig Schaulustige eingefunden hatten. Sie sahen mitleidig auf die verhüllte Leiche und dann voller Abscheu zu ihm. Außerdem sah er das Schild an der Gebäudeecke, das ihm verriet, dass er am Bedford Place gewesen war.

Er hörte den Schlüssel im Schloss seiner Zellentür, rutschte auf seiner Pritsche zurück und drückte sich mit dem Rücken an die Wand. Er wusste zwar, dass ihm hier niemand etwas antun würde, doch im Vergleich zu seinem Entsetzen, überhaupt hier zu sein, bedeutete ihm diese Sicherheit wenig. Seit seiner Ankunft war er kaum fähig gewesen zu sprechen, geschweige denn nachzuvollziehen, was seit seiner Ankunft geschehen war.

»Hallo, Bentley«, begrüßte ihn der Aufseher und brachte auf einem Tablett ein annehmbares Frühstück herein. Schinken und Rührei, Toast, eine Kanne Tee, also keineswegs den undefinierbaren Brei, von dem Gareth in Geschichten über Gefängnisse gelesen hatte. »Wie geht es Ihnen denn heute so?«

»Wann kann ich meine Eltern sehen?«, fragte Gareth. Der Aufseher lachte auf, was aber nicht böse gemeint war.

»Komisch«, sagte er, »ich habe einen Sohn in Ihrem Alter, der mich halb in den Wahnsinn treibt, ungelogen. Nie hört er auf mich, und wenn ich ihm etwas befehle, geht er hin und macht genau das Gegenteil, wahrscheinlich nur, um mich zu ärgern. Mir scheint, ihr jungen Leute seid alle gleich. Da glaubt ihr, ihr wärt erwachsen und würdet allein zurechtkommen, doch wenn einer von euch in Schwierigkeiten gerät und hier bei mir landet, fragt jeder als erstes, ›wann kann ich meine Eltern sehen‹? Aber es ist ja schön, zu wissen, dass wir wenigstens noch zu etwas gut sind.«

Gareth verzog keine Miene und blieb, wo er war. Er wollte

weder angeschaut, noch berührt oder angesprochen werden. Er wollte nur die Antwort auf seine Frage. Der Aufseher seufzte.

»Ich weiß es nicht«, sagte er schließlich. »Ich bin sicher, all das wird ihr Anwalt arrangieren.«

»Seit drei Tagen habe ich sie nicht mehr gesehen. Wann kommen sie wieder? Seitdem habe ich niemanden mehr gesehen.«

»Das ist nicht ganz richtig«, verbesserte der Aufseher. »Sie haben den Inspector gesehen, oder etwa nicht? Den Mann, der Sie beschuldigt hat.«

»Wieso beschuldigt?«

»Der Ihnen erklärt hat, was man Ihnen zur Last legt.«

»Ja richtig, er hat gesagt, ich hätte jemanden ermordet. Jemanden, den ich nicht einmal kenne. Warum sollte ich so etwas tun?«, fragte Gareth flehend, als würde der Aufseher auf die Weise seine Aufrichtigkeit erkennen, den bösen Irrtum, der begangen worden war, und ihn daraufhin anstandslos freilassen. »Warum sollte ich jemanden umbringen, den ich nicht kenne?«

»Das müssen Sie mich nicht fragen, Herzchen«, antwortete der Aufseher freundlich, zuckte mit den Schultern und wandte sich zur Tür um. »Ich bin hier nur so eine Art Kellner. Lassen Sie sich Ihr Frühstück schmecken.«

Er verließ den Raum, schloss die Tür und verriegelte sie wie einen Banktresor. Gareth konnte sich immer noch nicht rühren. Er fühlte sich ausgehungert, denn seit einem Tag hatte er nichts mehr gegessen, und das Essen sah gut aus und roch auch gut. Nur stand es auf der anderen Seite der Zelle, und die Vorstellung, die raue Wolldecke zurückzuschlagen, aufzustehen und Schritte zu wagen, war ihm unmöglich, als bestünde der Fußboden aus einem von Haien verseuchten Gewässer.

Was ist mir widerfahren, ging es ihm durch den Sinn, und wie schon so oft in den vergangenen sechs Tagen spürte er, dass Tränen in seinen Augen brannten. *Wie bin ich hier gelandet?*

2

Während Gareth in seiner Zelle auf das kalt werdende Frühstück starrte, stand Annie Daly enttäuscht und verärgert zugleich in der Küche von Leyville und bereitete ein schmackhaftes Frühstück zu. Vor drei Monaten, nach dem Tod von Peter Montignac, war ihre ganze Stelle in eine Halbtagsarbeit umgewandelt worden. Seitdem musste sie kämpfen, um finanziell über die Runden zu kommen. Als sie erfuhr, Stella werde Raymond Davis heiraten, hatte sie sich gefreut und gedacht, womöglich würde danach wieder eine Vollzeitköchin gebraucht, insbesondere dann, wenn die beiden Kinder bekämen. Diese Hoffnung hatte sich mittlerweile zerschlagen, und sie fragte sich, ob sie letzten Endes nicht sogar entlassen würde. Sie war zu alt, um noch einmal neu anzufangen. Zu alt und zu müde.

»Guten Morgen, Annie«, sagte Margaret Richmond beim Betreten der Küche und schnupperte argwöhnisch in die Luft. »Sie haben hier doch wohl nicht geraucht.«

»Nein, Mrs Richmond«, entgegnete Annie, die ihre Zigarette vor wenigen Minuten ausgedrückt hatte, »das war der Junge aus dem Dorf, der die Lebensmittel geliefert hat. Ich habe ihm sofort gesagt, dass er die Zigarette ausmachen muss.«

Margaret glaubte ihr kein Wort, doch zu dieser frühen Stunde wollte sie sich noch nicht auf einen Streit einlassen.

»In der Kanne dort ist frischer Tee, falls Sie eine Tasse möchten.« Annie nickte zum Tisch hinüber. Margaret schenkte sich eine Tasse ein, setzte sich ans Erkerfenster und schaute in den Park hinaus.

»So ein schöner Morgen«, sagte sie gedankenverloren und dachte, wie friedlich alles wirkte, im Vergleich zu dem, was andernorts geschah.

»Kommt Miss Stella heute Morgen zum Frühstück herunter?«, erkundigte sich Annie.

»Das glaube ich nicht. Wenn sie so weit ist, bringe ich ihr das Frühstück hinauf.«

Annie überlegte, ob sie dazu einen Kommentar abgeben sollte. »Sie darf sich nicht für alle Zeit da oben verkriechen«, sagte sie schließlich. »Das ist nicht gesund. Als mein George starb, wollte ich das auch tun, aber dann habe ich mir befohlen, mich aufzuraffen und mit dem Leben weiterzumachen. Was bleibt einem denn auch anderes übrig?«

»Ich glaube kaum, dass man den Tod eines geliebten Labradors mit dem eines Verlobten vergleichen kann.« Margaret seufzte. »Schon gar nicht, wenn man nicht einmal drei Monate zuvor den Vater verloren hat. Diese Sache ist ein furchtbarer Schock für sie gewesen.«

»Ich sag's ja auch nur«, entgegnete Annie beleidigt. »Trauer ist natürlich wichtig. Aber sie ist doch noch jung und wird einen Besseren kennenlernen. Sicher, Mr Davis war ein sehr netter Bursche, zumindest mir gegenüber war er immer höflich, aber ich halte nicht viel von Männern, die sich für Blumen interessieren. Das kann doch nicht gesund sein, oder?«

Margaret hörte ihr kaum zu, zuckte jedoch mit den Schultern und schaute wieder aus dem Fenster, in der Hoffnung, Annie würde den Hinweis verstehen und aufhören zu reden. Allerdings hatte auch sie sich mehrfach darüber gewundert, dass Stella sich für Raymond Davis entschieden hatte; nicht wegen seiner Leidenschaft für den Gartenbau, sondern weil er weder sonderlich aufregend noch spontan war, Eigenschaften, die Stella ihrer Meinung nach von einem Ehemann erwartete. Doch als sie das Thema einmal angesprochen hatte, hatte Stella sie zurechtgewiesen und erklärt, Margaret kenne Raymond nicht so wie sie, dass sie, Stella, seinen Anstand und seine Freundlichkeit schätze, und ob sie abgesehen davon in der Liebe nicht schon so viel an Aufregung und Enttäuschung erlebt habe, das es für ein Leben genüge. Das hatte Margaret zum Verstummen gebracht.

Vor drei Tagen hatte Margaret die undankbare Aufgabe gehabt, Stella von Raymonds Tod zu unterrichten. Ein Polizist aus London hatte angerufen und erklärt, was sich zugetragen hatte. Sie hatte sich setzen müssen, um die Nachricht zu verdauen. Das Gewalttätige. Den Schrecken. Stella war unterwegs gewesen, um im Dorf Lebensmittel einzukaufen. Als sie zurückkehrte und Margarets Miene sah, wusste sie, dass etwas vorgefallen war.

»Was ist passiert?«, fragte sie, trat auf Margaret zu, sah, wie bleich sie war und dass sie die Hände rang wie immer, wenn sie eine schlechte Nachricht hatte. »Liebe Güte, Margaret, du bist weiß wie die Wand. Was ist denn?«

»Es ist besser, wenn du dich setzt.« Margaret führte Stella zu einem Stuhl.

»Sag es einfach.« Stella umfasste Margarets Hände und wollte keine Sekunde länger im Ungewissen bleiben. »Ihm ist etwas zugestoßen, oder?«

Margaret nickte langsam. Fast die ganze letzte Stunde hatte sie damit verbracht, sich schonende Worte zurechtzulegen. Es war bereits schlimm genug, jemandem mitteilen zu müssen, dass ein geliebter Mensch gestorben war, und es so bedächtig und behutsam zu formulieren, dass der Empfänger der schrecklichen Nachricht den Eindruck erhielt, es sei ein friedlicher Tod gewesen. Doch für eine Situation wie diese – bei einem Mord – gab es keine schonenden Worte. Es gab nicht einmal passende. Margaret beschloss, zu schweigen und es Stella selbst erraten zu lassen.

»Er ist tot, nicht wahr?«, fragte Stella nach einem Moment, mit steinerner Miene.

Margaret nickte noch einmal. »Es tut mir so leid, Stella. Ich habe einen Anruf erhalten. Als du weg warst. Er kam von der Polizei. Eine furchtbare Nachricht.«

Stella wandte den Blick ab und rang nach Luft. Im Kindesalter hatte sie zu Asthmaanfällen geneigt, doch später hatte diese Schwäche sich verloren. Als Stella sechzehn Jahre alt war, hatte Margaret sie zum letzten Mal derart nach Atem ringen sehen, und machte sich Sorgen.

»Versuch, ruhig zu bleiben, Stella«, bat sie und rieb ihr den Rücken. »Atme langsam ein und aus.«

Stella fiel in sich zusammen und barg ihr Gesicht in den Händen. »Aber wie?«, fragte sie nach einer Weile, zitterte und kämpfte gegen die Tränen an. »Wie ist es passiert?«

»Das weiß man noch nicht genau«, erwiderte Margaret. »Die Polizei konnte mir noch nicht viel erzählen. Wenn ich es dir sage, musst du sehr stark sein, fürchte ich.«

Stella sah auf. Sie wusste, dass sie es sich noch nicht leisten konnte, zusammenzubrechen. Zuvor musste sie sämtliche Details erfahren. Dann und erst dann würde sie ihr Schicksal beklagen. »Sag es.«

»Es ist Folgendes«, begann Margaret. Für einen Moment wusste sie nicht, wie sie etwas derart Entsetzliches beschreiben sollte. »Ich muss dir sagen, dass er ermordet worden ist.«

»Ermordet?«, fragte Stella keuchend und spürte, wie sich ihr Magen umdrehte. »Wie? Warum? Von wem?«

»Darüber ist die Polizei sich noch nicht im Klaren. Es ist alles noch etwas rätselhaft. Um mehr herauszufinden, müssen wir wahrscheinlich nach London fahren. Die Polizei hat mit Owen gesprochen, Gott sei Dank, und –«

»Was?« Stella hatte ihr Gesicht abgewandt, während sie versuchte, das Gehörte zu verkraften. »Was hast du gerade gesagt?«

»Die Polizei hat Owen kontaktiert. Er hat die Leiche identifiziert und –«

»Er hat –« Stella starrte Margaret an. Ihr schwirrte der Kopf, als ginge es um ein kompliziertes Puzzle, das sie nicht zusammensetzen konnte. »Owen hat die Leiche –« Sie verstummte und dachte nach. »Dann war es also nicht Owen, der –«

Margaret unterbrach sie. »Offenbar hatte Raymond Owen besuchen wollen, doch er war nicht zu Hause. Er war an dem Abend mit Freunden ausgegangen, und ein Angestellter seiner Galerie hatte in seiner Wohnung übernachtet. Wie es scheint, war der Kerl betrunken, und als Raymond erschien, da –«

»Raymond«, sagte Stella seufzend, schloss die Augen und versuchte, ihre Gedanken in eine andere Richtung zu lenken. »Raymond ist tot«, sagte sie leise.

»Es tut mir so leid, Stella.«

Später hatten sie die ganze Geschichte erfahren. Owen hatte einen jungen Mann namens Gareth Bentley angestellt, und da er gute Arbeit geleistet hatte, war Owen mit ihm zum Abendessen gegangen. Dabei, so Owen, hatte Gareth sich in Windeseile betrunken. Owen hatte ihm die Schlüssel zu seiner Wohnung am Bedford Square gegeben und ihn mit einem Taxi dorthin geschickt, damit er seinen Rausch ausschlafen konnte. Danach hatte Owen sich mit anderen Freunden in deren Wohnung getroffen und die Nacht dort mit ihnen verbracht. Am nächsten Morgen war er um acht Uhr von dieser Wohnung aus geradewegs zur Galerie gegangen und dort gewesen, als die Polizei sich später am Tag bei ihm meldete.

Owen war mit ihnen gefahren und hatte die Leiche als Raymond Davis identifiziert, den jungen Gartenbaumeister, der mit seiner Cousine verlobt war. Wie die Polizei annahm, hatte Raymond abends bei Owen vorbeigeschaut, war auf den betrunkenen Bentley gestoßen, und es war zu einem Kampf gekommen, der in Raymonds gewaltsamem Tod endete. Bentley beteuere seine Unschuld, hieß es, und behaupte, sich aufgrund seines Alkoholkonsums an nichts erinnern zu können. Demzufolge habe er kein sehr überzeugendes Alibi, zumal es kein Unfall gewesen sei, denn Raymonds Schädel sei auf brutalste Weise mit einem Kerzenständer eingeschlagen worden.

Stella war danach zu Bett gegangen, hatte jedoch, wie Margaret bemerkt hatte, nur wenig geweint. Im Bett lag sie einfach da und schien von großer Trauer befallen. Auf Raymonds Beerdigung, wenige Tage später, hatte sie es geschafft, Haltung zu bewahren, war jedoch gleich nach dem Begräbnis nach Leyville zurückgekehrt. Sie hatte nicht einmal an der Trauerfeier teilgenommen, sondern erklärt, es sei eine Formalität, die ihr verhasst sei.

»So«, sagte Annie, die Stellas Frühstück auf einem Tablett zusammengestellt hatte. »Ich habe noch ein paar Eier mehr aufgeschlagen. Sie muss wieder zu Kräften kommen. Warten Sie, ich hole noch schnell den Tee.«

»Danke, Annie.« Margaret stand auf. »Ich glaube, ich werde sie ermuntern, nach dem Frühstück aufzustehen.«

»So ist's richtig. Zu faulenzen hat noch nie jemandem gutgetan.«

»Nein.«

»Wissen Sie vielleicht«, begann Annie nach einer Anstandspause, »ob Miss Stella künftig in Leyville bleibt?«

Margaret runzelte die Stirn. »Wahrscheinlich. Warum fragen Sie? Wohin sollte sie denn sonst gehen?«

»Ich dachte – da sie jetzt ja nicht heiratet, wird sie hier doch nicht alles aufgeben und nach London zu Mr Owen ziehen, oder?«

»London dürfte der letzte Ort sein, an dem sie zurzeit sein möchte, glauben Sie nicht? Nach allem, was dort vorgefallen ist.«

»Ich habe wegen meiner Situation nachgefragt«, erklärte Annie. »Denn wenn es hier keine Arbeit –«

»Oh Annie, bitte«, sagte Margaret entnervt und griff nach dem Tablett. Annie stellte die Teekanne darauf. »Dieses Gespräch müssen wir doch nicht jetzt führen, oder? Im Moment kann ich nur an Stella denken. Niemand kann von mir erwarten, dass ich mir darüber hinausgehende Sorgen um die Arbeit hier im Haus mache. Du wirst deinen Lohn erhalten, falls es das ist, was dich beschäftigt.«

»Darum geht es nicht«, entgegnete Annie aufgebracht. »Warum müssen Sie gleich so kratzbürstig werden?«

»Ich bin nicht kratzbürstig«, verteidigte Margaret sich erschöpft und seufzte. »Aber falls Sie sich Sorgen machen, kann ich den richtigen Moment abwarten, mit Stella sprechen und nachfragen, wie ihre Pläne aussehen.«

»Wenn es nicht zu viel Mühe macht«, entgegnete Annie spitz.

»Nein.« Margaret wandte sich zum Gehen. »Ich rede so bald wie möglich mit ihr.«

Sie trug das Tablett die Treppe hinauf. Auf dem Weg drohte die düstere Atmosphäre des Hauses sie wieder einmal zu überwältigen, doch Annies Sorgen konnte sie nachvollziehen. In diesem Haus waren zu viele Menschen gestorben, und als die Möglichkeit bestand, dass es eine Hochzeit und Kinder geben und das Glück erneut einziehen würde, war sie sogleich wieder erloschen. Margaret umklammerte das Tablett so fest, dass sie den Schmerz in den Händen spürte.

3

Montignac nahm seine Geldbörse und den Schlüsselbund aus den Taschen und legte beides auf ein Tablett. Dann trat er an die Wand, breitete die Arme aus und wurde von einem Aufseher nach verbotenen Gegenständen abgetastet. Nach dieser Inspektion folgte er den anderen Besuchern durch einen langen kalten Flur und erschauderte angesichts der Umgebung. Von allen Orten der Welt, die er nie hatte aufsuchen wollen, stand ein Gefängnis ganz oben auf der Liste.

Er musterte die anderen Besucher, fühlte sich ihnen überlegen und kam sich unter ihnen fehl am Platz vor. Die meisten von ihnen gehörten einer niederen Klasse an und waren billig gekleidet. Die Frauen hatten strähniges Haar, die Männer waren weder rasiert noch trugen sie eine Krawatte. Letztere schienen auch Tag für Tag denselben abgewetzten Anzug zu tragen. Im Flur roch es nach Desinfektionsmitteln, und der Fußboden, die Wände und die Decke aus Stein machten das Ganze auch nicht gerade einladender.

Am Ende des Flurs bogen sie nach links ab und wurden in einen großen Raum geführt, wo sich in regelmäßigen Abständen kleine Tische mit Plastikstühlen befanden. Die anderen Besucher entdeckten ihre Angehörigen, verteilten sich zögernd und setzten sich zu ihnen. Montignac ließ seinen Blick schweifen. Schließlich fand er den Gesuchten an einem Tisch in der hintersten Ecke und ging auf ihn zu.

»Hallo, Gareth.« Er ließ sich ihm gegenüber nieder.

»Owen.« Gareths Stimme verriet unendliche Erleichterung. »Ich bin ja so dankbar, dass Sie gekommen sind. Ich wusste nicht, ob Sie es tun würden.«

»Natürlich komme ich, wenn Sie mich darum bitten.« Montignacs Blick wurde besorgt. »Wie geht es Ihnen?« Gareth lachte und zuckte mit den Schultern, wie um zu sagen, das sei doch wohl offensichtlich. »Ehrlich gesagt hat es mich überrascht, dass Sie mich sehen wollten«, fuhr Montignac fort. »Doch dann nahm ich an, dass Sie einen Grund dazu haben.«

Er betrachtete Gareth und versuchte, seine Erschütterung zu verbergen. Der Junge war auch früher nicht eben übergewichtig gewesen, doch seit seiner Inhaftierung hatte er gut zehn Pfund abgenommen, seine Haut war wächsern und bleich, und das Haar kurz geschoren worden. Offenbar hatte er sich auch seit Tagen nicht rasiert, und die Bartstoppeln waren unregelmäßig gewachsen; das Kinn war von ihnen überwuchert, doch auf den Wangen und dem Hals sprossen sie nur vereinzelt. Das ehedem blühende Aussehen des jungen Mannes war jedenfalls auffallend rasch verblasst, was wohl daran lag, dass sein bequemes Leben abrupt beendet worden war. Zu Montignacs Erstaunen rauchte Gareth eine Zigarette, was er, soweit er sich erinnerte, sonst nie getan hatte.

»Das Ganze«, begann Gareth nervös und sah sich um, um sicherzugehen, dass niemand sie hörte. »Das Ganze ist ein gewaltiger Irrtum.«

»Wirklich?«

»Natürlich ist es –« Gareth stockte. »Ich weiß nicht, wie es passiert ist. Es – es muss ein schrecklicher Unfall gewesen sein.«

Seufzend lehnte Montignac sich zurück und sah, dass Gareths Finger zitterten, wenn er die Zigarette in den Mund steckte und ungeübt daran zog wie ein Schuljunge, der zum ersten Mal raucht. Überdies inhalierte er zu tief und behielt den Rauch zu lange im Mund, schaffte es aber, nicht zu husten.

»Warum erzählen Sie mir nicht, woran Sie sich erinnern«, schlug Owen vor. »Von Anfang an.«

»Da gibt es ein Problem«, sagte Gareth. »Ich erinnere mich kaum an den Abend, und daher weiß ich auch nicht, was ich darüber erzählen soll. Jeder fragt mich danach, aber ich habe dazu nichts zu sagen. Ich weiß noch, dass ich zur Threadbare gefahren bin, um mich mit Ihnen zu treffen, und dass Sie vorgeschlagen haben, irgendwo zu Abend zu essen, und dass wir zum Pub am Ende der Straße gegangen sind und –«

»Wo Sie eine Menge getrunken haben«, fiel Montignac ihm ins Wort. »Sie waren gar nicht zu bremsen. Ich habe noch nie jemanden erlebt, der in einer solch kurzen Zeit derart viel Alkohol konsumiert hat.«

»Das habe ich früher auch schon getan«, gestand Gareth niedergeschlagen. »Eigentlich hätte ich meine Lektion lernen müssen. Alkohol und ich – wir vertragen uns nicht. Irgendwann reißt der Faden, und ich werde gewalttätig.«

»Offenbar.«

»Aber so etwas habe ich zuvor noch nie getan. Nicht einmal annähernd. Das müssen Sie mir glauben, Owen.«

»Ich habe versucht, Ihnen Einhalt zu gebieten«, sagte Montignac. »Ich habe Sie gebeten, entweder langsamer zu trinken oder zu Wasser überzugehen. Daraufhin sind Sie reichlich aggressiv geworden.«

»Ist das wahr?«

»Leider«, entgegnete Montignac bekümmert. »Sie sagten, Sie seien kein Kind mehr und ich sei nicht Ihr Vater. Sie fragten, wo denn der Spaß des Lebens sein solle, wenn Sie nicht einmal einen Lohn von tausend Pfund feiern dürfen.«

Tief beschämt barg Gareth das Gesicht in den Händen. »Es tut mir so leid«, murmelte er. »Ich hätte auf Sie hören sollen. Aber wenn ich einmal angefangen habe, scheint mich nichts mehr aufhalten zu können.«

Montignac schaute sich um. Die Aufseher, die entweder an den Wänden standen oder zwischen den Tischen auf und ab liefen, sahen stur geradeaus, als wollten sie nicht, dass jemand glaubte, sie würden den Gesprächen lauschen. Doch irgendetwas an ihrer Haltung verriet, dass sie jedes Wort mitbekamen und bereit waren, einzuschreiten, falls es irgendwo Probleme gab.

»Eines sollten Sie wissen«, begann Montignac, beugte sich vor und senkte die Stimme. »Für mich ist das sehr schwierig. Hier zu sein, meine ich. Raymond war immerhin – der Verlobte meiner Cousine. Und Stella ist für mich wie eine Schwester.«

»Das weiß ich, Owen, und es tut mir schrecklich leid. Haben Sie ihn gut gekannt?«

»Ja. Er war ein großartiger Mensch.«

Gareth senkte den Kopf und nagte an seiner Unterlippe. »Ich kann mich nicht einmal mehr an seinen Besuch erinnern. Wie auch, ich weiß ja nicht einmal, wie ich in Ihre Wohnung gekommen bin.«

»Ich hatte dem Taxifahrer meine Adresse angegeben«, sagte Montignac. »Das hat er der Polizei gegenüber bestätigt.«

»Warum sind Sie nicht mitgefahren? Warum haben Sie mich allein gelassen?«

»Herrgott noch mal, Gareth, es war noch nicht einmal halb zehn, und Sie waren schon auf einem anderen Stern. Ich hatte noch nicht viel getrunken und wollte noch ein wenig feiern. Das hatten wir ja beide vorgehabt. Ich mochte den Abend noch nicht beenden. Und wer hätte denn ahnen können, dass – dass so etwas passieren würde. Meinen Sie, ich hätte Sie allein gelassen, wenn ich mir so etwas hätte vorstellen können? Ich wollte Ihnen einen Gefallen tun, denn mir war klar, wenn Sie in Ihrem Zustand zu Hause erschienen wären, wäre die Hölle losgewesen. Ich dachte, dann würde ich Sie nie wiedersehen, dass Sie bis zu Ihrer Abschiedsfeier in vierzig Jahren in der Kanzlei Ihres Vaters eingesperrt blieben. Deshalb habe ich Sie zum Bedford Place geschickt und mich noch mit einigen Freunden getroffen. Mit ihnen habe ich den Rest des Abends verbracht. Es ist sogar so spät geworden, dass ich bei einem von ihnen übernachtete und am nächsten Morgen geradewegs in die Galerie gegangen bin. Nachmittags ist dann die Polizei zu mir gekommen.«

»Es war ein absoluter Albtraum«, sagte Gareth. »Ich wurde wach – und wusste nicht, wo ich war.«

»Für mich war es auch kein Spaziergang«, zischte Montignac und sah sich nach den Aufsehern um. »Himmel noch mal, Gareth, wie konnten Sie Ihr Leben nur derart aufs Spiel setzen? Wissen Sie, dass man sagt, Sie werden dafür hängen?«

Gareth stöhnte leise. Der Laut klang so schmerzerfüllt und gequält, als käme er von einem todgeweihten Tier.

»Sind Sie sicher, dass Sie Raymond Davis nicht gekannt haben?«, erkundigte sich Montignac.

»Selbstverständlich. Woher hätte ich ihn denn kennen sollen? Ich beschäftige mich nicht mit der Gartenbaukunst. Das war doch sein Metier, oder? Ich war weder jemals in der Königlichen Gartenbaugesellschaft noch in Kew Gardens oder an sonst einem dieser Orte. Sie interessieren mich nicht. Und warum hätte ich ihn überhaupt töten sollen? Ich habe ja gar kein Motiv.«

»Das weiß ich nicht, aber das ist etwas, was die Polizei im Moment zu ergründen sucht. Ebenso wie die Journalisten.«

»Die Zeitungen schreiben über mich?«, fragte Gareth, Tränen in den Augen. Im Gefängnis hatte er keinen Zugang zu Zeitungen, obwohl er täglich darum bat.

»Was denn sonst«, sagte Montignac und lachte leise, als seien die Zeitungsberichte das Natürlichste der Welt. »Vergessen Sie nicht, wer Ihr Vater ist. Und dass er vor einigen Monaten diesen Domson verurteilt hat, obwohl jedermann annahm, er käme dank seiner Beziehungen frei. Seinerzeit erklärte Ihr Vater, Gesetz sei Gesetz. Jetzt wird ihn dieser Spruch verfolgen, man wird ihm seine eigenen Worte unter die Nase reiben. Es heißt, nur weil sein eigener Sohn im Gefängnis sitze, könne er nicht anderen Sinnes werden und –«

»Aber ich habe es nicht getan«, unterbrach Gareth ihn.

»Gareth, bitte. Sie wurden neben Raymonds Leiche entdeckt, waren blutverschmiert und allein in der Wohnung. Auf dem Kerzenständer sind Ihre Fingerabdrücke. Alles spricht gegen Sie.«

»Wenn ich es getan habe«, sagte Gareth hilflos und schüttelte trotz dieser Möglichkeit den Kopf, »dann wollte ich es nicht.«

»Nur nützt das Raymond Davis nicht mehr viel«, bemerkte Montignac.

»Nein, das sicher nicht, aber –«

»Und für meine Cousine, die unendlich leidet, dürfte es auch kein Trost sein. Sie wissen, dass sie vor einigen Monaten ihren Vater verloren hat, nicht wahr?«

Verzweifelt wandte Gareth den Blick ab und sah einen anderen Inhaftierten mit lückenhaftem Gebiss, der ihn lüstern angrinste.

»Ich hoffe, sie weiß, wie leid es mir tut.«

»Ich bezweifle stark, dass sie das interessiert.«

»Owen, Sie müssen mir helfen.« Gareth beugte sich vor und wollte nach Montignacs Hand greifen. Montignac zuckte zurück. Gareths Fingernägel hatten Trauerränder, sodass er sich fragte, wann der Junge sich zuletzt gewaschen hatte. Der Gedanke, von ihm berührt zu werden, war ihm dermaßen zuwider, dass er kaum noch begriff, weshalb er überhaupt gekommen war. Dann fiel es ihm ein. Er hatte sich vergewissern wollen, dass Gareth nur wenig über den besagten Abend wusste. Inzwischen war er beruhigt. »Sie müssen mir hier heraushelfen«, flüsterte Gareth.

»Ich?«, fragte Montignac. »Wie stellen Sie sich das vor? Soll ich Ihren Ausbruch organisieren? Einen Kuchen mit einer Feile darin hereinschmuggeln?«

»Sie können allen sagen, was Sie wissen. Dass ich – dass ich ein guter Mensch bin. Und niemals jemanden –«

»Gareth, hören Sie mir zu«, sagte Montignac versöhnlicher als zuvor. Der junge Mann litt Höllenqualen, und das mit anzusehen machte ihm keine Freude. »Es ist offenkundig, dass Sie hier leiden, und ich bezweifle auch nicht, dass Sie voller Reue sind. Aber wir müssen auch ehrlich sein und zugeben, dass ich Sie kaum kenne.«

»Aber wir sind doch Freunde, oder nicht?«

»Ich –« Betreten sah Montignac zur Wand, spürte Gareths brennenden Blick und ahnte, wie sehnsüchtig der junge Mann sich wünschte, ihre Freundschaft überstrahle alle anderen Verpflichtungen und Loyalitäten. »Wir kennen uns noch nicht sehr lange«, ergänzte er und bereute nun doch, dass er gekommen war. »Selbst wenn ich Einfluss hätte, was nicht der Fall ist, wie, um alles in der Welt, könnte ich denn als Ihr Leumundszeuge auftreten, da wir –«

»Aber wir haben doch wunderbar zusammengearbeitet. Denken Sie an die Cézanne-Gemälde«, sagte Gareth leise. »Da habe ich mich doch als zuverlässig erwiesen, oder? Und gute Arbeit geleistet.«

Montignac lachte und schüttelte den Kopf. »Gareth, bei dieser Arbeit haben wir gegen das Gesetz verstoßen. Das ist Ihnen doch bewusst, oder? Wenn wir uns auf dieses kleine Abenteuer berufen, wird die Sache für Sie nur noch schlimmer. Soll ich etwa sagen, ›Oh ja, Euer Ehren, Gareth Bentley ist ein guter Mensch. Als wir die Gemälde gestohlen haben, hat er den Mund gehalten und keiner Menschenseele etwas verraten. Ich sage ihm eine große kriminelle Zukunft voraus, daher wäre es eine Schande, ihn ins Zuchthaus zu schicken. Denken Sie an die Laufbahn, die Sie dabei ruinieren würden.‹«

»Unsinn, das habe ich nicht gemeint«, erwiderte Gareth aufgebracht. »Aber wenn ich hier herauskäme, könnten wir wieder zusammenarbeiten. Ich war Ihnen doch nützlich, oder etwa nicht? Owen, bitte, ich habe das Gefühl, dass Sie der Einzige sind, der mir helfen kann. Wollen Sie denn zulassen, dass ich hier verrotte? Oder gehängt werde?«

»Sie bringen mich in eine äußerst schwierige Lage«, sagte Montignac nach längerem Schweigen. »Sie müssen begreifen, dass ich meine Cousine sehr liebe. Wir sind wie – für sie bin ich wie ein Bruder. Daher gehört meine größte Loyalität ihr. Wir sind zusammen aufgewachsen, ich kann ihr nicht in den Rücken fallen. Was wäre ich denn dann für ein Mensch? Wenn sie wüsste, dass ich Ihrer Einladung hierher gefolgt bin, dann –«

»Owen, ich flehe Sie an.« Gareth begann zu weinen. »Bitte,

tun Sie etwas. Ich weiß, dass Sie mir helfen können. Außer Ihnen habe ich niemanden, an den ich mich wenden kann.«

»Ich bin sicher, Ihr Vater kann mehr für Sie tun als ich. Wenn jemand Einfluss hat, dann er.«

»Er versucht es ja. Er hat einen der besten Anwälte für meine Verteidigung engagiert. Aber die beiden werden alles nach Vorschrift machen – und ich brauche mehr als das.«

Montignac schüttelte den Kopf, sah Gareths Tränen auf den Tisch tropfen und wäre am liebsten aufgesprungen und aus dem Raum gestürzt. »Bitte, Gareth, Sie machen sich ja krank.«

»Wen kümmert das schon?«, gab Gareth zurück und versuchte erneut, Montignacs Hand zu nehmen. »Bitte, Owen, wie oft muss ich es denn noch sagen? Sie müssen mir helfen. Sie müssen einen Ausweg finden.«

Montignac atmete tief durch. Das hier hatte er nicht erwartet, und er hatte noch nie eine solche Verzweiflung und Angst gesehen. Mit einem Mal stellte er fest, dass er Gareth trotz allem mochte. Er begriff zwar nicht, weshalb der Junge ihn dermaßen bewunderte und woher diese fehlgeleitete Hochachtung kam, doch sie verlieh ihm das seltene und nicht ganz unerwünschte Gefühl, etwas zu gelten.

»Ich weiß nicht, was ich tun kann«, erklärte er schließlich. »Wenn mir etwas einfällt ...« Seine Stimme verlor sich.

»Wissen Sie, was seltsam war?«, fragte Gareth.

»Was?«

»Die tausend Pfund, die Sie mir gegeben hatten, ich meine, früher am Abend, als Lohn für meine Arbeit.«

»Ja?«

»Die hatte ich nicht mehr, als die Polizei mich festgenommen hat. Und als sie die Wohnung durchsuchten, wurden sie dort auch nicht gefunden.«

»Das ist in der Tat seltsam.« Montignac dachte an den Moment, als er dem verwirrten Raymond im Wohnzimmer den Schädel eingeschlagen hatte und sein Blick auf den Umschlag auf dem Fußboden gefallen war. Beim Verlassen der Wohnung hatte er ihn aufgehoben und eingesteckt. »Aber vermutlich war es zu Ihrem Besten. Überlegen Sie, wie schwierig es gewesen wäre, wenn Sie der Polizei die hohe Summe in Ihrem Besitz hätten erklären müssen, und dann auch noch an einem Tatort. Wahrscheinlich hätte man gedacht, dass Sie Raymond bestohlen hätten. Ich glaube, das Geld hätte Ihnen nur geschadet.«

»Möglich«, sagte Gareth, »aber jetzt ist auch das weg. Vielleicht habe ich es im Taxi verloren. Oder auf der Straße fallen lassen. Unfassbar, oder? Nach all der Arbeit löst sich das Geld einfach in Luft auf. Alles war umsonst. Stellen Sie sich vor, wir wären uns nie begegnet. Wie anders mein Leben dann verlaufen wäre.« Die Aussicht, Sir Quentins Referendar zu werden, schien für ihn mittlerweile an Schrecken verloren zu haben.

Montignac stand auf und schob seinen Stuhl unter den Tisch.

»Ich tue, was ich kann, Gareth. Das ist mein Ernst. Ich bin mir noch nicht sicher, was es sein könnte, lassen Sie mir einfach noch ein wenig Zeit. Ich weiß, dass Sie diese Tat nicht begehen wollten, und werde versuchen, Ihnen zu helfen.«

»Wirklich?« Hoffnungsvoll sah Gareth zu ihm auf. Dann beugte er sich vor und wollte Montignacs Hand mit beiden Händen umschließen. Montignac fuhr zurück, als hätte er Angst, sich mit Gareths Schuldgefühlen zu infizieren.

»Ich verspreche es Ihnen. Versuchen Sie, zuversichtlich zu bleiben.«

»Danke, Owen.« Gareth atmete auf. »Wenn es jemanden gibt, der mir helfen kann, dann sind Sie es. Das weiß ich einfach. Sie sind der einfallsreichste Mensch, dem ich jemals begegnet bin.« Er lachte verlegen. »Sie sind mein bester Freund«, fügte er leise hinzu.

Montignacs spürte einen Stich im Herzen und wandte sich ab. Um das Gefängnis so rasch wie möglich verlassen zu können, durchquerte er den Flur draußen im Eiltempo, und je näher er dem Ausgang kam, desto schneller wurden seine Schritte. Als er dachte, die Wände rückten näher, begann er zu keuchen. Er hasste dieses Gefängnis und konnte sich kaum vorstellen, wie Gareth es in der Enge seiner vier Zellenwände aushielt. Wenn er an dessen Stelle wäre, würde er die Erlösung durch den Strang willkommen heißen.

Auf der Straße atmete er die frische Luft tief ein und blieb einen Moment stehen, um sich wieder zu sammeln. Auf dem Rückweg sagte er sich, dass Gareth genau an dem Ort war, wo er ihn haben wollte, und, was noch wichtiger war, dass das Gleiche für Raymond galt. Doch dann fiel ihm etwas ein, was er vorhin gesagt hatte. *Ich bin sicher, Ihr Vater kann mehr für Sie tun als ich.* Diese Möglichkeit blieb nach wie vor bestehen. Doch diese Sache hatte sein Partner, Lord Keaton, im Griff. Dennoch wäre es besser, mit ihm zu reden, um sicherzugehen, dass nichts schieflief.

4

Sir Quentin Lawrence war ein mürrischer, aber im Grunde recht liebenswerter Mensch Anfang sechzig, der sein Leben der Jurisprudenz gewidmet hatte. Um jede Ablenkung zu vermeiden, hatte er weder geheiratet noch Kinder in die Welt gesetzt und war bereits im Alter von dreiunddreißig Jahren Kronanwalt geworden. Aus unerklärlichen Gründen waren diesem vielversprechenden Auftakt jedoch nur wenige berufliche Triumphe gefolgt. Stattdessen war er in durchschnittlichen Strafprozessen aufgetreten und hatte auf den Fall gewartet, der seinen Namen bekannt machen würde.

Vor fünfzehn Jahren hatte Roderick Bentley ihn im Kampf um die Leitung der Kanzlei Rice geschlagen. Das hatte Sir Quentin ihm noch immer nicht ganz verziehen. Dabei war er damals gegen einen anderen Kandidaten angetreten, und Roderick Bentley war von den Partnern als Kompromisslösung gewählt worden, doch Sir Quentin hatte ein Gefühl der Bitterkeit zurückbehalten. Als Roderick ihn vor einigen Monaten gebeten hatte, seinen Sohn Gareth als Referendar anzunehmen, was das Schicksal verhindert hatte, war es ihm wie eine längst überfällige Entschuldigung erschienen. Jetzt, im Wohnzimmer des Hauses am Tavistock Square, musste er daran denken, wie anders alles gekommen wäre, hätte Gareth den Rat seines Vater befolgt und sich mit ihm, Lawrence Quentin, zu dem Betrugsverfahren in Newcastle aufgemacht.

»Danke«, sagte er, als Jane ihm eine Tasse Tee reichte, ehe sie sich auf dem Sofa gegenüber neben Roderick niederließ.

»Wir müssen uns bei Ihnen bedanken«, entgegnete Jane unterwürfig. »Als Roderick mir gesagt hat, dass Sie bereit sind, Gareth zu vertreten, ist uns beiden ein Stein vom Herzen gefallen.«

»Ach wirklich?«, fragte Sir Quentin, der nach Komplimenten gierte. »Wie schmeichelhaft.«

»Ja, Roderick hat von jeher betont, dass Sie ein brillanter Anwalt sind. Ihr Name war mit so vielen berühmten Fällen verbunden.«

»Womit wir bei unserer unerfreulichen Geschichte wären.« Sir Quentin stellte seine Tasse auf den Couchtisch und zog Block und Stift aus seiner Aktentasche hervor. »Die Zeitungen veranstalten schon ein ziemliches Theater.«

»Diese Schweine«, sagte Roderick grimmig. Er wurde nur selten ausfällig, doch seit der jüngsten Pressekampagne gegen seine Familie fiel es ihm zunehmend schwer, Haltung zu bewahren. »Ich dachte, nach dem Fall Domson hätte ich diesen Ärger hinter mir – Reporter, die vor dem Haus campieren und einen anschreien, wenn man zur Arbeit geht. Die Nachbarn sind kurz davor, auf die Barrikaden zu steigen. Wieder einmal.«

»Tatsächlich?«, fragte Sir Quentin. Die Berühmtheit, die Roderick dank seiner Fälle erlangt hatte, machte ihn eher neidisch als mitleidig. »Als ich hier ankam, habe ich weder Reporter noch Fotografen entdeckt.«

»Sie scheinen uns einen Tag freizugeben«, sagte Jane. »Wahrscheinlich finden sie sich später wieder ein. Würde ich jetzt aus irgendeinem Grund das Haus verlassen, würden sie vermutlich aus den Büschen springen und mich mit Fragen bombardieren. Man könnte meinen, sie kennen meine Gewohnheiten besser als ich.«

»Sie dürfen nie ein Wort sagen«, befahl Sir Quentin streng. »Die Presse wiederholt zwar nie das, was man sagt, aber es ist trotzdem besser, zu schweigen.«

»Das habe ich Jane schon erklärt«, sagte Roderick.

»Dasselbe gilt für Sie.« Sir Quentin deutete mit dem Zeigefinger auf Roderick. »Kein Sterbenswörtchen, ganz gleich, wie sehr es Sie drängt, die Leute zusammenzustauchen und ihnen zu sagen, wohin sie ihre Blöcke und Bleistifte stecken können.«

Roderick wusste selbst, wie man sich der Presse gegenüber verhalten musste, aber wenn er beim Verlassen des Hauses die gebrüllten Kommentare über Gareth hörte, brauchte er alle Kraft, um ruhig zu bleiben.

»Also dann.« Als wäre er selbst Reporter, zückte Sir Quentin seinen Stift. »Wie wäre es, wenn Sie mir zuerst etwas über Gareth erzählen?«

»Das gibt es nur eines zu sagen«, erklärte Jane und versuchte, so bestimmt und unerschütterlich wie nur möglich zu klingen. »Er hat es nicht getan.«

»Sicher.« Sir Quentin lachte auf. »Ich fürchte nur, das wird dem Richter nicht genügen. Deshalb bräuchte ich doch noch ein bisschen mehr.«

»Wissen Sie, welcher Richter es sein wird?«, erkundigte sich Roderick. »Hoffentlich nicht Carter. Wir beide sind noch nie gut miteinander ausgekommen.«

Sir Quentin warf einen Blick in seine Unterlagen. »Ich glaube, Patrick Sharpwell übernimmt den Fall. Kennen Sie ihn?«

»Ja.« Roderick hatte diesem Richter hier und da als Anwalt gegenübergestanden und ihn nie gemocht. Er hatte den Eindruck gehabt, dass der Mann seine Prozesse mit vorgefasster Meinung führte; aber wenigstens hatte er in Bezug auf Staatsanwälte oder Verteidiger keine Vorlieben. Wenn man Roderick fragte, suchte Sharpwell sich zu Beginn eines Prozesses eine Seite aus, zu der er anschließend hielt, ganz gleich, wie sich die

Beweisführung entwickelte. »Trotzdem hätte ich ihn nie oben auf meine Liste gesetzt.«

Sir Quentin ging nicht weiter darauf ein. »Sharpwell ist vernünftig«, betonte er. »Ich hatte schon mehrfach mit ihm zu tun. Aber er wird uns die Peitsche spüren lassen, da gibt es kein Vertun. Dennoch, eines der Hauptprobleme ist die Aussage, die Ihr Sohn am Tag seiner Festnahme bei der Polizei gemacht hat.«

»Die habe ich gelesen«, sagte Roderick. »Sehr hilfreich war sie nicht.«

»Warum?«, fragte Jane, der man einen Teil des schwerwiegenderen Beweismaterials vorenthalten hatte. »Was hat er da gesagt?«

Mit einem Seufzer sah der Anwalt sie an. »Da war er entweder sehr töricht oder sehr ehrlich. Während des gesamten Verhörs über das Geschehen nach seiner Ankunft am Bedford Square hat er den Mord an Mr Davis kein einziges Mal bestritten.«

»Weil er ihn nicht ermordet hat«, rief Jane, als wäre alles andere der Inbegriff des Absurden. »Aus welchem Grund hätte er ihm denn etwas antun sollen? Er kannte ihn ja nicht einmal.«

»Das hat Gareth später auch erklärt. Aber an diesem ersten Tag schien es ihm nicht in den Sinn zu kommen, deutlich zu sagen, er habe diesen Mord nicht begangen. Stattdessen wies er darauf hin, dass er sich an nichts erinnern könne. Das schien ihm als Verteidigung zu genügen. Für uns ist das kein guter Start, denn dadurch räumte er die Möglichkeit ein, an diesem« – Sir Quentin suchte nach dem richtigen Wort, denn vor der Mutter des Jungen wollte er nicht zu drastisch werden –, »an diesem Vorfall beteiligt zu sein.«

»Er wird nicht geglaubt haben, dass man ihn der Beteiligung verdächtigt«, sagte Roderick. »Deshalb ist ihm auch nicht eingefallen, sich auf diesen Aspekt zu konzentrieren. Das ergäbe doch Sinn, oder? Ich meine, wer käme denn auf den Gedanken, dass ein junger Mann wie Gareth –«

»Darauf könnte man sich möglicherweise berufen«, entgegnete Sir Quentin, wirkte jedoch skeptisch. »Allerdings hätte ich unter den Umständen von Anfang an auf meine Unschuld gepocht.«

»Er hatte getrunken«, sagte Jane. »Mit dem Alkohol hat Gareth von jeher Schwierigkeiten gehabt. Es liegt in der Familie. Rodericks Vater und Großvater hatten dieselben Probleme. Mit Roderick wurde eine Generation übersprungen, kein Mensch weiß, warum.«

»Ich glaube, das müssen wir hier nicht vertiefen, Jane«, sagte Roderick, der es nicht schätzte, wenn diese Familienschande erwähnt wurde.

»Kommen wir zu dem zweiten Problem«, sagte Sir Quentin. »Da geht es darum, dass es Gareth generell an Stabilität mangelt.«

»Was wollen Sie damit sagen?«, fragte Jane, sofort bereit, ihren Sohn in Schutz zu nehmen. »Gareth ist ein wunderbarer Junge. Sie kennen ihn nicht –«

»Nach dem Studium hat er sich keine Arbeit gesucht. Überhaupt scheint er nur wenig getan zu haben, ehe er die Stelle in – wie heißt sie noch gleich?« Sir Quentin konsultierte seine Unterlagen. »In der Threadbare-Galerie angenommen hat.«

»Aber das muss doch etwas zählen, oder? Er hat gesucht, bis er etwas Passendes gefunden hatte.«

»Ich bin mir nicht sicher. In dieser Galerie war er ja nur für kurze Zeit und schien dort keine spezifischen Aufgaben zu haben. Dass er die Laufbahn, für die er studiert hat, so einfach ausgeschlagen hat, dürfte auch nicht gerade für ihn sprechen. Es ist, als hätte er die Rechtsprechung abgelehnt, und das wiederum wirkt verdächtig. Was, um alles in der Welt, hat den Jungen bloß dazu gebracht, nicht zu uns zu kommen? Obwohl Roderick ihm den Weg geebnet hatte.« Sir Quentin schien noch immer nicht fassen zu können, dass es jemanden gab, der sich weigerte, diesen Weg einzuschlagen.

»Ich weiß es nicht«, erwiderte Roderick. »Ich dachte, sein Jurastudium habe ihn ausgelaugt. Zuerst hieß es, er wolle sich eine kleine Auszeit nehmen. Die haben wir ihm zugestanden. Wir dachten, ein bisschen Zeit für sich könne ihm nicht schaden. Doch dann sind aus den Wochen Monate geworden, ich hatte alle Hände voll mit dem Fall Domson zu tun und fand keine Zeit, mich mit Gareth zu befassen. Wir haben uns gefreut, als er die Stelle bei Mr Montignac angenommen hat.«

»Hm.« Sir Quentin zog noch einmal seine Unterlagen zu Rate. »Die Sache mit Montignac ist knifflig. Wäre schön, wenn er als Leumundszeuge auftreten würde. Ein hochangesehener Mann, mit dem ich mich vor einigen Tagen getroffen habe. Sein Name wird Eindruck machen, auf den Richter wie die Geschworenen. Andererseits war dieser Davis mit seiner Cousine verlobt.«

»Das habe ich gehört«, sagte Roderick bekümmert. »Die Interessen seiner Cousine dürften für ihn an erster Stelle kommen.«

»Wie bei jedem anständigen Menschen, der so etwas wie Loyalität oder ein Gewissen kennt. Mir hat er gesagt, dass er Gareth für gutartig hält und kaum glauben kann, dass er so etwas getan hat. Dennoch ist es für ihn schwierig. Nicht nur wegen der familiären Bindung, sondern auch, weil er Gareth an besagtem Abend in seine Wohnung geschickt hat. Alles in allem bin ich mir nicht sicher, ob Mr Montignac jemand ist, auf den wir bauen können.«

»Er muss doch nur ein Wort zu seinen Gunsten sagen.« Jane war den Tränen nahe. Sir Quentin sah sie an. Schon beim Betreten des Raums war ihm aufgefallen, dass die letzten Wochen an ihr gezehrt hatten. Fraglos war sie eine schöne Frau, doch das familiäre Drama, das sich zudem vor aller Öffentlichkeit abspielte, hatte ihr etwas von ihrem Glanz geraubt. Unter ihren Augen hatten sich dunkle Ringe und Tränensäcke gebildet, sodass er annahm, dass sie in der vergangenen Woche kaum geschlafen hatte.

»Warten wir es ab«, schlug er vor. »Aber dann gibt es noch eine Sache. Ich erwähne es nicht gern, aber die Staatsanwaltschaft wird es vermutlich erfahren, deshalb wäre …«

»Sprechen Sie weiter«, bat Roderick, der bereits wusste, was kommen würde.

»Es geht um den Vorfall damals in Harrow«, sagte Sir Quentin und klang beinah so, als wolle er sich für seine Taktlosigkeit entschuldigen.

»Nein, nicht schon wieder«, rief Jane aufgebracht. »Das war doch vor langer Zeit. Was soll denn das eine mit dem anderen zu tun haben?«

»Es könnte auf ein Verhaltensmuster deuten«, erklärte Sir Quentin geduldig. »Insbesondere, da es Übereinstimmungen mit den Ereignissen in der Mordnacht gibt. Falls die Anklage davon erfährt – was sie zweifellos tun wird –, ist es für sie ein gefundenes Fressen. Ein Plus ist lediglich, dass Gareth deswegen damals nicht der Schule verwiesen wurde.«

»Nur dank der vielen umsichtigen Verhandlungen, die ich damals geführt habe«, gestand Roderick. »Tatsächlich war es äußerst schwierig. Einer der härtesten Fälle, für die ich mich jemals eingesetzt habe. Doch der Gerechtigkeit halber muss man sagen, dass es seinerzeit um eine Ausnahmehandlung ging. Gareth hat sich weder vorher noch danach etwas Vergleichbares zuschulden kommen lassen.«

»Bis jetzt«, sagte Sir Quentin.

»Jetzt hat er es auch nicht getan«, protestierte Jane.

Sir Quentin nickte. Er war es gewohnt, dass Eltern die Schuld ihrer Sprösslinge nicht wahrhaben wollten. Seine Aufgabe war es jedoch, die Wahrheit herauszufinden und sie den Geschworenen kunstvoll zu präsentieren. Die nächste Frage richtete er an den Vater des Jungen. »Können Sie mir erzählen, was in Harrow vorgefallen ist?«

»Es ist alles schon sehr lange her«, antwortete Roderick ausweichend. »Es fällt mir schwer, mich an die Einzelheiten zu erinnern.«

»Versuchen Sie es. Wie Sie wissen, wird man irgendwann ohnehin danach fragen.«

Roderick seufzte. »Die Jungen hatten getrunken. Nicht sehr viel, wie ich glaube, aber Gareth möglicherweise mehr als die anderen, genau weiß ich es nicht. Aber wie dem auch sei, der Alkohol ist ihm direkt zu Kopf gestiegen. Er kann damit nicht umgehen. Wie Jane schon sagte, mein Vater hatte das gleiche

Problem. Dann kam es zu einer Art Streit, der in eine Prügelei ausartete.«

»Soweit ich gehört habe, brach Gareth einem Jungen den Arm und renkte ihm die Schulter aus.«

»Nein«, entgegnete Roderick fest, »das war der springende Punkt. In dem entstandenen Tumult«, fuhr er im Tonfall eines Juristen fort, »wurde einem der Beteiligten der Arm gebrochen, und seine Schulter löste sich aus dem Gelenk. Gareth hatte weder das eine noch das andere getan. Zumindest ließ es sich nicht beweisen.«

»Er hat es natürlich geleugnet.«

»Er konnte sich an nichts erinnern. Er hatte so viel getrunken, dass der ganze Abend für ihn ausgeblendet war. Die Prügelei fand nachts statt. Als Gareth am nächsten Tag wach wurde und sich den Folgen stellen sollte, konnte er sich an nichts mehr erinnern. Der Schulleiter wollte ihn festnehmen lassen, aber dagegen habe ich mich gewehrt und Gareth vehement verteidigt. Zu guter Letzt habe ich der Schule eine großzügige Summe für ihren Wohltätigkeitsfond gespendet, und die Sache wurde fallengelassen. Gareth wurde für eine Weile suspendiert, doch seitdem hat er keinen falschen Schritt mehr gemacht, das schwöre ich Ihnen.«

»Damals und heute«, sagte Sir Quentin traurig. »Zwei falsche Schritte. Was für eine Schande, dass er nicht in die Kanzlei eingetreten ist.« Seine Miene hellte sich auf. »Dann wäre er jetzt mein Referendar und nicht mein Mandant.«

»Sie werden ihn doch retten, nicht wahr?«, fragte Jane so flehend, dass Sir Quentin befürchtete, sie greife nach seiner Hand.

»Ich werde ganz gewiss mein Bestes tun. Trotzdem ist es ein sehr schwieriger Fall.«

»Wenn Sie nur immer daran denken, dass ich ohne ihn nicht leben könnte«, erwiderte Jane heftig. »Ohne ihn nicht leben wollte.«

Roderick warf ihr einen vorwurfsvollen Blick zu. Es war, als existiere er für sie nicht. All ihre Fragen hatte sie an Sir Quentin gerichtet und schien sich nur auf seinen Kollegen zu verlassen.

5

Montignac besuchte den White's Club nur selten und fühlte sich unwohl, als er an diesem Tag dort saß. Zwar genoss er die Atmosphäre des Wohlstands und der Privilegien, die in den luxuriösen Räumen herrschte, kam sich jedoch wie ein Außenseiter vor, ein Mann mit niedrigem Einkommen, magerem Konto und enormen Schulden. Er fand, dass der Zutritt zu diesem Club verdient sein sollte, obwohl er sich fragte, wie viele der anderen Mitglieder ebenfalls als wohlhabend galten, ohne es tatsächlich zu sein. Der Club war im Grunde wie ein Asyl für aristokratische Obdachlose. Statt draußen herumzustreunen, sich zahllose Becher Tee zu besorgen oder endlose Stunden in Bibliotheken zu schlafen und dabei so zu tun, als ob sie Zeitung läsen, durften sie sich an einen Ort verziehen, wo sie die Nachmittage höchst bequem mit Zigarren, Brandys und Kartenspielen verbringen konnten. Einige von ihnen waren Freunde von Peter Montignac gewesen, und als Owen Montignac vor wenigen Minuten ankam, hatten sie zu ihm hin und gleich wieder weggeschaut. Wahrscheinlich wussten sie nicht, was sie sagen sollten, denn seit dem Tod seines Onkel waren zu viele Monate vergangen, als dass man ihm noch ein weiteres Mal hätte kondolieren können. Womöglich fanden sie es auch unschicklich, dass plötzlich wieder ein tragischer Tod mit dem Namen Montignac verbunden war, wenn auch nicht direkt.

»Owen Montignac«, erklang eine Stimme. Als Montignac aufsah, stand ein Mann vor ihm. »Charles Richards. Ich hoffe, Sie erinnern sich an mich.«

Montignac versuchte, ihn einzuordnen. Es war ein hart wirkender, älterer Gentleman und somit zweifellos ein alter Freund seines verstorbenen Onkels. Aber da war noch etwas, eine Begegnung, die noch nicht allzu lange zurücklag und irgendwo in seinem Gedächtnis schlummerte. Dann fiel es ihm ein. Der Mann war bei der Beerdigung seines Onkels gewesen. Als er aufbrach, war er Montignac unten im Flur von Leyville entgegengetreten und hatte etwas von der Lobrede gefaselt, die Montignac gehalten hatte. »Verdammt nobel« oder so ähnlich hatte er sie genannt und hinzugefügt, dass er normalerweise nichts von Gefühlsausbrüchen halte, von Montignacs Worten über seinen Onkel und Wohltäter jedoch ergriffen gewesen sei. Es hatte Montignac Mühe gekostet, ihm mit pietätvoller Miene zuzuhören.

»Natürlich erinnere ich mich an Sie.« Montignac stand auf und schüttelte Richards die Hand. »Wir haben uns bei der Beerdigung meines Onkels unterhalten.«

»Das ist richtig. Hier habe ich Sie bisher nie gesehen. Sind Sie Mitglied?«

»Ja. Leider habe ich so viel zu tun, dass es mir nur selten gelingt, hierherzukommen.«

»Oh, ich weiß, wie das ist. Obwohl ich inzwischen pensioniert bin. Sind Sie allein hier?«

»Ich warte auf einen Freund.« Montignac sah auf seine Uhr. »Offenbar hat er sich verspätet.«

»Dann setze ich mich für einen Moment zu Ihnen«, erklärte Richards und ließ sich ungebeten nieder. »Wie geht es Ihnen?«, fragte er mit einem Blick, der aufrichtige Sorge verriet.

»Sehr gut, danke der Nachfrage.«

»In der Zeitung stand etwas über diese neue Sache. Schockierend, nicht wahr?«

»Sehr schockierend.«

»Wie wird denn Stella damit fertig?«

»Sie hält sich tapfer, mehr kann man nicht verlangen.«

»Und das, nachdem sie gerade erst ihren Vater verloren hat. Das arme Mädchen muss vor Kummer außer sich sein.«

Montignac kam eine Gedanke, und er beschloss, die Gelegenheit zu nutzen und einen Samen zu säen. Man wusste nie, wozu so etwas gut sein konnte. »Es ist alles sehr schwierig für sie, aber der Arzt hat ihr etwas verschrieben.«

»So ein Unfug«, rief Richards entrüstet. »Das dürfen Sie nicht zulassen. Sie muss sich bewegen. Morgens und abends einen flotten Spaziergang machen. Dabei bekommt sie einen klaren Kopf und kann sich dem Leben wieder stellen. Und kalte Bäder. Die bewirken wahre Wunder für die Seele.«

Um ein Haar hätte Montignac laut gelacht. »Das richte ich ihr aus. Ich danke Ihnen für Ihr Mitgefühl.«

»Ach was, alter Junge, keine Ursache. Wie Sie wissen, war Ihr Onkel ein sehr lieber Freund von mir.«

»Ja, das weiß ich.«

Montignac schaute zur Tür und sah, dass Alexander Keys dort stand und sich suchend umschaute.

»Ah«, sagte er, »da kommt mein Freund.«

»Wie war das?«, fragte Richards und fuhr herum, als Alexander zu ihnen trat. »Ach ja, Ihr Freund. Na, dann lasse ich euch junge Burschen mal allein. Sie richten Stella meine besten Grüße aus, nicht wahr?«

»Natürlich. Vielen Dank.«

Richards stand auf und wandte sich ab. Alexander begrüßte ihn kurz, ließ sich Montignac gegenüber nieder und stieß einen abgrundtiefen Seufzer aus. »Tut mir leid, dass ich zu spät bin. In der Redaktion hat es eine kleine Auseinandersetzung gegeben, die länger gedauert hat, als unbedingt notwendig war.«

»Was hast du denn jetzt schon wieder angestellt?«

»Nichts von Bedeutung. Nur den Roman einer Anfängerin verrissen, und dann hat sich herausgestellt, dass sie die Nichte des Chefredakteurs ist.«

»Das war Pech.«

»Der Roman war Schund. So schlecht, dass ich es nur bis zum zweiten Kapitel geschafft habe, dabei lese ich sonst immer bis zum dritten, egal, wie furchtbar ein Buch ist. Das ist für mich Ehrensache.

»Du musst noch ein bisschen Disziplin üben. Wenn eine Arbeit getan werden muss, konzentriert man sich auf sie. So halte ich es jedenfalls. Im Übrigen danke ich dir für dein Kommen. Meine Einladung war ja recht kurzfristig.«

»Überhaupt kein Problem. Ehrlich gesagt bin ich für die Arbeitspause dankbar.«

»Du kannst dir sicher denken, um was es geht.«

»Lass mich raten«, sagte Alexander. »Gareth Bentley?«

»Richtig.«

Alexander schüttelte den Kopf und wirkte zutiefst reumütig. »Ich weiß nicht, was ich dazu sagen soll, Owen. Du ahnst ja nicht, wie schuldig ich mich fühle.«

»Ach«, sagte Montignac, »warum?«

»Weil ich derjenige war, der euch miteinander bekannt gemacht hat. An jenem Abend im Unicorn. Als er Geburtstag hatte. Hätte ich es nicht getan, wäre er dir nicht gefolgt, hätte deine Bekanntschaft nicht gesucht, du hättest ihm keine Arbeit gegeben, und Raymond Davis wäre noch am Leben und würde sich um den Rhododendron in Kew Gardens kümmern.«

»Da hat er nicht gearbeitet«, berichtigte Montignac. »Es war die Königliche Gartenbaugesellschaft. Und seine Leidenschaft galt wohl eher den Rosen. Trotzdem weiß ich, was du meinst. Aber Schuldgefühle sind nun wirklich überflüssig, Alexander. Niemand hätte ahnen können, dass es zu so etwas kommt.«

»Trotzdem, er war schon immer eigenartig«, erklärte Alexander, der es im Rückblick besser zu wissen glaubte und betrübt den Kopf schüttelte. »Solche Typen erkenne ich bereits aus einer Meile Entfernung.«

»Wie habt ihr euch überhaupt kennengelernt?«

»Hm.« Alexander überlegte. »Gareth und mein jüngerer Bruder haben zusammen studiert. In den Semesterferien war er des Öfteren bei uns zu Hause. Dann ging Daniel nach Burma. Vor zwei Jahren bin ich Gareth wieder über den Weg gelaufen, auf der Chiswick High Street. Wir haben über die alten Zeiten gesprochen, uns danach dann und wann getroffen, und mit der Zeit ist so etwas wie Freundschaft zwischen uns entstanden. Meistens haben wir uns zum Dinner verabredet, und ich dachte sogar, wir wären verwandte Seelen. Keiner von uns hat viel mit seinem Leben angefangen, jeder hat versucht, wie ein Dandy zu leben, ohne die Mittel dazu zu haben. Wir haben oft über Daniel gesprochen. Er hat uns wohl beiden gefehlt.«

»Hast du bei ihm jemals Anzeichen entdeckt, die auf so etwas hingewiesen haben?«

»Nein, nicht in diesem Ausmaß. Ich wusste, dass er ein Problem mit dem Trinken hat. Offenbar reicht es in seine Schulzeit zurück. Da gab es wohl einen Zwischenfall, der unter den Teppich gekehrt worden ist.«

»Ja, den hat er mal erwähnt.«

»Die Einzelheiten kenne ich nicht, aber anscheinend wurde ein Junge aus seiner Klasse recht schwer verletzt. Gareths Vater hat dafür gesorgt, dass es nie publik gemacht worden ist. Aber sonst wüsste ich nichts. Vielleicht hat er sich in den letzten Jahren ja geändert. Muss er wohl, denn wenn wir früher ausgingen, trank er drei- oder viermal so viel wie ich, bestand aber darauf, dass ich die Runden bezahle. Und dann trank er plötzlich gar nichts mehr und sagte, er habe eine neue Seite aufgeschlagen.«

»Das mit dem Alkoholproblem war mir bekannt«, sagte Montignac. »Das ist mir gleich zu Anfang aufgefallen.«

»Als wir uns an seinem Geburtstag abends im Unicorn getroffen haben, habe ich ihn erstmals seit einiger Zeit wieder trinken sehen. Aber da dachte ich, er hätte es im Griff, denn nach ein paar Gläsern hat er Schluss gemacht. Und er ist auch schon ziemlich früh gegangen. Er hat dich draußen eingeholt, nicht?«

»Ja.«

»Wie kommt denn Stella mit der ganzen Sache zurecht?«, fragte Alexander und schlug einen angemessen besorgten Tonfall an.

»Nicht sehr gut«, antwortete Montignac, obwohl er sie seit Raymonds Tod kaum gesehen hatte.

»Die Ärmste. Standen die beiden sich sehr nah?«

Montignac sah ihn verdutzt an. »Sie wollten heiraten. Also gehe ich mal davon aus.«

»Sicher doch«, sagte Alexander. »Ich hoffe nur, dass wir in die Sache nicht hineingezogen werden«, fügte er vorsichtig hinzu.

»Was soll das heißen?«

»Ich denke an den Prozess.« Alexander beugte sich vor. »Es

ist klar, dass man dich als Zeugen aufrufen wird. Du warst an dem fraglichen Abend doch dabei, oder nicht?«

»Nur anfangs. Ich habe Gareth relativ frühzeitig in ein Taxi gesetzt.«

»Und dann ist es in deiner Wohnung passiert?«

»Ja, mein Fehler war, ihm einen Schlüssel zu geben.«

»Dann wirst du auf jeden Fall als Zeuge auftreten müssen. Glaubst du, man wird dich fragen, wie du Gareth kennengelernt hast?«

Montignac zuckte mit den Schultern. »Keine Ahnung. Könnte sein. Aber wieso ist das wichtig?«

»Wenn es geht, versuche, meinen Namen herauszuhalten, ja? Das Letzte, was ich brauche, ist einen Chefredakteur, der mir noch mehr Ärger macht. Er wird es nicht schätzen, wenn der Buchkritiker, den er am wenigsten mag, mit den Unicorn Ballrooms in Verbindung gebracht wird, einem Club, der bekanntlich nicht den besten Ruf hat, oder, noch schlimmer, mit einem Mordfall. Meine Hoffnung ist, demnächst die Biografien toter Autoren zu schreiben, denn denen kann ich nicht mehr begegnen, und Essays über Bücher, die ich nie gelesen habe. Und das möchte ich nicht gefährden.«

»Ich werde mein Bestes tun«, versprach Montignac. »Ich habe ihn übrigens besucht.«

»Wen?«

»Gareth.«

»Du hast ihn besucht?«, fragte Alexander verblüfft und richtete sich auf. »Du meinst, kürzlich?«

»Ja. Ziemlich kürzlich. Genau genommen gestern Nachmittag.«

»Allmächtiger. Wo?«

»Na, wo schon«, sagte Montignac amüsiert. »Als er in Frack und Zylinder im Club saß? Im Gefängnis natürlich.«

»Warum, um alles in der Welt, bist du denn dorthin gegangen?«

»Ich weiß es nicht. Er hat mich darum gebeten und irgendetwas – eine Art morbide Neugier hat mich zu ihm getrieben.«

»Ich weiß nicht, ob ich an deiner Stelle ebenso nachsichtig gewesen wäre. Ich glaube, ich hätte ihn vermodern lassen. Weiß Stella davon?«

»Oh Gott, nein.«

»Dann würde ich es auch dabei belassen. Wie geht es ihm denn? Wie sieht er aus?«

»Furchtbar. Er ist nur noch ein Schatten seiner selbst.«

»Trotzdem dürfte er nicht halb so schlimm wie Raymond Davis aussehen.«

»Das wohl nicht.«

»Und, war er reuig?«

»Sehr. Natürlich erinnert er sich an nichts, scheint aber zu glauben, dass er zu so einer Tat fähig gewesen sein könnte, auch wenn er sie nicht geplant hat.«

»Sagt man nicht immer, stille Wasser sind tief?«

»Er war kein stilles Wasser, Alexander, sondern ein Alkoholiker, der außer Rand und Band geraten ist. Er wird für niemanden ein Verlust sein.«

»Verlust?« Alexander hob eine Braue. »Glaubst du, man wird ihn hängen?«

»Ich halte es für möglich. Der Staatsanwalt wird mit Sicherheit dafür plädieren.«

Alexander schauderte. Diese Angelegenheit war ihm zu real. »Wenn du es schaffst, mich da herauszuhalten, wäre ich dir äußerst dankbar, Owen. Ich mag nicht einmal mehr daran denken.«

»Was für ein guter Freund du doch bist, Alexander. Lässt unseren kleinen Gareth in seiner Stunde der Not im Stich.«

»Er ist nicht *mein* kleiner Gareth«, zischte Alexander und sah sich um, um sich zu vergewissern, dass sie keine Zuhörer hatten. »Und wenn du Verstand hast, betrachtest du ihn auch nicht als *deinen* kleinen Gareth. Genug davon, ich will nicht mehr über ihn reden. Das ist alles zu grässlich und im Grunde bereits Schnee von gestern. Wir überlassen ihn einfach seiner Reue und Sühne. Sollen wir uns Tee und etwas zu essen kommen lassen?«

Montignac war hungrig und nickte. Ihn wunderte, wie grausam Menschen ihren alten Freunden gegenüber sein konnten. Wie sie fallengelassen wurden, wenn sie keinen Nutzen mehr versprachen, fast so, als hätte es sie nie gegeben. Er wusste, nach Gareths Tod würden seine sogenannten Freunde seine gesamte Geschichte neu schreiben, das Gute, das er ihnen getan hatte, vergessen, seine Freundlichkeit übergehen. Stattdessen würden sie Skandale erfinden, Gespräche nacherzählen, die nie stattgefunden hatten, bis er mehr einer Schablone glich, einem Bösewicht aus den Romanen von Charles Dickens, als einem Menschen aus Fleisch und Blut, der ihnen einmal etwas bedeutet hatte und dem sie etwas bedeutet hatten. Offenbar war er der Einzige aus Gareths Kreis, den es kümmerte, ob er leben oder sterben würde, obwohl er derjenige war, der ihn überhaupt in diese Lage gebracht hatte.

Aber daran war jetzt nichts mehr zu ändern. Er hatte das getan, was Keaton von ihm verlangt hatte. Für den Preis von vierzigtausend Pfund. Und falls jemand sterben musste, sagte sich Montignac, dann besser Gareth als er.

6

Als Margaret Stella ihr Frühstück bringen wollte, war sie nicht in ihrem Zimmer, doch da es ein schöner Sonnentag war, konnte sie sich denken, wo sie sich aufhielt. Sie trug das Tablett hinauf zum Dachgarten. Stella lief dort mit einem Wasserschlauch an der Brüstung entlang und goss die Topfpflanzen.

»Ich dachte mir schon, dass du hier bist«, sagte Margaret und stellte das Tablett auf den Gartentisch. »Ich habe dein Frühstück mitgebracht.«

»Ich bin nicht hungrig.« Missmutig betrachtete Stella den Teller mit Rührei und Schinkenspeck.

»Du musst es gar nicht so anschauen, es ist nicht vergiftet«, sagte Margaret aufmunternd. »Und den Schlauch musst du richtig aufrollen, sonst fällst du eines Tages noch darüber.«

Zum ersten Mal seit Tagen deutete sich auf Stellas Lippen ein Lächeln an.

»Tut mir leid, Margaret, ich kann nichts essen.«

»Das musst du aber. Ich lasse nicht zu, dass du dahinschwindest.«

Für einen Moment hatten sie ihre früheren Rollen wieder angenommen, mit Margaret als Kinderfrau und Stella als bockigem Kind. Stella gab nach, drehte den Wasserhahn zu und setzte sich an den Tisch. Um weitere Diskussionen über das Thema zu vermeiden, griff sie nach der Gabel.

»Eben ist mir durch den Kopf gegangen«, begann sie, »wie viel Raymond aus dem Grundstück gemacht hätte, wenn wir geheiratet hätten. Er hat es mir einmal beschrieben. Wie er den Park neu gestalten und welche Bäume er gern pflanzen würde. Er wollte auch ein Treibhaus errichten, um eigene Tomaten zu ziehen, und hat von einem Kräutergarten unter unserem Schlafzimmerfenster gesprochen. Ich glaube, es wäre wunderschön geworden.«

»Jetzt ist daran auch nichts verkehrt«, wandte Margaret ein und ärgerte sich über Raymonds Anmaßung. »Die Gärten hat deine Großmutter angelegt, und wenn man mich fragt, hat sie das fabelhaft gemacht.«

»Schon, aber es wäre doch mal eine nette Abwechslung gewesen. Im Moment wirkt alles so konstruiert. Jedenfalls wäre es ein interessantes Projekt gewesen, findest du nicht?«

»Vielleicht kannst du es ja selbst tun«, schlug Margaret vor. »Es würde dich auf andere Gedanken bringen.«

Stella schüttelte den Kopf. »Das könnte ich nicht ertragen. Außerdem wüsste ich nicht einmal, wo ich anfangen sollte. Raymond hatte die Pläne ja nur im Kopf. Abgesehen davon weiß ich nicht, wie lange ich überhaupt noch hierbleibe.«

Margaret sah sie verblüfft an. »Was soll das heißen?«

»Ich habe darüber nachgedacht.« Stella zuckte mit den Schultern. »Weshalb sollte ich ein so großes Haus nur für mich allein unterhalten? Kann sein, dass ich es schließe und fortziehe.«

Vor Entsetzen blieb Margaret der Mund offen stehen.

»Das kann nicht dein Ernst sein.«

»Doch.«

»Und was hast du vor? Willst du nach London ziehen?«

»Niemals«, sagte Stella hastig. »Das hielte ich gar nicht aus. Zu viele Menschen. Ich dachte, ich könnte vielleicht reisen. Außer England und der Schweiz habe ich ja kaum etwas gesehen. Ich weiß, dass ich Leyville nicht verkaufen darf, aber ich könnte es einer Stiftung überlassen. Es könnte in ein Museum umgewandelt werden.«

»Zurzeit kannst du nicht klar denken, Stella«, entgegnete Margaret, die plötzlich eine Vision hatte, wie sie wegen der Laune eines trauernden Mädchens aus ihrem Haus gejagt wurde. »So etwas darfst du nicht tun. Du würdest es dein Leben lang bereuen.«

»Ich fand es hier immer schön«, sagte Stella verträumt. »Aber in diesem Haus hat es zu viel Leid gegeben, und dem würde ich gern den Rücken kehren. Wenn man bedenkt, was Großvater getan hat, als er Owens Vater verstoßen hat – das muss eine schreckliche Zeit gewesen sein. Und dann hat Vater alles übernommen, und Owen musste bei uns leben. Weißt du noch, wie verängstigt er anfangs war?«

»Sicher«, entgegnete Margaret leise und entsann sich des Ausdrucks von Panik auf dem Kindergesicht.

»Und dann ist Andrew umgekommen«, fuhr Stella fort. »Und Mutter. Dann Vater. Und jetzt Raymond.«

»Raymond ist nicht in Leyville gestorben. Er hat mit dem Haus nichts zu tun.«

»Wenn er mich nicht kennengelernt hätte, wäre er Owen nicht begegnet. Und dann wäre er an dem Abend nie zu dessen Wohnung gegangen und wäre noch am Leben. Es ist meine Schuld, dass er tot ist.«

»Unsinn«, sagte Margaret streng, »du hattest damit nichts zu tun. Schuld ist allein der junge Mann, der ihn ermordet hat.«

»Gareth Bentley«, murmelte Stella.

»Jawohl. Aber er muss dich nicht mehr kümmern, denn er sitzt hinter Schloss und Riegel und wird zweifellos schuldig gesprochen werden. Dann ist der Fall erledigt.«

Stella verzog das Gesicht. Die Vorstellung, dass ein Mensch hingerichtet wurde, war ihr zuwider. Es hatte etwas Mittelalterliches.

»Das möchte ich nicht.«

»Danach wird es wohl nicht gehen. Gesetz ist Gesetz.«

»Falls er Raymond getötet hat, möchte ich, dass er lange, lange lebt und all diese Zeit im Gefängnis verbringt. Wenn er hängt, würde er zu schnell erlöst.«

»*Falls* er ihn getötet hat?«, fragte Margaret und wunderte sich über die Einschränkung. »Was meinst du mit *falls*?«

»Immerhin ist er noch nicht schuldig gesprochen worden, oder?«

»Das ist nur eine Frage der Zeit.« Margaret hatte den Fall in den Tageszeitungen verfolgt, die sie vor Stella versteckte; denn sie wusste, Stella würde sich nur aufregen, wenn sie die Einzelheiten erfuhr.

Stella seufzte und stocherte in ihrem Frühstück herum, von dem sie kaum etwas angerührt hatte.

»Hast du in letzter Zeit mit Owen gesprochen«, fragte sie nach einer Weile.

»Ich habe ihm Nachrichten hinterlassen, aber bisher hat er sich noch nicht gemeldet.«

»Würdest du mir einen Gefallen tun, ihn noch einmal anrufen und bitten, übers Wochenende hierherzukommen. Da ist etwas, über das ich mit ihm sprechen möchte.«

»Sicher, wenn das dein Wunsch ist. Aber du sprichst mit ihm nicht über deine alberne Idee, Leyville zu verlassen, oder?«

»Nein. Es geht um etwas anderes.«

Margaret betrachtete Stella misstrauisch. »Um was?«

Stella wich ihrem Blick aus. Das erinnerte Margaret an die Zeit vor zehn Jahren, als Stella ein Teenager gewesen war, diese grässliche Zeit, ehe sie nach Genf geschickt wurde. An den Tag, als sie sich mit den beiden zusammengesetzt hatte, sie ihr alles gestanden und sie die Sache in die Hand genommen hatte.

»Es ist nichts Besonderes«, sagte Stella. »Nur etwas, das ich mit ihm besprechen möchte.«

»Gut, ich rufe ihn an. Unter der Bedingung, dass du ihm gegenüber auf der Hut bleibst.«

Stella starrte sie an. »Weswegen? Owen wird mir nicht schaden. Er ist mein Cousin.«

»Richtig«, sagte Margaret mit großem Nachdruck, »genau das ist der springende Punkt. Er ist dein Cousin. Vielleicht solltest du ihn in London sein Leben führen lassen und mit deinem hier unten weitermachen.«

»Man könnte meinen, du willst uns nicht zusammen sehen.«

»So ist es.«

»Margaret, bitte.«

»Du erwartest doch nicht im Ernst, dass ich etwas anderes behaupte, oder?«

Stella schüttelte den Kopf. »Also wirklich. Man könnte ja glauben, du wärst diejenige gewesen, die ihn –«

»Kein Wort mehr.« Margaret schlug mit der flachen Hand auf den Tisch. »Hör sofort auf. Du weißt, dass ich nicht gern über diese Zeit spreche.«

»Du fühlst dich schuldig«, sagte Stella, um Margaret zu verletzen.

»Natürlich nicht. Weshalb sollte ich mich schuldig fühlen?«

Stella hob die Brauen, stand auf, trat an die niedrige Steinbrüstung und legte ihre Arme darauf.

»Ich frage mich, ob Owen und ich überhaupt Freunde geworden wären, wenn alles anders gekommen wäre. Ob wir uns überhaupt kennengelernt hätten.«

»Was soll dass denn jetzt heißen?«

»Na, wenn Großvater die Ehe von Onkel Henry akzeptiert hätte und er mit seiner Frau hier geblieben wäre. Wenn Owen in Leyville und nicht in Frankreich geboren wäre. Dann wären Andrew und ich nicht hier aufgewachsen. Womöglich wäre Vater nach London gezogen. In eine Wohnung oder vielleicht auch ein Haus. Alles wäre genau andersherum als jetzt. Dann wäre ich diejenige, die hierher zu Besuch kommt. Leyville wäre Owens Zuhause, und Andrew und ich wären die armen Verwandten.«

»In einem solchen Fall wäre Owen vielleicht auch nicht der geworden, der er jetzt ist.«

»Du hast ihn nie gemocht, Margaret, oder?«

»Das ist nicht wahr«, erwiderte Margaret gekränkt. Sie hielt inne und dachte zurück. »Als er hier ankam, habe ich ihn wie alle anderen auch willkommen geheißen. Ich habe mich ihm sogar ganz besonders gewidmet, um zu verhindern, dass er sich hier als Außenseiter fühlte.«

»Und doch hat er sich immer so gefühlt.«

»Niemand war zu dem Jungen so freundlich wie ich. Wenn du mich fragst, verdankt er deiner Familie sehr viel. Insbesondere deinem Vater. Denk an das, was er für Owen getan hat: Er hat ihn aufgenommen, als er kein Zuhause hatte, ihm eine anständige Ausbildung und ein angenehmes Leben ermöglicht. Und wie hat Owen es ihm gedankt?«

»Das war nicht nur Owen«, sagte Stella und drehte sich um. »Mein Gott, Margaret, warum bist du nie bereit, das zu akzeptieren? Du siehst ihn immer nur als beutehungriges Tier, das –«

»Du warst damals erst sechzehn Jahre alt, Stella.«

»Und er fast fünfzehn. Er war jünger als ich! Wenn jemand beutehungrig war –«

»Das höre ich mir nicht länger an.« Margaret stand auf. »Ich habe dir schon vor zehn Jahren gesagt, dass ich über diese Geschichte nie wieder diskutieren möchte, und daran wird sich auch jetzt nichts ändern.«

»Ist ja schon gut. Deshalb musst du doch nicht gleich wütend werden. Ich sage ja nur, wenn du die Dinge von seiner Warte aus siehst, dann kannst –«

»Das habe ich seit Jahren getan, und es nützt mir nicht das Geringste«, erwiderte Margaret, die sich zunehmend aufregte. »Du ahnst ja nicht, wie viele Sorgen ich mir um diesen Jungen gemacht habe. Ihr beide, nein, ihr drei, einschließlich Andrew, wart für mich wie eigene Kinder. Ich war für euch wie eine zweite Mutter.«

»Natürlich warst du das.«

»Allerdings eine zweite Mutter, die zum Personal gehörte und jederzeit entlassen werden konnte. Jahrelang habe ich mir um Owen Gedanken gemacht. Was ich vor zehn Jahren getan habe, geschah nicht nur aus Sorge um dich, sondern ebenso um ihn. Ich habe es für euch beide getan.«

»Vielleicht haben deine guten Absichten uns beide zerstört.«

Margaret ignorierte diese Bemerkung. »Was danach aus Owen geworden ist, ist nicht meine Schuld. Falls es ihm nicht passt, dass er von deinem Vater enterbt wurde, hat auch das nichts mit mir zu tun. Falls er darüber verbittert ist, dass es mit euch beiden schiefgegangen ist, kann er es nicht mir anlasten. Die Verantwortung für seine Missgeschicke lehne ich ab.«

»Margaret«, begann Stella leise, »warum hat Vater Owen nichts vermacht?« Für einen Moment verschlug es Margaret die Sprache, und sie starrte Stella an.

»Wie bitte?«

»Ich habe gefragt, warum Vater Owen nichts vermacht hat. Er war immer so leidenschaftlich, wenn es um Fragen der Tradition ging. Und eine dieser Traditionen verlangte, dass die Montignacs ihr Erbe nur an männliche Mitglieder ihrer Familie weitergeben.«

»Vielleicht hat er einen Sinneswandel durchgemacht«, sagte Margaret mit unsteter Stimme. »Vielleicht wollte er sein Vermögen seinem einzigen noch lebenden Kind vermachen.«

»Wusste er es, Margaret?«, fragte Stella und überlegte, ob Margarets Gesichtsausdruck ihr verraten würde, ob sie die Wahrheit sagte oder nicht. »Hast du es ihm erzählt?«

Daraufhin entstand Schweigen. Die beiden Frauen sahen einander an. Stella fragte sich, ob sie zufällig über ein Geheimnis gestolpert war, wohingegen Margaret sich fragte, ob sie dieser undankbaren Sippe zuliebe ihr Leben verschwendet hatte.

Margaret gab Stella keine Antwort. Frustriert wandte Stella

sich von ihr ab. Als sie sich gleich darauf wieder umdrehte, war Margaret verschwunden und hatte die Tür hinter sich offen gelassen. Am ungewöhnlichsten war jedoch, dass sie das Frühstückstablett zurückgelassen hatte, um klarzumachen, Stella könne es selbst hinunter in die Küche tragen.

7

Sogar von der anderen Straßenseite her, der Cork Mews, erkannte Montignac, dass sein junger Assistent eine Besucherin der Galerie anstarrte, woraufhin er unwillkürlich lächelte und den Kopf schüttelte. Jason Parsons hatte die Angewohnheit, sich in ältere Kundinnen zu verlieben, doch wenn sie begannen, ihm Fragen zu stellen oder er ihnen ein Gemälde erläutern sollte, wurde er konfus und konnte ihnen nicht in die Augen sehen. Trotz seiner sehnsüchtigen Blicke war es ihm noch nie gelungen, eine von ihnen für sich einzunehmen, aber das gesellschaftliche Leben seines Assistenten hielt Montignac ohnehin für kümmerlich. Bei dieser Frau schien er sich jedoch tapfer zu schlagen. Selbst aus der Distanz erkannte Montignac, dass es sich um eine äußerst attraktive Dame mittleren Alters handelte, der Typ, der durch die Kunstgalerien der Cork Street streifte, sich jedoch nur umschaute und nie etwas kaufte.

Er trat seinen Zigarettenstummel aus, just in dem Augenblick, als Arthur Hamilton die Clarion-Galerie verließ. Innerlich fluchend, zog Montignac sich in den Eingang des Pollen House zurück, doch da hatte der ältere Mann ihn schon entdeckt und hob grüßend die Hand. Montignac hatte keine andere Wahl, als die Straße zu überqueren.

»Hallo, Owen«, sagte Hamilton, »Sie habe ich ja schon seit einer Weile nicht mehr hier gesehen.«

»Ich hatte zu viel anderes zu tun«, entgegnete Montignac. »Familienprobleme, um die ich mich kümmern musste.«

»Ach ja, richtig.« Hamilton runzelte die Stirn und senkte die Stimme, wenngleich niemand da war, der ihnen zuhörte. »Über Ihre – Unannehmlichkeiten habe ich in der Zeitung gelesen. Sehr üble Geschichte.«

»In der Tat.«

»Sie kommen doch damit zurecht, oder?«

»Einigermaßen. Haben Sie schon etwas über die verschwundenen Cézanne-Gemälde gehört?«

Hamilton schüttelte den Kopf. »Keinen Ton. Die Sache ist ein einziges Rätsel. Sie können sich nicht vorstellen, welch entsetzlichen Ärger ich deswegen mit den Leuten von der Versicherung habe. Sie behaupten, ich hätte nicht ausreichend für Sicherheit gesorgt.«

»Wie bitte? Ich hätte gedacht, der Raum da oben ist absolut sicher.« Die Worte waren heraus, ehe er begriff, was er gesagt hatte. Um den Patzer wettzumachen, versuchte er, denkbar harmlos auszusehen.

»Was wollen Sie damit sagen?«, erkundigte sich Hamilton überrascht.

»Nur dass Sie die Bilder vermutlich oben in Ihrem Restaurationsraum aufbewahrt hatten«, sagte Montignac.

»Ja, aber –«

»Ich meine, da hätte ich sie an Ihrer Stelle auch untergebracht.«

»Ja schon, es ist der sicherste Ort. Da kommt man nicht hinein. Ich bin der Einzige, der einen Schlüssel dazu hat. Aber woher wussten Sie das?«

Montignac lächelte nachsichtig, als wäre der andere über Nacht senil geworden. »Weil Sie ihn mir gezeigt haben, Arthur, wissen Sie das nicht mehr? Vor etwa einem Jahr. An einem Tag, an dem ich mich in Ihrem Lager umgeschaut habe. Sie erzählten mir, dass Sie Gemälde für die Tate restaurierten, und fragten mich, ob ich interessiert sei, mir die Arbeiten anzusehen.«

»Wirklich?« Hamilton schaute in die Ferne, als versuche er, sich an diese Begegnung zu erinnern.

»Ja. Erinnern Sie sich nicht mehr?«

Hamilton dachte nach und schüttelte den Kopf. »Mein altes Gehirn ist nicht mehr das, was es einmal war«, bekannte er und zuckte mit den Schultern. »Sie sollten für Ihre Jugend dankbar sein, Owen.«

»Bin ich«, antwortete Montignac heiter. »Solange sie noch andauert, versuche ich nach Kräften, sie zu genießen.«

Sein Blick glitt zur Threadbare hinüber, wo die Frau sich vom Eingang entfernt hatte und jetzt vor einem besonders abstoßenden Selbstporträt eines Künstlers aus Shoreditch stand, das sie mit schief gelegtem Kopf studierte. Hinter ihr stand Jason und starrte sie mit kaum verhohlenem Verlangen an.

»Ich habe mich neulich bei Ihnen umgesehen«, fuhr Hamilton fort, ohne zu bemerken, dass Montignac nicht ganz bei der Sache war. »Sie haben da einige äußerst interessante Werke.«

»Nett ausgedrückt, Arthur.« Montignac lachte. »Interessieren Sie sich für eines von ihnen? Als Nachbar könnte ich Ihnen einen guten Preis machen.«

»Ähm, nein«, sagte Hamilton rasch, »nein, danke. Das ist wohl doch nicht das Richtige für mich. Eher etwas für junge Leute, vermute ich. Sind die Ihre Stammkunden?«

»Ganz und gar nicht. Oder glauben Sie, junge Leute hätten Geld? Nein, wir bedienen ahnungslose Ehepaare mittleren Alters, die sich als moderne Menschen darstellen und ihre Pariser Freunde beeindrucken möchten, wenn diese zu Besuch kommen.«

»Das erklärt wahrscheinlich, weshalb wir keine Konkurrenten sind.« Hamilton lachte. »Ich glaube, ich muss jetzt weiter. Hat mich gefreut, Sie wiederzusehen.«

»Die Freude ist ganz meinerseits.« Montignac reichte Hamilton die Hand. »Das mit der Versicherung tut mir leid.«

»Machen Sie sich keine Sorgen, die bringe ich schon noch auf Trab.«

Hamilton ging über die Straße. Montignac sah ihm nach. Der Mann war fast siebzig Jahre alt und arbeitete noch immer vierzig Stunden in der Woche in seiner Galerie, entweder, weil er seine Arbeit liebte, oder,weil er sich den Rückzug vom Geschäft nicht leisten konnte. In dem Moment wurde Owen bewusst, dass er die Cork Street in vierzig Jahren nicht mehr sehen wollte, es sei denn, er wäre dabei, sein Haus zu dekorieren.

»Da sind Sie ja«, begrüßte Jason ihn, als er die Galerie betrat. »Ich dachte schon, Sie hätten sich davongemacht.«

»Darauf muss ich keine Antwort geben, oder?«, fragte Montignac scharf. Jason errötete und schüttelte den Kopf.

»Nein, Sir. So war das nicht gemeint. Ich wollte nur –«

»Ich muss die Buchhaltung erledigen. Falls du mich brauchst, findest du mich an meinem Schreibtisch.« Ohne Jason eines weiteren Blickes zu würdigen, trat Montignac an ihm vorbei.

»Warten Sie, Sir«, rief Jason ihm nach. »Da ist eine Dame für Sie.«

»Eine Dame?«

»Ja, sie ist schon seit einer ganzen Weile hier und hat gesagt, dass Sie mit Ihnen sprechen möchte.«

»Welche?« Montignac warf einen Blick auf die Handvoll Frauen, die von Bild zu Bild wanderten und hier und da auf eine Skulptur deuteten.

»Diese da.« Jason zeigte auf eine von ihnen.

Montignac musterte sie. Es war dieselbe, die er von der anderen Straßenseite im Gespräch mit Jason gesehen hatte. Sie war noch immer in den Anblick des Selbstporträts vertieft und hatte ihn nicht eintreten sehen. Er runzelte die Stirn und versuchte zu ergründen, weshalb ihm das Gesicht bekannt vorkam.

»Ich bin an meinem Schreibtisch«, sagte er. »Du kannst sie zu mir schicken.«

Er durchquerte den Raum und setzte sich an den Schreibtisch. Einem Impuls folgend, räumte er die Kataloge und Aktenordner auf den Stuhl gegenüber, damit diese Frau sich nicht niederlassen und zu viel von seiner Zeit stehlen konnte. Jason trat auf sie zu und zeigte auf Montignac. Sie schaute zu ihm hin, prüfend, als wolle sie sich aus der Distanz ein Bild von ihm machen. Mit einem Mal wirkte sie erleichtert und lief auf ihn zu.

»Mr Montignac?«, fragte sie. Er nickte.

»Wir sind uns schon einmal begegnet, oder?«, begann er, denn inzwischen war er sich dessen ganz sicher, doch sie schüttelte den Kopf.

»Nein, ich glaube nicht. Ich bin Jane Bentley, die Mutter von Gareth.«

Montignac spürte die Kälte, die sich in seinem Inneren ausbreitete, und für einen Moment brachte er keinen Ton hervor. Dann sagte er: »Ich dachte schon, dass Sie mir bekannt vorkamen. Er sieht Ihnen ähnlich.«

»Finden Sie?« Ihr Gesicht erstrahlte. »Sonst sagen die Leute immer, er sei Rodericks Seite nachgeschlagen. Roderick ist mein Ehemann.«

»Ich weiß.« Montignac betrachtete die Frau. Jetzt, aus der Nähe, erkannte er, warum Jason von ihr gefesselt gewesen war. Jane Bentley war eine auffallend schöne Frau, der Typ, der in seinem fünften Lebensjahrzehnt wahrscheinlich attraktiver war als im dritten oder vierten. »Das mit Ihrem Sohn tut mir sehr leid«, sagte er, merkte, dass er sie anstarrte, und nahm die Kataloge und Aktenorder wieder von dem Besucherstuhl herunter. »Bitte, nehmen Sie Platz.«

»Entschuldigen Sie, dass ich unangemeldet vorbeikomme.« Sie setzte sich. »Aber wenn ich anrufe, scheinen Sie nie da zu sein.«

»In der letzen Zeit war ich ziemlich beschäftigt. Und im Zurückrufen bin ich nicht sehr gut, was Ihnen mein Assistent zweifellos bestätigen kann.«

»Sie wissen sicher, weshalb ich hier bin.«

»Ich nehme an, wegen Gareth.«

»Er hat mir von Ihrem Besuch erzählt.«

Montignac seufzte, verzog das Gesicht und wusste nicht, ob er überhaupt darüber reden wollte. »Er hatte um meinen Besuch gebeten«, stellte er richtig. »Ich habe seinem Wunsch entsprochen. Ich fürchte, sehr lange bin ich nicht geblieben.«

»Ich bleibe auch nie sehr lange«, gestand Jane müde und gequält. »Ich hasse den Ort.«

»Das soll wohl so sein«, erwiderte er sanft.

»Wie fanden Sie ihn?«, erkundigte sich Jane, schluckte krampfhaft die aufsteigenden Tränen hinunter und fing sich wieder.

Montignac wog seine Antwort sorgfältig ab. »Verängstigt«, sagte er. »Verwirrt von dem, was geschehen ist. Schuldbewusst.«

»Er ist nicht schuldig«, widersprach Jane erregt. »Ganz gleich, wozu mein Sohn fähig ist, aber ein Mörder ist er nicht.«

»Ich meinte, dass er sich schuldig *fühlte*«, berichtigte sich Montignac. »Ob er es ist oder nicht …« Um ein Haar hätte er hinzugefügt, das zu entscheiden bliebe den Geschworenen überlassen, konnte sich aber noch rechtzeitig bremsen. Er wollte dieser Frau nicht noch mehr Kummer machen.

»Ich muss Sie nach jenem Abend fragen«, sagte Jane. »Schon meinetwegen muss ich wissen, was damals vorgefallen ist.«

»All das habe ich der Polizei bereits berichtet«, wehrte Montignac ab. »Hat man es Ihnen denn nicht weitererzählt? Und wenn nicht die Polizei, dann Gareths Anwalt?«

»Ich muss es von Ihnen hören, Mr Montignac«, entgegnete Jane fest. »Diese wenigen Stunden, die Sie an jenem Abend mit Gareth verbracht haben, waren die letzten, in denen er ein freier Mensch war. Als der Abend vorüber war, hatte ihn das, was auch immer geschehen war, vernichtet. Es hat unsere Familie zerstört. Deshalb muss ich es von Ihnen hören. Bitte.«

Montignac seufzte erneut. Er erinnerte sich nicht gern an die Ereignisse dieses Abends.

»Haben Sie Kinder, Mr Montignac?«, fragte sie, als sie sein Zaudern bemerkte.

Dies war eine Frage, die er mehr als jede andere hasste. Sie riss ihn aus seinen Gedanken, und er spürte den Schmerz, der durch seine Brust fuhr, sodass er sich zum Sprechen zwingen musste.

»Nein«, presste er hervor.

»Denn wenn Sie Kinder hätten, würden Sie begreifen, wie wichtig das für mich ist. Es lässt mich einfach nicht los.«

Montignac sah Jane an und begriff, dass sie nicht weichen

würde, ehe er ihr alles berichtet hatte. Deshalb zuckte er mit den Schultern und gab nach.

»Wie ich der Polizei und Gareths Anwalt bereits erklärt habe, war ich an dem Abend nicht sehr lange mit Ihrem Sohn zusammen. Am Piccadilly gibt es ein Pub, in das ich manchmal gehe. Das Bullirag. Kennen Sie die Air Street?«

»Nein«, erwiderte Jane. »Die Gegend und ihre Lokalitäten sind mir nicht vertraut«, ergänzte sie trocken.

»Natürlich nicht. Aber am frühen Abend bekommt man dort recht ordentliche Mahlzeiten, und ich habe Gareth dorthin mitgenommen. Wir haben uns etwas zu trinken bestellt, doch Gareth besorgte sich ein Glas nach dem anderen. Sobald ich wegschaute, stand er an der Theke und ließ sich wieder eins geben. Nach einer Stunde etwa war er ziemlich betrunken.«

»Und Sie nicht?«

»Da konnte ich nicht mithalten. Das wollte Gareth zwar, aber bei solchen Mengen wäre ich irgendwann umgefallen. Das habe ich ihm erklärt, aber er ließ sich nicht beirren. Nach einer Weile wurde mir klar, dass wir nicht länger bleiben konnten. Gareth war schon laut geworden, und der Wirt warf uns drohende Blicke zu. Deshalb habe ich ein Taxi gerufen und Gareth in meine Wohnung geschickt, wo er seinen Rausch ausschlafen sollte. Anschließend habe ich mich mit ein paar Freunden getroffen und die Nacht mit ihnen zugebracht. Sonst weiß ich nur noch, dass am nächsten Nachmittag die Polizei hier bei mir erschien und mir mitteilte, was in der Zwischenzeit vorgefallen war.«

Jane schloss kurz die Augen. Diesen Teil der Geschichte mochte sie nicht mehr hören, der war ihr schon oft genug geschildert worden.

Montignac beobachtete sie und fragte sich, wie sie es schaffte, sich dermaßen zu beherrschen. Er bewunderte ihre Stärke, wünschte jedoch, sie wäre nicht gekommen. Das Letzte, womit er gerechnet hatte, war der Besuch einer gramgebeugten Mutter. Erleichtert stellte er fest, dass seine Geschichte nach wie vor überzeugend klang. Inzwischen kam sie ihm sogar recht leicht über die Lippen.

8

In Wahrheit war jener Abend natürlich anders verlaufen.

Am Mittag hatte Montignac gewartet, bis Jason Parsons zur Pause gegangen und er allein in der Threadbare war. Dann hatte er in der Königlichen Gartenbaugesellschaft angerufen und darum gebeten, mit Raymond Davis verbunden zu werden. Das dauerte eine Weile, und aus Sorge, dass ein Kunde erscheinen könne, war er zunehmend ungeduldig geworden, denn bei dem geplanten Telefonat durfte es keinen Zuhörer geben. Dann meldete sich der Mann aus der Zentrale wieder und erklärte, Mr Davis habe sich den Tag freigenommen, um ihn mit seiner Verlobten zu verbringen. Stirnrunzelnd legte Montignac auf, wählte den Anschluss von Leyville und hoffte, das Glück sei auf seiner Seite und verhindere, dass Stella ans Telefon ging.

»Raymond Davis.«

»Raymond«, sagte er aufatmend und versuchte, so freundlich wie möglich zu klingen, »hier spricht Owen Montignac.«

Am anderen Ende wurde geschwiegen. Den Namen des Anrufers zu hören schien Raymond verlegen zu machen. »Owen«, sagte er schließlich, »was für eine Überraschung.«

»Ja, das kann ich mir denken. Ich rufe an, um mich bei dir zu entschuldigen.«

»Zu entschuldigen?«

»Ja, und um dir zu gratulieren. Ich fürchte, in letzter Zeit war ich nicht sehr nett zu dir. Diese Sache da im Claridge vor einer Weile – die war unverzeihlich.«

»Ach«, sagte Raymond und versuchte, sein Erstaunen zu verbergen, »das ist doch nichts, für das du dich entschuldigen musst. Ich weiß ja, wie schwierig die letzte Zeit für unsere Familie war.«

»Für die Familie, ganz richtig. Ich hätte es trotzdem nicht an dir auslassen dürfen. In Wahrheit hatte ich mir Gedanken über deine Absichten in Bezug auf Stella gemacht und befürchtet, du würdest sie hinhalten und die Verlobungszeit endlos ausdehnen. Doch wie ich erfahren habe, steht der Hochzeitstermin inzwischen fest.«

»Ja, so ist es«, antwortete Raymond aufgeregt. »Sie sagte mir, dass sie es dir erzählt hat.«

»Du glaubst nicht, wie sehr ich mich für euch freue, wirklich aus ganzem Herzen. Es war nur, weil Stella mir so viel bedeutet, dass ich es dir – ein wenig schwergemacht habe. Das verstehst du doch, oder?«

»Oh, ganz gewiss«, erwiderte Raymond. »Wie überaus anständig von dir, deswegen anzurufen.«

»Aber damit ist es nicht getan, Raymond, dabei möchte ich es nicht belassen.«

»Nein?«

»Nein. Hör zu, ich finde, wir sollten uns unterhalten. Von Mann zu Mann. Was hältst du davon? Jetzt, da Onkel Peter nicht mehr bei uns ist, sollten wir vielleicht einige der Formalitäten klären. Bereden, wie du dir alles vorstellst, wie du Stella ernähren wirst und so weiter. Oh, ich weiß, sie ist reicher als Krösus, aber ich hänge nun mal an der Tradition und wäre beruhigt, wenn ich wüsste, dass Onkel Peter, wenn er zu uns herabschaut, erkennt, dass ich bei allem nach dem Rechten sehe. Also, was ist, Raymond, bist du dabei? Wir könnten das Ganze mit einer schönen Flasche Wein besiegeln und auf das glückliche Paar anstoßen.«

Daraufhin schwieg Raymond so lange, dass Montignac unruhig wurde und sich fragte, ob er aufgelegt hatte oder vor Erstaunen ohnmächtig geworden war. Doch dann ertönte seine dünne kleine Stimme wieder und klang erstickt vor innerer Bewegung. »Owen, ich kann dir nicht sagen, wie viel mir das bedeutet. Das Letzte, was ich mir wünsche, ist das Gefühl, ich hätte mich zwischen dich und Stella gedrängt.«

»Völlig ausgeschlossen«, sagte Montignac lachend.

»Es rührt mich tief, dass du angerufen hast. Wir sollten uns definitiv treffen und der Tradition gehorchen, wie du es gesagt hast. Vielleicht Ende der Woche?«

»Warum so lange warten?«, fragte Montignac aufgeräumt. »Wie wäre es heute Nachmittag?«

»Hm, im Moment bin ich noch in Leyville, und heute Abend wollte ich in der Gartenbaugesellschaft sein. Wie wäre es mit morgen oder übermorgen?«, erwiderte Raymond.

»Nein, unser Treffen ist zu wichtig, das sollten wir nicht verschieben. Warum kommst du nicht am frühen Abend in der Galerie vorbei? So gegen sechs. Dann können wir uns in Ruhe unterhalten.«

»Na gut, einverstanden«, willigte Raymond ein und schien sich über die Dringlichkeit zu wundern. »Eigentlich wollte ich mir den Vortrag eines Gastbotanikers anhören. Gustav Linden. Sagt dir der Name was?«

»Nein.«

»Na ja, warum auch, aber er gilt als ein Genie auf unserem Gebiet. Andererseits wird man mich wohl kaum vermissen. Also gut, wir treffen uns um sechs.«

»Noch etwas, Raymond«, sagte Montignac rasch, ehe Raymond auflegen konnte, »im Moment bleibt das noch unter uns, ja? Stella wird kein Wort davon erfahren. Wir unterhalten uns, werden uns einig und fahren am Wochenende zusammen nach Leyville. Dort tauchen wir wie Brüder auf und versetzen Stella den Schock ihres Lebens. Sie wird es gar nicht fassen können. Na, wie klingt das für dich?«

»Großartig«, erklärte Raymond mit wachsender Freude über die Art, wie sich die Dinge zwischen ihnen entwickelten. »Ich sage kein Wort. Wir sehen uns um sechs.«

»Punkt sechs«, ergänzte Montignac, legte auf und stieß einen erleichterten Seufzer aus. Niemand hatte die Galerie betreten und das Gespräch belauschen können. Sein Blick wanderte zu den großen Fenstern. Der Tag draußen hatte sich getrübt, sodass er in den Scheiben sein Spiegelbild erkannte. Abrupt wandte er den Blick ab, ohne recht zu wissen, warum.

Da er wusste, wie wichtig es war, Montignac bei Laune zu halten, erschien Raymond bereits fünf Minuten vor sechs in der

Threadbare-Galerie. Um fünf Uhr hatte Montignac Jason nach Hause geschickt und die Eingangstür abgeschlossen. Als Nächstes hatte er die Kammer oben für seinen Besucher vorbereitet, dieselbe, in der er mit Gareth die zwölf Rahmen für die leeren Leinwände hergestellt hatte. Dort legte er sein Jackett ab, rollte die Hemdsärmel auf, räumte einen Platz auf dem Fußboden frei und breitete darüber eine Plastikplane aus. Kurz vor sechs Uhr hörte er das Klopfen an der Eingangstür und lief die Treppe hinunter.

Unten in der Galerie winkte er Raymond zu, nahm den Schlüsselbund von seinem Schreibtisch und suchte den richtigen Schlüssel auf dem Weg zur Tür heraus, ohne aufzusehen oder Raymond auch nur einen Blick zu schenken.

»Tritt ein«, sagte er beim Öffnen der Tür, warf einen raschen Blick über die Straße, die zum Glück leer war, und schloss die Tür ab. »Schön, dass du es einrichten konntest.«

»Dieses Treffen wollte ich mir nicht entgehen lassen.« Raymond sah sich in der Galerie um, die er bisher noch nie betreten hatte. »Das ist also die berühmte Galerie Threadbare, von der man allenthalben hört.«

Montignac lachte. »Ja, das ist sie in all ihrer Pracht. Schau dich ruhig um. Bin gespannt, was du von den Werken hältst.«

Raymond schlenderte an den Bildern entlang, blieb vor jedem stehen und betrachtete es kurz. »Ich bin kein großer Kunstkenner«, gestand er.

»Dann dürftest du dich hier wie zu Hause fühlen.« Montignac nahm Raymond das Jackett ab und legte es sich über den Arm. »Die Künstler sind es nämlich auch nicht.«

»Meine Mutter dagegen ist ganz vernarrt in die Kunst. Wahrscheinlich, um ein Interesse zu haben. Wusstest du, dass sie jedes Jahr ein Stipendium an der RADA finanziert?«

»Der RADA?«, fragte Montignac verdutzt. »Das ist eine Schauspielschule.«

»Nein, sie ist für Künstler.«

»Für Schauspieler«, beharrte Montignac schmunzelnd. »Es ist die Royal Academy of Dramatic Arts.«

Raymond drehte sich zu ihm um und runzelte die Stirn. »Ach ja? Und ich dachte immer, sie unterstützt einen hungernden Künstler in einer Dachkammer. Dabei war es eine Schwuchtel in Strumpfhose, die das Zeug von Shakespeare oder Oscar Wilde hinausposaunt?«

Montignac lächelte in sich hinein und hielt seinen Plan plötzlich für noch mehr gerechtfertigt als zuvor; der Mann war seiner Cousine nicht würdig.

»Das da ist furchtbar.« Raymond deutete auf ein kleineres Ölgemälde, das die Herzogin von Argyll an diesem Morgen für dreihundert Pfund erstanden hatte und am nächsten Tag abholen lassen würde. »Die Farben beißen sich ganz entsetzlich.«

»Richtig«, sagte Montignac, »eine äußerst schwache Arbeit.«

»Und das da.« Raymond zeigte auf das benachbarte Bild. »Soll das etwa einen Menschen darstellen?«

»Man hat mir gesagt, dass es sich um einen Orang-Utan handelt.«

»Könnte einem den Zoo verleiden.« Raymond schauderte. »Aber das da ist gar nicht so schlecht.«

»Nein. Dein Auge ist besser, als ich dachte.«

»Ach wo. Ich weiß nur, was mir gefällt.«

»Das kann man wohl sagen. Stella, zum Beispiel. Und Blumen.«

Raymond wandte sich um und fragte sich, ob es abfällig gemeint war. »Zu meiner Arbeit gehört einiges mehr«, verteidigte er sich. »Die Natur ist ebenso wertvoll wie die Kunst, die du schätzt. Natur *ist* Kunst. Schließlich malen Künstler die Natur. Ich meine die Leute, die Landschaften und Stillleben malen.«

»Du hast recht«, entgegnete Montignac. »Wahrscheinlich sind wir gar nicht so unterschiedlich, wie wir geglaubt haben.«

»Das habe ich auch immer so empfunden«, sagte Raymond. »Es war einer der Gründe, weshalb ich mich über deinen Anruf so gefreut habe. Und falls es doch noch Ungereimtes gibt, können wir es heute Abend vielleicht klären – oder ich kann dich wenigstens beruhigen, falls du glaubst, ich passe nicht zu Stella. In dem Fall hätte dieser Abend sich gelohnt, findest du nicht?«

»Absolut.« Montignac klopfte Raymond auf die Schulter. »Ich hätte es selbst nicht besser ausdrücken können. Dass wir zu einem Einvernehmen kommen, ist alles, was für mich zählt. Könnte ich dich vorher vielleicht noch um einen Gefallen bitten?«

»Klar«, sagte Raymond, »um was geht es?«

Montignac lachte. »Es ist nichts Großes, ich brauche nur die Kraft deiner Arme. In einem der Lagerräume oben steht ein schweres Bücherregal, das ich gern nach vorn ziehen möchte. Mein Assistent ist schon nach Hause gegangen, sonst würde ich dich damit gar nicht behelligen.«

»Kein Problem«, sagte Raymond voller Freude darüber, dass er hilfreich sein konnte. »Wozu hat man denn einen Schwager?«

»Du meinst einen angeheirateten Cousin«, verbesserte Montignac. »Stella ist nicht meine Schwester.«

Raymond biss sich auf die Lippe. »Nein, nein, natürlich nicht.« Er rollte seine Hemdsärmel hoch. Überrascht registrierte Montignac die kräftigen Unterarme seines Widersachers und den prallen Bizeps. *Anscheinend muss man in der Königlichen Gartenbaugesellschaft einiges schleppen*, fuhr es ihm durch den Sinn, und ihm wurde klar, dass er zum guten Gelingen seines Plans den richtigen Moment abpassen musste.

»Dann komm mit«, sagte er und stieg die Treppe hinauf. Raymond folgte ihm. Oben angekommen knipste Montignac eine Lampe an. In der Galerie unten hatte er das Licht ausgeschaltet. »Ach übrigens, du hast Stella doch nichts von unserem Treffen erzählt, oder?«

»Ich habe keinen Ton gesagt.«

»Braver Junge.«

»Wenn sie es erfährt, wird sie überglücklich sein«, sagte Raymond. »Ich bin sicher, sie möchte, dass wir Freunde werden.«

»Der Mensch kann nie genug Freunde haben.« Montignac öffnete die Tür zu der Kammer, schaltete das Licht ein und wies auf das Bücherregel an der Wand gegenüber. »Na, was meinst du?«

»Sieht gar nicht so schlimm aus.« Raymond trat vor und stand mit dem Rücken zu Montignac.

»Es ist schwerer, als man denkt. Wenn du versuchst, es anzuheben, weißt du, was ich meine.«

Raymond bückte sich, griff mit zwei Händen unter das Regal und versuchte, es anzuheben. Es war schwer, doch er nahm an, zu zweit würden sie es schaffen.

»Dürfte kein Problem sein«, erklärte er, ging in die Hocke und drehte sich zu seinem zukünftigen Verwandten um. »Wenn jeder von uns eine Seite nimmt, dann –«

Der Satz blieb unvollendet, denn plötzlich traf ihn ein Schlag in den Nacken. Mit leisem Stöhnen sank er auf die Knie und tastete mit einer Hand über den Boden, um den Gegenstand zu suchen, der ihn dermaßen schmerzhaft getroffen hatte. Dann sackte er vornüber und verlor das Bewusstsein.

Montignac legte die Stahlstange ab und atmete auf. Auf diesen einen gewaltigen Hieb hatte er all seine Hoffnung gesetzt. Wichtig war jetzt nur, dass er Raymond nicht getötet, sondern lediglich bewusstlos geschlagen hatte. Er prüfte dessen Puls, der noch zu spüren war. Rasch griff er nach der Rolle Klebeband, riss einen langen Streifen ab und fesselte damit Raymonds Hände auf dem Rücken. Mit dem nächsten Streifen band er dessen Beine zusammen und klebte ihm ein drittes, kurzes Stück über den Mund. Wenn alles gut ging, würde es Stunden dauern, ehe Raymond wieder zu sich kam.

Ein dünner Blutfaden aus Raymonds Mundwinkel war in Montignacs Hemdsärmel gesickert. Er nahm ihn nicht wahr, denn wieder wurde unten an die Tür geklopft. Montignac verließ den Lagerraum. In der Galerie sah er Gareth Bentley, der durch die Glasscheibe der Eingangstür spähte und auf sein Schicksal wartete.

Im Bullirag suchte Montignac absichtlich einen Tisch aus, den man von der Theke her nur zu einem Teil sehen konnte. Anschließend sorgte er für einen steten Nachschub an Getränken.

»Für mich nichts mehr«, sagte Gareth bei jedem Glas Bier

oder Whisky, das ihm gebracht wurde. »Ich habe doch schon gesagt, dass ich nicht zu viel trinken darf.«

»Na, kommen Sie, wir wollen doch feiern«, entgegnete Montignac fröhlich. »Sie haben tausend Pfund in der Tasche. Wollen Sie Ihren Chef etwa allein trinken lassen? Das ist doch keine Arbeitsmoral.«

Er erkannte, wie beunruhigt Gareth wirkte, als sein letzter Rest Widerstand ins Wanken geriet, bis schließlich seine Freude am Trinken siegte. Ihn zu beobachten war eine Studie für sich. Zuerst kam die Sorge, dann löste sich der Wille auf, gefolgt vom Verlust der Selbstkontrolle, der langsam in den Wunsch nach mehr überging, woraus immer schnelleres Trinken wurde, das zu immer lebhafteren, teils sogar hitzigen Reden führte, die dann ins Rührselige kippten und in peinliche Geständnisse der Bewunderung seines Begleiters mündeten. Irgendwann hörte Montignac auf, Gareths Getränke zu zählen, wusste jedoch, dass es Zeit wurde, ihn fortzuschaffen, denn sonst würde er zusammenklappen, was nicht gut wäre, da jeder der Gäste sehen sollte, wie er das Pub aufrecht verließ.

Montignac beglich die Rechnung. »Na, kommen Sie, Gareth«, sagte er und zog ihn zur Tür. »Die frische Luft wird Ihnen guttun.«

Auf der Straße schlug ihnen der Wind entgegen. Gareth taumelte und hielt sich den Schädel, als das Gemisch aus Alkohol und frischem Sauerstoff durch seine Adern kreiste.

»Mir geht es nicht gut«, murmelte er. Montignac stützte ihn, holte ein vorbeifahrendes Taxi mit einem Pfiff herbei, zog die hintere Tür auf und schob Gareth in den Wagen.

»Es ist besser, wenn Sie nicht zum Tavistock Square fahren. Dort würden Sie keinen guten Eindruck machen.«

Gareth begriff kaum, was Montignac sagte, und sah ihn nur triefäugig an.

»Sie können in meine Wohnung fahren. Schlafen Sie Ihren Rausch dort aus, ja?«

»Danke, Owen«, sagte Gareth und sackte auf dem Rücksitz zusammen. »Sie sind ein guter Kumpel.«

»Zum Bedford Place«, trug Montignac dem Fahrer auf, nannte ihm die Hausnummer und die Nummer seiner Wohnung und reichte ihm die beiden Schlüssel. »Die geben Sie ihm, wenn Sie ankommen, ja? Verlieren Sie sie nicht, es sind die einzigen, die ich habe.« Er steckte dem Fahrer einige Shilling zu, die dieser dankbar entgegennahm und losfuhr.

Montignac kehrte in die Threadbare zurück und genoss die friedliche Stille der dunklen Räume. Er hatte bei Weitem nicht so viel wie Gareth getrunken, aber doch genug, um leicht betrunken zu sein. Zum Ausgleich trank er rasch hintereinander mehrere Gläser Wasser. Ein Blick auf seine Uhr verriet ihm, dass es erst halb zehn war. Keaton würde warten, bis es stockfinster war, und erst weit nach Mitternacht erscheinen.

Unruhig machte er sich auf den Weg nach oben und öffnete vorsichtig die Tür zu der Kammer, denn für einen Moment war er davon überzeugt, dass Raymond in der Zwischenzeit verschwunden war. Aber er lag noch da, in derselben Position, in der Montignac ihn verlassen hatte, bewusstlos und mehr oder weniger unbeschadet. Leise schloss Montignac die Tür und kehrte in die Galerie zurück.

Um sich die Zeit zu vertreiben, setzte er sich an den Schreibtisch und machte sich an die Buchführung. Die Arbeit beanspruchte ihn etwa anderthalb Stunden und lenkte ihn ab.

Um elf Uhr fühlte er sich zutiefst gelangweilt und begann, den Roman zu lesen, den Alexander Keys ihm geliehen und über den er gesagt hatte, dafür, dass ein Arbeiter aus einer Stofffabrik in Milton Keynes ihn geschrieben hätte, sei er erstaunlich gut. Dennoch gelang es Montignac nicht, sich auf den Text zu konzentrieren, und ganz gleich, wie oft er einen Absatz las, hinterher wusste er nicht, was darin gestanden hatte. Immer wieder zuckte sein Blick nach oben, voller Sorge, Raymond könnte vorzeitig zu sich kommen, ein Gedanke, der ihn frösteln ließ. Zu guter Letzt stand er auf und verbrachte den Rest der Zeit damit, hin und her zu laufen und dabei zu überlegen, welche der ausgestellten Werke er im Fall eines Hausbrands dem Feuer überließe.

Kurz nach Mitternacht klingelte das Telefon. Montignac griff nach dem Hörer, dachte, *jetzt geht es los,* und spürte, wie sich sein Herzschlag beschleunigte.

»Montignac«, meldete er sich.

»Ich bin nicht mehr weit entfernt«, sagte Lord Keaton. »Gerade fahre ich am Museum of Mankind vorbei – und jetzt biege ich schon in die Gasse hinter der Galerie ein.«

»Ist dort jemand zu sehen?«

»Keine Menschenseele. Wir haben Glück.«

»Gut. Ich bin sofort bei Ihnen.«

Er lief zur Hintertür und schloss sie auf. Draußen stieg Keaton aus einem Rolls Royce, kam händereibend auf Montignac zu und sagte: »Ganz schön frisch geworden, oder?«

»War mir gar nicht aufgefallen«, erwiderte Montignac. »Ich habe drinnen gesessen.«

»Und wie ist es mit unserem kleinen Freund gelaufen?«

»Wie geplant. Als wir das Pub verlassen haben, war er sturzbetrunken. Jetzt ist er in meiner Wohnung. Der Taxifahrer weiß, dass ich zurückgeblieben bin, und wird sich später daran erinnern.«

»Sehr schön. Ich habe dafür gesorgt, dass Sie für die nächsten Stunden ein Alibi haben, in der Hinsicht müssen Sie sich keine Gedanken machen. Hat mich nicht einmal viel gekostet. Wissen Sie schon, wo Sie übernachten?«

»Eigentlich hatte ich vor, auf direktem Weg hierher zurückzukehren. Wo sollte ich sonst auch hin? Ein Hotel wäre zu riskant, da könnte man sich an mich erinnern.«

»Richtig, aber sehr bequem wird die Nacht dann ja nicht für Sie werden. Aber was soll's? Das ist der Preis, den man für die Erfüllung seiner Wünsche zahlt.« Keaton schmunzelte. »Sollen wir?«

Montignac führte ihn nach oben zu der Kammer, sagte: »hier ist er«, und schloss die Tür auf.

Keaton betrachtete Raymond Davis, der reglos auf der Plastikplane lag, und schnitt eine Grimasse. »Armer Kerl«, sagte er, »obwohl er ganz friedlich wirkt. Was meinen Sie, wie viel Zeit wir noch haben?«

»Nicht mehr viel. Wir sollten ihn so rasch wie möglich zum Bedford Square fahren.«

»Sie haben recht. Dann nichts wie los. Ich möchte nicht zu spät nach Hause kommen, morgen muss ich früh raus. Sollen wir ihm die Fesseln abnehmen?«

»Ich glaube schon. Das macht es einfacher.«

Sie entfernten das Klebeband von Raymonds Fuß- und Handgelenken und rissen den Streifen von seinem Mund mit einem Ruck ab. Dabei schien Raymond kurz zu sich zu kommen und stöhnte laut auf, aber seine Augen blieben geschlossen. Montignac und Keaton musterten ihn besorgt, erkannten jedoch, dass er nicht aufwachte, sodass sie getrost weitermachen konnten.

Sie zogen Raymond hoch, legten jeder einen Arm um ihn und bugsierten ihn behutsam über die Treppe nach unten und hinaus in die rückwärtige Gasse. Im Wagen schoben sie ihn auf den Rücksitz und richteten seinen Oberkörper auf, sodass es aussah, als wäre er ein Fahrgast. Danach fuhren sie zum Bedford Square.

»Armes Schwein«, sagte Keaton unterwegs und schaute in den Rückspiegel. »Was hat er Ihnen nur getan?«

»Ist das wichtig?«, fragte Montignac. »Sie haben gesagt, dass wir ein Opfer brauchen. Er hat die Rolle bekommen.«

»Für mich ist es nicht wichtig. Ich frage lediglich aus Interesse.«

Montignac überlegte, ob er mehr verraten sollte, atmete tief durch und sagte: »Er war ein Störenfried. Ich hätte mich schon vor einiger Zeit um ihn kümmern sollen, ging aber nicht davon aus, dass er ein fester Bestandteil meines Lebens werden könnte.«

»Was er jetzt nicht mehr wird.«

»Nein.«

»Solange wir beide bekommen, was wir uns wünschen, ist alles in Ordnung. Einer hilft dem anderen, und das ist schön. An der ersten Sache mit dem Cézanne haben Sie recht gut verdient, oder?«

»Das Geld kam zur rechten Zeit«, entgegnete Montignac.

»Und jetzt sind wir einander wieder behilflich. Was für ein Mensch ist dieser Gareth?«

Montignac zuckte mit den Schultern. »Er ist ganz nett«, gab er zu, »aber ein Verlierer. Ohne Ziel, ohne Ehrgeiz. Im Grunde jedoch harmlos. Sah mich immer so an, als wäre ich eine Art Gott. Jedes Mal, wenn ich mich umgedreht habe, stand er da und wartete verzweifelt auf ein lobendes Wort. Ich nehme an, seinem Leben haben die Richtlinien gefehlt. Oder die guten Vorbilder. Obwohl das künftig keine Rolle mehr spielen dürfte.«

»Wohl kaum. Schuld daran sind die Eltern«, erklärte Keaton. »Dafür werden sie büßen. Schade für den Jungen, aber für mich ist es der einzige Weg, seinen Vater beeinflussen zu können. Es hätte nie so weit kommen müssen, wenn Roderick Bentley nicht so ein pedantischer Paragraphenreiter wäre. Wenn er sich bestechen ließe, nur ein kleines bisschen, dann wäre nichts von alledem nötig gewesen. Dabei sind die meisten Richter bestechlich. Ich zähle noch zu den moralischeren.«

»Und das will was heißen.«

»Bitte, keinen Sarkasmus«, sagte Keaton leise. »Hier geht es um Höheres.«

»Hassen Sie diese Amerikanerin denn so sehr?«, fragte Montignac. »Ich frage lediglich aus Interesse«, zitierte er Keaton.

»Wallis Simpson ist für mich ohne Bedeutung.« Keaton zuckte mit den Schultern. »Ich kenne sie nicht einmal. Was mich betrifft, kann der König einen Esel heiraten. Selbst das wäre mir völlig einerlei. Aber leider hat der Mann Ideen, die unterbunden werden müssen. Ich denke an die Sache mit den Bergarbeitern im Nordosten. An die Besuche, die er ihnen abstattet. Den ganzen Unsinn, dass ›etwas getan werden muss‹. Er glaubt, die Monarchie sei eine Einrichtung, an der das Volk teilhaben soll, und hat von unseren Sitten keine Ahnung. Und das geht einfach nicht. Baldwin dagegen versteht uns. Er sieht den Schaden, den dieser Mann anrichtet.«

»Aber das Volk liebt ihn.«

»Das Volk!«, schnaubte Keaton. »Wen interessiert schon,

was das *Volk* will. Das Volk ist ein ungebildeter Haufen ohne Sinn und Verstand. Leute, die geführt werden wollen – geführt werden müssen, doch dann sehen sie diesen Laffen, der durchs Land stolziert, ihnen den Kopf tätschelt, vor Mitleid zerfließt und in ihren winzigen Katen Tee mit ihnen trinkt, und schon glauben sie, er wäre einer von ihnen. Oder sie wären einer von uns. Was auch hieße, *ich* wäre einer von ihnen, und das bin ich nicht. Wissen Sie, was der letzte König über ihn gesagt hat? Sein eigener Vater? Er hat gesagt, sechs Monate nach seinem Tod hätte dieser Sohn die Monarchie zerstört. Glauben Sie mir, wenn man diesem verfluchten Mann nicht die Hände bindet, reißt er sämtliche Schlösser in unserem Land ab, verteilt unsere Vermögen an arme Männer und Frauen und gibt noch jedem hungernden Herumtreiber etwas ab.«

»Wäre das so schlimm?«, fragte Montignac belustigt.

»Das wissen Sie selbst ganz genau. Tun Sie nicht so, als wären Sie anderer Ansicht. Deshalb muss dem Mann Einhalt geboten werden. Seine lächerliche Leidenschaft für diese Wallis Simpson hat uns die beste Munition geliefert. Dennoch braucht der Premier die Unterstützung der obersten Richter. Dabei helfe ich ihm, und er ist bereit, mir seinerseits zu helfen.«

Montignac runzelte die Stirn. »Inwiefern? Was soll er denn für Sie tun?«

»Wurde Ihnen jemals etwas geraubt?«, fragte Keaton, überlegte, ob er Montignacs Frage beantworten solle, und kam zu dem Schluss, dass sein Mitverschwörer eine Erklärung verdient hatte.

»Man hat mir einiges weggenommen, von dem ich dachte, dass es mir gehört«, sagte Montignac.

»Dann können Sie meine Gefühle ja nachvollziehen. Wenn jemandem etwas genommen wurde, das ihm von Geburts wegen zustand, und zwar von Menschen, die dazu kein Recht hatten, dann weiß man, wie bitter so etwas sein kann.«

»Das kenne ich«, sagte Montignac. »Mein Großvater hat meine Eltern verstoßen, und mein Vater wurde enterbt. Der Besitz ging an meinen Onkel. Der Witz war, dass er darüber nie hätte verfügen dürfen. Er war ihm in die Hände gefallen, aber er stand ihm nicht zu. Von Rechts wegen wäre alles an meinen Vater gegangen und danach an mich. Eine andere Entscheidung hätte es nie geben dürfen. Man hat uns bestohlen.«

»Umso besser werden Sie mich verstehen«, erwiderte Keaton nachdenklich. »Aber wenn ich York auf den Thron setze, bekomme ich das Meine zurück.«

»Das klingt, als wären wir im Mittelalter.«

»Es geht immer noch um dieselben Prinzipien«, betonte Keaton. »Ein Monarch repräsentiert nicht nur sein Land, Owen. Er ist nicht nur dazu da, Kirchenfeste zu eröffnen, mit dem Premierminister ein Mal wöchentlich Tee oder Kaffee zu trinken und bei jeder passenden Gelegenheit vom Balkon des Buckingham-Palast herabzuwinken. Denken Sie an die Geschichte, mein Lieber, dann wissen Sie, dass ein Monarch größere Verantwortung hat. Erinnern Sie sich an die Kriege, die im Namen der Krone geführt wurden, die Leben, die für diese geopfert wurden. Unser kleiner Mr Davis ist nicht mehr als ein weiteres Kriegsopfer. Glauben Sie mir, bis Weihnachten habe ich einem Mann den Thron abgenommen und einem anderen gegeben. Danach wird unser Land wieder sicher sein, und Sie können an meine Worte denken. Wenn der jetzige König weiter regierte, würde das unser aller Untergang bedeuten. Er würde die Leute zu Kommunisten machen, unser ganzes System zu Fall bringen und in seiner Dummheit nicht erfassen, dass die Trümmer als Erstes seinen Kopf zerschmettern werden. Natürlich beginnt meine Belohnung erst nach seinem Abgang, aber das ist nebensächlich. Ich diene einem höheren Ziel als meinem eigenen.«

»Ist es nicht genug Belohnung, einen König zu krönen?«

»Du lieber Himmel, nein. Der ruhmreiche Tag gehört dem armen York allein, und für Baldwin wird es ein Triumph sein. Meine Belohnung speist sich aus dem, was der neue König anschließend für mich tut. Ich erhalte die Position, die mir von jeher zustand.«

»Also wird er es Ihnen danken.«

»Oh nein, er wird mich dafür hassen«, erwiderte Keaton lachend. »Er will so wenig König von England werden wie der Mann im Mond. Nur wird er keine andere Wahl haben und außerdem nie erfahren, dass ich dahintergesteckt habe. Und sobald er in Amt und Würden ist –« Keaton lachte erneut und schüttelte den Kopf. »Sagen wir einfach, ich habe ihn in all den langen Jahren nicht umsonst bearbeitet und werde am Hof großen Einfluss haben. Den Einfluss, den mein Vater hätte haben sollen. Ebenso wie sein Vater. Abgesehen davon werde ich unser Land gerettet haben, das sehen Sie doch ein, nicht wahr? Und das wiederum ist die nobelste Form des Patriotismus. Was wir tun, dient unser aller Interesse. Wir schützen unsere Lebensweise vor einem Einfaltspinsel, der von der wahren Welt keine Ahnung hat.«

Sind wir nur hier, um das Unrecht an unseren Vätern zu rächen, fragte sich Montignac.

»Und Roderick Bentley?«, erkundigte er sich. »Sind Sie sicher, dass er sich Ihren Wünschen beugt?«

»Vollkommen sicher. Der Mann steht mit dem Rücken zur Wand. Er wird seinen Sohn nicht hängen lassen, wenn nur ein kleines Wort von ihm genügt, um ihn zu retten. Offenbar haben Sie keine Kinder, Owen, sonst würden Sie das gar nicht fragen.«

Montignac wandte den Kopf ab und schaute aus dem Seitenfenster.

»Nein. Wenn ich Kinder hätte, könnte ich es vielleicht verstehen.«

In dem Augenblick fuhr Raymond Davis hoch, riss die Augen auf und wirkte hellwach, doch dann sank er wieder zurück und schien in einen Halbschlaf zu fallen. Wenig später drehte er den Kopf zur Seite und richtete seinen Blick auf den Mann neben ihm. »Owen«, stöhnte er.

»Sei ganz ruhig, Raymond.« Owen tätschelte seinen Arm. »Du hattest nur einen kleinen Unfall, und wir bringen dich zum Arzt. Versuch einfach, dich zu entspannen. Oder schlaf noch ein wenig, wenn du magst.«

Raymond atmete schwer, hob den Arm und betastete seinen

Hinterkopf. Gleich darauf schien er wieder wegzudriften, doch seine Lider blieben einen Spaltbreit offen.

Wenige Minuten später erreichten sie den Bedford Place, auf dem weit und breit niemand zu sehen war. So unauffällig wie möglich zogen die beiden Männer Raymond aus dem Wagen. Inzwischen war er wach geworden, und auf der Treppe zum Haus setzte er seine Füße auf die Stufen, aber er sagte nichts, oder wenn, war es nur ein Brummen, tief aus seiner Brust. Im Haus stützten sie ihn auf dem Weg nach oben. Montignac öffnete seine Wohnungstür mit dem Ersatzschlüssel, der oben auf dem Türrahmen lag, und betrat die Wohnung als Erster, um zunächst einen Blick auf Gareth zu werfen. Wie erwartet, schlief der junge Mann in seinem Bett, war, ohne sich zu entkleiden, unter die Bettdecke gekrochen. Zufrieden zog Montignac die Tür wieder zu.

»Schläft wie ein Baby«, verkündete er Keaton und verschloss die Wohnungstür. Sie setzten Raymond im Wohnzimmer auf dem Sofa ab.

»Wir müssen für Unordnung sorgen«, sagte Montignac. »Es soll nach einem Kampf aussehen.«

Er verteilte die Bücher aus dem Regal über den Fußboden, kippte das Regal darüber, zerbrach eine Vase und drehte den Sofatisch um. Um niemanden im Haus zu wecken, verrichtete er dies alles so geräuschlos wie möglich.

»Jetzt kommt der schwierige Teil.« Montignac nahm den Kerzenständer, der neben dem Kamin auf dem Boden stand.

»Den überlasse ich Ihnen«, erwiderte Keaton und wandte sich ab, als Montignac zu Raymond trat und ihn grob wachrüttelte.

»Raymond«, sagte er, »Raymond, kannst du mich hören? Wach auf!«

Raymond sah ihn benommen an und versuchte offenbar, seinen Blick zu fokussieren. »Stella«, murmelte er.

»Raymond, du musst aufstehen«, befahl Montignac und betonte dabei jede Silbe. »Na, los. Der Arzt ist gekommen.«

»Können Sie es nicht da am Sofa machen?«, fragte Keaton.

Montignac schüttelte den Kopf. »Er muss auf eine bestimmte Weise fallen. Wer greift schon jemanden an, der auf dem Sofa schläft. Wenn es nach einem Kampf aussehen soll, muss er stehen.«

Er packte Raymonds Hände und zog ihn hoch, was keine leichte Aufgabe war, da Raymond offenkundig liegen wollte und immer wieder zurücksackte.

»Also gut, ich helfe«, sagte Keaton und stützte Raymond, während Montignac ihn hochzog.

Als er stand, sagte Montignac: »Und jetzt dreh dich um und schau zur Tür.« Diesmal schienen die Worte zu Raymond durchzudringen, denn er hob die Lider, fuhr mit der Zunge über seine Lippen und schien sich zu fragen, wo er war.

»Owen?«, fragte er klar und deutlich, »was – wo bin ich?«

»Schau dorthin«, sagte Montignac und zeigte auf die Tür. »Nein, du sollst nicht mich ansehen, sondern die Tür.«

Raymond tat, wie geheißen. »Warum, was ist da?«, murmelte er.

»Dahinter ist Stella«, sagte Montignac. Mit offenem Mund wandte Raymond sich wieder zu ihm um und sah ihn fragend an. Montignac holte aus und schlug ihm den Kerzenständer auf den Kopf. Raymond fiel auf die Knie. Seine Hände tasteten über seinen Kopf, dann kippte er auf die Seite. Montignac hob den Kerzenständer ein zweites Mal und schlug mit aller Kraft auf Raymonds Schädel ein. Ein ekelerregendes Geräusch verriet ihm, dass er einen Knochen gebrochen hatte. Keaton wandte sich angewidert ab. Auch Montignac drehte sich der Magen um, und seine Hände zitterten. Er sah zu Raymond hinunter, stellte fest, dass er weniger als erwartet blutete, und schlug noch einmal zu. Danach war er sicher, dass Raymond tot war. Er holte ein Handtuch, wischte das Blut vom Boden auf, ging in sein Schlafzimmer und beschmierte Gareths Kleidung und Hände mit dem Blut. Gareth regte sich kaum.

»War es das?«, fragte Keaton, als er zurückkehrte.

Montignac sah sich um. »Ich denke schon. Fahren Sie mich zurück zur Galerie?«

»Selbstverständlich«, entgegnete Keaton. Sie verließen die Wohnung und lehnten die Tür an, sodass der erste Bewohner, der am nächsten Morgen zur Arbeit ging, stutzig werden, die Wohnung betreten, die Leiche finden und die Polizei alarmieren würde.

Auf der Rückfahrt sprachen sie nur wenig. Angesichts des Geschehens verspürte Montignac eine leise Trauer, aber er bereute seine Tat nicht, sondern sagte sich, dass er keine andere Wahl gehabt hatte. Er hatte Raymond umbringen müssen, denn sonst hätte die Situation ihn umgebracht. Und Stella hatte er ein Leben mit diesem Narren erspart.

»Und die vierzigtausend Pfund?«, fragte er Keaton, als sie in die Gasse hinter der Galerie einbogen.

»Gehören Ihnen, sobald unser Plan aufgegangen ist. Sie haben bekommen, was Sie wollten, Mr Montignac. Jetzt muss nur mein Wunsch noch in Erfüllung gehen. Wenn das geschieht, würde ich sagen, es war gut investiertes Geld.«

»Ich brauche es bis Weihnachten. Sonst steht mein Leben auf Messers Schneide.«

»Bis Weihnachten kann ich es Ihnen garantieren.«

»Glauben Sie, bis dahin haben Sie alles geregelt?«

»Wenn Roderick Bentley mitspielt, ganz ohne Frage. Ihr Mr Bentley wird vor dem Strang gerettet, und ich werde unser Land retten.«

»Und jeder gewinnt.«

»Mit Ausnahme von Mr Davis.«

Montignac kehrte in die Galerie zurück und hörte, wie der Rolls Royce davonfuhr.

9

»Das Ganze ist eine entsetzliche Tragödie«, sagte Jane Bentley. »Hatten Sie Mr Davis an jenem Abend erwartet?«

»Ganz und gar nicht. Seinen Besuch hatte er mit keiner Silbe erwähnt.«

»Aber waren Sie denn nicht befreundet? Vielleicht war es ja nicht ungewöhnlich, dass er so spät noch vorbeikam. Hatte er das früher auch schon getan?«

»Als Freunde würde ich uns nicht direkt bezeichnen«, entgegnete Montignac, um zu verhindern, dass sie falsche Schlüsse zog. »Sie wissen ja, dass er mit meiner Cousine verlobt war. Ehrlich gesagt war ich mit dieser Verbindung nicht ganz einverstanden.«

»Darf ich fragen, warum?«

»Es gab keinen speziellen Grund. Ich kannte ihn nur nicht sehr gut und fand, so kurz nach dem Tod meines Onkels hätte er noch keinen Hochzeitstermin festlegen sollen. Dazu kam das Vermögen, das Stella geerbt hatte …«

»Davon habe ich gehört.«

»Ich wollte für sie nur das Beste, was Sie sicherlich verstehen werden. Aber ich vermute, mit der Zeit wären Raymond und ich gut miteinander ausgekommen.«

Für einen Moment schien Jane in sich zusammenzusinken. »Und Ihre Cousine?«, fragte sie. »Wie hält sie sich?«

»Für sie war es ein harter Schlag.«

»Ich wünschte, ich könnte ihr sagen, wie leid es mir für sie tut.«

Montignac schüttelte den Kopf. »Ich glaube, das wäre keine gute Idee. Zurzeit befindet sie sich in Leyville, unserem Familiensitz. Mein Eindruck ist, dass sie in Ruhe gelassen werden möchte und Zeit braucht, um sich mit ihrem Verlust abzufinden.«

»Natürlich«, sagte Jane. »Selbst wenn ich sie besuchen dürfte, wüsste ich vermutlich nicht, worüber wir uns unterhalten könnten.«

»Deshalb lässt man sie im Moment am besten allein.«

»Das Gleiche hat mein Mann gesagt. Ich wollte ihr schreiben, um ihr zu sagen, wie leid ihr Verlust uns tut, aber Roderick war dagegen. Er glaubt, dass es sich auf den Prozess nachteilig auswirken könnte.«

»Da könnte er recht haben.«

»Roderick ist Richter«, erklärte Jane. »Aber das wissen Sie wahrscheinlich schon.«

»Ja.«

»Gareth hat auch Jura studiert. Um Anwalt zu werden. Er hätte dabei bleiben sollen.«

»Das habe ich nie richtig verstanden«, sagte Montignac. »Warum hat er den Beruf nach dem langen Studium nicht ergriffen?«

»Kinder sind seltsam, Mr Montignac«, antwortete Jane mit bittersüßem Lächeln. »Es gibt ein Alter, da wollen sie ihre Eltern stolz machen und folgen ihrem Beispiel. Und dann, wenige Jahre später, wollen sie nichts mehr mit ihnen zu tun haben und lehnen das, was ihre Eltern verkörpern, ab, selbst wenn es ihnen abträglich ist.«

Montignac griff nach einem Bleistift, mit dem er auf die Schreibtischplatte klopfte und sich fragte, wie lange sie noch vorhatte zu bleiben.

Jane kehrte in die Gegenwart zurück und nahm seine Ungeduld wahr. »Ich halte Sie von der Arbeit ab«, sagte sie.

»Überhaupt nicht«, erwiderte Montignac. »Allerdings habe ich tatsächlich viel zu tun.«

»Noch eine letzte Frage. Werden Sie bei der Verhandlung aussagen?«

»Ich glaube schon. Man wird mich wohl als Zeugen aufrufen.«

»Als Zeugen der Anklage?«

Montignac zögerte, ehe er ein Nicken andeutete. »Für wen ich auftrete, ist eigentlich nicht wichtig. Ich habe ja kaum etwas zu sagen. Dazu war ich mit Ihrem Sohn an dem Abend gar nicht lange genug zusammen.«

»Aber Sie könnten doch bezeugen, dass er sehr betrunken war, ja? Vielleicht wird man das berücksichtigen, wenn es um das Urteil geht.«

In dem Moment erkannte Montignac, dass sie mit einem Schuldspruch rechnete, und fragte sich, welche Chance der arme Junge noch hatte, wenn nicht einmal seine Mutter an ihn glaubte. Es hätte nicht viel gefehlt, und Gareth hätte ihm leidgetan.

»Ich werde das bezeugen, was ich gesehen habe«, sagte er. »Was der Richter mit dieser Aussage macht – nun, dank Ihres Ehemanns dürften Sie das nur zu gut wissen.«

»Ja, das weiß ich, aber was ist, wenn man Sie nach Gareths Charakter fragt? Dann können Sie doch Gutes über ihn berichten, oder nicht?«

»Ich fürchte, das wird für mich eher schwierig werden. Zum einen kannte ich ihn nicht lange genug, um mir eine Meinung bilden zu können. Und zum anderen kann ich mich nicht hinstellen und vor meiner Cousine Gutes über denjenigen sagen, der beschuldigt wird, ihren Verlobten ermordet zu haben.«

»Aber Sie haben Gareth gekannt«, beharrte Jane. »Sie haben ihn gemocht. Sie haben ihn eingestellt.«

»Sicher, aber ...«

Jane beugte sich vor und suchte in seinem Gesicht nach irgendetwas, das ihr Hoffnung geben konnte. »Sie sind ein erfolgreicher junger Mann, Mr Montignac, mit einem angesehenen Namen. Wenn das Gericht hört, dass Sie Gareth eines solchen Verbrechens nicht fähig erachten, dann –«

»Mrs Bentley, bitte.«

»Wenn Sie beispielsweise aussagen würden, Sie hätten gehört, dass Raymond Davis Feinde hatte, dann könnte –«

»Er hatte aber keine Feinde«, warf Montignac ein.

»Woher wollen Sie das wissen?«, rief sie schrill, hörte selbst, dass sie laut geworden war, und senkte die Stimme. In beinahe vertraulichem Ton fuhr sie fort: »Sie müssen ihm helfen, Mr Montignac.« Mit beiden Händen umfasste sie seine Hand. Montignac spürte, wie weich ihre Hände waren, und ebenso die innere Anspannung, die ihr Griff verriet, das tiefe Entsetzen über das, was aus ihrem Leben geworden war. »Sie *müssen* ihm helfen. Wenn Sie das tun, wenn Sie etwas unternehmen, um all dem ein Ende zu machen – dann schwöre ich Ihnen, dass ich alles für Sie tun würde. Jede Bitte würde ich Ihnen erfüllen.«

Montignac befreite seine Hand, stand auf und schaute, den Rücken ihr zugewandt, aus dem Fenster. Während er an seiner Lippe nagte, wünschte er, er könnte ein anderes Leben führen, in einer anderen Welt, an einem Ort, an dem es keine Verwicklungen gab. Seit seinem Besuch bei Gareth im Gefängnis hatte ihn niemand derart verzweifelt um Hilfe angefleht, und doch konnte er keinem der beiden helfen. Ihm waren die Hände gebunden.

»Also werden Sie nicht zu seinen Gunsten aussagen?«, fragte Jane tonlos und resigniert.

»Ich werde das bezeugen, was ich gesehen habe«, antwortete Montignac. »Und alle Fragen beantworten, die mir gestellt werden. Darüber hinaus kann ich Ihnen nicht helfen.«

Jane nickte und erhob sich. Er drehte sich um und sah zu, wie sie zur Tür ging. Zu seinem Leidwesen blieb sie noch einmal stehen und wandte sich zu ihm um.

»Vorhin habe ich mir Ihre Gemälde angeschaut«, sagte sie. »Ich meine, die Gemälde hier in der Galerie.«

»Und?«, fragte Montignac. »Sind Sie an einem von ihnen interessiert?«

»Nicht an einem einzigen. Ich möchte ja nicht unhöflich sein, aber ich glaube, Schlimmeres habe ich in meinem ganzen Leben noch nicht gesehen. Vielleicht sollen sie ja so eine Art Scherz sein.«

Für einen Moment hielt sie seinen Blick fest. Als sie erkannte, dass er darauf keine Antwort fand, wandte sie sich ab und verließ die Galerie mit schwerem Schritt.

Montignac setzte sich wieder an seinen Schreibtisch und sann über ihren Besuch nach. Das Gefühl der Reue hatte er bisher nie empfunden, doch nun horchte er in sich hinein, um herauszufinden, ob er etwas Ähnliches verspürte, und entschied, dass dem nicht so war. Er hatte schlechte Karten bekommen, schon damals vor zwanzig Jahren, als seine Eltern gestorben waren. Dann hatte die Familie seiner Cousine ihm, ebenso wie seinem Vater zuvor, sein Erbe geraubt. Er jedoch hatte sein Leben in die Hand genommen und war dabei, seinen Besitz zurückzugewinnen. Sicher, er war schuld an Raymonds Tod, aber Stella war schließlich auch kein Unschuldsengel. Sie hatte jemanden getötet, der ihm teuer gewesen war, auch wenn sie es nie so aufgefasst hatte. Gareth Bentley wiederum war für sich selbst verantwortlich, war, wie Lord Keaton über Raymond gesagt hatte, nur ein weiteres Kriegsopfer.

Als er den Telefonhörer abnahm und die Nummer in Westminster wählte, wurde er nervös. Es dauerte lange, ehe sich am anderen Ende jemand meldete.

»Hallo«, sagte Keaton und klang gehetzt, als sei er auf dem Sprung gewesen.

»Ich bin es, Montignac.«

Kurzes Schweigen. »Hallo, Montignac«, sagte Keaton und schien über den Anruf nicht erfreut zu sein. »Soweit ich weiß, hatte ich noch nicht von einem nächsten Geschäft gesprochen.«

»Nein, aber gerade war Jane Bentley bei mir.«

»Rodericks Ehefrau.«

»Ja. Sie sorgt sich sehr um ihren Sohn.«

»Kann ich mir denken«, sagte Keaton mit leisem Lachen. »Hat sich wohl an Ihrer Brust ausgeweint.«

»Nein«, erwiderte Montignac gekränkt. »Tatsächlich ist sie eine äußerst entschlossene Frau. Eigentlich mochte ich sie.«

»Bitte mögen Sie sie nicht zu sehr. Zurzeit können wir uns keine Fehler leisten. Obwohl es ganz gut ist, dass sie zu Ihnen gekommen ist. Offenbar ist sie bereit, alles für ihren Sohn zu tun. Hat sie versucht, Sie zu bestechen?

»Nein.« Das, was in ihrem Angebot enthalten gewesen war, würde er Keaton nicht offenbaren. »Erwarten Sie das von ihr?«

»Ich halte es nicht für ausgeschlossen. Die Bentleys sind recht vermögend.«

Montignac kam ein Gedanke, den er jedoch sogleich wieder als unvernünftig verwarf. »So oder so, ich kann meine Geschichte nicht mehr ändern, denn dann wäre der ganze Fall nicht mehr glaubhaft und ich selbst würde plötzlich verdächtig wirken.«

»Genau. Vergessen Sie Jane Bentley. Ich werde ihren Ehemann bearbeiten, und sie wird ihm ihrerseits zusetzen, sodass wir ihn gemeinsam zwischen uns aufreiben werden.«

»Und wie lange wird das dauern?« Montignac warf einen Blick auf seinen Tischkalender. »Es ist schon fast November. Sie wissen, dass ich das Geld noch vor Weihnachten brauche.«

»Bleiben Sie ruhig, mein Junge. Alles ist unter Kontrolle.«

»Sie scheinen auf meine Hoffnung zu setzen, aber ich frage mich, wie Sie in acht Wochen alles geregelt haben wollen. Wie wäre es denn mit einem Vorschuss? Sagen wir, von fünfzig Prozent.«

»Zwanzigtausend Pfund?«, fragte Keaton scharf. »Machen Sie Witze?«

»Wozu Delfy in der Lage ist, wissen Sie ebenso gut wie ich.«

»Ja, aber ich weiß auch, wozu Sie in der Lage sind.«

»Nicht, wenn es um ihn geht. Er hat zu viele Leute hinter sich. Das würde ich nicht überleben.«

Keaton seufzte. »Mein lieber Junge, Sie sollten anfangen, mir zu vertrauen. Ihnen wird nichts geschehen, das garantiere ich Ihnen. Der Prozess beginnt demnächst und wird vermutlich nicht lange dauern. Höchstens zwei Wochen, schätze ich. Dann hätten wir Ende November. Wenn ich Roderick in der Zeit nicht überreden kann –«

»Glauben Sie, er lässt sich weichklopfen?«

»Als Sie angerufen haben, war ich gerade auf dem Weg zu einer recht entscheidenden Sitzung. Dabei werde ich herausfinden, wie entschlossen er hinter dem König steht. Sobald ich das weiß, beginne ich, ihn in die gewünschte Richtung zu lenken.«

»Das heißt, Sie geben mir keinen Vorschuss.«

»Das ist mir leider nicht möglich. Sie bekommen Ihr Geld, sobald der König auf den Thron verzichtet. Im Übrigen würde

Ihnen der Vorschuss nichts nützen. Ich kenne Nicholas Delfy noch aus früheren Zeiten. Wenn er sagt, er möchte den Rest des Geldes bis Weihnachten haben, dann meint er es wortwörtlich und wird sich nicht mit der Hälfte begnügen. Er hat sich ohnehin schon reichlich großzügig gezeigt. Vielleicht mag er Sie ja. Zumindest, solange Sie seine Geduld nicht übermäßig strapazieren.«

»Das habe ich nicht vor«, erwiderte Montignac verdrossen. »Und wir bleiben in Kontakt, ja? Ich muss wissen, was vor sich geht.«

»Ich halte Sie auf dem Laufenden«, sagte Keaton und legte auf.

Montignac warf den Hörer zurück auf die Gabel, spürte das nervöse Kribbeln in seiner Magengrube und durchforstete sein Gehirn nach einer Möglichkeit, an die fehlenden vierzigtausend Pfund zu kommen, sollte Keatons Plan nicht gelingen. Es gab noch eine Alternative, nur wusste er nicht, ob er sie ergreifen wollte. Zumindest noch nicht. Gleich darauf klingelte das Telefon. Mit unsteter Hand nahm er den Hörer ab.

»Haben Sie noch etwas vergessen?«, fragte er.

»Owen?«, sagte eine Stimme am anderen Ende. »Bist du es?«

»Hallo, Margaret.« Montignac seufzte und rieb sich die müden Lider.

»Ich kann gar nicht fassen, dass ich dich endlich einmal erreiche. Rückrufe scheinen nicht deine Sache zu sein.«

»Tut mir leid. Ich war beschäftigt.«

»Tja, hier ist inzwischen auch einiges los. Was machst du am kommenden Wochenende?«

»Warum?«

Diesmal seufzte Margaret und sprach mit ihm, als wäre er wieder ein Kind. »Hast du an diesem Wochenende etwas vor, Owen?«

»Nichts Besonderes.«

»Gut, denn Stella hat mich gebeten, dich für Samstag nach Leyville einzuladen. Sie möchte dich sehen.«

»Etwa diesen Samstag?«, fragte er und wünschte, er hätte

gesagt, für das kommende Wochenende habe er schon feste Pläne.

»Ja, natürlich diesen Samstag, wann denn sonst?«

»Wie geht ihr?«, fragte er ausweichend.

»Sie hat ihre Höhen und Tiefen. Zwischendurch denkt sie sich die unsinnigsten Pläne aus. Pläne, die sie später bereuen wird.«

»Was soll das heißen?«

»Das wird sie dir selbst erzählen, Owen. Könntest du bitte kommen und mit ihr reden? Vielleicht kannst du ihr das Närrische ihrer Ideen vor Augen führen.«

Montignac warf noch einmal einen Blick auf seinen Kalender. Sein Wochenende war frei, so wie er es am liebsten hatte.

»Na schön. Ich nehme den Mittagszug.«

»Danke. Bis dann, Owen.«

Ohne Abschiedsgruß legte sie auf. Verärgert schaute Montignac auf das Telefon. Er wünschte, es wäre bereits Neujahr und er hätte seine Qualen entweder hinter sich oder müsste sich Delfys Schlägern stellen. Aber wenigstens ging die Wartezeit langsam zu Ende.

10

Als Lord Keaton den Raum betrat, war die Atmosphäre aufgeladen.

»Nur wegen einer Familientragödie vernachlässige ich meine Pflichten nicht«, verkündete Roderick gerade mit lauter Stimme. »So ein Mann bin ich nicht. Ich könnte es gar nicht.«

»Keaton, treten Sie ein«, rief Hailsham.

»Bitte, entschuldigen Sie die Verspätung.« Keaton setzte sich und taxierte die Gesichter der anderen. »Ich wurde durch ein Telefonat aufgehalten, das kein Ende nehmen wollte.«

»Aber jetzt sind Sie da, und das ist das Einzige, was zählt«, entgegnete Hailsham. »Wir hatten ohnehin noch nicht angefangen. Gerade habe ich Roderick erklärt, dass, wenn er sich angesichts seiner derzeitigen« – er suchte nach einem passenden Wort –, »seiner derzeitigen Schwierigkeiten aus unserem Beratungskomitee zurückziehen möchte, wir dafür vollstes Verständnis hätten.«

Keaton runzelte die Stirn und ließ den Blick von einem zum anderen wandern. Zur Rechten des Lordkanzlers saß Walter Monckton, wie Petrus neben Jesus Christus. Er war der einflussreichste Berater des Königs und diente gewissermaßen als dessen Stellvertreter. Links von Hailsham saß Lord Altringham und an dessen Seite Roderick Bentley.

»Darauf habe ich gesagt« – Roderick wandte sich an Keaton –, »dass ich dergleichen unter keinen Umständen, absolut gar keinen Umständen, auch nur erwäge. Wir sind eine überaus maßgebliche Gruppe, die für die Zukunft des Landes verantwortlich ist, und ich werde diese Arbeit nicht beeinträchtigen, indem ich mich zurückziehe.«

»Ganz recht«, lobte Keaton. »Und falls ich das hinzufügen darf, Hailsham: Ich finde es nicht fair, ihn darum zu bitten. Sie scheinen Roderick zu unterstellen, dass er nicht imstande ist, unserem Anliegen seine ungeteilte Aufmerksamkeit zu schenken, aber ich glaube doch, dass wir ihn besser kennen. Das ist ja schon fast eine Beleidigung.«

»Das habe ich damit nicht sagen wollen«, wehrte sich Hailsham gekränkt. »Ich wollte lediglich hilfsbereit sein und ihm nicht zumuten, dass er sich sowohl mit unserer Sache als auch mit allem anderen befassen muss.«

»Er hat seine Entscheidung getroffen«, betonte Keaton, der Roderick Bentley um nichts in der Welt verlieren wollte. »Lassen Sie uns anfangen.«

»Danke«, sagte Roderick und nickte Keaton zu, wenngleich ihn dessen Unterstützung wunderte. In den bisherigen Diskussionen hatten sie jeweils absolute Gegenpositionen vertreten, doch nun registrierte er erfreut, dass der andere Mann seine Integrität offenbar zu schätzen wusste.

»Gut, fangen wir an«, sagte Hailsham mürrisch, schließlich hatte er es nur gut gemeint. »Zuerst eine wichtige Nachricht: Gestern Abend war ich in der Downing Street, um mich mit dem Premierminister zu treffen. Um den Reportern zu entgehen, bin ich hinten neben dem Büro des Kabinetts hineingeschlüpft.«

»Die Presse hat es doch schon herausgefunden«, sagte Lord Altringham. »Hat denn keiner von Ihnen die Zeitungen gelesen?«

»Ich schon«, antwortete Roderick. »Alles an den Haaren herbeigezogen, wenn man mich fragt. Was glauben diese Kerle eigentlich, wer sie sind?«

Walter Monckton zuckte mit den Schultern. »Wahrscheinlich denken sie, sie haben das gleiche Recht, über die Zukunft des Königs zu diskutieren, wie einige Richter, die in einem muffigen Zimmer in Westminster sitzen.« Hailsham warf ihm einen bösen Blick zu.

»Die sollen ihre Finger davon lassen«, sagte er zornig. »Allmählich reicht es mir nämlich. Aber genug davon. Ich war also bei Baldwin. Er wusste bereits, dass wir uns heute treffen, und bat mich darum, Ihnen einige Dinge klarzumachen.«

»Oh nein, damit vergeuden wir keine Zeit«, warf Monckton ungehalten ein. »Jeder von uns weiß, dass er gegen den König ist. Soll er doch zurücktreten, wenn es ihm zu viel wird. Niemand wird ihn daran hindern.«

»Darum ging es in seiner Bitte«, entgegnete Hailsham seufzend. »Der Premier hat nicht die Absicht, wegen dieser Geschichte zurückzutreten. Wenn er es täte, würde im Land die Anarchie ausbrechen.«

Die anderen runzelten die Stirn und beugten sich vor, als der Lordkanzler mit gesenkter Stimme und in vertraulichen Tonfall weitersprach.

»Vorgestern Abend hat bei Baldwin ein Treffen stattgefunden. Attlee war eingeladen, in seiner Rolle als Leiter der Opposition. Des Weiteren Sinclair, als Vertreter der Liberalen. Und Winston Churchill.«

»Churchill?«, brauste Keaton auf. »Was hatte der denn da verloren? Wen hat er vertreten?«

»Mr Churchill ist ein guter Mann«, sagte Monckton.

»Mr Churchill ist ein Mann des *Königs*«, betonte Keaton. »Und das ist allseits bekannt. Ein Speichellecker, der auf seinem Abstellgleis versucht, sich an die Mächtigen zu klammern, in der Hoffnung, dass davon eines Tages etwas auf ihn abfärbt.«

»Was Sie von ihm halten, ist wohl kaum von Bedeutung«, antwortete Hailsham gereizt. »Der Punkt ist, dass sie alle bei Baldwin versammelt waren, wo sowohl Attlee als auch Sinclair erklärten, dass, falls die Regierung wegen dieser Geschichte zurücktrete, keiner von ihnen eine neue bilden werde. Mit anderen Worten, unser ganzes System würde zusammenbrechen.«

»Mein Gott«, sagte Keaton, »wie naiv Sie sind! Wie der Wind wäre Churchill im Buckingham-Palast, um sich als Premier anzudienen, begleitet von seinem Freund Beaverbrook, der für ihn die richtigen Strippen zieht.«

»Nein«, widersprach Hailsham, »dagegen hat Churchill sich ausdrücklich ausgesprochen.«

»Dem Mann traue ich nicht über den Weg«, murmelte Keaton. »Sie alle kennen ihn und wissen, wie recht ich damit habe. Aber ehe wir uns mit Rücktritten und neuen Regierungen befassen, wüsste ich gern, ob das, was wir in der Zeitung lesen, zutrifft oder nicht. Roderick mag ja denken, dass es an den Haaren herbeigezogen ist, aber vielleicht enthält es doch ein Körnchen Wahrheit. Deshalb frage ich Walter, wo genau der König derzeit steht?«

Monckton wirkte gequält, schien jedoch einzusehen, dass er seinen Kollegen eine Antwort schuldig war. »Wie Lord Hailsham Ihnen bestätigen wird, sind der König und Mrs Simpson immer noch ein Paar.«

»Eine Schande«, brummte Altringham.

»Wenn überhaupt, ist ihre Beziehung mittlerweile noch enger als zuvor«, fuhr Monckton ungerührt fort. »Erst recht, seit sie sich hat scheiden lassen.«

»Nicht zum ersten Mal«, warf Keaton ein. »Ernest Simpson

war ihr zweiter Mann. Hat einen ganz schönen Verschleiß, die Dame. Jedenfalls ist sie kein Kind von Traurigkeit.«

»Und hat sich mit jeder Ehe verbessert«, fügte Altringham hinzu.

Monckton ging über die Spitzen hinweg. »Seit dieser zweiten Scheidung haben der König und Mr Baldwin über den Fall debattiert. Dabei hat der König einen Vorschlag gemacht, der die Sorgen der Bevölkerung hinsichtlich seiner Beziehung möglicherweise zerstreuen kann. Über diesen Vorschlag, Gentlemen, werden wir heute diskutieren.«

Die Richter strafften sich. Ebenso wie der Großteil der Engländer waren sie von den Entwicklungen im Fall Edward und Mrs Simpson fasziniert und fanden es mitunter schwierig, an die aktuellsten Nachrichten zu gelangen. Doch jetzt wurden sie von dem Generalbevollmächtigen des Königs selbst auf den neuesten Stand gebracht.

»Der König schlägt vor, dass er und Mrs Simpson heiraten, die Ehe jedoch morganatisch wird.«

»Was soll sie werden?«, fragte Altringham mit gerunzelten Brauen.

»Morganatisch«, wiederholte Monckton. »Was bedeutet, dass die Kinder aus dieser Ehe nicht in die Thronfolge eingehen.«

»Himmel hilf«, sagte Keaton, »sie wird doch wohl nicht schwanger sein.«

»Das ist sie nicht«, erwiderte Monckton empört. »Vielleicht sollten wir nicht vergessen, dass wir hier über den König sprechen, und ein gewisses Maß an Anstand bewahren. Wie ich gerade sagte, blieben die Kinder – sollte es welche geben – von der Thronfolge ausgeschlossen. Nach dem Tod des Königs geht der Thron an den Herzog von York, und sollte dieser vor ihm sterben, an Prinzessin Elisabeth.«

»Das kann nicht sein Ernst sein«, bemerkte Altringham.

»Das ist sein voller Ernst.« Monckton lehnte sich zurück. »Und außerdem sehr fair, wie mir scheint.«

»Es würde beide Seiten zufriedenstellen«, überlegte Roderick laut. »Was ist mit Mrs Simpson? Welchen Titel erwartet sie für sich?«

»Sie ist gewillt, auf den Titel der Königin zu verzichten. Stattdessen könnte man sie mit einem der anderen königlichen Titel abfinden. Herzogin von Cornwall wäre ihr wohl am liebsten.«

»Und diese Lösung würde den König freuen?«, erkundigte sich Roderick.

Monckton lachte auf. »›Freuen‹ wäre wohl zu viel gesagt«, erwiderte er und dachte an den ihm nur zu bekannten Charakter seines Vorgesetzten. »Unter uns gesagt, er würde es vorziehen, sie zur Königin zu machen und ihre Kinder zu seinen Erben, aber –«

»Kommt nicht infrage«, rief Keaton. »Völlig ausgeschlossen.«

»Hört, hört«, rief Altringham.

»Ich habe gesagt, was er *vorziehen* würde«, stellte Monckton klar. »Das heißt nicht, dass er darauf besteht. Er weiß, dass die Regierung dergleichen nie zuließe, obwohl die britische Bevölkerung offenbar auf seiner Seite steht. Daher ist er bereit, sich den Wünschen der Regierung zu beugen, wenn sie ihm diese Ehe erlaubt.«

»Unter diesen Bedingungen könnte man sich wohl einig werden«, sagte Roderick.

»Halt«, sagte Keaton und richtete sich auf, »welche Funktion hat unsere Gruppe? Wir sollen den Premierminister beraten, habe ich recht.«

»Ja, natürlich«, sagte Lord Hailsham.

»Der unseren Rat an die Minister weitergibt, woraufhin sie dem König klipp und klar sagen, was er tun kann und was nicht.«

»Das ist zwar ein wenig salopp ausgedrückt«, meinte Hailsham, »aber im Großen und Ganzen läuft es wohl darauf hinaus.«

»In dem Fall glaube ich nicht, dass wir heute aus einer Laune heraus entscheiden können, ob sein Vorschlag akzeptabel ist oder nicht. Immerhin sprechen wir hier über den Thron von

England, nicht darüber, ob der König die Sommerferien an der italienischen Riviera verbringen soll oder nicht.«

»Das wissen wir«, entgegnete Monckton. »Aber im Prinzip wäre die Idee doch annehmbar, oder?«

»Für mich schon«, sagte Roderick.

»Für mich nicht«, widersprach Altringham.

»Auch von mir kommt ein entschiedenes Nein«, sagte Keaton. »Begreifen Sie denn nicht, dass sein Vorschlag uns zurück ins Mittelalter führt?«

Monckton verschränkte die Arme vor der Brust. »Ins Mittelalter? Wie kommen Sie denn darauf?«

»Indem ich mir vorstelle, dass der Vorschlag des Königs angenommen wird, und an seine Kinder denke, die später vielleicht irgendwo ihr Lotterleben führen und von Pflichten keine Ahnung haben. Nur, wer sagt mir, dass es auch so kommen wird?«

»Na, wir sagen es Ihnen«, erwiderte Hailsham. »Deshalb sitzen wir ja hier.«

»In vierzig Jahren sind wir tot und vergessen«, rief Keaton aufgebracht. »Nehmen wir an, der König stirbt, und sein Thron geht an York und später an dessen Tochter.«

»Und weiter?«

»Doch dann kommt der Sohn des Königs, sollte er einen haben, und erklärt, er selbst habe nie eine Verzichtserklärung unterschrieben und der Thron gehöre ihm.«

»Das wäre gegen das Gesetz«, warf Monckton ungeduldig ein. »Wir setzen ein Dokument auf, das dergleichen untersagt.«

»Mein Gott, Monckton, haben Sie Ihre Geschichtsbücher nicht gelesen? Glauben Sie, ein solches Dokument wäre dann noch von Wert? Jeder Sohn von Edward dem Achten wird sich einen eigenen Hof samt Gefolgschaft aufbauen und nicht im Traum daran denken, sein Geburtsrecht wegen seiner amerikanischen Mutter aufzugeben. Vielmehr wird er es einfordern. Menschen, die ihres Geburtsrechts beraubt werden, setzen sich über alles hinweg, wenn es darum geht, dieses Recht zurückzugewinnen. Dann haben wir wieder die Zeiten von Lancaster gegen York und erleben den zweiten Rosenkrieg.«

»Aber doch nicht in unserem Zeitalter, Keaton«, sagte Hailsham. »Finden Sie nicht, dass Sie ein wenig übertreiben?«

»Nein, ganz und gar nicht. Kriege um den Thron hat es von jeher gegeben, Hailsham, und es gibt sie immer noch. Und in unserem Fall geht es um ein Empire. Glauben Sie denn ernsthaft, der Sohn des Königs, mit anderen Worten: der natürliche Thronerbe, würde nicht alles daransetzen, um an diesen Thron zu gelangen? Würden *Sie* es an seiner Stelle nicht tun?«

Die Männer schwiegen und dachten über Keatons Worte nach.

»Es könnte zu einer Situation kommen, in der der Sohn des Königs eine Armee anführt und Prinzessin Elizabeth eine andere.«

»Jetzt machen Sie aber einen Punkt, Keaton.«

»Warum? Was ist denn daran so unvorstellbar? Nach offiziellem Gesetz wäre es ihr Thron, doch nach dem Naturgesetz wäre es seiner. Und das moralische Gesetz – nun, darüber kann man nur Vermutungen anstellen. Doch ganz gleich, was geschieht und wer zu guter Letzt gewinnt, es gäbe immer eine andere Seite, die behauptet, ihr Mann – oder ihre Frau – sei der rechtmäßige Monarch. Es könnte zu einem Schisma führen, was dann womöglich Jahrhunderte benötigt, um überwunden werden zu können.«

»Er hat recht«, erklärte Altringham unter heftigem Nicken. »Hundertprozent recht. Die morganatische Ehe funktioniert nicht.«

Hailsham neigte den Kopf zur Seite und zuckte mit den Schultern. Er war kein Freund von Keaton, der nie einen Hehl daraus gemacht hatte, dass er auf sein Amt aus war. Dessen ganzes Gerede über Schismen resultierte zweifellos aus der Ansicht, dass man seiner Familie vor langen Jahren das Amt des Lordkanzlers geraubt habe. Dennoch gehörte er zu den obersten Richtern, und der Premierminister hatte auf Keaton als Mitglied des Komitees bestanden. Und vielleicht hatte er sogar recht.

»Wenn solche Entwicklungen denkbar sind«, meldete Roderick sich als Stimme der Vernunft zu Wort, »wäre es töricht, sie abzustreiten. Immerhin hat Keaton seinen Standpunkt sehr überzeugend vertreten.«

Monckton hatte gehofft, sie würden den Vorschlag des Königs vernünftig nennen und sich damit einverstanden erklären. Er versuchte, sich die Szene vorzustellen, wenn er mit dieser Nachricht vor ihn trat, und schauderte. Die Wutausbrüche des Mannes waren abscheulich und zuweilen sogar kindisch.

»Aber es gibt noch eine andere Möglichkeit«, fuhr Roderick nach einer Anstandspause fort, in der seine Kollegen in Gedanken die grünen Wiesen Albions übersät von toten Engländern gesehen hatten. »Wir könnten dem König seinen großen Wunsch erfüllen und ihm eine normale Ehe gestatten.«

Die anderen vier Männer starrten ihn an, Keaton und Altringham in sprachlosem Entsetzen, Hailsham und Monckton wirkten interessiert.

»Sprechen Sie weiter«, bat Hailsham. »Wie stellen Sie sich das vor?«

»Bisher ging es immer darum, ob das Volk diese Heirat akzeptiert, oder die Regierung oder Stanley Baldwin.«

»Baldwin können Sie streichen«, knurrte Monckton, der kein Anhänger des Premierministers war.

»Vielleicht sollten wir einen Schritt zurücktreten und uns sagen, dass es sich um den König handelt, der von Gott gesalbt ist, und die Wahl seiner Ehefrau nur ihn und sein Gewissen etwas angeht. Vielleicht muss er diese Wahl seinem Schöpfer erklären, wenn es so weit ist.«

Schweigend ließen die Männer sich seine Worte durch den Kopf gehen.

»Ich meine, was wird das Volk denn unternehmen? Wegen einer Ehe zu den Waffen greifen? Die Schlösser niederbrennen? Ich glaube nicht, dass es die Leute groß kümmern wird. Haben Sie die Briefe gesehen, die sie zu seiner Unterstützung geschrieben haben? Sie sind eine Folge der Geheimnistuerei, die von Anfang an um diese Beziehung gemacht wurde, denn dies hat ihr einen gewissen Reiz verliehen. Wenn die Ehe einmal geschlossen ist, werden die Leute ihr Interesse an den beiden bald wieder verlieren. Dann ist die Sache unter Dach und Fach, alles geht wieder seinen gewohnten Gang, und die Menschen sorgen sich um die Fischpreise oder die Zustände in den Bergwerken. Ein Sturm im Wasserglas, mehr wird es nicht gewesen sein, oder kommt Ihnen das zu abwegig vor?«

Keaton konnte kaum noch an sich halten. Seine Argumente waren schlagkräftig gewesen, vielleicht in zu glühenden Farben geschildert, aber das, was Bentley da vorbrachte, konnten nur die wirren Reden eines Wahnsinnigen sein. Er schaute in die Runde und wartete darauf, dass einer aufstand und Bentley die Tür wies.

»Da könnte etwas dran sein«, sagte Hailsham schließlich.

»Der Mob langweilt sich schnell«, ergänzte Monckton.

»Und König ist er ja auch«, bemerkte Altringham zögernd. »Trotzdem, der Gedanke, eine Amerikanerin könnte …«

»Ich glaube, für heute sollten wir die Sitzung schließen«, schlug Keaton eilig vor, denn er spürte, dass er zu viel Gegenwind bekam. »Es geht nicht an, dass wir eine Entscheidung von solcher Bedeutung ohne Berücksichtigung sämtlicher Sachverhalte treffen. Wie Bentley schon sagte, sollten wir einen Schritt zurücktreten und alles in Ruhe erwägen. Obwohl, meinen Standpunkt haben Sie gehört, und ich glaube, dass es daran nichts zu rütteln gibt.«

»Ja, er war sehr eindrücklich«, sagte Hailsham. »Und wir haben Roderick gehört, dessen Argumente zwar ungewöhnlich, aber ebenfalls überzeugend waren.«

»Dann schlage ich vor, dass wir beide Seiten im Lauf der nächsten Woche mit kühlerem Kopf bedenken und uns wieder hier einfinden, um die Entscheidung zu treffen.«

»Eine Entscheidung, mit der ich zum Premierminister gehen kann?«, fragte Hailsham und sah einen nach dem anderen an. »Er möchte unsere Antwort so bald wie möglich haben.«

»Eine Entscheidung, mit der ich zum König gehen kann?«, fragte Monckton. »Er ist dabei, die Geduld zu verlieren.«

»In einer Woche stimmen wir ab«, verkündete Keaton. »Nach dem Mehrheitsverfahren.«

»Das ist nur fair«, sagte Altringham.

»Ganz meine Meinung«, ergänzte Roderick, der ohnehin glaubte, die Debatte gewonnen zu haben.

»Also abgemacht«, sagten Monckton und Hailsham wie aus einem Munde.

»Heute in einer Woche«, fügte Hailsham hinzu. »Ich muss sicher nicht betonen, wie wichtig es ist, dass wir über unsere Diskussion heute kein Wort verlauten lassen.«

»Selbstverständlich nicht«, sagten alle und verließen nacheinander den Raum.

Keaton beobachtete, wie Roderick die Treppe hinunterlief und dabei auf seine Uhr schaute, wahrscheinlich auf dem Weg zu dem Anwalt seines Sohns. Und doch hing von diesem Mann alles ab. Altringham konnte er ohne große Probleme wieder auf seine Seite ziehen. Moncktons Meinung stand fest, und Hailsham war eine unbekannte Größe. Roderick Bentley würde den Ausschlag geben.

Es war Zeit, die letzte Runde einzuläuten.

KAPITEL 6

1

Das Frühstück wurde um sieben Uhr gebracht, doch vorher hatte man ihm erlaubt, zu duschen und statt der Gefängnisuniform den neuen Anzug zu tragen, den seine Mutter ihm am Vortag bei ihrem Besuch übergeben hatte. Seit Beginn seiner Gefangenschaft hatte er seine Zelle kaum verlassen und fühlte sich körperlich geschwächt. Im Duschraum blieb er für lange Zeit unter der Brause stehen, war froh, dass sonst niemand da war, und versuchte, wach zu werden. Als er angekleidet und allein in seiner Zelle war, fiel es ihm schwer, still zu sitzen. Er sprang auf, lief hin und her und wünschte, man hätte ihm gestattet, eine Uhr zu tragen, damit er sich ausrechnen konnte, wie lange es noch dauerte, bis man ihn holte.

In den meisten Nächten der vergangenen zwei Monate hatte er recht gut geschlafen. Wenn er morgens aufwachte und begriff, dass ein weiterer öder Tag vor ihm lag, hatte er sich sogleich wieder nach dem Abend und seinem Schlaf gesehnt. Nur in der letzten Nacht, der Nacht vor dem Prozessbeginn, war er so unruhig gewesen, dass er nicht einschlafen konnte. Mittlerweile kam ihm sein früheres Leben – jenes ziellose, friedliche, ereignislose Dasein – wie ein Traum vor. Es war für ihn so selbstverständlich gewesen, dass er noch immer nicht begriff, weshalb es ihm genommen worden war.

Als er den Schlüssel im Schloss hörte, verkrampfte sich sein Magen. Ein Aufseher trat ein, gefolgt von Sir Quentin Lawrence und dessen Rechtsberater James Lewis.

»Fassen Sie sich kurz«, sagte der Aufseher und griff nach dem Frühstückstablett. »Wenn es so weit ist, sage ich Ihnen Bescheid.«

Er ging und ließ sie allein.

»Was ist mit Ihnen?«, fragte Sir Quentin Gareth und ließ sich auf dem einzigen Stuhl nieder. Gareth saß auf seiner Pritsche, und Lewis blieb stehen. »Sie machen ein Gesicht, als hätten Sie ein Gespenst gesehen.«

»Nein, nur Sie«, erwiderte Gareth. »In Ihrer Perücke und der Anwaltsrobe. In Ihrer Gerichtskleidung habe ich Sie bisher noch nie gesehen. Haben Sie die von Ede & Ravenscroft?«

»Du meine Güte, warum wollen Sie das denn wissen?«

»Nicht wichtig«, sagte Gareth mit freudlosem Lächeln. Inzwischen hatte er es aufgegeben, sich zu wünschen, er könnte die Zeit zu dem Tag seiner Anprobe zurückdrehen und den Termin diesmal wahrnehmen. »Mit einem Mal kommt mir das Ganze viel realer vor. Als würde es tatsächlich losgehen.«

Sir Quentin schnaubte. »Natürlich geht es los, mein Junge.« Er zog seine Taschenuhr aus seiner Westentasche und klappte sie auf. »In zwanzig oder dreißig Minuten ist es so weit. Ich wollte nur noch einmal nach Ihnen sehen. Mich vergewissern, dass Sie sich einigermaßen gut fühlen.«

Gareth zuckte mit den Schultern. »Ja, einigermaßen. Was bleibt mir auch anderes übrig? Schlimmer als das, was ich bisher durchgemacht habe, kann es ja wohl nicht werden.«

Sir Quentin und Lewis tauschten einen sorgenvollen Blick, ehe sie sich wieder auf Gareth konzentrierten.

»Ich muss Sie warnen«, sagte Sir Quentin. »Wahrscheinlich werden eine Menge Leute im Gericht sein. Ich meine, auf der Zuschauergalerie. Lassen Sie sich davon nicht irritieren. Am besten, Sie ignorieren sie einfach und schauen stur geradeaus.«

»Ach. Warum sollten da viele Leute sein?«

»Das liegt an den zahlreichen Presseberichten über diesen Fall. Daran, wer Ihr Vater ist und so weiter. Vielleicht wissen Sie noch, wie wenig entgegenkommend er den Reportern gegenüber war, damals, als der Prozess gegen Domson lief. Wahrscheinlich rächt die Presse sich jetzt dafür und reibt ihm Ihren Fall unter die Nase.«

Gareth fiel in sich zusammen. Am liebsten hätte er sein Gesicht in den Händen verborgen. »Das hat er nicht verdient«, flüsterte er. »Weder er noch meine Mutter haben das, was ich ihnen angetan habe, verdient.«

»Sie haben niemandem etwas angetan, denken Sie daran«, entgegnete Sir Quentin scharf. »Oder haben Sie jetzt im letzten Moment einen Sinneswandel und möchten auf schuldig plädieren.«

»Nein, nein«, sagte Gareth hastig, »ich möchte nicht auf schuldig plädieren.«

»Das will ich auch hoffen.«

»Aber dass ich mich an die Tat nicht erinnern kann, wird doch etwas gelten, oder?«

»Da müssen wir wohl warten, bis wir wissen, was der Richter und die Geschworenen davon halten«, erwiderte Sir Quentin. Er hatte seine Verteidigung in langen Stunden sorgsam ausgearbeitet, wusste jedoch, dass er hangaufwärts kämpfen würde, was ihn nicht gerade zuversichtlich stimmte.

»Aber sie müssen es doch beweisen, oder nicht?«, fragte Gareth.

»Ohne jeden vernünftigen Zweifel, ja«, erklärte Sir Quentin.

»Und es zu beweisen wird schwierig sein, richtig?«

Darauf mochte Sir Quentin keine Antwort geben. Schließlich war der Junge mit dem Ermordeten allein in der Wohnung angetroffen worden, hatte dessen Blut an sich gehabt, und auf der Mordwaffe hatte man seine Fingerabdrücke gefunden. Belastender konnten Beweise kaum noch werden.

»Sie kennen den Ablauf, wenn wir den Gerichtssaal betreten, ja?«, schaltete sich James Lewis ein, ein junger, jedoch vielversprechender Anwalt, den Roderick als Sir Quentins Berater engagiert hatte.

»Ja.«

»Wenn der Richter hereinkommt, stehen Sie auf«, fuhr Lewis fort. »Und wenn er Sie fragt, auf was Sie plädieren, antworten Sie mit lauter fester Stimme. Abgesehen davon sagen Sie kein Wort. Selbst wenn ein Zeuge etwas aussagt, mit dem Sie nicht einverstanden sind oder von dem Sie wissen, dass es falsch ist, schweigen Sie. Ganz gleich, unter welchen Umständen. Es gibt nichts Peinlicheres als einen Angeklagten, der im Gerichtssaal eine Szene macht. Stattdessen schreiben Sie Ihren Einwand auf einen Zettel und reichen ihn mir. Ich sorge dafür, dass er an Sir Quentin weitergeleitet wird.«

»Ich habe in Cambridge Jura studiert«, betonte Gareth verstimmt. »Ich kenne die Verfahrensregeln.«

»Mag sein, dass Sie das Fach studiert haben, aber Sie haben nie praktiziert«, wandte Lewis ein. »Im Übrigen sind Sie hier der Angeklagte und nicht der Anwalt und sollten darauf achten, die beiden Rollen nicht zu verwechseln. Mehr möchte ich dazu nicht sagen. Das Schlimmste, was passieren kann, ist, dass Sie den Geschworenen in einem schlechten Licht erscheinen.«

»Fein, Lewis, das reicht«, sagte Sir Quentin ungeduldig. Er hatte erkannt, dass Gareth nur wenig von dem Gesagten aufgenommen hatte. »Er weiß, was er zu tun hat.«

»Es ist doch zu komisch«, sagte Gareth leise. »Hätte ich meinen Verstand benutzt, wäre ich jetzt Ihr Referendar, würde Sie bei solchen Verhandlungen begleiten und hinterher – hinterher würden wir wahrscheinlich zur Feier etwas trinken.«

»Das Trinken hat Sie überhaupt erst in diese Lage gebracht, junger Mann. An Ihrer Stelle würde ich über solche Späße lieber nicht nachdenken.«

»Wissen Sie, welcher Zeuge als Erster aufgerufen wird?«, erkundigte sich Gareth.

»Der Pathologe«, antwortete Sir Quentin. »Seine Aussage dürfte den größten Teil des Morgens beanspruchen. Alles in allem rechne ich damit, dass der Prozess bis zur Beratung der Geschworenen etwa zwei Wochen dauert.«

»Und dann wird das Urteil gefällt«, sagte Gareth bedrückt.

»Seien Sie nicht so pessimistisch«, riet Sir Quentin. »Wir haben ja noch nicht einmal begonnen. Sie müssen sich selbst aufmuntern, nur zu glücklich dürfen Sie da draußen nicht wirken. Wenn Sie mögen, schauen Sie wütend oder empört angesichts der ganzen Geschichte. Als könnten Sie nicht fassen, wie ungerecht man Sie behandelt hat.«

»Das ist sehr freundlich von Ihnen, aber irgendwie habe ich bei dem Ganzen kein gutes Gefühl.«

Das hatten auch die beiden Juristen nicht, wenn sie ehrlich waren.

Einige Meilen von ihnen entfernt stiegen Jane und Roderick in ihren Wagen und versuchten, der Schar der Reporter zu entkommen, die seit dem frühen Morgen vor ihrem Haus auf sie gewartet hatten. Als es ihnen endlich gelang, die Wagentüren zuzuziehen und loszufahren, war Jane den Tränen nahe.

»Catherine Jones hat heute Morgen angerufen«, teilte sie Roderick mit, verärgert über die Nachbarin, die sich schon im Fall Domson über die Belagerung durch die Presse beschwert hatte. »In aller Herrgottsfrühe, es ist wirklich unglaublich. Ich war gerade erst aus dem Bett. Sie sagte, dass sie hofft, für uns werde heute alles gut gehen, doch solle ich die jungen Männer auf der Straße bitten, sich nicht bei uns, sondern vor dem Old Bailey einzufinden. Sie ist der Ansicht, sie beeinträchtigen das Niveau unserer Gegend. Wäre ich nicht im Morgenmantel gewesen, wäre ich zu ihr gelaufen und hätte sie erwürgt.«

»Das würde gerade noch fehlen«, sagte Roderick. »Gleich zwei Prozesse.«

»Sei bitte nicht so schnodderig, Roderick.«

»Beachte sie einfach nicht. Wir haben andere Sorgen, als uns um Nachbarn zu kümmern, die sich über den Wert ihrer Häuser Gedanken machen.«

Sie schwiegen eine Weile, bis Jane die Stille unterbrach.

»Ich habe Angst«, gestand sie leise. »Ich wusste gar nicht, dass ich mich dermaßen fürchten kann.«

Roderick öffnete den Mund, um etwas Beruhigendes zu sagen, und stellte fest, dass ihm die Worte fehlten. Er war schon seit so langer Zeit Mitglied der Justiz, dass er wusste, wie ein Fall einzuschätzen war, und das Letzte, was er tun wollte, war, seiner Frau falsche Hoffnungen zu machen.

»Wir werden dort zusammen sein«, sagte er stattdessen. »Wir beide. Wir sind für Gareth da, ganz gleich, was geschieht. Jeden anderen musst du ausblenden.«

»Ich sorge mich nicht um andere, Roderick, sondern um Gareth. Er ist unser Sohn. Ich muss daran denken, was ihm widerfahren könnte – falls man ihn für schuldig erklärt.«

Es gelang ihr kaum, es auch nur anzusprechen, doch die Möglichkeit stand im Raum, sogar mehr als nur die Möglichkeit, das wusste sie, dank der langen Ehejahre mit einem Anwalt.

»Es geht um das, was man ihm antun wird. Nach dem Urteil.«

»Ich habe dir gesagt, dass du darüber jetzt noch nicht nachgrübeln sollst«, antwortete Roderick mit tränenblinden Augen, denn dieser Gedanke hatte sich auch in seinem Kopf eingenistet. »Du weißt, dass es in diesem Fall keine zwingend vorgeschriebene Strafe gibt. Sogar wenn er schuldig gesprochen wird – was nicht garantiert ist –, aber sogar dann, könnte er mit ein paar Jahren davonkommen.«

Jane lachte auf. »Aber du würdest nicht so urteilen. Du hast es nicht getan. Du hast den jungen Domson zum Tode verurteilt. Und noch zwei andere«, fügte sie hinzu und erinnerte sich an die beiden Mordfälle, in denen sich ihr Ehemann für die Todesstrafe ausgesprochen hatte.

»Das war etwas anderes«, entgegnete Roderick. »Domson hat nichts getaugt. Er hatte keine Arbeit, lebte vom Geld seiner Eltern und hatte einen grässlichen Mord begangen …« Seine Stimme erstarb, denn ihm – wie auch Jane – war aufgefallen, wie wenig unterschiedlich die Fälle Domson und Bentley waren. Dass sie sich eigentlich sehr stark ähnelten, waren weder Rockerick noch Jane gewillt zuzugeben. Sie näherten sich dem Gerichtsgebäude. Beim Anblick der Menschenmenge vor dem Eingang wurde ihnen das Herz noch schwerer.

»Es ist wie ein Déjà vu«, sagte Jane. »Wie eine Strafe für das, was zuvor geschehen ist.«

»Kein Wort mehr«, befahl Roderick zornig. »Ich möchte nicht, dass du so redest. Ist das klar? Und jetzt halte den Kopf gesenkt, nimm meine Hand und sprich mit niemandem, bis wir im Gerichtssaal sind. Hast du das verstanden?«

Sie nickte und erinnerte sich an den Tag, als er ihr diese Anweisungen schon einmal gegeben hatte, und daran, wie jener Tag ausgegangen war.

Während Jane und Roderick aus dem Wagen stiegen, rückte der Kronanwalt und Richter Seiner Majestät, Patrick Sharpwell, in seinem Amtszimmer seine Robe zurecht, überprüfte sein Aussehen in dem großen Spiegel und war mit dem, was er sah, zufrieden. Er war nicht so dickleibig wie einige seiner Richterkollegen und fand immer, dass er in rotem Hermelin eine äußerst gute Figur abgab. Doch trotz seiner langen Erfahrung als Jurist war er an diesem Morgen frühzeitig aufgewacht und hatte festgestellt, dass er sich auf den anstehenden Fall freute. Er hatte einige der Zeitungsberichte über den Mord an Raymond Davis gelesen, auch wenn das nicht so gern gesehen wurde, und sich bereits eine Meinung gebildet, obwohl sie nicht viel gelten würde. Selbst wenn der Junge schuldig gesprochen würde, läge dessen Schicksal nicht gänzlich in seinen Händen, stattdessen würde er warten müssen, bis er seine Instruktionen erhielt.

Nach einem Klopfen öffnete der Gerichtsdiener die Tür und verkündete, das Gericht sei versammelt.

»Sehr schön«, sagte Sharpwell und folgte ihm auf den Flur und die Treppe hinauf in den Gerichtssaal zu seinem Stuhl. Geräuschvoll stand die dicht gedrängte Menge der Anwesenden auf, und der Fall Rex gegen Gareth Bentley wurde aufgerufen.

2

Für die Kinder Andrew, Stella und Owen war das Arbeitszimmer von Peter Montignac tabu gewesen, und auch nach dessen Tod mied seine Tochter den Raum aus Ehrfurcht und Respekt vor ihrem Vater. Seit sie sich erinnern konnte, hatte er von dort aus seinen Besitz verwaltet und seine Geschäfte geführt, und seine Untergebenen waren mit dem Morgenzug gekommen und mit dem Abendzug wieder abgereist oder hatten ihren Wagen benutzt, falls sie sich einen solchen leisten konnten. Natürlich hatte er auch ein Büro in London gehabt, wo seine Geschäftsführer und Angestellten arbeiteten, aber er selbst war dort nur selten erschienen, denn er hatte seine Tage und Nächte lieber in Leyville und im Kreis seiner Frau, der Kinder und seines Neffen verbracht.

An diesem Morgen entschied Stella, das Arbeitszimmer trotz allem zu betreten und dort ihre Reise zu planen. Margaret Richmond, die auch nur selten in diesem Raum gewesen war, konnte es kaum fassen.

Auf der Suche nach Stella war sie durch das ganze Haus gelaufen und hatte sie nirgends entdeckt, nicht einmal auf ihrem geliebten Dachgarten. Doch auf dem Weg nach unten sah sie, dass die Tür zu Peter Montignacs Arbeitszimmer nur angelehnt war. Sie stieß die Tür auf, sah jemanden am Schreibtisch sitzen und schrie auf.

Daraufhin schrie auch Stella auf, schaute hoch und drückte eine Hand auf ihre Brust, als befürchte sie einen Herzinfarkt. »Margaret, mein Gott«, rief sie, »warum hast du so geschrien?«

»Vor Schreck. Du sahst aus wie dein Vater, wenn er in jungen Jahren am Schreibtisch saß. Was machst du hier überhaupt?«

»Ich muss etwas organisieren«, erklärte Stella. »Weißt du, dass ich von allen Räumen im Haus hier die wenigste Zeit verbracht habe? In diesem Zimmer war ich immer nur dann, wenn ich als Kind ausgeschimpft wurde. Sonst so gut wie nie.«

»Ich auch nicht.« Margaret blieb an der Tür stehen und rieb sich die Arme. »Wenn ich dieses Zimmer sehe, fange ich an zu frösteln.«

»Warum denn?«

»Weil ich seit vierzig Jahren in diesem Haus wohne und von Anfang an wusste, dass es das Privatzimmer deines Vaters war. Mir ist, als hätte ich kein Recht, hier zu sein.«

Stella war es nicht anders ergangen, doch sie hatte sich gesagt, die Tür könne schließlich nicht für alle Zeiten geschlossen bleiben. »Wie viel hier noch herumliegt«, sagte sie. »Dokumente, Akten, Bankunterlagen. Ständig kommen Anfragen aus dem Büro in London. Am besten, ich bitte jemanden von dort, hierherzukommen, alles zu ordnen und mitzunehmen.«

»Willst du die Geschäfte deines Vaters nicht weiterführen?«, fragte Margaret verwundert.

»Ich habe es dir schon gesagt, Margaret, ich bleibe nicht hier.«

Margaret seufzte. Sie hatte gehofft, Stella hätte die Idee fallengelassen, aber offenbar war sie ernst gemeint gewesen. Sogar so ernst, dass Stella am Vortag im Londoner Büro ihres Vaters gewesen war, wo sie vermutlich mit seinem oder vielmehr ihrem Geschäftsführer über ihre Pläne gesprochen hatte. Wahrscheinlich würde er ab sofort das Tagesgeschäft übernehmen, hatte womöglich ein höheres Gehalt zugesagt bekommen und hätte ab sofort Zugang zu sämtlichen Unterlagen, die Peter Montignac in Leyville aufbewahrt hatte.

»Dann ist es also dein Ernst?«

»Mein voller Ernst. Mag sein, dass sich das jetzt wie ein Witz anhört, aber ist dir eigentlich bewusst, wie reich ich bin?«

»Ganz sicherlich nicht«, erwiderte Margaret indigniert.

»Mir eigentlich auch nicht. So viel Geld und so viel Land, wie soll man da den Überblick behalten?«

»Was ist mit Owen? Warum bittest du ihn nicht, sich um einen Teil davon zu kümmern?«

»Das habe ich versucht. Kurz nach Vaters Tod habe ich es ihm vorgeschlagen, aber er hat es strikt abgelehnt. Er sagte, wenn man ihm nicht genügend vertraut habe, um ihm den Besitz zu vermachen, sei er auch nicht bereit, ihn als Angestellter zu verwalten. Die Alternative sei daher, dass ich es selbst tue, was mich langweilen würde. Also bezahle ich einen Fachmann dafür und genieße einen Teil meines Geldes. Warum auch nicht?«

Margaret wollte schon widersprechen, doch dann plagte sie ihr Gewissen und sie fragte sich, warum Stella ihr Geld eigentlich nicht genießen sollte? Wenn sie als junge Frau Zugang zu einem solchen Vermögen gehabt hätte, hätte sie dann nicht auch den Wunsch verspürt, durch die Welt zu reisen, Abenteuer zu erleben und interessante Männer kennenzulernen, statt als unterbezahltes Kindermädchen für drei fremde Kinder zu sorgen? Drei Kinder, die ihr für all das, was sie für sie getan hatte, nie auch nur eine Spur Dankbarkeit gezeigt hatten. Natürlich hätte sie diesen Wunsch gehabt. Doch dann nahm ihre selbstsüchtige Seite überhand, diejenige, die fürchtete, allein gelassen zu werden.

»Du willst also deine Pflichten im Stich lassen«, sagte sie. »Damit wäre dein Vater nicht einverstanden gewesen.«

»Dann hätte er alles Owen vererben sollen«, erwiderte Stella gleichgültig, denn sie war nicht bereit, sich umstimmen zu lassen. »Und nicht mir.«

»Vielleicht hätte er das tun sollen«, murmelte Margaret.

»Was hast du gesagt?«

»Nichts, ich bin lediglich der Ansicht, dass du es bereuen wirst. Zurzeit ist die Welt kein sicherer Ort. Schau dir doch nur die Tageszeitungen an. Denk an den Ärger in Spanien, die Unruhen in Deutschland und so weiter.«

»Herrgott, Margaret, was liest du denn für Zeitungen? Wenn ich die *Times* oder den *Daily Telegraph* aufschlage, sehe ich nur Kolumnen, in denen über diese Simpson hergezogen wird, oder Stanley Baldwin wird aufgefordert, sich nicht in die Angelegenheiten eines anderen Mannes einzumischen.«

»Komm mir nicht mit dieser Simpson – dieser Hure.«

»Gut, dann nicht. Sag mal, könntest du vielleicht für mich mit Annie reden?«

»Worüber?«

»Wir müssen sie entlassen.«

Margaret schluckte. »Aber du hast sie doch schon auf eine halbe Stelle gesetzt. Und jetzt soll ich ihr auch das noch beibringen?«

»Margaret, wozu braucht man einen Koch, wenn niemand da ist, der bekocht werden muss? Na, komm schon, sei vernünftig.«

»Und was ist mit mir?«, wollte Margaret wissen. »Werde ich auch entlassen?«

Stella seufzte, stand auf und umrundete den Schreibtisch. Sie sah die Tränen in den Augen ihrer alten Kinderfrau und hatte Mitleid mit ihr. Von allen drei Kindern hatte sie immer die komplizierteste Beziehung zu Margaret gehabt, vielleicht nicht als Kind, aber später als junges Mädchen. Damals hatte sich etwas zwischen ihnen verändert. Sicher, die Entscheidungen, die Margaret für sie getroffen hatte, waren vermutlich gut gemeint gewesen, obwohl Stella rückblickend nicht wusste, wie sie sich an Margarets Stelle verhalten hätte. Dennoch hatte sie Schaden genommen und war nie imstande gewesen, Margaret zu verzeihen.

»Du musst nicht gehen, natürlich nicht«, antwortete sie. »Leyville ist dein Zuhause. Auf Lebenszeit. Und du bekommst auch weiterhin deinen Lohn. Es wird dir gut gehen.«

»Wenn ich allein in einem Haus dieser Größe lebe? Lieber Himmel, wenn ich daran denke, wie ihr alle noch Kinder wart.«

»Das war vor zwanzig Jahren.« Stella kehrte zu ihrem Sitzplatz zurück. »Vater ist tot, Mutter ist tot, Andrew ist tot und Owen kommt nie zu Besuch.«

»Doch, er kommt. Ich habe ihn angerufen.«

»Ach.« Überrascht sah Stella auf.

»Ja, du hattest mich doch darum gebeten.«

»Und er hat den Anruf angenommen?«

»Er hat den Anruf angenommen und hatte mich am anderen Ende. Und da blieb ihm wohl nicht anderes übrig, als mit mir zu reden.«

Stella lächelte und dachte daran, wie schwierig es war, Owen an den Apparat zu bekommen.

»Was hat er gesagt«, fragte sie. »Kommt er hierher?«

»Zuerst hat er es mit allen möglichen Ausreden versucht, du weißt, wie er ist. Doch zu guter Letzt hat er eingewilligt, uns am Samstag zu besuchen.«

»Schön«, sagte Stella, »dann kann ich ihn in meine Pläne einweihen. Anstandshalber.«

»Und wie genau sehen diese Pläne aus? Wohin willst du gehen?«

Stella zuckte mit den Schultern. Zu ihrer Rechten stand auf dem Schreibtisch ein riesiger altmodischer Globus auf hölzernem Sockel, den sie langsam drehte. Die einzelnen Länder in ihren bunten Farben huschten an ihr vorüber. Ihr Blick blieb an dem Blau der Ozeane haften.

»Ich dachte an Amerika«, erklärte sie, während der Globus sich langsamer drehte. »Vielleicht New York. Dahin reist doch heute jeder, oder?«

»New York?«, wiederholte Margaret und begann erneut zu frösteln. »Ist die Stadt nicht schrecklich gefährlich?«

»Nicht gefährlicher als London«, erwiderte Stella kalt. »Hast du es nicht mitbekommen? Ständig werden dort unschuldige junge Männer umgebracht.«

Margaret runzelte die Stirn. Ihr gefiel nicht, wie Stella redete, als hätte das, was geschehen war, sie kalt und zynisch gemacht.

»Lass das«, bat sie.

»Was?«

»Du darfst dich nicht so quälen, indem du auf die Weise an Raymond denkst.«

»Ich habe schon Wichtigeres als Raymond verloren. Und es überlebt. Oder hast du das vergessen?«

Margaret merkte, dass sie zornig wurde, und wandte den Blick ab. Stella begann wieder, den Globus zu drehen.

»Natürlich könnte ich auch in Richtung Süden statt Westen reisen. Vielleicht alte Freunde in der Schweiz besuchen.«

»Das scheint mir keine gute Idee.«

»Warum nicht?«, fragte Stella schulterzuckend. »Was kann es denn nach all der Zeit noch schaden?«

Margaret öffnete den Mund und schloss ihn wieder. Auf dieses Thema würde sie sich nicht einlassen. »Das müssen wir jetzt nicht mehr aufwärmen«, erklärte sie. »Du kennst meine Meinung. Aber wenn du entschlossen bist, Fehler zu machen, dann –«

»Ich bin entschlossen, das zu tun, was ich für das Beste halte.«

»Dann wasche ich meine Hände in Unschuld.« Griesgrämig

ließ Margaret ihren Blick durch den Raum wandern und spürte erneut einen leichten Schauer. »Es ist so kalt hier drin. Warum setzt du dich nicht in den Salon?«

Genau das hatte Stella zwar gerade vorgehabt, doch da Margaret es vorgeschlug, änderte sie ihre Meinung.

»Nein, ich bleibe noch eine Weile hier«, sagte sie. »Aber wenn du magst, kannst du gehen.«

Margaret warf einen Blick auf das Bücherregal zu ihrer Linken. Es stand voller Gesetzesbücher. Sie trat näher heran, strich mit dem Finger über ein Regal, besah sich den Finger und schüttelte den Kopf. Nur in den seltensten Fällen hatte Peter Montignac jemanden zum Putzen und Staubwischen in dieses Zimmer gelassen. Er hatte behauptet, er wisse, wo sich jeder Gegenstand befinde, und wolle nichts verändert haben. »Wie verstaubt alles ist«, sagte Margaret. »Ich muss jemanden bitten, hier sauber zu machen. Darum haben wir uns in der ganzen Zeit nicht gekümmert. Der Papierkorb da quillt schon über.« Sie lief zum Schreibtisch und nahm ihn an sich. »Bis später«, verabschiedete sie sich und verschwand.

»Und du sprichst mit Annie, ja?«

»Möchtest du das wirklich? Bist du dir sicher?«

»Ganz sicher.«

»Gut, dann rede ich mit ihr. Tust du mir auch einen Gefallen? Denkst du noch einmal über dein Vorhaben nach? Oder sprich wenigstens mit Owen darüber. Denk daran, dass du noch trauerst, um deinen Vater und um deinen Verlobten, vielleicht siehst du ja ein, dass –«

»Danke, Margaret«, fiel Stella ihr ins Wort, »ich wäre jetzt gern allein.«

Margaret holte tief Luft und wollte etwas sagen, doch dann überlegte sie es sich anders, machte kehrt und verschwand.

Stella blieb an dem Schreibtisch sitzen, nahm einen Stift und malte auf einem Block herum. Ihre Gedanken wanderten zu ihrem verstorbenen Verlobten und sie schrieb seinen Namen mitten auf die Seite:

Raymond

Sie starrte auf den Namen. Dann schrieb sie einen Satz darüber:

Ein Leben ohne
Raymond

Sie trommelte auf die Schreibtischplatte und dachte, dass sie sich daran gewöhnen musste. An ein Leben ohne Raymond. Niemand hatte jemals erkannt, dass er etwas Besonderes war. Sie kam zu dem Schluss, dass nicht einmal sie es getan hatte. Wieder nahm sie den Stift und setzte drei Wörter unter seinen Namen:

Ein Leben ohne
Raymond
ist zu schmerzhaft.

Sie betrachtete die Zeilen, runzelte die Stirn angesichts des Selbstmitleids, das in ihren Worten lag, riss die Seite ab und knüllte sie zusammen, um sie in den Papierkorb zu werfen. Der nicht da war, weil Margaret ihn mitgenommen hatte. Gereizt schüttelte sie den Kopf, stopfte den Papierball in die oberste Schreibtischschublade und stand auf. Mit einem Mal spürte auch sie die Kälte in dem Raum und begann zu frösteln. Sie verließ das Arbeitszimmer und schloss die Tür ab.

3

Nachdem Alistair Shepherd gezwungen worden war, seinen Ruhestand anzutreten, hatte ein Mann namens Richard Smith seine Stelle eingenommen und mittlerweile erkannt, dass die Arbeit aufreibender war, als er sich jemals hatte vorstellen können. In der vorherigen Kanzlei, wo er im Büro gearbeitet hatte, klingelte das Telefon nur, wenn ein Rechtsberater anrief und wegen eines gemeinsamen Mandanten um einen Termin mit einem der Anwälte bat. Das war schließlich das Geschäft einer Kanzlei. Hier dagegen kam jeder zweite Anruf von einem Zeitungsredakteur oder Reporter, der einen Kommentar seitens des ehrwürdigen Seniorpartners der Kanzlei im Mordfall seines Sohnes forderte. Richard hatte rasch gelernt, dass er diese Anrufe nicht zu Roderick Bentley durchstellen durfte, und erklärte jedem von der Presse so höflich, wie er konnte, dass er sich bitte nicht noch einmal melden solle. Doch inzwischen hatte Richard einen Punkt erreicht, an dem er selbst begann, am Telefon unwirsch zu reagieren, sodass er zu der wohlerwogenen Meinung gelangte, Roderick Bentley solle dem Anstand gehorchen und zurücktreten, ehe er die Kanzlei noch weiter in Misskredit brachte.

An diesem Tag kam der erste Anruf jedoch von Lord Samuel Keaton, einem anderen obersten Richter. Er erkundigte sich, ob Richter Bentley später am Tag zu einem Treffen zur Verfügung stünde.

»Sein Terminkalender sieht ein wenig problematisch aus«, erwiderte Richard und blätterte durch die Seiten, in denen ganze Vor- und Nachmittage durchgestrichen waren. »Vermutlich muss ich Ihnen nicht erklären, dass –«

»Der Prozess, ich weiß«, fiel Keaton ein. »Mir ist bewusst, dass er den größten Teil des Tags im Gerichtssaal verbringt, aber kommt er denn nie auf einen Sprung in der Kanzlei vorbei?«

»Hier und da in der Mittagspause«, sagte Richards vorsichtig, denn diese Information hätte er sonst niemandem gegeben, nur einem Richter von Lord Keatons Rang. »Wenn Sie zu dieser Zeit vorbeikommen möchten, könnten Sie ihn vielleicht antreffen.«

»Machen Sie heute keine weiteren Termine für ihn«, befahl Keaton. »Ich muss ihn in einer dringenden Angelegenheit sprechen.«

»Sehr wohl, Sir.« Richard schrieb die Nachricht auf und hoffte, der Chef würde ihm das nicht übel nehmen.

Gegen Mittag traf Lord Keaton noch vor Richter Bentley ein und wartete schon auf ihn, als Letzterer die Treppe hochkam, gebückt und mit gesenktem Kopf, als trüge er das Gewicht der Welt auf den Schultern. Bentley lief an Keaton vorüber, nahm ihn gar nicht wahr und nickte aus Gewohnheit zum Empfangstisch hinüber. Wahrscheinlich wäre ihm nicht einmal aufgefallen, wenn dahinter ein zweihundert Pfund schwerer Gorilla gesessen hätte.

»Sie haben Besuch, Sir«, sagte Richard und deutete mit dem Kopf an Bentley vorbei auf Lord Keaton.

Roderick wandte sich um und schien überrascht zu sein. »Keaton«, sagte er ohne große Begeisterung, »wie ungewöhnlich. Wollten Sie mit mir sprechen?«

»Wenn Sie kurz Zeit für mich hätten, wäre ich Ihnen dankbar.« Keaton lächelte einnehmend.

Roderick nickte. Seine Lider waren schwer vor Müdigkeit, denn nachts konnte er kaum schlafen. Mit einer Geste bat er Keaton, ihm zu folgen, und sie nahmen die Treppe hinauf zu seinem Büro.

»Entschuldigen Sie den Überfall«, bat Keaton. »Ich weiß, es ist eine schwierige Zeit, und ich kann mir kaum vorstellen, was Sie gerade durchmachen. Wie läuft es denn so?«

»Nicht sehr gut.« Sie betraten Rodericks Büro und hängten ihre Mäntel an den Garderobenständer. »Bitte, nehmen Sie Platz.« Mit einem tiefen Seufzer ließ Roderick sich an seinem Schreibtisch nieder. »Die Anklage ist noch dabei, ihren Fall zu präsentieren, aber es sieht nicht gut aus. Harkman macht seine Sache ganz hervorragend. Wenn man ihn hört, ist Gareth eine Mischung aus Jack the Ripper und Attila, dem Hunnenkönig. Er führt den Alkoholkonsum meines Sohnes an und bezieht sich auf Ereignisse aus seiner Vergangenheit.«

»Harkman ist Staatsanwalt«, entgegnete Keaton beinah mitfühlend. »Sie wissen, dass er es nicht persönlich meint. Er tut nur seine Pflicht. Wie Sie es in der Vergangenheit auch getan haben.«

»Trotzdem fällt es mir schwer, ihm zuzuhören. Zu hören, wie

der eigene Sohn beschrieben wird. Ein Junge, den man aufgezogen hat, den man hat studieren lassen und in den man so viel Hoffnung gesetzt hat. Sie haben doch auch Kinder, oder?«

»Fünf.«

»Na also. Vielleicht können Sie sich vorstellen, wie es ist, wenn jemand, den Sie lieben, derartig diffamiert wird.«

Keaton nickte. In einem kleinen Winkel seines Herzens empfand er tatsächlich Mitleid mit Roderick Bentley, einem anständigen Mann, der lediglich das Pech gehabt hatte, für das falsche Beratungskomitee ausgewählt worden zu sein. Wenn man so wollte, führte Gareth Bentleys Inhaftierung in gerader Linie zu einer Entscheidung zurück, die Lord Hailsham getroffen hatte, und zu den Spielschulden von Owen Montignac.

»Und Jane?«, fragte Keaton. »Wie kommt sie damit zurecht?«

»Gar nicht.« Roderick zuckte mit den Schultern. »Sie läuft wie ein Gespenst umher, obwohl sie nur wenig geweint hat. Aber sie ist sichtlich gealtert. Dann wieder gerät sie in einen Zustand blinder Panik, und ich möchte ihr helfen und für sie da sein, weiß aber nicht, was ich tun kann. Falls es für Gareth schlecht ausgeht ...«

»Auf diese Möglichkeit müssen Sie sich einstellen«, sagte Keaton. »Falls die Beweise sich gegen ihn häufen.«

»Ja, glauben Sie denn, dass weiß ich nicht«, fuhr Roderick auf. »Ich sitze da und höre zu, wie die Anklage ihren Fall präsentiert, und frage mich, wie ich entscheiden würde, wenn ich den Vorsitz hätte. Wenn dem so wäre, dächte ich, der Fall liege klar auf der Hand, und finge an, über das Urteil nachzudenken.«

»Ah«, sagte Keaton, »da kommen wir zu der Crux der Sache.«

Roderick hob die Hand. »Bitte nicht. Ich ertrage es nicht einmal, daran zu denken. Die Vorstellung, dass –« Er konnte den Satz nicht vollenden. In seine Augen traten Tränen, die er beschämt und peinlich berührt wegblinzelte. Als er Keaton wieder ansah, versuchte er zu lächeln. »Wissen Sie, dass ich immerzu an die drei Familien denken muss, deren Söhne ich in meiner Laufbahn zum Tode verurteilt habe? An die Eltern, zu denen ich im Gerichtssaal mitunter hingeschaut habe. Ihre Gesichter waren voller Qual und Entsetzen, und doch hat es mich nie berührt. Der Witz ist, dass ich mir sogar dazu gratuliert habe, so unbewegt bleiben zu können. Ich fand, es machte mich zu einem besseren Richter. In Wahrheit hat es mich zu jemandem gemacht, der stumpf gegenüber dem Leid war, das er verursacht. Gareths Urteil wird auch das Urteil dieser Familien sein. Entschuldigen Sie, Keaton«, bat er, als er merkte, dass seine Verzweiflung mit jedem Satz wuchs, »Sie müssen denken, dass ich mich wie ein Esel benehme.«

»Ich finde, dass Sie sich wie jeder andere Vater auch benehmen.«

»Sicher.« Roderick klatschte in die Hände, um zu verdeutlichen, dass dieser Teil ihrer Unterhaltung jetzt beendet war, räusperte sich und fragte: »Was kann ich für Sie tun? Vermutlich sind Sie nicht hergekommen, um sich meine Probleme anzuhören.«

»In gewisser Weise schon«, erwiderte Keaton. »Allerdings wollte ich auch über diese andere Sache reden.«

»Über den König?«

»Über genau den.«

»Aber das ist doch erst in ein paar Tagen, oder? Ich meine, unsere Sitzung steht doch noch bevor.« Roderick blätterte in seinem Kalender.

»Ja, aber ich dachte, es könnte sich lohnen, wenn wir vorher ein wenig plaudern. Mir scheint, wir beide sind die Standartenführer zweier Armeen, von denen die eine links und die andere rechts steht.«

»Sagen wir lieber, der eine von uns steht hinter dem König und der andere hinter York.«

»Genau. Und Monckton ist eindeutig auf der Seite des Königs, die beiden sind unzertrennlich. Altringham dagegen steht meiner Position näher. Hailsham wird seine Stimme nur bei einem Patt zwischen den beiden Parteien abgeben und für den König plädieren. Was bedeutet, dass Sie die entscheidende Stimme haben. Die wichtigste Stimme von allen, könnte man sagen.«

»Daran kann ich wenig ändern«, entgegnete Roderick und runzelte die Stirn. »Ich habe mir alles noch einmal durch den Kopf gehen lassen und bin zu dem Schluss gekommen, dass ich ebenso unverrückbar für den König bin, wie Sie gegen ihn sind, und ich glaube nicht, dass ich mich umstimmen lassen werde.«

»Wirklich nicht?«

»Nein. Sicher, Ihre Argumente neulich waren eindrucksvoll, die Bilder zweier Armeen, die sich wie in alten Zeiten auf dem Schlachtfeld begegnen, aber irgendwie kann ich mir das nicht vorstellen. Unsere Welt ist nicht mehr die des vierzehnten oder fünfzehnten Jahrhunderts. Ein parlamentarisches Gesetz würde festlegen, wer der rechtmäßige Erbe ist, und die Sache wäre erledigt. Es würde nicht zum Bürgerkrieg kommen. Schauen Sie sich doch nur um. Glauben Sie tatsächlich, die Leute würden einem Waffenaufruf folgen und gegeneinander kämpfen? So selbstlos ist das Volk heute nicht mehr.«

Keaton lächelte. »Da bin ich anderer Ansicht. Aber wie Sie schon sagten, würde es dazu nicht mehr zu unseren Lebzeiten kommen. Folglich bleibt die Frage, wer dem britischen Volk heutzutage am besten dient. Ein verschwenderischer Lebemann, der nur an sein Vergnügen denkt und die gesamte Zukunft unseres Empire gefährdet, oder –«

»Keaton, Sie gehen zu weit.«

»Oder ein ruhiger, anständiger Mann der Familie, der bereits zwei Erben hat und die Pflicht ausnahmslos vor sein – persönliches Vergnügen stellt?«

»König bleibt König«, sagte Roderick gereizt und spürte, wie sein Unmut stieg, da Keaton ihn zu dieser Diskussion zwang, während Gareth vor Gericht stand. »Wir haben kein Recht, ihn zu entthronen. Sie sagen, meine Stimme sei ausschlaggebend, und bürden mir damit die Verantwortung für sein Schicksal auf. Ebenso könnte ich sagen, Ihre Stimme sei ausschlaggebend, und Sie bitten, auf meine Seite zu wechseln.«

»Das ist unmöglich.« Keaton lachte.

»Für mich ist es ebenfalls unmöglich, meine Meinung zu ändern«, erklärte Roderick abschließend. »Ich stehe nach wie vor hinter ihm. Nicht, weil ich diese Ehe gutheiße, denn das tue ich nicht. Ich kenne diese Frau zwar nicht, aber ich halte nichts von ihr. Doch mein vorherrschendes Gefühl ist, dass es mich nichts angeht. Wer bin ich denn, dass ich jemandem vorschreibe, in wen er sich verlieben darf und in wen nicht. Deshalb werde ich für ihn stimmen. Tut mir leid, Keaton, aber das ist mein letztes Wort.«

Keaton schürzte die Lippen. Er hatte gehofft, er könnte Bentley umstimmen, doch offenbar stand dessen Meinung ebenso fest wie seine eigene. Daher blieb ihm nichts anderes übrig, als die Karten offen auf den Tisch legen.

»Na schön«, begann er, »offen gestanden überrascht es mich ein wenig, dass sie ihn unterstützen. Immerhin haben Sie seinen Cousin noch vor wenigen Monaten an den Galgen gebracht.«

»Henry Domson war sein Cousin dritten Grades«, korrigierte Roderick ihn verbissen. »Das kann man wohl kaum als enge Verwandtschaft bezeichnen.«

»Sicher nicht, trotzdem hat mich Ihre Entscheidung seinerzeit beeindruckt.«

»Tatsächlich?«

»Natürlich« antwortete Keaton aufrichtig, »ich habe die Verhandlung ziemlich genau verfolgt und fand, dass Sie sich hervorragend verhalten haben. Aus meiner Sicht war der Bursche so schuldig wie der Teufel und bar jeder Reue. Hätte ein anderer auf der Anklagebank gesessen, hätte man ihn fraglos gehängt. Und doch dachte ich nicht, dass Sie Domson zum Tod verurteilen würden.«

»Obwohl Sie selbst sagen, bei einem anderen hätte es diesbezüglich keine Frage gegeben.«

»Nur dass bei Domson die öffentliche Meinung zu berücksichtigen war. Die vielen Stimmen, die der Ansicht waren, irgendwie sei es gegen Gottes Wille, ein Mitglied der königlichen Familie hinzurichten, so entfernt die Verwandtschaft auch gewesen sein mag.«

»Er war ja wohl kaum ein Mitglied der königlichen Familie«, wandte Roderick ein.

»Andere wiederum wollten, dass er ebenso wie das gemeine Volk behandelt wird. Wie sie selbst. Sie hatten das Gewicht der Aristokratie gegen das des Pöbels abzuwägen und haben sich für den Pöbel entschieden.«

»Ich bin nur meinem Sinn für die Gerechtigkeit gefolgt.«

»Es war dennoch mutig.«

»So habe ich es nicht gesehen.«

»Und jetzt sitzen Sie hier«, fuhr Keaton fort, »sind der Vater eines Sohnes, der sich der gleichen Lage wie Henry Domson befindet. Sie kämpfen, um seine Unschuld zu beweisen, und wissen, dass er hingerichtet wird, falls man ihn schuldig spricht.«

Roderick rang nach Luft, denn Keatons unverblümte Worte schockierten ihn.

»Nein, *wenn* man ihn schuldig spricht«, verbesserte Keaton sich. »Denn Sie wissen, dass es so kommen wird. Da hilft kein Beten.«

»Könnten Sie bitte nicht –«, stammelte Roderick. »Bitte nicht.«

»Das alles birgt eine gewisse Ironie in sich, nicht wahr?« Keaton lehnte sich zurück. Die Unterhaltung begann, ihm Spaß zu machen. »Dass Sie Ihren Sohn auf die gleiche Weise verlieren. Mr und Mrs Domson werden jede Minute der Verhandlung auskosten.«

»Ich möchte nicht mehr darüber reden, Keaton«, erklärte Roderick, entsetzt angesichts der Kaltherzigkeit des Mannes. Sicher, im Fall des Königs vertraten sie gegensätzliche Meinungen, doch Keatons leichtfertige Äußerungen über Gareths Schicksal wollte er nicht noch länger hinnehmen.

»Früher oder später müssen Sie sich den Tatsachen stellen, Roderick. Es sei denn, es erscheint jemand, der gewisse Dinge ändern kann. Andernfalls legt sich in wenigen Wochen die Schlinge um den Hals Ihres Sohnes.«

Roderick runzelte die Stirn. »Es sei denn, es erscheint jemand?«

»Was würden Sie dazu sagen«, begann Keaton so leise, dass sich beide Männer vorbeugten, »wenn ich Ihnen erzähle, dass ich dafür sorgen kann, dass eine Verurteilung Ihres Sohnes definitiv zu einer weniger harten Strafe führen wird.«

Roderick wusste nicht, was er dazu sagen sollte. Er hatte nicht einmal richtig erfasst, was sein Kollege ihm mitteilen wollte.

»Was wäre, wenn ich Ihnen erkläre, dass ich über Mittel verfüge, die ihrem Sohn eine leichtere Strafe garantieren, sagen wir ein paar Jahre Gefängnis und vorzeitige Entlassung dank guter Führung? Mildernde Umstände und so weiter. Was, wenn ich Ihnen Ihren Sohn zurückgeben und sein Leben retten könnte?«

»Dazu sind Sie in der Lage?«, fragte Roderick und ließ sich mit verwirrter Miene zurücksinken.

»Bin ich, ja. Ich besitze sowohl die Macht als auch die Autorität, das Urteil in diesem Fall beeinflussen zu können. Dazu gehört nur, dass Sie mir einen kleinen Gefallen tun.«

Roderick begriff und konnte doch kaum glauben, dass dergleichen von ihm verlangt wurde.

»Sie fordern, dass ich meine Entscheidung ändere«, sagte er fassungslos. »Sie wollen, dass ich gegen den König stimme.«

Lächelnd lehnte Keaton sich zurück und hob eine Braue, um zu signalisieren, dass er genau das erwarte.

4

Der Zug war voller als erwartet, und Montignac stellte missmutig fest, dass er kein leeres Abteil finden konnte. Schließlich stieß er auf eines, in dem es noch zwei freie Plätze gab. Er zog die Tür auf und entdeckte ein junges Paar, das eng zusammensaß und über irgendetwas kicherte.

»Ist der Platz da noch frei?«, erkundigte er sich. Die beiden sahen ihn unwillig an, nickten jedoch. Montignac war kurz vor

Abfahrt des Zuges eingestiegen, wahrscheinlich hatten die beiden gedacht, dass sie das Abteil für sich haben würden.

Er ließ sich ihnen gegenüber nieder, sah die Liverpool Street Station in der Ferne entschwinden und zog die Zeitung aus seiner Reisetasche hervor. Zwei Überschriften fielen ihm auf. Eine, in fetten schwarzen Lettern, lautete:

Richtersohn mit gewalttätiger Vergangenheit

Er begann, den Bericht zu lesen.

> Wie sich in der gestrigen Gerichtsverhandlung herausstellte, hat Gareth Bentley, der Sohn des ehrwürdigen Obersten Richters Roderick Bentley, bereits in der Vergangenheit gewalttätiges Verhalten gezeigt, das durch unmäßigen Alkoholkonsum hervorgerufen wurde. Bentley steht wegen des Mordes an Raymond Davis, Mitglied der Königlichen Gartenbaugesellschaft, im August dieses Jahres vor Gericht. Mit ausdrucksloser Miene saß er auf der Anklagebank und hörte zu, wie Mr Harkman, als Vertreter der Anklage, Aidan Higgins verhörte, einen früheren Schulfreund des Angeklagten, der seinerzeit bei einem Angriff Bentleys ernstlich verletzt wurde. Higgins sagte aus, dass er zu einer Gruppe von Harrow-Schülern gehört habe, die im Alter von fünfzehn Jahren einen feuchtfröhlichen Abend verbracht hatten, und dass es später zu einem Streit kam, bei dem Bentley ihm mehrfach den Arm gebrochen und die Schulter ausgerenkt habe. Der Staatsanwalt fragte nach, warum Bentley nicht festgenommen worden sei, doch darauf wusste Higgins keine Antwort. Ein anderer Schulfreund, Paul O'Neill, sagte aus, dass Bentley am nächsten Tag behauptet habe, sich an nichts erinnern zu können, und dass der Gewaltausbruch eine Folge seines exzessiven

> Alkoholkonsums am Vorabend gewesen sei. Staatsanwalt Harkman erklärte dem Gericht, am Abend des Mordes an Raymond Davis sei in einem Lokal namens Bullirag auf der Air Street beobachtet worden, wie Bentley etwa zwölf große Gläser Bier und dazu mehrere Gläser Whisky getrunken habe.

Danach wurden weitere Einzelheiten der Verhandlung am Nachmittag beschrieben, die Montignac nicht interessierten. Ihm war klar, dass es in Bezug auf Gareths Schuld keine Zweifel mehr gab, woraufhin er sich sagte, dass es besser gewesen wäre, sein Verteidiger hätte ihn überredet, auf schuldig zu plädieren, denn dann gäbe es wenigstens die Chance, dass das Urteil weniger hart ausfallen würde.

Weiter unten befand sich ein kurzer Artikel mit der Überschrift:

Der Fall Simpson geht weiter

Noch mehr Tratsch, dachte Montignac und überflog die Zeilen.

> Durch die Londoner Gesellschaft schwirren Gerüchte, dass noch vor Weihnachten mit einer Erklärung über eine mögliche Heirat seiner Majestät, König Edward VIII., und Mrs Wallis Simpson, einer geschiedenen Amerikanerin, zu rechnen sei. Obwohl es in der Öffentlichkeit Stimmen gibt, die sich für die Verbindung der beiden aussprechen, heißt es, dass Premierminister Baldwin entschlossen dagegen votiert und ein Komitee aus führenden Mitgliedern der Justiz ermächtigt hat, die jeweiligen Standpunkte zu diskutieren und über ihre Gesetzmäßigkeit zu entscheiden.

»Entschuldigung«, sagte eine Stimme. Montignac sah auf. Es war die junge Frau ihm gegenüber, die ihn angesprochen hatte.

Er musterte sie und schätzte sie auf nicht älter als zwanzig Jahre. »Steht da vielleicht etwas über den König?«, fragte sie.

»Ja, das habe ich gerade gelesen«, entgegnete Montignac.

»Und was steht da?«, fragte sie begierig. »Man kommt ja kaum an Informationen heran, dabei ist es doch so faszinierend. Im Radio wird überhaupt nicht darüber gesprochen.«

Montignac las den Artikel vor. Wie gebannt hörten die beiden ihm zu und schüttelten die Köpfe.

»Richtig ist das ja nicht, oder?«, fragte sie, als er geendet hatte. »Der König, der hinter einer Hure her ist. Man darf gar nicht daran denken.«

»Wir haben gestern erst geheiratet«, erklärte der junge Mann und hob die Hand seiner Frau hoch, um zur Bestätigung ihrer legitimen Verbindung ihren Ehering vorzuzeigen. Montignac wusste nicht, ob er schon jemals einen dermaßen winzigen Brillanten gesehen hatte, falls es überhaupt einer war. »Soll er doch tun, was ihm gefällt. Ich begreife gar nicht, weshalb Jenny so dagegen ist. Warum dem Mann nicht auch ein bisschen Glück gönnen? Das ist jedenfalls meine Meinung.«

»O nein, Jack, der Ansicht bin ich nicht«, sagte Jenny. »Es gibt ja wohl genügend europäische Prinzessinnen, die alles tun würden, um sich unseren König zu angeln. Ich glaube, er macht das Ganze nur, um sie anzustacheln, meinen Sie nicht?«

»Da bin ich überfragt«, entgegnete Montignac, der noch eine Stunde Zugfahrt vor sich hatte, die er nicht unbedingt mit langwierigen Diskussionen über das Für und Wider königlicher Eheschließungen verbringen wollte. Er faltete die Zeitung zusammen und reichte sie dem Ehepaar. »Hier«, sagte er, in der Hoffnung, die beiden von sich abzulenken, »lesen Sie selbst.«

Die beiden nahmen das Angebot dankbar an und begannen, den Artikel noch einmal gemeinsam zu lesen. Montignac schaute aus dem Fenster auf die vorbeiziehende Landschaft und dachte, dass es doch erstaunlich war, wie die Zeit die Meinung eines Menschen verändern konnte. Vor zehn Jahren, als er fünfzehn Jahre alt gewesen war, hatte er die Zugfahrten nach Leyville geliebt. Damals, als er über die Feiertage oder die langen Sommerferien dorthin fuhr. In den Nächten vor der Reise konnte er nie schlafen, so sehr beschäftigte ihn der Gedanke, nach Hause zu kommen, wieder frei zu sein, zu Stella zurückzukehren.

Das war die Zeit gewesen, in der ihre Beziehung eine andere geworden war. Es hatte an einem Tag begonnen, an dem er sich mit Andrew geprügelt hatte. Damals er war vierzehn Jahre alt gewesen, Andrew siebzehn. Der Anlass war trivial gewesen. Vielleicht hatte Andrew besonders schlechte Laune gehabt oder einen Widerwillen gegen seinen Cousin entwickelt, jedenfalls schlug er ihn zusammen. Als Montignac wenig später das Haus betrat, strömte ihm Blut aus der Nase und der Platzwunde über einem Auge.

»Großer Gott«, sagte Stella, als er mit unglücklicher Miene durch die Tür geschlichen kam, »was ist denn mit dir passiert?«

Montignac zuckte mit den Schultern und wollte nicht zugeben, dass Andrew diesmal der Stärkere gewesen war. Stella erkannte seine Verlegenheit und fragte ihn nicht weiter aus.

»Außer mir ist niemand da«, sagte sie. »Aber wir müssen dein Gesicht säubern, ehe meine Eltern zurückkehren. Komm mit.«

Er folgte ihr hinauf ins Badezimmer, wo sie ihm das Blut abwusch, Jod auf die Platzwunde tupfte, in der noch winzige Stückchen Split steckten, und ein Heftpflaster darauf klebte. »So«, sagte sie, »jetzt siehst du nicht mehr so schlimm aus.«

Die ganze Aktion hatte nicht mehr als zehn Minuten gedauert, doch in diesen zehn Minuten hatte sich zwischen ihnen etwas verändert. Wenn sie sonst so nah beieinander gesessen hatten, war es ihnen nie bewusst geworden, und ihre Berührungen waren jedes Mal zufällig gewesen. Doch jetzt wollte Stella ihren Cousin nicht mehr loslassen und wollte ihm durch das Haar streichen, an dessen Spitzen noch winzige Blutreste hafteten.

Als Owen verarztet war, saßen sie einander noch für einen Moment gegenüber, sahen sich an, und dann beugten sie sich vor und küssten sich, als wäre es die natürlichste Sache der Welt.

»Wir sind auf dem Weg in die Flitterwochen«, sagte Jenny. Montignac wurde aus seinen Erinnerungen gerissen und schaute sie an.

»Was haben Sie gesagt?«

»Wir fahren in die Flitterwochen«, wiederholte ihr Ehemann – Jack. »Nach Cornwall. Da habe ich Verwandte. Wenn wir ankommen, dürfte ein Festessen auf uns warten.«

Montignac rang sich ein Lächeln ab. Offenbar suchten die beiden jemanden, dem sie diese wundervolle Nachricht mitteilen konnten, und er war der Einzige, der ihnen zur Verfügung stand.

»Wir arbeiten in London im selben Haus als Dienstboten«, fuhr Jack fort. »So haben wir uns kennengelernt. Zur Hochzeit hat unsere Herrschaft uns zwanzig Pfund geschenkt, ungelogen. Zwanzig Pfund«, wiederholte er, als könne er sein Glück noch nicht fassen und wünschte, er hätte schon früher an eine Heirat gedacht.

»Glückwunsch«, sagte Montignac. »Obwohl Sie noch sehr jung sind.«

»Ich bin neunzehn«, erklärte Jack.

»Und ich einundzwanzig«, sagte Jenny. »Ich bin seine ältere Frau.«

Die ältere Frau, dachte Montignac versonnen. Darüber hatten er und Stella achtzehn Monate lang Witze gemacht. Sie war ein Jahr älter als er, aber das hatte keine Rolle gespielt. Es amüsierte sie lediglich, auf die Weise an ihren Altersunterschied zu denken, gab ihrer Beziehung noch mehr Würze.

Einmal fälschte er ein Entschuldigungsschreiben seines Onkels, verließ die Schule über ein Wochenende und traf sich mit Stella, die ebenfalls die Schule schwänzte. Den Samstag verbrachten sie in Brighton am Strand und verkrochen sich in Höhlen, wo sie sich heimlich liebten. Sie waren voneinander bezaubert, genossen die körperliche Beziehung und die Lust auf den anderen. Morgens wurde Montignac in der Gewissheit wach, dass Stella das Einzige auf der Welt war, das seinem Leben Bedeutung verlieh. Er liebte sie leidenschaftlich, eine

Liebe, die ihn innerlich schwächte und ihn elektrisierte, wenn sie einen Raum betrat. Er wollte sie immerzu anschauen, ihre Anwesenheit spüren, die Aufregung, wenn sie sich zu ihm umwandte und lächelte oder ihn an sich zog und küsste.

Sie sagte, sie sei von ihm betört, ein Wort, das in seiner Seele vibrierte und das sie einander über ein Jahr lang sagten. Es war das einzige Wort, mit dem sie ihre Beziehung beschrieben. Betört. Immerzu betört.

»Natürlich dachten alle, wir wären verrückt, so früh zu heiraten«, sagte Jenny.

»Wir kennen uns erst seit ein paar Monaten«, ergänzte Jack.

»Aber wir haben uns gesagt, wenn man den richtigen Menschen getroffen hat, dann weiß man es. Dann weiß man, dass kein anderer an ihn heranreichen kann. Weshalb also noch weitersuchen. Sind Sie verheiratet, Mr –«

»Montignac. Ja«, fügte er hinzu, »das bin ich.«

»Ach, wie schön. Seit wann?«

»Schon seit etlichen Jahren.«

»Und wie heißt sie?«

»Stella.«

»Ein vornehmer Name«, bemerkte Jenny. »Wo ist sie denn? Reist sie nicht mit Ihnen?«

»Nein, aber ich bin auf dem Weg zu ihr nach Hause«, antwortete Montignac und fragte sich, ob es überhaupt noch sein Zuhause war. Um Jenny von weiteren Nachfragen abzuhalten, schaute er aus dem Fenster und wünschte, er hätte sich ein anderes Abteil ausgesucht. Die beiden jungen Leute waren auch voneinander betört, wohingegen ihn der Gedanke quälte, dass er die einzige Frau verloren hatte, die er jemals geliebt hatte und immer lieben würde.

Natürlich hatte er damals gewusst, dass ihre Beziehung keine Chance hatte. Doch dass sie auf eine solch dramatische Weise endete, machte die Erinnerung daran noch schmerzhafter. Zuerst jener schreckliche Morgen, der schlimmste seines Lebens – er musste die Augen schließen, um gegen die Flut der Erinnerungen anzukämpfen – als Andrew – Andrew …

Er schüttelte den Kopf, um die Bilder loszuwerden. Er hatte in seinem Leben einige unschöne Dinge getan, aber daran zu denken war nicht gestattet. Wie er vor Jahren erkannt hatte, schadeten solche Gedanken seiner seelischen Gesundheit.

Und dann, ein oder zwei Monate später, hatte Stella ihm die entsetzliche Wahrheit anvertraut, und sie hatten nicht gewusst, was sie tun sollten, hatten weder einen Ort noch einen Menschen, zu dem sie Zuflucht nehmen konnten. Schließlich ging Stella das Wagnis ein, bat Margaret Richmond in ihr Zimmer und gestand ihr alles, nahezu hysterisch vor Panik. Margaret saß da und wurde im Verlauf der Beichte blasser und blasser. Sie bekannten, was sie getan hatten, was sie nie hätten tun dürfen und was daraus entstanden war.

Margaret war schockiert, wie auch nicht? Ihr fehlten die Worte. Sie stand auf und begann, im Zimmer auf und ab zu laufen, angewidert und fassungslos zugleich. Nach einer Weile ging sie ins Bad und benetzte ihr Gesicht mit Wasser. Doch zu guter Letzt willigte sie ein, ihnen zu helfen, den Kindern, die sie nie gehabt hatte. Margaret war diejenige, die bei Peter und Ann Montignac die ersten Zweifel über die Schule weckte, die Stella seinerzeit besuchte, und die als Erste auf das Internat in der Schweiz zu sprechen kam. Sie nannte die Namen der aristokratischen Familien, die ihre Töchter dorthin geschickt hatten. Das gab den Ausschlag, damit hatte sie Stellas Eltern überzeugt. Wenig später, ehe man etwas sehen konnte, verließ Stella Leyville und kehrte erst nach zwei Jahren wieder zurück.

Sie reiste ab, ohne sich von Montignac verabschiedet zu haben, hatte ihm nicht einmal gesagt, dass sie fortgehen würde. Wie üblich war es an Margaret, ihm die Einzelheiten schonend beizubringen: Dass Stella in der Schweiz gut aufgehoben sei und dort eine Zeit lang bleibe, bis das Problem aus der Welt sei; dass es kein Kind gäbe und er die Sache vergessen müsse und mit niemandem darüber sprechen dürfe. Niemals.

Plötzlich hatte er einen metallischen Geschmack im Mund, leckte über seine Lippen und schmeckte Blut. Bei seinem Ausflug in die Vergangenheit hatte er seine Lippe blutig gebissen.

»Ach herrje, Sie bluten ja«, rief Jenny, griff in ihre Handtasche und zog ein Taschentuch heraus. »Hier, nehmen Sie das.«

Sie beugte sich vor und wollte ihm das Tuch offenbar selbst auf den Mund drücken – wie Stella es vor all den Jahren getan hatte. Montignac wich zurück und nahm ihr das Taschentuch ab.

»Danke«, sagte er, »das kann ich selbst.«

Der Zug wurde langsamer. Bis Leyville würde er noch zwei Mal haltmachen, was einem Fußmarsch von einer guten Stunde entsprach. Draußen war es zwar noch frisch, aber Montignac entschied, den Rest der Strecke zu laufen, denn wenn er noch eine Minute länger im dem Abteil bliebe, würde er vor Wut seine Faust durch das Fenster rammen. Mit einem Griff schnappte er seine Reisetasche, stürmte ohne ein Wort des Abschieds auf den Gang und hinaus auf den Bahnsteig. Dort sog er die frische Luft ein, hasste sein Leben, seine Vergangenheit, alles, was aus ihm geworden war, und alles, was man aus ihm gemacht hatte. Als der Zug losfuhr, sah er das junge Paar, das ihn durch das Abteilfenster konsterniert anstarrte.

Die Montignacs, *jene* Montignacs, hatten ihm alles gestohlen. Sein Haus, sein Geld, sein Land, seine Familie, sein Erbe, seinen inneren Frieden, sein Kind.

Und jetzt stand er hier, war von dem schlimmsten von allen Montignacs herbeizitiert worden, als wäre er nicht viel mehr als ein Dienstbote. Warum behandelte sie ihn so? Warum erkannte sie nicht, wie sehr er sie liebte? Dass sie dazu geboren waren, zusammen zu sein.

5

Während Roderick Bentley erfuhr, was er tun musste, um das Leben seines einzigen Kindes zu retten, hatte Jane den Justizpalast Old Bailey verlassen, um in der Mittagspause mit Sir Quentin Lawrence zu sprechen. Nach der Verhandlung am Vormittag hatte sie auf ihn gewartet, ihn jedoch aus den Augen verloren, als der Richter sich zurückzog und die Zuschauer aus dem Saal drängten.

»Ich fahre in die Kanzlei«, erklärte Roderick und griff nach seiner Aktentasche. »Möchtest du mitkommen?«

Jane schüttelte den Kopf. »Ich esse hier ein Sandwich. Wir treffen uns nachher wieder.«

Roderick wandte sich zum Gehen und war froh, dass er auf der Fahrt in die Kanzlei keine hoffnungsvollen Kommentare von sich geben musste. Als er aus dem Gerichtssaal verschwunden war, folgte Jane ihm und hielt auf dem Flur nach dem Anwalt Ausschau, der jedoch nirgends zu entdecken war. Stattdessen fiel ihr Blick auf James Lewis, den Rechtsberater von Sir Quentin, der am Ende eines leeren Korridors eine Treppe nach unten lief. Sie eilte ihm nach, hörte, wie das Klacken ihrer Absätze durch den Korridor hallte, und hatte ihn fast eingeholt, als er die Tür zur nächsten Herrentoilette aufzog und hineinging. Jane blieb vor der Tür stehen und wartete voller Ungeduld. Nach einer Weile schaute sie nach allen Seiten, stellte fest, dass außer ihr niemand da war, und betrat die Herrentoilette.

Es war eine seltsame Erfahrung, denn bisher war sie noch nie in einer Herrentoilette gewesen. Innen war es kälter als in den Damentoiletten, die sie kannte, und ungepflegter. Mit dem Rücken zu ihr stand der Rechtsberater an einem Urinal und pfiff eine Melodie vor sich hin.

»Mr Lewis«, begann Jane. Der junge Mann zuckte zusammen und fuhr herum.

»Lady Bentley«, rief er, »was tun –«

»Tut mir leid, dass ich so hereinplatze, aber –«

»Lady Bentley, das hier ist eine Herrentoilette. Sie können nicht einfach hereinkommen.«

»Aber ich muss Sie etwas fragen.«

»Bitte, Sie müssen draußen warten. Hier haben nur Männer Zutritt.«

»Sie dummer Junge«, sagte Jane, »was glauben Sie, wie egal mir das ist. Kann ich Sie jetzt etwas fragen?«

Lewis warf ihr einen finsteren Blick zu, wandte sich ab, rückte seine Hose zurecht und knöpfte sie zu. Das Gesicht feuerrot vor Verlegenheit, trat er an das Handwaschbecken. »Das gehört sich nicht«, murmelte er. »Einen Mann auf der Toilette, den muss man doch in Ruhe –«

»Wissen Sie, wohin Sir Quentin gegangen ist?«, unterbrach Jane ihn. Seine Anstandsregeln interessierten sie nicht.

»Zum Mittagessen, nehme ich an.«

»Ja, aber wohin?«, fragte sie. James drehte sich zu ihr um und erkannte etwas Wahnhaftes in ihrem Blick. Verstört nannte er ihr den Namen und die Adresse des Pubs unten an der Straße, das Sir Quentin bei Verhandlungen gern aufsuchte, um dort die Steak-und-Nieren-Pastete zu essen.

»Ich kann es Ihnen aber nicht garantieren«, rief er ihr nach, als sie durch die Tür stürzte, vorbei an einem betagten Anwalt, der die Toilette betreten wollte und ihr fassungslos nachschaute, ehe er sich mit entrüsteter Miene zu Lewis umdrehte.

»Mich brauchen Sie nicht so anzusehen«, sagte Lewis beim Hinausgehen und zuckte mit den Schultern.

Zum Glück war Sir Quentin tatsächlich in dem genannten Pub. Er saß abseits an einem Ecktisch, vor ihm die Pastete, ein kleines Bier und das aufgeschlagene Kreuzworträtsel der *Times*.

»Hier sind Sie also«, sagte Jane und setzte sich ihm gegenüber. »Nach der Verhandlung habe ich auf Sie gewartet.«

»Jane«, sagte er missmutig. In den kurzen Verhandlungspausen wollte er seine Ruhe haben und fragte sich, wie sie ihn überhaupt gefunden hatte. »Meine liebe Lady Jane«, fügte er freundlicher hinzu.

»Ich bin nicht Ihre liebe Lady«, entgegnete Jane übellaunig. »Was läuft da gerade ab, Quentin? Heute Morgen schien – so was habe ich noch nie gehört – was sind das für Leute?« Sie fühlte sich elend, und in ihrem Kopf ging alles derart drunter und drüber, dass sie für ihre vielfältigen Beschwerden nicht die richtigen Worte fand. Unzählige Fragen kämpften um Gehör wie aufgebrachte Dorfbewohner, die im Gemeinderat durcheinanderschrien.

»Bitte, Jane«, sagte Sir Quentin, »beruhigen Sie sich. Ich besorge Ihnen etwas zu trinken. Sie müssen mir nur sagen, was Sie möchten.«

Jane versuchte, sich zu sammeln. »Ich will mich nicht beruhigen. Ich will nur wissen –«

»Einen Moment«, sagte Sir Quentin, »wie wäre es mit einem Gin Tonic. Der ist gut für die Nerven.«

»Na schön.« Jane strich sich lose Haarsträhnen aus den Augen, lehnte sich zurück und entdeckte sich selbst in dem Spiegel an der Wand gegenüber – farbloses Gesicht und stumpfe Haut. Noch vor drei Monaten wäre sie in einem solchen Zustand nicht vor die Tür gegangen. Hastig wandte sie den Blick ab.

Sir Quentin winkte die Kellnerin herbei und bestellte Janes Getränk, das umgehend gebracht wurde. Nervös nahm Jane die ersten Schlucke.

»Heute Morgen ist es nicht gut gelaufen, oder?«, sagte sie etwas gefasster.

»Diese beiden Jungen, Higgins und O'Neill, haben uns nicht geholfen, so viel steht fest. Sehr bedauerlich, dass die Staatsanwaltschaft die beiden aufgestöbert hat.«

»Die beiden sind vermutlich selbst auf den Staatsanwalt zugegangen«, erwiderte Jane grollend. »An die erinnere ich mich noch sehr gut aus Gareths Schulzeit. Sie haben einen schlechten Einfluss ausgeübt, ihn immerzu angestachelt. Zum Trinken und anderen Ärgernissen. Den beiden schien der Alkohol nicht so viel auszumachen wie ihm. Ich nehme an, sie haben von dem Fall in der Zeitung gelesen und dachten, sie könnten berühmt werden.«

»Der junge Mr Higgins hat damals ernsthafte Verletzungen davongetragen«, bemerkte Sir Quentin vorsichtig. »Darauf hat die Anklage sich gestürzt.«

»Und Sie haben kein einziges Mal Einspruch erhoben«, beklagte sich Jane. »Das ist das, was ich nicht verstehe. Warum sind Sie nicht öfter dazwischengegangen?«

»Ich habe meinen Einspruch zu Beginn erhoben«, wehrte sich Sir Quentin. »Ich habe dem Richter mitgeteilt, dass ein Vergehen von vor zehn Jahren für den gegenwärtigen Fall bedeutungslos ist. Er hat meinen Einspruch abgewiesen. Offenbar war er der Ansicht, dass der Vorfall auf den Charakter des Angeklagten deutet.«

»Gareth«, betonte Jane, »er heißt Gareth.«

»Gut, auf den Charakter von Gareth. Er wollte, dass die Geschworenen von diesem Zwischenfall erfahren. Und nachdem ich abgewiesen worden war, konnte ich den Bericht der beiden jungen Männer nicht mehr verhindern. Mit welcher Begründung hätte ich das tun sollen? Harkman hat den beiden nichts suggeriert, brauchte er ja auch nicht. Hätte ich den Geschworenen vielleicht zeigen sollen, dass wir Angst vor dieser Aussage haben?«

»Aber sie hat uns geschadet, oder etwa nicht?«

»Sehr sogar, fürchte ich.«

Jane seufzte. Sie hatte gehofft, er würde sagen, nein, so wichtig sei die Aussage nicht gewesen.

»Und was werden wir dagegen unternehmen?«, erkundigte sie sich. »Wie sieht Ihre Verteidigung in dem Punkt aus?«

»Unsere Verteidigung bleibt dieselbe, nämlich erstens, dass es keine Zeugen für den Angriff auf Mr Davis gibt und nicht einmal bewiesen ist, dass er überhaupt in Mr Montignacs Wohnung starb.«

»Natürlich ist er dort gestorben«, erwiderte Jane aufgebracht. »Alles andere ist doch lächerlich.«

»Es hat trotzdem niemand gesehen. Insofern ist der Punkt valide. Zweitens bleiben wir dabei, dass der Angeklag-, Verzeihung, dass Gareth in seiner Verfassung gar nicht genügend Kraft gehabt hätte, gegen einen anderen zu kämpfen und ihn zu töten, erst recht keinen nüchternen, kräftigen jungen Mann wie Raymond Davis.«

»Gut, das leuchtet ein«, sagte Jane und nickte.

»Und dass er drittens – was vielleicht sogar das Wichtigste ist – nicht das geringste Motiv hatte. Er wusste ja nicht einmal, wer Davis war.«

»Das reicht doch aus, oder?«, fragte Jane. »Das sind doch stichhaltige Beweise.«

Sir Quentin stieß einen schweren Seufzer aus. Er war sich nicht sicher, wie viel Wahrheit sie vertragen konnte, doch da sie ihn gedrängt hatte, beschloss er zu sprechen. »Da wäre noch ein kleines Problem. Er wird Menschen geben, die unseren dritten Punkt – das fehlende Motiv – eher belastend auslegen. Sie könnten glauben, dass Gareth so sinnlos betrunken war, dass er in einem Anfall blinder Wut einen ihm Unbekannten ermordet hat, der bei Mr Montignac vorbeigekommen war, um seinen Schwager zu besuchen.«

»Owen Montignac ist kein Bruder von Stella Montignac.«

»Dann eben seinen verschwägerten Cousin, falls es so was gibt.«

»Ich frage mich«, begann Jane und sah sich um, ob jemand da war, der sie hören konnte, »ob es nicht die Möglichkeit gibt, etwas mehr zu tun.«

Sir Quentin runzelte die Brauen. »Meine Liebe, ich versichere Ihnen, dass ich alles tue, was ich kann. Wie Sie wissen, trete ich seit über siebenundzwanzig Jahren vor Gericht auf.«

»Ich spreche ja auch nicht von Ihrer Verteidigung.« Jane hielt seinen Blick fest. »Sondern davon, für ein günstigeres Urteil zu sorgen.«

Sir Quentin starrte sie an. »Tut mir leid, Jane«, sagte er verwirrt, aber da komme ich nicht ganz mit.«

»Sir Quentin, Sie haben sie sich doch sicherlich angeschaut.«

»Wen angeschaut.«

»Die Geschworenen, wen denn sonst?«

»Natürlich«, entgegnete er, »ich habe sie mir angeschaut. Und weiter?«

»Woher bekommt man solche Leute überhaupt?«, fragte Jane und lachte abfällig. »Was ist das für ein Pack?«

Empört setzte Sir Quentin sich auf. Er glaubte an die Integrität des Justizsystems, dem er sein Leben gewidmet hatte. »Die Geschworenen halte ich für einwandfrei. Zwölf Personen ohne Fehl und Tadel. Auf dieser Grundlage beruht unsere Rechtsprechung.«

»In der ersten Reihe sitzt ein Mann, der seit dem ersten Verhandlungstag denselben Anzug trägt«, fuhr Jane fort. »Sogar dasselbe Hemd. Wahrscheinlich wäscht er es abends und hängt es über Nacht zum Trocken auf einen Kleiderbügel. Hinter ihm sitzt eine Frau mit einem Hut, der 1928 vielleicht drei Wochen lang in Mode war. Am Ende der ersten Reihe hockt ein Mann, der jeden Morgen auf einem alten Klappergestell zum Gericht geradelt kommt und in den Pausen seine mitgebrachten Sandwiches isst. Wissen Sie jetzt, was ich meine?«

»Nein«, entgegnete Sir Quentin, »nicht einmal ansatzweise.«

»Das sind Leute mit äußerst beschränkten Mitteln«, fuhr Jane fort. »Mitglieder der unteren Mittelklasse oder höheren Arbeiterklasse, die Woche für Woche versuchen, mit ihrer Familie über die Runden zu kommen. Vielleicht versuchen sie, ihren Kindern eine anständige Ausbildung zu ermöglichen, nur um festzustellen, dass ihre finanzielle Lage oder meinetwegen auch nur ihr Pech dem im Wege steht.«

»Vielleicht«, gab Sir Quentin zu. »Trotzdem wird es so gemacht. Wir rekrutieren die Geschworenen nicht aus der Delikatessenabteilung von Harrods.«

»Aber es könnte doch sicherlich Wege geben, einigen dieser Leute unter die Arme zu greifen«, sagte Jane leise. Über seinen Versuch, humorvoll zu sein, ging sie hinweg. »Sie wüssten es doch sicherlich zu schätzen, wenn eine wohltätige Spende ihr Leben leichter machen würde – und das ihrer Kinder.«

Sir Quentin legte Messer und Gabel ab. Ihm war der Appetit an seiner Steak- und-Nieren-Pastete vergangen. Jetzt wusste er wieder, weshalb ihm Störungen beim Mittagessen zuwider waren. »Jane, ich muss Sie bitten, kein Wort mehr zu sagen.«

»Nein, hören Sie mir einfach zu.«

»Das möchte ich lieber nicht.«

»Es müssten ja nicht gleich alle Geschworenen sein. Nur zwei oder drei von ihnen. Höchstens vier oder fünf. Nur so viele, dass sie in unserem Sinn entscheiden. Wir könnten ihnen einen Hinweis geben, ihnen anbieten –«

»Jane, das reicht.«

»Als wollten wir das, was Gareth getan hat, wiedergutmachen. Das Leben bedürftiger Menschen verbessern.«

»Jane, ich bestehe darauf, dass Sie schweigen«, rief Sir Quentin so aufgebracht, dass die wenigen Gäste, die an der Theke saßen, sich umdrehten und missbilligend das streitende Paar in der Ecke musterten, das aussah, als habe es Liebesprobleme. Jane biss sich auf die Lippe.

»Wir sind beileibe nicht reich«, sagte sie und umklammerte Sir Quentins Hand, »aber wir haben ein sehr gutes Auskommen. Wir haben das Geld. Ich kann es aufbringen, wenn es sein muss.«

»Weiß Roderick von diesem Gespräch«, fragte Sir Quentin argwöhnisch.

»Nein, natürlich nicht. Er würde toben.«

»Mit Recht«, erwiderte Sir Quentin. »Und Sie könnten für das, was Sie angedeutet haben, ins Gefängnis kommen. Danach wäre die Verurteilung und Hinrichtung ihres Sohnes garantiert.«

Jane starrte ihn an und wurde so kreidebleich, als habe er sie geschlagen.

»Sie haben richtig gehört«, sagte Sir Quentin. »Ich habe von seiner Hinrichtung gesprochen. Genau das würde passieren, sollten Sie diesen Vorschlag jemals wiederholen und würden dabei belauscht. Im Übrigen sollten Sie wissen, dass Sie mich beleidigen, tödlich beleidigen, wenn Sie glauben, ich ließe mich auf dergleichen ein.«

Jane beugte sich vor, mit gebleckten Zähnen wie eine Löwin, die ihr Junges verteidigt. »Schwingen Sie sich nur ja nicht aufs hohe Ross«, fauchte sie. »Sie haben keine Kinder, oder?«

»Nein, aber –«

»Dann wissen Sie auch nicht, dass ich alles, was in meiner Macht steht, tun würde, um mein Kind zu schützen. Wenn man ihn hängen will, muss man mich auch hängen.«

Sir Quentin nahm die Serviette von seinem Schoß, legte sie auf den Tisch und stand auf.

»Ich kehre zum Gericht zurück, Jane«, sagte er und konnte sie kaum ansehen, diese Frau, die offenbar dabei war, den Verstand zu verlieren. »Da ich Ihren Mann seit langen Jahren kenne und respektiere, werde ich freundlicherweise so tun, als hätte unser Gespräch nie stattgefunden. Sollten Sie dieses Thema jedoch noch einmal anschneiden, lege ich meine Verteidigung nieder und werde mich gezwungen sehen, dem Richter meine Gründe zu erklären. Haben Sie mich verstanden?«

Jane schaute zu Boden. Sie weinte nicht, spürte lediglich ihre hoffnungslose Ohnmacht. Alles, was geschah, entzog sich ihrem Einfluss. Ihr Leben war wertlos geworden, das ihres Sohnes hing an einem seidenen Faden, und vor ihr stand dessen Anwalt, der anscheinend immer noch auf eine Antwort wartete.

»Haben Sie mich verstanden?«, wiederholte er und fragte dasselbe noch ein drittes Mal.

»Ja«, schleuderte sie ihm zornig entgegen, »ja, ja, ja. Ja, ich habe Sie verstanden. Sie scheren sich keinen Deut um den Fall. Bezahlt werden Sie ja so oder so.«

Kopfschüttelnd verließ Sir Quentin das Pub. Jane blieb auf ihrem Platz sitzen, spürte ihre Hilflosigkeit und ihre Wut, als befände sich eine tickende Zeitbombe in ihr. Am liebsten hätte sie den Tisch umgestoßen und laut geschrien. Geschrien, geschrien und geschrien, bis man sie holen, irgendwo einsperren und mit Tabletten vollpumpen würde, sodass sie alles vergessen konnte und zu einer Zeit zurückgetragen würde, in der sie sich wünschte – in der sie sich einzig und allein wünschte –, Karten für die Gartenfeste im Buckingham Place zu bekommen und am Ladies' Day in Ascot den richtigen Hut zu tragen.

6

Er entdeckte sie auf dem Dachgarten, wo sie saß und in einem Reiseführer über Amerika las. Für die Jahreszeit war es noch einmal ein überraschend schöner warmer Tag geworden, und sie trug ein leichtes Kleid und eine Sonnenbrille. Auf dem Tisch neben ihr stand ein Glas Weißwein. So also sah eine Frau aus, die keine Sorge hatte. Sie schien regelrecht zu glänzen und war die schönste Frau, die Montignac je gesehen hatte. Aus einer Laune heraus besann er sich wieder auf das Spiel aus ihren Kindertagen, blieb für einen Moment reglos stehen und stampfte dann laut mit dem Fuß. Stella schreckte zusammen, ließ ihr Buch fallen und schrie auf.

»Hallo«, murmelte er kaum hörbar.

Sie sah ihn an und lachte gezwungen. »Ich habe dich nicht kommen hören.« Sie hob ihr Buch auf. »Ich war wohl in einer Art Trance.«

»Ich habe den Mittagszug genommen.« Er ließ sich ihr gegenüber nieder und wünschte, er hätte seine Sonnenbrille dabei, nicht wegen der Sonne, sondern um ihr den Vorteil zu nehmen, seine Augen sehen zu können, wohingegen er ihre nicht sehen konnte. Sie warf einen Blick auf ihre Uhr.

»Hatte der Zug Verspätung? Als du um halb drei noch nicht hier warst, dachte ich, du würdest nicht mehr kommen.«

»Ich wurde aufgehalten.« Er wollte ihr nicht erklären, warum er den Zug vorzeitig verlassen und die letzten sechs Meilen zu Fuß gelaufen war.

»Egal, jetzt bist du ja hier. Möchtest du ein Glas Wein?« Sie hob die Flasche und deutete auf das Glas, das sie für ihn bereitgestellt hatte. Er nickte, und sie schenkte ihm ein. Er kostete den Wein und behielt ihn einen Moment im Mund, ehe er ihn hinunterschluckte. »Er ist aus Vaters Weinkeller«, erklärte sie, als sie seine beeindruckte Miene sah. »Ich habe beschlossen, etwas von dem Vorrat zu probieren, ehe der Wein schlecht wird. Da unten liegen so viele Flaschen, dass ich sie gar nicht zählen konnte. Einige stammen noch aus der Zeit unseres Urgroßvaters.«

»Es sind an die viertausendfünfhundert«, sagte er, was sie zu überraschen schien.

»Wirklich?«

»Ja, wirklich. Abzüglich derer, die du inzwischen getrunken hast.«

»Keine Sorge, es waren nicht viele. Wie war die Fahrt?«

Aber Montignac war nicht in Stimmung, Höflichkeitsfloskeln zu tauschen. »Du hast mich doch sicher nicht hierhergebeten, um über meine Zugfahrt zu sprechen.«

»Nein.«

»Wie ist es dir ergangen«, lenkte er ein, um nicht von Anfang an aggressiv zu wirken. »Ich dachte, du würdest die Woche in London verbringen.«

»Um an der Gerichtsverhandlung teilzunehmen?« Stella schüttelte den Kopf. »Ich hatte daran gedacht, aber dann erschien es mir sinnlos. Er wird doch sowieso schuldig gesprochen.«

»Ich fürchte, ja.«

»Was soll das heißen, du fürchtest?«

»Es heißt, dass es für alle Beteiligten eine Tragödie ist. Für Raymonds Familie, Gareths Familie, für Gareth. Und für dich.«

»Und für Raymond«, ergänzte Stelle schroff. »Ihn sollten wir nicht vergessen. Er war schließlich das Opfer, oder weißt du das nicht mehr?«

»Doch, natürlich«, versicherte er eilig. »Ich meinte, einschließlich Raymond.«

»Was deinen jungen Freund betrifft, hält sich mein Mitleid wohl eher in Grenzen.«

»Er ist nicht mein *Freund*, Stella. Er hat lediglich für mich gearbeitet. Und das nicht einmal sehr lange.«

»Ja, ich weiß. Entschuldige, Owen, ich wollte dir nichts unterstellen. Woher hättest du wissen sollen, dass sich so etwas daraus ergibt. Zumal er aus einer guten Familie kommt.«

»Hatte ich dir schon erzählt, dass ich meine Wohnung am Bedford Place aufgebe?«

»Nein«, entgegnete sie erstaunt, denn dort wohnte er seit vier Jahren, und die Wohnung war hübsch und gut gelegen. »Wann hast du das beschlossen?«

»Vor etwa einer Woche. Ende des Monats ziehe ich aus. Ich kann dort nicht mehr wohnen. Nach allem, was sich dort abgespielt hat, scheint es mir unpassend.«

Stella war gerührt und musste sich beherrschen, seine Hand nicht zu nehmen und zu drücken. »Das ist sehr feinfühlig von dir«, sagte sie. »Weißt du schon, wohin du ziehst?«

»Nein, darum muss ich mich leider noch kümmern.«

Ihr kam ein Gedanke. »Wie wäre es denn mit Vaters Wohnung in Kensington? Sie war sein Eigentum, und im Moment wohnt dort niemand.«

»Vaters Wohnung, wie du sie nennst, ist jetzt deine Wohnung. Vielleicht erinnerst du dich noch daran, dass er sie dir vermacht hat.« *Mit allem anderen*, hätte er um ein Haar hinzugefügt.

»Ja, aber ich benutze sie nicht. Oh, nimm sie doch, Owen. Sie ist so schön, und du hättest dreimal so viel Platz wie bisher.«

»Er hat sie dir vermacht«, wiederholte er. »Was bedeutet, er wollte nicht, dass ich sie bekomme.«

»Aber darüber kann er jetzt nicht mehr entscheiden.«

Montignac ließ seinen Blick über den Park von Leyville wandern. »Weißt du noch, wie wir uns früher hier oben vor Margaret oder deinen Eltern versteckt haben?«, fragte er nachdenklich. »Und welchen Ärger wir deshalb bekamen, weil sie Angst hatten, wir würden über die Brüstung fallen und uns zu Tode stürzen? Deine Mutter wollte ein Geländer anbringen lassen, aber dein Vater war dagegen. Er war der Ansicht, ein Geländer würde die Aussicht ruinieren.«

»Ja, das weiß ich noch.«

»Ich glaube, in Wahrheit haben sie uns den Dachgarten verboten, weil sie ihn für sich haben wollten. Für die kleinen Lunches mit ihren Freunden. Die Weinempfänge. Wir hätten nur gestört.«

»Aber jetzt sitzen wir hier«, sagte Stella.

»In der Tat.«

»Und niemand kann es uns verbieten.«

»Nein.«

Als es aussah, als würde er sich in seinen Erinnerungen verlieren, holte sie ihn die Gegenwart zurück und sagte: »Ich bin froh, dass du da bist, denn ich möchte etwas mit dir besprechen.«

Er trank einen Schluck Wein. »Was?«

»Es geht um Leyville und um das, was daraus werden soll.«

»Was daraus werden soll?«, fragte er verdutzt. »Da komme ich nicht ganz mit. Was willst du denn damit machen?«

»Ich will nichts *mit* Leyville machen. Ich möchte hier nicht mehr wohnen.«

»Was?« Mit dieser Antwort hatte Montignac nicht gerechnet. »Warum nicht?«

»Nach Vaters Tod und erst recht nach Raymonds Tod ist mir der Gedanke gekommen, dass der Ort einem Menschen nicht guttut. Ich habe schon vor mir gesehen, wie ich mich hier für den Rest meines Lebens verkrieche und nur noch zum Einkaufen vor die Tür gehe und schließlich sterbe, umgeben von vielen Katzen, und wie es Wochen dauern wird, ehe man mich findet. Meinst du nicht, dass hier nur Leid entstanden ist?«

»Absolut nicht«, erwiderte er bestimmt. »Ich liebe Leyville, und das weißt du auch. Schon mein Vater hat es geliebt. Und unser Großvater.«

»Das weiß ich alles. Aber ich liebe es nicht. Ist das nicht sonderbar? Dass man nach langen Jahren plötzlich das Gefühl hat, nicht mehr in sein eigenes Haus zu gehören? Jedenfalls habe ich beschlossen, von hier wegzugehen. Ich möchte reisen.«

»Deshalb auch das Buch da.« Er wies zu dem Reiseführer auf dem Tisch hinüber.

»Genau.«

Montignac runzelte die Stirn. Mit ihr zusammen zu sein fiel ihm nicht immer leicht, aber die Vorstellung, sie wäre woanders, in einem anderen Land oder auf einem anderen Kontinent, wo er sie nicht mehr im Auge hatte und ebenso wenig das Gesindel, das versuchte, sich an sie heranzumachen, war ihm unerträglich.

»Das kann nicht dein Ernst sein«, antwortete er schließlich.

»Das ist mein voller Ernst.«

»Und was hast du mit dem Haus vor? Willst du es einfach schließen?

»Genau das wollte ich mit dir besprechen«, erwiderte sie und wirkte plötzlich gereizt. »Ich könnte es einer Stiftung überlassen. Beispielsweise dem National Trust Fund. Man könnte ein Museum daraus machen. Einen Ort, der der Öffentlichkeit zur Verfügung steht. Was hältst du davon?«

Montignac fehlten die Worte. In Gedanken sah er die sogenannte Öffentlichkeit, diese bedeutungslosen Massen, die mit schmutzigen Schuhen durch das Haus seiner Väter trampelten, Zigarettenasche auf den Fußboden fallen ließen, nach dem Café oder der nächsten Toilette fragten, Leute, die durch das Haus liefen, in dem sein Vater geboren war, und über das Anwesen, das von Rechts wegen ihm gehörte – nein, das war zu viel.

»Ich finde diese Idee abstoßend«, sagte er. »Ich glaube nicht einmal, dass du das tatsächlich vorhast.«

»Abstoßend?«, fragte sie bestürzt. »Wieso denn das?«

Montignac zeigte mit dem Finger auf sie. »Dein Vater hat dir Leyville nicht vermacht, damit du es der Regierung oder der Krone überlässt. Wenn er sich so etwas auch nur hätte vorstellen können, hätte er dich und nicht mich enterbt.«

»Wie kannst du so etwas sagen?«, fragte sie erschüttert.

»Weil es so ist. Abgesehen davon hast du kein Recht dazu. Im Testament steht klar und deutlich, dass du weder das Land noch das Anwesen veräußern kannst. Du hast nur Zugang zu den Mieteinnahmen und Kapitalzinsen. Erst deine Erben können –«

»Darüber habe ich bereits mit Denis Tandy gesprochen«, fiel Stella ihm ins Wort. »Sicher, ich darf Leyville nicht verkaufen, aber ich kann es verschenken. Ich kann eine Stiftung ins Leben rufen, die das Haus als öffentliches Eigentum verwaltet, mit einem Aufsichtsrat, dessen Vorsitzende ich sein würde. Ich habe sogar gehofft, dass du Mitglied dieses Aufsichtsrats wirst.«

»Nur über meine Leiche«, sagte Montignac.

»Das verstehe ich nicht«, entgegnete sie verwirrt. »Ich dachte nicht, dass du so reagieren würdest. Ich hatte mir vorgestellt, dass du vielleicht bedauerst, dass ich fortgehe, mehr aber auch nicht.«

»Mach dir bloß nichts vor, Stella. Meinetwegen kannst du zum Südpol oder Nordpol oder in die Kalahari-Wüste reisen, aber wenn du glaubst, du kannst das, was mein Geburtsrecht ist, an eine Handvoll überbezahlter Politiker verscherbeln und an einen Mann, der sein Land für eine Hure aus Maryland riskiert, wirst du dich wundern. Mag sein, dass unser Großvater es meinem Vater wegnehmen konnte und dein Vater mir, aber ich lasse das nicht mehr zu. Dieser Diebstahl ist jetzt ein für allemal beendet.«

»Mein Vater hat dich aufgenommen«, rief Stella und sprang auf. »Als du nirgendwohin konntest, hat er dir ein Zuhause gegeben. Er hat dir Schule und Studium bezahlt.«

»Weil er das Geld besaß, das er meinem Vater gestohlen hatte. Warum hat er denn nach dem Tod unseres Großvaters nicht dafür gesorgt, dass mein Vater zurückkehren konnte? Warum hat er bis zum Tod meines Vaters gewartet, ehe er mich hergeholt hat?« Montignac war vor Zorn laut geworden. »Doch nur deshalb, weil er das, was er hatte, nicht mehr hergeben wollte. Aber trotz all seiner Verbrechen wusste er wenigstens Leyville zu schätzen und würde sich im Grab umdrehen, wenn er erführe, was du planst.«

Stella spürte, dass es in ihr zu brodeln begann. Sie atmete tief durch und zählte stumm bis zehn.

»Es ist bedauerlich, dass du so empfindest«, sagte sie. »Aber mein Entschluss steht fest.«

»Das kannst du nicht tun.«

»Ich kann und werde es tun. Tut mir leid, Owen, aber das ist der Stand der Dinge.«

»Es muss an deiner Trauer liegen«, entgegnete er steif. »Dein Vater fehlt dir, du leidest, weil Raymond –«

»Lass Raymond aus dem Spiel.«

»Warum, du warst diejenige, die gesagt hat, dass es in Leyville nur unschöne Erinnerungen gebe und er eine von ihnen sei. Letzteres unterstreiche ich übrigens voll und ganz.«

»Sprich nicht so über ihn.«

»Stella, bitte, ohne ihn sind wir alle besser dran. Soll er doch die Rosengärten im Himmel pflegen. Die Gärten in Leyville kommen auch ohne ihn aus.«

Die Augen halb zusammengekniffen, ging Stella an ihm vorbei zur Tür, die nach unten führte. »Wenn du in einer solchen Laune bist, rede ich nicht mehr mit dir. Ich habe dich aus Höflichkeit hierhergebeten und dir aus Höflichkeit von meinen Plänen erzählt. Ich wollte, dass du ein Teil von ihnen bist, denn schließlich lautet auch dein Nachname Montignac. Aber wenn du glaubst, du kannst hier sitzen und meinen Vater und meinen Verlobten schlechtmachen, nur weil du meinst, zwischen uns sei etwas schiefgelaufen –«

Montignac sprang auf, fuhr herum und schlug ihr ins Gesicht. Auf der Wange, die er getroffen hatte, blieb eine weiße Stelle zurück, fast so weiß wie sein Haar. Stella stand da wie gelähmt. Er starrte sie an, biss sich auf die Lippe, setzte sich wieder und trank sein Glas in einem Zug leer. Als er sich zu ihr umwandte, war sie fort.

7

Jane entdeckte ihren Mann im Wohnzimmer, wo er allein dasaß und nur eine Tischlampe eingeschaltet hatte. Er las nicht, hörte auch nicht Radio, sondern hockte nur da und hielt ein Glas Whisky in der Hand.

»Roderick?« Unsicher trat sie näher. Er regte sich nicht, woraufhin sie einen Augenblick lang dachte, er sei tot, dass der Druck der jüngsten Ereignisse zu groß für ihn geworden war und er einen Schlaganfall oder Herzinfarkt erlitten hatte. »Roderick«, wiederholte sie und konnte kaum noch atmen, »Roderick, geht es dir gut?«

Einen Moment später nickte er kaum merklich. Jane spürte, dass ihr Körper sich vor Furcht verkrampft hatte, und sie stieß erleichtert den Atem aus. Sie schaltete eine zweite Lampe ein. Der Raum wurde in das blasse Kirschrot des Lampenschirms getaucht.

»Warum sitzt du hier so allein?«, erkundigte sie sich. »Du hast mir einen Schreck eingejagt.«

»Tut mir leid.« Er sah zu ihr hoch. Sie war froh, dass das Licht im Raum gedämpft war, denn so konnte er sich bei ihrem Anblick an die schöne junge Frau erinnern, die er geheiratet hatte und seit nahezu dreißig Jahren liebte, und nicht die verängstigte, bleiche und verhärmte Person erkennen, zu der sie in den vergangenen Monaten geworden war. »Ich konnte da nicht mehr sein.«

»Als du nach der Pause nicht zurückgekommen bist, dachte ich, du hättest dich vielleicht verspätet und hinten in den Gerichtssaal gesetzt.«

»Nein. Ich habe es nicht mehr ausgehalten. Ich konnte mir keine Sekunde länger anhören, wie sie über ihn sprechen.« Er krümmte sich. Jane war noch zwei Schritte von ihm entfernt, doch sie sah, dass er lautlos weinte. Sie ging zu ihm, kniete sich neben ihn und nahm seine Hand.

»Oh, Roderick, bitte nicht«, flehte sie. »Bitte nicht weinen. Nicht jetzt. Wenn du nicht stark bleibst, stehe ich es nicht durch.«

Er holte tief Luft. »Und«, fragte er wenig später, »habe ich etwas verpasst? Ist es noch schlimmer geworden?«

»Eigentlich nicht. Es gab nichts von Bedeutung. Nur Maud Williams wurde in den Zeugenstand gerufen.«

»Wer?«

»Maud Williams. Die Frau, die an jenem Morgen die Polizei verständigt hat. Sie wohnt zwei Etagen über Owen Montignac. Auf dem Weg zur Arbeit sah sie, dass die Tür zu seiner Wohnung angelehnt war, und warf einen Blick hinein.«

»Eine neugierige Person«, bemerkte Roderick. Über solche Menschen konnte er inzwischen ein Lied singen.

»Nein, eher eine liebe ältere Dame. Immer noch reichlich traumatisiert von – von dem, was sie entdeckt hatte.«

»Hat sie alles noch schlimmer gemacht?«

»Nicht unbedingt. Sie hat lediglich das erzählt, was sie gesehen hatte, und das war ja schon bekannt. Quentin wollte sie herabsetzen und wies darauf hin, dass sie unbefugt eine Wohnung betreten habe, aber nach ein paar Minuten gab er auf. Wahrscheinlich hatte er begriffen, dass die Geschworenen sie mochten und es schädlich gewesen wäre, sie weiter zu bedrängen.«

Jane lehnte ihren Kopf an Rodericks Schenkel. Seine Hand wanderte zu ihrem Haar, über das er zärtlich und liebevoll strich. Jane dachte an ihren grässlichen Tag und war für seine Geste und den Moment der Ruhe so dankbar, als hätte man ihr endlose Ferientage in der Sonne geschenkt. Sie hatte die negativen Aussagen von Gareths Schulfreunden ertragen müssen und anschließend das verheerende Gespräch mit Sir Quentin, sodass sie es richtig fand, am Nachmittag eine tröstende Hand zu spüren.

»War irgendetwas in der Kanzlei?«, fragte sie. »Irgendetwas, das dich zusätzlich davon abgehalten hat, am Nachmittag wieder in den Gerichtssaal zu kommen?«

»Nein, ich konnte es nur nicht mehr ertragen«, antwortete Roderick, dem es widerstrebte, ihr die Einzelheiten seines Gesprächs mit Lord Keaton mitzuteilen. »Allerdings hatte ich dort tatsächlich eine unangenehme Begegnung.«

»Mit wem?«

»Nicht wichtig. Aber es hat mich noch beschäftigt, als ich wieder vor dem Old Bailey stand. Es war alles zu viel, also bin ich nach Hause gefahren. Seitdem habe ich hier gesessen.«

Jane hatte am Nachmittag überlegt, ob sie ihm von ihrem Gespräch mit Sir Quentin erzählen sollte, einschließlich der Vorschläge, die sie gemacht hatte, doch dann hatte sie den Gedanken verworfen. Sie kannte ihren Mann gut genug, um zu wissen, wie entsetzt er wäre, wenn er wüsste, dass sie vorgehabt hatte, einige der Geschworenen zu bestechen. Als der Verhandlungstag zu Ende war, hatte sie Sir Quentin beim Verlassen des Gerichtssaals abgepasst und angefleht, Roderick nichts zu verraten.

»Auf ein Wort noch, Quentin«, hatte sie gesagt.

»Nicht hier, Jane«, zischte er und sah sie abweisend an.

»Ich wollte mich entschuldigen, Quentin. Was ich gesagt habe, war –«

Ehe sie fortfahren konnte, packte er sie am Arm und zog sie in eine stille Nische.

»Halten Sie den Mund, Jane«, sagte er. Es war das erste Mal in ihrer langen Bekanntschaft, dass er sich ihr gegenüber nicht wie ein Gentleman benahm. »Hier gibt es Leute, die es gelernt haben, jeden geflüsterten Laut zu verstehen.«

»Ich wollte doch nur sagen, dass es mir leidtut und dass ich so etwas nie mehr erwähnen werde.«

»Gut, denn meine Einstellung dazu bleibt dieselbe.«

»Und ich wollte Sie bitten, Roderick nichts davon zu sagen.«

Sir Quentin nickte. »Na schön. Wir tun einfach so, als wäre es nie geschehen. Fahren Sie nach Hause und versuchen Sie zu schlafen. Sie sehen furchtbar aus.«

Die letzte Bemerkung hatte Jane trotz allem so gekränkt, dass sie auf der Heimfahrt unentwegt daran gedacht hatte. Was albern und eitel gewesen war, wie sie jetzt erkannte.

»Aber am Montag kommst du doch wieder mit, oder?«, fragte sie ihren Mann.

»Selbstverständlich.«

»Gut. Denn da wird Quentin Owen Montignac in den Zeugenstand gerufen. Anschließend wird Gareth sich verteidigen, und er muss sehen können, dass wir beide für ihn da sind. Wir dürfen ihn nicht enttäuschen.«

Roderick hörte ihr nur mit halbem Ohr zu. Er war zweiundfünfzig Jahre alt, dachte er, und hatte doch noch nie vor einer dermaßen schweren Entscheidung gestanden. Er wusste nicht einmal, an wen er sich damit wenden konnte.

»Jane«, sagte er leise, »Jane, dir ist klar, dass es nicht gut aussieht, nicht wahr?«

Jane nickte und umschloss seine Hand noch fester. Sie wusste, dass jetzt nicht die Zeit war, hysterisch zu werden. »Ja. Jeden Tag im Gerichtssaal spüre ich es. Ich weiß nur nicht, was ich tun kann, um ihm zu helfen. Ich bin seine Mutter, doch zum ersten Mal in meinem Leben fällt mir nicht ein, wie ich am besten vorgehen soll. Weißt du, woran ich immerzu denken muss?«

»Nein. Woran?«

Jane lachte leise auf. »An die vielen Monate, in denen ich mich darüber beklagt habe, dass der Junge morgens nicht aufsteht, dass er im Bett liegt, statt sich eine Arbeit zu suchen. Wie dumm mir das jetzt erscheint. Jetzt würde ich alles dafür geben, wenn er jeden Tag bis mittags im Bett liegen könnte.«

Rockerick lachte ebenfalls. Er fand es seltsam, dass das, was sie an ihrem Kind am meisten verdrossen hatte, in Zeiten der Gefahr plötzlich zu seiner liebenswertesten Eigenschaft werden konnte. Für eine Weile schwiegen sie. Jane verspürte eine innere Wärme und wünschte, dieser Moment würde nie vorübergehen, dass sie einfach für immer so bleiben und nie mehr verletzt werden könnten.

Zu guter Letzt fragte sie: »Was war das für eine Begegnung?«

»Welche?«

»Du hast gesagt, über Mittag hattest du in der Kanzlei eine unangenehme Begegnung. Was war denn los?«

Roderick seufzte schwer und dachte über seine Optionen nach. Er hatte vorgehabt, Jane nichts davon zu erzählen, doch jetzt stellte er fest, dass er es nicht für sich behalten konnte. Ganz gleich, wie er es drehte und wendete, er wusste nicht, wie er sich entscheiden sollte, und auch wenn er sich Janes Antwort denken konnte, beschloss er, sich ihr anzuvertrauen.

»Lord Keaton hat mir einen Besuch abgestattet.«

»Ach«, sagte sie, klang jedoch nicht sonderlich überrascht, »da hat er sich aber eine schöne Zeit ausgesucht. Er muss doch wissen, was wir gerade durchmachen.«

»Das weiß er auch. Er ist trotzdem vorbeigekommen.«

»Ging es um den König?«

»Selbstredend.«

Jane entsann sich, dass es eines der vielen Themen war, die ihr einmal wichtig erschienen waren und die sie mittlerweile kaum noch interessierten. »Vielleicht solltest du dieses Komitee verlassen.«

»Du meinst – zurücktreten?«, fragte er verwundert.

»Ja. Angesichts unserer Sorgen kann man von dir wohl kaum erwarten, dass es dich kümmert, ob er diese hergelaufene Person heiratet oder nicht. Mein Gott, wie trivial das jetzt scheint.«

»Aber es ist nicht trivial«, erwiderte Roderick bestimmt. »Es ist alles andere als trivial. Es ist eine Sache, die von großem Staatsinteresse ist. Schließlich geht es um den Thron und das Empire. So etwas macht Geschichte. Wie kann ich denn da einfach zurücktreten?«

Jane zuckte mit den Schultern. Im Grunde berührte sie weder das eine noch das andere. »Ja, wahrscheinlich geht das nicht. Wenn du es schaffst, mach ruhig weiter.«

Roderick holte tief Luft. »Um auf Keaton zurückzukommen. Er hat mich daran erinnert, dass das Ergebnis unserer Beratung durch den Premierminister an den König weitergeleitet wird, der daraufhin entweder auf die Dame oder den Thron verzichten muss. Zurzeit haben wir ein Unentschieden, also wird Hailshams Stimme den Ausschlag geben. Wir nehmen an, dass er sich zugunsten dieser Ehe entscheiden wird. Keaton hat mich gebeten, meine Meinung zu ändern und gegen den König zu votieren, was darauf hinauslaufen würde, dass er zwischen dieser Frau und dem Thron wählen muss. Wenn ich meine Meinung ändere, wird Keaton dafür sorgen, dass Gareth im Fall eines Schuldspruches mit einer leichten Gefängnisstrafe davonkommt, statt zum Tod verurteilt zu werden.«

Janes Kopf an seinem Schenkel zuckte, als würde sie ein Kichern unterdrücken. Er nahm an, dass sie in Gedanken noch bei den Liebeswirren des Königs war und der Rest seiner Erklärung noch nicht zu ihr durchgedrungen war. Doch dann, nach einem Moment, der ihm wie eine Ewigkeit vorkam, schien sie die Ungeheuerlichkeit des letzten Satzes zu erfassen, richtete sich langsam auf und sah ihn an.

»Was hast du gesagt?«, fragte sie leise.

»Du hast es gehört.« Er zuckte mit den Schultern. »Ich muss lediglich meine Meinung ändern.«

»Keaton hat gesagt – er hat dir –« Sie wandte den Blick ab und furchte die Stirn, als koste es sie Mühe, den Zusammenhang zu erfassen. »Wie kann er denn so etwas behaupten?«

»Weil er davon ausgeht, dass der König im Fall einer Entscheidung gegen seine Ehe auf den Thron verzichten und der Herzog von York sein Nachfolger werden wird. Wenn es so kommt, wird Keaton Lordkanzler werden. Baldwin hat er bereits in der Tasche oder vielleicht Baldwin auch ihn, keine Ahnung, jedenfalls wollen beide, dass der König geht. Er passt nicht zu der engstirnigen Sichtweise, die sie von der Zukunft Englands haben. Wenn er bleibt, fürchten sie, dass unser ganzes System zusammenbricht, also tun sie alles, um ihn loszuwerden. Es geht nur darum, wer die Macht hat, Jane. Und da Gareth dummerweise in Schwierigkeiten geraten ist, hat Keaton eine Möglichkeit gefunden, mich zu erpressen.«

Jane starrte ihn an, als könnte sie das Gehörte nicht glauben. »Und er ist dazu in der Lage? Er kann den Richter beeinflussen?«

»Das behauptet er jedenfalls. Und ich habe wohl keine andere Wahl, als ihm zu glauben.«

Sie beugte sich zu ihm vor. »Dann tu es«, schnurrte sie.

Er hielt ihren Blick fest. »Das kann ich nicht.«

»Das kannst du nicht? Was soll das heißen, du kannst nicht?«

»Jane, seit ich erwachsen bin, diene ich der Gerichtsbarkeit unseres Landes und habe nie gegen meine Integrität oder meine ethischen Grundsätze verstoßen. Nicht ein einziges Mal. Ich habe schwierige Entscheidungen getroffen, Entscheidungen, die zum Tod anderer Menschen geführt haben, und gelernt, mit ihnen zu leben. Ich bin sowohl meinem Herzen als auch dem Gesetz gefolgt. Ich kann mich nicht erpressen lassen.«

Jane sprang auf. »Das Leben unseres Sohnes steht auf dem Spiel«, rief sie. »Und du willst einfach dasitzen und –«

»Ich kann es nicht.«

»Aber warum nicht? Herrgott noch mal, Roderick, was interessiert uns denn der König? Oder wen er heiratet. Oder wer sein Nachfolger wird. Lass doch die anderen entscheiden, wer auf dem Thron sitzen soll und wer ihn eines Tages erbt. Was geht uns das denn an?«

»Ich kann meine Integrität nicht kompromittieren. *Sie* geht uns etwas an.«

»Nicht das Geringste«, zischte Jane. »Dieser verdammte König ist erst seit ein paar Wochen im Amt. Auch er ist für uns ohne Bedeutung, und deshalb wirst du dich gegen ihn entscheiden.«

»Ich kann es nicht tun«, antwortete Roderick und bereute es beinah, ihr überhaupt etwas von Keatons Besuch erzählt zu haben. »Und ich werde es nicht tun. Ganz gleich, was geschieht.«

Jane studierte seine Miene. Roderick wandte den Blick ab, doch sie sah, dass sich seine Kinnpartie verhärtet hatte, was bedeutete, dass er nicht bereit war, mit sich reden zu lassen. Sie dachte an Keatons Möglichkeiten und an ihren Versuch, die Geschworenen zu bestechen, der ihr im Vergleich dazu jämmerlich erschien. Sie begann, ihre Gedanken zu ordnen. Schließlich ergriff sie das Wort, leise und doch sehr bestimmt.

»Wenn du es nicht tust, werde ich an dem Tag, an dem Gareth gehängt wird, meine Koffer packen und dieses Haus verlassen. Ich werde nie mehr zurückkehren, und auch dich will ich dann nie mehr sehen. An ein und demselben Tag wirst du deinen Sohn und deine Frau verlieren. Und allein sein.«

Sein Blick kehrte zu ihr zurück. »Jane, bitte, das kann nicht dein Ernst sein. Es würde bedeuten, dass ich gegen alles verstoße, was mir –«

»Ich habe dir gesagt, was es bedeutet.« Langsam bewegte sie sich auf die Tür zu. »Die Entscheidung liegt bei dir.«

Ohne ein weiteres Wort verließ sie den Raum. Roderick blieb sitzen und gestand sich ein, dass er diesen Ausgang trotz seiner schwerwiegenden Prinzipien und trotz des Glaubens an seine Integrität erhofft hatte; denn das Ultimatum, das Jane ihm gestellt hatte, würde ihm einen Teil seiner Schuld nehmen, falls seine Entschlossenheit nachließ und er das tat, was Keaton wünschte.

8

Montignac war auf dem Weg zu seiner Wohnung. Auf der Höhe des Russell Square bremste vor ihm ein Wagen. Zuvor war ihm aufgefallen, dass hinter ihm jemand langsamer fuhr, und er hatte sich gesagt, dass derjenige vermutlich nach einer Hausnummer suchte, doch dann schoss der Wagen an ihm vorüber und blieb wenige Meter vor ihm stehen. Montignac wurde von einer bösen Vorahnung gepackt, und da öffnete sich auch schon die Fahrertür. Henderson, der Koloss aus Nicholas Delfys Schlägertruppe, stieg aus und lächelte Montignac an.

»Guten Abend, Mr Montignac«, grüßte er höflich.

»Hallo«, erwiderte Montignac beklommen, »ist das Zufall oder haben Sie mich gesucht?«

»Ich suche Sie schon seit Stunden, konnte Sie aber nirgends entdecken. Ich dachte, Sie hätten die Biege gemacht.«

»Wie käme ich dazu?« Montignac lachte, um die Abwegigkeit eines solchen Verdachts zu betonen. »Ich war nur für ein paar Stunden weg und bin jetzt auf dem Weg nach Hause.«

»Noch nicht.« Henderson zog die Tür zum Fond des Wagens auf. Auf dem Rücksitz saß noch einer von Delfys Muskelmännern. »Wie wär's, wenn wir stattdessen eine kleine Spazierfahrt machen?«

»O nein.« Montignac trat zurück und schüttelte den Kopf. »Ich habe noch bis Weihnachten Zeit«, erklärte er so beherzt wie möglich. »Nicholas hat gesagt, vor Weihnachten müsse ich ihm das Geld nicht zurückzahlen.«

»Mr Delfy möchte sich ja auch nur kurz mit Ihnen unterhalten. Nur als zarte Erinnerung.« Hendersons Lächeln erlosch. »Los, steigen Sie ein«, ergänzte er in einem Ton, der keinen Widerspruch duldete.

Resigniert ließ Montignac sich auf den Rücksitz fallen. Schweigend fuhren sie zu den Unicorn Ballrooms, doch je näher sie kamen, desto mehr verkrampfte sich Montignacs Magen. Ein ums andere Mal sagte er sich, dass er sich nichts hatte zuschulden kommen lassen. Er war seinem Vorsatz treu geblieben und hatte sämtlichen Verlockungen widerstanden. Seit dem verhängnisvollen Abend, als er die letzten hohen Schulden gemacht hatte, hatte er nicht mehr gespielt. Auch wenn es ihn gedrängt hatte, ein anderes Kasino als den Unicorn zu besuchen, hatte er sich willensstark gezeigt und war zu Hause geblieben. Er dachte, wenn diese Sache erledigt wäre, hätte er wahrscheinlich die Kraft gewonnen, die unglaublichsten Dinge zuwege zu bringen.

Am Eingang des Unicorn wurde er an dem Türsteher vorüber nach unten und weiter zu Delfys Büro geführt. Wie immer bat Henderson ihn, zu warten, während er hineinging. Nach wenigen Minuten kehrte er zurück, winkte Montignac durch die Tür und schloss sie hinter ihm. Delfy saß an seinem Schreibtisch.

»Owen«, rief er strahlend, »wir haben uns ja ewig nicht mehr gesehen. Danke, dass Sie gekommen sind.«

»Oh, keine Ursache«, sagte Montignac, setzte sich Delfy gegenüber und versuchte, die Rolle eines alten Freundes und nicht die eines Schuldners zu spielen. »Allerdings hatte ich nicht mit einer Vorladung gerechnet.«

»Es war eine Einladung zu einem Abend, der für Sie interessant werden könnte. Da ist jemand, der Sie kennenlernen möchte.«

»Wer?«

»In wenigen Minuten werde ich Sie ihm vorstellen. Aber zuvor dachte ich, wir bringen uns auf den neuesten Stand, besprechen, wie weit wir gediehen sind, und so weiter. Wissen Sie, welcher Tag heute ist?«

Obwohl er das Datum kannte und die Tage bis Weihnachten im Schlaf herunterbeten konnte, warf Montignac einen Blick auf den Wandkalender. »Der achte Dezember.«

»Genau. Der achte Dezember. Liebe Güte, da hat die Adventszeit schon begonnen, und ich habe noch kein einziges Weihnachtsgeschenk besorgt. Sie etwa?«

Montignac lächelte bedauernd. »Nein.«

»Da müssen wir wohl beide in die Gänge kommen«, erwiderte Delfy fröhlich. »Denn wenn ich richtig rechne, sind es bis Weihnachten nur noch siebzehn Tage. Ach herrje, dann haben Sie ja auch nur noch siebzehn Tage, um an die vierzigtausend zu kommen, die Sie mir schulden. Apropos«, fügte er wie hinzu, »wie läuft das denn so?«

»Sie müssen sich keine Sorgen machen, Nicholas, Sie bekommen Ihr Geld.«

»Sorgen?«, fragte Delfy verwundert. »Warum sollte ich mir Sorgen machen? Mir schießt keiner eine Kugel durch den Kopf, wenn ich das Geld bis dahin nicht habe.«

Montignac bezweifelte, dass es für ihn etwas so Sauberes und Gnädiges wie eine Kugel durch den Kopf geben würde.

»Und was Sie betrifft, habe ich großes Vertrauen«, fuhr Delfy fort. »Wie man mir sagt, sind Sie in einen höchst einfallsreichen Plan verwickelt.«

»Ach ja?« Montignac hob die Brauen.

»Oh, ganz gewiss. Da soll es einen unglückseligen jungen Mann geben, der vor Gericht um sein Leben kämpft, nur weil ein anderer seinen ehrgeizigen Lebensplan verwirklichen will und Sie Ihre Schulden begleichen müssen. Und dass es einen Erdrutsch geben wird, wenn dieser Plan Wirklichkeit wird. Aber damit haben Sie ja nichts zu tun, nicht wahr?«

»Ich weiß nicht einmal, wovon Sie reden«, entgegnete Montignac verärgert, denn er hatte gedacht, Keatons Pläne seien vertraulich gewesen. »Wie kommen Sie überhaupt darauf?«

»Oh, ich höre so dies und das. Außerdem bezahle ich andere dafür, dass Sie mich auf dem Laufenden halten. Aber diese Geschichte ist wirklich beeindruckend. Der kleine Bentley kann einem zwar leidtun, aber was soll's? In der Liebe und im Krieg ist bekanntlich alles erlaubt. Abgesehen davon kenne ich Lord Keaton schon seit einer Weile. Er ist eindeutig verrückt, aber doch auch sehr entschlossen.«

»Na, wenn das so ist«, sagte Montignac. »Dann kann ich Ihnen ja sagen, dass ich mein Geld bekomme, wenn sein Plan aufgeht. Und dann begleiche ich meine Schulden, und die Sache ist ein für allemal erledigt.«

»Fabelhaft.« Delfy stand auf, umrundete seinen Schreibtisch und winkte Montignac hoch. »Kommen Sie. Es wird Zeit, dass ich Sie vorstelle. Ich habe Sie nur hergebeten, weil ich wusste, dass er heute kommt, und weil ich dachte, im Hinblick auf Ihre Zukunft sollten Sie wissen, gegen wen Sie angetreten sind.«

Er führte Montignac hinaus aus dem Büro und über den Flur in den Barbereich, in dem die Nischen wie immer fast alle besetzt waren. An der Theke hielt Delfy inne und bestellte zwei Flaschen Champagner für Tisch Nummer vier, den er anschließend ansteuerte. Einige Schritte davor blieb er stehen, legte gönnerhaft einen Arm um Montignacs Schultern und nickte zu den Gästen hinüber, die an diesem Tisch saßen.

»Na?«, fragte er. »Was sagen Sie dazu?«

Sprachlos vor Staunen starrte Montignac auf die Gäste, wandte sich zu Delfy um und sah ihn fragend an.

»Na los«, sagte Delfy und gab ihm einen kleinen Schubs, »kein Grund, unsicher zu werden.«

Die drei Personen in der Nische sahen hoch, als Delfy und Montignac auf sie zukamen. Sie hatten sich mit großem Ernst unterhalten, wenn nicht gar gestritten, und schienen über die Störung wenig erfreut. Doch da Delfy ihr Gastgeber war, mussten sie ihn wohl oder übel begrüßen.

»Eure Majestät«, sagte Delfy und verneigte sich. »Entschuldigen Sie die Störung. Ich möchte Ihnen nur kurz einen jungen Freund vorstellen, der Sie zutiefst bewundert.«

»Aber sicher, Delfy, jederzeit.« Der König stand auf und reichte seinem Bewunderer die Hand, die Montignac nervös schüttelte. »Wenn Sie mögen, setzen Sie sich für einen Moment.«

Die Betonung hatte auf »Moment« gelegen, woraus Montignac schloss, dass sie kein längeres Gespräch führen würden und der König außerdem wusste, wie man seine Untertanen gleichzeitig begrüßte und verabschiedete. Delfy setzte sich zu dem männlichen Begleiter des Königs, Montignac nahm den beiden gegenüber an der Seite des Königs Platz. Am Kopfende des Tisches saß in kostbarem Gewand und juwelengeschmückt die geschiedene Ehefrau der Herren Earl Spencer (Kansas) und Ernest Simpson (New York City).

»Das ist Owen Montignac«, erklärte Delfy, »der Junge von Peter Montignac.«

»Ah, Montignac«, sagte der König. »Ich kannte Ihren Vater. Wir –«

»Er war mein Onkel«, warf Montignac ein und fragte sich, warum jeder denselben Fehler machte.

»Ich habe von Ihrem Vater gesprochen«, beharrte der König, der es nicht gewohnt war, unterbrochen oder korrigiert zu werden. »Ihn kannte ich.«

Montignac runzelte die Stirn. »Aber –«

»Henry war doch ihr Vater, oder? Der Bruder von Peter.«

»Ja, er war mein Vater«, entgegnete Montignac und wurde neugierig. »Woher kannten Sie ihn?«

»Oh, das liegt schon Jahre zurück. Ich war noch ein Junge. Ihr Großvater und mein Vater waren befreundet, und Henry und ich haben uns hier und da gesehen. Ihr Vater war ein feiner Mensch, den ich sehr bewundert habe. Sein Tod ist mir nahegegangen.«

»Ich danke Ihnen, Majestät«, sagte Montignac, den diese persönliche Erinnerung berührte. »Das ist sehr freundlich von Ihnen.«

»Es ist nicht mehr als die Wahrheit. Darf ich Sie mit zwei lieben Freunden bekanntmachen?« Er deutete auf seinen männlichen Begleiter. »Walter Monckton. Bei der Dame handelt es sich um Mrs Wallis Simpson.«

Montignac nickte den beiden höflich zu.

»Was machen Sie beruflich, Mr Montignac?«, erkundigte sich Mrs Simpson. »Gehören Sie, wie Walter und David, zu den müßigen Reichen?«

»Müßig ist gut«, sagte der König lachend. »Als ob ich je eine freie Minute hätte.«

»Ich wäre gerne müßig«, bekannte Montignac. »Aber leider fehlen mir dazu die Mittel. Ich führe eine Kunstgalerie an der Cork Street.«

»Ach ja?« Interessiert beugte Mrs Simpson sich vor. »Welche?«

»Die Galerie Threadbare. Kennen Sie sie?«

»Ich fürchte, ja. Ich liebe die Galerien auf der Cork Street, aber die Ihre vertritt mir doch eine zu spezielle Richtung.«

»Wir bedienen Menschen, die mehr Geld als Geschmack haben«, sagte Montignac und wusste nicht, ob er sie mit Madam anreden sollte oder nicht. Sein Instinkt sagte ihm, er solle es tun, schon aus Respekt. Abgesehen davon gefiel sie ihm.

»Wallis ist eine große Förderin der Künste«, erklärte der König. »Sie sollten hören, wie sie über Objekte in der königlichen Sammlung spricht. Man kommt sich wie in einer Vorlesung vor, nur dass dabei kein zerrupfter alter Zausel am Katheder steht.«

Alle lachten. Mrs Simpson legte eine Hand auf den Arm des Königs. Es war eine aufrichtige Geste der Zuneigung und wirkte keineswegs besitzergreifend. Das Gleiche konnte man für den König sagen, als er ihre Hand auf seinem Arm liebevoll tätschelte. Montignac beneidete sie um ihre Intimität.

Der König wandte sich an Delfy. »Ich war schon seit Langem nicht mehr hier, Delfy. Sie haben doch hoffentlich nicht vor, mich nachher beim Roulette auszunehmen.«

»Ich bin sicher, dass das Glück auf Ihrer Seite ist«, antwortete Delfy devot.

»Diesen Drang, zu spielen, habe ich nie verstanden«, sagte Mrs Simpson. »Was halten Sie davon, Mr Montignac? Weiß nicht jeder, dass das Haus immer gewinnt?«

»Das sagt sie jetzt«, bemerkte der König, ehe Montignac eine Antwort geben konnte. »Dabei hat sie im letzten Sommer in Monte Carlo fast zwanzigtausend Pfund verspielt und sich zudem noch köstlich amüsiert.«

»Stimmt«, gestand Mrs Simpson mit betretenem Lächeln, »ich habe mich hinreißen lassen. Es war unglaublich aufregend, aber hinterher habe ich mich entsetzlich geschämt.«

»Sie hätten ihr Gesicht sehen sollen, Montignac«, fuhr der König lachend fort. »Je mehr sie verloren hat, desto rosiger wurde es. Ich dachte schon, wir müssten sie mit Gewalt aus der Spielbank zerren.«

»O David, sei doch still«, bat Mrs Simpson und fiel in sein Lachen ein. »Du bringst mich in Verlegenheit.«

Fasziniert registrierte Montignac die lockere, vertraute Art der beiden, über die er bisher nur in der Zeitung gelesen hatte. Sie waren wie zwei verliebte Teenager und erinnerten ihn an Stella und sich selbst in ihrer Jugendzeit. Er begriff nicht, warum so viele Menschen gegen diese Beziehung waren.

»Sir«, meldete sich Walter Monckton erstmals zu Wort und klopfte auf seine Uhr, »wir müssten unsere Diskussion noch ...« Den Rest ließ er unausgesprochen.

»Ah ja«, entgegnete der König, »tut mir leid, meine Herren, aber hier geht es um Fragen höchster Bedeutung. Ich nehme an, Sie wissen, was ich meine.«

»Natürlich.« Delfy stand auf und bedeutete Montignac mit einer Geste, es ihm nachzutun. »Wir sehen uns ja ohnehin noch, ehe Sie gehen.«

»Mr Montignac.« Der König schüttelte Montignacs Hand. »Es war mir ein Vergnügen.«

»Das Vergnügen war ganz meinerseits«, erwiderte Montignac. »Und viel Glück«, fügte er spontan hinzu.

Der König runzelte die Stirn. »Glauben Sie denn, dass ich es brauche?«, fragte er und sah zu Mrs Simpson hinüber.

»Ich meinte, beim Roulette«, sagte Montignac hastig und errötete, weil er vielleicht zu persönlich geworden war.

Der König musterte ihn. »Wissen Sie, dass Sie Ihrem Vater gleichen? Sein Haar war nicht ganz so auffallend wie ihres, aber es war auch sehr hell. Doch sonst sind Sie ihm wie aus dem Gesicht geschnitten.«

»Danke, Majestät«, sagte Montignac, »das fasse ich als großes Kompliment auf. Als er gestorben ist, war ich noch ein Kind, deshalb kann –«

»Wenn ich mich recht erinnere, war Ihr Großvater gegen seine Heirat.«

»Ja.«

Der König schüttelte den Kopf, schaute zu Boden und sagte leise: »Mir scheint, die Welt ist voll von miesen Wichtigtuern, die sich in das Leben anderer Menschen einmischen.« Dann sah er wieder auf. »Oder sind Sie da anderer Ansicht, Mr Montignac?«

Montignac zögerte, dann sagte er: »Aber zu guter Letzt ist mein Vater seinem eigenen Willen gefolgt. Und ich glaube nicht, dass er es jemals bereut hat.«

»Sir«, murmelte Monckton, dem die subtile Botschaft in diesem Gespräch nicht zu gefallen schien.

»Mr Montignac, Mr Delfy«, sagte Edward VIII. und nickte den beiden Männern zu, »ich wünsche noch einen angenehmen Abend.«

»Das wünsche ich Ihnen auch. Majestät, Mrs Simpson.« Montignac richtete seinen Blick auf Wallis Simpson, die ihm ein strahlendes Lächeln schenkte. Einen Moment lang glaubte er sogar, sie hätte ihm wohlwollend zugezwinkert.

Delfy begleitete Montignac zum Ausgang. »Das haben Sie großartig gemacht«, sagte er. »Ich hatte den Eindruck, dass er sie mochte.«

»Mir ist noch ganz zittrig«, gestand Montignac. Sein Hemd klebte auf seinem schweißnassen Rücken. »Wenn ich das geahnt hätte.«

»Ich fand, Sie sollten die beiden kennenlernen. Immerhin werden auch Sie Einfluss auf ihre Zukunft haben.«

»Er wird sie niemals aufgeben«, sagte Montignac nach dem, was er beobachtet hatte. »So viel steht fest.«

»Der Meinung bin ich auch. Also hängt jetzt alles von unserem ehrenwerten Richter Bentley ab.« Delfy schüttelte Montignacs Hand. »Wir sehen uns spätestens Weihnachten wieder.«

Montignac schlug den Heimweg ein und überlegte, ob er dabei war, dem König einen Gefallen zu tun oder nicht. Er kam zu keinem Ergebnis.

9

Beim Verlassen der Unicorn Ballrooms hatte Montignac vorgehabt, sich auf direktem Weg nach Hause zu begeben, doch ihm schwirrte so vieles durch den Kopf – sein Streit mit Stella, dass er sie geschlagen hatte, das noch immer fehlende Geld, die Begegnung mit dem König –, dass er noch einen Abstecher in den White's Club machte. Nachdem er sich am Empfang in das Gästebuch eingetragen hatte, beschloss er, in die Bar zu gehen und sich mithilfe eines doppelten Whiskys zu beruhigen. Gleich darauf saß er an der Theke, schaute auf die Uhr, es war kurz nach elf, und dachte, wenn dieser Tag schon so scheußlich gewesen war, wie würde dann erst der nächste werden? Dann entdeckte er im Spiegel gegenüber Alexander Keys, der lesend in einer Ecke saß. Er überlegte, ob er zu ihm gehen sollte, entschied jedoch, sein erstes Glas allein zu trinken. Wenig später bestellte er zwei weitere Gläser Whisky und schlenderte mit ihnen zu dem Tisch, an dem Alexander saß.

»Hallo, Owen«, begrüßte Alexander ihn, »fast hättest du mich verpasst. Ich wollte gerade gehen.«

»Ich kann auch nicht lange bleiben.« Montignac setzte sich. »Bin nur auf einen Schluck vorbeigekommen und dann habe ich dich gesehen. Den hier trinkst du doch noch mit mir, oder?« Er schob Alexander das zweite Glas zu.

»Da sage ich nicht, Nein.« Alexander lehnte sich zurück. »Trinkst du wegen morgen? Um deine Nerven zu beruhigen?«

»So was in der Art.«

»Also wirst du definitiv als Zeuge aufgerufen.«

»Definitiv. Die Staatsanwaltschaft hat mich wissen lassen, dass ich als Erster an die Reihe komme.«

»Du machst dir doch wegen deiner Aussage keine Gedanken, oder?«

Montignac zuckte mit den Schultern, woraufhin ihm ein jäher Schmerz von den Schulterblättern in den Nacken schoss. Er stöhnte auf und legte eine Hand auf seinen Nacken.

»Was hast du?«, fragte Alexander teilnahmsvoll.

»Stress«, entgegnete Montignac. »Die letzten Monate waren nicht gerade einfach, gelinde gesagt.«

Alexander lachte. »Stell dir vor, wie sich dann erst der arme Gareth fühlen muss.«

Das versuchte Montignac lieber nicht, sich vorzustellen.

»Weißt du schon, was du sagen wirst?«

»Wie denn, wenn ich nicht weiß, was man mich fragen wird. Abgesehen davon werde ich wohl die Wahrheit sagen und berichten, was in der fraglichen Nacht vorgefallen ist. Kommst du morgen auch?«

»Und ob. Das würde ich mir doch niemals entgehen lassen. Nicht nur deinetwegen, sondern wegen dem, was danach geschieht.«

»Was heißt das?«

»Weißt du es noch nicht? Gareth verteidigt sich morgen selbst. Sir Quentin Lawrence ruft ihn in den Zeugenstand.«

»Vielleicht wird er froh sein, wenn alles vorbei ist. Meinst du nicht?«

»Froh? Ja, wenn er davonkommt, wenn nicht, möchte ich es bezweifeln.«

»Sein Leben war so bedeutungslos, als wir uns kennengelernt haben«, sagte Montignac mit nachdenklich gefurchter Stirn. »Er hatte keine Zukunft und war ein Taugenichts. Ich weiß nicht, ob er jemals einen Zweck erfüllt hat.«

»Richtungslos zu sein gibt einem noch lange nicht das Recht, unschuldige Menschen zu ermorden. Soweit ich weiß, hatte der arme alte Raymond Davis nie jemandem auch nur das Geringste getan.«

»Raymond Davis war ein Narr«, sagte Montignac bissig. »Er hat versucht, an Dinge zu gelangen, die ihm nicht gehörten.«

Erstaunt ließ Alexander sich zurücksinken. »Und welche sollten das gewesen sein?«

Darauf ging Montignac nicht ein. »Ich glaube nicht, dass er und Stella jemals glücklich geworden wären. Sie waren grundverschieden.«

»Jetzt hör mal zu, Owen.« Besorgt beugte Alexander sich wieder vor. »Ich weiß, es ist eine schwierige Zeit, aber so etwas darfst du morgen unter gar keinen Umständen sagen. Man könnte sonst einen falschen Eindruck bekommen. Bleib lieber bei den Fakten.«

»Nichts anderes habe ich vor.«

»Lass dich nicht von deinen Gefühlen leiten.«

»Ja, schon gut.« Montignac kam ein Gedanke. Er betrachtete seinen alten Freund und fragte: »Was hältst du eigentlich von der Geschichte über den König und diese Amerikanerin?«

Alexander schnaubte. »Du liebe Güte, wenn es einen Menschen in London gibt, von dem ich geschworen hätte, dass er sich nicht für den Tratsch über Edward und Mrs Simpson interessiert, dann bist du es. So etwas sieht dir doch gar nicht ähnlich.«

»Mich interessiert ja auch nur, was du darüber denkst.«

Alexander zuckte mit den Schultern. »Mir ist das ziemlich einerlei. Ich frage mich höchstens, was er in ihr sieht, schließlich kann er unter den schönsten Frauen der Welt wählen. Mir persönlich wäre Wallis Simpson zu dürr.«

»Aber sie scheinen einander zu lieben.«

»Woher wollen wir das wissen? Weil ein paar Leute sie als die Hauptchargen in einer großen Liebesgeschichte darstellen? Nein, für mich ist sie auf sein Geld versessen. Immerhin ist sie Amerikanerin und somit Mitglied einer raffgierigen Rasse. Abgesehen davon« – um von niemandem gehört zu werden, beugte er sich noch näher zu Montignac vor –, »abgesehen davon habe ich nie begriffen, wozu wir ihn eigentlich brauchen.«

»Wen?«

»Na, den König. Obwohl ich Schwierigkeiten habe, ihn so zu nennen, du etwa nicht? Mein Leben lang war er der Prince of Wales. Es fällt mir schwer, ihn plötzlich als König zu betrachten.«

»Na gut, aber wieso sollten wir ihn nicht brauchen?«

»Hat er denn einen Zweck? Wir zahlen für ihn, zahlen für die ganze Sippschaft, kommen aber an keinen von ihnen je näher als hundertfünfzig Meter heran. Dabei sind sie unsere Angestellten, wenn man so will. Ohne uns würden sie nicht einmal existieren. Glaub mir, wenn es um Taugenichtse geht, ist Gareth dagegen ein Waisenknabe. Im Grunde ist dieses System so verrückt, dass man denken könnte, die Russen hatten die richtige Einsicht. Oder auch die Franzosen im achtzehnten Jahrhundert. Haben sie ihre Herrscher nicht entmachtet und ihr Schicksal in die eigenen Hände genommen?«

»Auf so eine Idee kann auch nur ein kleiner Landadliger wie du kommen, Alexander. Wenn der Schinderkarren käme, um dich zur Guillotine zu fahren, wärst du der Erste, der Zeter und Mordio schreien würde.«

»Nein, das ist von jeher meine Überzeugung gewesen«, erwiderte Alexander beleidigt. »Schafft die ganze Bagage ab, sage ich immer. Und deshalb ist es mir auch egal, wen sie heiraten. Meinetwegen können es Affen oder Hühner sein.«

»Interessant«, sagte Montignac, der keine Lust hatte, das Thema weiter zu vertiefen. Er trank sein Glas aus und massierte seine Schläfen.

»Also dann.« Er stand auf. »Ich muss nach Hause. Begleitest du mich ein Stück?«

»Nur bis vor die Tür. Warte, ich hole meinen Mantel.«

Gleich darauf standen sie draußen in der frischen Nachtluft.

»Wenn du willst, hole ich dich morgen früh ab«, schlug Alexander vor. »Sagen wir so gegen zehn? Dann können wir gemeinsam zum Old Bailey fahren.«

»Man hat mir gesagt, dass ich mich dort schon um halb zehn einfinden soll.«

»Das ist mir zu früh. Aber du kannst ja nach mir Ausschau halten. Ich werde mich irgendwo hinten hinsetzen, denn auf eine Begegnung mit Bentley *père* oder *mère* kann ich verzichten.«

»Sehr klug«, sagte Montignac. »Ich hoffe auch, ich kann ihnen entgehen.«

»Aber doch nicht, weil –« Alexander suchte nach den richtigen Worten. »Doch nicht, weil du Schuldgefühle hast.«

»Schuldgefühle? Nein. Warum sollte ich die haben?«

»Na ja, weil du immer – wie soll ich sagen? – ein wenig bedrückt wirkst, wenn du über Gareth sprichst.«

»Das bin ich nicht«, entgegnete Montignac. »Wenn ich bedrückt bin, dann nur aus Sorge, dass etwas schieflaufen könnte, mehr aber auch nicht.«

»Schieflaufen? Was soll denn da schieflaufen?«

»Das habe ich falsch ausgedrückt«, verbesserte Montignac sich eilig. »Ich meinte, dass ich es mit meiner Aussage für ihn noch schlimmer machen könnte. Das ist meine Sorge.«

»Owen«, sagte Alexander kopfschüttelnd und lachte, als gingen sie am nächsten Tag zu ihrer Zerstreuung ins Theater, »immer machst du dir um andere Leute Gedanken. Ich finde sogar, das ist einer deiner Fehler. Mag sein, dass Gareth seine Tat nicht beabsichtigt hat und alles eine furchtbare Tragödie ist, aber du bist daran nicht schuld.«

»Bist du dir dessen sicher?«

»Was denn sonst? Ich sag es zwar nicht gern, aber hast du dich schon mal gefragt, was passiert wäre, wenn Gareth früher wach geworden wäre, begriffen hätte, was er getan hat, und sich schleunigst verkrümelt hätte? Glaubst du nicht, dass man dich dann verdächtigt hätte? Versetz dich doch mal in seine Lage. Er wird wach und entdeckt die Leiche. Was macht man dann wohl? Wenn diese Frau über dir nicht die Polizei gerufen hätte, wer weiß, wer dann auf der Anklagebank säße?«

»Ja, wer weiß«, sagte Montignac. »Also dann, wir sehen uns morgen im Gericht.«

»Bis dann.« Sie gaben einander die Hand und gingen, jeder in eine andere Richtung.

Der achte Dezember, dachte Montignac auf dem Heimweg. *Und morgen ist schon der neunte.* Wenn alles glattliefe, würde in ein oder zwei Tagen das Urteil gefällt. Stanley Baldwin bekäme seine Antwort, der König würde sich entscheiden müssen, er, Montignac erhielte sein Geld und würde seine Schulden bei Nicholas Delfy begleichen.

Und was mache ich danach, fragte er sich.

10

Die Unschuldigen schliefen gut oder gar nicht; die Schuldigen wälzten sich schlaflos im Bett hin und her oder schliefen sofort ein.

In seiner komfortablen Wohnung zog Alexander seinen Pyjama an und stellte seinen Wecker, um frühzeitig wach zu werden. Gewöhnlich stand er nicht vor elf oder zwölf Uhr auf, doch der nächste Tag würde dramatischer als die langweiligen Romane, die er gezwungen war zu rezensieren. Er stellte den Wecker auf acht Uhr, eine Zeit, die er schon seit Jahren nicht mehr im Wachzustand erlebt hatte, beschloss, sich nach dem Aufstehen ein herzhaftes Frühstück zu gönnen und so rechtzeitig im Old Bailey anzukommen, dass er noch einen guten Platz ergatterte, einen, von dem aus er alles sehen konnte, von den Bentleys jedoch nicht gesehen würde. Als er im Bett lag und die Augen schloss, fragte er sich, welche Rolle er in der ganzen Geschichte spielte. Er erinnerte sich an Gareths Geburtstagsfeier vor einigen Monaten. Da hatte er Gareth mit seinem ältesten Freund Owen Montignac bekannt gemacht, einem Mann, den er nie gänzlich verstanden hatte. Er kam zu dem Schluss, dass Gareths Schicksal im Grunde damals schon besiegelt worden war. Dann ging ihm noch durch den Sinn, dass es nicht schlecht wäre, darüber einen Roman zu schreiben. Die Geschichte des Prozesses von Gareth Bentley. Ihm fiel sogar schon ein Titel ein – *Der Untergang der Familie Bentley* –, und er überlegte, ob er aufstehen und sich den Titel notieren sollte, sagte sich jedoch, dass er gerade sehr bequem lag und sich sicherlich auch noch am Morgen an den Titel erinnern würde.

In einem elegant eingerichteten Haus in Highgate, mit Blick auf den Park, trank Richter Patrick Sharpwell seinen Becher Kakao aus und überprüfte noch einmal, ob die Unterlagen für den nächsten Tag in der richtigen Reihenfolge in seiner Aktentasche steckten. Er war sicher, dass er den Fall am Ende des nächsten

Tages den Geschworenen übergeben konnte, und hoffte, bis dahin habe der junge Angeklagte ihnen genügend Anlass gegeben, ausführlich über seine Schuld oder Unschuld zu debattieren, ehe sie ihn zu guter Letzt schuldig sprachen. Immerhin musste es einleuchtend wirken, wenn er statt der Todesstrafe eine Gefängnisstrafe verhängte, falls Keaton ihm das Zeichen dazu gab. Obwohl er den Jungen ebenso leichten Herzens hängen ließe. Wie dem auch sei, bis zu seinem Urteilsspruch würde er geduldig warten.

Nicholas Delfy war wie immer der Letzte, der die Unicorn Ballrooms verließ. Er stieg in seinen Rolls-Royce und ließ sich von seinem Chauffeur zu seiner großen Wohnung, mit Blick auf die Themse, fahren. Es war ein schöner, ertragreicher Abend gewesen, denn für sein Geschäft gab es nichts Besseres als einen Besuch des Königs. In den Zeiten, als dieser den Club noch als Prince of Wales besucht hatte, hatten die Leute noch Monate später am Eingang Warteschlangen gebildet, alle in der Hoffnung, der Thronfolger käme wieder und sie könnten ihm vorgestellt werden. Seitdem der Mann König war, war der Andrang nach seinen Besuchen sogar noch größer geworden, und solange er König blieb – vermutlich noch für ein paar Wochen –, würde sich daran auch nichts ändern.

Mr Harkman, der Staatsanwalt im Fall Rex gegen Bentley, überflog die beiden Seiten, die seine Fragen für den nächsten Tag enthielten. Eine Seite war für Owen Montignac vorgesehen, der zweifellos versuchen würde, sich für seinen Freund und ehemaligen Angestellten einzusetzen; die andere war für Gareth Bentley gedacht. Bisher war der Fall relativ unkompliziert gewesen, denn die Indizien sprachen eindeutig gegen den Angeklagten. Voller Mitleid dachte Harkman an Roderick Bentley, einen alten, überaus geachteten Freund. Doch Gesetz war Gesetz, und persönliche Gefühle durften vor Gericht keine Rolle spielen. Das, was später mit Gareth Bentley geschehen würde – ein Schicksal, das unvermeidlich war –, läge in den Händen des

Vorsitzenden Richters. Die Anklage konnte man dafür nicht verantwortlich machen.

Nicht mehr als eine Meile von Harkman entfernt, stellte Sir Quentin Lawrence in seinem Haus seine Liste der Fragen zusammen. Er hoffte, der Junge würde sie wahrheitsgemäß beantworten und im Zeugenstand außerdem nicht die Fassung verlieren, obwohl es in letzter Zeit Anzeichen dafür gegeben hatte. Doch am meisten fürchtete er sich davor, dass die Mutter des Jungen im Gerichtssaal eine Szene machte und auf diese Weise der Anklage in die Hände spielte. Darüber hinaus hoffte er, dass sie ihre unsinnige Idee, die Geschworenen zu bestechen, aufgegeben und nicht zu allem Überfluss noch versucht hatte, sich mit ähnlich gearteten Vorschlägen den Vertretern der Anklage zu nähern. Er legte nämlich keinen Wert darauf, im nächsten Jahr womöglich noch einmal ein Mitglied der Familie Bentley vor Gericht zu vertreten.

In Leyville lag Margaret Richmond hellwach in ihrem Bett und wusste, dass ihre Sorgen sie nicht schlafen lassen würden. In wenigen Wochen würde es im Haus keinen Montignac mehr geben. Sie würde allein sein. Dann wäre das Anwesen dem National Trust übergeben worden, und es wäre vermutlich nur noch eine Frage der Zeit, ehe man sie auffordern würde, auszuziehen. Es war zwar nicht ausgesprochen worden, doch sie war sicher, dass Stellas Entscheidung ein Racheakt war. Jawohl, Stella rächte sich für das, was vor zehn Jahren vorgefallen war, dabei hatte sie damals nur versucht, im Interesse des Mädchens zu handeln. Aber was wäre, wenn Stella in die Schweiz führe und Anstalten machte, dort ihren Sohn aufzuspüren, den Jungen, von dem Owen dachte, dass er nie geboren worden war, den Jungen, von dem sie ihm gesagt hatte, dass es ihn nicht gab? Würde dann nicht nur neuer Kummer und neues Leid entstehen?

In der luxuriösen Suite des Lordkanzlers in Westminster beschloss Lord Hailsham, das Komitee seiner Berater für Anfang der nächsten Woche wieder einzuberufen. Dann würden sie die endgültige Entscheidung treffen, denn noch mehr Skandale und Tratsch würde das Land nicht verkraften, und zudem drängte der Premierminister auf eine klare Antwort. Hailsham hoffte, bis dahin wäre der Fall Bentley abgeschlossen, doch selbst wenn nicht, musste die Sache zu einem Ende gebracht werden.

Lord Keaton schlief tief und fest. Gegen Morgen träumte er von der Suite des Lordkanzlers in Westminster und der Zukunft, die vor ihm lag, von dem Geburtsrecht seiner Vorfahren, das ihm genommen worden war und in wenigen Tagen zurückgegeben würde; von einem Land mit fester Ordnung, in dem kein närrischer Monarch sein Unwesen trieb.

Im Buckingham-Palast lag König Edward VIII. allein in seinem Bett. Er schlief nicht, denn ihn quälte der Zwiespalt zwischen Liebe und Pflicht. Dann wieder fragte er sich, warum er nicht das tun konnte, was er sich wünschte, und seit wann man ihm überhaupt etwas verwehrte, denn das war bisher noch nie vorgekommen. Er dachte an die Prophezeiung seines verstorbenen Vaters, nach der sein Sohn die Monarchie schon Monate nach dem väterlichen Tod vernichtet habe. Aber er wusste, was er wollte, ebenso wie er wusste, ohne wen er nicht leben konnte. Wenn das bedeutete, auf den Thron zu verzichten, auf sein Geburtsrecht immerhin, dann sollte es eben so sein. Er wollte nicht länger auf seine Hochzeit warten. Seit Jahren drängte man ihn, sich eine Frau zu nehmen, und nun hatte er eine gewählt, und da hieß es plötzlich, man könne sie nicht akzeptieren. Es war die reine Ironie.

Stella Montignac träumte von Amerika. In ihrem Traum befand sie sich bereits auf dem Luxusdampfer, der sie dorthin bringen würde. Als sie wach wurde, sagte sie sich, dass sie noch keine dreißig Jahre alt war und außerdem reich, intelligent und schön. Sicher, Raymond fehlte ihr, mehr als sie gedacht hatte, und das würde wohl auch so bleiben, doch sie würde ihr Leben nicht als Trauernde verbringen. Es gab auch andere Wege, zu leben, andere Männer, die man kennenlernen konnte. Vielleicht würde sie sich eines Tages sogar wieder verlieben. Sie hatte Raymond nicht geliebt, natürlich nicht, aber sie hatte ihn gern gehabt. Sie berührte ihre Wange, auf die Owen sie geschlagen hatte. Der Schmerz war mittlerweile vergangen, doch die Erinnerung an diese selten gewordene Intimität zwischen ihr und ihrem Cousin war geblieben.

Roderick und Jane Bentley lagen im Bett, zwischen ihnen eine Lücke. Keiner von beiden sagte etwas, jeder atmete leise und stellte sich schlafend, um jedes weitere Gespräch zu vermeiden. Sie waren in dem Trauma gefangen, zu dem ihr Leben geworden war. Roderick hatte es Jane noch nicht gesagt, doch seiner festen Meinung nach hatte er keine Wahl. Er konnte nicht gegen den König stimmen. Er hatte sein Leben auf seiner Integrität errichtet, auf seinem Glauben an das Rechtssystem des Landes, und das konnte er nicht einfach vergessen. Sein Sohn würde die Verantwortung für seine Tat tragen und er, Roderick, mit den Folgen leben müssen. Bei der nächsten Sitzung würde er Keaton entsprechend informieren. Jane lag mit weit geöffneten Augen auf ihrer Seite des Betts und mit dem Gefühl, ganz und gar verloren zu sein.

Gareth Bentley lag auf der Pritsche in seiner Zelle und fühlte sich relativ ruhig. Er sagte sich, dass er nur bezeugen konnte, woran er sich erinnerte. Für das, was er getan hatte, konnte er sich lediglich entschuldigen. Je nach Urteil und Strafmaß würde er entweder leben oder sterben. Andere Möglichkeiten waren in seinem Leben nicht mehr vorhanden.

Owen Montignac, der rechtmäßige Erbe von Leyville, legte sich in sein Bett und fragte sich, was in den nächsten Tagen geschehen würde. Er hatte entschieden, dass es noch etwas gab, das er womöglich tun konnte, um sein Gewissen zu erleichtern, oder vielmehr das, was davon noch übrig war. Was Raymond betraf, würde er sich nie schuldig fühlen, das ganz gewiss nicht. Doch bei Gareth sah die Sache anders aus. Oder sollte er ihn doch einfach fallenlassen und die Geschichte ein für allemal vergessen? Würde sie ihn überhaupt noch berühren, wenn Keaton zufriedengestellt worden wäre, der König abgedankt hätte, er sein Geld bekommen und sich von seinen Schulden befreit hätte? Nur Stella hätte er nicht schlagen dürfen. Auf dem Dachgarten hatte sie etwas gesagt, das ihm im Gedächtnis geblieben war. *Und niemand kann es uns mehr verbieten.*

Hatten sie denn vielleicht immer noch eine Chance, fragte er sich, während er vergeblich versuchte einzuschlafen.

KAPITEL 7

1

Er saß auf einer kleinen Bank, abseits von der Flügeltür des Gerichtssaals, und beobachtete die Menschen, die in den Saal strömten, darunter Schaulustige, Reporter, Vertreter der Justiz, ein elend wirkendes Paar, beide Raymond Davis ähnelnd, Alexander Keys, die vormals schöne Lady Jane Bentley, die inzwischen verhärmt wirkte und einen panischen Eindruck machte, in ihrer Begleitung ein Mann, vermutlich Roderick, ihr Ehemann. Zu guter Letzt schloss ein Gerichtsdiener die Tür, und er blieb mehr oder weniger allein auf dem leeren Flur mit dem Steinfußboden zurück, in dessen Stille die vielen Stimmen noch immer nachzuhallen schienen. Am anderen Ende war eine Treppe, die eine junge Dame mit laut klackenden Stöckelschuhen hinaufeilte und das nächste Echo hervorrief. Er verspürte den Drang, davonzulaufen, so weit wie möglich, nur um der bevorstehenden Tortur zu entkommen, stählte sich jedoch mit dem Gedanken, dass von seiner Aussage alles abhing.

Er hörte eine Stimme, die im Gerichtssaal erschallte. Gleich darauf wurde die Flügeltür aufgestoßen. Derselbe Gerichtsdiener trat vor und rief mit dröhnender Stimme:

»Owen Montignac wird aufgerufen.«

Montignac stand auf, atmete tief durch und betrat den Gerichtssaal.

Die Zuschauer saßen dicht an dicht. Ganz hinten standen sogar Anwälte mit Perücke, die vor ihren eigenen Verhandlungen gekommen waren, um den Prozess zu verfolgen. Mit entschlossenem Schritt und stur geradeaus schauend, durchquerte er den Saal, stieg die Stufen zum Zeugenstand hoch, warf einen Blick über die Versammelten und hielt sich an der trennenden Schranke fest.

Ein junger Mann kam mit einer Bibel, um ihn zu vereidigen. Staatsanwalt Harkman erhob sich und trat auf Montignac zu.

»Guten Morgen«, begann er freundlich, »würden Sie uns bitte Ihren Namen und Ihre Adresse nennen.«

»Owen Henry Montignac«, antwortete er so laut und deutlich, dass der Name von den Marmorwänden widerhallte, und fügte seine Adresse an Bedford Place hinzu.

»Und was machen Sie beruflich, Mr Montignac?«

»Ich führe eine Kunstgalerie an der Cork Street. Die Galerie Threadbare.«

»Sieh an«, sagte Harkman, »die Threadbare. Sie ist auf den Verkauf zeitgenössischer Kunst spezialisiert, ist das richtig?«

»Hauptsächlich Gemälde, ja. Darüber hinaus bieten wir jedoch auch Skulpturen an. Ausnahmslos Kunstobjekte, die in unserem Jahrhundert entstanden sind. Das zeichnet uns aus.«

Der Richter beugte sich zu ihm hinüber. »Ich wusste gar nicht, dass in unserem Jahrhundert Kunstobjekte entstanden sind«, sagte er spitzbübisch und betulich zugleich. Es war eine Haltung, die er und seine Kollegen liebenswert fanden. Die Zuschauer dankten es mit untertänigem Gelächter.

»Sie würden sich wundern, Euer Ehren.« Montignac lächelte nachsichtig. »Selbst heutzutage gibt es bei uns wundervolle junge Künstler.«

Nur dass keiner von ihnen seine Werke in der Threadbare ausstellt, fügte er im Stillen hinzu.

»Und seit wann sind Sie dort tätig?«, erkundigte sich Harkman.

»Seit gut vier Jahren.«

»Und Sie sind der Geschäftsführer?«

»Richtig.«

»Und die Galerie gehört einer Mrs« – wie nebenbei trat er an seinen Tisch und konsultierte eine Akte – »einer Mrs Rachel Conliffe?«

»Ja, Mrs Conliffe ist die Besitzerin. Am Tagesgeschäft nimmt sie jedoch kaum teil.«

»Das überlässt sie Ihnen?«

»Ja.«

»Dann muss Sie wohl sehr großes Vertrauen zu Ihnen haben, Mr Montignac.«

»Das nehme ich doch an. Wir haben ein sehr freundschaftliches Verhältnis.«

»Sehr schön.« Harkman beendete die Formalitäten mit zufriedener Miene. »Würden Sie uns jetzt bitte sagen, ob Sie den Angeklagten kennen?«

Erstmals seit Betreten des Gerichtssaals ließ Montignac seinen Blick zur Anklagebank hinüberwandern, einem überraschend kleinen, käfigartigen Areal, wo Gareth Bentley von zwei Polizisten flankiert saß. Schockiert betrachtete Montignac den jungen Mann, der seit ihrer letzten Begegnung noch dünner geworden war und mittlerweile geradezu unterernährt wirkte. Seine Wangen waren eingefallen, und die Augen schienen tiefer in ihre Höhlen gesunken zu sein. Der teure Anzug hing so lose herab, als wäre er für einen größeren und schwereren Mann angefertigt worden. Für einen Moment hatte Montignac den Eindruck, dort säße ein Trinker in einer Kaschemme, unrasiert und kaum noch bei Sinnen, jemand, der aus unerfindlichen Gründen einen Anzug aus feinem Tweed und eine Krawatte trug.

»Ja«, sagte er, »ja, ich kenne Mr Bentley.«

»Würden Sie uns berichten, wie und wann Sie ihn kennengelernt haben?«

»Das war vor einigen Monaten, ich glaube, im Juli. Ich hatte einen Bekannten besucht, dem ein Club gehört, und traf dort zufällig auf einen Freund, der bei einer kleinen Geburtstagsfeier war, zu Ehren von Gareth – ich meine, Mr Bentley. Bei dieser Gelegenheit wurden wir miteinander bekannt gemacht.«

»Aha«, sagte Harkman. »Haben Sie sich an dem Abend für längere Zeit mit dem Angeklagten unterhalten?«

»Das kann man so nicht sagen. Wir waren eine kleine Gruppe und sprachen über alles Mögliche. Gareth erwähnte wohl, dass er mit seinem Leben unzufrieden sei, aber ich konnte nicht lange bleiben. Ich musste am nächsten Morgen frühzeitig aufstehen und bin vor den anderen gegangen.«

»Interessant«, sagte Harkman und griff den Hinweis auf, den Montignac bewusst hatte anklingen lassen. »Könnten Sie die Unzufriedenheit von Mr Bentley näher erläutern?«

»Sicher.« Montignac lachte leise, als ginge es um etwas, das auf der Hand lag. »Es waren Gedanken, mit denen sich wahrscheinlich etliche junge Männer auseinandersetzen. Ich habe es nicht sonderlich ernst genommen.«

»Könnten Sie vielleicht etwas deutlicher werden? Was genau hat Mr Bentley gesagt?«

Montignac tat so, als habe schon ewig nicht mehr daran gedacht, und stieß einen gequälten Seufzer aus. »Da muss ich überlegen. Ach ja, es ging um den Druck, den seine Eltern ausübten. Sie wollten, dass Mr Bentley sich eine passende Arbeit suchte. Wenn ich mich nicht irre, hatte er sein Jurastudium beendet, sich jedoch gegen diese Laufbahn –«

»Einspruch, Euer Ehren.« Sir Quentin sprang auf. »Die Ausbildung von Mr Bentley und seine beruflichen Aussichten sind schon abschließend behandelt worden.«

»Stattgegeben.« Der Richter wandte sich an Montignac. »Bleiben Sie bei dem, was der Angeklagte tatsächlich gesagt hat, und erzählen Sie nicht, was Sie daraus geschlossen haben.«

»Natürlich«, entgegnete Montignac. »Ich bitte um Entschuldigung.«

»Sie sagten, Sie haben den Club an dem Abend vor den anderen verlassen«, fuhr Harkman fort.

»Richtig.«

»Sind Sie allein nach Hause gefahren?«

»Nein. Als ich auf der Straße auf ein Taxi wartete, kam Gareth aus dem Club, um sich weiter mit mir zu unterhalten.«

»Er hat seine eigene Geburtstagsfeier verlassen?«

»Offenbar.«

»Aha. Und worüber haben Sie beide gesprochen?«

»Es war gewissermaßen eine Fortsetzung des Gesprächs im Club. Gareth erklärte, er wünsche, er könnte etwas Aufregendes tun, etwas Abenteuerliches. Er wollte eigenes Geld verdienen und nicht mehr von seinen Eltern abhängig sein.«

»Und wie haben Sie darauf reagiert?«

»Ich fand ihn äußerst erfrischend. Ich selbst bin auch immer meinen eigenen Weg gegangen und hielt ihn für eine verwandte Seele. Ich spürte seinen Enthusiasmus und gab ihm zum Abschied meine Visitenkarte.«

»Hatten Sie dazu einen besonderen Grund?«

»Ich dachte, es könnte interessant sein, noch einmal mit ihm zu sprechen.«

»Gingen Sie davon aus, dass er sich bei Ihnen melden würde?«

»Die Frage habe ich mir nicht gestellt. Wir hatten nett geplaudert, er war der Freund eines Freundes, ich dachte, wir würden uns gelegentlich wieder begegnen, aber sonst …« Er zuckte mit den Schultern, sodass jedermann sehen konnte, wie unbedeutend die Sache für ihn gewesen war.

»Gut.« Während seines Verhörs lief Harkman auf und ab, doch seine Fragen kamen zielsicher und waren methodisch. »Das nächste Mal haben Sie Mr Bentley gesehen, als er zu Ihnen in die Galerie kam, ist das richtig?«

»Ja. Er kam eines Abends. Wir hatten bereits geschlossen.«

»Also kam er, als es draußen dunkel und außer Ihnen niemand mehr in der Galerie war?«

»Einspruch, Euer Ehren«, rief Sir Quentin. »Der Staatsanwalt versucht, meinen Mandanten als Schurken aus einem Schauerroman darzustellen.«

»Stattgegeben. Bitte, Mr Harkman, es gibt keinen Grund, melodramatisch zu werden.«

»Euer Ehren, ich danke ergebenst für diesen Rat«, erwiderte Harkman und deutete eine Verbeugung an. »Mr Montignac, bitte erklären Sie uns, weshalb der Angeklagte Sie an jenem Abend besuchte.«

Montignac legte die Stirn in Falten, als koste es ihn Mühe, sich zu erinnern. »Hm. Er sagte, ich habe ihm einen Posten in der Galerie in Aussicht gestellt, und wollte wissen, ob es mir damit ernst gewesen war.«

»Hatten Sie das getan?«

»Irgendwie vielleicht. Wie man eben so etwas sagt, ohne damit zu rechnen, dass der andere es wieder aufgreift. Es ist, als würde man jemanden für Weihnachten zu sich einladen, ohne zu erwarten, dass derjenige tatsächlich kommt. Dinge, die man sagt, um sich gut zu fühlen.«

Einige der Geschworenen lachten. Selbst der Richter und Sir Quentin gestatteten sich ein Lächeln.

»Ich verstehe.« Zufrieden stellte Harkman fest, dass sein Zeuge eine gute Figur abgab und die Geschworenen ganz angetan von ihm waren. Seine Haltung, das jugendliche gute Aussehen, das auffallend weiße Haar, all das machte auf sie Eindruck, und seine kleinen witzigen Eingeständnisse deuteten auf einen Mann hin, dem man vertrauen konnte.

»Aber zu guter Letzt haben Sie ihn eingestellt, nicht wahr?«

»Ja.«

»In welcher Funktion?«

»Er war so eine Art Mädchen für alles. Über Kunst wusste er nicht viel, aber ich habe einen Assistenten, der – nein, das möchte ich lieber nicht ausführen.«

»Ich fürchte, ich muss darauf bestehen, Mr Montignac.«

»Nun, mein Assistent ist nicht immer so zuverlässig, wie ich es gern hätte. Pünktlichkeit und Professionalität sind bei ihm ein Problem. Ich dachte, nach einer gewissen Lehrzeit könnte der Angeklagte ihn ersetzen. Abgesehen davon hatte ich die noch etwas unausgegorene Idee, Mrs Conliffe die Eröffnung einer zweiten Galerie mit traditionelleren Werken vorzuschlagen und Gareth dort möglicherweise unterzubringen.«

»Sie waren also bereit, ihm einiges an Möglichkeiten zu bieten.«

»So könnte man es nennen.«

»Kommen wir zu dem Abend des achtzehnten August. Da gingen Sie und der Angeklagte in ein Lokal namens Bullirag am Piccadilly Circus, um dort nach der Arbeit zu essen, ist das richtig?«

»Ja.«

»An diesem Abend hat der Angeklagte eine Menge getrunken.«

Montignac spielte den Unruhigen und warf einen entschuldigenden Blick zur Anklagebank hinüber.

»Mr Montignac«, drängte Harkman, »warum schildern Sie uns nicht einfach, was an dem fraglichen Abend geschehen ist.«

»Ich war ziemlich hungrig«, berichtete Montignac, der sich nicht länger bitten lassen wollte. »Gareth dagegen schien eher durstig zu sein. Er trank ein Glas nach dem anderen. Ehrlich gesagt habe ich mir nicht viel dabei gedacht. Ich selbst trinke zwar nie übermäßig, aber ich habe Freunde, die es gelegentlich tun und es offenbar auch vertragen. Ich ging davon aus, dass es bei Gareth ebenso war.«

»Und wie wirkte der Alkohol auf ihn?«

»Die Wirkung war extrem. Seine Sprache wurde schleppend, dann wieder wurde er laut – tatsächlich konnte man ihn schon als aggressiv bezeichnen.«

»Was meinen Sie mit ›aggressiv‹?«

»Als der Barkeeper mich bat, ihn zu besänftigen, tat ich es. Daraufhin wurde Gareth wütend.«

Wie von allein richtete sich sein Blick auf die Anklagebank. Gareths Miene zeigte sowohl Verwirrung als auch Bedauern darüber, dass er sich an den Abend nicht mehr erinnern konnte.

»Und wie hat sich diese Wut ausgedrückt?«

»Anfangs nur in Worten. Dann sagte er, falls ich ihn besänftigen wolle, würde er mir zeigen, was passiert.«

»Aha. Mit anderen Worten, er hat Sie bedroht.«

»Das wäre wohl zu viel gesagt.«

»Fühlten Sie sich von ihm eingeschüchtert?«

Montignac dachte nach. »Ich fand, hinsichtlich unserer weiteren Zusammenarbeit wäre es ratsam, den gemeinsamen Abend zu beenden. Doch angesichts der Schwierigkeiten, die ihn in seinem Zustand zu Hause erwartet hätten, dachte ich, es wäre das Beste, wenn er seinen Rausch in meiner Wohnung ausschliefe. Es war ein Gefallen, den man einem Freund tut.«

»Ganz ohne Frage.«

»Deshalb besorgte ich ihm ein Taxi und setzte ihn, trotz seiner Proteste, hinein. Anschließend rief ich einige Freunde an und traf mich mit ihnen. Ich hatte vor, später nach Hause zu fahren und auf dem Sofa zu schlafen. Zu meinem großem Bedauern habe ich stattdessen bei Freunden übernachtet.«

»Euer Ehren.« Harkman wandte sich zu dem Richter um. »Wir haben die eidesstattlichen Erklärungen vorgelegt, die Mr Montignacs Aufenthaltsort in dieser Nacht bestätigen.« Dass Keaton diese Aussagen gekauft hatte, wusste Harkman nicht.

»Die habe ich gesehen«, entgegnete Richter Sharpwell.

»Haben Sie noch einmal etwas von dem Angeklagten gehört?«, fragte Harkman Montignac.

»Nein. Am nächsten Nachmittag besuchte mich die Polizei in der Galerie und berichtete, was vorgefallen war.«

»Gut, vielen Dank, Mr Montignac. Euer Ehren, im Moment habe ich keine weiteren Fragen.«

Montignac nickte ihm zu, trank einen Schluck Wasser und wappnete sich für die nächste Runde, das Kreuzverhör von Sir Quentin.

2

Sir Quentin stand auf und betrachtete Montignac mit leichter Verwunderung, als wäre dessen bisherige Aussage so belanglos gewesen, dass er ihn gar nicht recht wahrgenommen hatte.

»Mr Montignac, haben Sie vorhin nicht gesagt, dass Sie immer Ihren eigenen Weg gegangen sind?«

»Ja, das habe ich.«

»Halten Sie an dieser Aussage fest?«

Montignac lächelte. »Ich denke schon.«

»Ich frage das auch nur, weil mir Ihr Nachname gut bekannt ist. Sie sind ein Mitglied der Familie Montignac, nicht wahr?

Einer vermögenden Familie mit Landbesitz, wenn mich nicht alles täuscht.«

»Mein Großvater, William Montignac, hatte diesen Besitz geerbt. Nach seinem Tod ging er an meinen verstorbenen Onkel Peter Montignac über. Nach dessen Tod vor einigen Monaten wurde er seiner Tochter Stella hinterlassen.«

»Nicht Ihnen?«

»Nein.«

»Aber Peter Montignac hat Sie zu seinen Lebzeiten unterstützt, richtig?«

Montignac störte sich an dem Wort »unterstützt« und sagte: »Er hat meine Ausbildung bezahlt, wie es die meisten Eltern bei ihren Kindern tun. Nach Abschluss meines Studiums habe ich sofort zu arbeiten begonnen. Und in seinem Testament hat er mich nicht bedacht.«

»Sie sagen, die meisten Eltern«, betonte Sir Quentin. »Aber Peter Montignac war nicht Ihr Vater, oder?«

»Nein, er war mein Onkel.«

»Einspruch, Euer Ehren.« Harkman hievte sich hoch. »Wo ist hier die Relevanz? Die Familiengeschichte des Zeugen hat wohl kaum etwas mit unserem Fall zu tun.«

»Stattgegeben«, erklärte Richter Sharpwell. »Ich bin mir auch nicht sicher, worauf hinaus Sie wollen, Sir Quentin.«

Sir Quentin zog die Brauen zusammen, beschloss jedoch, das Thema zu wechseln.

»Mr Montignac, Sie haben ausgesagt, dass Sie Mr Bentley in Ihrer Galerie beschäftigt haben, nachdem Sie ihn eines Abends im Kreis von Freunden kennengelernt hatten.

»So ist es.«

»Stellen Sie immer Leute ein, über die Sie kaum etwas wissen?«

Montignac zögerte. »Mr Bentley wurde mir als Freund eines alten Freundes vorgestellt. Als Vertrauensbasis reichte mir das zunächst aus.«

»Und wie viele Bewerber hatten Sie zu dem Zeitpunkt bereits abgelehnt?«

»Bewerber?«, wiederholte Montignac verwirrt.

»Ja, für die Stelle, die Sie meinem Mandanten angeboten haben. Mit wie vielen Bewerbern hatten Sie da schon gesprochen und entschieden, dass sie nicht die Richtigen waren?«

»Mit keinem«, erwiderte Montignac vorsichtig. »Ich hatte die Stelle nicht annonciert.«

»Interessant. Da tritt also ein junger Mann, den Sie gerade in einem Club kennengelernt haben, auf Sie zu und erklärt, dass er Arbeit sucht, woraufhin Sie ihm kurzerhand eine Stelle geben. Ist Ihre Arbeitgeberin mit einer derartigen Vorgehensweise Ihrerseits einverstanden?«

»Meine Arbeitgeberin überlässt mir derartige Entscheidungen herzlich gern. Deshalb hat Sie mich zu ihrem Geschäftsführer ernannt.«

»Tut mir leid, Mr Montignac, aber mir ist das immer noch unklar. Warum gibt man jemandem, den man nicht kennt, eine Stelle, die gar nicht mal so unwichtig ist?«

»Weil man denjenigen für einen sehr angenehmen jungen Mann hält«, erwiderte Montignac und versuchte, seine Gereiztheit zu verbergen. »Mr Bentley kam mir intelligent und freundlich vor und voller Eifer, etwas zu lernen. In unserem Geschäft sind das vielversprechende Eigenschaften.«

»Ach so«, sagte Sir Quentin, »intelligent, freundlich und eifrig. Ich verstehe. Wenn Sie gestatten, kehren wir zu dem Abend zurück, an dem es zu dem Vorfall kam.«

»Einspruch.« Harkman sprang auf. »An dem es zu dem *Mord* kam. Euer Ehren, wir sollten das Verbrechen beim Namen nennen.«

»Stattgegeben«, knurrte Richter Sharpwell.

»Dann eben der Abend des Mordes«, sagte Sir Quentin. »Wie viele Gläser, sagten Sie, hat Mr Bentley an dem Abend getrunken?«

»Ich habe nichts dergleichen gesagt«, erwiderte Montignac. »Ich schätze jedoch, dass es acht oder neun große Gläser Bier und etwa ein halbes Dutzend Gläser Whisky waren.«

»Und Sie haben gar nichts getrunken?«

»Doch, ein paar Gläser, aber nicht annähernd so viel wie Mr Bentley.«

»Wie viele Gläser waren es bei Ihnen genau?«

»Vielleicht drei.«

»Wissen Sie noch, wer von Ihnen beiden nach Ankunft im Pub die erste Runde ausgegeben hat?«

»Ich vermutlich«, antwortete Montignac. »Das tue ich gewöhnlich, wenn ich einen Angestellten einlade.«

»Und hat mein Mandant sich erkenntlich gezeigt, indem er die nächste Runde bezahlte?«

»Ja, ich glaube schon.«

»Wie ging es dann weiter?«

»Das kann ich nicht mehr so genau sagen.«

»Ach nein? Zum Glück hat der Barmann des Bullirag ein besseres Gedächtnis. Vielleicht sollte ich ihn in den Zeugenstand rufen und danach fragen.«

Montignac kniff die Augen zusammen. »Es kann sein, dass ich für die meisten Getränke bezahlt habe.«

»Also doch. Hatten Sie dafür einen Grund? Oder sind Sie ganz allgemein ein außergewöhnlich großzügiger Mann?«

»Ich tat es, weil ich Mr Bentleys Arbeitgeber war. Es schien mir nicht recht, dass er für mich einen Teil seines Gehalts opfert.«

»Selbst als er immer betrunkener wurde, sogar so laut, dass der Wirt auf ihn aufmerksam wurde, haben Sie ihm weiterhin Drinks spendiert, nicht wahr?«

»Vielleicht noch ein oder zwei und nur deshalb, weil er ein solches Theater machte, dass es mir einfacher schien, seinen Wünschen nachzugeben. Wie hätte ich denn auch wissen können, dass –«

»Sie haben ihn betrunken gemacht, Mr Montignac, ist das richtig?«

Harkman sprang auf. »Einspruch, Euer Ehren«, rief er aufgebracht angesichts der Richtung, die Sir Quentins Verhör nahm. »Vielleicht sollte der Herr Verteidiger spezifizieren, worauf hinaus er mit seinen Unterstellungen will. Über die Ereignisse an jenem Abend hat der Zeuge seine Aussage bereits gemacht.«

»Stattgegeben. Sir Quentin, worauf soll das hinauslaufen?«

»Ich versuche lediglich festzustellen, ob mein Mandant ein Mensch ist, der sich in einem Pub ein Glas nach dem anderen bestellt und sich bis zur Sinnlosigkeit betrinkt. Meiner Ansicht nach ist er das nicht.«

»Euer Ehren, darüber zu entscheiden, das ist die Aufgabe der Geschworenen«, protestierte Harkman. »Und nicht die meines werten Kollegen.«

»In der Tat.« Richter Sharpwell schaute auf seine Uhr. Sein Magen fragte sich schon, wo das Mittagessen blieb. »Sir Quentin, wie viele Fragen haben Sie noch an den Zeugen?«

»Nur noch ein oder zwei, Euer Ehren. Wenn Sie gestatten.«

»Fahren Sie fort.« Sharpwell seufzte, als hätte er es mit einer grenzenlosen Zumutung zu tun.

»Mr Montignac«, begann Sir Quentin mit neuem Schwung. »Können Sie uns den Zustand von Mr Bentley beim Verlassen des Pubs beschreiben?«

»Ja. Er konnte vor Trunkenheit kaum aufrecht stehen. Beim Gehen gaben seine Beine nach, und er redete wirres Zeug. Es war nicht leicht, einen Taxifahrer zu finden, der bereit war, ihn mitzunehmen.«

»Verstehe. War Mr Bentley vor diesem Abend schon einmal in Ihrer Wohnung gewesen?«

»Nein.«

»Sie haben ihm einfach die Adresse angegeben?«

»Nicht ihm, sondern dem Taxifahrer. Ich bat ihn, darauf zu achten, dass Mr Bentley sicher in meine Wohnung gelangt.«

»Euer Ehren.« Harkman stand auf. »Das hat der Taxifahrer bereits bezeugt«, erklärte er gereizt.

»Wenn Sie gestatten, Euer Ehren, ich bin so gut wie am Ende meiner Fragen.«

Sharpwell nickte.

»Mr Montignac, lassen wir meinen Mandanten für einen Moment beiseite. Was können Sie uns über Ihre Beziehung zu dem verstorbenen Raymond Davis sagen?«

»Zu dem Mordopfer hatte ich keine Beziehung, wie Sie es

nennen«, antwortete Montignac mit Betonung auf »Mordopfer«.

»Gar keine? Sie kannten ihn nicht?«

»Er war ein Freund meiner Cousine. Ich kannte ihn durch sie. Abgesehen davon standen wir uns nicht nahe.«

»Ein Freund Ihrer Cousine. Dabei handelt es sich um Stella Montignac, ist das richtig?«

»Ja.«

»Die den Besitz der Montignacs geerbt hat.«

»Ja.«

»Und Sie sind im selben Haus wie Miss Montignac aufgewachsen?«

»Seitdem ich fünf Jahre alt war. Nach dem Tod meiner Eltern.«

»Aha. Und Mr Davis war einfach nur ein Freund von Miss Montignac?«

»Ja«, entgegnete Montignac, der nicht gewillt war, eine tiefere Beziehung zwischen den beiden zuzugeben.

»Waren die beiden nicht verlobt und wollten heiraten?«

»Ich glaube, darüber hatten sie gesprochen. Weitere Pläne oder ein festes Datum hatte es wohl nicht gegeben.«

Sir Quentin neigte den Kopf zur Seite, fragte sich, woher der Widerwille des Zeugen rührte, die enge Verbindung der beiden anzuerkennen, und beschloss, an der Stelle weiterzubohren.

»Mochten Sie Mr Davis?«

»Ob ich ihn mochte?«, fragte Montignac verblüfft.

»Ja. Haben Sie sich darüber gefreut, dass er Ihre Cousine heiraten würde?«

Montignac dachte nach. Bisher war er noch nicht meineidig geworden oder wenn, konnte es ihm nicht nachgewiesen werden. Aber jetzt forschte er in seinem Gedächtnis, ob er sich irgendwann in einem Gespräch so negativ über Raymond geäußert hatte, dass es zu Sir Quentin vorgedrungen war.

»In seinem Fall waren meine Gefühle eher –« Er fahndete nach dem richtigen Wort. »Eher fließend.«

Sir Quentin lachte. »Entschuldigen Sie, Mr Montignac, aber

was, bitte, dürfen wir uns unter ›fließenden Gefühlen‹ vorstellen?«

»Dass ich mich anfangs mit ihm schwergetan habe«, erwiderte Montignac. »Natürlich war er ein netter Mensch, immer höflich und darauf aus, sich bei unserer Familie beliebt zu machen. Dennoch fand ich nicht, dass er richtig zu Stella passte. Ich war mir nicht sicher, ob er sie glücklich machen würde. Nach einer Weile lernte ich ihn etwas besser kennen, und zu der Zeit, als er ermordet wurde« – bei dem Wort »ermordet« erhob er seine Stimme, um die grausamen Umstände dieses Todes zu betonen –, »da hielt ich ihn für einen recht anständigen Menschen. Ich bin sehr fürsorglich, wenn es um meine Cousine geht, Sir Quentin.« Er lächelte und hoffte, mit seiner letzten Bemerkung die Geschworenen zurückzugewinnen, denn ihm schien, ihr Wohlwollen ihm gegenüber hatte im Verlauf des Kreuzverhörs nachgelassen.

»Nicht lange vor Mr Davis' vorzeitigem Tod haben Sie zu dritt diniert, nicht wahr?«

»Das verstehe ich nicht.« Montignac spürte die erste Panik.

»Sie, Ihre Cousine Miss Montignac und ihr Verlobter Mr Davis haben sich vor einigen Monaten zum Dinner getroffen.«

Montignac zuckte mit den Schultern. »Möglich. An ein bestimmtes Dinner kann ich mich nicht erinnern.«

»Nein? Mir dagegen ist bekannt, dass Sie am sechsten Juli dieses Jahres im Claridge diniert haben, am selben Abend, als Sie Mr Bentley kennenlernten. Allerdings sind Sie vorzeitig aufgebrochen, noch vor dem Nachtisch.«

»Kann sein.«

»Gab es dazu einen besonderen Grund?«

»Nicht, dass ich wüsste.«

»So so. Als Mr Davis vor seinem Tod bei Ihnen vorbeikam, wussten Sie da, welches Anliegen er hatte?«

»Ich habe nicht die leiseste Ahnung«, erklärte Montignac. »Da müsste man ihn wohl selbst fragen, was leider nicht mehr geht.«

»Noch eine letzte Frage, Mr Montignac, nur zu meinem Verständnis. Sie sagten, der Angeklagte war intelligent, freundlich und eifrig, richtig?«

»Richtig.«

»Und dass Sie am Abend des Mordes für die meisten Getränke bezahlt haben.«

»Ja.«

»Und dass Mr Bentley so betrunken war, dass er es ohne Ihre Hilfe nicht ins Taxi schaffte und die Stufen zu Ihrer Wohnung nicht ohne die Unterstützung des Taxifahrers hätte hinaufsteigen können.«

»Ja«, sagte Montignac zögernd.

»Und dass Sie ihn allein in Ihre Wohnung geschickt haben, in der aus mysteriösen Gründen später der Verlobte Ihrer Cousine auftauchte, den der Angeklagte, trotz seiner Trunkenheit, angeblich ermordete?«

»Einspruch, Euer Ehren«, rief Harkman und sprang auf. »Der Zeuge hat nichts dergleichen gesagt.«

»Richtig, Euer Ehren«, sagte Sir Quentin mit triumphierendem Lächeln, »ich muss mich entschuldigen. Die Fragen dienten nur zu meinem persönlichen Verständnis. Keine weiteren Fragen.«

»Danke, Sir Quentin«, sagte Sharpwell, den es drängte, an den Teller Rindfleisch, Kartoffeln und zweierlei Gemüse in seinem Amtszimmer zu gelangen. »Sie haben auch keine Fragen, nicht wahr, Mr Harkman?«

»Nur noch eine kurze Frage, Euer Ehren.« Harkman erhob sich. »Mr Montignac, Sie haben diesem jungen Mann dort auf der Anklagebank eine berufliche Laufbahn in Aussicht gestellt, nicht wahr?«

»Ja.«

»Und wenn er das Geschäft gelernt hätte, hätten Sie ihn auch weiterhin gefördert?«

»Ja, in der Tat.«

»Doch nachdem Sie ihm freundlicherweise Ihre Wohnung überlassen hatten, kam es dort zu einem Mord.«

»Richtig.«

»Und Ihre Cousine verlor ihren Verlobten.«

»Auch das ist richtig.«

»Und Sie einen Freund.«

»Ja«, entgegnete Montignac leise.

»Mr Montignac, bereuen Sie den Abend, an dem Sie dem Angeklagten begegnet sind?«

Montignac schürzte die Lippen und schaute zur Anklagebank, wo Gareth elend und verloren wirkte. Er entschied, dass jetzt genug Schaden angerichtet worden war und Gareth nicht zu allem Überfluss auch noch glauben sollte, er sei sein Feind.

»Nein, das tue ich nicht, Mr Harkman«, sagte er. »Damals wie heute bin ich der Meinung, dass Mr Bentley viele gute Eigenschaften besitzt. Ich bereue, dass ich ihn an jenem Abend nicht selbst in meine Wohnung gebracht habe. Ich bereue, dass ich nicht früher in meine Wohnung zurückgekehrt bin, um ihn an dem Angriff auf Raymond zu hindern. Aber ihm begegnet zu sein, das bereue ich nicht. Ich glaube, die Ereignisse an jenem Abend waren eine Folge momentanen Wahnsinns und sind nicht seinem wahren Charakter entsprungen. Wenn Sie meine ehrliche Meinung wissen wollen, halte ich das Ganze für eine Tragödie für alle Beteiligten.«

Noch einmal schaute er zu Gareth hinüber, der ihm mit einem kleinen Lächeln zunickte.

»Danke, Mr Montignac«, sagte Harkman mürrisch. Er hatte mit einer für den Angeklagten vernichtenden Antwort gerechnet und wünschte, er hätte die Frage nicht gestellt.

»Ich danke Ihnen.« Sharpwell stand auf, ehe es zu weiteren Fragen kommen konnte. »Die Verhandlung wird um vierzehn Uhr fortgesetzt.«

3

Beim Verlassen des Old Bailey entdeckte Montignac zu seiner Verwunderung Margaret Richmond vor dem Gerichtsgebäude. Er hatte nach einer Telefonzelle Ausschau gehalten, um in der Galerie anzurufen, und wollte anschließend eine Kleinigkeit essen gehen. Margaret stand an einem Wagen und sprach durch das geöffnete Seitenfenster mit dem Fahrer, ehe der Wagen davonfuhr. Montignac betrachtete die vertraute Gestalt, die auf der belebten Londoner Straße, fern ihres üblichen Umfeldes von Leyville, kleiner und verletzlicher wirkte.

»Margaret?«, fragte er und ging auf sie zu. Sie fuhr herum.

»Owen«, sagte sie.

»Was, zum Teufel, tust du hier?«

Sie war förmlich gekleidet, trug ihre beste Handtasche und sogar einen Hut. Er nahm an, dass sie während seines Verhörs im Gerichtssaal gewesen war, was ihm entgangen war. Um jede Ablenkung von seinem Auftrag zu vermeiden, hatte er es im Zeugenstand absichtlich vermieden, die Zuschauer anzusehen.

»Wir sind gerade erst herausgekommen«, erwiderte sie. »Stella ist eben davongefahren.«

»Stella?«, fragte er. »Stella war im Gerichtssaal?«

Margaret sah ihn bedrückt an. »Ich habe alles getan, um es ihr auszureden. Wegen der schrecklichen Erinnerungen, die durch die Verhandlung wieder hochkommen würden. Bisher habe ich ihr die grausameren Details immer, so gut es ging, vorenthalten, habe die Zeitungen vor ihr versteckt und so weiter. Aber du weißt ja, wie sie ist. Wenn sie sich etwas in den Kopf gesetzt hat, redet man bei ihr wie gegen eine Wand. Sie wollte dabei sein, wenn Gareth Bentley sich verteidigt, doch dann bist du statt seiner in den Zeugenstand getreten.«

»Gareth sagt nach dem Mittagessen aus«, erklärte Montignac. »Kommt sie dann zurück?«

»Ich glaube nicht. Sie fährt wieder nach Leyville. Ich habe ihr gesagt, dass ich später mit dem Zug nachkomme. Das Ganze hat sie schrecklich aufgewühlt – sich anhören zu müssen, dass du Raymond nur als ihren Freund bezeichnet hast und weiter nichts.«

Montignac runzelte die Stirn. »Nur weil ich dem Bild nicht schaden wollte, das man von ihm hat.«

»Ja, sicher.«

»Komm«, sagte er und nahm ihren Arm, »lass uns eine Tasse Tee trinken. Dann können wir uns in Ruhe unterhalten.«

Sie liefen zur nächsten Straßenecke, betraten dort eine kleine Teestube, suchten sich einen Tisch und bestellten Tee.

»Gestern Abend ist Sir Denis Tandy in Leyville gewesen«, begann Margaret. »Stella hatte ihn zu sich gebeten. Sie wollte mit ihm reden.«

»Doch wohl nicht über ihre Idee.«

»Hat sie dir davon erzählt?«

Montignac nickte. »Sie hat gesagt, dass sie das Haus dem National Trust überlassen will. Ausgerechnet.« Er lachte gepresst. »Sie hat in ihrem Leben ja schon einige schlechte Entscheidungen getroffen, aber diese …«

»Sie behauptet, dass sie reisen möchte«, sagte Margaret missmutig. »Mit dem Haus will sie nichts mehr zu schaffen haben. Nicht nach Raymonds Tod. Sie hatten große Pläne, die beiden. Wusstest du, dass er sich von der Gartenbaugesellschaft beurlauben lassen wollte, um sich der Umgestaltung des Parks in Leyville zu widmen?«

»Nein«, entgegnete Montignac. Am liebsten hätte er noch ergänzt, dass, was ihn betreffe, Raymond nicht einmal das Recht gehabt habe, den Park von Leyville jemals zu betreten, geschweige denn, dessen Umgestaltung zu planen.

»Anscheinend gibt es nichts mehr, das es ihr wert ist zu bleiben«, fuhr Margaret fort. »Ich frage mich, was aus mir werden soll. Ich meine, aus ihr«, verbesserte sie sich rasch.

Montignac lächelte flüchtig. Er wusste durchaus, um wen sich ihre wahre Sorge drehte. »Hast du Angst, du könntest obdachlos werden?«

»Sie könnte nie mehr zurückkehren«, antwortete Margaret

ausweichend. »Stella ist eine schöne, reiche, junge Frau. Glaubst du nicht, dass sie in Amerika einen heiratsfähigen jungen Mann kennenlernen könnte? Da gibt es doch sicherlich viele, die nur auf eine wie sie gewartet haben.«

»Davon kann man ausgehen«, erwiderte Montignac grimmig.

»Ich sage mir, wenn ein englischer König eine amerikanische Frau haben will, dann kann ein amerikanischer Mann ja auch eine englische Erbin haben wollen.«

»Vermutlich.«

»Du musst einen Weg finden, sie daran zu hindern.«

»Ich?«, fragte er verdutzt. »Was kann ich denn dagegen tun? Zurzeit sprechen Stella und ich ja nicht einmal miteinander.« Er fragte sich, ob ihre alte Kinderfrau etwas über den Vorfall am Wochenende wusste, als er Stella ins Gesicht geschlagen hatte.

»Es gab Zeiten«, wagte Margaret sich weiter vor, »da hättest du sie daran hindern wollen.«

Montignac taxierte ihre Miene. »Was willst du damit sagen?«

»Stella glaubt, hier gäbe es nichts, für das es sich lohnt zu bleiben. Es liegt an ihrem Seelenkummer.«

»Sie mochte Raymond«, gab er zu, »aber sie hat ihn nicht geliebt. Ich glaube keine Sekunde lang, dass sie ihn geliebt hat.«

»Nein, hat sie nicht.« Margaret beugte sich vor. »Ich habe gesehen, wie sie ist, wenn sie jemanden liebt. Ich habe gesehen, wie sie sich dann verhält. So war sie bei Raymond nicht.«

»Ach. Ich dachte immer, du würdest ihn schätzen.«

»Das habe ich auch getan. Er war ein sehr angenehmer Mensch. Sie hätten sich in Leyville niedergelassen und eine Familie gegründet. Das war es, was ich wollte. Aber sie hat ihn nicht geliebt. Deswegen hat sie jetzt auch so große Schuldgefühle. Ich glaube nicht, dass sie jemals jemanden so geliebt hat wie dich.«

Montignac stockte der Atem, als hätte er einen Schlag ins Gesicht bekommen. »Das war vor langer Zeit«, murmelte er.

»Im Sommer vor zehn Jahren«, sagte Margaret. »Sie hat es nicht vergessen. Und ich glaube, du auch nicht.«

»Natürlich nicht. Wie könnte ich etwas vergessen, das derart – trotzdem kann ich nicht –« Verwirrt verstummte er. Dieses Thema war zwischen ihnen absolut tabu, und er konnte nicht fassen, dass Margaret es mit einem Mal derart unumwunden ansprach. »Warum kommst du jetzt damit an? Du warst doch diejenige, die – allem ein Ende bereitet hat.«

»Ich habe dem ein Ende gesetzt, weil alles andere damals falsch gewesen wäre. Ihr wart noch Kinder. Sie war deine Cousine. Ich wollte euch beide schützen. Wenn Stellas Vater dahintergekommen wäre, hätte er dich umgebracht. Das ist keine Übertreibung, Owen. Er hätte sein Gewehr genommen und dich erschossen.«

»Er hätte es mit Sicherheit versucht«, entgegnete Montignac.

»Erinnerst du dich noch an den Tag, als ihr beide zu mir gekommen seid, mir alles gebeichtet und mich um Hilfe gebeten habt?«

Montignac spürte, dass es ihm die Brust abschnürte. Die Erinnerung an diesen Nachmittag gehörte zu den schlimmsten seines Lebens. Zuvor hatten er und Stella das Problem nahezu eine Woche lang hin und her gewälzt und keinen Ausweg gesehen, voller Entsetzen angesichts dessen, was sie getan hatten und was daraus entstanden war. Seinerzeit war Andrew erst seit einigen Monaten tot und Peter Montignac kaum noch er selbst gewesen. Wären sie zu ihm gegangen und hätten gestanden, dass Stella schwanger war, hätte es eine Katastrophe gegeben.

Montignac wandte den Blick ab. »Du hattest versprochen, diese Zeit nie wieder zu erwähnen.«

»Es sei denn, ich wäre dazu gezwungen. Jetzt ist es so weit. Stella ist dabei, den größten Fehler ihres Lebens zu begehen, und du lässt es zu.«

»Bist du sicher, dass es nicht vielmehr um deine Angst davor geht, dein Dach über dem Kopf zu verlieren. Allein zu sein und im Stich gelassen zu werden, wie du uns damals im Stich gelassen hast?«

»Ich habe euch nicht im Stich gelassen«, erwiderte Margaret zornig. »Ich habe das getan, was das Beste war. Hätte ich deinen

Onkel nicht überredet, Stella fortzuschicken, wäre Andrew nicht der einzige Montignac, der in jenem Sommer umgekommen ist.«

»Das war er nicht.«

»Wie bitte?«

»Ich sagte, er war nicht der einzige Montignac, der in jenem Sommer umgekommen ist. Was dir und Stella zu verdanken ist.«

Margaret seufzte. Sie hatte daran gedacht, ihm die Wahrheit zu sagen, dass sein Kind noch lebte und wohlauf war, aber sie wusste nicht, wie er darauf reagieren würde. Owen hatte etwas Unberechenbares, und niemand konnte vorhersagen, auf welche Weise er sich rächen würde, fände er heraus, dass sie und Stella ihn vor zehn Jahren belogen hatten.

»Owen«, sagte sie, »das ist doch alles schon so lange her. Du kannst mich doch nicht dafür verantwortlich machen, dass –«

»Margaret, was willst du von mir?«, zischte er. »Ich kann versuchen, mit Stella zu reden, wenn du das möchtest, aber ich glaube nicht, dass es viel nützen wird. Wenn sie fortgehen will, weiß ich nicht, wie ich sie aufhalten kann. Wenn sie das Haus loswerden will, weiß ich nicht, wie ich sie davon abhalten kann. Mir sind die Hände gebunden. Dafür hat Onkel Peter gesorgt.«

»Es ist dein Haus, Owen«, fuhr sie auf, und ihre Hände ballten sich zu Fäusten. »Von Rechts wegen gehört es dir, oder etwa nicht? Es gehört nicht ihr. Es wurde dir gestohlen, so wie es vor dreißig Jahren deinem Vater gestohlen wurde.«

»Natürlich, aber ich weiß trotzdem nicht, was ich unternehmen kann.«

»Du kannst ihr sagen, was du für sie empfindest.«

Montignac ließ sich zurücksinken. Für einen Moment fehlten ihm die Worte. »Ich soll ihr was sagen?«

»Einst hast du mir erklärt, dass du sie liebst. Als sie damals fortging, hast du wochenlang geweint. Du lagst auf deinem Bett, als würde die Welt untergehen. Weißt du das nicht mehr?«

Montignacs Mund verzog sich angewidert. »Ich weiß noch, dass ich ein verdammter Narr war. Dass ich dachte, sie liebt mich, und bitter enttäuscht wurde. Ich erinnere mich an ihren Verrat.«

»Aber sie liebt dich, Owen. Erkennst du das denn nicht?«

Er schüttelte den Kopf. »Nein, das ist alles vorbei. Es war vor zu langer Zeit, und seitdem haben wir einander zu sehr verletzt.«

»Du irrst dich.« Margaret griff nach seiner Hand. »Wenn du möchtest, dass Stella bleibt, musst du es ihr sagen. Dein Onkel ist tot, deine Tante ebenfalls. Und Andrew ist tot. Niemand kann dich mehr an etwas hindern. Es ist keiner mehr da.«

Voller Erstaunen betrachtete Montignac die Frau, die ihn und Stella damals auseinandergerissen hatte, und jetzt, lange danach, offenbar alles daransetzte, sie wieder zusammenzuführen. »Wie kommst du nur darauf? Hast du wirklich so große Angst vor dem Alleinsein?«

»Ja«, bekannte sie aufgebracht, »das habe ich. Ihr Kinder habt mich nie beachtet, dabei habe ich alles für euch getan. Wo waren denn deine Tante und dein Onkel, als du aufgewachsen bist? Kannst du mir das sagen? Wie oft hast du sie gesehen? So gut wie nie. Ich war diejenige, die für dich da war, die deine Tränen getrocknet, dir bei den Hausaufgaben geholfen und deine aufgeschürften Knie verbunden hat. Ich, Owen, nicht einer von ihnen. Glaubst du denn, du bist der Einzige, der wegen des Testaments deines Onkels Grund zur Bitterkeit hat? Ihr drei wart für mich wie eigene Kinder. Und keiner von euch, nicht einmal du, hat mich jemals anders als eine Angestellte behandelt.«

»Das warst du doch auch«, sagte Montignac.

»Wenn einer von euch in Not war, ist er zu mir gekommen. Wie damals, als du und Stella in Schwierigkeiten wart. Aber jetzt möchte ich etwas zurückbekommen. Nicht einmal eine Leibrente hat man mir nach all den Dienstjahren zugestanden. Hältst du das für gerecht? Ob es dir nun passt oder nicht, Owen, wir sitzen im selben Boot. Wir sind beide schlecht behandelt worden. Ist es denn zu viel verlangt, wenn ich dich bitte, mir zu helfen – so wie ich dir geholfen habe? Ich möchte weder allein sein noch gezwungen werden, mein Zuhause zu verlassen. Du musst Stella zu Verstand bringen. Wenn du mich beschützt, beschütze ich dich auch.«

»Mich beschützen?«, fragte er verwundert. »Was soll das denn bedeuten?«

»Muss ich es dir buchstabieren?«

Montignac wusste noch immer nicht, worauf hinaus sie wollte. »Ja, vielleicht musst du das.«

Margaret schenkte sich Tee nach. »Verflixt, er hat zu lange gezogen«, sagte sie. Verärgert betrachtete sie die dunkelbraune Flüssigkeit in ihrer Tasse.

»Wovor willst du mich beschützen?«, hakte Montignac nach.

»Na gut.« Sie beugte sich vor. »Margaret, du wirst es nicht glauben«, ahmte sie Raymonds Stimme nach, »Owen war am Telefon. Er möchte alles zwischen uns klären, noch mal von vorn beginnen und sich bei mir entschuldigen. Heute Abend treffe ich mich mit ihm in seiner Galerie und dann werden wir alles besprechen. Nur Stella darfst du nichts davon verraten, ja? Zuerst will ich mich vergewissern, dass er es auch ehrlich meint. Ich nehme den Zug am späten Nachmittag und hinterlasse ihr eine Nachricht. Ich werde ihr schreiben, dass ich zu einem Vortrag gehe, denn das hatte ich ja ohnehin vor.«

Für einen Moment verschlug es Montignac den Atem. Er spürte, dass er blass wurde, und sah sich verstohlen um.

»Er hat es dir erzählt«, flüsterte er. »Du warst da, als ich angerufen habe.«

»O ja, ich war da.«

»Er hat gesagt, er habe niemandem etwas erzählt.«

»Er hat gelogen. Aber für euch bin ich ja auch nie jemand gewesen. Ich bin ein Niemand.«

»Was willst du?«, fragte Montignac, der in Gedanken bereits die verschiedenen Möglichkeiten durchging. Wenn sie es gewusst hatte, hatte sie offenbar bis jetzt geschwiegen und auch keinen Grund gesehen, sich der Polizei zu offenbaren. Doch jetzt schien sie eine Gegenleistung zu erwarten.

»Ich verlange nicht sehr viel«, antwortete Margaret. »Eine Zeit lang wusste ich nicht, wie ich mich verhalten sollte. Ich meine, nachdem ich mir die Wahrheit zusammengereimt hatte. Der Polizei habe ich kein Wort darüber gesagt, ich wollte nicht, dass der Familienname durch den Dreck gezogen wird, und Raymond hätte es auch nicht zurückgebracht. Und warum hätte ich Stella noch mehr Kummer machen sollen? Aber jetzt, da sie vorhat fortzugehen – jetzt habe ich erkannt, wie wertlos ich für sie bin und dass sie sich keinen Deut um mich schert. Deshalb habe ich keine andere Wahl, als mich an dich zu wenden. Du musst sie daran hindern, das Haus wegzugeben.«

»Du bist noch schlimmer als ich«, sagte Montignac leise.

»Wohl kaum«, entgegnete Margaret.

»Und wenn ich es tue, wenn ich ihr den Plan ausrede, dann hältst du weiterhin den Mund?«

»Mit einer Einschränkung. Ich lasse nicht zu, dass dieser Junge gehängt wird. Das ginge zu weit.«

Montignac trank einen Schluck Tee und dachte, dass mit einem Mal alles noch komplizierter geworden war und zu viele Menschen und Interessen zu berücksichtigen waren. »Ihn soll ich also auch noch retten?«

»Dafür muss es einen Weg geben«, sagte Margaret. »Er ist unschuldig.«

»Na schön«, gab Montignac nach, denn etwas anderes blieb ihm ohnehin nicht übrig, »ich will sehen, was sich machen lässt. Ich rede mit Stella und versuche, sie umzustimmen.«

»Liebst du sie noch?«

»Natürlich liebe ich sie!«, rief er, ohne nachzudenken. Die anderen Gäste drehten sich zu ihm um. Verlegen schaute er auf seine Teetasse. »Natürlich liebe ich sie noch«, wiederholte er leise. »Du ahnst ja nicht, wie mein Leben ohne sie gewesen ist. Und was ich – wozu ich letztendlich fähig gewesen bin. Außer Stella hat es nie jemanden für mich gegeben.«

»Dann sag es ihr«, drängte Margaret. »Wenn du es ihr sagst, wird sie bleiben. Das weiß ich.«

Montignac betrachtete sie prüfend. »Es gibt Zeiten, da hinterfrage ich das, was ich getan habe«, erklärte er ruhig. »Da frage ich mich, was für ein Mensch ich bin. Aber jetzt weiß ich eines mit Sicherheit: An dich reiche ich nicht heran.«

»Was soll das heißen?«

»Du sitzt da und behauptest, uns alle drei geliebt zu haben und dass du für uns gesorgt hast.« Er schnaubte verächtlich. »Du hast immer nur für dich selbst gesorgt. Das, was du vor all den Jahren zu Stella und mir gesagt hast, wie du uns genannt hast … Und jetzt hast du den Nerv, mir zu raten, zu versuchen, sie zurückzugewinnen, nur damit du weiterhin deinen Traum leben kannst, die Herrin von Leyville zu sein? Ich mache Onkel Peter keinen Vorwurf daraus, dass er dich in seinem Testament vergessen hat. Ich würde dich auch vergessen.«

Margaret schob die Unterlippe vor und sah ihn finster an. »Leider hast du keine Wahl, Owen. Entweder du hilfst mir, oder du verlierst alles. Nach all der Zeit gibt es noch einmal eine Chance für dich, für euch beide. Es liegt an dir, ob du sie ergreifst oder nicht.«

Montignac dachte an all das, was er getan hatte, und verspürte einen Stich der Reue. Es hat zu dieser Kette von Ereignissen geführt, die er in Bewegung gesetzt hatte. Er betrachtete die alte Dame, die ihm gegenübersaß und Angst vor ihrer Zukunft hatte, und fragte sich, ob es nicht vielleicht doch einen Menschen gab, der das Chaos, zu dem sein Leben geworden war, noch mehr als er selbst verschuldet hatte.

Er warf einen Blick auf seine Uhr. Es war schon zehn Minuten vor zwei.

»Ich muss los.« Er stand auf. »Gleich kehrt das Gericht zurück. Kommst du auch?«

Margaret schüttelte den Kopf. »Ich habe genug gesehen. Und alles gesagt, was ich sagen wollte. Denkst du über meine Worte nach?«

»Etwas anderes wird mir kaum gelingen«, erwiderte er und ging, ohne sich noch einmal umzudrehen. Auf der Straße verspürte er den seltenen Wunsch, lauthals zu schreien, so laut, dass er den Verkehr zum Erliegen brächte.

4

Vom Zeugenstand aus nahm Gareth erstmals die Größe des Gerichtssaals wahr. Auf der Anklagebank hatte er es immer geschafft, den Blick auf einen von zwei Punkten zu richten: entweder auf den Zeugen, der gerade verhört wurde, oder zu Boden. Dennoch war er sich der vielen hundert Menschen bewusst gewesen, die Tag für Tag zur Verhandlung kamen und ihn wortlos taxierten. Er spürte ihre Blicke, die sich in seinen Rücken bohrten, während sie überlegten, ob er ein brutaler Mörder war oder nicht. Er hatte sich nie zu ihnen umgedreht. Erst jetzt, als sich im Gerichtssaal erwartungsvolles Schweigen ausbreitete und er sich auf dem Podest des Zeugenstandes befand, fühlte er sich imstande, die Menge vor sich anzuschauen und sich zu fragen, wie sie dazu kamen, ihm ungebeten ihre Aufmerksamkeit zu schenken.

Wie Montignac und alle anderen Zeugen zuvor auch, legte er seine rechte Hand auf die Bibel und schwor, die reine Wahrheit zu sagen und nichts als die Wahrheit. Als Sir Quentin sich erhob und auf ihn zutrat, zog sich sein Magen zusammen.

»Mr Bentley«, begann Sir Quentin, ohne sich mit einer Vorrede aufzuhalten, »können Sie uns sagen, wo Sie am Abend des achtzehnten August dieses Jahres waren?«

Gareth räusperte sich. »Ich war mit Owen Montignac, meinem damaligen Arbeitgeber, in einem Pub namens Bullirag nahe dem Piccadilly Circus.«

»Aha. Würden Sie uns erzählen, an welche der Ereignisse jenes Abends Sie sich erinnern?«

»Nein, ich fürchte, das kann ich nicht.«

»Wie bitte?«, fragte Sir Quentin überrascht, denn er hatte sämtliche Fragen und Antworten mit Gareth in dessen Zelle geprobt.

»Ich sagte, dass ich mich nicht erinnern kann, Sir.«

»Würden Sie uns erklären, weshalb dem so ist?«

»Zu meinem Bedauern habe ich an jenem Abend zu viel

Alkohol getrunken, und wenn ich zu viel trinke, kann ich mich am nächsten Morgen kaum noch an den Vorabend erinnern.«

»Erinnern Sie sich von jenem Abend an gar nichts mehr?«

»Nur noch an sehr wenig.«

»Und was ist das Erste, an das Sie sich erinnern können?«

»Dass ich in einer fremden Wohnung, in einem fremden Bett wach wurde. Ich wusste nicht, wo ich war, und hatte einen furchtbaren Kater. Ich lag eine Zeit lang da, und dann hörte ich auf der Straße Wagen bremsen und wenig später Schritte. Ich stand auf und entdeckte Blut an meinem Hemd.«

»Waren Sie nachts überfallen worden?«

»Einspruch, Euer Ehren«, rief Harkman. »Der Verteidiger versucht, dem Zeugen etwas zu suggerieren.«

»Stattgegeben. Sir Quentin, bitte legen Sie Ihrem Zeugen keine Worte in den Mund«, grummelte der Richter.

»Ich bitte um Verzeihung, Euer Ehren. Mr Bentley, würden Sie uns das, was als Nächstes geschah, mit eigenen Worten beschreiben?«

Gareth schluckte. »Ich hörte, dass jemand die Wohnung betrat. Ich wusste noch immer nicht, wo ich war, aber ich verließ das Schlafzimmer – und da sah ich ihn.«

»Ihn?«

»Den Mann, der, wie ich später erfuhr, Raymond Davis hieß. Er war tot und lag auf dem Boden. Es war – entsetzlich. Als Nächstes kamen Polizisten herein und warfen sich auf mich. Danach wird es wieder verschwommen.«

Sir Quentin trat noch einen Schritt näher und erhob seine Stimme. »Mr Bentley, können Sie uns sagen, ob Sie Raymond Davis vor jenem Morgen schon jemals gesehen hatten?«

»Noch nie, Sir.«

»Sie hatten weder mit ihm gesprochen, noch waren Sie ihm jemals begegnet?«

»Richtig.«

»Mr Bentley, haben Sie Raymond Davis getötet?«

»Nein, Sir«, antwortete Gareth emphatisch, »ich glaube nicht.«

Sir Quentin hätte ihn am liebsten geohrfeigt. Mindestens ein Dutzend Mal hatte er den Jungen auf diesen Augenblick vorbereitet und ihm klargemacht, dass die Antwort »Nein, Sir« lauten musste. Punkt. Er hatte ihm erklärt, dass er sich zur Betonung vorbeugen könne, wenn er das wolle, aber außer diesen beiden Wörtern keinen Ton sagen dürfe. Von Zusätzen und Einschränkungen war zu keiner Sekunde die Rede gewesen. Entgeistert sah er seinen Mandanten an und konnte nicht fassen, dass er das Drama, auf das er, Sir Quentin, hingearbeitet hatte, hoffnungslos ruiniert hatte.

»Keine weiteren Fragen«, sagte er leise, hörte das Getuschel der Zuschauer, die sich über die Kürze seines Verhörs wunderten, und dachte, dass wieder einmal ein nutzloser Mandant den Höhepunkt seines Verhörs zuschanden gemacht hatte.

Staatsanwalt Harkman erhob sich ein wenig früher, als er erwartet hatte, doch die Verteidigung hatte ihm einen schönen Aufhänger hinterlassen, auf den er sich stürzen konnte.

»Mr Bentley, Sie *glauben* also nicht, dass Sie Mr Davis getötet haben?«, fragte er sanft.

»Nein, ich – ich habe ihn nicht umgebracht«, stammelte Gareth, dem sein Fehler bewusst geworden war. »Das hatte ich eigentlich sagen sollen.«

»Sie hatten es sagen sollen?«

»Nein, das wollte ich sagen.« In seiner Verwirrung verhaspelte Gareth sich noch mehr. »Ich wollte sagen – habe ich Raymond Davis getötet? Nein, nein, das habe ich nicht getan.«

»Aber genau wissen Sie es nicht, oder? Sie könnten es nicht beschwören.«

Gareth warf einen Blick zu seinem Anwalt hinüber, der ihn verärgert ansah. Mit einem Mal erinnerte er sich wieder an dessen Befehl und verfluchte sich für seine Vergesslichkeit.

»Ich«, setzte er an und hoffte, den Fehler wieder gutmachen zu können, »ich kann beschwören, dass ich mich für unfähig halte, jemanden auf diese Weise zu verletzten. Ich wusste ja nicht einmal, wer –«

»Danke, Mr Bentley. Wenn Sie sich damit begnügen könnten, nur meine Fragen zu beantworten, kommen wir heute alle früher nach Hause. Sagt Ihnen der Name Aidan Higgins etwas?«

Gareth nickte bedrückt.

»Würden Sie uns berichten, woher Sie ihn kennen?«

»Wir sind zusammen zur Schule gegangen. Als wir Kinder waren.«

»Würden Sie uns den Vorfall schildern, der vor Jahren dazu führte, dass sie von Harrow suspendiert wurden. Bitte schildern Sie ihn genau so, wie sie ihn in Erinnerung haben.«

Gareth holte Luft. Doch dann drang der letzte Satz zu ihm durch, und ihm fiel etwas ein, das er in seinem Jurastudium gelernt hatte. Da war es um Präzedenzfälle gegangen, und deshalb ahnte er, worauf hinaus Harkmann wollte.

»Tut mir leid«, sagte er, »aber das kann ich nicht.«

»Und warum nicht?«

»Ich kann mich an den Vorfall nicht erinnern.«

»Mr Bentley, bitte. Wir haben bereits die Aussage ihrer beiden Schulfreunde Aidan Higgins und Paul O'Neill, die eindrücklich beschrieben haben, wie Sie über Mr Higgins herfielen, ihm den Arm brachen und die Schulter ausrenkten. Und Sie wollen behaupten, dass Sie sich an den Vorfall nicht mehr erinnern?«

Gareth senkte den Kopf. »Ich war betrunken«, sagte er leise.

»Könnten Sie bitte lauter sprechen. Ich kann Sie kaum verstehen.«

»Ich habe gesagt, dass ich betrunken war«, wiederholte Gareth lauter. Ein Raunen lief durch den Gerichtssaal. »Ich erinnere mich an nichts.«

»Aber Sie nehmen die Aussage hin, die die beiden Zeugen über den Vorfall gemacht haben, oder? Schließlich waren sie währenddessen hier im Gerichtssaal und, wie ich glaube, auch nüchtern.«

»Ich denke schon.«

»Sie denken schon? Könnten Sie vielleicht etwas deutlicher werden?«

»Ja«, sagte Gareth, »ich nehme die Aussage hin.«

»Doch nach Ihren eigenen Worten sind Sie unfähig, jemanden auf diese Weise zu verletzen.«

»Ich glaube nicht, dass ich es könnte.«

»Aber eben haben Sie zugegeben, dass Sie es getan haben.«

»Vielleicht als Junge.«

»Als betrunkener Junge. Obwohl dieser Vorfall ja noch gar nicht so lange zurückliegt.«

»Es war – ich hatte nie vor, ihm wehzutun.«

»Mr Bentley, ich nehme an, nach diesem Vorfall waren Sie gezwungen, Harrow zu verlassen.«

»Nein.« Gareth schüttelte den Kopf. »Ich bin geblieben.

»Ach. Wie merkwürdig! Nach einem solch gewalttätigen Ausbruch? Wie ist Ihnen das denn gelungen?«

Gareth schaute hoch und entdeckte am Rand einer Zuschauerreihe seine Eltern. Sein Vater saß vorgebeugt und mit gesenktem Kopf da; seine Mutter fixierte ihn und bewegte die Lippen, als wäre sie dabei, ihm die Antwort vorzusagen. Er erinnerte sich, dass sie das Gleiche früher bei Schulaufführungen getan hatte. Auch da hatte sie ihn angesehen und die Worte, die er sprechen musste, mit den Lippen geformt, denn sie kannte seine Texte jedes Mal fast so gut wie er selbst. Sie jetzt wieder beim Soufflieren zu sehen, war wie ein makaberes Echo früherer unbeschwerter Zeiten.

»Ich glaube, mein Vater hat der Schule eine Spende –«

»Es war Bestechungsgeld, richtig?«, fragte Harkman.

»Mag sein.«

»Um seinen Sohn zu schützen, hat er die Schulleitung bestochen. Gut, das kann man nachvollziehen. In dieser Situation hätte das vielleicht jeder von uns getan. Aber diesmal ist keiner da, der Sie mit Geld aus Ihrer Lage befreien kann, Mr Bentley. Zu guter Letzt hat Ihre gewalttätige Vergangenheit Sie eingeholt.«

»Einspruch, Euer Ehren«, rief Sir Quentin und stemmte sich hoch.

»Haben Sie Raymond Davis umgebracht?«, rief Harkman über ihn hinweg. »Haben Sie ihn in jener Nacht am Bedford Square auf brutale Weise ermordet?«

»Nein, das habe ich nicht getan«, sagte Gareth unsicher und schaute seine Eltern hilfesuchend an. »Es ist alles ein solches Durcheinander – ich weiß nicht, was geschehen ist – ich wurde wach und –«

»Sie waren als Einziger da, Mr Bentley. Sie müssen ihn getötet haben. Sie waren betrunken, bekamen einen Wutanfall und haben ihn angegriffen.«

»Aber wie soll ich das denn –?«

»Einspruch! Der Staatsanwalt ist dabei –«

»Mr Davis kam, um Mr Montignac zu besuchen. Und Sie – ein Mann, der die Verantwortung, nüchtern und klar zu bleiben, offenbar nicht kennt – stürzten sich volltrunken auf Mr Davis und schlugen brutal auf ihn ein.«

»Ich kann mich nicht daran erinnern«, rief Gareth. »Wie soll ich denn Ihre Fragen beantworten können, wenn ich von jenem Abend nichts mehr weiß?«

»Sie erinnern sich ja auch nicht daran, Aidan Higgins angegriffen zu haben. Obwohl Sie vorhin zugegeben haben, dass dem so war. Ist es dann nicht auch gut vorstellbar, dass Sie Raymond Davis angegriffen und das gleichermaßen vergessen haben?«

Gareth drückte sich die Hände auf die Schläfen. »Es ist vorstellbar. Möglicherweise.«

»Es ist mehr als vorstellbar, nicht wahr, Mr Bentley? Es gibt keine andere logische Erklärung. Sie wurden wach und hatten das Blut des Ermordeten an sich. Sie haben ihn umgebracht, richtig?«

Im Gerichtssaal wurde es totenstill. Auf der Suche nach einer bestimmten Person überflog Gareth die Gesichter.

»Ist es nicht so, Mr Bentley?«, fragte Harkman laut und vernehmlich.

Gareth nahm eine Reihe Reporter wahr, seine Eltern, Fremde, die sich an seiner Qual zu weiden schienen.

»Mr Bentley, haben Sie Raymond Davis getötet?« Harkman umklammerte die Trennstange des Zeugenstands. »Haben Sie sich dieses Verbrechens schuldig gemacht?«

In diesem Moment entdeckte Gareth den Gesuchten. In der hintersten Reihe schimmerte das weiße Haar. Owen Montignac. Sein Freund und früherer Chef, der Mann, der ihm eine Chance gegeben hatte, als er sie brauchte. Es war, als hätte er gewusst, dass Gareth nach ihm suchte, denn er hielt seinen Blick fest und bewegte den Kopf auf und ab, so beschwörend, dass Gareth es ihm automatisch nachtat. Nur widerstrebend löste er seinen Blick von ihm und richtete ihn wieder auf den Staatsanwalt. Ihm war, als wäre er dabei, zu ertrinken, und hätte gerade das letzte Stück Holz losgelassen, das ihn über Wasser gehalten hatte. Langsam ging er unter und überließ sich den Fluten.

»Ich weiß es nicht«, keuchte er und sank in sich zusammen. »Ich weiß nicht mehr, was ich denken soll. Ich kann mich an nichts erinnern – weder an Aidan – noch an Raymond – oder –« Benommen schüttelte er den Kopf und brach in Tränen aus. »Es ist alles – ich weiß es nicht – ich dachte ...«

Roderick Bentley hatte genug gehört. Er neigte sich zu seiner Frau und sagte mit rauer Stimme: »Ich muss gehen.«

»Fort?« Sie wandte sich zu ihm um und schien seine Worte kaum zu erfassen. All ihre Sinne waren auf ihren Sohn und dessen Qualen konzentriert. »Wohin?«

»Ich muss etwas erledigen«, sagte Roderick. »Das hier muss beendet werden.«

»Aber du kannst doch nicht so einfach gehen.«

Er stand auf und drängte sich durch die Reihe hinaus auf den Gang, rannte beinah auf die Flügeltür zu und hinaus auf den Flur, ohne die vielen Menschen im Gerichtssaal wahrzunehmen, die ihn beobachteten. Nur Gareth sah ihm nicht nach, dafür jedoch Owen Montignac, um dessen Mund ein Lächeln spielte, ehe er auf seine Uhr schaute.

Roderick stieß die schwere Eingangstür des Gerichtsgebäudes auf. Draußen lehnte er sich an die kalte Steinmauer und versuchte, wieder zu Atem zu kommen. Er wusste, dass er keine andere Wahl mehr hatte. Doch ganz gleich, was geschehen würde, sein Leben, das er bisher geführt hatte, war beendet. Er hatte erkannt, wie viel seine Integrität wert war.

5

Das Amtszimmer von Lord Samuel Keaton befand sich im zweiten Stock des Westminster-Palasts mit Blick über die Themse und die Tower-Brücke. Mit schwerem Herzen erklomm Roderick die Steinstufen. An dem Tag, als er als Anwalt zugelassen worden war, und dann noch einmal, als er zum Richter berufen wurde, hatte er geschworen, dem Gesetz zu dienen. Seither hatte er es nicht ein einziges Mal zugelassen, dass seine persönlichen Gefühle über seine Gesetzestreue siegten. Er hatte Mandanten verteidigt, von denen er nichts gehalten hatte, und sie trotz der Schwere der Anklage freibekommen, weil die Polizei gegen das Gesetz verstoßen und er Verfahrensfehler nachgewiesen hatte. In seiner gesamten Zeit vor Gericht hatte er Recht und Ordnung vertreten und, so weit er wusste, nie einen Fehler begangen. Wenn er als Richter sein Urteil gesprochen hatte, war das ungeachtet der Person des Angeklagten geschehen, nur das Verbrechen war ausschlaggebend gewesen. Und jetzt, im Alter von zweiundfünfzig Jahren, stand er im Begriff, seine Integrität über Bord zu werfen und den König zu opfern, um das Leben seines Sohns zu retten.

Er klopfte an Keatons Tür und wartete auf eine Stimme, die ihn bat, einzutreten. Als diese Aufforderung ausblieb, drückte er versuchsweise den Türgriff nach unten. Die schwere Eichentür ging auf. Roderick steckte den Kopf in den Raum und entdeckte Lord Keaton an seinem Schreibtisch. Er telefonierte, saß zurückgelehnt in seinem Sessel, als hätte er keine Sorgen. Als sein Blick auf Roderick fiel, winkte er ihn herein.

»Ich muss Schluss machen«, sagte er ins Telefon und zwinkerte Roderick zu. »Ich habe wichtigen Besuch bekommen.« Er lauschte dem, was der andere sagte, und erwiderte: »Wahrscheinlich kann ich Sie in einer Stunde darüber informieren. Die Antwort steht kurz bevor.« Er legte den Hörer auf und lächelte Roderick an. »Ich habe mich gefragt, wie lange es wohl dauern wird, ehe Sie hier erscheinen.«

»Ach ja?«, fragte Roderick bissig und setzte sich Keaton gegenüber. »Ich hoffe, ich habe Ihre Geduld nicht zu sehr strapaziert.«

»Keineswegs. Obwohl ich mir nicht sicher war. Man kann zwar versuchen, die Reaktion eines anderen vorherzusagen, aber man kann doch nie ganz sicher sein. Doch dann dachte ich an die Art, wie Ihr Sohn sich eben im Zeugenstand aufgeführt hat –«

»Davon haben Sie schon gehört?«

»Gehört? Ich war selbst dabei, mein Lieber.«

»Unten im Gerichtssaal?«

»Nein, ich habe von der Galerie auf Sie hinabgeschaut. Sie konnten mich nicht sehen. Ich wollte wissen, ob die ganze Sache nicht doch eine enorme Zeitverschwendung war. Wenngleich Jane mir leidtut. Sie scheint vollkommen am Ende zu sein.«

»Ich möchte nicht, dass Sie ihren Namen erwähnen«, sagte Roderick so scharf, dass Keaton zurückzuckte.

»Gut«, entgegnete er leise, »aber deshalb müssen wir nicht unhöflich werden. Wie geht es Ihrem Jungen? Haben Sie nach seinem Auftritt mit ihm sprechen können?«

»Interessiert Sie das wirklich?«

»Ob Sie es glauben oder nicht, Roderick, aber ich möchte nicht, dass Ihrem Sohn ein Leid geschieht. Schließlich bin ich dabei, ihn zu retten. Wenigstens das könnten Sie mir zugutehalten.«

Roderick schnaubte. Er war nicht mehr in der Lage, jemandem etwas zugutezuhalten, einen Dank auszusprechen oder überhaupt irgendetwas anzuerkennen.

»Ich muss mich für dieses Büro entschuldigen«, bemerkte Keaton, nachdem sie eine Weile geschwiegen hatten.

»Was gibt es da zu entschuldigen?«

»Es ist schäbig. Die besten Räume sind im obersten Stock. Mit diesem Loch muss ich mich schon seit Jahren begnügen.«

Roderick schaute sich um. Es war ein riesengroßer Raum, luxuriös eingerichtet, die Aussicht phantastisch. Sicher, die Suite des Lordkanzlers war noch aufwendiger gestaltet, pompös und hochherrschaftlich; trotzdem fragte er sich, was für ein Ego jemand haben musste, wenn ihm eines der besten Amtszimmer des Westminster-Palasts nicht gut genug war.

»Ich nehme an, sehr lange werden Sie es hier nicht mehr aushalten müssen.«

»Glauben Sie das wirklich?«

»Ja.«

»Dann haben Sie sich also entschieden?«

Roderick nickte. »Es ist mir nicht leichtgefallen. Ich komme mir wie der schlimmste aller Verräter vor.«

»Vielleicht. Aber mit dieser Bezeichnung werden Sie nicht in die Geschichte eingehen. Man wird Sie vergessen, ebenso wie mich. Allerdings wird man sich immer an die Ereignisse erinnern. Und die werden Ihnen zu verdanken sein. Nur wenige Menschen haben die Gelegenheit, in die Geschichte eingreifen zu können.«

»Soll ich mich deshalb besser fühlen?«

»Sie sollen erkennen, dass Sie Teil von etwas Größerem sind. Größer als Sie und ich, ganz gleich, ob Sie dafür Anerkennung erhalten oder nicht. Ist das nicht allein schon etwas, auf das man stolz sein kann?«

»Mich macht nichts von all dem stolz«, sagte Roderick. »Und ehe ich Ihnen eine feste Zusage gebe, wüsste ich gern, ob ich Ihnen vertrauen kann.«

»Wie darf ich das verstehen?«

»Sagen wir, ich stimme gegen den König. Woher soll ich wissen, ob Sie den Richter so beeinflussen können, dass er Gareths Leben verschont?«

Keaton zuckte mit den Schultern. »Ich kann Ihnen keine Garantie geben. Deshalb müssen Sie mir wohl oder übel vertrauen. In der Hinsicht sollten Sie sich keine Sorgen machen.«

»Und das soll mir genügen?«, fragte Roderick mit spöttischem Lachen.

»Warum nicht? Falls ich Sie enttäusche, können Sie immer noch an die Presse gehen und alles erzählen. Natürlich würde damit nicht nur meine, sondern auch Ihre Karriere ruiniert, immerhin müssten Sie zugeben, dass Sie käuflich waren. Sämtliche Prozesse, denen Sie jemals vorgesessen haben, würden danach gnadenlos unter die Lupe genommen und Gefangene freigelassen, weil man sich fragen würde, wie viel Schmiergeld Sie in den einzelnen Fällen angenommen haben.«

»Ich habe noch nie Bestechungsgeld angenommen«, entgegnete Roderick zornig. »Nicht ein einziges Mal. Ich habe nie etwas getan, für das ich mich schämen müsste …«

»Mich müssen Sie nicht überzeugen, mein Lieber«, sagte Keaton belustigt. »Ich bin schließlich der einzige Mensch auf dieser Welt, der Ihren Preis kennt. Vielleicht wurde Ihre sogenannte Integrität bisher nie auf die Probe gestellt. Jedenfalls sollten Sie mir jetzt, so gut es geht, vertrauen. Vorhin, als Sie hereinkamen, hatte ich Lord Sharpwell am Telefon, der natürlich für die Todesstrafe plädiert. Ein Verbrechen wie das Ihres Sohnes sollte seiner Meinung nach nicht ungestraft bleiben.«

»Und was springt für ihn heraus, wenn er Gareth verschont? Womit wird er denn erpresst?«

Keaton lachte schallend auf. »Ihn muss ich nicht erpressen. Auf Sharpwell ist Verlass, er weiß, was zu tun ist. Ihm ist klar, was unserem Land bevorsteht, wenn dieser König nicht abserviert wird. Sharpwell ist durch und durch Baldwins Mann.«

»Weiß er auch von der kleinen Beförderung, die Sie für sich selbst vorgesehen haben, wenn all das vorüber ist.«

»Die geht niemanden etwas an«, erwiderte Keaton. »Wenn es so weit ist, werde ich für Sharpwell sorgen. Das weiß er. Männer unseres Schlages müssen zusammenhalten. Und zu denen gehören Sie auch, Roderick. Ich achte Sie sehr, ob Sie es glauben oder nicht. Und Sie sind immer noch ein junger Mann, der als Richter noch fünfzehn oder zwanzig Jahre vor sich hat. Wenn ich auf dem Stuhl des Lordkanzlers sitze, werde ich wissen, was Sie für mich getan haben. Sie könnten eine goldene Zukunft haben. Es gibt so viele Möglichkeiten, wie wir einander künftig behilflich sein können.«

»Ich dachte mir schon, dass Sie so etwas sagen würden.« Roderick zog einen Umschlag aus der Innentasche seines

Jacketts hervor und legte ihn auf den Schreibtisch. Er war an den Lordkanzler von England gerichtet. »Öffnen Sie ihn lieber nicht, bevor Sie die Position haben«, riet er. »Man könnte Ihnen sonst vorwerfen, gegen das Briefgeheimnis verstoßen zu haben.«

Keaton furchte die Stirn und griff nach dem Umschlag. »Was ist das?«

»Mein Rücktrittsgesuch«, antwortete Roderick. »Haben Sie im Ernst geglaubt, nach dem, was ich tun werde, bliebe ich im Amt?«

»Ist das nicht ein wenig melodramatisch?«

»Für mich nicht. Ich verlasse Ihr Büro heute mit so etwas wie dreißig Silberlingen in der Tasche. Ich könnte mich nicht mehr im Spiegel ansehen, wenn ich weiterhin dächte, ich hätte das Recht, Urteile zu fällen. Diese Legitimation ist mir abhandengekommen.«

Seufzend schüttelte Keaton den Kopf. »Offenbar haben Sie einen Hang zum Drama«, sagte er, woraufhin Roderick ihm am liebsten ins Gesicht geschlagen hätte. »Also gut, ich bewahre diesen Brief auf und lese ihn erst dann, wenn diese Geschichte vorüber ist. Aber selbst danach möchte ich Ihr Gesuch eigentlich nicht annehmen.«

»Sie werden keine andere Wahl haben. Ab heute können Sie mich als Mann betrachten, der in Pension ist. Nach der Weihnachtspause bin ich weg.«

Keaton zuckte mit den Schultern. »Wenn das Ihr Wunsch ist. Ich persönlich halte es für einen großen Fehler.«

»Von denen habe ich etliche gemacht«, erwiderte Roderick. »Aber nie, während ich die Robe des Richters getragen habe. Und die werde ich auch künftig nicht beschmutzen.«

Keaton zog die Schreibtischschublade auf, holte ein Schreiben hervor und schob es Roderick zu.

»Was ist das?«

»Ihr Stimmzettel. Ich habe Hailsham erklärt, dass Sie aufgrund Ihrer familiären Probleme nicht an unserer nächsten und letzten Sitzung teilnehmen werden, die Entscheidung jedoch mitbestimmen möchten. Er weiß, dass wir das Für und Wider erörtert haben. Mit Ihrer Unterschrift auf diesem Stück Papier ermächtigen Sie mich, an Ihrer Statt zu sprechen und zu entscheiden.«

Roderick nahm das Schreiben und las den Text, der kurz und bündig bestätigte, was Keaton ihm gerade mitgeteilt hatte. Als er hochschaute, reichte Keaton ihm einen Füllfederhalter.

»Sie tun es für Ihren Sohn«, raunte Keaton. »Ebenso wie für Ihr Land, auch wenn Sie das im Moment vielleicht noch nicht einsehen können.

Wortlos nahm Roderick den Füllfederhalter, unterschrieb so aufgebracht, dass die Spitze das Papier einritzte, stand auf und wandte sich zur Tür. Dort drehte er sich noch einmal um. »Wie geht es jetzt weiter. Womit kann ich rechnen?«

»Sie können aufatmen. Ich vermute, Ihr Sohn wird schuldig gesprochen werden. Entweder morgen Vormittag oder spätestens am Nachmittag. Das Beratungskomitee trifft sich am Morgen mit Hailsham. Danach spricht er mit dem Premierminister, der sich, soweit ich weiß, kurz nach Mittag mit dem König zusammensetzt. Ihr Sohn erhält eine leichte Strafe, einige Monate Gefängnis, vielleicht auch ein Jahr, länger jedoch nicht. Was danach geschieht, wissen die Götter.«

»Er könnte für eine Überraschung sorgen«, sagte Roderick.

»Wer?«

»Der König. Er ist aus hartem Holz geschnitzt.«

Keaton lachte. »Offenbar kennen Sie ihn nicht.«

»Stimmt, aber man kann trotzdem nie wissen. Was ist, wenn er sich von ihr trennt?«

»Dann hätte ich verloren«, antwortete Keaton gleichmütig. »Und es gäbe auch nichts mehr, was ich dagegen tun könnte. Was weiß ich, wer in diesem Fall zuletzt lacht. Wie dem auch sei, ich werde Ihre Stimme in meinem Sinn verwenden, mit Sharpwell reden, und Ihrem Sohn wird kein Haar gekrümmt. Ich bin ein ehrenhafter Mann, Roderick, und habe meinen Teil einer Abmachung stets eingehalten.«

Roderick öffnete die Tür.

»Er hätte in Ihre Fußstapfen treten sollen«, rief Keaton ihm nach. »Damit meine ich Ihren Sohn. Wenn er doch nur das getan hätte, was Sie –«

Roderick schloss die Tür hinter sich und hörte den Rest nicht mehr. Schwerfällig ging er die Treppe nach unten und trat hinaus in den frühen Dezemberabend. Durch den leichten Nieselregen betrachtete er die dunklen Parlamentsgebäude entlang der Themse und wünschte sich, weit fort zu sein.

6

Am nächsten Morgen beschloss er, nicht in den Old Bailey zu gehen. Stattdessen setzte er sich in sein Arbeitszimmer und ließ seinen Blick über die Rücken der Gesetzesbücher gleiten, die den Großteil seiner Bibliothek ausmachten. Er überlegte, ob er sie in Kisten verpacken sollte, denn er konnte sie kaum ansehen, ohne sich wie ein Verräter an seinem gesamten bisherigen Leben zu fühlen. Als er den Blick von den Büchern abwandte, fiel dieser auf das Foto seines Sohnes, das auf dem Schreibtisch stand. Es zeigte einen jüngeren, sorglosen Gareth, der mit breitem Grinsen in die Kamera schaute und die Zukunft noch vor sich hatte.

»Bist du noch nicht so weit?«, fragte Jane im Hereinkommen. Sie war dabei, einen Ohrring zu befestigen, und sah sich um, als hätte sie etwas verloren.

»Zu was?«

»Um zum Gericht zu fahren, wozu denn sonst?«

Er wich ihrem Blick aus. »Ich komme nicht mit. Heute nicht.«

Jane erstarrte. »Aber das musst du.«

»Ich muss gar nichts«, fuhr er auf. »Ich kann das nicht mehr ertragen.«

Jane lachte auf. »Ja, glaubst du denn, ich könnte das? Bitte, mach dich fertig. In zehn Minuten brechen wir auf.«

»Ich habe gesagt, dass ich nicht mitkomme«, rief Roderick, sprang auf und trat auf sie zu. »Warum hörst du mir nie zu? Wenn ich sage, ich fahre nicht mit zum Gericht, dann meine ich das so und nicht anders. Wenn es nach mir geht, werde ich nie mehr einen Gerichtssaal betreten.«

»Ist das dein Ernst?«, fragte sie erstaunt.

»Voll und ganz.«

»Und was ist mit Gareth? Es kann sein, dass der Richter die Geschworenen heute zur Beratung schickt. Glaubst du nicht, Gareth sollte wissen, dass wir hinter ihm stehen?«

»Das weiß er schon.«

Jane sah ihren Mann an und konnte nicht fassen, dass er sie an einem solch entscheidenden Tag im Stich lassen wollte. Sie öffnete den Mund, um weiter zu argumentieren, und schloss ihn wieder. Ihr war ein Gedanke gekommen. »Dann hast du es also getan?«

»Was?«

»Du kommst nicht mit, weil du weißt, dass Gareth in Sicherheit ist. Du hast deine Stimme der Gegenseite gegeben.«

Roderick wandte den Blick ab und nickte kaum merklich. Jane stieß einen tiefen Seufzer aus.

»Ich wusste es«, sagte sie. »Ich wusste, dass du mich nicht enttäuschen würdest.«

»Hättest du jetzt keinen Grund, enttäuscht zu sein?«

»Nein. Du hast getan, was du tun musstest. Für unseren Sohn. Es gibt nichts, für das du dich schämen musst.«

»Und warum schäme ich mich dann?«

»Roderick, bitte.«

»Ja, glaubst du denn wirklich, wir hätten Grund, zu frohlocken? Gut, ich habe meine Entscheidung geändert, und deshalb wird Keaton mit dem Richter sprechen und Gareth nicht zum Tod verurteilt werden. Und wie geht es dann weiter? Man wird Gareth trotzdem schuldig sprechen, und er wird eine Gefängnisstrafe erhalten.«

»Das kannst du nicht wissen«, rief Jane aufgebracht.

»Nein? Wie lange war ich Anwalt, Jane? Wie lange habe ich

auf dem Richterstuhl gesessen? Ich kann in den Gesichtern der Geschworenen lesen, der Beweisführung folgen und entsprechende Schlüsse ziehen. Wenn Quentin nichts mehr auf Lager hat, ist der Schuldspruch unausweichlich. Glaubst du wirklich, Gareth würde eine Gefängnisstrafe überleben? Sieh ihn dir doch an, er ist ja nur noch ein Schatten seiner selbst. Die Jahre im Gefängnis werden sein Untergang sein. Das Einzige, was ich getan habe, war, seine Qual zu verlängern.«

Jane hob abwehrend die Hände. Von solchen Schreckensbildern wollte sie nichts hören. »Ich muss los«, erklärte sie. »Du kannst hierbleiben, wenn du das möchtest, aber ich fahre zum Gericht. Ich kann nicht zulassen, dass Gareth das Urteil hört, ohne meinen seelischen Beistand zu haben.«

»Gut, wir sehen uns heute Abend wieder.«

Jane überlegte, ob sie ihren Mann umstimmen konnte, doch dann verwarf sie den Gedanken. Er hatte das getan, was sie gewollt hatte, und dafür gesorgt, dass das Leben ihres Sohnes – das Leben des Sohnes, der *ihr* gehörte – nicht gefährdet war. Das war das Einzige, was zählte. Über alles, was danach geschah, würde sie sich später den Kopf zerbrechen. Ohne ein weiteres Wort verließ sie das Arbeitszimmer, griff auf dem Flur nach Handtasche und Mantel und lief hinaus zu dem wartenden Wagen.

Roderick trat ans Fenster und sah zu, wie sie sich einen Weg zwischen den Reportern hindurchbahnte. Plötzlich verspürte er den Drang, aus dem Haus zu stürzen, über die Zeitungsleute herzufallen und sie ein für alle Mal von seinem Grundstück zu jagen. Gleich darauf stellte er fest, dass ihm die Kraft dazu fehlte. Er konnte nichts mehr tun. Er setzte sich auf das Sofa, sah sich in seinem Arbeitszimmer um und fragte sich, wie er künftig seine Tage füllen sollte.

Auf dem Weg zum Old Bailey geriet der Wagen in einen Stau, und Jane traf später als erwartet im Gerichtssaal ein. Der Platz in den vorderen Reihen, auf dem sie sonst immer gesessen hatte, war besetzt. Frustriert blieb sie am Rand stehen und reckte den Hals, um einen Blick auf Gareth auf der Anklagebank zu erhaschen. Sie wünschte, er würde sich zu ihr umdrehen, sodass sie erkennen konnte, ob sein Auftritt im Zeugenstand am Vortag Spuren hinterlassen hatte.

»Madam, Sie müssen sich setzen«, flüsterte ihr ein Gerichtsdiener zu. Jane nickte und überflog die vollbesetzten Reihen, bis sie weiter hinten am Rand einen freien Platz entdeckte. Als sie dort saß, versuchte sie, Anschluss an das Geschehen zu bekommen. Sir Quentin war dabei, einen Zeugen zu verhören, den Jane nicht kannte. Mit gefurchter Stirn überlegte sie, wer der Mann sein könnte.

»Keine Sorge«, flüsterte ihr jemand ins Ohr, »das Verhör hat gerade erst begonnen.«

Jane fuhr herum. »Mr Montignac«, murmelte sie und errötete, als sie an ihre Begegnung in der Galerie Threadbare dachte. »Ich hatte Sie gar nicht gesehen.«

»Ich habe Sie bereits gesehen, als Sie hereingekommen sind.«

Jane schenkte ihm ein kleines Lächeln. Sie wusste nicht, ob sie seine Worte als Kompliment auffassen sollte oder nicht. »Wer ist der Zeuge?«, wisperte sie.

»Der Gerichtsarzt«, flüsterte Montignac.

Eine Hand legte sich auf Janes Schulter. Sie sah sich um und entdeckte den Gerichtsdiener, der den Zeigefinger auf seine Lippen legte. Jane nickte und konzentrierte sich wieder auf den Zeugenstand.

»Dr. Cawley«, begann Sir Quentin, »Sie sind der Gerichtsarzt, der die Autopsie an dem Leichnam von Raymond Davis durchgeführt hat, ist das richtig?«

»Ja, Sir«, antwortete Dr. Cawley, ein Mann mittleren Alters, der es gewohnt war, vor Gericht auszusagen.

»Könnten Sie uns sagen, was Sie als Todesursache festgestellt haben?«

»Ja. Es war ein Schlag auf den Schädel, der das Stirnbein zertrümmert hat. Meine Untersuchung hat ergeben, dass drei solcher Schläge ausgeführt wurden und der Tod vermutlich nach dem zweiten Schlag eintrat.«

»Verstehe«, sagte Sir Quentin. »Haben Sie auch den Kerzenständer untersucht, den die Anklage als Beweismaterial anführt?«

»Ja, Sir.«

»Können Sie uns sagen, ob Sie diesen Gegenstand für denjenigen halten, mit dem Raymond Davis getötet wurde?«

»Das ist mit absoluter Sicherheit der Fall.« Cawley warf dem Richter einen kurzen Blick zu, ehe er sich wieder an Sir Quentin wandte. »In den Schädelwunden von Mr Davis befanden sich winzige Farbsplitter, die mit der Farbe des Kerzenständers übereinstimmen. Zudem klebten am Fuß des Kerzenständers Blut, Haare, Knochensplitter und Gehirnmasse des Toten. Insofern gibt es für mich keinen Zweifel daran, dass der Kerzenständer die Mordwaffe war.«

»Danke«, sagte Sir Quentin, der vor dem Zeugenstand lässig auf und ab spazierte – zu lässig, wie Jane fand –, als sei er mit den Gedanken ganz woanders. »Konnten Sie auch die Uhrzeit des Todes bestimmen, Dr. Cawley?«

»Ja, Sir. Meine Berechnungen haben ergeben, dass der Tod am neunzehnten August dieses Jahres zwischen zwei und drei Uhr morgens eintrat.«

»Also etwa fünf oder sechs Stunden, ehe die Polizei den Toten am Bedford Place entdeckte.«

»Soweit ich weiß, ja.«

»Danke, Dr. Cawley. Im Moment habe ich keine weiteren Fragen.«

Sharpwell hob verwundert die Brauen und warf Harkman einen Blick zu, der sich erhob und ähnlich perplex wirkte.

»Ich habe nur wenige Fragen, Dr. Cawley«, begann er und beäugte Sir Quentin am Tisch der Verteidigung misstrauisch. »Einen großen Teil meiner Fragen hat Sir Quentin bereits gestellt. Aber eines möchte ich noch geklärt haben: Mr Davis wurde an diesem neunzehnten August also definitiv zwischen zwei und drei Uhr morgens ermordet. In einer Wohnung am Bedford Square, in der sich zur selben Zeit lediglich der Angeklagte Mr Bentley aufhielt?«

»Ort, Tag und Uhrzeit kann ich bestätigen«, erwiderte

Dr. Cawley mit Bedacht. »Wer sich in der Zeit in dieser Wohnung aufgehalten hat, entzieht sich meiner Kenntnis.«

»Hm«, machte Harkman und nagte an seiner Unterlippe. Er war sich sicher, dass ihm irgendetwas entgangen war, und sein Instinkt sagte ihm, dass Sir Quentin ihn in eine Sackgasse gelockt hatte, deren Ende er nicht erkennen konnte. Deshalb beschloss er, nicht weiter vorzudringen, und kehrte zu seinem Platz zurück. »Keine weiteren Fragen«, brummte er.

»Danke, Dr Cawley«, sagte Richter Sharpwell. »Sie können –«

»Einen Moment noch, Euer Ehren.« Sir Quentin stand auf. »Wenn Sie gestatten, hätte ich noch ein, zwei Fragen an den Zeugen.«

»Bitte«, sagte Sharpwell ergeben.

»Dr. Cawley, als Sie den Leichnam untersuchten, haben Sie sich da lediglich auf die Verletzungen am vorderen Teil des Schädels konzentriert, ich meine diejenigen, die zum Tod von Mr Davis führten?«

»Nein, Sir.«

»Aha. Haben Sie auch an anderen Stellen des Leichnams etwas Bemerkenswertes entdeckt?«

Cawley zog ein Notizbuch hervor und blätterte zu einer Seite vor. »Ja, Sir. Im Lauf der Autopsie habe ich eine weitere Verletzung an dem Toten entdeckt. Sie war zu einem früheren Zeitpunkt entstanden.«

Wieder lief ein Raunen durch die Zuschauerreihen. Richter Sharpwell griff nach seinem Hammer. Das Raunen verstummte.

Jane drehte sich zu Montignac um. »Was war das?«, flüsterte sie. »Hat er tatsächlich von einer früheren Verletzung gesprochen?«

»Ja«, sagte Montignac. Mit zusammengezogenen Brauen beobachtete er Sir Quentin und den Zeugen.

»Dr. Cawley«, fuhr Sir Quentin fort und genoss die Spannung, die er verursacht hatte, »könnten Sie uns beschreiben, um welche Art Verletzung es sich dabei handelte?«

»Sicher. Am Hinterkopf des Toten, direkt oberhalb des Nackens, befand sich eine weitere Verletzung. Ich vermute, sie stammte von einem Schlag, den Mr Davis erhalten hatte. Auch dieser Schlag war mit einem schweren Gegenstand ausgeführt worden, einem Schürhaken möglichweise oder einer Stahlstange.«

»Interessant. Hätte diese Verletzung ausreichen können, um Mr Davis zu töten?«

»Nein. Dieser Schlag hat zur Bewusstlosigkeit des Opfers geführt, aber nicht zu seinem Tod.«

»Konnten Sie anhand dieser Verletzung feststellen, wann sie entstanden war? Könnte sie sich beispielsweise kurz vor den tödlichen Schlägen auf das Stirnbein verursacht worden sein?«

»Definitiv nicht«, antwortete Cawley. »Die Schwellung war im Vergleich zu den anderen Wunden bereits in fortgeschrittenem Stadium. Nach meinen Berechnungen entstand diese frühere Verletzung acht bis zehn Stunden vor dem Todeszeitpunkt, also zwischen vier und halb sechs am Nachmittag des achtzehnten August.«

»Das heißt, möglicherweise zehn Stunden, bevor die tödlichen Schläge ausgeführt wurden«, wiederholte Sir Quentin bedeutungsvoll.

»Ja.«

Diesmal wurde das aufgeregte Gemurmel im Gerichtssaal so laut, dass Richter Sharpwell mit dem Hammer auf seinen Tisch schlagen und die Zuschauer lautstark um Ruhe bitten musste. Jane reckte sich, um einen besseren Blick auf die Anklagebank zu erhalten. Montignac schaute nervös auf seine Uhr.

»Dr. Cawley« – Sir Quentin griff den Faden wieder auf –, »Sie sagen, dass Mr Davis zehn Stunden vor seinem Tod bewusstlos geschlagen wurde. Wie lange hat diese Bewusstlosigkeit Ihrer Meinung nach gedauert?«

»Angesichts der Schwellung und der Blutgerinnung unter der Wunde würde ich von sechs bis zwölf Stunden ausgehen.«

»Weist etwas darauf hin, dass dieser erste Schlag am Bedford Place ausgeführt wurde?«

»Meiner Ansicht nach nicht. In dieser Wohnung gab es keinen Gegenstand, mit dem man einen solchen Schlag hätte ausführen können.«

»Wir können also annehmen, dass es woanders geschah?«

»Das würde ich so sehen, ja.«

»Einspruch.« Harkman sprang auf. »Will die Verteidigung uns allen Ernstes weismachen, dass Mr Davis an einem Ort bewusstlos geschlagen und dann an einen anderen gebracht und ermordet wurde?«, fragte er spöttisch, als hätte Sir Quentin gegen die einfachsten Regeln der Logik verstoßen.

»Sir Quentin«, fragte Richter Sharpwell, »ist das Ihre Absicht?«

»Nein, Euer Ehren. Ich stelle lediglich eine Tatsache fest. Sie besagt, dass Mr Davis zwei Mal angegriffen wurde, nämlich am Nachmittag des achtzehnten und am frühen Morgen des neunzehnten August. Was auch bedeutet, dass der Täter zwischen dem ersten Angriff und dem zweiten tödlichen etwa neun Stunden verstreichen ließ. Wenn Sie gestatten, würde ich Gareth Bentley gern noch einmal in den Zeugenstand rufen. Dr. Cawley, ich danke Ihnen.«

Sharpwell sah den Staatsanwalt an, der widerstrebend mit den Schultern zuckte. Gareth wirkte benommen, als er sich erhob und Dr. Cawley kaum einen Blick schenkte, während er den Platz im Zeugenstand mit ihm tauschte.

»Er war zu Hause, Mr Montignac«, flüsterte Jane aufgeregt. »Ich weiß, was man ihn fragen wird, und kann beschwören, dass er bei uns war.«

Montignac rang sich ein Lächeln ab.

»Mr Bentley«, begann Sir Quentin, »Sie wissen, dass Sie noch unter Eid stehen, nicht wahr?«

»Ja, Sir«, entgegnete Gareth nervös.

»Ich habe auch nur eine einzige Frage an Sie. Wo waren Sie am achtzehnten August dieses Jahres zwischen vier Uhr und fünf Uhr dreißig nachmittags?«

»An dem Nachmittag, bevor Mr Davis umgebracht wurde?«

»Jawohl, Mr Bentley. Wo waren Sie da?«

Gareth versuchte, an diesen Tag zurückzudenken, und schaute

dabei über die Zuschauermenge, auf der Suche nach seinen Eltern, die er nicht auf ihren gewohnten Plätzen fand. Jane verfolgte seinen Blick, begriff, nach wem er suchte, und wäre am liebsten aufgesprungen und hätte ihm zugerufen, dass sie da war und fest an seiner Seite stand, doch das wagte sie nicht. Ihr Junge musste sich konzentrieren und Sir Quentins Frage beantworten.

»Wo waren Sie an jenem Nachmittag, Mr Bentley?«, wiederholte Sir Quentin.

»Ich war zu Hause«, sagte Gareth.

»Waren Sie dort allein?«

»Nein, meine Mutter war da. Und mein Vater.«

»Aha. Ihre Eltern waren also mit Ihnen im Haus. Und Ihr Vater ist der Kronanwalt Sir Roderick Bentley? Der bekannte Richter des Obersten Gerichtshofes?« Sir Quentin sah zu den Geschworenen hinüber, im sicherzugehen, dass sie Rodericks Position erfasst hatten.

»Ja, Sir.«

»Wissen Sie, ob zu der Zeit sonst noch jemand im Haus war?«

Gareth dachte nach. »Ja. Sophie und Nell waren auch da. Unsere Köchin und unser Hausmädchen. Gegen vier Uhr nachmittags kommen sie immer aus der Mittagspause zurück und beginnen, das Abendessen vorzubereiten.«

Sir Quentin betrachtete seinen Mandanten wohlwollend. Endlich fing der Junge an zu spuren. »Sie wollen also sagen, dass vier Personen bezeugen können, dass Sie an besagtem Tag zu Hause waren.«

»Ja, Sir.«

»Und wann sind Sie zur Galerie Threadbare aufgebrochen?«

»Gegen zwanzig vor sieben.«

Etliche der Zuschauer zogen hörbar den Atem ein. Jane drückte eine Hand auf ihre Brust. Sie bekam kaum noch Luft, und vor ihr schien der Raum zu schwanken.

»Was bedeutet das jetzt?«, fragte sie Montignac. »Ich verstehe das nicht richtig. Ist jetzt bewiesen, dass er es nicht getan hat?«

»Es bedeutet, dass Sie mich in Kürze vorbeilassen müssen«, wisperte er ihr ins Ohr.

»Was?«

»Ich werde gleich in den Zeugenstand gerufen«, antwortete er so ruhig, als hätte er von Anfang an mit nichts anderem gerechnet.

»Warum? Sie haben doch –«

Sie wurde von Sir Quentins dröhnender Stimme unterbrochen. »Euer Ehren, wenn Sie erlauben, möchte ich Owen Montignac noch einmal in den Zeugenstand rufen.« Er klang, als spräche er die triumphierenden letzten Worte in einem Bühnenstück.

Richter Sharpwell nickte. Montignac war bereits auf dem Weg nach vorn, gefolgt von Janes fragendem Blick. Als er Gareth passierte, der zur Anklagebank zurückkehrte, hätte dieser schwören können, dass Owen Montignac ihm kurz zugezwinkert hatte.

»Mr Montignac«, sagte Sir Quentin, »auch Sie wissen, dass Sie noch unter Eid stehen, nicht wahr?«

»Ja.«

»Gut, denn ich habe eine Reihe Fragen, sowohl schwerwiegende als auch delikate. Ich muss Sie bitten, sie alle offen zu beantworten, selbst wenn sie Ihnen peinlich sind.«

»Ich habe verstanden.«

»Seit wann leben Sie in Ihrer Wohnung am Bedford Place?«

»Seit fast vier Jahren.«

»Haben Sie in dieser Zeit auch anderen Herren als Mr Bentley gestattet, in Ihrer Wohnung zu übernachten?«

»Nein. Nur Gareth – das heißt, Mr Bentley – durfte dort übernachten, weil ich es ihm ersparen wollte, in seinem betrunkenen Zustand bei seinen Eltern zu erscheinen.«

»Mr Montignac, würden Sie uns sagen, ob Sie ein Spieler sind?«

Montignac versuchte, einen zerknirschten Eindruck zu machen, und schwieg eine Weile, ehe er sagte: »Zu meiner Schande muss ich gestehen, dass dem so ist.«

»Haben Sie zurzeit irgendwelche offenen Schulden?«

»Sogar eine ganze Reihe.«

»Geht es dabei um hohe Summen?«

»Ja, Sir.«

»Einspruch, Euer Ehren«, rief Harkman und stand auf. »Was hat die finanzielle Lage von Mr Montignac mit unserem Fall zu tun?«

»Euer Ehren, ich versuche, ein Motiv für den Mord an Mr Davis zu finden. Immerhin ist inzwischen bewiesen, dass Mr Bentley den ersten Schlag nicht ausgeführt hat, sodass ich es für höchst unwahrscheinlich halte, dass er für den zweiten und tödlichen Angriff auf den Ermordeten verantwortlich ist. Ehe ich vorschlage, dass das Verfahren eingestellt wird, möchte ich, dass wir das Motiv für den Mord erkennen.«

»Fahren Sie fort«, sagte Richter Sharpwell, der von Keaton erfahren hatte, dass Roderick Bentley nachgegeben hatte, und es somit keinen Anlass gab, den Sohn unnötig leiden zu lassen.

»Mr Montignac, ich nehme an, das Geld, das Sie schulden, haben Sie sich nicht von einer Bank geliehen, oder?«

»Das ist richtig. Ich schulde Menschen Geld, die es sich gewöhnlich auf gewaltsamere Art zurückholen.«

»Kommen wir zu dem achtzehnten August. Wenn Mr Bentley sich an jenem Abend nicht betrunken hätte, hätten Sie allein in Ihrer Wohnung geschlafen, richtig?«

»Ja.«

»Und wären am nächsten Morgen aufgewacht und hätten eine Leiche entdeckt.«

»Möglich.«

»Die Leiche eines Mannes, der Ihre Cousine heiraten wollte, obwohl Sie bekanntlich gegen diese Verbindung waren. Sie hätten dessen Blut an sich gehabt. Es wäre zu einem Prozess gekommen, nur dass Sie dann auf der Anklagebank gesessen hätten. Man hätte sie eines Verbrechens beschuldigt, das Sie nicht begangen haben, so wie es bei Mr Bentley der Fall ist. Stimmen Sie mir zu?«

Mit angehaltenem Atem warteten die Zuschauer auf die Antwort. Montignac ließ sich Zeit, ehe er nickte.

»Davon kann man wohl ausgehen«, sagte er. »Ich glaube, der Mörder von Raymond Davis hat den falschen Mann erwischt. Er wird Gareth mit mir verwechselt haben.«

»Aber Sie waren nicht in der Wohnung.«

»Richtig.«

»Und Mr Bentley kann den ersten Schlag auf Mr Davis nicht ausgeführt haben.«

»Offenbar nicht.«

»Danke, Mr Montignac. Das war schon alles, falls Mr Harkman keine weiteren Fragen hat.«

Sir Quentin drehte sich zu seinem Gegner um, der nach einigem Zögern den Kopf schüttelte. Er kannte dieses Spiel lange genug, um zu wissen, wann er verloren hatte.

»Also dann, Mr Montignac, Sie können zu Ihrem Platz zurückkehren.« Sir Quentin wandte sich an den Richter. »Euer Ehren, ich schlage vor, das Verfahren einzustellen, ehe wir meinem Mandanten noch mehr von seiner Zeit stehlen und seinem Ruf noch größeren Schaden zufügen.«

7

Lord Keaton schüttelte den Kopf. »Wenn Sie mir das vorher gesagt hätten, wäre ich nicht so zuversichtlich gewesen, wie Sie es waren. Ich hätte auch verlangt, dass Sie noch einmal ausführlich darüber nachdenken.«

»Sehen Sie, und deshalb habe ich es Ihnen nicht gesagt.«

»Es war riskant«, beharrte Keaton. »Sorgen Sie sich denn nicht, die Polizei könnte den Fall Raymond Davis noch einmal neu aufrollen?«

»Kaum. Ich habe ja das Alibi, dass Sie so großzügig für mich gekauft haben. Würde man mich überführen, würde man zwangsläufig auch auf Sie stoßen, und dass Sie das zulassen, kann ich mir nicht denken. Dazu kenne ich Sie inzwischen gut genug. Auch Ihre Freunde würden das nicht gestatten.«

»Das ist wohl wahr.« Keaton zuckte mit den Schultern. »Trotzdem. Was bedeutet Ihnen Gareth Bentley überhaupt?«

»Nichts«, antwortete Montignac, »aber warum sollte ich ihn hängen lassen, wenn ich es verhindern konnte? So herzlos bin ich nicht. Sie haben bekommen, was Sie wollten, und ich habe bekommen, was ich wollte. Es gab keinen Grund mehr, Gareths Leben zu opfern. Er ist bereits ein Verlierer, auch ohne mein Zutun.« Er deutete auf das Radio. »Ist es noch nicht so weit?«

»Bald.« Keaton schaute auf die Uhr, schaltete das Radio ein und suchte einen Sender. Musik erklang. »Habe ich Ihnen schon erzählt, dass ich gestern Abend noch Besuch hatte?«

»Nein. Von wem?«

»Von Roderick Bentley. Gleich nachdem das Verfahren eingestellt worden war, kam er angerannt und wollte seine Zusage zurücknehmen. Wofür es natürlich zu spät war. Der arme Narr hatte ja nicht gewusst, dass er und seine Frau von Anfang an das Alibi ihres Sohnes waren. Sie hätten das Ganze gar nicht durchmachen müssen. Ich fand, dies beinhaltet eine gewisse Ironie.«

Montignac begann auf die Schreibtischplatte zu trommeln. Mit halbem Ohr lauschte er den Klängen des Radios, während sein Blick unwillkürlich durch das Fenster in Richtung des Buckingham-Palasts wanderte und er sich fragte, wie groß das Chaos dort im Moment war. Dann dachte er daran, was für ein Bild er und Keaton abgäben, wenn jemand sie sähe: ein alternder Richter und ein junger Galerist, die sich an einem Schreibtisch gegenübersaßen und im Radio Musik hörten. Keiner von ihnen sagte etwas, jeder sann den vergangenen Monaten nach, deren Höhepunkt kurz bevorstand.

Die Musik verklang und wurde von einer Stimme ersetzt, der gepflegten Stimme eines Nachrichtensprechers der BBC.

»Wir unterbrechen unser Musikprogramm für eine Sondermeldung direkt aus dem Buckingham-Palast. Zu Ihnen spricht Seine Majestät, König Edward der Achte.«

»Es geht los«, sagte Keaton aufgeregt und klatschte vor Freude in die Hände. »Haltet euch fest.«

Im Radio war ein Knistern zu hören. Montignac und Keaton hielten den Atem an. Eine dünne, bekümmerte Stimme ertönte.

»*Endlich bin ich in der Lage, selbst einige Worte zu sagen. Es war nie mein Wunsch, etwas zurückzuhalten, doch bis jetzt war es mir aus verfassungsmäßigen Gründen nicht möglich, mich zu äußern.*«

»Er hätte sich schon vorher äußern können«, brummte Keaton. »Wer hätte ihn daran gehindert, wenn er hätte reden wollen.«

»*Vor wenigen Stunden habe ich meine letzte Pflicht als König und Herrscher erfüllt, und jetzt, da mein Bruder, der Herzog von York, meine Nachfolge angetreten hat, müssen meine ersten Worte lauten, dass ich ihm meine Treue erkläre. Das tue ich von ganzem Herzen.*«

Keatons Miene hellte sich wieder auf. Er grinste Montignac an, hob die Brauen und reckte triumphierend die Faust.

»*Sie alle kennen die Gründe, die mich gezwungen haben, auf den Thron zu verzichten. Dennoch möchte ich, dass Sie erfahren, dass ich bei meinem Entschluss weder das Land noch das Empire vergessen habe, dem ich als Prinz von Wales und danach als König seit vierundzwanzig Jahren versucht habe zu dienen.*«

»Du verdammter Heuchler«, zischte Keaton. »Du Schmarotzer! Verschwender! Dieb!«

»*Sie müssen mir glauben, wenn ich sage, dass es mir unmöglich ist, die schwere Last meiner Verantwortung zu tragen und meine Pflichten als König so zu erfüllen, wie ich es wünsche, wenn ich dazu nicht die Hilfe und Unterstützung der Frau habe, die ich liebe.*«

Keaton schüttelte den Kopf, als hätte er gerade den größten Unsinn gehört. »Ist das zu fassen?«, fragte er. »Er tut es für eine Frau? Wie absurd kann man sich denn verhalten?« Montignac runzelte die Stirn und wünschte, Keaton würde seine Kommentare für sich behalten. Er wollte kein Wort der Rede verpassen.

»*Zudem möchte ich, dass Sie erfahren, dass die Entscheidung, die ich getroffen habe, einzig und allein meine eigene war. Es ging um etwas, dass nur ich entscheiden konnte. Die andere Person, die von dieser Entscheidung ebenfalls betroffen wurde, hat bis zuletzt versucht, mich umzustimmen. Ich bin bei dieser schwierigsten Entscheidung meines Lebens nur dem einzigen Gedanken gefolgt, was letztendlich für alle das Beste ist.*«

»Du meinst, das Beste für dich«, sagte Keaton.

Montignac hatte Schwierigkeiten, die zutiefst unglückliche Stimme aus dem Radio mit dem fröhlichen, jovialen Menschen zu verbinden, dem er vor Kurzem in den Unicorn Ballrooms begegnet war, und doch gehörten die beiden zusammen. Beinah ebenso schwer fiel es ihm, zu glauben, dass er selbst zum Entschluss des Königs beigetragen hatte.

»*Diese Entscheidung ist für mich deshalb weniger schwierig geworden, weil ich weiß, dass mein Bruder, dank seiner langjährigen Kenntnis der Staatsgeschäfte dieses Landes und seiner vornehmen Eigenschaften, in der Lage ist, meinen Platz zu übernehmen, ohne Unterbrechung und ohne Schaden für das Leben und den Fortschritt des Empire. Und er genießt den unvergleichlichen Segen – wie viele von Ihnen auch – einer glücklichen Familie mit einer Ehefrau und Kindern, ein Segen, der mir nicht beschieden war.*«

»Jetzt wird York und seine Frau versuchen, einen Sohn zu bekommen«, warf Keaton ein. »Darauf können Sie wetten. Sonst müssten wir nach ihm womöglich noch mit einer Königin vorliebnehmen, und wer will das schon.«

»*In diesen schweren Tagen war mir der Trost Ihrer Majestät, meiner Mutter, und meiner Familie sicher. Die Minister der Krone, insbesondere Mr Baldwin, der Premierminister, haben mich mit großer Rücksicht behandelt. Zwischen ihnen und mir, ebenso wie zwischen dem Parlament und mir, gab es nie verfassungsmäßige Differenzen. Da ich von meinem Vater in der Tradition unserer Verfassung erzogen wurde, hätte ich einen Disput darüber niemals zugelassen.*«

»Das kann ja nicht wahr sein«, rief Keaton. »In der ganzen Zeit hat er sich wie ein bockiges Kind benommen, das bei jeder passenden Gelegenheit seine Rassel aus dem Kinderwagen wirft.«

»Seit meiner Zeit als Prinz von Wales und auch später, als ich auf dem Thron saß, wurde ich von allen Schichten des Volkes mit größter Freundlichkeit behandelt, ganz gleich, wo ich gewohnt habe oder wohin ich im Empire gereist bin. Dafür bin ich sehr dankbar.«

»Davon kannst du dich jetzt verabschieden«, sagte Keaton.

»Jetzt gebe ich meine Amtsgeschäfte auf und lege meine Last ab. Es mag sein, dass ich erst nach einer Weile in mein Heimatland zurückkehre, doch ich werde den Geschicken des britischen Volkes und des Empire mit tiefem Interesse folgen, und falls ich Seiner Majestät irgendwann in Zukunft als Privatmann dienlich sein kann, werde ich diesen Dienst nicht verweigern.«

»Also reitet er doch nicht in den Sonnenuntergang«, sagte Keaton. »Wäre ja auch zu schön gewesen, um wahr zu sein.«

»Und nun haben wir einen neuen König. Ich wünsche ihm und Ihnen, seinem Volk, von ganzem Herzen Glück und Wohlergehen. Gott segne Sie alle! Gott schütze den König!«

»Gott schütze den König«, kam es wie ein Echo von Keaton.

»Tun Sie nicht so scheinheilig«, sagte Montignac. Keaton schaltete das Radio aus. »Wo ist mein Geld?«

8

Einige Abende danach fand im Haus der Bentleys am Tavistock Square eine Feier statt. Zu seiner Verwunderung hatte auch Montignac eine Einladung erhalten und aus einer Laune heraus beschlossen, sie anzunehmen. Allerdings erschien er erst zu vorgerückter Stunde, kurz nach zehn Uhr. Jane hatte zahlreiche Freunde eingeladen, denn zum einen wollte sie demonstrieren, dass der Name Bentley wieder reingewaschen war, zum anderen, dass sie hinter ihrem Sohn stand, der wenige Stunden nach der Aussage von Dr. Crawley aus dem Gefängnis entlassen worden war.

Als Montignac eintraf, stand die Eingangstür des Hauses offen, und im Flur stieß er auf die ersten Gäste, die Wein tranken und sich angeregt unterhielten. Er lief weiter und hielt nach Menschen Ausschau, die er kannte, entdeckte jedoch nur Fremde, mit Ausnahme der Gastgeber, die aber von einer großen Freundesschar umringt waren. Auf der Suche nach einer Toilette bahnte er sich einen Weg durch die versammelten Gäste und ging die Treppe hinauf in den ersten Stock. Auf dem Rückweg entdeckte er hinter einer halb geöffneten Tür Gareth, der gedankenverloren auf und ab lief und sich dann auf ein Bett setzte. Montignac beobachtete ihn einen Moment und erkannte, wie erschöpft und niedergeschlagen der junge Mann wirkte. Er überquerte den Flur, klopfte leise an die Tür und trat ein.

»Owen«, sagte Gareth überrascht.

»Hallo, Gareth. Wie geht es Ihnen?«

Gareth zuckte mit den Schultern, stand auf und schloss die Tür. »Ich wusste gar nicht, dass Sie auch da sind.«

»Ihre Mutter hat mich eingeladen. Ehrlich gesagt hat es mich gewundert, aber dann wollte ich doch kurz vorbeikommen und Sie begrüßen. Sie sind sicher heilfroh, dass alles überstanden ist.«

Gareth sah ihn an. In seinen Augen glänzten Tränen. Er öffnete den Mund und schloss ihn wieder, schüttelte den Kopf und ließ sich erneut auf der Bettkante nieder. Montignac nahm sich einen Stuhl und setzte sich ihm gegenüber.

»Das Ganze war ein Albtraum«, begann Gareth schließlich. »Von Anfang bis Ende ein einziger Albtraum. Ich kann noch gar nicht glauben, dass jetzt alles vorüber ist.«

»Das ist es aber«, sagte Montignac. »Sie können aufatmen und diese Geschichte hinter sich lassen.«

»Ich weiß nicht, ob das so einfach ist. Sie wissen ja nicht, wie es da drinnen war. Jede Nacht habe ich an das gedacht, was mir bevorstehen kann.«

»Aber es bringt doch nichts, auch jetzt noch an diese Zeit zu denken. Sie müssen Ihr Leben wieder in Angriff nehmen.«

Gareth nickte, wirkte jedoch wenig überzeugt. Nach einer Weile sagte er leise. »Ich glaube, ich muss mich bei Ihnen entschuldigen.«

Montignac hob die Brauen. »Aber weshalb denn?«

»Weil ich Sie in die ganze Sache hineingezogen habe. Wenn ich mich an jenem Abend nicht so betrunken hätte, dann –«

»- dann hätte ich vielleicht vor Gericht um mein Leben kämpfen müssen. Und das wäre womöglich nicht so glücklich ausgegangen wie bei Ihnen. Deshalb sagen wir einfach: Ende gut, alles gut.«

Gareth schüttelte den Kopf. Montignac sah, dass seine Hände immer noch zitterten, wie abgemagert er war und dass erste graue Fäden das dunkle Haar durchzogen. All das Jugendliche und Unbeschwerte, das Gareth einmal eigen gewesen war, war ihm in den letzten Monaten genommen worden.

»Sie waren mir ein guter Freund, Owen. Wenn ich daran denke, wie Sie dagestanden und Ihre Schulden zugegeben haben. Das muss demütigend gewesen sein.«

»Die stolzeste Stunde meines Lebens war es jedenfalls nicht.«

»Und all das haben Sie meinetwegen getan. Ich kann Ihnen nicht sagen, wie viel mir das bedeutet.«

»Dann lassen Sie es. Ich glaube, am besten ist es, wenn wir beide diese Geschichte vergessen, finden Sie nicht?«

»Was ist mit meiner Stelle?«, fragte Gareth unsicher und hoffnungsvoll zugleich.

»Sie meinen, in der Galerie?«

»Ja.«

»Das gibt es ein Problem. Ich trage mich nämlich mit dem Gedanken, aus diesem Geschäft auszusteigen. Ich habe es ohnehin schon viel zu lange betrieben. Noch bin ich jung und denke, dass es auch andere Möglichkeiten gibt, für seinen Lebensunterhalt zu sorgen. Einträglichere Möglichkeiten.«

»Oh«, sagte Gareth enttäuscht, »meine Mutter sagt mir, dass ich sesshaft werden muss. Anwalt soll ich nicht mehr werden, dagegen wehrt sich mein Vater, auch wenn ich nicht weiß, warum. Anscheinend haben beide mit dem Vater von Jasper Conway gesprochen und möchten, dass ich in dessen Bank eintrete.«

»Das klingt sehr vernünftig«, antwortete Montignac und sah Gareth aufmunternd an.

»Glauben Sie nicht – ich meine, wenn Sie sich für eine dieser anderen Möglichkeiten entschieden haben –, dass ich dann vielleicht auch –«

In diesem Moment öffnete sich die Tür. Die beiden Männer wandten sich um und erkannten Jane Bentley, die wie erstarrt im Türrahmen stand und nicht sehr erfreut schien, ihren Sohn plötzlich in der Gesellschaft von Montignac zu entdecken.

»Mr Montignac«, sagte sie kühl, »Sie sind also gekommen.«

»Ja.« Er stand auf und gab ihr die Hand. »Ich wollte wissen, wie es Gareth geht.«

Mit starrer Miene sah sie zuerst ihn, dann Gareth an. »Ihm geht es gut. Es wird ihm noch besser gehen, wenn wir diese elende Angelegenheit ein für alle Mal zu den Akten legen können.«

»Sicher«, sagte Montignac und fragte sich, weshalb sie derart abweisend wirkte. Gareth saß mit gesenktem Kopf auf dem Bett.

»Könnten wir uns kurz unterhalten?«, fragte Jane. »Nur Sie und ich? Unten im Arbeitszimmer meines Mannes.«

»Selbstverständlich«, entgegnete Montignac.

Jane hielt seinen Blick fest. »Dann folgen Sie mir bitte.«

»Sofort. Ich möchte mich nur noch von Ihrem Sohn verabschieden.«

Jane nickte widerwillig und wandte sich an Gareth. »Und du gehst bitte nach unten und mischst dich unter die Gäste. Sie sind schließlich gekommen, um dir für die Zukunft alles Gute zu wünschen.«

»Ich habe keinen von ihnen eingeladen?«, erwiderte Gareth trotzig.

»Aber ich habe es getan. Deshalb wirst du sie jetzt bitte auch begrüßen. Mr Montignac, wir sehen uns in einer Minute.« Mit diesen Worten machte sie auf dem Absatz kehrt und verschwand.

Gareth hob den Kopf. In seinen Augen standen wieder Tränen, und Montignac erkannte, wie viel Kraft es ihn kostete, nicht zu weinen.

»Ich wollte keine Feier«, murmelte er. »Ich kann nicht fassen, dass sie all diese Leute eingeladen hat. Ich möchte niemanden sehen.«

»Ich gehe besser nach unten«, sagte Montignac, der so rasch wie möglich das Haus verlassen wollte. »Ich bin froh, dass es Ihnen gut geht, Gareth, und hoffe, alles wird so, wie Sie es sich wünschen.«

»Dann ist das also ein Nein?«, brach es aus Gareth hervor.

»Was?«

»Ich habe gefragt, ob es ein Nein ist. Sie werden mich – nicht mitnehmen? Bei dem, was Sie als Nächstes tun?«

Montignac betrachtete ihn und gestattete sich ein kleines Lächeln. »Es tut mir leid, Gareth, aber ich glaube, es ist besser, wenn sich unsere Wege trennen.« Er schaute zur Tür, um sicherzugehen, dass sie nicht belauscht wurden. »Vielleicht glauben Sie, ich sei etwas Besonderes«, fuhr er leise fort und spürte so etwas wie Bedauern über ihren Abschied, »aber das bin ich nicht. Ich bin eigentlich gar nichts, und Sie sind wahrscheinlich zehnmal mehr wert als ich.«

Gareth sah ihn an. »Vor einigen Monaten habe ich mich mit Alexander unterhalten. Das war, kurz bevor ich zu Ihnen kam und Sie um Arbeit gebeten habe. Ich habe ihm gesagt, das, was ich am meisten fürchte und was mich nachts nicht schlafen lässt, ist der Gedanke, dass ich in fünf Jahren etwas tue, das ich nie tun wollte, und mit jemandem zusammen bin, mit dem ich nie zusammen sein wollte, nur weil ich Angst hatte, der zu werden, der ich tatsächlich bin. Ich habe gesagt, wenn das geschieht, wäre ich lieber tot.«

Für eine Sekunde tauchte Andrews Bild vor Montignacs

Augen auf, an dem Morgen, als er umgekommen war. Er schüttelte es ab und trat zur Tür.

»Machen Sie es gut, Gareth«, sagte er und ging davon, ohne sich noch einmal umzudrehen.

»Endlich«, sagte Jane, als er das Arbeitszimmer betrat.

»Es hat noch einen Moment gedauert«, entschuldigte sich Montignac. »Aber ehe ich es vergesse, möchte ich mich für die Einladung bedanken.«

Jane zuckte mit den Schultern und deutete auf den anderen Mann in dem Raum. »Sir Quentin kennen Sie ja.«

»Natürlich«, sagte Montignac, wunderte sich jedoch über dessen Anwesenheit. Er gab dem Anwalt die Hand. »Wie fühlen Sie sich?«

»Bestens«, entgegnete Sir Quentin. »Wir haben gewonnen, und das ist das einzig Wichtige.«

»Sie müssen sehr erleichtert sein.« Montignac nahm das Glas Wein entgegen, das Jane ihm reichte. »Danke. Ich fürchte nur, ich kann nicht lange bleiben. Ich bin ohnehin nur auf einen Sprung vorbeigekommen.«

»Ich wollte mich auch nur bei Ihnen bedanken«, erwiderte Jane.

»Das ist nicht nötig.«

»Oh, ich glaube doch. Was meinen Sie, Sir Quentin?«

»Ja, doch. Ohne die letzte Aussage von Mr Montignac wäre es für mich schwieriger geworden.«

Montignac schwieg und überlegte, woher die frostige Atmosphäre kam, insbesondere angesichts der Dankbarkeit, die die beiden bekundeten. Jane sah ihn sogar voller Verachtung an.

»Ich bin froh, dass ich helfen konnte«, sagte Montignac steif.

»Allerdings hätte ich noch eine Bitte«, erklärte Jane. »Falls wir nicht schon zu viel von Ihnen erbeten haben. Dabei geht es um Gareth. Hat er Sie gefragt, ob er wieder bei Ihnen arbeiten kann?«

»Ja, und ich habe ihm geantwortet, dass das nicht möglich ist.«

»Gut, denn ich würde es ihm nicht gestatten.«

Montignac sah sie an und fragte sich, warum eine Frau, die sich ihm einmal angeboten hatte, so beleidigend wurde. »Ach«, sagte er, »darf ich fragen, warum?«

»Ich glaube nicht, dass ich Ihnen eine Erklärung schulde.«

»Was Lady Bentley sagen möchte«, schaltete Sir Quentin sich ein, »ist, dass es uns lieber wäre, wenn Sie sich von Gareth fernhielten. Und zwar so weit, wie es nur geht. Wissen Sie, seit wie vielen Jahren ich schon Anwalt bin, Mr Montignac?«

»Vermutlich seit einigen.«

»So könnte man es nennen.« Sir Quentin lächelte selbstzufrieden. »Und wissen Sie, was das Wichtigste ist, das ich in dieser Zeit gelernt habe?«

»Nein.«

»Das ist, wie man einen Schuldigen erkennt. Als ich Gareth Bentley verteidigt habe, habe ich keine Sekunde an ihm gezweifelt. Ich wusste, dass er Fehler gemacht hatte, aber auch, dass er niemanden getötet hatte. Gareth ist kein Mörder. Aber andere sind es durchaus.«

Montignac stieß einen tiefen Atemzug aus und stellte sein Weinglas auf dem Schreibtisch ab. »Ich glaube, ich gehe jetzt besser.«

»Ich werde einen Weg finden, es zu beweisen«, sagte Jane und trat dicht an ihn heran. »Haben Sie mich verstanden? Wenn ich jemals erfahre, dass Sie Gareth auch nur mit dem Blick gestreift haben, finde ich diesen Weg. Selbst wenn Sie sich auf derselben Straße wie er befinden, werde ich es beweisen. Deshalb halten Sie sich von ihm fern! Sie und Gareth haben nichts mehr miteinander zu tun.«

»Nichts anderes hatte ich vor«, entgegnete Montignac.

»Dann sehen wir uns heute zum letzten Mal. Sie lassen uns in Frieden und wir Sie.«

Montignac überlegte, ob er sie herausfordern sollte – es gefiel ihm nicht, von ihr Befehle erteilt zu bekommen –, doch dann rief er sich zur Vernunft, verneigte sich elegant und verließ das Arbeitszimmer.

Jane folgte ihm wenige Minuten später über den Flur und hielt inne, als sie ihren Mann allein in der Küche stehen sah. Mit einem unwilligen Seufzer dachte sie, es wäre eigentlich schön, wenn Roderick und ihr Sohn sich dort befänden, wo die Gäste waren, schließlich hatten sie nichts verbrochen. Es war Zeit, zur Normalität zurückzukehren und so zu tun, als wäre nichts gewesen, und sich nicht wie Bösewichte in einem Theaterstück zu verhalten.

Sie betrat die Küche. »Warum bist du nicht bei den Gästen?«

»Weil mir der Sinn nicht nach Feiern steht.«

»Das sollte er aber. Die Leute werden sich sonst wundern.« Jane umschloss die Hand ihres Mannes. »Er ist in Sicherheit, Roderick. Das ist doch das Einzige, was zählt, oder?«

»In meiner Zeit als Richter habe ich drei junge Männer zum Tode verurteilt«, entgegnete er leise. »Sie hatten Mütter und Väter wie dich und mich. Und doch bin ich jedes Mal bei meiner Entscheidung geblieben. Selbst wenn auf mich Druck ausgeübt wurde, statt des Todesurteils eine Gefängnisstrafe zu verhängen, bin ich standhaft geblieben und habe meine Integrität gewahrt. Und jetzt schau, wie leicht sie zu kaufen war.«

»Leicht? Das Leben deines Sohnes stand auf dem Spiel.«

»Ich habe mein Rücktrittsgesuch eingereicht.«

Jane riss die Augen auf. »Du willst zurücktreten? Aber warum?«

»Ja, glaubst du denn, ich könnte mein Amt jetzt noch weiter ausüben?«

»Natürlich. Warum denn nicht?«

Roderick lächelte bekümmert. »Ich hatte von jeher ein gewisses Bild von mir. Das Bild eines ehrenhaften Mannes. Eines wahren Mannes. Und was ist daraus geworden? Vor ein paar Tagen bin ich zu Keaton gelaufen und wollte meine Entscheidung widerrufen und meinen Stolz zurückgewinnen, aber es war schon zu spät. Selbst wenn er es zugelassen hätte, hätte es keine Rolle mehr gespielt. Er und ich hätten gewusst, welchen Preis ich habe.«

»Roderick, das ist doch lächerlich. Willst du wegen nichts deine Karriere wegwerfen?«

Er trat ans Fenster und schaute hinaus. »Wir sollten von hier fortziehen. London verlassen. Wir verkaufen das Haus und lassen uns irgendwo nieder, wo es friedlicher ist. Was meinst du dazu?«

»Aber was ist mit den Gartenfesten?«, rief Jane aufgebracht. »Und mit der Krönung, die wie geplant im nächsten Sommer stattfinden soll.«

»Dieses Leben ist jetzt vorbei«, erwiderte er. »Auch wenn Gareth zu guter Letzt freigekommen ist. Warum auch nicht, er hatte ja nichts verbrochen. Im Gegensatz zu mir. Deshalb ist dieses Leben jetzt beendet. Du musst es nur noch einsehen.«

Hilflos starrte Jane auf seinen Rücken. Hinter ihr erklangen die Stimmen ihrer Freunde, die tranken, lachten und die Heimkehr ihres Sohnes feierten. Vor ihr stand ihr Ehemann, der erklärte, all das sei ohne Bedeutung, dass sie feiern konnten, wie sie wollten, da das Leben, das sie gekannt hatten, nur noch eine Erinnerung war.

Sie sah ihren Mann am Fenster stehen, schaute sich um und wusste nicht, in welche Richtung sie gehen sollte.

9

Leyville war wie ausgestorben und strahlte etwas Kaltes aus. Montignac erinnerte sich an die Weihnachten in früheren Zeiten, an den festlichen Charakter, den seine Tante dem Haus verliehen hatte. In der Eingangshalle hatte ein Weihnachtsbaum gestanden, dessen Spitze bis hoch in den ersten Stock ragte. Jeder Kaminsims war mit Stechpalmenzweigen und den eingetroffenen Weihnachtskarten geschmückt, an der Seite des großen Kamins hingen Socken, gefüllt mit kleinen Gaben, und überall traf man auf die in Weihnachtspapier eingewickelten

Geschenke. Jetzt dagegen gab es nur noch dunkle Leere und das geisterhafte Echo der Menschen, die in diesem Haus gelebt hatten und gestorben waren.

Montignac wanderte von einem Zimmer zum anderen. Niemand war da. Selbst die Stube, die Margaret Richmond früher als privater Rückzugsort gedient hatte, in der sie gesessen und gelesen hatte, wenn ihr die Kinder zu wild wurden, lag verlassen da. Er betrat die Küche und schaute in den Kühlschrank, in dem die Lebensmittel für einen Tag ausreichten, der jedoch nichts Besonderes enthielt; es gab weder einen Truthahn noch einen Weihnachtspudding, nur ein gefülltes Hühnchen und einen kleinen gekochten Schinken. Er nahm an, dass Stella nach London gefahren war, nachdem er ihre Einladung, Weihnachten in Leyville zu verbringen, ausgeschlagen hatte. Erst an diesem Morgen hatte er es sich wieder anders überlegt und den Mittagszug nach Leyville genommen.

Am Morgen hatte er die beiden letzten losen Fäden verknüpft, sich hochzufrieden zu den Unicorn Ballrooms begeben und Nicholas Delfy die vierzigtausend Pfund überreicht.

»Sie wissen, dass dazu noch die Zinsen der letzten Monate kommen«, sagte Delfy.

Montignac starrte ihn an und wusste nicht, ob er lachen oder weinen sollte.

»Aber aufgrund Ihrer großartigen Leistung, das Geld rechtzeitig bei mir abzuliefern, will ich mal nicht so sein und sage, wir sind quitt.«

»Sehr großzügig, Nicholas«, antwortete Montignac erleichtert. »An das Geld zu gelangen war nämlich kein Spaziergang. Aber jetzt ist es ja geschafft.«

»Ich habe keine Sekunde lang an Ihnen gezweifelt. Bitte, verzeihen Sie mir, falls ich angedeutet habe, im Fall Ihres Versagens könnten Sie Schaden nehmen. Dergleichen sage ich nur, um mein Geschäftsinteresse zu betonen.«

»Natürlich«, entgegnete Montignac amüsiert.

»Ich habe auch noch ein kleines Geschenk für Sie«, fuhr Delfy fort. »Schließlich haben wir Weihnachten.«

»Was ist es denn?«

»Ich habe Ihnen einen neuen Kreditrahmen eingerichtet und lade Sie ein, wieder hier zu spielen. Wie wäre es mit einem anfänglichen Limit von zehntausend Pfund? Nur zum Eingewöhnen.«

Montignac lachte. »Nein, danke. Ich weiß Ihr Angebot zu schätzen, aber die Zeit der Glücksspiele liegt hinter mir. In Zukunft möchte ich das, was ich habe, lieber behalten.«

»Na schön«, erwiderte Delfy. »Sollten Sie Ihre Meinung jemals ändern, wissen Sie, wohin Sie gehen können. Andererseits glaube ich – und das sage ich nur, weil ich Sie seltsamerweise mag –, dass Sie das Richtige beschlossen haben. Man sollte das Geld, das man in der Tasche hat, nicht verspielen.«

»In meiner Tasche ist kaum Geld. Alles, was ich hatte, habe ich Ihnen gerade gegeben. Aber vielleicht gibt es für die pünktliche Zahlung ja ein Skonto.«

»Niemals«, sagte Delfy lachend. »Aber zu fragen schadet ja nicht. Haben Sie schon Pläne für das neue Jahr?«

Montignac zuckte mit den Schultern. »Ich hoffe, es wird besser als das alte. Aber sonst? Ich bin bankrott, habe keine Aussichten, wenig Einkommen, und die Möglichkeit eines anständigen Erbes gibt es auch nicht mehr. Dann wiederum sage ich mir, wenn ich für Sie in weniger als sechs Monaten fünfzigtausend Pfund auftreiben konnte, wie viel könnte ich dann erst für mich in zwölf Monaten zusammenbekommen?«

»Ein interessanter Gedanke.« Delfy beugte sich über den Schreibtisch und schüttelte Montignacs Hand. »Dann sehen wir uns hier wohl nicht mehr.«

»Nein.« Montignac verabschiedete sich und durchquerte den Club zum letzten Mal in Richtung Ausgang. An der Tür standen Henderson und Dempsey, denen er fröhlich zuwinkte und dem Himmel dankte, dass sie ihn nie in die Finger bekommen hatten.

Seine Schritte hatten ihn wie von allein zum Bahnhof Liverpool Street geführt, wo er in den Zug nach Leyville gestiegen war. Jetzt, auf dem Weg durch das leere Haus, fiel ihm ein, dass sein Onkel vor einem Jahr noch gelebt hatte, doch seit dessen Tod gab es nur noch Stella und ihn. Und selbst Stella würde Leyville in Kürze verlassen, wenn es ihm nicht gelang, sie zum Bleiben zu überreden. Er fragte sich, ob Margaret ihre Drohung, ihn zu verraten, ernst gemeint hatte. Dann dachte er an das, was sie darüber hinaus gesagt hatte, und überlegte, ob sie recht gehabt hatte. Vielleicht hatten er und Stella ja tatsächlich noch eine Chance.

Stella hatte sich darüber beklagt, dass Leyville für einen allein zu groß sei, doch während Montignac die Zimmer durchstreifte, stellte er fest, dass er anderer Ansicht war. Wäre das Haus an ihn gegangen – wie es richtig gewesen wäre –, hätte er dessen Pracht und Größe genossen. Den Besitz hätte er mit strenger Hand verwaltet, wie die Montignacs früherer Zeiten, und nie im Leben etwas dem National Trust überlassen.

Er lief die Treppe hinauf zu seinem Zimmer, in dem es kaum noch etwas gab, das ihm gehörte. Mit zusammengezogenen Brauen betrachtete er das ungemachte Bett und nahm sich vor, Margaret später aufzutragen, sein Zimmer ordentlich herzurichten, schließlich war sie hier angestellt, ob ihr die Rolle gefiel oder nicht. Wieder auf dem Flur, sah er zu Andrews altem Zimmer hinüber, dessen Tür nur noch selten geöffnet wurde. Sein Blick wanderte weiter zu der Tür von Stellas Zimmer. Leise schlich er darauf zu, drückte die Tür einen Spaltbreit auf und spähte hinein. Wie magisch angezogen fiel sein Blick auf das Bett, und über seine Wirbelsäule lief ein Schauder. So wie er jetzt, musste auch Andrew am Morgen seines Todestages dagestanden haben – an dem Morgen, als er sie entdeckte. Von hier aus hatte er sie beobachtet, ehe er kehrtmachte und das Haus mit dem Gewehr in der Hand verließ. Noch heute wusste Montignac nicht, warum er das Gewehr mitgenommen hatte; ob er sich in seiner Verwirrung und Wut bei der Kaninchenjagd abreagieren wollte, oder ob er auf seinen Cousin gewartet hatte, um ihn zu erschießen. Stella hatte Andrew nicht gesehen. Nur er war ihm später in den Wald nachgelaufen.

Owen schüttelte die Erinnerung ab, es war ohnehin nicht

mehr zu ändern; sie war nur eine von vielen unangenehmen Erinnerungen aus jenen früheren Zeiten. Doch hätte sein Onkel ihm, dem rechtmäßigen Erben, Leyville hinterlassen, wäre jetzt alles gut, und für das, was sich damals zugetragen hatte, hätte es einen vernünftigen Grund gegeben.

Wieder dachte er an das, was Margaret bei ihrer letzten Begegnung in der Teestube gesagt hatte; wie sie ihn angefleht hatte, Stella die Reise auszureden. *Niemand kann dich mehr an etwas hindern*, das waren ihre Worte gewesen, und sie hatte recht gehabt. Er erinnerte sich an die langen Jahre, in denen er von Stella geträumt hatte, die zahllosen verpassten Gelegenheiten, sich ihr wieder zu nähern, die Unfähigkeit anderer Frauen, so wie Stella in seine Seele einzudringen. Was wäre, wenn sich seine Träume doch noch verwirklichen ließen?

Womöglich könnte er dann – obwohl es gewiss zu viel der Hoffnung war –, aber vielleicht könnte dann auch er ein glückliches, anständiges Leben führen.

Ihm kam ein Gedanke. Mit großen Sätzen eilte er die Treppen hinauf zu der kleinen Tür zum Dachgarten, wusste, bevor er die Hand nach dem Türgriff ausstreckte, dass sie nicht verschlossen war, und drückte sie lautlos auf. Über den Dachgarten strich eine leichte Brise, und die untergehende Sonne tauchte ihn in weiches Licht. Der Himmel war wolkenlos; es würde ein schöner Winterabend werden, voller Verheißung für den Beginn eines neuen Lebens. Stella stand mit dem Rücken zu ihm an der Brüstung.

»Stella.«

Sie fuhr herum, drückte eine Hand auf ihre Brust und lachte auf.

»Owen«, sagte sie, »warum musst du mich immer so erschrecken?«

»Es tut mir leid«, antwortete er lächelnd. »Ich dachte, es wäre niemand im Haus.«

»Außer mir ist auch niemand hier. Margaret ist hinunter in den Ort gegangen und kommt nicht so bald zurück. Also bist du doch zu Weihnachten gekommen?« Er war sich nicht sicher, glaubte aber, dass in ihrer Stimme ein glücklicher Unterton mitschwang.

»Ich hoffe, ich bin willkommen.«

»Ja, natürlich bist du das. Du weißt, dass hier auch dein Zuhause ist, ich habe es dir oft genug gesagt.«

Er trat zu ihr an die Brüstung. »Ein schöner Dezembertag, nicht wahr? Der Himmel ist so klar, dass man die Ländereien sehen kann. Kein Wunder, dass unsere Vorfahren Leyville so sehr geliebt haben.«

»Ja«, sagte Stella, »es ist etwas Besonderes. Gerade habe ich gedacht, dass dies mein letztes Weihnachtsfest hier ist.«

»Warum soll das so sein?«

Sie wandte sich zu ihm um. »Ich wollte es dir nächste Woche in London sagen. Ich habe die Überfahrt gebucht. Am dritten Januar geht es mit der *Queen Mary* nach Amerika.«

Montignac seufzte. »Dann steht es also fest.«

»Ja.«

Er schaute in die Ferne und suchte nach den richtigen Worten. Sie hatten ihre Gefühle seit so langer Zeit unterdrückt, einer hatte dem anderen gegrollt und ihn verletzt – doch all das beruhte nur auf dem nicht Greifbaren der Liebe.

»Glaubst du«, begann er, verstummte und begann noch einmal. »Glaubst du, wir wären hier glücklich geworden, wenn alles anders gekommen wäre?«

Sie sah ihn an, mit dem Gesichtsausdruck, den er kannte und der besagte, dass sie darüber nicht sprechen durften. Doch diesmal ließ er sich davon nicht beirren, denn jetzt musste er ihr etwas sagen.

»Außer uns ist niemand hier, Stella«, sagte er sanft, »nur du und ich. Und bald bist auch du nicht mehr hier. Deshalb sag mir einfach, was du denkst.«

Plötzlich war auch für Stella die Zeit ihres Schweigens beendet, und sie atmete tief durch. »Es wäre nicht anders gekommen, Owen«, erklärte sie schweren Herzens. »Und es ist auch schon so lange her, dass ich mich kaum noch daran erinnern kann.«

»Ich erinnere mich an alles«, entgegnete er. »An jedes Wort und jede Geste. An jeden Augenblick, an dem wir zusammen waren.«

»Das ist unmöglich«, sagte Stella und lachte.

»Nein, das ist es nicht.«

Sie sah ihn fragend an. »Owen, was soll das?«

Er schaute über die winterliche Landschaft und sagte sich, dass es im Leben Momente gab, in denen man sich erklären musste, weil es keine andere Gelegenheit mehr geben würde, und dass jetzt einer dieser Momente gekommen war.

»Du darfst nicht fortgehen«, sagte er, ohne sie anzusehen, »du musst in Leyville bleiben. Wir sollten hier zusammen sein.«

Stella schwieg. Schließlich fragte sie: »Wie meinst du das?«

»Wir sollten das tun, was wir uns vor Jahren versprochen haben, und für immer zusammenbleiben.«

»Owen, damals waren wir noch Kinder.«

»Ja, aber jetzt sind wir es nicht mehr. Wir können es tun. Du hast es von jeher gewollt, das weiß ich.«

Stella lachte unsicher und schaute zu Boden. »Hast du getrunken?«, fragte sie in einem kläglichen Versuch, die Stimmung aufzulockern.

»Nein«, erwiderte er gereizt, »ich bin nicht Gareth Bentley.«

»Diesen Namen will ich nicht hören.«

»Aber in gewisser Weise gehört er doch dazu, oder? Du hattest einmal vor, in Leyville zu bleiben, das kannst du nicht bestreiten. Und jetzt kannst du es. Mit dem Mann, den du liebst.« Er wandte sich ihr zu.

Sie starrte ihn an, als hätte er den Verstand verloren.

»Owen«, sagte sie langsam, »das ist nicht dein Ernst.«

»Doch.«

»Aber –« Sie wandte den Blick ab und zögerte einen Moment, ehe sie hinzufügte: »Ich liebe dich nicht, Owen.«

»Natürlich tust du das«, entgegnete er im Brustton der Überzeugung. »Du hast es mir selbst gesagt.«

»Ja, Owen, aber das war vor zehn Jahren. Damals habe ich

dich geliebt. Aber jetzt nicht mehr. Die Zeiten haben sich geändert.«

»Aber manche Dinge ändern sich nie«, betonte er und klammerte sich an den Gedanken, dass sie ihn immer noch liebte. Sein ganzes Leben hatte er auf dieser Vorstellung errichtet. »Du hast es nur vergessen. Du hast vergessen, was wir für einander empfunden haben, aber das muss nicht so bleiben. Ich verzeihe dir sogar, und du –«

»Du verzeihst mir?«, fragte sie erstaunt. »Was willst du mir denn verzeihen?«

»Das, was du getan hast. Dass du mich verlassen hast und nach Genf gegangen bist. Dass du unser Kind nicht geboren hast. All das kann ich verzeihen, wenn wir noch einmal neu anfangen. Der Himmel weiß, dass ich selbst auch Vergebung brauche. Keiner von uns beiden ist perfekt. Aber ich habe dich damals geschützt und mich um alles gekümmert. Oder glaubst du, es wäre mir leichtgefallen, Andrew auf diese Weise loszuwerden? Es war alles andere als einfach, es war grauenhaft. Aber ich habe es für dich getan. Für uns. Damit wir zusammen sein konnten. Und jetzt verlange ich nicht mehr, als dass du dich an deine Gefühle erinnerst und sie wieder zum Leben erweckst. Hier in Leyville, dem Haus, das uns zusteht. Das mir zusteht.« Den letzten Satz sagte er mit Nachdruck.

Stella trat einen Schritt zurück und zog ihre Stola enger um ihre Schultern, als sei es plötzlich kälter geworden.

»Andrew loszuwerden?«, fragte sie. »Was soll das heißen? Wie denn loswerden?«

»An jenem Tag hat er uns in deinem Bett gesehen.«

»Andrew?«, fragte sie erschrocken.

»Ja, und deshalb bin ich ihm nachgelaufen, aber das weißt du ja schon. Er war mit seinem Gewehr losgezogen. Wäre dein Vater an jenem Tag zu Hause gewesen, wäre er wahrscheinlich schnurstracks zu ihm gerannt. Ich weiß nicht, warum er das Gewehr dabeihatte, ob er mich umbringen wollte oder nicht, aber ich bin ihm gefolgt und habe mit ihm gesprochen. Auch den Teil der Geschichte kennst du schon.«

Stella stand da wie gelähmt. »Nein«, murmelte sie kopfschüttelnd, »das ist nicht wahr.«

»Natürlich ist es wahr. Du hast doch nicht wirklich geglaubt, dass es ein Unfall war, oder?«

»Damals hast du gesagt, sein Gewehr sei vielleicht nicht gereinigt gewesen. Dass es eine Fehlzündung hatte.«

»Das musste ich doch sagen, verstehst du das nicht? Andrew wollte uns verraten. Er wollte es deinem Vater erzählen und sagte, ich würde aus Leyville verbannt, dass ich ohnehin nie das Recht gehabt hätte, dort zu sein, obwohl wir beide wissen, dass ich im Grunde ein größeres Recht dazu hatte als irgendeiner von euch Dieben, die es mir gestohlen haben.« Die letzten Worte spie er Stella ins Gesicht und trat einen Schritt auf sie zu. »Was blieb mir denn da noch anderes übrig? Was hätte ich tun sollen? Was hättest du an meiner Stelle gemacht? Andrew hätte es weitererzählt, wir beide wären gebrandmarkt gewesen, und ich hätte das verloren, was mir von Geburt an zustand. Es wäre mir wie meinem Vater ergangen, den ihr umgebracht habt. Hätte man ihn in Frieden gelassen, hätte er hier mit meiner Mutter gelebt, nicht in Frankreich. Aber er wurde verstoßen und enterbt und letztendlich auch getötet.«

»Owen, dein Vater ist im Krieg gefallen.«

»Glaubst du etwa, das hätte ich zugelassen«, fuhr er unbeirrt fort. »Dass Andrew mir so etwas antun würde? Und dir? Glaubst du, ich hätte zugelassen, dass er dich bloßstellt? Du warst für mich bestimmt, siehst du das nicht ein? Du warst Teil meines Geburtsrechts. Du gehörst mir.«

Benommen schüttelte Stella den Kopf, und über ihre Wangen liefen Tränen.

»Nein«, flüsterte sie beschwörend, »sag, dass es nicht so war.«

»Aber du wusstest es doch«, sagte er und betrachtete sie verwundert. »Insgeheim wusstest du es von Anfang an.«

»Er war mein Bruder«, schrie sie so laut, dass die Vögel unten aus den Bäumen aufflatterten und sich kreischend in die Lüfte erhoben. »Er war mein Bruder, und du hast ihn ermordet, weil – weil …«

»Deinetwegen, Stella. Und ich würde es wieder tun. Ich würde jeden töten, der dir schaden will. Jeden, der dir wehtun will.«

Stella wandte sich um und griff haltsuchend nach dem Rand der Brüstung. Ihre Tränen versiegten, während zahllose Gedanken durch ihren Kopf rasten, einer abwegiger als der andere, bis die wirren Fragmente sich verdichteten und sich ein Gedanke klar herausschälte. Sie sah ihren Cousin an.

»Du hast auch Raymond umgebracht, nicht wahr?«, flüsterte sie. »Du warst es.«

Montignac wich ihrem Blick aus und lachte, als hätte er etwas ganz und gar Absurdes vernommen, doch dann schaute er sie wieder an, sah ihr direkt in die Augen und nahm nichts anderes mehr wahr. Der brennende Schmerz zweier Jahrzehnte schoss durch seinen Körper; er dachte an das Leid seiner Eltern und ihren sinnlosen Tod. Ausgelöst von Stellas Familie.

»Er war für dich nicht gut genug«, sagte er. »Du hast mich gebraucht, nicht ihn.«

Stella wurde leichenblass, rang nach Luft, glaubte, sich übergeben zu müssen, und begann am ganzen Leib zu zittern.

»Du warst es«, flüsterte sie. »Kein anderer als du. Du hast den Mord Gareth Bentley in die Schuhe geschoben. Ich hätte es mir denken sollen.«

»Aber zuletzt habe ich ihn gerettet, oder? Und jetzt ist es vorbei, Stella«, ergänzte er eindringlich, wenngleich er mittlerweile ahnte, dass seine Worte auf taube Ohren stießen. In nur wenigen Minuten war die Arbeit seines Lebens vernichtet worden, und es gab keinen Weg mehr, irgendetwas davon zu retten. Deshalb blieb ihm nur noch eines, eine letzte Chance, die er ihr geben wollte. »Wir können zusammen sein, so wie wir es immer vorhatten. Die Entscheidung liegt bei dir.«

Sie betrachtete ihn kopfschüttelnd. »Als ich damals nach Genf ging«, sagte sie mit klarer Stimme, »habe ich einige Monate lang wegen dir geweint. Nach einem halben Jahr habe ich einen anderen kennengelernt, der für kurze Zeit Teil meines Lebens war. Er war nichts Besonderes, aber doch jemand, bei dem ich dich vollständig vergessen habe. Seitdem habe ich dir keinen zweiten Gedanken mehr geschenkt. Du hast mir nichts mehr bedeutet. Und auch jetzt bedeutest du mir nicht das Geringste.«

Montignac neigte den Kopf zur Seite und dachte über ihre Worte nach. *Du hast mir nichts mehr bedeutet.* Er überlegte, ob es in den letzten zehn Jahren einen Tag gegeben hatte, an dem er nicht mit ihrem Gesicht vor seinem inneren Auge wach geworden war oder an dem er jemals eingeschlafen war, ohne sich vorzustellen, sie läge an seiner Seite. Ob in dieser Zeit eine Stunde verstrichen war, in der er sich nicht gefragt hatte, wo sie gerade war, was sie tat und mit wem sie zusammen war. Er dachte an die zahllosen Briefe, die er ihr geschrieben hatte, die Zehntausende von Wörtern auf den Seiten, die er zusammengeknüllt in den Papierkorb geworfen und nie abgeschickt hatte, und an die vergeudeten Gefühle.

»Nichts?«, fragte er ungläubig. »Nicht das Geringste?«

»Weniger als das«, antwortete sie und schnipste mit den Fingern.

Er nickte bedächtig, in Gedanken noch bei dem verschwendeten Leben, dem Jahrzehnt, das er vergebens geopfert hatte. Wie so oft, als sie beide noch Kinder waren, sprang er auf sie zu, laut aufstampfend und doch vollkommen im Gleichgewicht. Sie schrie auf und wich zurück, verfing sich mit dem Fuß in einer Schlinge des Gartenschlauchs auf dem Boden, taumelte nach hinten und stürzte rücklings über die Brüstung in die Tiefe – hatte einen Moment noch vor ihm gestanden und war im nächsten verschwunden. Er beugte sich über die Brüstung und schaute hinunter, wo sie auf dem Steinboden lag wie eine zerbrochene Puppe, mit verdrehten Armen und Beinen. Er fand es angemessen, dass die Erbin von Peter Montignac auf dem Grund und Boden von Leyville gestorben war.

Seinem Grund und Boden.

10

Später am Abend fand Margaret Richmond die Tote am Fuße des Westflügels des Hauses. Nach mehreren Versuchen erreichte sie schließlich Owen Montignac in London, berichtete ihm, was vorgefallen war, und bat ihn, umgehend nach Leyville zu kommen. Als er eintraf, hatte die Polizei mit ihrer ersten Untersuchung des Falls begonnen, die wenige Tage später abgeschlossen war. Da hatte man in der obersten Schublade von Peter Montignacs Schreibtisch die Nachricht entdeckt, die Stella hinterlassen hatte:

Ein Leben ohne
Raymond
ist zu schmerzhaft.

Margaret brach beim Anblick der Zeilen in Tränen aus, bestätigte jedoch, dass es sich dabei zweifellos um Stellas Handschrift handelte. Allerdings schien niemand so überwältigt zu sein wie Montignac, dem der Polizist, der ihm die Seite zeigte, zu einem Sessel helfen musste. Als Montignac saß, schlug er die Hände vor sein Gesicht, und sein Körper bebte so sehr, dass die anwesenden Gendarmen zunächst nicht wussten, ob er lachte oder weinte.

Das Begräbnis verlief stiller als das von Peter Montignac vor etlichen Monaten. Es fanden sich weder Scharen alter Familienfreunde ein, noch wurden zahllose Kränze und Karten abgeliefert, und keiner der wenigen Trauergäste wurde zu einer anschließenden Gedenkfeier mit Getränken und Sandwiches eingeladen.

Die Trauernden, die sich eingefunden hatten, hörten die gemessene Rede von Owen Montignac, stellten jedoch fest, dass sie an die gefühlvollen Worte, die er beim Begräbnis seines Onkel gesprochen hatte, nicht heranreichte. Allerdings fanden sie es einleuchtend; man konnte von niemandem erwarten, dass er sich bei jedem Begräbnis überbot, zumal zwischen den beiden traurigen Anlässen nur wenige Monate verstrichen waren und es seit dem vergangenen Jahr in dieser Familie so viel Unglück gegeben hatte, dass man es ihm nicht vorwerfen konnte, wenn er seine Rede kurz hielt und auf einem kleinen Gästekreis bestanden hatte.

Ungefähr eine Woche später saß Sir Denis Tandy mit Montignac im Arbeitszimmer von Leyville zusammen. »Ich hatte mit ihrer Cousine über ihr Testament gesprochen«, begann Sir Denis. »Unter anderem ging es um ihren Wunsch, das Haus dem National Trust zu überlassen. Dagegen war auch nichts einzuwenden, aber die notwendigen Dokumente wurden noch nicht vollständig erstellt und das Haus infolgedessen auch noch nicht übergeben.«

»Haben Sie mit den Zuständigen dort gesprochen und ihnen das gesagt, was ich Ihnen aufgetragen hatte?«

»Ja. Ich war gestern dort. Ihre Entscheidung hat bittere Enttäuschung ausgelöst.«

»Daran habe ich keinen Zweifel.«

»Es war der Wunsch Ihrer Cousine, Mr Montignac. In dem Punkt hatte sie sich sehr deutlich geäußert.«

Montignac machte eine wegwerfende Handbewegung. »Ach, ich glaube, letzten Endes hätte sie es doch nicht getan. Leyville ist der Familiensitz der Montignacs. Er steht für Tradition. Sein Besitz ist ein Geburtsrecht, das gibt man nicht so einfach her.«

»Gewiss, aber sie hatte mir eindeutig zu verstehen –«

»Schon gut, lassen Sie uns jetzt weitermachen. In etwa einer Stunde kommen die Geschäftsführer aus London. Sie wollten über das Testament meiner Cousine sprechen.«

»Richtig. Also, sie hatte vor, ein Testament zu verfassen, doch leider ist es dazu nicht mehr gekommen. Das bedeutet, dass sie ohne Testament gestorben ist, und der Besitz naturgemäß an ihren nächsten Verwandten geht.«

»An mich«

»Richtig. Da Ihre Cousine keine Kinder hatte, sind Sie ihr nächster Verwandter und Erbe.«

»Und wenn Sie Besitz sagen, meinen Sie – was?«

»Das Haus, das Land, die Liegenschaften in London, die Bankkonten, die Investitionen und Beteiligungen. In den nächsten Tagen werde ich für Sie eine detaillierte Aufstellung anfertigen lassen.«

»Sehr schön, die würde ich gern sehen. Wie steht es mit den Bedingungen, die mein Onkel testamentarisch festgelegt hatte?«

»Die betreffen Sie nicht. Die Regelung hinsichtlich des Verkaufs bezog sich lediglich auf Stella. Ich nehme an, Peter Montignac hoffte, dass sie eines Tages einen Sohn hätte, der das Erbe –«

»Sie hatte aber keinen Sohn«, unterbrach Montignac mit verächtlich gekräuselten Lippen. »Das ist dann also der Stand der Dinge. Ich danke Ihnen, Sir Denis, und hoffe, ich kann Ihre Übersicht in Kürze erwarten.«

Tandy stand auf, sammelte seine Unterlagen ein und steckte sie in seine Aktentasche.

»Sie haben doch nicht vor, Leyville zu verkaufen, oder?«, erkundigte er sich.

Montignac lachte auf. »Nie im Leben. Leyville wurde von meinen Vorfahren errichtet und jeweils an die nächste Generation weitergegeben. Es gehörte meinem Vater, müssen Sie wissen, obwohl es ihm nie möglich war, seine Familie hierherzubringen. Doch von Rechts wegen war Leyville sein Eigentum. Nein, ich würde Leyville nie verkaufen. Es bleibt in der Familie.«

Sir Denis nickte ihm anerkennend zu. »Wir sprechen uns in der nächsten Woche«, verabschiedete er sich und verließ den Raum.

Er hatte noch nie in dem großen Schlafzimmer des Hauses geschlafen. Das tat er erstmals in dieser Nacht. Er fand den Raum zu kalt und notierte sich in Gedanken, Margaret am nächsten Morgen aufzutragen, Feuer im Kamin zu machen, ehe sie die ersten Vorstellungsgespräche führte; denn für Leyville brauchte er einen Koch, einen Butler, mehrere Dienstmädchen und einen Kammerdiener, für die Wohnung in Kensington einen Dienstboten, der anwesend war, wenn sein Herr und Meister London besuchte.

Montignac trat an das große Erkerfenster und sah, ehe er die Vorhänge zuzog, hinaus in die Nacht. Am Himmel stand der Mond groß und rund und tauchte die Wipfel der Bäume und die Rasen in silbriges Licht. Er hatte bereits festgestellt, dass er dringend jemanden zur Pflege des Parks benötigte, vielleicht einen der Gärtner der Königlichen Gartenbaugesellschaft, denn das waren offenbar Leute, die ihr Handwerk verstanden.

Das Bett war riesengroß und bequem, und die neuen Laken rochen so frisch und sauber wie der Neubeginn eines Lebens. Zum ersten Mal seit seiner Ankunft in Leyville als fünfjähriger Junge spürte er, dass er tatsächlich hierhergehörte. Er konnte die Augen schließen und als Herr des Vermögens einschlafen, das ihm von jeher zugestanden hatte. Es war ihm geraubt worden, und er hatte es sich zurückgeholt. Er sagte sich, dass er nichts Falsches getan hatte. *Ich habe nichts genommen, das mir nicht gehörte.* Er hatte keinen Grund, sich schuldig zu fühlen.

Und doch wollte sich der Schlaf nicht einstellen.

Danksagung

Für all ihre Vorschläge und Kommentare während des Schreibens dieses Romans danke ich meinem Agenten Simon Trewin und meiner Lektorin Beverley Cousins.

Ebenso danke ich Claire Gill und Zoe Pagnamenta von PFD und dem ganzen Team von Penguin.

Lust auf mehr Unterhaltung?

Dann sollten Sie unbedingt umblättern.

Leseprobe

John Boyne

Haus der Geister

Roman

Piper Paperback, 336 Seiten

ISBN 978-3-492-06004-2

In Stowmarket wich die Londoner Sonne einem kalten Wind, der gegen den Zug blies und mich unruhig machte, und als wir am frühen Abend Norwich erreichten, fuhren wir in dichten Nebel hinein, ein Waschküchenwetter, das mich an zu Hause erinnerte, obwohl ich alles tat, um diesen Ort aus meinem Gedächtnis zu verbannen. Als wir uns der Thorpe Station näherten, zog ich den Brief, den ich am Tag zuvor erhalten hatte, aus meiner Tasche und las ihn bestimmt schon zum zehnten Mal sorgfältig durch.

Gaudlin Hall, den 24. Oktober 1867

Verehrte Miss Caine,

haben Ihre Bewerbung erhalten. Ihre Referenzen sind zufriedenstellend. Sie können die Stelle als Gouvernante antreten. Den Lohn und die Bedingungen entnehmen Sie der Morning Post vom 21. Oktober. Kommen Sie am 25. Oktober mit dem Fünf-Uhr-Zug. Heckling, der Kutscher von Gaudlin Hall, wird Sie abholen. Bitte seien Sie pünktlich.

Ergebenst
H. Bennet

Abermals kam ich nicht umhin zu bemerken, wie seltsam der Brief war. Die Worte wirkten hastig aufs Papier geworfen, und wie schon in der Zeitungsannonce fehlte auch hier der Hinweis, um wie viele Kinder ich mich kümmern sollte. Und wer mochte dieser »H. Bennet« sein, der eine so knappe Abschiedsformel wählte? War er überhaupt ein Gentleman oder gehörte er einer niederen Schicht an? Womit mochte er seine Zeit verbringen? Auch darauf gab es keinen Hinweis. Ich seufzte, und als der Zug in den Bahnhof einfuhr, befiel mich eine gewisse Beklommenheit, aber ich war fest entschlossen, stark zu sein. Diese Einstellung sollte mir in den folgenden Wochen zugutekommen.

Ich stieg aus dem Zug und schaute mich um. Im trüben Grau des Nebels war kaum etwas zu erkennen, doch die anderen Fahrgäste strebten auf den Ausgang zu, und ich musste ihnen nur folgen. Gerade als ich mich in Bewegung setzte, hörte ich, wie zuschlagende Türen und der Pfiff des Schaffners die Rückfahrt des Zuges nach London ankündigten. Ein paar Reisende stürzten an mir vorbei, um den Zug noch zu erwischen, und eine Frau, die mich im Nebel übersehen haben musste, stieß mit mir zusammen, schlug mir den Koffer aus der Hand und ließ dabei ihren eigenen fallen.

»Verzeihung«, sagte sie, klang dabei aber nicht besonders entschuldigend. Ich nahm ihr die Sache nicht weiter übel, denn offensichtlich wollte sie den Zug nicht verpassen. Ich hob ihren Koffer auf, der links von mir zu Boden gefallen war, und hielt ihn ihr hin. Dabei bemerkte ich ein rotes Monogramm, das in das dunkelbraune Leder eingebracht war: HB. Ich starrte auf die Buchstaben und fragte mich, warum sie mir so bekannt vorkamen. In diesem Moment trafen sich unsere Blicke, und fast schien es, als wären wir uns schon einmal begegnet, denn kurz huschte ein Ausdruck des Wiedererkennens über ihr Gesicht, in dem sich Mitleid und Bedauern mischten. Dann riss sie mir den Koffer aus der Hand, schüttelte hastig den Kopf und verschwand im Nebel. Ich hörte, wie sie in den Zug stieg.

Da stand ich, noch ganz überrumpelt von ihrer Grobheit, als mir dämmerte, warum mir die Initialen »HB« so bekannt vorkamen. Doch das war natürlich lächerlich. Ein dummer Zufall. England musste voll von Leuten mit diesen Initialen sein.

Als ich mich umdrehte, verlor ich vollends die Orientierung. Ich ging in die Richtung, in der ich den Ausgang vermutete, aber mittlerweile war der Bahnsteig wie ausgestorben, und so wusste ich nicht, ob ich mich auf dem richtigen Weg befand. Links stampfte die Lokomotive des Zuges, der jeden Moment abfahren würde; rechts befand sich ein weiteres Gleis, und ich hörte einen zweiten Zug näher kommen. Oder war er hinter mir? Das war schwer zu sagen. Ich drehte mich im Kreis und schnappte nach Luft. Welche Richtung sollte ich einschlagen? Überall war Lärm. Ich streckte eine Hand aus und wollte mich vorantasten, griff aber nur ins Leere. Plötzlich waren da wieder Stimmen, sie wurden immer lauter, und dann drängten sich abermals Passagiere mit Koffern und Taschen an mir vorbei. Wie fanden sie sich in dem Nebel bloß zurecht, wo ich nicht einmal die Hand vor Augen sehen konnte? Seit dem Nachmittag auf dem Friedhof hatte ich mich nicht mehr so verloren gefühlt, und Panik stieg in mir auf, eine dunkle Vorahnung und ein Gefühl des Grauens. Ich dachte, wenn ich jetzt nicht entschlossen weiterliefe, würde ich für den Rest meiner Tage auf diesem Bahnsteig bleiben, blind und außerstande zu atmen. Also nahm ich all meinen Mut zusammen und marschierte gerade wieder los, als das schrille Pfeifen des einfahrenden Zugs zu einem markerschütternden Schrei anschwoll und ich zu meinem Entsetzen zwei Hände auf meinem Rücken spürte, die mir einen heftigen Stoß versetzten, sodass ich strauchelte. Fast wäre ich der Länge nach hingefallen, hätte nicht eine dritte Hand meinen Ellbogen gepackt und mich rasch zurückgezogen. Ich taumelte zu einer Mauer und lehnte mich dagegen, woraufhin der Nebel sich ein wenig lichtete und ich den Mann ausmachen konnte, der mich so unsanft fortgezogen hatte.

»Grundgütiger, Miss«, sagte er, und jetzt konnte ich auch sein Gesicht erkennen, ein freundliches Gesicht mit fein geschnittenen Zügen. Er trug eine elegante Brille.

»Achten Sie nicht darauf, wohin Sie gehen?«, fragte er. »Fast wären Sie auf das Gleis gefallen, direkt vor den einfahrenden Zug. Das hätte böse enden können.«

Ich starrte ihn entgeistert an und blickte zu der Stelle, wo ich soeben noch gestanden hatte. Gleich daneben kam die Lokomotive kreischend zu einem Halt. Hätte ich auch nur einen weiteren Schritt getan, wäre ich vor die Räder gefallen und zu Tode gequetscht worden. Bei dem Gedanken wurde mir ganz flau.

»Ich wollte nicht –«, murmelte ich.

»Sie könnten tot sein.«

»Jemand hat mich gestoßen«, sagte ich und blickte ihn unverwandt an. »Ich habe die Hände auf meinem Rücken gespürt.«

Er schüttelte den Kopf. »Das kann nicht sein. Ich habe alles gesehen. Sie sind auf die Bahnsteigkante zugelaufen. Da war niemand hinter Ihnen.«

»Aber ich habe die Hände gespürt«, beharrte ich. Ich schaute zum Bahnsteig, musste schluckten und wandte mich dann wieder dem Mann zu. »Ich habe sie gespürt!«, wiederholte ich.

»Sie haben einen Schreck bekommen, mehr nicht!«, sagte er. Offenbar hielt er mich für hysterisch.

»Möchten Sie etwas zur Beruhigung? Ich bin Arzt. Vielleicht eine Tasse Tee mit viel Zucker? Kommen Sie, da drüben gibt es ein kleines Teehaus. Leider kann ich nicht viel für Sie tun, aber –«

»Danke, mir geht es gut«, sagte ich, schüttelte den Kopf und versuchte, mich zusammenzureißen. Der Mann hatte wohl recht, entschied ich. Wenn er mich gesehen hatte und niemand außer mir dort gewesen war, musste ich mir das Ganze eingebildet haben. Der Nebel hatte mir einen Streich gespielt, mehr nicht.

»Ich muss mich bei Ihnen entschuldigen«, sagte ich und versuchte, den Vorfall mit einem Lächeln abzutun. »Ich weiß auch nicht, was mit mir los war. Mir wurde auf einmal schwindelig. Ich konnte nichts mehr sehen.«

»Zum Glück war ich ja zur rechten Zeit zur Stelle«, erwiderte er und grinste mich mit ebenmäßigen weißen Zähnen an. »Herrje, das klingt schrecklich eingebildet, nicht wahr?«, setzte er hinzu. »Als würde ich erwarten, dass Sie mir dafür eine Tapferkeitsmedaille ans Revers heften.«

Ich grinste. Der Mann gefiel mir. Ein alberner Gedanke schoss mir durch den Kopf: Er würde sagen, ich solle Gaudlin Hall vergessen und mit ihm kommen. Wohin? Das wusste ich nicht. Fast hätte ich angesichts dieses absurden Einfalls laut gelacht. Was war bloß los mit mir? Erst der junge Mann im Zug und jetzt das. Hatte ich jeden Anstand verloren?

»Ah, da ist ja meine Frau«, sagte er in diesem Moment, und ich fuhr herum und sah eine junge, hübsche Frau auf uns zukommen. Als ihr Mann erklärte, was geschehen war, machte sie ein besorgtes Gesicht. Ich rang mir ein Lächeln ab.

»Sie sollten mit zu uns nach Hause kommen«, sagte Mrs Toxley – denn das war der Name des Ehepaars –, während sie mich fürsorglich musterte. »Sie sind sehr blass. Auf den Schreck können Sie sicher eine kleine Stärkung gebrauchen.«

»Das ist sehr nett von Ihnen«, sagte ich und überlegte krampfhaft, ob ich so etwas Törichtes tun könnte und ob es sich wohl ziemen würde. Vielleicht würden sie mir erlauben, die Gouvernante ihrer Kinder zu sein, falls sie welche hatten. Dann würde ich gar nicht nach Gaudlin Hall gehen müssen. »Das würde ich wirklich gern, aber –«

»Eliza Caine?«

Eine Stimme von links ließ uns alle zusammenfahren. Dort stand ein Mann, den ich auf Anfang sechzig schätzte. Er war nachlässig gekleidet, hatte ein rotes Gesicht und sah nicht so aus, als hätte er sich in den letzten Tagen rasiert. Außerdem passte der Hut nicht zum Mantel, wodurch er ein wenig lächerlich wirkte. Seine Kleider rochen nach Tabak und sein Atem nach Whiskey. Als er sich im Gesicht kratzte, sah ich den Schmutzrand unter seinen Fingernägeln, die genauso fleckig und gelb wie seine Zähne waren. Er sagte kein weiteres Wort, sondern wartete auf meine Antwort.

»Ja«, sagte ich. »Kennen wir uns?«

»Heckling«, antwortete er und tippte sich mehrmals mit dem Daumen auf die Brust. »Die Kutsche steht da drüben.«

Mit diesen Worten wandte er sich ab, stapfte in Richtung besagter Kutsche davon und ließ mich mit meinem Gepäck, meinem Retter und dessen Frau zurück, die mich beide ein wenig verlegen anstarrten. Die Szene und die außerordentliche Unhöflichkeit des Mannes mussten sie befremdet haben.

»Ich bin die neue Gouvernante in Gaudlin Hall«, erklärte ich. »Er ist hier, um mich abzuholen.«

»Oh«, sagte Mrs Toxley und schaute ihren Mann an, der, wie ich bemerkte, ihren Blick kurz erwiderte und dann wegsah. Nach einer längeren Pause fügte sie hinzu:

»Ich verstehe.«

Betretenes Schweigen trat ein – erst dachte ich, ich hätte die Toxleys auf irgendeine Weise brüskiert, doch das war unmöglich, denn ich hatte nichts Ungehöriges gesagt, sondern nur erklärt, wer ich war. Jedenfalls waren die Wärme und Großzügigkeit, die sie mir entgegengebracht hatten, mit einem Mal verschwunden. An ihre Stelle waren Unbehagen und Beklommenheit getreten. Was für seltsame Leute, dachte ich, als ich meinen Koffer nahm, ihnen dankte und auf die Kutsche zuging. Dabei hatten sie anfangs so freundlich gewirkt!

Als ich weiterging, musste ich noch einmal in ihre Richtung sehen und bemerkte, dass sie mir hinterherstarrten, als würden sie noch etwas sagen wollen und fänden nur die richtigen Worte nicht. Mrs Toxley wandte sich ihrem Mann zu und flüsterte ihm etwas ins Ohr, aber er schüttelte den Kopf und machte ein verwirrtes Gesicht. Er schien nicht zu wissen, was er tun sollte.

Wie gesagt, hinterher ist man immer klüger, und wenn ich jetzt an diesen Moment zurückdenke, wenn ich an Alex und Madge Toxley auf dem Bahnsteig der Thorpe Station denke, will ich sie anschreien, ich will zu ihnen laufen und sie schütteln, ich will ihnen in die Augen sehen und rufen:

Ihr wusstet es, ihr wusstet es schon damals. Warum habt ihr nichts gesagt? Warum habt ihr geschwiegen?

Warum habt ihr mich nicht gewarnt?